БОЛЬШОЙ
РОМАН

А. С. БАЙЕТТ

Обладать

Романтический роман

Издательство «Иностранка»
МОСКВА

УДК 821.111
ББК 84(4Вел)-44
    Б 18

A. S. Byatt
POSSESSION

Перевод с английского Виктора Ланчикова, Дмитрия Псурцева

Серийное оформление и оформление обложки Виктории Манацковой

Издание подготовлено при участии издательства «Азбука».

Байетт А. С.

Б 18   Обладать : романтический роман / А. С. Байетт ; пер. с англ.
    В. Ланчикова, Д. Псурцева. — М. : Иностранка, Азбука-Атти-
    кус, 2018. — 640 с. — (Большой роман).

    ISBN 978-5-389-10433-4

«Обладать» — один из лучших английских романов конца XX века и, несомненно, лучшее произведение Антонии Байетт. Впрочем, слово «роман»
можно применить к этой удивительной прозе весьма условно. Что же такое
перед нами? Детективный роман идей? Женский готический роман в современном исполнении? Рыцарский роман на новый лад? Все вместе — и нечто
большее, глубоко современная вещь, вобравшая многие традиции и одновременно отмеченная печатью подлинного вдохновения и новаторства. В ней разными гранями переливается тайна английского духа и английского величия.

Но прежде всего, эта книга о живых людях (пускай некоторые из них
давно умерли), образы которых наваждением сходят к читателю; о любви, мя-
тежной и неистовой страсти, побеждающей время и смерть; об устремлениях
духа и плоти, земных и возвышенных, явных и потаенных; и о божественном
Плане, который проглядывает в трагических и комических узорах судьбы человеческой... По зеркальному лабиринту сюжета персонажи этого причудли-
вого повествования пробираются в таинственное прошлое: обитатели эпохи
людей — в эпоху героев, а обитатели эпохи героев — в эпоху богов. Две стихии
царят на этих страницах — стихия ума, блеска мысли, почти чувственного, и
стихия тонкого эротизма, рождающегося от соприкосновения грубой материи
жизни с нежными тканями фантазии.

«Обладать» занимает уникальное место в истории современной литературы и, при своем глубоком национальном своеобразии, принадлежит всему миру. Теперь, четверть века спустя после выхода шедевра Байетт, кажется мало
Букеровской премии, присужденной в 1990 году. Как, может быть, мало и ордена Британской империи, врученного автору чуть позднее...

УДК 821.111
ББК 84(4Вел)-44

ISBN 978-5-389-10433-4

Посвящается Изобель Армстронг

Когда писатель называет своё произведение «романтическим романом», стоит ли пояснять, что тем самым он притязает на некоторую вольность в рассуждении манеры и материала, на какую не смел бы посягать, если бы объявил, что пишет роман реалистический. Сей последний род сочинений, как принято считать, стремится к обстоятельнейшей достоверности в изображении не только что возможных, но и правдоподобных, обыденных событий человеческой жизни. Первый же род, хотя и обязан он, будучи произведением искусства, неукоснительно подчиняться правилам и хотя всякое уклонение от истины в изображении душевного мира для него есть грех непростительный, всё же он в известной степени позволяет представить такую истину в обстоятельствах большей частью выбранных или придуманных сочинителем... Этот роман следует отнести к романтическим на том основании, что здесь делается попытка связать прошедшее с ускользающим от нас настоящим.

Н. Готорн,
из предисловия к роману «Дом о семи фронтонах»

Но если, истончившись, оболочка
Раздувшегося вымысла нам явит
Реальность под собой — что мы увидим?
Погиб ли прежний мир? Вас окружат
Достойнейшие: доблесть, юность, гений —
Угодно ли? — вот знатность, вот богатство.
Свои законные права к стопам
Слагают вашим, почитают вас
(То бишь меня) товарищем и братом.
Теперь они со Сляком заодно:
Ну прямо скажем, мною одержимы...

Всё может статься. Лишь прилгни чуть-чуть —
Всё сбудется. Выходит, Сляк обманщик?
Но чем, скажите, он поэта хуже,
Поющего о вымышленных греках,
Их подвигах под вымышленной Троей?..
Да что поэзия! Возьмите прозу.
Разносчики-то мудрости житейской
Обходятся ли без сподручной лжи?
Всяк преподносит истины и были,
В них то лишь оставляя, что согласно
С его же мненьем, прочее — долой.

Век ящеров, история народов,
Индейцы дикие, война в Европе,
Жером Наполеон — что вам угодно.
И всё — как хочет автор. Вот таким
И деньги, и хвала: они-де в камень
Вдохнули жизнь, зажгли огнём туман,
Былое воскресили в настоящем.
Все ахают: «Как вы сыскали нить,
Что вас вела по этим лабиринтам?»,
«Как вы из воздуха слепили явь?»,
«Как вы на столь мизерном основаньи
Воздвигли жизнеописанье, повесть?»,
Иначе говоря: «Из скольких лжей
Величественную сплели вы правду?»

Роберт Браунинг,
из поэмы «Мистер Сляк, „медиум“»

ГЛАВА 1

Там, в месте том, — сад, дерево и змей,
Свернувшийся в корнях, плоды златые,
И женщина под сению ветвей,
И травистый простор, и вод журчанье.
Всё это есть от веку. На краю
Былого мира в роще заповедной
У Гесперид мерцали на извечных
Ветвях плоды златые, и дракон
Ладон топорщил самоцветный гребень,
Скрёб когтем землю, щерил клык сребряный,
Дремал, покуда ловкий Геркулес,
Его сразивши, яблок не похитил.

Рандольф Генри Падуб,
из поэмы «Сад Прозерпины», 1861

Книга была толстая, в чёрном пыльном переплёте. Крышки переплёта покоробились и поскрипывали. Прежние владельцы обращались с книгой не очень-то бережно. Корешок отсутствовал — вернее, он был, но торчал из книги, зажатый между страницами, как пухлая закладка. Книга была несколько раз перехвачена грязной белой тесьмой, завязанной аккуратным бантиком. Библиотекарь передал книгу Роланду Митчеллу, который дожидался её в читальном зале Лондонской библиотеки. Книгу извлекли на свет божий из тёмных недр сейфа № 5, где она стояла между «Проказами Приапа» и «Любовью в греческом вкусе». Происходило всё это сентябрьским днём 1986 года в десять часов утра. Роланд хорошо видел часы над камином, хотя маленький столик, за которым он расположился — любимое место, — скрывался от зала за квадратной колонной. Из высокого окна справа лился солнечный свет, а за окном зеленели кроны деревьев на Сент-Джеймсской площади.

В Лондонскую библиотеку Роланд захаживал с особенным удовольствием. Пусть обстановка тут и не радовала глаз, зато имелись хорошие условия для работы; всё здесь дышало историей. Заглядывали сюда и ныне здравствующие поэты и мыслители, посиживали на решётчатых подставках под стеллажами, вели увлекательные споры на лестничных площадках. Тут работал Карлейль, тут бывала Джордж Элиот, поглощавшая книгу за книгой, — Роланд так и видел, как подол её чёрной шёлковой юбки или бархатный трен ползёт по полу между стеллажами с книгами Отцов Церкви, так и слышал, как позвякивают от её твёрдой поступи металлические ступени лесенки у полок с немецкой поэзией. Заходил сюда и Рандольф Генри Падуб, именно здесь отыскивал он пока не осмысленные мелкие факты, которые переполняли его восприимчивый ум и бездонную память, — множество сведений из разделов «История» и «Топография», множество тем из «Естественных наук» и «Разного», составлявших благодаря алфавитному принципу затейливые сочетания: «Дальтонизм», «Денежные системы», «Деторождение», «Дилижансы», «Домашняя прислуга», «Досуг», «Дрессировка», «Дьявол и демонология». А работы по теории эволюции в те годы числились по разделу «Человечество до Адама». Роланд лишь недавно узнал, что в Лондонской библиотеке имеется экземпляр «Оснований новой науки» Вико, принадлежавший некогда Падубу. К сожалению, книги из домашней библиотеки Падуба рассеялись по разным странам Европы и Америки. Самая значительная их часть хранилась, конечно же, в Нью-Мексико, в Стэнтовском собрании Университета Роберта Дэйла Оуэна*[1], где работал Мортимер Собрайл, готовивший фундаментальное Полное собрание писем Рандольфа Генри Падуба. Правда, сегодня расстояния не помеха: книги перемещаются в пространстве со скоростью звука и света. Но как знать, не обнаружатся ли в Падубовом экземпляре Вико маргиналии, неизвестные даже дотошному Собрайлу. Очень было бы кстати: Роланд как раз выявлял источники поэмы Падуба «Сад Прозерпины». И какое это будет наслаждение — читать те же самые строки, что когда-то читал Падуб, листать страницы, к которым прикасались его пальцы, по которым пробегали его глаза.

---

[1] Комментарии к именам собственным, отмеченным *, даны в конце книги в алфавитном порядке. (*Здесь и далее примеч. перев.*)

Сразу было видно, что книгу не доставали уже очень давно — возможно, с тех самых пор, как она обрела покой в библиотечном сейфе. Библиотекарь клетчатой суконкой смахнул с книги пыль — чёрную, густую, въедливую пыль Викторианской эпохи, взвесь из тумана и дыма, успевшую накопиться до принятия законов о чистоте воздуха. Роланд развязал тесьму. Книга сама собой распахнулась, как шкатулка, явив на обозрение разрозненные выцветшие листки бумаги — голубые, желтоватые, серые, испещрённые ржавыми строчками, бурыми записями, которые нацарапало стальное перо. Знакомый почерк. У Роланда захватило дух: кажется, заметки о прочитанном, сделанные на обратной стороне старых счетов и писем. Похоже, сказал библиотекарь, к ним никогда не притрагивались. Края листов с записями, выступающие за обрез книги, словно закоптились дочерна и напоминали траурную кайму на извещениях о похоронах. Чернота была отмежёвана точно по линии обреза.

Роланд спросил, можно ли ему прочесть эти записки. Чтобы у библиотекаря не закралось никаких сомнений, он отрекомендовался: младший научный сотрудник, работает под руководством профессора Аспидса, который с 1951 года редактирует Полное собрание сочинений Падуба. Библиотекарь на цыпочках пошёл звонить начальству, а мёртвые листки по-прежнему чуть заметно шевелились и шуршали, словно после освобождения в них снова затеплилась жизнь. Листки, которые оставил в книге Падуб... Вернувшийся библиотекарь подтвердил: да, Роланду разрешается работать с записями, при условии, что он не нарушит последовательности вложенных листков, чтобы потом можно было составить их опись. И если вдруг Роланд обнаружит что-нибудь важное, пусть сообщит библиотекарю.

Разрешение это было получено к половине одиннадцатого. Следующие полчаса Роланд бессвязно рылся в томе Вико, выискивая упоминания о Прозерпине и одновременно почитывая заметки Падуба. А читать их было нелегко: Падуб делал записи на разных языках, притом крохотными, почти печатными буквами — не сразу заметишь сходство с тем разгонистым почерком, которым были написаны его стихи и письма.

В одиннадцать Роланд наконец отыскал место в книге, которое, кажется, имело отношение к его теме. Вико пытался разглядеть за поэтическими метафорами, легендами и мифами исторические факты и увязать эти образы в одну картину — в этом и состояла суть его «новой науки». Прозерпина в его понимании олицетворяла зерно хлебных злаков — источник торговли и общественного начала. Рандольф Генри Падуб же, как считалось, выразил в образе Прозерпины религиозные сомнения человека Викторианской эпохи, свои собственные мысли, навеянные мифами о воскресении. На картине лорда Лейтона* Прозерпина — это летящая по чёрному тоннелю золотистая фигура с видимыми признаками душевного смятения. Аспидс полагал, что Падуб видел в ней воплощение самой истории — её начального этапа, который описывается в мифах. (Перу Падуба принадлежали два стихотворения об историках, мало похожих друг на друга: одно о Гиббоне*, другое о Беде Достопочтенном*. Аспидс даже написал статью о Р. Г. Падубе и отражении историографии в его творчестве.)

Сопоставляя текст поэмы Падуба с переводом труда Вико, Роланд делал выписки на каталожных карточках. Перед ним стояли две коробки таких карточек — ярко-оранжевая и густо-зелёная, травяного оттенка; пластиковые петли карточек своим потрескиванием нарушали тишину читального зала.

Колосья называли золотыми яблоками, и это, вероятно, было единственное известное человечеству золото, ибо о золоте-металле тогда ещё не слышали... Поэтому золотое яблоко, которое Геркулес добыл — или вернул — из сада Гесперид, скорее всего, было не что иное, как зёрна злаков, и у галльского Геркулеса из уст исходят золотые цепочки, концы которых прикованы к ушам людей[1], — это, как мы увидим ниже, изображает миф об обработке полей. По этой причине Геркулес считался божеством, благосклонность коего открывала путь к богатству, богом же богатства был Дит (тождественный Плутону), умчавший Прозерпину (она же Церера, или зерно) в подземное царство, описанное поэтами, которые именуют его то Стиксом, то царством мёртвых, то недрами пашни... Это золотое яблоко великий знаток героических преданий древности Вергилий и превратил в золотую ветвь, которую Эней берёт с собою в Подземный мир, или Преисподнюю.

Рандольф Генри Падуб, описывая Прозерпину, отмечает: «полумрак ей кожу позлатил» и называет её «как колос, золо-

_____

[1] Изображение, описанное в сочинении Лукиана «Про Геракла». *Галльский Геркулес* — кельтский бог Огма (Огмий).

тая». А вот ещё: «Окованная звеньями златыми...» — это, наверно, про какие-нибудь ювелирные украшения, цепочки. Роланд аккуратно внёс перекрёстные ссылки в карточки с рубриками «злаки», «яблоки», «цепь», «богатство». Страница тома Вико, на которой он нашёл этот отрывок, была согнута пополам, внутри лежал счёт за свечи. На обороте его Падуб записал: «Личность приходит в мир на короткий миг, вступает в круг людей мыслящих, привносит новое и умирает, но биологический вид продолжает жить и пожинает плоды быстротечного её бытия». Роланд переписал эту фразу, выбрал чистую карточку и набросал вопросы, на которые предстояло найти ответ: *«Разобраться.* Цитата или собственная мысль? Биологич. вид — Прозерпина? Очень в духе XIX в. Или Прозерпина — личность? Когда оставлены заметки? Когда написаны — до или после „Происхождения видов“? Хотя это ничего не даст. М. б., он думал о Развитии в широком смысле...»

Было уже четверть двенадцатого. Тикали часы, в лучах солнца кружились пылинки, Роланд размышлял о том, что изнурительная и колдовская тяга к познанию влечёт нас по пути, которому нет конца. Он сидел, пытаясь восстановить очертания мыслей, вычитанных давно умершим человеком, а время шло: Роланду напоминали об этом не только библиотечные часы, но и посасывание под ложечкой (кофе в Лондонской библиотеке не продавали). Надо показать эти драгоценные находки Аспидсу. Тот будет то фыркать, то восторгаться, но всё же останется доволен, что книга лежит под замком в сейфе № 5, а не упорхнула, как и многие другие раритеты, в Университет Роберта Дэйла Оуэна в Гармония-Сити. Как же не хочется рассказывать Аспидсу. Вот бы владеть этими сведениями в одиночку.

Упоминание о Прозерпине было на страницах 288–289. А на странице 300 оказались два сложенных листа писчей бумаги. Роланд осторожно развернул их. Он сразу узнал плавный, летящий почерк Падуба. Это были письма, на обоих значился адрес Падуба — Грейт-Рассел-стрит, — оба помечены 21 июня. Год не указан. Оба начинались словами «Милостивая государыня!», оба без подписи. Первое гораздо короче второго.

Милостивая государыня!

Мысли о нашей необычной беседе не покидают меня ни на минуту. Не так часто поэту, а может быть, и всякому смертному случается встретить собеседника, который соединял бы в себе столько готовности проникнуться чужими мыслями, столько ума и тонкости суждения. Я пишу, испытывая неодолимую потребность продолжить наш разговор, и, не раздумывая, ~~ибо и Вы, как мне показалось, были так же взволнованы этой необычной~~ обращаюсь к Вам с просьбой: могу ли я навестить Вас как-нибудь на будущей неделе? Я чувствую, что мы с Вами непременно должны вернуться к нашей беседе, и уверенность эта не блажь, не самообман. Мне известно, что Вы редко бываете в обществе, и мне удивительно повезло, что любезный Крэбб залучил Вас к себе на завтрак. Какое счастье, что, несмотря на легкомысленное балагурство студиозусов и искусные рассказы Крэбба о примечательных происшествиях — в том числе тот, о бюсте, — нам удалось сказать друг другу так много важного. ~~Вы, без сомнения, разделяете то чувство, которое~~

Вот что было во втором письме:

Милостивая государыня!
Я то и дело возвращаюсь в мыслях к нашей приятной и неожиданной беседе. Не будет ли у нас возможности возобновить её и поговорить более пространно, в обстановке не столь многолюдной? Мне известно, что Вы редко бываете в обществе, и мне чрезвычайно повезло, что любезный Крэбб залучил Вас к себе на завтрак. Я бесконечно признателен его доброму здравию, благодаря которому он и в восемьдесят два года находит в себе силы и желание поутру угощать поэтов и студентов, профессоров математики и политических философов и с привычным жаром рассказывать историю о бюсте, не задерживая ею, однако, появления на столе гренков с маслом.
Не правда ли, удивительно, что мы с полуслова так хорошо поняли друг друга? А ведь мы поняли друг друга на редкость хорошо, Вы согласны? Или это плод разгорячённого воображения не слишком молодого и не слишком признанного поэта, который вдруг обнаружил, что его произведения с их потаённым, изощрённо-внятным и непонятым смыслом — или, скорее, бессмыслицей, раз никто, как видно, не сумел добраться до этого смысла, — нашли наконец наблюдательного и увлечённого читателя и судью? Ваши мысли о монологе Александра Селькирка*, Ваше верное постижение мятущейся души моего Джона Беньяна*, Ваше понимание страсти Инес де Кастро...* которая была resurrecta[1] *столь чудовищным образом... Но хватит*

---
[1] Воскрешена *(лат.)*.

этих вздохов больного самолюбия, хватит разглагольствовать о моих personae[1], *которые, как Вы справедливо заметили, вовсе не маски, скрывающие лицо автора. Я не хочу, чтобы Вы заключили, будто я ставлю Ваш тонкий слух и ещё более тонкий вкус не выше, а ниже своего. Непременно напишите Вашу историю о фее: Вы сделаете из этого сюжета что-то очень необычное и оригинальное. Кстати, не задумывались ли Вы о взглядах Вико на историю первобытных народов — о том, что боги древности, а позднее герои суть олицетворения судеб и устремлений народа, рождающиеся в уме простого человека? Тут есть над чем поразмыслить: ведь предание о Вашей фее связывают с невымышленными замками и возводят к действительно происходившим преобразованиям в земледелии — на современный взгляд это одна из любопытнейших сторон её истории. Впрочем, я опять за своё: Вы, с Вашим живым умом и приобретёнными вдали от суеты знаниями, без сомнения, сами придумали, как придать своей теме наилучшую отделку.*

Возможно, Ваше понимание, как сладостный дурман, вскружило мне голову, но меня не оставляет чувство, ~~что и Вы разделяете моё желание что нам обоим было бы полезно продолжить нашу беседу что нам необходимо увидеться. Я знаю~~ *Если я не ошибаюсь, Вы также нашли наше знакомство* ~~важным~~ *интересным и, как бы ни дорожили Вы своим уединением*

Я понимаю, что Вы решились выехать лишь для того, чтобы навестить любезного Крэбба, который в нелёгкое для Вашего отца время поддержал этого блистательного учёного и оценил его труд. Вы выехали потому, что знали: Вас будут принимать в узком приятельском кругу. Всё так, но главное — Вы выехали, а значит, я могу надеяться, что, найдись важная причина, Вы согласитесь на время поступиться обыденным покоем ради

Я убеждён, что вы понимаете

Роланд был потрясён. И сразу же в нём взыграл литературовед. В голове сами собой замелькали предположения о времени и месте этого несостоявшегося диалога с неназванной женщиной. Год в письмах не указан, но они определённо написаны после публикации цикла драматических поэм Падуба «Боги, люди и герои». Поэмы вышли в 1856 году, и критика, вопреки надеждам, а может быть, и расчётам Падуба, отозвалась о них не слишком

---

[1] Персонажах (*лат.*).

благожелательно: рецензенты объявили его произведения непонятными, вкус его — извращённым, а персонажей — вычурными и надуманными. В этот цикл и входили «Одинокие думы Александра Селькирка» — размышления моряка, заброшенного на необитаемый остров. Относились к этому циклу и «Лудильщик во пророках» — поэма, в которой воспроизводятся раздумья томящегося в тюрьме Беньяна о благодати Господней, и сцена, происходящая в 1356 году: причудливый, исступлённый монолог Педро Португальского, в котором он признаётся в любви набальзамированному телу своей убитой жены Инес де Кастро, — высохший, обтянутый бурой кожей труп всегда покачивался в карете рядом с королём, куда бы тот ни ехал: на голове — обхваченный золотым обручем кружевной убор, по платью — цепочки с алмазами и жемчугами, костлявые пальцы унизаны редкой красоты перстнями... Падуб охотно изображал героев, близких к безумию или обуянных безумием, создающих из обрывков жизненного опыта мировоззрение, которое помогает им выстоять.

Установить, что это за завтрак, не составит труда, скорее всего — один из приёмов, которые на склоне лет стал устраивать Крэбб Робинсон*, чтобы студенты недавно основанного Лондонского университета могли в застольных беседах расширять свой кругозор. Архив Крэбба Робинсона хранился в Библиотеке доктора Уильямса на Гордон-сквер — здании, задуманном как Университетская ратуша; по замыслу Робинсона тут вольнослушатели получали возможность приобщаться к университетской жизни вне учебных аудиторий. Не так уж трудно — да нет, совсем не трудно справиться в дневнике Робинсона, когда Падуб присутствовал на завтраке в доме 30 на Рассел-сквер в обществе профессора математики, политического философа (не Баджот* ли?) и некой затворницы, которая разбиралась в поэзии и сама писала или имела намерение писать стихи.

Кто же она такая? Кристина Россетти?* Сомнительно. Вряд ли мисс Россетти пришлись бы по вкусу богословские построения Падуба и его взгляды на мужскую и женскую психологию. И что за «история о фее»? От всех этих загадок Роланд уже не в первый раз ощутил своё безграничное невежество: серый туман, а в нём то проплывает, то маячит что-то осязаемое, то блеснут купола, то чернеют в сумраке крыши...

Удалось ли Падубу завязать переписку? Если да, то где остальные письма, какие драгоценные сведения о его произведениях «с их потаённым, изощрённо-внятным и непонятым смыслом» могут в них содержаться? Не исключено, что, отыщись эти письма, филологам придётся пересмотреть кое-какие устоявшиеся мнения. Ну а если переписка не завязалась? Если Падуб так и не нашёл слов, чтобы выразить своё настойчивое желание? Настойчивость — вот что поразило и взволновало Роланда больше всего. А он-то думал, что знает Падуба неплохо — насколько вообще можно знать человека, замкнувшегося в мире своих мыслей, сорок лет прожившего с женой как примерный семьянин, оставившего после себя гору писем, но писем сдержанно-учтивых, не отмеченных какими-то особыми страстями. И такой Рандольф Генри Падуб Роланду нравился. Его восхищало яростное горение духа и широчайшая эрудиция, заметные в творчестве Падуба, и в глубине души ему было приятно, что эти качества выработались благодаря такому степенному, такому безбурному существованию.

Он перечитал оба черновика. Было ли письмо наконец написано и отправлено? Или первый порыв угас, был отринут? И тут Роланда самого захлестнул странный, неожиданный для него порыв. Нет, не может он оставить эти полные жизни слова в томе Вико, на странице 300, и сдать на хранение в сейф № 5. Он огляделся: никто не видит. Тогда он украдкой сунул письма в книгу, с которой никогда не расставался, — оксфордское издание «Избранного» Падуба — и снова занялся карточками. Он методично выписывал самое интересное, пока на лестнице не послышался звон колокольчика, извещающий о закрытии читального зала. Заработавшись, Роланд даже не выкроил времени перекусить.

Он собрал коробки с карточками, сунул под них «Избранное» и направился к выходу. Дежурные за столиком выдачи книг дружески ему закивали. Роланд был тут завсегдатаем. Заподозрить его в порче книг или краже никому и в голову не приходило. Он вышел из библиотеки, как обычно, с толстым обшарпанным портфелем под мышкой. На Пиккадилли сел в двухэтажный автобус № 14 и, прижимая к себе добычу, поднялся наверх. Как всегда по дороге домой — жил он в Патни, в полуподвальном этаже ветшающего дома викторианских времён, — сперва на него напала сонливость, потом она сменилась какой-то лихорадочной ясностью, а там уже подступали тревожные мысли о Вэл.

ГЛАВА 2

Человек — это история его мыслей, дыхания и поступков, телесного состава и душевных ран, любви, равнодушия и неприязни, история его народа и государства, земли, вскормившей и его, и предков его, камней и песчинок знакомых ему краёв, история давно отгремевших битв и душевных борений, улыбок дев и неспешных речений старух, история случайностей и постепенного действия непреложных законов — история этих и многих других обстоятельств, один язычок огня, который во всём живёт по законам целого Пламени, но, вспыхнув единожды, в своё время угаснет и никогда больше не загорится в беспредельных просторах будущего.

Так писал Рандольф Генри Падуб примерно в 1840 году, когда работал над поэмой в двенадцати книгах под названием «Рагнарёк, или Гибель богов», которую одни восприняли как христианский взгляд на скандинавскую мифологию, а другие громили за атеизм и недостойную христианина безысходность. Рандольфу Падубу действительно важно было разобраться, что такое человек, но, вообще-то, он запросто мог бы написать это загромождённое, как мебельный склад, предложение совсем по-другому, заменить слова, сочетания и ритмический рисунок и заключить той же добротной уклончивой метафорой. Так, по крайней мере, казалось Роланду, натасканному по части постструктуралистской деконструкции сюжета. А вот на вопрос, кто такой Роланд Митчелл, ему бы пришлось ответить иначе.

В 1986 году ему исполнилось двадцать девять. Митчелл окончил лондонский колледж Принца Альберта (1978) и в том же университете получил степень доктора философии (1985). Его докторская диссертация называлась «История, историки и поэзия? Изображение исторических „свидетельств“ в поэмах Рандольфа Генри Падуба». Научным руководителем был Джеймс

Аспидс, работая под началом которого можно было охладеть к любой теме. Сам Аспидс давно охладел ко всему, и ему доставляло удовольствие расхолаживать окружающих. (Зато уж как учёный он отличался добросовестностью.) Роланд работал в возглавляемом Аспидсом Центре исследования творчества Р. Г. Падуба, который окрестили «Падубоведник». («Лучше бы „Синклит Его Преподубия“», — заметила как-то Вэл.) Размещался центр в Британском музее, куда вдова Падуба Эллен передала значительную часть его рукописей. Кое-какую финансовую поддержку оказывал Падубоведнику Лондонский университет, но гораздо большие средства поступали из Альбукерке, от Фонда Ньюсома — благотворительной организации, одним из попечителей которой состоял Мортимер Собрайл. Казалось бы, в своём стремлении увековечить память Падуба Аспидс и Собрайл действуют рука об руку. Но не тут-то было. Аспидс подозревал, что Собрайл имеет виды на хранящиеся в Британской библиотеке, но не принадлежащие ей рукописи и, разыгрывая щедрость и заботливость, пытается втереться в доверие к законным владельцам. Шотландец Аспидс был убеждён, что рукописи британца должны оставаться в Британии, чтобы их изучали британцы. Может показаться странным, что ответ на вопрос: «Кто такой Роланд Митчелл?» — начинается с разбора непростых отношений Аспидса, Собрайла и Падуба, но, задумываясь о своём положении, Роланд чаще всего видел себя именно в этом соседстве. Во всех остальных случаях «соседством» становилась Вэл.

Роланд считал, что родился слишком поздно. Он едва застал разлитые в воздухе возбуждение, непоседливость, юность, бодрость, ушедшие вместе с шестидесятыми, — радостную зарю нового дня, который заранее представлялся ему и его сверстникам довольно-таки тусклым. В психоделические годы он был ещё школьником и жил в захудалом ланкаширском городишке, примечательном разве что текстильными фабриками, вдали от шума Ливерпуля и сутолоки Лондона. Отец Роланда служил мелким чиновником в совете графства. Мать окончила факультет английского языка и литературы и разочаровалась в своей специальности. Если самому себе Роланд казался ходячим заявлением о приёме — на работу, в колледж, в кандидаты на место под солнцем, — то мать в его глазах была воплощённым разочарованием. В чём она только не разочаровывалась! В нём, в его отце, в себе. В бешенстве от собственной неудачливости, она употребила всю силу этого бешенства на то, чтобы дать сыну приличное образование. Образование Роланд получил в Единой школе Анайрина Бивана, слепленной на скорую руку из Гласдейлской старой классической школы, англиканской средней школы Фомы Беккета и Современной Технической школы гильдии швейников, и учёба сопровождалась непрерывной беготнёй из здания в здание. Мать пристрастилась к крепкому портеру, совсем зациклилась на «приличном образовании» и постоянно заставляла Роланда менять основной предмет: работы по металлу на латынь, гражданское законодательство на французский, устраивала его разносить почту и на вырученные деньги нанимала ему репетитора по математике. Так что в конце концов он получил самое заурядное классическое образование с пробелами из-за сокращения того или другого преподавателя и ералаша на том или другом занятии. Но ожидания Роланд оправдывал всегда: среднюю школу окончил на одни пятёрки, диплом получил с отличием, защитил диссертацию. Сейчас постоянной работы у него не было, и он перебивался случайными заработками: вёл индивидуальные занятия со студентами своего колледжа, состоял на побегушках у Аспидса и мыл посуду по ресторанам. В богатые возможностями шестидесятые он и сам не заметил бы, как в два счёта сделал карьеру, но времена изменились: он уже поставил на себе крест и склонялся к мысли, что сам виноват в своих неудачах.

Роланд был человеком некрупного сложения, с поразительно чёрными, очень мягкими волосами и мелкими правильными чертами. Вэл звала его Кротишка. Прозвище ему не нравилось, но он помалкивал.

Жил он вместе с Вэл. Они познакомились на чаепитии, которое Студенческий союз устроил для первокурсников. Роланду тогда было восемнадцать. Сегодня ему казалось — впрочем, может, это просто мифотворчество от забывчивости, — что Вэл в его новой студенческой жизни была первым человеком, с которым он заговорил — не об учёбе, а так, вообще. Как он вспоминал, ему сразу понравился её взгляд — неуверенный взгляд бархатных карих глаз. Она стояла в сторонке с чашкой чая в руках и, никого вокруг не замечая, сосредоточенно смотрела в окно, словно не ждала, что к ней подойдут, да и не искала собеседников. Весь её вид навевал покой, умиротворял, и Роланд подошёл к ней и завязал разговор. И с тех пор они и минуты не пробыли порознь. Записывались на одни и те же курсы, в одни и те же студенческие общества, вместе сидели на семинарах, вместе ходили в Национальный дом кино. Вместе спали, а на втором курсе вместе сняли себе однокомнатную квартиру. На питании экономили — ели овсянку, чечевицу, фасоль, йогурт; когда случалось побаловаться пивом, пили не спеша, чтобы растянуть удовольствие; книги покупали в складчину. Других доходов, кроме стипендии, ни у неё, ни у него не было, а в Лондоне на стипендию не разгуляешься. А из-за нефтяного кризиса подрабатывать в каникулы стало уже невозможно. Роланд считал, что и диплом с отличием он получил не без помощи Вэл (это если не считать помощи матери и Рандольфа Генри Падуба). Ведь Вэл так надеялась, что Роланд его получит, всё время заставляла делиться соображениями о дипломной работе, обсуждала с ним каждую мелочь, постоянно угрызалась, что она, вернее, они так мало занимаются. Ссорились они очень редко и почти всегда по одной причине: Роланда тревожило, что она так дичится всех на свете — не высказывает собственную точку зрения на семинарах, а в последнее время и ему не рассказывает о своих мыслях. Раньше у неё было полно всяких заветных мыслей, и она с робкой лукавцей, словно подманивая или подначивая, делилась ими с Роландом. Были у неё любимые стихи. Как-то раз, когда они с Роландом лежали нагишом в его тёмной квартирке, она вдруг села в кровати и прочла строки Роберта Грейвза:

> Полуслова: она сквозь полусон
> Лепечет нежное из темноты,
> Не поднимая век.
> Земля на миг стряхнула зимний сон
> И подарила травы и цветы —
> И не беда, что снег,
> Что сыплет снег.

У неё был небрежный ливерпульский выговор, подправленный лондонским произношением, как у «Битлз». Роланд попытался было заговорить, но она зажала ему рот. Да он и сам не знал, что сказать.

Постепенно Роланд стал замечать, что чем лучше идёт у него учёба, тем реже Вэл заводит серьёзные разговоры и тем чаще выговаривает в них его мысли — иной раз перелицованные навыворот, но всё же его собственные. Даже тему дипломной работы она выбрала такую: «Мужчина чревовещающий: Рандольф Генри Падуб и женщины». Роланд отговаривал. Пусть лучше напишет о чём-нибудь своём, заговорит собственным голосом, покажет всем, на что она способна. На это Вэл объявила, что он просто «издевается». Роланд удивился: почему это «издевается»? — но она, как уже не раз случалось при спорах, ответила молчанием. Роланд тоже не нашёл другого средства противодействия, кроме молчания, и они не разговаривали несколько дней. Был и совсем уж кошмарный случай, когда они проиграли в молчанку несколько недель — из-за того, что Роланд напрямик выложил, что́ он думает о «Мужчине чревовещающем». Но всякий раз напряжённое молчание разряжалось примирительными односложными репликами и мирное сосуществование восстанавливалось.

Между тем подошли выпускные экзамены. Роланд сдавал в срок и, как и следовало ожидать, успешно. Экзаменационные работы Вэл были написаны размашистым уверенным почерком, прекрасно оформлены, предельно лаконичны и бесцветны. Экзаменаторы признали, что «Мужчина чревовещающий» — работа добротная, но переоценивать её не стоит, потому что к ней наверняка приложил руку Роланд. Это было вдвойне несправедливо. Роланд её даже не прочёл и к тому же был не согласен с её главной мыслью: что Рандольф Генри Падуб не любил и не понимал женщин, что все героини, в уста которых он вкладывает свои поэтические монологи, — это воплощение его страхов и агрессивности, что даже в цикле поэтических посланий «Аск — Эмбле»[1] проявляется не любовь, а нарциссизм: поэт обращается к своей Аниме[2]. (Ещё ни одному биографу не удалось хоть сколько-нибудь доказательно установить, кто же был прототипом Эмблы.) Экзамены Вэл сдала неважно. Роланд думал, что на большее она не рассчитывала, но, к ужасу своему, обнаружил, что ошибался. Пошли слёзы, сдавленные всхлипы ночи напролёт, потом — первая вспышка ярости.

Вэл ненадолго съездила «домой». Это было их первое расставание с тех пор, как они поселились вместе. Дом — вернее, квартира в муниципальном доме, где Вэл жила с разведённой матерью, — находился в Кройдоне. Мать получала пособие для ма-

---

[1] *Аск* («ясень»), *Эмбла* («ива») — в скандинавской мифологии первые люди на земле, оживленные богами (асами) ива и ясень, найденные на берегу моря.

[2] Термин аналитической психологии К. Г. Юнга: персонификация женского начала в бессознательном мужчины.

лоимущих, а иногда алименты, которые с большими перерывами присылал муж, работавший в торговом флоте. Последний раз он появлялся дома, когда Вэл было пять лет. Вэл ни разу не предлагала Роланду съездить к матери. Зато он уже дважды возил её к своим в Гласдейл. Там она помогала отцу Роланда мыть посуду и слушала, как мать ехидно отпускает шпильки насчёт их с Роландом образа жизни. Вэл и бровью не повела, а Роланду сказала:

— Да ладно тебе, Кротишка. Я это уже проходила. Моя вон ещё и пьёт. У нас на кухне только чиркни спичкой — так и заполыхает.

Едва Вэл уехала, Роланд точно прозрел и обратился в другую веру. Он неожиданно понял, что такая жизнь ему больше не по душе. Теперь он ночью ворочался сколько хотел, раскидывался по всей кровати, днём распахивал окна, ходил один в галерею Тейт любоваться размытой золотистыми лучами голубизной над замком Норем на картине Тернера. Пригласил к себе на жареного фазана своего противника во всех драках за академические лавры Фергуса Вулффа. Фазан оказался жёстким, нашпигованным дробью, но поболтали и посидели славно. Роланд начал строить планы — вернее, просто воображал, как бы здорово ему работалось бессонными ночами, будь он предоставлен самому себе: такой возможности у него ещё никогда не бывало. А через неделю вернулась Вэл. Вернулась заплаканная, с трясущимися руками и объявила, что хочет по крайней мере сама зарабатывать на жизнь и поступает на курсы машинисток-стенографисток.

— Слава богу, хоть тебе я нужна, — вздохнула она, и мокрое лицо её лоснилось от слёз. — Не знаю уж, зачем тебе такое ничтожество, а только нужна.

— Конечно нужна, — подтвердил Роланд. — Ещё как нужна!

❈❈❈

Стипендию Роланду больше не платили, и, пока он писал диссертацию, они жили на заработки Вэл. Она купила себе электронную пишущую машинку и вечерами перепечатывала научные статьи, а днём находила какую-нибудь временную секретарскую работу там, где платили побольше. Работа подворачивалась то в Сити, то в университетских клиниках, то в судоходных компаниях, то в картинных галереях. Проще было бы работать по одному профилю, но Вэл не хотела. Её никакими силами нельзя было вывести на разговор о её работе, которую она называла не иначе как «халтура». «Мне тут перед сном надо ещё кое-какую халтуру попечатать». А иногда выражалась совсем чудно́: «Я сегодня по дороге на халтурку чуть не попала под машину». В голосе её стали проступать жёлчные нотки, которые показались Роланду знакомыми, и он первый раз в жизни задумался: а какой была его мать *до того*, как её постигло разочарование в лице мужа и в какой-то степени сына? По вечерам его изводила трескотня пишущей машинки, сбивчивая и поэтому особенно назойливая.

Теперь он видел рядом с собой двух Вэл. Одна, молчаливая, сидела дома в старых джинсах и длинных, вечно задирающихся рубахах из чего-то вроде крепа, усеянного мрачными чёрными и лиловыми цветочками. Тусклые каштановые волосы были распущены, из них смотрело бескровное лицо обитательницы подземелья. Лишь иногда на ногтях у неё расцветал пунцовый лак, оставшийся от другой Вэл, которая носила чёрную юбку в обтяжку, чёрный жакет с накладными плечами, а под ним шёлковую розовую блузку и тщательно накладывала розовато-коричневый макияж, погуще оттеняя скулы и сочные губы. Эта Вэл — Вэл-халтурщица во всём её траурном великолепии — ходила в туфлях на высоком каблуке и в чёрном берете. У неё были красивые ноги, дома вечно скрытые джинсами. Волосы она укладывала так, что получалась вполне сносная причёска «под пажа», а то подвязывала их чёрной лентой. Но до духов дело не дошло. Вэл с её внешними данными пикантность была недоступна. А жаль: Роланд бы только обрадовался, если бы её пригласил на ужин какой-нибудь воротила из торгового банка или какой-нибудь прощелыга-адвокат затащил в «Плейбой-клуб». Он сам ненавидел себя за эти постыдные мысли и резонно побаивался, как бы о них не догадалась Вэл.

Изменить хоть что-нибудь можно было лишь в том случае, если бы Роланд нашёл работу. Он всё пытался устроиться, но получал отказ за отказом. Когда открылась вакансия на его факультете, заявки подали шестьсот кандидатов. Роланда пригласили на собеседование — из вежливости, как ему показалось, — но досталась должность Фергусу Вулффу, который по всем ака-

демическим показателям уступал Роланду, но мог блеснуть, мог
оглушить до смешного напыщенными словесами, не нагонял
тоску своей правотой, был любимцем преподавателей и приводил их то в бешенство, то в восторг. Самые оживлённые отзывы,
которыми они удостаивали Роланда, были степенные похвалы.
У Фергуса оказалась подходящая специальность — теория литературы. Эта история возмутила не столько Роланда, сколько
Вэл, и её возмущение огорчило Роланда больше, чем собственная неудача: Фергус был ему симпатичен, и он хотел сохранить
в себе это отношение. Вэл, по своей привычке наделять всё на
свете впредь уж несменяемыми прозвищами, налепила ярлык
и Фергусу, ярлык неудачный и незаслуженный.

— Этот смазливый позёришка, — приговаривала она. — Это
секс-бомбище блондинистое.

Ей нравилось вклеивать в речь выражения из лексикона об-
лизывающихся самцов — бить врага его же оружием. Роланд не-
доумевал: Фергусу такая характеристика никак не подходила.
Да, блондин, да, пользуется немалым успехом у женщин — но
только и всего. К себе они Фергуса больше не приглашали, и Роланд опасался, как бы тот не подумал, что это Роланд с досады
отказал ему от дома.

✤❧❦❧✤

Вернувшись в этот вечер домой, Роланд носом учуял, что Вэл
в боевом настроении. По квартире тёплыми волнами разливался
крепкий запах жареного лука: значит, она стряпает что-то этакое.
Когда Вэл хандрила, когда у неё всё валилось из рук, она просто
открывала консервы, варила яйца или в лучшем случае подавала авокадо со специями. Но если на неё накатывала бодрость или
ярость, она бросалась стряпать. Вэл у мойки шинковала тыкву
и баклажаны. На Роланда она даже не взглянула, и он понял, что
настроение у неё не просто боевое, а воинственное. Стараясь не
шуметь, он поставил сумку.

Их длинная сумрачная комната-пещера была выкрашена белой и бледно-оранжевой краской — Роланд и Вэл выбрали эти
цвета, чтобы в комнате было не так мрачно. Обставлена комната
была так: диван-кровать, два старых-престарых кресла с пыльной обивкой из фиолетового плюша, с изголовьями и гнутыми

подлокотниками, закрученными на концах в резные спирали, видавший виды письменный стол из морёного дуба, за которым работал Роланд, и ещё один письменный стол, поновее, из полированного бука — на нём стояла пишущая машинка. Столы, отвернувшись друг от друга, уткнулись в противоположные стены, каждый был оснащён настольной лампой на кронштейнах: у Роланда чёрная, у Вэл розовая. В торце комнаты прогибались под тяжестью книг полки стеллажа, сооружённого из досок и кирпичей. Книги — классические труды — были общими, кое-что оказывалось в двух экземплярах. На стенах плакаты: «Коран» из собрания Британского музея — причудливый геометрический орнамент — и афиша выставки Тернера в галерее Тейт.

У Роланда было три изображения Рандольфа Генри Падуба. Первое стояло у него на столе: фотография посмертной маски, одного из предметов, составляющих гордость Стэнтовского собрания в Гармония-Сити. Происхождение этого мрачного широколобого изваяния оставалось загадкой. Ведь усопший на фотографиях запечатлён со своей патриархальной бородой. Кто её сбрил, когда? Этот вопрос задавал себе Роланд, этот вопрос исследовал Мортимер Собрайл в своей книге о жизни поэта «Великий Чревовещатель», но ответа никто не нашёл. Два других портрета — сделанные по заказу Роланда фотографии живописных полотен из Национальной портретной галереи — Вэл упрятала в тёмную прихожую. Она сказала, что не хочет всё время ловить на себе его взгляд, пора хоть немного пожить для себя, а то всё Падуб да Падуб.

В полумраке прихожей фотографии было не разглядеть. Один портрет принадлежал кисти Мане, другой написан Д. Ф. Уоттсом*. Работа Мане относилась к 1867-му, когда художник приезжал в Англию, и отчасти напоминала его же портрет Золя. Живописец изобразил Падуба, с которым он познакомился ещё в Париже, восседающим вполоборота к зрителю за письменным столом, в резном кресле красного дерева. Фоном служит нечто вроде триптиха, где на боковых створках выписаны листья папоротника, а посредине подводные заросли, в которых посверкивают розовой и золотистой чешуёй рыбы. Сначала кажется, что поэт расположился где-то в лесу, у подножия деревьев, но, как отмечал Мортимер Собрайл, скоро понимаешь, что фон — это разделённый перегородками стеклянный резервуар, в каких исследователи в Викторианскую эпоху изучали жизнедеятель-

ность организмов: наблюдали растения в искусственных условиях, рыб в искусственных водоёмах. У Падуба на портрете Мане
смуглое волевое лицо, крутой лоб, густая борода, в глубоко по-
саженных глазах светится затаённое, только ему понятное удовольствие. Это умный, осмотрительный человек, не склонный
принимать скоропалительные решения. Перед ним на столе разложены разнообразные предметы: превосходный, изящный на-
тюрморт под стать мастерски выполненной голове портретируе-
мого и двусмысленной растительности фона. Тут и собрание не-
отшлифованных геологических образцов, в числе которых два
камня почти правильной шарообразной формы, похожие на маленькие пушечные ядра, один чёрный, другой сернистого зеле-
новато-жёлтого цвета, тут и древние окаменелости: аммониты и
трилобиты[1], тут и большой хрустальный шар, и чернильница зелёного стекла, и кошачий скелет на подставке, и стопка книг —
два названия можно разобрать: «Божественная комедия» и «Фауст», — и песочные часы в деревянной оправе. Чернильница,
хрустальный шар, часы и две упомянутые книги, к которым до-
бавились ещё две, чьи названия ценой кропотливых трудов удалось установить: «Дон Кихот» и «Основы геологии» Лайеля*, —
всё это попало в Стэнтовское собрание и экспонировалось в осо-
бом помещении, в той же обстановке, что и на картине Мане, на
фоне стеклянного резервуара. Даже стол и кресло были подлин-
ные.

Портрет работы Уоттса был не так отчётлив и достоверен. На
этой картине, написанной в 1876 году, поэт выглядит старше и
неземнее. Подобно фигурам на многих других портретах Уоттса,
он весь охвачен порывом к духовному свету, который озаряет его
голову, венчающую расплывчатое столпообразное тело. На фото-
репродукции задний план потемнел и превратился в пелену мрака со сгустками и прогалинами, но на оригинале он более-менее
различим: это какая-то скалистая местность. Самое примеча-
тельное на этом портрете — глаза, большие, сверкающие. И ещё
борода — многоструйный поток серебристого, млечного, сизого,
ручейки и развилины — совсем как буйно-курчавая борода Ле-
онардо да Винчи на автопортрете, от которой, кажется, исходит
свет. Борода Падуба казалась светящейся даже на репродукции.

---

[1] *Аммониты* — надотряд вымерших морских головоногих моллюсков. *Трилобиты* — класс вымерших морских членистоногих.

Роланд находил, что на фотографиях портреты вышли не только более строгими, но и какими-то более жизненными, как и вообще всё на фотографиях. Более жизненными и менее живыми,
не одушевлёнными цветом. Зато изображение стало реалистич-
нее — в сегодняшнем смысле слова, по сегодняшним представлениям. В сырой неухоженной комнате репродукции слегка по-
блекли. Но у Роланда не было денег заказать новые.

Окно комнаты смотрело в тесный дворик, откуда по ступенькам можно было подняться в сад: он виднелся наверху, за оградой. Когда Роланд и Вэл пришли сюда по объявлению о сдаче
квартиры, им было сказано, что это квартира с выходом в сад.
Но выйти в сад им довелось только в то первое посещение: позже выяснилось, что всякие прогулки в саду им воспрещаются.
Им даже возбранялось держать на площадке у своей двери растения в кадках. Объявила об этом домовладелица, восьмидеся-
тилетняя миссис Ирвинг, тон её был категоричен, а объяснения
невразумительны. Сама миссис Ирвинг занимала остальные три
этажа, где стоял затхлый смрад от несметного полчища кошек,
живших бок о бок с хозяйкой. Сад она содержала в чистоте и
холе, зато скудно обставленная гостиная её была совершенно
запущена. Вэл утверждала, что миссис Ирвинг заманила их на
эту квартиру, как старая ведьма из сказки: повела в сад, распи-
сала, какая тут тишина, угостила каждого золотым пушистым
абрикосиком с деревьев, что росли на шпалерах вдоль изгибаю-
щейся кирпичной стены. Сад был вытянут в длину, тенистый,
но не загустевший, с залитыми солнцем газонами в обрамлении
самшитовых кустиков, отовсюду веяло благоухание роз — смуг-
лых дамасских, нежно-розовых, чайных, — а по краям газона пестрели фантастическим узором тигровые и крапчатые лилии. Ви-
тая бронза и золото, броские, жаркие, пышные цвета. И всё под
запретом. Но при первом посещении о запрете не было сказано
ни слова. Вместо этого миссис Ирвинг своим приветливым над-
треснутым голосом прочла целую лекцию о высокой кирпичной
стене, построенной в годы гражданской войны — и даже раньше, в те времена, когда Патни был не пригородом Лондона, а
просто деревушкой и стена обозначала границу владений генерала Фэрфакса*, в те времена, когда здесь собиралось ополче-

ние Кромвеля, когда в церкви Святой Марии, что на мосту, велись дебаты о свободе совести. В одном стихотворении Рандольф Генри Падуб воспроизводит речь, якобы произнесённую неким «копателем» во время дебатов в Патни[1]. Падуб нарочно приезжал сюда посмотреть на реку в пору мелководья. Эллен Падуб писала в своём дневнике про эту поездку, про завтрак на траве: жареный цыплёнок и пирог с петрушкой. Воспоминания о Падубе, о покровителе Марвелла* генерале Фэрфаксе, обнесённый стеною сад, полный цветов и плодов, — и Роланд с Вэл не устояли перед соблазном снять квартиру с выходом в сад и видом на запретные красоты.

Когда наступала весна, сверху в окне брезжило жёлтое сияние — это распускались росшие плотным строем яркие нарциссы. К самому окну подкрадывались усики дикого винограда и, припадая круглыми присосочками к стеклу, со всей быстротой, на какую способно растение, спускались всё ниже и ниже. Иногда во дворик склонялись выбившиеся из-за ограды душистые ветки жасмина, который пышно цвёл возле самого дома. Но появлялась миссис Ирвинг в том самом садовом облачении, в котором когда-то завлекала квартирантов, — латаный-перелатаный твидовый костюм, фартук и сапоги, — появлялась и водворяла ветку на место. Однажды Роланд вызвался помогать ей по саду, а за это просил, чтобы она разрешила там иногда посиживать. В ответ он услышал, что в садоводстве не разбирается, что молодёжь нынче ничего не бережёт, а всё только ломает, что ей, миссис Ирвинг, дороже всего покой.

— То-то, наверно, кошки в саду хозяйничают, — предположила однажды Вэл.

А через некоторое время они заметили на потолке в кухне и в ванной сырые пятна. Роланд потрогал их пальцем, понюхал его и уловил отчётливый запах кошачьей мочи. Оказывается, кошки тоже томились под домашним арестом. Надо было бы подыскать другую квартиру, но заговаривать об этом первым Роланд не хотел: он иждивенец. И не нужно пока в их отношениях с Вэл никаких встрясок.

---

[1] Дебаты в Патни (октябрь 1647 г.), в которых участвовали солдаты и офицеры парламентской армии, касались новых основ общественных отношений после победы сторонников парламента. «Копатели» («диггеры») — представители крайне левого крыла революционной демократии в Английской революции — требовали уничтожения частной собственности и раздела всех благ.

✻❀✻

Вэл поставила перед ним жаркое из барашка под маринадом, овощное рагу и греческий хлеб — большую горячую лепёшку.

— Может, за вином сбегать? — предложил Роланд, но Вэл резко, не деликатничая, ответила:

— Спохватился! Пока пробегаешь, всё остынет.

Ели они за ломберным столиком, который потом складывали.

— Я сегодня сделал потрясающее открытие, — начал Роланд.

— Ну-ну.

— В Лондонской библиотеке. У них есть книга Вико из библиотеки Падуба. Его собственный экземпляр. Его в сейфе хранят. Я заказал, смотрю — в книге полным-полно собственноручных записей Падуба на всяких старых счетах. Между страниц. Я на девяносто процентов уверен, что их никто не читал. Как их засунули, так они и лежат. Края почернели как раз по обрез книги.

В ответ бесстрастное:

— Как интересно.

— Может быть, это переворот в науке. Точно-точно. Мне-то взглянуть разрешили, не отобрали. Про них наверняка никто не знает.

— Да уж конечно не знает.

— Надо рассказать Аспидсу. Он полезет проверять, есть ли там что-нибудь интересное, не успел ли Собрайл до них добраться.

— Да уж конечно успел.

Определённо она была не в духе.

— Прости, Вэл, я не хотел тоску нагонять. Но по-моему, страшно интересно.

— Это уж кого что греет. У каждого свои радости в жизни.

— Я про эту находку напишу. Статью. После такого открытия и работу будет легче найти.

— Работы никакой не осталось, — сказала Вэл и прибавила: — А если что и осталось, всё равно отдадут Фергусу Вулффу.

«Вэл в своём репертуаре», — подумал Роланд: он заметил, что это замечание давно вертелось у неё на языке, но она великодушно крепилась.

— Ну, если ты считаешь, что я занимаюсь ерундой...

— Ты занимаешься тем, что тебя греет. Как и всякий, кому повезло и кого хоть что-то греет. Ты возишься со своим мертве-

цом. Который возился со своими мертвецами. Ну и возись на
здоровье, но не всем же на него молиться. А вот я просто халтур-
щица несчастная, но такого на своей халтуре нагляделась. На
прошлой неделе в той фирме, что экспортирует керамику, беру
со стола у начальника папку, а под ней фотографии. Как издева-
ются над мальчиками. Цепи, кляпы... Брр! На этой неделе у хи-
рурга показываю класс — навожу порядок в регистратуре и вдруг
натыкаюсь на историю болезни шестнадцатилетнего парнишки,
которому в прошлом году ампутировали ногу. Сейчас ему делают протез — делают уже несколько месяцев, волынка страшная, — а у него на другой ноге началось то же самое. И он не знает. А я знаю. Я много чего знаю. Но всё какие-то обрывки, клочки, нелепости какие-то. Один тип полетел в Амстердам покупать
алмазы, я помогала его секретарше заказать билет. Первым клас-
сом полетел, машина — блеск. И вот гуляет он по берегу канала,
глазеет на фасады, а кто-то подошёл сзади и пырнул ножом.
И всё: остался без почки, началась гангрена — и конец. Видишь,
как просто. Вот так бывает с теми, на кого я халтурю: был —
и нету. А записки Рандольфа Генри Падуба — это уж такая глухая древность. Так что прости, но мне нет никакого дела, что он
там оставил в своём Вико.

— Послушай, Вэл, это страшно. Ты никогда не говорила...

— Ну что ты, это очень *интересно* — всякие там подробности, которые подсматриваешь на халтуре в замочную скважину.
Только уж больно они нелепые, толку от них ни на грош. Я тебе,
кажется, завидую: ты по крохам восстанавливаешь мировоззрение своего душки Падуба. Но тебе-то какой толк от твоих занятий, а, Кротишка? У самого-то у тебя есть мировоззрение? И как
ты думаешь выбираться из этой дыры, в конце-то концов? Или
так и проживем всю жизнь под потолком, с которого капает ко-
шачья моча, так и будем *сидеть друг у друга на голове*?

Она чем-то расстроена, сообразил Роланд. Так расстроена, что
несколько раз произнесла «греет» — словечко не из её лексикона. Может, кто-то её потискал? Или не захотел потискать? Нет,
это подленькая мысль. Гнев, раздражение — это её стихия, это
её «греет». Уж Роланд знает. Он вообще знает её чересчур хорошо, в том-то и беда. Роланд подошёл к Вэл и ласково погладил
её шею. Вэл сердито фыркнула, нахохлилась, но скоро оттаяла.
Чуть погодя они уже лежали в постели.

Он так и не рассказал, так и не смог рассказать ей про свою тайком совершённую кражу. Поздно вечером в ванной он ещё раз пробежал оба письма. «Милостивая государыня! Мысли о нашей необычной беседе не покидают меня ни на минуту...», «Милостивая государыня! Я то и дело возвращаюсь в мыслях к нашей приятной и неожиданной беседе...» Настойчивые, недописанные письма. Пронзительные строки. До сих пор Роланда не слишком занимала давно закончившаяся телесная жизнь Рандольфа Генри Падуба. Тратить время на посещение дома на Рассел-стрит, сидеть, как, бывало, сиживал Падуб, на каменных ступенях в саду — это скорее в духе Собрайла. Роланду нравилось постигать работу ума Падуба, угадывать её в извилистом строе фразы, наблюдать, как она вдруг проступает в неожиданном выборе эпитета. Но эти мёртвые письма вызывали у него трепет — трепет прямо-таки физический. И всё из-за их незаконченности. В воображении возникал не Рандольф Генри Падуб, строчащий пером по бумаге, а только его пальцы, давным-давно истлевшие: вот они берут эти полуисписанные листки, складывают их, помещают в книгу. Письма не выброшены — сохранены... *Кто она?* Надо разобраться.

ГЛАВА 3

...В подземной мгле,
Где Ни́дхёгг[1], аспидночешуйный гад,
У Древа-Миродержца средь корней
Склубившись, гложет их густую вязь.

Р. Г. Падуб. Рагнарёк, III

На другое утро, пока Вэл ещё наносила на лицо свою секретарскую раскраску, Роланд сел на велосипед и отправился в Блумсбери. Он ехал, с опасностью для жизни лавируя в автомобильном потоке, который растянувшимся на пять миль зловонным червячищем полз по мосту Патни, по Набережной, через Парламентскую площадь. Кабинет Роланда в колледже не был за ним закреплён, он просто занимал эту комнату с молчаливого согласия администрации, когда проводил индивидуальные занятия со студентами. Уединясь в тишине кабинета, Роланд распаковал нехитрый скарб, привезённый на багажнике велосипеда, и прошёл в подсобку, где возле мойки в чайных потёках, среди замызганных полотенец, примостился массивный ксерокс. Пока машина, урча и жужжа вентилятором, разогревалась, Роланд перечитал оба письма. Потом положил их на тёмное стекло, под которым прокатились зелёные сполохи. И машина выплюнула горячие, пахнущие химикатами листы со спектрограммами рукописных текстов: пустота по закраинам вышла на копиях чёрной, как у подлинников, окаймлённых чернотой вековой пыли. Совесть его чиста: он записал свой долг факультету в журнале учёта, лежавшем на краю мойки. «Роланд Митчелл, 2 стр., 10 пенсов». Совесть его нечиста. Теперь у него есть добротные копии, и он может незаметно сунуть письма обратно в библиотечный

---

[1] *Ни́дхёгг* — в скандинавской мифологии дракон, обитающий под землёй и подгрызающий корни мирового древа — ясеня Иггдрасиля.

том Вико. Может, но не хочет. Роланду уже казалось, что письма принадлежат ему. Он всегда с некоторым презрением поглядывал на тех, кто млеет при виде всякой реликвии, хранящей прикосновение кого-нибудь из великих: щегольской трости Бальзака, флажолета[1] Роберта Луиса Стивенсона, чёрной кружевной мантильи Джордж Элиот. Мортимер Собрайл имел обыкновение доставать из внутреннего кармашка золотую «луковицу» Рандольфа Генри Падуба и исчислять время по часам поэта. Ксерокопии Роланда были чётче и чище, чем выцветшие, рыжевато-серые строки подлинника, на копиях чёрные строки отливали свежим лаковым блеском: по-видимому, машину совсем недавно заправили порошком. Пусть так, но расставаться с подлинниками Роланд не хотел.

Когда открылась Библиотека доктора Уильямса, Роланд отправился туда и запросил рукопись объёмистого дневника Крэбба Робинсона. Ему уже случалось здесь бывать, но, чтобы его вспомнили, пришлось сослаться на Аспидса, хотя у Роланда и в мыслях не было посвящать Аспидса в своё открытие — по крайней мере до тех пор, пока он не удовлетворит своё любопытство и не вернёт письма на место.

Получив дневник, Роланд сразу же открыл записи за 1856 год — год публикации цикла «Боги, люди и герои», который неутомимый Крэбб Робинсон прочёл и не оставил без отзыва.

4 июня. Читал драматические поэмы из новой книги Рандольфа Падуба. Особенно примечательными нашёл три, где речь ведётся от лица Августина Гиппонского, саксонского монаха Готшалька*, жившего в IX столетии, и Соседа Шатковера из «Странствий Паломника». Также любопытнейшее изображение подлинного случая, когда Франц Месмер вместе с юным Моцартом музицировали на стеклянной гармонике при дворе эрцгерцога в Вене — произведение, написанное звучным стихом, полное странной напевности, превосходное и по замыслу, и по исполнению. Этот Готшальк, с его неколебимой верой в предопределение, предтеча Лютера — даже и в том, что отринул монашеский обет, — возможно, изображает собою кое-кого из нынешних евангелических проповедников. Сосед же Шатковер, должно быть, сатира на тех, кто, подобно мне, полагает, что христианство не есть идолопо-

---

[1] *Флажолет (фр.* flageolet) — род продольной флейты высокого регистра.

клонническая вера в присутствие божества в куске хлеба, как не есть оно пять пунктов метафизического вероучения[1]. Рисуя Шатковера, который, надо думать, ближе ему по духу, Падуб, по своему обыкновению, выказывает к нему больше неприязни, чем к своему чудовищному монаху, в чьём неистовом рычании местами звучит истинное величие. Каковы же убеждения самого Рандольфа Падуба, разобрать невозможно. Боюсь, что стихи его никогда не будут иметь успех у публики. Его описание Шварцвальда в «Готшальке» очень хорошо, но многие ли сумеют продраться через предваряющие его богословские рассуждения? За извивами и хитроумной вязью его напевов, достигаемыми ценою насилия над стихом, за нагромождениями необычных и неосновательных сближений смысл делается неразличимым. Читая Падуба, я вспоминаю, как молодой Кольридж с упоением декламировал свою эпиграмму на Джона Донна:

> Донн, чей Пегас верблюдом выступает,
> В амурный вензель кочергу сгибает.

Этот отрывок был хорошо известен падубоведам и часто цитировался. Роланду нравился Крэбб Робинсон — человек, наделённый любознательностью и неутолимым желанием делать добро, души не чаявший в литературе и науках, но при всём том вечно недовольный собой. «Я рано понял, что не имею столько литературного дарования, чтобы занять то место в ряду английских писателей, о котором я мечтал. Но я расчёл, что у меня есть возможность завести знакомство со многими замечательными людьми нашего времени и приносить некоторую пользу, записывая свои с ними беседы». Кого только из великих он не знал! Целых два поколения знаменитостей: Вордсворт, Кольридж, де Квинси, Лэм*, мадам де Сталь, Гёте, Шиллер, Карлейль, Д. Г. Льюис*, Теннисон, Клаф*, Баджот. Роланд прочёл записи за 1857 год и перешёл к 1858-му. В феврале Робинсон писал:

> Когда пробьёт мой смертный час (а в восемьдесят лет час этот уже не за горами), я возблагодарю Создателя за то, что Он доставил мне случай увидеть целое собрание совершенств, дарованных людям. Если говорить о женщинах,

---

[1] Имеется в виду религиозная доктрина кальвинизма.

я видел благородное величие, воплощённое в миссис Сиддонс*, обаяние миссис Джордан и мадемуазель Марс*; я затаив дыхание слушал задумчивые монологи Кольриджа — «этого златоустого старца»; я путешествовал с Вордсвортом, величайшим из наших сочинителей философической лирики; я наслаждался остроумными и пылкими речами Чарльза Лэма, я бывал в гостях у Гёте, гениальнейшего ума своего времени и своей страны, и вёл с ним пространные застольные беседы. Он утверждает, что всем обязан только Шекспиру, Спинозе и Линнею — подобно тому как Вордсворт, вступая на поприще поэзии, опасался, что не сумеет превзойти лишь Чосера, Спенсера, Шекспира и Мильтона.

В записях за июнь Роланд наконец обнаружил то, что искал.

Мой званый завтрак — в рассуждении застольной беседы — удался. Были Баджот, Падуб, миссис Джеймсон, профессор Спир, мисс Ла Мотт и приятельница её мисс Перстчетт, особа весьма немногословная. Падуб до сего дня не был знаком с мисс Ла Мотт, которая и нынче выехала из дома лишь затем, чтобы доставить мне приятность и побеседовать о своём батюшке, чья книга «Mythologies»[1] сделалась известною в Англии не без моего участия. Завязался оживлённый разговор о поэзии, в особенности о несравненном гении Данте, а также о гении Шекспира, запечатлевшемся в его стихах, и в первую очередь об игривости его ранних поэм, которыми Падуб особенно восхищается. Мисс Ла Мотт показала такую красноречивость, какой я от неё никак не ожидал; одушевляясь, она делается чудо как хороша. Говорили ещё о так называемых спиритических явлениях, про которые с большим чувством писала мне леди Байрон. Речь зашла о сообщении мисс Бичер-Стоу, которая будто бы имела беседу с духом Шарлотты Бронте. На это мисс Перстчетт, большей частью хранившая молчание, сочувственно заметила, что, по её убеждению, подобные происшествия возможны и действительно случаются. Падуб возразил, что поверит в такие явления не прежде, чем сам удостоверится в их истинности на опыте, но в обозримом будущем такой случай едва ли представится. Баджот сказал, что, судя по тому, как Падуб изображает веру

---

[1] «Мифология» *(фр.)*.

Месмера в действенность духовных флюидов, не такой уж он беззаветный приверженец позитивистской науки, каким себя выставляет. Падуб отвечал, что, если поэт желает вообразить себе некое историческое происшествие, он должен вжиться в душевный мир своих героев и он, Падуб, проникается их убеждениями так основательно, что ему грозит опасность забыть о собственных убеждениях. Все обратились к мисс Ла Мотт с вопросом, что она думает о стуках, производимых духами, но она своего мнения не сказала и отвечала улыбкою Моны Лизы.

Роланд выписал себе этот отрывок и принялся читать дальше, но не нашёл больше ни одного упоминания о мисс Ла Мотт, хотя сообщения о визитах Падуба и к Падубу мелькали то и дело. Робинсон отдавал должное домовитости миссис Падуб и сетовал, что она так и не стала матерью: мать из неё получилась бы примерная. В записях Робинсона не было никаких свидетельств, что мисс Ла Мотт или мисс Перстчетт показали сколько-нибудь хорошее знакомство с творчеством Падуба. Может быть, эта беседа, «приятная и неожиданная» или, как сказано в другом черновике, «необычная», состоялась в другое время или в другом месте. Переписанные довольно-таки неразборчивым почерком Роланда, записи Робинсона выглядели странно, не так полнокровно и словно бы поутратили связь с обстоятельствами жизни писавшего. Роланд понимал, что переписанный текст — это уже не то, хотя бы потому, что в него наверняка вкрались неточности: статистика показывает, что они почти неизбежны. Мортимер Собрайл заставлял своих аспирантов переписывать фрагменты текстов — обычно из произведений Рандольфа Генри Падуба, — потом переписывать переписанное, перепечатывать то, что получилось, и придирчивым редакторским глазом выискивать ошибки. Текстов без ошибок не бывает, утверждал Собрайл. Даже изобретение простой в обращении копировальной техники не избавило аспирантов от этих унизительных упражнений. Аспидс подобными методическими приёмами не пользовался, хотя и он отмечал и исправлял тьму ошибок, разражаясь одним и тем же набором колкостей по поводу упадка образования в Англии. В его время, приговаривал он, студенты правописанием владели, а уж поэзия, Библия просто входили в плоть и кровь. Чудное выражение «входить в плоть и кровь», добавлял он, можно подумать, что знание поэзии циркулирует в сердечно-сосудистой системе. «Струится в сердце», как писал Вордсворт[1]. Но в лучших английских традициях Аспидс считал, что прививать недоучкам навыки, которых они лишены, — это не его дело. Им приходилось брести на ощупь в тумане его брюзгливо-презрительных обиняков.

✦❧✿❧✦

Роланд отправился разыскивать Аспидса в Британский музей. Он ещё не решил, что именно рассказать Аспидсу, и хотел обдумать предстоящий разговор в читальном зале под высоким куполом; Роланду казалось, что, несмотря на его высоту, кислорода в зале на всех не хватает и усердные читатели в сонном забытьи постепенно сникают, как язычки пламени под стеклянным колпаком. Время было послеобеденное — утро Роланд посвятил Крэббу Робинсону, — а это значило, что посетители уже заняли все места за высокими просторными столами с нежно-голубой обивкой, лучами расходящимися от администраторского стола, который кольцом охватила стойка каталога. Пришлось довольствоваться одним из столиков поменьше в секторе между лучами, обычным местом опоздавших. Это были заштатные столы, столы на птичьих правах, столы с заикающимися обозначениями: «ДД», «ГГ», «ОО». Роланд нашёл себе место возле двери в конце стола «ПП» (Падуб). Когда он впервые попал в читальный зал, то, в упоении от того, что его допустили в святая святых мира знаний, вообразил себя в дантовском Раю, где праведники, патриархи, непорочные девы занимают места на ступенях амфитеатра, как лепестки огромной розы или страницы огромного тома, некогда рассеянные по вселенной, а теперь вновь собравшиеся вместе. Тиснёные буквы на столах — золото на голубом — также вызывали в памяти образы Средневековья.

Если так, то Падубоведник, притаившийся в недрах здания, был Адом. Чтобы попасть туда, надо было спуститься по железным ступеням из читального зала, а чтобы выйти — отпереть высокую дверь и подняться в египетский город мёртвых, где никогда не светило солнце, где на пришельца невидящими глазами

---

[1] Образ из стихотворения У. Вордсворта «Строки, написанные на расстоянии нескольких миль от Тинтернского аббатства».

смотрели фараоны, сидели на корточках писцы, стояли сфинксы и пустые саркофаги. Падубоведник — душное подземелье, уставленное металлическими картотеками, — разделялся на стеклянные отсеки, в которых плескался стрёкот пишущих машинок. Мертвенный свет неоновых ламп озарял подземелье, там и сям мерцали зелёные экраны читальных аппаратов для микрофильмов. Иногда — если замкнёт ксерокс — по всему помещению разносился запах серы. Слышались стоны, порой даже крики. Во всех подвальных помещениях Британского музея стоит тошнотворный кошачий дух. Кошки просачиваются сквозь решётки и пустотелый кирпич, шастают по углам, шарахаются от сердитого «брысь», бывает, лакомятся поднесённым тайком угощением.

Обычно Аспидс восседал в своём логове, где были в обманчивом беспорядке разбросаны — а на самом деле по порядку разложены — материалы для великой книги, которую он редактировал. Сидя в ущелье между утёсов из пухлых крапчатых папок, между утёсов, ощетинившихся краями каталожных карточек, он перебирал груду узких бумажных листков. Позади порхала его бледная ассистентка Паола: длинные бесцветные волосы стянуты резинкой, большие очки — раскинувшая крылья бабочка, кончики пальцев словно пыльно-серые подушечки. За отсеком машинистки, в закутке из картотечных шкафов, обитала доктор Беатриса Пуховер, почти замурованная в своей пещере коробками с дневниками и перепиской Эллен Падуб.

Аспидсу было пятьдесят четыре года. Заняться редактированием Собрания Падуба его побудило одно досадное воспоминание. Он родился в шотландской семье, и отец и дед его были школьными учителями. Вечерами у камелька дед часто читал стихи: «Мармион»[1], «Чайльд Гарольд», «Рагнарёк». Отец отправил юношу в Кембридж, и он учился в Даунинг-колледже у Фрэнка Реймонда Ливиса*. Ливис проделал с Аспидсом то же, что и со всеми серьёзными студентами: он показывал им величие, грандиозную и непреходящую значимость английской литературы, а сам лишал их всякой веры в то, что им по силам продолжить её традиции или сказать в ней новое слово. Юный Аспидс сочинял стихи, но стоило ему представить, что скажет о них доктор Ливис, как всё было сожжено. Семестровые и курсовые работы Аспидс писал лаконичным, расплывчатым,

---

[1] «*Мармион*» — поэма Вальтера Скотта.

непроницаемым слогом. Судьба Аспидса решилась на семинаре по датировке литературных произведений. Аудитория была набита битком, все места заняты, сидели даже на подлокотниках. Сухощавый, подвижный Ливис в рубашке с открытым воротом взобрался на подоконник, распахнул окно, и в аудитории повеяло свежестью, хлынул холодный кембриджский свет. Студентам раздали тексты для датировки: что-то из лирики трубадуров, отрывок из якобианской драмы, сатирические двустишия, написанные белым стихом рассуждения о вулканической грязи и любовный сонет. Уроки отца не прошли даром, Аспидс тут же узнал стихи. Все они были написаны одним человеком — Рандольфом Генри Падубом: образчики его чревовещания, плоды его грузной эрудиции. Аспидс оказался перед выбором — сразу назвать автора или дать семинару идти своим чередом: пусть Ливис подталкивает незадачливых студентов к ошибочным выводам, а потом с аналитическим блеском показывает, как отличить подлинник от подделки, голос истинного чувства от викторианской безучастности. Аспидс решил промолчать, и Падуб был разоблачён Ливисом, а его творчество объявлено далёким от совершенства. Аспидс чувствовал, что своим молчанием словно бы предал Рандольфа Генри Падуба, правда уж если он кого и предал, то себя, своего деда, а может быть, и доктора Ливиса. Но он искупил свою вину. Творчество Падуба стало темой его диссертации, называлась она «Осознанные доводы и неосознанные пристрастия. Причины душевного разлада в драматических поэмах Рандольфа Генри Падуба». Аспидс сделался падубоведом в ту пору, когда на Падуба смотрели как на старую рухлядь. К редактированию Полного собрания поэтических произведений и пьес он, поддавшись на уговоры, приступил ещё в 1959 году с благословения нынешнего лорда Падуба: пожилой пэр, методист, был потомком одного из дальних родственников Падуба и унаследовал все нераспроданные рукописи поэта. В те годы Аспидс по наивности надеялся, что рано или поздно завершит издание и сможет взяться за другую работу.

Обзаведясь непостоянным по численности штатом младших научных сотрудников, Ной—Аспидс рассылал своих голубей и воронов по всем библиотекам мира. Сотрудники разлетались, унося с собой узкие листочки бумаги, смахивавшие на квитанции камеры хранения или талоны на льготный обед. На каждом листочке значились сведения, требующие изысканий: полстроки, где, возможно, скрывалась цитата; неизвестно к чему относящееся название; ступица колеса римской колесницы, упоминание о которой следовало найти в комментариях Гиббона; «Напасть из грёз, мудрец дынеподобный», заимствованный, как выяснилось, из сна Декарта. Падуба интересовало всё на свете. Арабская астрономия и средства передвижения в Африке, ангелы и чернильные орешки, гидравлика и гильотина, друиды и Великая армия Наполеона, катары и типографщики-подмастерья, эктоплазма и солярные мифы, последняя трапеза мастодонта, найденного в вечной мерзлоте, и истинная природа манны. Тексты захлёбывались и тонули в примечаниях. Примечания выглядели громоздко, резали глаз, но без них не обойтись, думал Аспидс, наблюдая, как на месте каждой решённой загадки, словно головы Гидры, вырастают две нерешённые.

Сидя в подземной полумгле, Аспидс часто размышлял о том, как личное в человеке растворяется в профессиональном. Каким был бы сейчас он, Аспидс, если бы выбрал профессию, к примеру, социального работника и распределял средства на жилищное строительство или сделался полицейским и ломал голову над волосинками, обрывками кожи, отпечатками больших пальцев? (Игра ума во вкусе Падуба.) Каков был бы его умственный багаж, если бы он, Аспидс, пополнял его просто так, для души, чем-то другим — не объедками и обносками, оставшимися после Падуба?

Бывали минуты, когда Аспидс отваживался признать очевидное — эта работа растянется на всю его научную, а значит, на всю сознательную жизнь: все мысли — о чужих мыслях, все труды — ради чужих трудов. Но потом он решал, что это не страшно. Ведь Падуб ему интересен так же, как и много лет назад. Если он и состоит у Падуба в услужении, это приятная служба. Это Мортимеру Собрайлу вздумалось завладеть и распоряжаться Падубом, а Аспидс знает своё место.

Однажды по телевизору выступал какой-то натуралист, и Аспидс узнал в нём себя. Натуралист достал из мешочка погадку совы — отрыгнутые комки непереваренной пищи, — снабдил комки ярлычками, затем разъял каждый пинцетом, прополоскал в мензурках с разными очищающими жидкостями и принялся сортировать и складывать осколки костей, клочки шерсти и зубы, спрессованные в извержениях совиного желудка, пытаясь восстановить облик мёртвой землеройки или слепозмейки, которые были съедены живьём и пропутешествовали по совиным кишкам. Этот образ показался Аспидсу удачным, он подумывал развить его в стихотворение, но оказалось, что Падуб его опередил. Он уже писал об археологе, который

> Выискивает битвы прошлых лет
> Средь крошева костей и черепов
> И щеп булатных — как досужий пастор
> Кончину мыши или слепозмейки
> Вычитывает из погадки совьей,
> Изблёва белой тихокрылой смерти
> С кровавым клювом меж пушистых щёк.

И Аспидс гадал: то ли он обратил внимание на теленатуралиста по наущению засевших в мозгу строк Падуба, то ли его разум обошёлся без подсказчиков.

Длинный проход между шкафами привёл Роланда во владения Аспидса, залитые ледяным свечением. Паола приветливо улыбнулась Роланду, Аспидс нахмурился. Весь он был как будто раскрашен серым: серая кожа, серо-стальные, с проседью, волосы, которые Апидс, гордясь их не по возрасту сохранной густотой, отпускал подлиннее. Носил он твидовый пиджак, плисовые брюки — костюм, как и всё в подземелье, солидный, поношенный, пыльный. Улыбался Аспидс добросовестно-ироничной улыбкой, но она появлялась очень-очень редко.

— Я, похоже, сделал открытие, — объявил Роланд.

— А потом окажется, его делали уже раз двадцать. Что там у вас?

— Я видел его экземпляр Вико. Там полным-полно записок, все его рукой. Прямо на каждой странице. Это в Лондонской библиотеке.

— Собрайл, уж наверно, прочесал книгу вдоль и поперёк.

— Не похоже. Нет-нет, не похоже. Записки по краям чёрные от пыли, чёрные по обрезу. Их не вынимали уже много лет, может, вообще не вынимали. Я кое-что просмотрел.

— Сто́ящий материал?

— Очень стоящий. Огромной ценности.

Аспидс, стараясь скрыть волнение, принялся скреплять листочки бумаги.

— Надо будет проверить. Я сам посмотрю. Съезжу и посмотрю. Вы там всё оставили как было?

— Ну конечно. Правда, когда книгу раскрыли, кое-какие записки повыпадали, но мы их положили, по-моему, точно на прежнее место.

— Не понимаю. Я-то думал, Собрайл вездесущ. А вы пока никому ни слова, слышите? Иначе ваша находка упорхнёт за океан, а у Лондонской библиотеки появятся средства на новые ковры и кофейный автомат. И Собрайл снова пришлёт нам издевательски-сочувственный факс: любезное предложение воспользоваться стэнтовскими материалами и обещание помочь с микрофильмами. Вы никому не говорили?

— Только библиотекарю.

— Поеду туда. Нету денег — будем бить на патриотизм. А то эта прорва всё засосёт.

— Библиотека не согласится...

— Если Собрайл взмахнёт чековой книжкой, я ни за кого не ручаюсь. Разве они устоят?

Аспидс поспешно натянул пальто — что-то вроде потёртой офицерской шинели. Роланд уже отбросил мысль — мысль, впрочем, нелепую — поговорить с шефом о похищенных письмах. Он только спросил:

— А что вам известно об авторе по фамилии Ла Мотт?

— Исидор Ла Мотт. «Mythologies», тысяча восемьсот тридцать второй год. «Mythologies indigenes de la Bretagne et de la Grand Bretagne»[1]. И ещё «Mythologies françaises»[2]. Грандиозный научный компендиум легенд и фольклора. Сквозная тема — модные в те годы поиски «единого ключа ко всем мифологиям» и ещё интерес к бретонской национальной самобытности и культуре. Падуб определённо их читал, но где использовал — не помню.

— А вот ещё какая-то мисс Ла Мотт...

— Ах да, дочь. Которая писала религиозные стихи, да? Беспросветная книжица под названием «Единое на потребу». И сборник детских сказок: «Сказки, рассказанные в ноябре».

---

[1] «Мифология», «Мифология коренного населения Бретани и Великобритании» *(фр.)*.

[2] «Французская мифология» *(фр.)*.

Прочтёшь на ночь — не заснёшь. И какая-то эпическая поэма — говорят, совершенно неудобочитаемая.

— Я слышала, Ла Мотт сильно интересуются феминистки, — сказала Паола.

— Иначе и быть не может. Не Рандольфом же Падубом им интересоваться, — фыркнул Аспидс. — С тех пор как наша общая знакомая вон из той комнаты раскопала-таки бесконечные дневники Эллен, они только их и читают. Им кажется, будто Рандольф Падуб не давал жене заниматься писательством, а сам эксплуатировал её творческую фантазию. Доказать это будет непросто, да они, по-моему, доказательств и не ищут. Они знают истину, даже не успев до неё докопаться. Единственный довод — это то, что Эллен чуть ли не дни напролёт проводила на диване, как будто это так уж необычно для дамы её положения в те времена. Да уж, феминисткам — как, впрочем, и Беатрисе — придётся трудно: Эллен Падуб бесцветная особа. Не Джейн Карлейль*, и даже обидно, что не Джейн Карлейль. Беатриса, бедняжка, задумала показать, что Эллен Падуб была заботлива до самоотверженности, и давай рыться в дневнике, отмечать каждый рецепт крыжовенного варенья, каждую увеселительную прогулку в Бродстерс. Двадцать пять лет рылась, шутка сказать. А через двадцать пять лет оказывается, что заботливость и самоотверженность больше не в чести, сегодня изволь доказывать, что Эллен Падуб была страдалица, бунтарка, нераскрытое дарование. Бедная Беатриса. За все эти годы одна-единственная публикация — «Спутницы жизни», тоненькая брошюрка пятидесятого года издания. Нынешние феминистки плевались. В заглавии — никакой иронии, маленькая антология мудрых, тонких, трогательных высказываний жён великих людей. Дороти Вордсворт, Джейн Карлейль, Эмили Теннисон, Эллен Падуб. Центр женских исследований и рад бы заполучить и издать дневники Эллен, но не может: официальный редактор — старушка Беа. А она, бедняжка, никак не сообразит, откуда все её неудачи.

У Роланда не было никакого желания выслушивать очередной монолог Аспидса о не увидевшем до сих пор свет издании дневников Эллен Падуб, которое готовила Беатриса Пуховер. В голосе Аспидса, когда он заговаривал о Беатрисе, пробивалось такое бешеное раздражение, что Роланд вспоминал заливистый лай гончих перед травлей (вживую он этот лай ни разу не слышал — только по телевизору). При мысли же о Собрайле Аспидс с заговорщицким видом озирался.

Аспидс отправился в Лондонскую библиотеку. Роланд не вызвался поехать вместе с ним, а пошёл искать, где можно выпить кофе. Потом надо будет порыскать по каталогам, поразузнать, кто и что писал про мисс Ла Мотт, которая уже начинает обрастать биографией. Обычная работа, когда хочешь разглядеть за мёртвым именем живого человека.

Поднявшись в Египетский зал, Роланд очутился в окружении каменных тяжеловесов. Между расставленными ножищами одного атлета он увидел, как по залу стремительно движется что-то бело-золотистое. «Что-то» оказалось Фергусом Вулффом, который тоже вышел на поиски кофе. Долговязый Фергус носил плотный свитер ослепительной белизны и мешковатые брюки, как у японских мастеров боевых искусств. Длинноватые медно-золотистые волосы были на висках подстрижены покороче — причёска в духе тридцатых годов, подправленная по моде восьмидесятых. При виде Роланда Фергус радостно блеснул голубыми глазами и расплылся в довольной плотоядной улыбке, сверкнув таким белозубым оскалом, что дух захватывало. Фергус был старше Роланда. Дитя шестидесятых, он бросил университет, зажил вольной жизнью, побывал в Париже в пору студенческих волнений, с благоговением ловил каждое слово Барта* и Фуко*, а потом вернулся и заблистал в колледже Принца Альберта. Человек он был, в общем-то, славный, но многих его знакомых не оставляло смутное чувство, что по какой-то неведомой причине его стоит опасаться. Роланду Фергус нравился: ему казалось, что и Фергус относится к нему с симпатией.

Сейчас Фергус работал над деконструктивистским анализом бальзаковского «Неведомого шедевра». Роланд уже перестал удивляться, что факультет английской литературы финансирует исследования французских авторов. Других тем, как видно, всё равно не подворачивалось. Притом Роланд не хотел, чтобы его недоумение расценили как узость интересов. Сам он владел французским хорошо: не напрасно мать с таким рвением заправляла его образованием.

Развалившись на банкетке в кафетерии, Фергус объяснял, что задача его исследования — произвести деконструкцию объекта, который уже сам деконструировался: ведь в новелле Бальзака идёт речь о картине, которая оказывается просто-напросто беспорядочным нагромождением мазков.

Роланд из вежливости выслушал и спросил:

— Ты что-нибудь знаешь о такой мисс Ла Мотт? Примерно пятидесятые годы прошлого века, писала детские сказки и религиозные стихи.

Фергус разразился что-то уж слишком продолжительным хохотом и бросил:

— Ещё бы не знать!

— И кто она?

— Кристабель Ла Мотт. Дочь Исидора Ла Мотта, собирателя мифов. «Единое на потребу», «Сказки, рассказанные в ноябре». Эпическая поэма «Мелюзина». Поразительная штука. Слышал про Мелюзину? Это была фея, она хотела обрести душу и для этого вышла замуж за смертного, но заключила с ним договор: по субботам она будет уединяться, а он чтобы за ней не подсматривал. Много лет он этот договор соблюдал. Мелюзина родила ему шестерых сыновей, и у каждого какой-нибудь странный изъян: лишнее ухо, огромные клыки, у того на щеке растёт яблоко, у этого три глаза — всё в таком духе. Одного звали Жоффруа Большой Зуб, другого Оррибль — Ужасный. Мелюзина строила замки — настоящие, они до сих пор сохранились в Пуату. В конце концов муж, разумеется, не удержался, заглянул в замочную скважину — или ещё есть версия, что он проделал в стальной двери дыру остриём меча, — и увидел, что Мелюзина резвится себе в просторной мраморной купальне. Ниже пояса тело у неё было как рыбий или змеиный хвост — по словам Рабле, *andouille*[1] — что-то вроде здоровенной колбасы, прозрачный символ, — и от ударов этого её мускулистого хвоста вода так и кипела. Муж и виду не подал, что знает, она тоже держалась как ни в чём не бывало, но вот однажды буяну Жоффруа не понравилось, что его брат Фромонт нашёл убежище в монастыре и не хочет оттуда уходить. Жоффруа обложил монастырь хворостом и поджёг. Монахи, Фромонт — все сгорели. И тогда Раймондин (этот самый рыцарь, муж) воскликнул: «Это всё ты виновата! Надо же мне было взять в жёны мерзкую змею!» Мелюзина упрекнула его за

---

[1] Ф. Рабле. Гаргантюа и Пантагрюэль, 4, XXXVIII. (*В переводе Н. М. Любимова* — «змеевидная колбаса».)

нарушение слова, обернулась драконом, со страшным шумом взвилась над замком, облетела его, тараня крепостные башни, и умчалась прочь. Ах да, она ещё приказала мужу во что бы то ни стало убить Оррибля, иначе он их всех погубит, и Раймондин так и сделал. А Мелюзина до сих пор является графам Лузиньянским, когда кому-нибудь суждено умереть. Как Белая дама, Фата Бьянка. Интерпретаций легенды, как понимаешь, множество: исследуют и символическое значение, и мифологические корни, и психоаналитическую подоплёку. Кристабель Ла Мотт написала свою длинную замысловатую поэму про Мелюзину в шестидесятые годы, а опубликовали её в начале семидесятых. Любопытнейшее произведение: трагизма, романтичности, символики — хоть отбавляй. Как в сновидении: фантастические твари, во всём потаённый смысл, прямо-таки жутковатая чувственность — или вчувствованность. Феминистки от «Мелюзины» без ума. Они говорят, что в ней выражена бесплодная женская страсть. Они-то и открыли поэму заново. Правда, Вирджиния Вулф тоже её читала: она расценивала «Мелюзину» как образное доказательство того, что творческое сознание по сути своей андрогинно. А вот современные феминистки считают, что Мелюзина в своей купальне символизирует самодостаточную женскую сексуальность, которая обходится без всяких там мужчин. Мне «Мелюзина» нравится: какая-то в ней тревожность. Мечущийся взгляд. То обстоятельнейшее описание чешуйчатого хвоста, то баталии космического размаха.

— Ценные сведения. Надо почитать.

— А зачем тебе это?

— Нашёл упоминание у Рандольфа Падуба. Ну, Рандольф Падуб чего только не упоминал. Что смеёшься?

— А я ведь стал специалистом по Кристабель Ла Мотт не по своей воле. Есть на свете два человека — две женщины, — которым известно о Кристабель всё, что только можно знать. Одна — профессор Леонора Стерн из Таллахасси. Другая — Мод Бейли из Линкольнского университета. Я с ними познакомился в Париже, на той конференции по текстуальности и сексуальности. Помнишь, я как-то ездил? Мужчин они, по-моему, терпеть не могут. Но у меня с Мод-громовержицей получился-таки непродолжительный романчик. Сперва в Париже, потом здесь.

Он умолк и, задумавшись, нахмурился. Хотел что-то добавить, открыл было рот, но передумал. Помолчав, всё-таки продолжил:

— Она — Мод — руководит у себя в Линкольне Женским информационным центром. Там сколько угодно неопубликованных рукописей Кристабель. Так что, если тебе нужно что-то из ряда вон выходящее, обратись туда.

— Может, и правда обратиться? Спасибо. А что она за человек, эта Мод Бейли? Она меня не съест?

— Она мужчин не ест — она их замораживает, — выпалил Фергус тоном, не поддающимся никакой интерпретации.

ГЛАВА 4

Стеклянная башня
Из терний змеится —
Не терем нарядный,
Не дом голубицы.

По дебрям иглистым
Злой свист ветерка.
Глядь — в чёрном окне
Белеет рука.

И слышит прохожий
Зов дряхлоголосый:
«Рапунцель, Рапунцель,
Спусти свои косы».

И струи златые
С тревожною дрожью
Сбегают, сверкая,
По башне к подножью.

Горбунья по косам
Взбирается хватко.
Как страждет в когтях её
Каждая прядка!

И смотрит прохожий
Угрюмее ночи:
Снести эту пытку
И вчуже нет мочи[1].

Кристабель Ла Мотт

---

[1] Стихотворение написано по мотивам сказки братьев Гримм «Рапунцель».

Уже подъезжая к Линкольну, Роланд с досадой думал, что напрасно поехал поездом, а не автобусом. Автобусом было бы хоть и дольше, зато дешевле, но доктор Бейли открыткой коротко известила Роланда, что ей удобнее встретить его, если он отправится поездом, прибывающим в Линкольн в полдень: им ещё предстоит добираться до университета, а это за городом. Впрочем, в поезде можно было почитать, что ещё писали о Кристабель Ла Мотт. В библиотеке колледжа Роланд отыскал две книги. Одна — тоненькая, по-дамски изящная — была написана ещё в 1947 году и озаглавлена «Белая постель», по названию стихотворения Ла Мотт. Другая — толстый том феминистских статей, в основном американских авторов, изданный в 1977-м: «Себя, себя отдать. Ла Мотт и её стратегия укромности».

В первой книге, написанной Вероникой Хонитон, имелся краткий биографический очерк. Кристабель приходилась внучкой Жану-Батисту и Эмилии Ла Мотт, которые переселились в Англию из Франции, спасаясь от Террора 1793 года. На родину они не вернулись даже после падения Бонапарта. Исидор родился в 1801 году, учился в Кембридже, пописывал стихи, но в конце концов посвятил себя истории и собиранию мифов,

> причём в этом качестве испытал сильное влияние немецких фольклористов и исследователей источников библейских текстов, не изменяя, однако, своему христианскому мистицизму бретонского закала. Его мать, Эмилия, была старшей сестрой Рауля де Керкоза — республиканца, историка антиклерикального толка, также увлекавшегося собиранием фольклора; де Керкоз жил во Франции, в фамильной усадьбе Кернемет. В 1823 году Исидор женился на мисс Арабелле Гамперт, дочери Руперта Гамперта, каноника собора Св. Павла. Прочная религиозность матери во многом определила степенный уклад жизни, который окружал Кристабель в детстве. У супругов родились две дочери: в 1830 году — София, впоследствии вышедшая за сэра Джорджа Бейли, владельца поместья Сил-Клоус в Линкольншир ской низине, в 1825 году — Кристабель, которая жила у родителей до 1853 года, когда её незамужняя тётка Антуанетта де Керкоз оставила ей небольшое состояние и Кристабель, покинув родительский дом, переехала в Ричмонд в графстве Суррей. Вместе с ней поселилась её подруга — девушка, с которой она познакомилась на лекции Рескина.

Мисс Бланш Перстчетт, как и Кристабель, была человеком художественных устремлений: она писала маслом масштабные живописные полотна, ни одно из которых до нас не дошло, и работала в технике деревянной гравюры. В этой технике ею мастерски выполнены полные загадочных образов иллюстрации к прелестным, хотя и несколько гнетущим «Сказкам для простодушных» и «Сказкам, рассказанным в ноябре» Кристабель Ла Мотт и к её же сборнику духовной лирики «Молитвослов». Считается, что именно мисс Перстчетт убедила Кристабель взяться за сочинение «Феи Мелюзины» — грандиозной, непростой для понимания эпической поэмы по мотивам старинного предания о волшебнице, полуженщине-полузмее. Каждая складка в словесной толще поэмы представляет собой богатейшую рудоносную жилу. В период влияния прерафаэлитской эстетики поэма вызывала восхищение многих критиков, в том числе Суинберна, сравнившего её со «смирным мускулистым змеем, у которого столько мощи и яда, сколько никогда ещё не выходило из-под пера женщины, но повествование лишено напора, отчего на память приходит другой змей — с хвостом в собственной пасти: так Кольридж описывал Воображение». Сегодня поэма предана забвению как лишённая литературных достоинств. Негромкую, но прочную литературную славу принесла Кристабель её сдержанная изящная лирика, в которой сказались тонкость чувств, слегка меланхолический характер поэтессы и её болезненная, но стойкая религиозность.

Мисс Перстчетт погибла в результате несчастного случая — она утонула в Темзе в 1861 году. Её смерть, по-видимому, стала для Кристабель страшным ударом: она вернулась к родным и до конца своих дней жила с сестрой Софией. Остаток её жизни не был потревожен никакими заметными событиями. После «Мелюзины» к поэзии она не возвращалась и обрекла себя на всё более и более глухое безмолвие. Она умерла в 1890 году в возрасте 65 лет.

Анализ поэзии Кристабель в книге Хонитон сводился к задушевным рассуждениям о сквозящей в её стихах «мистике быта», образцом которой автор считала дифирамб Джорджа Герберта* слуге, «что горницу метёт, как по Твоим заветам»:

Я люблю опрятность,
Строй крахмальных складок.

Нету места скверне,
Где во всём порядок.

Всё к приходу Гостя
Прибрано прилежно —
Пусть любуется постели
Белизною снежной
И, повив нас белым,
Упокоит нежно.

А тридцать лет спустя феминистки увидели Кристабель Ла
Мотт мятущейся, озлобленной. Они писали статьи вроде: «Ра-
зодранная ткань Ариахны[1]. Искусство как субститут прядения
в творчестве Ла Мотт» или: «Мелюзина и Демон-Двойник. Добрая Мать и Недобрый Змей», «Покорная ярость. Амбивалентная
хозяйственность Кристабель Ла Мотт», «Белые перчатки. Бланш
Перстчетт: Завуалированное лесбийство Ла Мотт». Была в сбор-
нике и статья Мод Бейли «Мелюзина — созидательница городов. Мятежная женская космогония». Роланд понимал, что её-то
и стоило прочесть в первую очередь, но его устрашил внуши-
тельный объём и россыпи ссылок на научные работы. Вместо
неё он принялся за «Разодранную ткань Ариахны» — искусный
разбор, как видно, одного из многочисленных стихотворений
Кристабель о насекомых.

Из нутра рябой корявой твари —
Страшная работа —
Щепоть лапок тянет нить и ладит
Светлые тенёта:
Стройность сети водотканой, гладкой
Лёгкий свет хватает мёртвой хваткой.

Сосредоточиться не удавалось. За окном бежали обыкновенные равнинные пейзажи центральных графств, мелькнула кон-
дитерская фабрика, компания по производству контейнеров, рас-

---

[1] Необычное написание имени героини греческого мифа ткачихи Арахны, вы-
звавшей на состязание богиню Афину и превращённой в паука, наводит на мысль,
что тут, возможно, контаминация двух мифов: об Арахне и об Ариадне с её путевод-
ной нитью.

стилались поля, проносились живые изгороди, каналы — картины уютно-незатейливые. На фронтисписе книги мисс Хонитон Роланд впервые в жизни увидел изображение Кристабель: один из ранних образцов фотографического искусства, рыжевато-коричневый снимок, прикрытый для сохранности похрустывающим листком папиросной бумаги. На Кристабель был обхвативший плечи широкий плащ и шляпка со складчатыми с изнанки полями, широкие ленты шляпки завязаны под самым подбородком. Казалось, что это фотография костюма, а сама Кристабель лишь избрала его своим убежищем и выглядывает из него, склонив голову набок то ли озадаченно, то ли намеренно, чтобы выйти на портрете «грациозной, как птичка». Из-под шляпки на виски спускались волнистые бледные волосы, между полураскрытых губ виднелись ровные крупные зубы. Ясного представления о личности Кристабель портрет не давал: просто викторианская леди, обыкновенная застенчивая поэтесска.

Роланд не сразу угадал, кто из толпившихся на перроне Мод Бейли. Сам он тоже никаких особых примет не имел, поэтому узнали они друг друга, лишь когда толпа рассосалась. Не узнать или, по крайней мере, не заметить Мод Бейли было невозможно. Это была рослая женщина, гораздо выше Роланда — кажется, вровень с Фергусом Вулффом. Одета она была с редкой в академической среде продуманностью — из всех слов, какие пришли в голову Роланду, именно это лучше всего передавало впечатление от бело-зелёного наряда, облекающего её длинные стати: долгополый жакет цвета хвои, юбка в тон, белая шёлковая блузка, на ногах матово-белые чулки и зелёные полусапожки, отливающие глянцем. Кожа под млечной белизной чулок казалась золотисто-розовой. Какие у неё волосы, Роланд не разглядел: они были туго забраны под тюрбан из расписанного от руки шёлка цвета павлиньих перьев, низко надвинутый на лоб, — заметно только, что брови и ресницы у неё светлые. Гладкое белое лицо чёткой лепки смотрело сосредоточенно, неулыбчиво, губы не накрашены. Поздоровавшись, она попыталась взять у Роланда сумку и донести до машины, но Роланд от помощи отказался.

— Любопытно, однако, что вы заинтересовались этим вопросом, — заметила доктор Бейли, когда её автомобиль — зелёный, сверкающий полировкой «фольксваген-жук» — мчался по шоссе. — Хорошо, что вы сюда выбрались. Будем надеяться, не напрасно.

Она цедила слова с подчёркнуто аристократической небрежностью. Голос её Роланду не понравился. Он уловил исходивший от неё резкий запах, что-то вроде запаха папоротника.

— Не знаю, может, это просто пустые хлопоты. Тут ведь, в сущности, ничего особенного.

— Посмотрим.

Университетский городок был уставлен башнями, облицованными белой плиткой с вкраплениями фиолетовой, оранжевой, а кое-где ядовито-зелёной. Когда разгуляется ветер, рассказала доктор Бейли, плитки так и сыплются на головы прохожих. А ветер разгуливал по университетскому городку свободно. Ровная, как болотная низина, территория планировкой напоминала шахматную доску, и только фантазия архитектора, отвечавшего за устройство водоёмов, несколько скрасила это однообразие: по разбитой на квадраты площади университета вился целый лабиринт каналов и бассейнов. Сейчас там плавали вороха опавшей листвы, которую расталкивали жемчужные рыльца японских карпов. Университет возник в самый разгар строительного бума, когда на расходы не скупились. С тех пор фасады поутратили опрятность, швы между белыми плитками облицовки стали заметнее, и пожелтевшие от действия городского воздуха плитки походили теперь на редкие, давно не чищенные зубы.

Шёлковая кайма на донельзя пышном головном уборе доктора Бейли колыхалась от ветра. Ветер ерошил густые чёрные волосы Роланда. Сунув руки в карманы, он шёл чуть позади стремительно шагавшей спутницы. Семестр ещё не кончился, но вокруг не было ни души. Роланд спросил, куда подевались студенты. Доктор Бейли ответила, что сегодня среда — день, отведённый для спорта и самостоятельных занятий.

— По средам студентов не видно. Куда они пропадают — непонятно. Как сквозь землю проваливаются. Кто-то сидит в библиотеке. Кто-то — большинство — не в библиотеке. А где — ума не приложу.

Ветер морщил тёмную воду. От рыжих листьев её поверхность казалась остро-шершавой и одновременно раскисшей.

Кабинет Мод Бейли располагался на последнем этаже башни Теннисона.

— Не назвали бы башней Теннисона, стала бы башней Девы Марианн, — с едва уловимой брезгливостью заметила доктор Бейли, толкнув стеклянную дверь. — Советник муниципалитета, который пожертвовал на неё средства, хотел, чтобы здание носило имя кого-нибудь из Робин-Гудовой ватаги. Здесь у нас кафедра английской литературы, кафедра искусствоведения, деканат факультета гуманитарных наук и ещё факультет исследований женской культуры. Информационный центр не здесь. Он в библиотечном корпусе. Я вас потом отведу. Кофе хотите?

Они подошли к безостановочному лифту: в пустом проёме с мерным стуком одна за одной ползли вверх площадки для пассажиров. Таких лифтов без дверей Роланд побаивался. Едва площадка поравнялась с полом, доктор Бейли шагнула внутрь; Роланд же замешкался и полез на площадку, когда она уже порядочно поднялась над полом, так что ему пришлось с усилием вскарабкиваться. Доктор Бейли наблюдала за этой вознёй молча. Стенки лифтовой шахты были выложены зеркальной плиткой, горел бронзоватый свет. Доктор Бейли бросила на стоявшего в противоположном углу Роланда испепеляющий взгляд. Вышла она из лифта с той же безукоризненной ловкостью, а Роланд, ступив одной ногой на уходящий вниз пол, чуть не упал.

В кабинете Мод одну стену заменяла стеклянная панель, по остальным стенам до самого потолка высились полки с книгами. Книги расставлены с толком: по темам, в алфавитном порядке, на корешках ни пылинки — только эта забота о чистоте и придавала спартанской обстановке хоть сколько-нибудь обжитой вид. Если что тут и радовало глаз, то лишь сама Мод Бейли. Хозяйка грациозно опустилась на одно колено, включила электрический чайник и достала из шкафчика две японские чашки бело-синей раскраски.

— Присаживайтесь, — сухо бросила она, указав на низкое кресло с голубой обивкой, куда, без сомнения, обычно усаживала студентов, пришедших получить свою письменную работу с оценкой. Она протянула Роланду кружку светло-каштанового «Нескафе». Тюрбан свой она всё не снимала. — Так чем могу служить? — спросила она, усевшись в кресло за письменным столом, который отгородил её от Роланда как барьер.

Тут Роланд принялся мысленно разрабатывать собственную стратегию укромности. До встречи с доктором Бейли его посещала робкая мысль: а не показать ли ей ксерокопии похищенных писем? Теперь он ясно видел: нельзя. Нет у неё тепла в голосе.

— Я занимаюсь Рандольфом Генри Падубом, — начал Роланд. — Помните, я вам писал? Я обратил внимание на одно обстоятельство, из которого следует, что он, возможно, был в переписке с Кристабель Ла Мотт. Вам о такой переписке ничего не известно? Что они встречались, это точно.

— Когда?

Роланд показал отрывок, выписанный из дневника Крэбба Робинсона.

— Что ж, может быть, в дневнике Бланш Перстчетт и найдётся упоминание. Один из её дневников у нас в Информационном центре. Как раз за эти годы: она стала вести дневник, когда они с Кристабель поселились в Ричмонде. У нас в Архиве хранятся практически все бумаги Кристабель, которые остались после её смерти в письменном столе, — она пожелала, чтобы их отослали её племяннице, Мэй Бейли, «в надежде, что и у неё когда-нибудь появится вкус к поэзии».

— И как, появился?

— Насколько мне известно, нет. Она вышла замуж за кузена, уехала с ним в Норфолк, родила десятерых детей, сама вела в этом многолюдном доме хозяйство. Я происхожу от неё по прямой линии: она моя прапрабабка, и я, значит, прихожусь Кристабель внучатой племянницей в четвёртом поколении. Когда я устроилась работать в университет, то уговорила отца передать бумаги на хранение в Архив. Материалы не так чтобы обширные, но важные. Рукописи сказок, всякие клочки с недатированными стихами и, конечно, все редакции «Мелюзины» — Кристабель её переписывала восемь раз и постоянно что-нибудь меняла. Записная книжка, кое-какие письма от друзей и этот самый дневник Бланш Перстчетт — один из нескольких, всего за три года. Может, у нас были и другие — бумагами, к сожалению, не очень то дорожили, — но они никому не попадались.

— А Ла Мотт? Она дневников не вела?

— Насколько нам известно, нет. Почти наверняка не вела. Есть письмо Кристабель к одной её племяннице, где она советует: никаких дневников. Довольно-таки сильное письмо. «Хорошо, если ты способна придать своим мыслям стройность и претворить их в произведение искусства. Хорошо, если ты способна отдаться повседневным заботам и чувствам. Убегай лишь привычки предаваться болезненному всматриванию в себя. Ничто так не связывает женщину в её стремлении создать нечто достойное или прожить жизнь свою с пользой, как эта привычка. Вторая из этих целей достижима с помощью Божией — с нею и средства отыщутся. Достичь первой поможет лишь воля».

— Это как сказать.

— Интересный взгляд. Это из поздних писем, тысяча восемьсот восемьдесят шестой год. Искусство как воля. Мало кто из женщин под таким подпишется. И похоже, не только из женщин.

— У вас сохранились её письма?

— Некоторые. Письма к родным — такие вот увещевания, жалобы, советы, как печь хлеб, как делать вино. Есть несколько писем из Ричмонда, одно или два из Бретани — вы, может быть, знаете: у неё там были родственники и она их навещала. Близких подруг, кроме мисс Перстчетт, у неё не было, но с мисс Перстчетт они жили в одном доме — какая тут переписка. До подготовки писем к изданию дело не дошло — Леонора Стерн пытается что-то из них составить, но их немного наберётся. Я подозреваю, что неизвестные письма могут обнаружиться в Сил-Корте, у сэра Джорджа Бейли, только он никого к себе не пускает. Накинулся на Леонору с дробовиком. Я просила её туда съездить вместо меня: она, как вам известно, из Таллахасси, а у нас, норфолкских Бейли, с семейством из Сил-Корта с давних пор нелады: тяжбы, взаимные обиды. Но из вмешательства Леоноры ничего хорошего не вышло. Ничего хорошего. Да, а откуда вы, собственно, взяли, что Падуб проявлял интерес к Ла Мотт?

— Я нашёл в принадлежавшей ему книге незаконченный черновик письма к неназванной женщине. И подумал, что, может быть, это Ла Мотт. Там ещё упоминался Крэбб Робинсон. Падуб писал, что она понимает его поэзию.

— Ну это вряд ли. Сомневаюсь, чтобы его поэмы пришлись ей по вкусу. Вся эта раздутая до космических масштабов мужественность. Эта злобная антифеминистская штучка про медиума — как её, «Духами вожденны», что ли? Эта помпезная многозначность. Что-что, а уж это Кристабель совершенно чуждо.

Роланд взглянул на бледные губы, так и брызжущие ядом, и совсем пал духом. Зачем он сюда приехал? Ведь она клеймила не только Падуба, но в каком-то смысле и его, Роланда, — по крайней мере, так он это воспринял.

А Мод Бейли продолжала:

— Я посмотрела у себя в картотеке — сейчас я занимаюсь обстоятельным исследованием «Мелюзины» — и нашла только одно упоминание о Падубе. В записке к Уильяму Россетти, оригинал в Таллахасси, насчёт одного стихотворения Ла Мотт, которое Россетти опубликовал. «В эти хмурые ноябрьские дни больше всего я напоминаю себе несчастное создание из фантастической истории Р. Г. П., томящееся в ужасном Глухом Покое[1], приневоленное к смирению и всей душой жаждущее смерти. Только мужское геройство способно находить удовольствие, сооружая в воображении темницы для невинных, и только женское терпение способно вынести заточение в них наяву».

— Это она про «Заточённую волшебницу» Падуба?

Нетерпеливо:

— Ну разумеется.

— Когда это написано?

— В тысяча восемьсот шестьдесят девятом году. По-моему. Ну да, правильно. С чувством сказано, но мало что доказывает.

— Разве что её неприязнь.

— Именно.

Роланд отхлебнул кофе. Мод Бейли сунула карточку обратно в картотеку. Глядя на каталожный ящик, она сказала:

— Вы, наверно, знаете Фергуса Вулффа. Он ведь, кажется, у вас в колледже работает?

— Да-да. Это Фергус и посоветовал, чтобы я расспросил про Ла Мотт именно вас.

Пауза. Мод Бейли перебирала пальцами, будто что-то с них счищала.

— Мы с Фергусом знакомы. Встречались в Париже на одной конференции.

А голос-то чуть-чуть оттаял, с недобрым чувством отметил про себя Роланд. Нет уже того начальственного высокомерия.

— Он рассказывал, — бесстрастно произнёс Роланд, высматривая, не промелькнёт ли в её лице немой вопрос: «Что рассказывал, как рассказывал?»

Мод Бейли поджала губы и поднялась:

— Пойдёмте, я вас отведу в Информационный центр.

---

[1] *Глухой Покой* — в некоторых средневековых монастырях так называли карцеры, куда заточали особо провинившихся монахов до конца жизни.

✤❋✦❋✤

Библиотека Линкольнского университета ничем не напоминала Падубоведник. Стеклянная коробка, в которую упрятан скелет-каркас, сверкающие двери в стенах из стеклянных трубок — здание походило на ящик с игрушками или сооружение из деталей детского конструктора, вымахавшее до гигантских размеров. В раскраске книжных стеллажей из звонкого металла, мягких ковровых покрытий, глушащих шум шагов, красный цвет соседствовал с жёлтым, как на камзоле гамельнского Крысолова; так же были выкрашены перила лестниц, кабины лифтов. Летом тут, наверно, было очень светло и невыносимо душно, а сырыми осенними вечерами за многочисленными окнами серело грифельное небо, точно стеклянный ящик поместили в другой ящик, и на оконные стёкла рядами ложились отражения круглых ламп: волшебные огоньки феи Динь-Динь[1] в стране Нетинебудет. Женский Архив располагался в комнате-аквариуме с высоким потолком. Мод усадила Роланда, точно расшалившегося малыша, в кресло с полукруглой, в обхват, спинкой за стол из светлого дуба и начала выставлять перед ним коробки. «Мелюзина I», «Мелюзина II», «Мелюзина III» и «IV», «Мелюзина — неустановл. ред.», «Лирика — Бретонский цикл», «Духовная лирика», «Лирика — Разн.», «Бланш». Она раскрыла эту коробку и указала Роланду на толстую, в зелёном переплете книгу, немного смахивающую на гроссбух, с тёмными, в мраморных разводах форзацами:

**Журнал повседневных событий,
происходивших в нашем доме.**

Бланш Перстчетт

*Начат в день нашего сюда переезда
мая 1-го дня — в Майский праздник — 1858 года*

Роланд почтительно извлёк книгу. Прикасаясь к ней, он не ощущал той магнетической силы, которая исходила от двух черновиков, лежавших сейчас у него в кармане, и всё-таки дневник раздразнил его любопытство.

---

[1] *Фея Динь-Динь* — героиня пьесы-сказки Дж. Барри «Питер Пэн» и основанной на ней повести «Питер и Венди».

Его беспокоила мысль, что вернуться в Лондон надо сегодня же: билет в оба конца действителен только один день. Его беспокоила мысль, что в разговоре с ним Мод едва сдерживает раздражение.

Роланд пролистал дневник. Страницы были исписаны прелестным взволнованным почерком, записи велись от случая к случаю. Ковры, гардины, тихие радости уединения. «Сегодня наняли старшую кухарку», новый рецепт тушёного ревеня, картина с изображением младенца Гермеса с матерью. И — наконец-то — завтрак у Крэбба Робинсона.

— Вот, нашёл.

— И прекрасно. Я вас оставлю. Зайду за вами перед закрытием. В вашем распоряжении часа два.

— Спасибо.

Завтракали у мистера Робинсона, старого джентльмена, человека любезного, но прозаического. Он рассказал запутанную историю про бюст Виланда, спасённый им, к великой радости Гёте и других светочей литературы, от незаслуженного забвения. За всю беседу никто не сказал ничего интересного, и я, сидевшая тише воды ниже травы, не исключение, — впрочем, я и сама в исключения не метила. Были миссис Джонс, мистер Баджот, поэт Падуб — без супруги: миссис Падуб занемогла, — кое-кто из студентов Лондонского университета. Принцессой много восхищались, и было от чего. Она высказала весьма и весьма здравые мысли мистеру Падубу, чьи стихи мне совсем не по вкусу; Принцесса же напрямик объявила, что они ей очень нравятся, отчего он, конечно, так и растаял. Стихам его, на мой взгляд, недостаёт той лирической плавности и силы чувства, какие находишь у Альфреда Теннисона, притом я сомневаюсь, чтобы он писал искренне. Его поэма о Месмере для меня большая загадка: никак не разберу, как же он относится к животному магнетизму, стоит ли за него или насмешничает. То же и с другими его произведениями, и от этого часто берёт сомнение: да хочет ли он вообще что-то сказать этими гремучими словами? Что до меня, то мне пришлось выдержать целый допрос, который учинил мне какой-то одержимый одною мыслью юный либерал из университетских, домогавшийся моего мнения о трактарианцах[1]. Ну и удивился бы он, выскажи я своё мнение об этом предмете, но я предпочла не давать ему случая свести более близкое знакомство и лишь отмалчивалась, улыбалась да беспрестанно кивала, ни единым словом не выдав своих мыслей. Я почти обрадовалась, когда мистер Робинсон пустился рассказывать всему обществу, как они с Вордсвортом путешествовали по Италии, как Вордсворт чем дальше, тем больше тосковал по дому, так что убедить его любоваться итальянскими видами стоило немалых трудов.

Я тоже тосковала по дому и едва дождалась той минуты, когда двери нашего бесценного парадного наконец закрылись за нами и мы остались вдвоём в тиши нашей маленькой гостиной.

Если бы мне хватило духу, я бы ответила мистеру Робинсону, что дом — вещь не пустая, то есть если это не временное пристанище, а в самом деле свой дом, как наше милое гнёздышко. Когда я задумываюсь о своей прежней жизни, когда вспоминаю, какой рисовалась мне тогда самая вероятная участь, ожидающая меня впереди, — отведённое из милости местечко в дальнем уголке ковра в чужой гостиной, или каморка прислуги, или ещё что-нибудь не лучше, — я благодарна за каждую мелочь, несказанно мне дорогую.

Мы с Принцессой подкрепились холодной курицей с салатом, который приготовила Лайза, после обеда прогулялись по парку, поработали, вечером — кружка молока и ломтик белого хлеба, посыпанный сахаром: трапеза во вкусе Вордсворта. Потом музицировали и пели дуэтом, читали вслух избранные места из «Королевы фей»[2]. Наши дни сплетаются из нехитрых житейских утех, чью важность не стоит преувеличивать, и утех более высокого порядка, в сфере Искусства и Мысли, — этим утехам мы теперь можем предаваться невозбранно, ибо нету рядом ни запретителей, ни строгих судей. Поистине Ричмонд — это Беула[3], сказала я, но Принцесса добавила: «Лишь бы какая-нибудь злая фея не позавидовала нашей счастливой участи».

---

[1] *Трактарианцы* — участники Оксфордского движения, возникшего в 1830-х гг. течения в Англиканской церкви, которое отстаивало идею о тесной связи англиканства с Римской католической церковью.

[2] *«Королева фей»* — поэма английского поэта Эдмунда Спенсера (1552–1599).

[3] *Беула* — страна блаженства (название восходит к Книге пророка Исаии, 62: 4; в русском синодальном переводе это слово передано как «замужняя» (земля). В «Пути Паломника» Дж. Беньяна Беула — край, где отдыхают паломники перед уходом в жизнь вечную.

Последующие три с половиной недели не отмечены ничем особенным: упоминания незамысловатых блюд, прогулки, чтение, музыка, задуманные Бланш картины. И вдруг Роланд наткнулся на фразу, которая заслуживала внимания. А может, и не заслуживала. Если вчитаться, всё-таки заслуживала.

Подумываю написать маслом сцену из Мэлори: пленение Мерлина девой Ниневой[1] или одинокую Деву из Астолата[2]. В голове теснятся сотни смутных образов, но ни одного ясного, главного. Всю неделю зарисовывала дубы в Ричмондском парке: мой штрих слишком воздушен и не в силах передать их матёрую кряжистость. Отчего мы непременно стараемся вывести грубую силу в привлекательном виде? Ниневу или Деву-Лилию надо бы писать с натуры, но просить Принцессу, чтобы она подарила мне столько времени, я не решаюсь, хотя, смею думать, она не скажет, что время, когда она позировала мне для «Кристабели перед сэром Леолайном»[3], пропало совсем уж попусту. Картины мои такого жиденького письма, что походят на витражи: витраж может ожить, заиграть, только если там, в пространстве за ним, заблещет свет, но за картиной нет никакого «там», никакого пространства. Ах, как не хватает мне силы! Принцесса повесила «Кристабель» у себя в спальне, и в утренних лучах все изъяны картины так и лезут в глаза. Принцессу очень взволновало полученное нынче длинное письмо; читая его, она всё улыбалась, мне не показала и, дочитав, тут же сложила и спрятала.

Запись не давала никаких оснований считать это «длинное письмо» тем самым посланием Падуба — тут Роланд исходил только из цели своих поисков. А так — письмо и письмо. Получала ли Кристабель ещё письма? Через три недели в дневнике появляется ещё одна многозначительная/незначительная запись:

Мы с Лайзой стряпаем желе из яблок и айвы. По всей кухне, как клочья паутины, — куски кисеи, хитроумно растянутые меж ножек перевёрнутых стульев, из кисеи капает ва-

---

[1] Эпизод из IV книги романа Т. Мэлори «Смерть Артура», в которой рассказывается, как одна из девиц Владычицы Озера, Нинева (Вивиан), пленила и погубила волшебника Мерлина.

[2] История Прекрасной Девы из Астолата («Девы-Лилии»), умершей от любви к рыцарю Ланселоту, рассказывается в XVIII книге романа Мэлори.

[3] Герои поэмы Т. С. Кольриджа «Кристабель».

рево. Лайза поминутно лижет желе — схватилось или нет, даже язык обожгла; с ложки не пробует: то ли жадничает, экономит, то ли норовит показать усердие. (Жадность за Лайзой водится. Мне сдаётся, что по ночам она уплетает хлеб и фрукты. Перед завтраком я обнаруживаю, что от булки в хлебнице кто-то — не я — совсем недавно отрезал кусок.) Принцесса в этом году нам не помогает: всё дописывает своё письмо с рассуждениями о литературе, а меня уверяет, что не письмо пишет, а спешит закончить «Стеклянный гроб» для своей книжки сказок. Стихи она, как видно, сочиняет реже, чем прежде. И уже не показывает мне их вечерами, как бывало. За всей этой перепиской она губит своё истинное дарование. А уж ей-то нет нужды поощрять это почтовое угодничество. Она и без него знает себе цену. Мне бы так знать свою.

Спустя две недели:

Письма, письма, письма. И все не ко мне. Мне про них — ни слова, мне их не показывают. Но я, милостивая государыня, не слепая, я не горничная, приученная не замечать, чего не положено. Не трудитесь поспешно прятать Ваши письма в корзинку с рукодельем, незачем бежать к себе и засовывать их в стопку носовых платков. Я не соглядатай, не любопытная пролаза, не приставленная к Вам гувернантка. Да-с, кто-кто, только не гувернантка. От этой участи я, благодаря Вам, избавлена и никогда, даже на миг, на единый миг не дам Вам повода упрекнуть меня в неблагодарности или навязчивости.

Спустя две недели:

Итак, у нас завёлся Чужой. Кто-то шныряет вокруг нашего тихого домика, вынюхивает, тихонько дёргает ставни, пыхтит под дверями. В прежние времена, чтобы отвадить зловредных духов, над дверью вешали гроздь рябины и найденную подкову. Надо и мне повесить на видном месте: может, хоть так помешаю ему пробраться в дом. Пёс Трей, когда поблизости чужие, делается неспокоен. Он топорщит шерсть на загривке, как волк, который почуял охотника, и хватает зубами воздух. Каким маленьким, каким укромным представляется жилище, когда ему грозит беда. Какие махины эти замки и как страшно затрещат они под ударами!

Спустя две недели:

Куда девалась задушевность наших бесед? Где то малое, но сокровенное, что рождало между нами тайный, стройный лад? Неотвязный Соглядатай приникает к каждой трещинке, к каждой щёлке и беззастенчиво подсматривает за нами. Она смеётся и твердит, что это всего лишь досужее любопытство, что самого важного, самого заветного он всё равно не увидит, и это правда: не увидит, не увидит ни за что. Но ей в забаву, когда он слоняется и пыхтит за крепкими стенами нашего дома, ей воображается, что он всегда будет так же смирен, как нынче. Не то чтобы я считала себя рассудительнее — я вообще не рассудительна, никогда рассудительностью не отличалась, — но мне страшно за неё. Я спросила, много ли она написала за последнее время, и она со смехом ответила, что сейчас каждый день узнаёт всё больше для себя нового, очень много нового, а когда учение закончится, у неё появится множество новых тем и новых мыслей. И она поцеловала меня, и назвала «славная моя Бланш», и прибавила: «Ты же знаешь, душа у меня чиста, дух крепок и безрассудство не в моём характере». Я возразила, что мы все, все безрассудны, одна только помощь свыше способна укрепить нас в минуту слабости. Она же отвечала, что никогда ещё эта помощь не была ей так ощутительна, как в эти дни. Я поднялась к себе в спальню и в отчаянии стала молиться так же горячо, как молилась когда-то о том, чтобы мне представился случай оставить дом миссис Типи, — тогда я и не надеялась, что моя молитва будет услышана. Сквозняк трепал пламя свечи, огромные тени ощупывали потолок, точно цепкие пальцы. Хорошо бы окружить такими вот цепкими тенями фигуры Мерлина и Ниневы. Она пришла, застала меня на коленях, подняла и сказала, что нам нельзя ссориться, что она никогда, никогда не даст мне повода усомниться в её чувствах — прочь эти мысли. Она не лукавила, это ясно. Вид у неё был взволнованный, в глазах стояли слёзы. Мы успокоились, умолкли и долго-долго оставались вместе, заполняя это молчание на наш лад.

На другой день:

Волк больше не рыщет вокруг дома. Место у очага осталось за Треем. Я начала писать Деву-Лилию Астолатскую — мне вдруг показалось, что это наилучший предмет для картины.

Это была последняя запись. На ней дневник неожиданно, не дотянув даже до конца года, обрывался. Были ли другие дневники? Роланд заложил бумажками страницы с записями, которые складывались — или не складывались — в рыхлое повествование. Отождествлять «Чужого» с автором писем, автора писем с Рандольфом Генри Падубом не было никаких оснований, и всё же Роланд ни на минуту не сомневался, что все трое — один и тот же человек. Почему же тогда Бланш не пишет об этом прямо? Надо бы спросить про «Чужого» у Мод Бейли. Но как её спросишь, не открыв или не выдав причины своего интереса? А потом ёжиться под её укоризненными и презрительными взглядами?

Мод Бейли высунула голову из-за двери:

— Библиотека закрывается. Что-нибудь нашли?

— Да вроде нашёл. Правда, может, это всё мои домыслы. Тут есть некоторые факты, и я хотел бы их у кого-нибудь... у вас уточнить. Можно будет сделать ксерокопию? А то я не успел выписать. Я...

Сухо:

— Плодотворно вы сегодня поработали.

А потом мягче:

— Можно сказать, не скучали.

— Не знаю, не знаю. По-моему, пустые хлопоты.

Мод уложила дневник обратно в коробку.

— Если надо помочь, я к вашим услугам, — объявила она. — Пойдёмте выпьем кофе. На факультете женской культуры есть кафетерий для преподавателей.

— А меня туда пустят?

— Разумеется, — ледяным тоном ответила Бейли.

❧❧❧

Они присели за низкий столик в углу под рекламным плакатом университетских яслей. Со стены напротив на них смотрели реклама консультационной службы «Всё про аборты»: «Женщина вправе распоряжаться своим телом. Женщины — главная наша забота» и афиша «Феминистского ревю»: «Только у нас! Фееричные Феечки, Роковые Вамп, Фаты Морганы, Дочери Кали. До жути прикольно, до слёз смешно — как умеют смешить и грешить только женщины». Народу в кафетерии было немного: в противоположном углу похохатывала женская компания, все до одной в джинсах, у окна, склонив друг к другу розовые головы, ощетинившиеся косичками, озабоченно беседовали две девицы. В таком окружении разительная элегантность Мод Бейли выглядела особенно необычно. Мод казалась воплощённой неприступностью, и Роланд, который от безвыходности уже решился показать ей ксерокопии писем и настроился на доверительный разговор, поневоле подвинулся ближе, как будто пришёл на свидание, и заговорил вполголоса:

— Что вы можете сказать про этого Чужого, который так перепугал Бланш Перстчетт? Волк, который рыскал вокруг дома. Что о нём известно?

— Ничего определённого. Леонора Стерн, помнится, предположила, что это некий мистер Томас Херст, молодой человек из Ричмонда: он любил бывать у Кристабель и Бланш и вместе с ними музицировать. Девушки превосходно играли на фортепьяно, а он аккомпанировал на гобое. Сохранились два письма, которые написала ему Кристабель. К одному приложено кое-что из её стихов, — на наше счастье, он их сберёг. В тысяча восемьсот шестидесятом году он на ком-то там женился и исчез со сцены. Что Херст за ними подглядывал — это, скорее всего, фантазии Бланш. У неё было буйное воображение.

— Притом она ревновала.

— Конечно ревновала.

— А «письма с рассуждениями о литературе», о которых она упоминает? От кого они? Имеют они какое-нибудь отношение к Чужому?

— Насколько мне известно, нет. Она от многих получала обстоятельные письма, например от Ковентри Патмора*, — его восхищала её «милая простота» и «благородное смиренномудрие». Кто ей только не писал. Вот и это могли быть письма от кого угодно. А вы думаете, от Рандольфа Генри Падуба?

— Нет. Просто... Давайте-ка я вам кое-что покажу.

Роланд достал ксерокопии писем и, пока Мод разворачивала, предупредил:

— Сначала объясню. Об их существовании даже не подозревают. Я их нашёл. И, кроме вас, никому не показывал.

— Почему? — спросила Мод, не отрываясь от чтения.

— Не знаю. Взял и оставил у себя. Почему — не знаю.

Мод дочитала.

— Что ж, — заметила она, — даты совпадают. Материала на целую историю. Основанную на одних домыслах. Она заставит многое пересмотреть. Биографию Ла Мотт. Даже представления о «Мелюзине». Эта «история про фею»... *Любопытно*.

— Любопытно, правда? Биографию Падуба тоже придётся пересмотреть. Его письма — они обычно такие пресные, учтивые, такие бесстрастные, а эти совсем другие.

— А где подлинники?

Роланд запнулся. Придётся сказать. Ведь без помощника не обойтись.

— Я взял их себе, — признался он. — Нашёл в одной книге и взял. Не раздумывая: взял — и всё.

Строго, но уже оживлённее:

— Но почему? Почему вы их взяли?

— Потому что они были как живые. В них звучала такая настойчивость — не мог я их оставить просто так. Меня словно толкнуло что-то. Словно озарило, как вспышка. Я хотел их вернуть на место. Я верну. На следующей неделе. Просто ещё не успел. Нет, я их не *присвоил*, ничего такого. Но ни Собрайлу, ни Аспидсу, ни лорду Падубу они тоже не принадлежат. То, что в них, — это очень личное. Я говорю не совсем понятно...

— Да, не совсем. В научных кругах это открытие произведёт сенсацию. А вместе с ним и вы.

— Вообще-то, я действительно хотел сам заняться их исследованием, — простодушно согласился было Роланд и вдруг сообразил, что его оскорбили. — Нет-нет, что вы, я не за тем, совсем не за тем... Просто они почему-то стали мне очень дороги. Вы не понимаете. Я ведь не биограф, я литературный критик старой школы, работаю с текстами. Это не по моей части — такие вот... У меня в мыслях не было на них заработать... На следующей неделе я их верну. Я просто хотел сохранить их в тайне. Чтобы личное так и осталось личным. Я хотел их исследовать.

Мод покраснела. Слоновая кость подёрнулась румянцем.

— Простите. Сама не пойму, чего это я вдруг... Но ведь это первое, что приходит в голову. Я всё-таки не представляю, как это можно вот так взять и скрыть от всех два важных документа, — я бы на такое не решилась. Нет, теперь-то мне ясно, что у вас были другие причины, теперь-то ясно.

— Я только хотел узнать, что было дальше.

— Ну, снять ксерокопии с дневника Бланш я вам позволить не могу: у него корешок еле держится. Хотите — сделайте выписки. Да поройтесь ещё в этих ящиках. Мало ли что там обнаружится. В конце концов, сведений о Рандольфе Генри Падубе в них пока ещё никто не искал. Снять вам до завтра комнату в общежитии?

Роланд задумался. Комната в общежитии: что может быть соблазнительнее? Тихий угол, где можно провести ночь одному, без Вэл, погрузиться в мысли о Падубе, побыть самому себе хозяином. Но комната в общежитии ему не по карману. Да и обратный билет у него на сегодня.

— Я уже купил обратный билет.

— Можно всё переиграть.

— Нет, я лучше поеду. Денег нет. Я же безработный филолог.

Румянец Мод стал совсем пунцовым.

— Я об этом не подумала. Тогда можете остановиться у меня. Свободная кровать найдётся. Чем приезжать ещё раз, тратиться на дорогу, лучше остаться... Ужин я приготовлю... А завтра посмотрите остальной архив. Вы меня не стесните.

Роланд покосился на чёрные, лоснящиеся строки ксерокопии, заменившие собой жухлые бурые начертания.

— Ну хорошо, — сказал он.

Мод жила на окраине Линкольна, на первом этаже кирпичного дома георгианской постройки. Квартира её — две просторные комнаты, кухня и ванная — была когда-то целым скопищем контор живших в этом же доме коммерсантов. Входная дверь в квартиру была в те годы парадным входом в контору негоцианта. Потом дом отошёл к университету, и сегодня на верхних этажах квартировали преподаватели. Окно кухни, отделанной матовым кафелем, смотрело на кирпичный двор, уставленный кадками с вечнозелёными кустиками.

Обстановка гостиной ничем не выдавала, что её хозяйка — специалист по Викторианской эпохе. Ослепительно-белые стены, белые светильники, белый обеденный стол, на полу — белесый ковёр. Гостиную наполняли вещи самых разных цветов: тёмно-синего, багрового, канареечного, густо-розового — никаких блеклых или пастельных тонов. В нишах с подсветкой по сторонам камина красовались флакончики, пузырьки, пресс-папье и тому подобные стеклянные безделушки. Попав в гостиную, Роланд почувствовал себя посторонним и внутренне сжался, как будто пришёл на вернисаж или на приём к хирургу. Мод оставила его и пошла готовить ужин — от помощи она отказалась, — а Роланд позвонил к себе в Патни. Трубку никто не взял. Мод принесла ему выпить и предложила:

— Хотите почитать «Сказки для простодушных»? У меня есть первое издание.

Устроившись на огромном диване возле камина с горящими поленьями, Роланд стал перелистывать том в потёртом переплёте из зелёной кожи, на котором отдалённо готическими буквами было вытиснено заглавие.

Жила-была Королева, и было у неё, по её разумению, всё, чего душа пожелает. Но вот услыхала она от некоего странника о невиданной птичке-молчунье: живёт эта пичуга среди заснеженных гор, гнездо свивает один только раз, выводит золотых и серебряных птенчиков и, только тогда пропев единственную на своём веку песню, исчезает, как снег в долинах. И возмечтала Королева об этой птичке...

Жил да был бедный башмачник, и были у него три сына, славные, крепкие юноши, и две дочки-красавицы. Была ещё третья, но такая неумелая: то тарелку разобьёт, то пряжу спутает, масло у неё не пахтается, молоко сворачивается, станет очаг разжигать — дыму в жильё напустит. Ни к чему не способна, вечно мыслями в облаках. Говаривала ей мать: «Свести бы тебя в дремучий лес, чтобы ты там сама о себе заботилась, — мигом бы научилась слушать добрых людей и всякую работу делать как надо». И потянуло неумеху в дремучий лес: хоть немножко побродить там, где нету ни тарелок, ни рукоделья. Может, там-то и выпадет ей случай исполнить то, чего просила её душа...

Роланд принялся рассматривать гравюры, автор которых был указан на титульном листе: «Иллюстрации Б. П.». Вот женская фигура на лесной поляне, на голову наброшен платок, фартук развевается, на ногах — большущие деревянные башмаки; вокруг сомкнулись мрачные сосны, сквозь сплетения хвоистых ветвей смотрят бесчисленные белые глаза. А вот другая фигура, закутанная, кажется, в сеть, унизанную бубенцами; спутанные сетью кулаки колотят в дверь домика, а наверху к окнам прильнули злобные бугристые лица. И снова мрачные деревья, у их подножия хижина, вокруг неё, положив морду на белое крыльцо, по-драконьи обвился длинным изгибистым телом волк; шкура волка выписана в той же манере, что и иглистый лапник.

На ужин Мод Бейли подала консервированных креветок, омлет, зелёный салат, рокфор, поставила на стол вазу с кислыми яблоками. Разговорились про «Сказки для простодушных» — по словам Мод, жутковатые истории, заимствованные большей частью у братьев Гримм и Тика, причём почти в каждой действовало животное и кто-нибудь кого-нибудь не слушался. Вместе посмотрели одну сказку: про женщину, которая обещала отдать всё на свете, лишь бы у неё был ребёнок — какой угодно, хоть ёж. Так и случилось: она родила чудище, наполовину мальчика, наполовину ежа. Бланш изобразила мальчугана-ежа на высоком стульчике из викторианской детской, за столом в викторианском вкусе, позади чернеют стёкла буфета, а на передний план бесцеремонно вторглась ручища, которая требовательно указует на стоящую перед малышом тарелку. Тупое мохнатое рыльце скривилось, точно зверёк вот-вот захнычет. Вздыбленные колючки на уродливой головке напоминают лучи нимба. Этот колючий нимб охватывает лишённую шеи фигурку до плеч, а ниже несуразно топорщится крахмальный плоёный воротник. На коротколапых лапках малыша видны тупые коготки.

Роланд спросил, что пишут об этой сказке литературоведы. Мод рассказала, что, по мнению Леоноры Стерн, в ней выразился страх женщины викторианского времени — да и не только викторианского, — что её ребёнок окажется уродом. Подоплёка примерно та же, что у истории о Франкенштейне, навеянной Мэри Шелли воспоминаниями о родовых муках и отчаянным страхом перед деторождением.

— Вы тоже так думаете?

— Это известная сказка — сказка братьев Гримм. Ёж верхом на чёрном петухе сидит на дереве, играет на волынке и дурачит прохожих. Но по-моему, новая обработка многое говорит о самой Кристабель. Она, как мне кажется, просто не любила детей — в те времена это было общее свойство многих незамужних тётушек.

— А Бланш ёжика жалко.

— Жалко? — Мод пригляделась к картинке. — Да, правда. Зато Кристабель его не пожалела. У неё в сказке он становится ловким свинопасом: откармливает свиней лесными желудями, стадо разрастается, а потом — ликование на бойне, свиное жаркое, шкварки. Каково это читать современным детям? Они льют слёзы даже по тем свинкам, в которых вселились изгнанные Иисусом бесы. У Кристабель ёж — это какая-то сила природы. Когда всё против него, в нём просыпается азарт. В конце концов он получает в жёны королевскую дочь, которая должна спалить его колючую шкурку. Сжигает — и в объятиях у неё оказывается прекрасный принц, слегка опалённый и закопчённый. И Кристабель заканчивает так: «А жалел ли он, что потерял своё оружие, острые иглы, и свою дикарскую сметливость, — про то в истории не рассказывается, ибо дело пришло к счастливому исходу и нам пора поставить точку».

— Здорово.

— Мне тоже нравится.

— А вы занялись Ла Мотт, потому что она ваша родственница?

— Наверно... Да нет. Просто когда я была совсем маленькая, мне запомнилось одно её стихотворение. Понимаете, у нас, у Бейли, Кристабель не считается каким-то там предметом гордости. Бейли к литературе равнодушны. Я — выродок. Моя норфолкская бабушка говорила, что слишком заучишься — будешь плохой женой. И потом, норфолкские Бейли с линкольнширскими Бейли не общаются. У линкольнширских все сыновья погибли в Первую мировую, выжил только один, он вернулся с войны инвалидом и едва сводил концы с концами. А у норфолкских родственников деньги не переводились. София Ла Мотт вышла за *линкольнширского* Бейли. Так что в детстве я и не знала, что у нас в роду была поэтесса, то есть что у нашего предка была свояченица-поэтесса. Два родственника выиграли на скачках в Дерби, дядюшка совершил рекордное восхождение на Эйгер — вот чем гордились.

— И что это за стихотворение?

— О Сивилле Кумской. Из книжки, которую мне подарили как-то на Рождество. Она называлась «Призраки и другие диковины». Сейчас покажу.

Роланд прочёл:

Кто ты?
Остов бессильный,
Ссохшийся, мрачный
В склянице пыльной
На полке чердачной.

Кем была прежде?
Феб наущал меня,
Жёг меня жар его.
Это кричу не я:
Голос мой — дар его.

Что ты видишь?
Зрела чудны́ дела:
Тверди творенье,
Цезаря видела
Я погребенье.

На что уповаешь?
Чувство остынет.
Клятвам не верьте.
Как благостыни
Жажду я смерти[1].

— Грустное стихотворение.

— Маленьким девочкам всегда грустно. Они любят погрустить: им кажется, будто грусть — это душевные силы. Сивилле в бутылке не грозили никакие напасти, её даже тронуть никто не мог — а она хотела умереть. Я и не знала тогда, что это за Сивилла такая. Ритм понравился. А потом, когда я засела за статью о пороговой поэзии, стихотворение вдруг вспомнилось, а с ним и Кристабель. Я писала статью о пространстве в представлении женщин Викторианской эпохи. «Маргинальные существа и лиминальная[2]

---

[1] По преданию (отраженному, в частности, в «Метаморфозах» Овидия), Аполлон, влюбленный в Сивиллу Кумскую, наделил её даром провидения и долголетием, однако не дал ей вечной молодости, отчего Сивилле пришлось долгие годы жить сморщенной высохшей старухой. Стихотворение имеет источником фрагмент из романа Петрония «Сатирикон»: «Видал я Кумскую Сивиллу в бутылке. Дети её спрашивали: „Сивилла, чего ты хочешь?" А она в ответ: „Хочу умереть"».

[2] *Лиминальность* (от *лат.* limen — граница, предел) — пограничное состояние, предшествующее переходу в другое состояние.

поэзия». Об агорафобии[1] и клаустрофобии, о противоречивом желании вырваться на простор, на вересковые пустоши, в безграничность — и в то же время забиться, замкнуться в убежище потеснее. Как Эмили Дикинсон в своём добровольном заточении, как Сивилла в своей бутылке.

— Или как Волшебница Падуба в своём Глухом Покое.

— Это другое. Он наказывает её за красоту и, как ему кажется, греховность.

— Ну нет. Он пишет о тех, кто, как и она сама, считает, что её *следует* наказать за красоту и греховность. Ведь она сама согласна с этим приговором. Она — но не Падуб. Падуб предоставляет читателям решать, кто прав, кто не прав.

В глазах Мод мелькнуло желание поспорить, но вместо этого она спросила:

— А вы? Почему вы занимаетесь Падубом?

— Это от матери: она его очень любила. Она в университете изучала английскую литературу. Мне с детства знакомы его образы: его сэр Уолтер Рэли*, король Оффа* на своём валу, поэма про битву при Азенкуре[2]. А позднее «Рагнарёк». — Роланд замялся. — Когда я окончил школу и размышлял, что я оттуда вынес, они-то и оказались самым живым воспоминанием.

И Мод улыбнулась:

— Вот-вот. Это точно. С нашим образованием мало что остаётся в живых.

***

Мод постелила ему на высоком белом диване в гостиной. Не набросала груду спальников и одеял, а именно постелила: свежие, только из стирки, простыни, подушки в хлопчатобумажных наволочках изумрудного цвета. Из выдвижного ящика под диваном вылезло белое ворсистое одеяло. Мод отыскала для Роланда новую зубную щётку в нераспечатанной упаковке и вздохнула:

— Обидно, что сэр Джордж такой. Такой жёлчный нелюдим. Кто знает, что у него хранится. Вы никогда не видели Сил-Корт? Викторианская готика — ажурнее некуда. Шпили, стрельчатые

---

[1] *Агорафобия* — боязнь открытого пространства.
[2] *Битва при Азенкуре* (1415) — одно из важнейших сражений Столетней войны, благодаря которому англичанам удалось занять Северную Францию и Париж.

окна, и всё это в лесистой долине. Я могу вас туда свозить. Если у вас будет время. Вообще-то, всё, что связано с жизнью Кристабель, меня не так уж и занимает. Чудно́: мне как-то даже неловко прикасаться к вещам, которые она держала в руках, осматривать места, где она бывала. Главное, её *язык* — правда? — её мысли...

— Совершенно справедливо.

— Всякие подробности, этот Чужой, которого боялась Бланш, — до них мне и дела не было. Знаю только, что ей кто-то там померещился, а кто он — какая разница? Но вы что-то во мне всколыхнули...

— Посмотрите, — произнёс Роланд и достал из кейса конверт. — Я их захватил с собой. Что ещё было с ними делать? Чернила, правда, выцвели, но...

Мысли о нашей необычной беседе не покидают меня ни на минуту... Я чувствую, что мы с Вами непременно должны вернуться к нашей беседе, и уверенность эта не блажь, не самообман...

— Да, — сказала Мод. — И правда как живые.

— Они не закончены.

— Не закончены. Только начало. Так хотите посмотреть, где она жила? Где как раз всё и закончилось — закончилась её жизнь?

Роланду вспомнился потолок в потёках кошачьей мочи, комната с видом в тупик.

— Ну что ж... Раз уж я всё равно здесь...

— Пора спать. В ванную идите первым. Пожалуйста.

— Спасибо. Спасибо за всё. Спокойной ночи.

✻❧❧✻

Роланд, затаив дыхание, вступил в ванную. Обстановка тут не располагала устроиться с книгой или нежиться в ванне: всё вокруг холодное, зелёное, стеклянное, всё сияет чистотой. На массивных зеленоватых, цвета морской волны, стеклянных полочках застыли крупные флаконы темно-зелёного стекла, пол выложен стеклянными плитками, в которых, если вглядеться, на миг открывалась обманчивая глубина. Занавеска, отгораживающая ванну, блестела, как остекленевший водопад, и такая же полная влажных отсветов занавеска закрывала окно. На полотенцесушителе в безукоризненном порядке висели сложенные полотенца с зелёным геометрическим узором. Нигде ни крупинки талька, ни мыльного пятнышка. Склонившись над раковиной почистить зубы, Роланд увидел на её серо-зелёной поверхности своё отражение. В памяти возникла его собственная ванная: вороха старого белья, открытые футлярчики с тушью для ресниц, развешанные где попало рубашки и чулки, липкие флаконы с кондиционером для волос, тюбики крема для бритья...

А чуть позже в той же ванной, подставив рослое тело под горячую шипящую струю душа, стояла Мод. Ей представлялась такая картина: огромная кровать, раскиданное и смятое постельное бельё — замызганные простыни и покрывало там и сям торчат островерхими буграми, как взбитый белок. Это опустевшее поле битвы возникало перед ней всякий раз, как она вспоминала Фергуса Вулффа. А если ещё поднапрячь память, вспоминались немытые кофейные чашки, брюки, валявшиеся там, где их сбросили, пачки пыльных бумаг с круглыми следами от винных бокалов, ковёр весь в пыли и сигаретном пепле, запах несвежих носков и всякие другие запахи. «Фрейд был прав, — размышляла Мод, старательно намыливая свои белые ноги. — Влечение — оборотная сторона отвращения».

Парижская конференция, на которой она познакомилась с Фергусом, называлась «Гендерные аспекты автономного текста». Мод выступала с докладом о пороговой поэзии, а Фергус представил своё капитальное исследование «Сексуально активный кастрат: эгофаллоцентрическая структурация гермафродитических персонажей Бальзака». Основные положения его доклада были выдержаны как будто бы в феминистском духе. Но тон выступления отдавал ёрничеством, дискредитировал идею. Фергус резвился на грани самопародии. Он так и ждал, что Мод нырнёт к нему в кровать. «Между прочим, ты и я — мы тут самые светлые головы. Эх, до чего же ты хороша: самая красивая женщина на свете. Я тебя очень, очень хочу. Это сильнее нас, неужели не понимаешь?» Задним числом Мод так и не нашла разумного объяснения, почему «это» оказалось «сильнее её», но желание Фергуса исполнилось. А потом у них что-то разладилось.

Мод поёжилась. Она натянула удобную ночную рубашку с длинным рукавом, сняла купальную шапочку и распустила свои пшеничные волосы. Яростно расчесала их, придерживая, чтобы не разлетались, и оглядела в зеркале своё безупречно правильное лицо. Красивая женщина, по словам Симоны Вайль*, глядя в зеркало, говорит себе: «Это я». Некрасивая с той же убеждённостью скажет о своём отражении: «Это не я». Мод понимала, что при таком резком противопоставлении всё получается чересчур упрощённо. Это кукольное лицо в зеркале было как маска, не имело к ней никакого отношения. Об этом быстро догадались феминистки на одном собрании: когда Мод взяла слово, её тут же освистали и ошикали; они решили, что пышное великолепие, которым природа увенчала её голову, — это искусственная приманка для мужчин, результат воздействия какого-то противоестественного средства для волос, придающего им товарный вид. Начав преподавать, Мод подстриглась так коротко, что голова казалась почти обритой, белая кожа под робкой порослью зябла. Фергус разглядел, как боится она своего кукольного лица-маски, и взялся за неё по-свойски: попытался раздразнить её хорошенько, чтобы она выкинула все страхи из головы. В ход пошли строки Йейтса, которые Фергус декламировал со своим ирландским акцентом:

> Кто, пленившись видом
> Взбитых у висков
> Кудрей неприступных —
> Крепостных валков, —
> Скажет: «Главное — душа, не прелесть
> Жёлтых завитков?»[1]

— Эх ты! — добавил Фергус. — Умная, образованная женщина, а вон на что поддалась.

— Ничего я не поддалась, — возразила Мод. — Я на это вообще не обращаю внимания.

Тогда Фергус стал приставать: если ей всё равно, пусть отпустит волосы, — и она согласилась. Волосы росли, закрыли виски, затылок, шею, спустились до плеч. Она отпускала их ровно столько, сколько продолжался их роман. Когда Фергус и Мод расстались, на спину ей уже легла порядочная коса. Снова остригать волосы Мод не стала из гордости: не хотелось показывать, что с его уходом в её жизни что-то изменилось. Но теперь волосы всегда были спрятаны под каким-нибудь головным убором.

---

[1] У. Б. Йейтс. К Энн Грегори.

Высота просторного дивана Мод, на котором расположился Роланд, казалась ему верхом блаженства. В комнате стоял едва уловимый винный дух и тонкий аромат корицы. На уютное бело-изумрудное ложе падал свет массивной бронзовой лампы под зелёным абажуром с кремовым исподом. Но что-то в душе у Роланда никак не могло настроиться на сонный лад, что-то ворочалось от саднящего чувства: точно настоящая Принцесса на горошине на груде пуховиков. «Принцесса»... Так Бланш Перстчетт звала Кристабель. Да и Мод Бейли — хрупкая принцесса-недотрога. Роланд оказался случайным гостем в женской цитадели. Как некогда Рандольф Генри Падуб. Раскрыв «Сказки для простодушных», Роланд погрузился в чтение.

СТЕКЛЯННЫЙ ГРОБ

Жил да был на свете портняжка, славный неприметный человек. Шёл он как-то лесом, куда занесло его, должно быть, во время странствий в поисках работы: в те поры мастеровые люди, чтобы хоть немного заработать на пропитание, исхаживали много дорог, а наряды тонкой работы, какие выделывал наш герой, раскупались не так бойко, как дешёвое, наспех пошитое платье, хоть то и сидело скверно и изнашивалось скоро. Но портняжке всё нипочём: он по-прежнему искал, не будет ли кому нужды в его умении. Вот идёт он по лесу и воображает, что где-то за поворотом ждёт его счастливая встреча. Да только кому тут повстречаться: ведь он забирался всё дальше в тёмную чащу, где и лунный свет не сиял, а лишь рассыпался по мху тупыми голубоватыми иголочками. И всё же набрёл он на поляну, а на поляне домик — стоит и будто его дожидается. И обрадовался же портняжка, когда увидел, что из щелей меж ставен пробивается жёлтый свет. Он смело постучал в дверь. В доме зашуршало, заскрипело, дверь чуть-чуть приотворилась, и показался за нею старичок: лицо словно седой пепел, длинная косматая бородища тоже седа.

«Я заплутавший в лесу путник, — сказал портняжка. — И ещё я искусный мастер. Брожу, ищу, не найдётся ли где работы».

«Не пущу я тебя, — отвечал седой старичок. — В искусных мастерах я нужды не имею, а вот не впустить бы мне вора».

«Будь я вор, — сказал портняжка, — я бы ворвался силой или залез тайком. Нет, я честный портной. Сделай милость, помоги».

А за спиною у старика стоит большой, с хозяина ростом, пепельно-серый пёс — глаза красные, из пасти жаркое дыхание. Пёс глухо поворчал, порычал, но потом сменил гнев на милость и приветливо махнул хвостом. Тогда старик сказал: «Вот и Отто почитает тебя честным человеком. Будь по-твоему, пущу тебя на ночлег, а уж ты отслужи честь по чести. Помоги приготовить ужин, прибраться — делай всякую работу, какая найдётся в моём скромном жилище».

Впустил он портняжку, и тот, вошедши в дом, увидал престранное собрание домочадцев. В кресле-качалке сидели петушок в ярких перьях и его белоснежная подруга. В углу, где камин, стояла коза чёрно-белой масти, с узловатыми рожками и глазами как бы из жёлтого стекла. На каминной полке лежал большой-пребольшой кот, пёстрый, весь в разводах и подпалинах, — лежит и глядит на портняжку зелёными холодными, как самоцветы, глазами с щёлками-зрачками. А за столом стоит дымчатая коровка с тёплым влажным носом и бархатистыми карими глазищами, и дыхание её точно парное молоко. «Желаю здравствовать», — сказал портняжка всему обществу, потому что никогда не забывал об учтивости. Животные оглядели его испытующими умными глазами.

«Еда и питьё на кухне, — сказал седой старичок. — Займись-ка стряпнёй, а после вместе поужинаем».

И портняжка взялся за дело. Нашёл на кухне муку, мясо, лук, вылепил знатный пирог и украсил корку чудесными цветами и листьями из теста — мастер во всём мастер, хоть бы и брался не за своё ремесло. А покуда пирог поспевал, портняжка порылся на кухне, задал козе и корове сена, петушку и курице насыпал золотого пшена, коту принёс молока, а серому псу — костей да жил, от мяса для начинки оставшихся. Принялись портняжка и старик за пирог, а от пирога тёплый дух пышет по всему дому. Старик и говорит: «Отто правильно угадал: ты славный и честный человек. Обо всех позаботился, никого не обидел, ни от какой работы не уклонился. И хочу я тебя за твою доброту наградить. Вот тебе три подарка — какой выбираешь?»

И старик положил перед портняжкой три вещицы. Первая — сафьяновый кошелёк, в котором что-то позвякивало. Вторая — котелок, снаружи чёрный, а внутри блестящий, начищенный, посудина прочная и вместительная. А третья — стеклянный ключик тонкой затейливой работы, игравший всеми цветами радуги. Оглянулся портняжка на животных: не будет ли от них какого совета, а те только смотрят на него ласковыми глазами, и больше ничего. И подумал портняжка: «Про эти подарки лесных жителей я знаю. Первый — это, верно, кошелёк, в котором деньги не переводятся, второй — котелок, которому скажешь заветное слово — и будет тебе доброе угощение. Слышал я про эти диковины, встречал и тех, кто получал плату из таких кошельков и едал из таких котелков. Но стеклянный ключик — вещь видом не виданная, слыхом не слыханная. И для чего такой ключ, в толк не возьму: повернёшь в замке — одни осколки останутся». Этот стеклянный ключик портняжка и выбрал. Мастер есть мастер: он-то понимал, какая сноровка нужна, чтобы выдуть из стекла такую тонкую бородку и стерженёк; притом же он никак не мог взять в толк, что это за ключ такой и для чего он предназначен, а любопытство способно толкнуть человека на что угодно. И портняжка сказал: «Выбираю этот красивый ключик». — «Такой выбор подсказало тебе не благоразумие, а удаль, — молвил старик. — Ключ этот — ключ к приключению. Если только ты соизволишь пуститься на его поиски».

«Отчего же не пуститься, — отвечал портняжка, — раз уж в этой глуши моё мастерство всё равно ни к чему и раз уж в выборе моём не было благоразумия».

Тут животные подошли поближе, обдавая портняжку своим парным дыханием, в котором слышался сладкий запах сена и летнее благорастворение, и устремили на него ласковые ободряющие взоры нечеловечьих глаз, пёс положил голову ему на башмак, а пёстрый кот примостился на ручке его кресла.

«Выйди за порог, — сказал старик, — кликни Девицу-Ветрицу из рода Западного Ветра, покажи ей ключ, и она отнесёт тебя куда надобно. Доверься ей без боязни, не противься. Станешь вырываться или досаждать вопросами — она сбросит тебя в колючие заросли, откуда пока выберешься, живого места не останется. А как долетите до места, оставит она тебя среди безлюдной вересковой пустоши, на гранитной глыбище. Хоть и кажется, будто глыба лежит без движения от самого начала времён, это и есть врата, за которыми ждёт тебя приключение. Положи на глыбищу перо из хвоста этого вот петушка, которое он охотно тебе пожертвует, и откроется вход. Не раздумывая, не страшась, спускайся под землю, всё ниже, ниже. Держи ключ перед собою, и он будет освещать тебе путь. Так придёшь ты в каменную палату и увидишь две двери, за которыми начинаются ветвящиеся ходы, но ты в них не вступай. Будет там ещё одна дверь, низкая, завешенная, за нею — ход вниз.

Рукою ты завесы не касайся, а приложи к ней млечное белое пёрышко, что подарит тебе курочка. Тогда незримые руки раздвинут завесу, дверь за ней растворится, и ступай через неё в залу — там и найдёшь, что найдётся».

«Что ж, приключение так приключение, — сказал портняжка. — Правда, я страх как боюсь тёмных подземелий, куда не заглядывает дневной свет, а над головой тяжёлая толща».

Петух и курочка дали портняжке выдернуть у них по перу — одно чёрное, с изумрудным отливом, другое белое, как сливки. Попрощался портняжка со всеми, вышел на поляну и, воздев свой ключик, призвал Девицу-Ветрицу.

Дрожь, плеск, шелест пробежали по кронам, заплясали лежавшие возле дома клочья соломы, взметнулась и закружилась вихрями пыль — то пролетала над лесом Девица-Ветрица. Длинные воздушные руки подхватили портняжку, и он, обмерев от восторга и страха, почувствовал, что поднимается ввысь. Сучковатые пальцы деревьев норовили его ухватить, но он, влекомый юрким порывом, всё уворачивался и наконец, взлетев выше леса, оказался в незримых объятиях стремительной стихии, что со стоном неслась в поднебесье. Приникнув к воздушной груди, он и не думал кричать или отбиваться, а заунывная песня Западного Ветра, в которой смешались морось дождей, сияние солнца, течение облаков, блеск плывущих звёзд, окутала его точно сетью.

И вот, как и обещал седой старичок, Девица-Ветрица оставила его на серой гранитной глыбе и, завывая, умчалась восвояси. Портняжка положил на голый, выщербленный гранит петушье перо — и в тот же миг глыба с натужным стоном и хрустом выворотилась из земли, поднялась в воздух, точно подхваченная чашей весов или поддетая снизу стержнем, и ухнула рядом, так что поросшая вереском почва всколыхнулась, будто гладь вязкого моря. На месте же глыбы, среди корешков вереска и узловатых корней утёсника, чернело сырое отверстие. Портняжка, недолго думая, полез в него: лезет, лезет, а на уме одно — что над головою-то камни, и торф, и земля. А воздух внутри студёный, волглый, а под ногами слякотно, мокро. Вспомнил он про свой ключик, решительно выставил его перед собой, и тот вспыхнул искристым светом, так что на шаг вперёд разливалось серебристое свечение. Так добрался портняжка до покоя о трёх дверях. В щелях под двумя большими дверями брезжил свет — жёлтый, манящий, третья же дверь сокрыта была мрачной кожаной завесой. Едва портняжка провёл по этой завесе кончиком мягкого курочкина пера, как завеса разъялась, собравшись в прямые складки наподобие нетопырьих крыл, а за нею распахнулась темная дверца, ведущая в узкую нору, куда портняжка мог бы протиснуться разве что по плечи. Тут-то и напал на него страх: ведь седой приятель про тесный лаз ничего не рассказывал. Может статься, сунет он туда голову — тут ему и конец.

Он огляделся и увидал, что ходов, подобных приведшему его в этот покой, ведёт сюда премножество, и все до единого извилистые, расщелистые, сырые, все в переплетениях корней. «Пойдёшь назад — чего доброго, заплутаешь, — рассудил портняжка. — Видно, придётся лезть в нору, а там будь что будет». Он собрал всю свою храбрость, зажмурил глаза, сунул голову и плечи в нору и ну вертеться-ворочаться. Протиснулся и кубарем ввалился в просторный каменный чертог, озарённый лившимся ниоткуда мягким светом, в котором даже сияние ключика сделалось тускло. Чудо, что в этой кутерьме ключик уцелел: стекло осталось таким же ясным и невредимым, как и прежде. Портняжка обвёл взглядом чертог и увидал три предмета. Первый оказался грудой склянок и пузырьков — все в пыли, в паутине. Второй — стеклянный купол в рост человека, повыше нашего героя. Третий же был светящийся стеклянный гроб на золочёном ложе, укрытом богатым бархатным покровом. И все они — и груда, и купол, и гроб — источали матовое свечение, точно доносящееся из глубины мерцание жемчугов или фосфорические огни, что сами собой блуждают по глади южных морей, а близ нашего берега, в Ла-Манше, по ночам окаймляют вздымающиеся отмели и наделяют млечной белизной их серебристые оконечности.

«Эге, — смекнул портняжка, — что-то из этих трёх, а то и все три, и есть моё приключение». Принялся он перебирать склянки. Были они всяких цветов: красные, зелёные, синие, дымчатые, как топаз, а внутри всего-навсего какие-то испарения или капли жидкости, в той плавает струйка дыма, в этой болтается спиртуозная влага. Каждая склянка была закупорена и запечатана, но осторожный портняжка не стал их распечатывать, положив прежде хорошенько разведать, куда он попал и что ему предстоит совершить.

Затем он приблизился к куполу. Хотите представить, каков был этот купол, — вспомните чудесный стеклянный колпак у вас в гостиной, под которым обыкновенно сидят как живые на ветках яркие птахи или порхают таинственные бабочки и мотыльки. А может быть, вам случалось видеть хрустальный шар с крохотным домишком внутри, над которым, если шар потрясти, заискрится метель. Под куполом же помещался целый замок — величавое, прекрасное здание с несчётными окнами, изгибистыми лестницами и множеством башен, с которых без движения свисают яркие флаги. Вокруг раскинулся красивейший парк: деревья и террасы, дорожки и лужайки, водоёмы с рыбками и беседки, увитые розами, на одном дереве качели — всё, чего бы ни пожелала душа обитателя обширного и привольного поместья. И всё как настоящее, только что не шевелится и сработано в такую малую меру, что рассмотреть тонкую резьбу и мелкие предметы можно не иначе как в увеличительное стекло. Портняжка же, как я говорила, был в первую очередь мастер: он глаз не мог оторвать от такой красоты и всё дивился, какой же тонкости должны быть инструменты, что её произвели. Смахнул пыль, полюбовался ещё и подошёл к стеклянному гробу.

Случалось ли вам наблюдать, как резвый ручей, добежав до невысокого уступа, перекатывается через него стеклянной гладью, под которой протягиваются слегка колеблемые приметной всё же быстриной длинные пряди тонких водорослей? Вот и здесь, под гладью толстого стекла, заполняя собою всю внутренность гроба, беспорядочными волнами лежали длинные золотые пряди — портняжке было показалось, что он набрёл на целый сундук золотой пряжи. Но тут он разглядел в бахромчатой прогалине прекраснейшее лицо, какое ни во сне ни наяву не привидится, — неподвижное бледное лицо с длинными золотыми ресницами на бледных щеках и дивными бледными губками. Девушка была укутана золотыми волосами, точно мантией, упавшие на лицо спутанные локоны чуть шевелились от дыхания, и портняжка догадался, что девушка жива. И ещё догадался он, что тут-то и начинается его приключение: он, как водится, освободит спящую, а она в благодарность за это станет его невестой. Но девушка во сне была так хороша, так безмятежна, что портняжке прямо духу не хватало тревожить её покой. И он стоял и гадал, как она здесь очутилась, да сколько уже времени тут провела, да какой у неё голос, — словом, размышлял про всякий вздор, а дыхание спящей всё взбивало и взбивало золотую пряжу её волос, упавшую на лицо.

Наконец портняжка углядел на боковине гроба — а был он цельный, точно яйцо из зелёного льда: ни щёлки, ни трещинки, — крохотную замочную скважину. И понял портняжка, что это и есть замок, который отмыкается его чудесным изящным ключиком. С тихим вздохом вставил он ключ в скважину и стал ждать. А ключик скользнул внутрь и будто вплавился в стенку гроба, так что на миг её стеклянная поверхность стала гладкой, без малейшего отверстия. Вслед за тем раздался странный звук вроде звона колокольцев и гроб рассыпался на ровные осколки, длинные и острые как сосульки, и каждый, звякнув оземь, вмиг исчезал. Открыла девушка глаза, а они у неё как васильки или небо летней порой. Портняжка же смекнул, что надо делать: склонился и поцеловал её дивную щёку.

«Стало быть, это ты? — промолвила девушка. — Это ты долгожданный спаситель, который меня расколдует? Значит, ты и есть принц?»

«Ну нет, — возразил портняжка. — На этот счёт ты заблуждаешься. Я не больше — но и не меньше — чем портной, шью наряды тонкой работы. Брожу по свету да ищу, где бы честным трудом заработать на прожиток».

Девушка так и залилась весёлым смехом — ей, как видно, пришлось промолчать не один год, но голос её уже окреп, и смех гулко прокатился по странному подземелью, даже стеклянный дрязг задребезжал, как надтреснутые колокольцы.

«Помоги мне выбраться из этого мрачного логова — и тебя ждут такие богатства, что не будет нужды заботиться о прожитке до конца своих дней, — сказала она. — Видишь там заточённый в стекле прекрасный замок?»

«Ещё бы. Вижу и дивлюсь искусной работе».

«То работа не резчика, не миниатюрщика, но злого волшебника. Замок этот прежде был моим домом. Моими были окрестные леса и луга, и мы с милым моим братом гуляли там на просторе. Так мы и жили, пока однажды вечером, спасаясь от непогоды, не забрёл к нам этот самый злой волшебник. Надобно тебе знать, что мы с братом близнецы. Брат был хорош собой, как ясный день, ласков, как оленёнок, ладный, как яблочко наливное. Мне было так отрадно с ним, а ему со мною, что мы дали обет не вступать ни с кем в супружество, а весь век мирно жить в своём замке, дни напролёт проводя в охоте и играх. В тот вечер, когда незнакомец постучался к нам в замок, бушевала буря; шляпа и плащ пришельца промокли до нитки, но на лице его играла улыбка. Брат радушно пригласил его войти, предложил остаться на ночлег, угостил жарким и вином, они вместе пели песни, играли в карты, а потом сидели у очага и рассуждали обо всём, что только случалось на белом свете. Меня раздосадовало и даже немного опечалило, что брату пришлось по вкусу общество чужого, и я отправилась к себе в почивальню раньше обычного. Я лежала и слушала, как завывает Западный Ветер меж крепостными башнями, пока не охватила меня неспокойная дремота. Проснулась я оттого, что по комнате звонко разливалась странная, очень красивая музыка. Я привстала посмотреть, что бы это значило, и тут дверь медленно растворилась и в почивальню твёрдой поступью вошёл наш незнакомый гость. Платье на нём уже просохло, чёрные волосы вились кудрями, он улыбался, но лицо его внушало страх. Я хотела пошевелиться, но тело моё было точно спелёнуто, и такие же незримые пелена крепко обвили голову и лицо. Пришелец объявил, что не желает мне зла. Он чернокнижник, и звонкая музыка в почивальне наколдована им. Его намерение — получить мою руку и сердце и жить-поживать в этом замке вместе со мною и моим братом. Я отвечала — ибо мне вновь дана была возможность говорить, — что вовсе не помышляю о замужестве, а хочу остаться в девицах и наслаждаться счастливой жизнью с милым моим братом и больше ни с кем. Тогда чернокнижник сказал, что этому не бывать: волей или неволей, а я буду принадлежать ему, и брат мой держится тех же мыслей. „Увидим“, — отвечала я. „Может, и увидишь, — невозмутимо промолвил колдун под звон, гул и визг музыкальных орудий, — но говорить с ним об этом ты не будешь и про то, что случилось тут, не расскажешь: я наложил на тебя заклятье, и ты будешь молчать, как будто тебе отрезали язык“.

На другой день я порывалась предупредить брата, но обещание колдуна исполнилось: стоило мне попытаться открыть рот, как язык у меня отнимался и я немотствовала, точно кто-то большими стежками, прямо по живому, зашил мне губы. Но если мне за столом хотелось спросить соли либо завести разговор о дурной погоде, я вновь обретала дар речи, так что брат, к великой моей досаде, ничего не заметил и преспокойно отправился с новым приятелем на охоту, оставив меня одну у камина безмолвно терзаться страшными предчувствиями. Так просидела я целый день, а когда приблизился вечер, когда по лужайке у замка протянулись длинные тени и закатные лучи остыли и окрасились медным цветом, я уже знала наверное, что стряслась беда. Выбежав из замка, бросилась я в тёмный лес. Навстречу мне из лесу вышел колдун. Одной рукой он вёл под уздцы коня, а в другой держал поводок, к которому была привязана высокая борзая с такими печальными глазами, какие не примечала я ни у одной твари земной. Колдун рассказал, что брат мой внезапно уехал, пробудет в отлучке очень долго и неизвестно когда вернётся, меня же и замок оставил он на его попечение. Рассказывал он весело, точно ему и дела не было, поверю я или нет. Но я объявила, что не подчинюсь этому самовластью, и с облегчением услыхала, что голос мой звучит твёрдо и уверенно: я боялась сделаться снова безгласной, как бы с зашитыми губами. При этих словах из глаз борзой покатились слёзы, с каждым мигом всё обильнее, всё крупнее, и я не знаю как догадалась, что под обличьем этого кроткого беззащитного животного сокрыт мой брат. В гневе вскричала я, что против моей воли колдун ни мною, ни домом моим не завладеет. Он на это признался, что я угадала верно: без моей воли он и в самом деле не в силах добиться своего, но если я не прочь, он постарается снискать мою благосклонность. Этому не бывать, отвечала я, пусть и не мечтает. Он разъярился и пригрозил, если я стану противиться, лишить меня дара речи на веки вечные. Но я отвечала, что без милого брата мне и свет не мил: к чему мне речь, если говорить ни с кем нету охоты. „Посмотрим, что ты скажешь, когда протомишься сотню лет в стеклянном гробу“, — промолвил колдун. Он взмахнул руками, и замок уменьшился и сделался таким, как ты видишь. Тогда он взмахнул руками ещё раз-другой, и замок оделся стеклом — таким, как ты видишь. Сбежавшуюся прислугу — лакеев, горничных — он заточил, как ты видишь, каждого в отдельную склянку и напоследок заключил меня в стеклянный гроб, где ты меня и нашёл. А теперь, если ты желаешь, чтобы я стала твоей, поспешим отсюда прочь: колдун имеет обыкновение наведываться сюда, чтобы проверить, не сделалась ли я уступчивее».

«Конечно, мне хочется, чтобы ты стала моей, — сказал портняжка. — Ты — обещанная мне чудесная награда, это же мой пропавший стеклянный ключик вернул тебе свободу, да я уж и полюбил тебя всей душой. Но что ты лишь за вызволение из стеклянного гроба готова отдать мне руку и сердце — это мне как-то странно. Что ж, когда ты вновь утвердишься в своих правах, когда к тебе вернутся и дом, и земли, и слуги, ты вольна будешь передумать и жить, если пожелаешь, в безбрачии и одиночестве. С меня же довольно и того, что я любовался дивной золотой сетью твоих волос и касался губами этой нежной-пренежной, белой-пребелой щеки».

А вы, любезные мои простодушнейшие читатели, извольте угадать, что подсказало ему эти речи: участливость или хитрость, — он же видел, что девушке больше всего хочется распоряжаться собой без принуждения, а замок со всеми садами, хоть в нынешнем состоянии его и можно было обмерить булавкой или стежками, ногтем или напёрстком, всё же имел такой нарядный и пышный вид, что всякий почёл бы за счастье в нём поселиться.

По бледным щекам красавицы разлился нежный розовый румянец, и она чуть слышно промолвила, что чары есть чары, а поцелуй, данный ей после того, как стеклянный гроб был благополучно уничтожен, как и всякий поцелуй, обязывает к благосклонности, вольно он был получен или невольно.

Пока они таким учтивым образом дискутировали о том, как достойнее поступить в этих казусных обстоятельствах, раздался шум, зазвенела музыка и девушка в великой тревоге воскликнула, что чародей приближается. Герой же наш оробел и растерялся: ведь седой наставник не научил его, что надо делать при подобной оказии. И всё же он сказал себе: «Надо мне, сколько станет сил, защищать эту девушку, которой я столь многим обязан, которую сам же — к добру или к худу — избавил от сна и немоты». Оружия, кроме острых иголок да ножниц, он с собой не носил, но его осенило, что можно пустить в ход осколки стеклянного саркофага. Он выбрал осколок подлиннее и поострее, обернул тупой конец подолом своего кожаного передника и стал ждать.

И вот на пороге вырос закутанный в чёрный плащ, ухмыляющийся свирепой ухмылкой чернокнижник. Задрожал портняжка, взмахнул осколком, а сам так и ждёт, что противник оборонится от него колдовством или заледенит ему руку. Но тот лишь шагнул вперёд и потянулся к девушке. И тут наш герой со всей силы всадил ему в сердце стеклянный осколок. Колдун рухнул наземь и прямо у них на глазах иссох, сморщился и обратился в горстку серой пыли да толчёного стекла.

Девушка всплакнула и молвила, что это уж второй раз, как портняжка её спасает: всё говорит за то, что он достоин её руки. А потом она хлопнула в ладоши, и в тот же миг и она, и портняжка, и всё, что их окружало, — замок, груда склянок, горсть пыли — поднялось в воздух и перенеслось на холодный склон какого-то холма, где их ожидал тот самый седой старичок со своей борзой Отто.

И, как вы, догадливые мои читатели, должно быть, поняли, Отто и был той борзой, в которую превратился брат заточённой в гробу красавицы. Девушка припала к серой шерстистой шее и залилась ясными слезами. И когда они смешались с горючими слезами, брызнувшими из глаз пса, чары спали, и перед девушкой стоял златокудрый юноша в охотничьем платье. Обнялись они от полноты сердца и долго-долго друг друга не отпускали.

А меж тем портняжка с помощью седого старичка провёл по стеклянному футляру, заключающему в себе замок, петушьим и куриным пёрышками, что-то загудело, загрохотало, и замок сделался таким же огромным, как и прежде: величавые лестницы, несчётные двери — всё на месте. Вслед за тем портняжка с седым старичком принялись откупоривать пузырьки и склянки, дым и влага исходили из них лёгким вздохом и принимали человеческий облик: лесник и дворецкий, кухарка и горничная; велико было их изумление, когда они обнаруживали, где очутились.

Девушка рассказала брату, что портняжка пробудил её от сна, сразил чернокнижника и добился её руки. Юноша же поведал про портняжкино ласковое с ним обращение и предложил, чтобы он поселился в замке и жил вместе с ними, не зная забот. И портняжка зажил с ними в замке, не зная забот. Юноша с сестрой ездили в дремучий лес на охоту, а портняжка, у которого душа не лежала к таким забавам, оставался дома у камина, вечера же они славно проводили вместе.

Одного лишь портняжке недоставало. Без работы мастер не мастер. И он велел принести тончайшие шёлковые ткани и яркие нитки и для души занялся делом, которым прежде занимался из нужды.

ГЛАВА 5

Как пахарь, что, взрыхляя хрящ иссохший
(А мозг томят пронзительные вздохи
Голодного желудка), замечает,
Как недра пашни исторгают беса:
Глаза златые, на висках бугры, —
И тот, раскрыв пасть бурую, сулит
Из благ мирских лишь золота горшок —
Купить горшок фасоли (вот предел
Мечтаний пахаря!) — так и она
У своего подола слышит шорох
Мохнатых ножек древнего божка,
Что оставляет след на тёплом пепле,
Что прыщет со смеху и в колыбели,
Твердя: «Укачивай меня, голу́бь, —
И обретёшь заветный клад: божки
Отдаривают всякое даренье».
Что нам бояться этих бесенят?

Р. Г. Падуб,
из поэмы «Заточённая волшебница»

Линкольнширское холмогорье — местность малопримечательная. Здесь, в одной из тесных извилистых долин, вырос Теннисон. Именно здесь раскинулись нивы, которыми его фантазия окружила бессмертный Камелот:

Простёршись вдоль по берегам,
Тучнеют нивы тут и там,
Одевши дол, льнут к небесам[1].

Роланд сразу же убедился, что «льнут» — не надуманный, а смелый и точный образ. Дорога, по которой шёл их «фольксва-

---

[1] Начало поэмы А. Теннисона «Владычица Шалотта».

ген», пересекала долину и поднималась к перевалу. Долины, глубокие и узкие, выглядят тут по-разному: одни заросли лесом, в других зеленеют луга, третьи распаханы. По горизонту вычерчиваются неизменно голые хребты. В остальном же это обширное, вечно дремотное графство — местность равнинная: болота, пахотные угодья. При виде этих сомкнутых холмов кажется, что земля здесь собрана в складки, но на самом деле холмы — рассечённое на части плоскогорье. Деревни забились в самые глухие уголки долин. Зелёный автомобиль бойко катил по гребню — по дороге, от которой, как ветви от ствола, расходились другие дороги и тропы. Роланд, горожанин от рождения, видел вокруг прежде всего цвета: тёмные пашни с меловыми прожилками в бороздах, оловянное небо с облаками словно из мела. Мод же подмечала накатанные дороги, поломанные ворота, изувеченные челюстями техники живые изгороди.

— Вон там, слева внизу, — вдруг сказала она. — Вон Сил-Корт. В лощине.

Внизу, в изрытом провалами море листвы, мелькнули зубцы стен, круглые башенки, после поворота — что-то вроде донжона[1].

— Это, конечно, частные владения. Но мы можем спуститься в деревню. Там Кристабель и похоронили. На кладбище Святой Этельдреды. Называется деревня Круасан. Деревня, можно сказать, заброшенная — почти заброшенная. Тут внизу полнымполно заброшенных деревень, от некоторых только и осталось что какая-нибудь ферма или церковь. В круасанской церкви службу, кажется, больше не служат. Кристабель думала, что название Круасан происходит от французских слов *croyance*, то есть «вера», и *saint* — «святая», но это, как часто бывало в девятнадцатом веке, просто этимологический домысел. Считается, что на самом деле «Круасан» — от французского *croissant*, «полумесяц»: тут долина вместе с рекой образует излучину. А святую Этельдреду Кристабель любила. Этельдреда — несмотря на два замужества, королева-девственница — стала аббатисой Или[2],

---

[1] *Донжон* (*фр.* donjon) — главная, отдельно стоящая башня в средневековом замке, находившаяся в самом отдалённом месте и служившая последним убежищем при нападении врага.

[2] Монастырь в г. Или (графство Кембриджшир) был основан Этельдредой (Эдильтрудой), дочерью Анны, короля Восточной Англии, в VII в.

основала великую обитель. Когда она умерла, тело её источало благоухание.

Но Роланду было не до святой Этельдреды. Мод в это утро снова казалась чужой, надменной.

Автомобиль извилистой дорогой спустился в долину и повернул к обнесённому стеной кладбищу, посредине которого высилась церковь — массивное здание, увенчанное квадратной башней. У ворот стояла легковушка с кузовом. Мод поставила свою машину рядом, и они с Роландом прошли на маленькое кладбище. Земля тут была влажная. Тропинка терялась в жухлой сырой траве и почерневших листьях бука, росшего у ворот. По сторонам тяжеловесной каменной паперти, в густой тени, стояли два больших тисовых дерева. Мод, такая внушительная в этом тёплом плаще мужского покроя и высоких сапогах — голова её, как и вчера, была повязана, — подошла, широко ступая, к кованым воротам на паперти, закрытым на задвижку с висячим замком. Из жёлоба на карнизе сбегала вода с какой-то ярко-зелёной примесью, оставляя на камнях паперти волнистую дорожку.

— Все Бейли похоронены в церкви, — сказала Мод. — А Кристабель, по её желанию, в стороне. Где дождь и ветер. Вон её могила.

Пробираясь через бугры и кочки, они двинулись к могиле. Шли по кроличьим тропкам, проложенным между мертвыми. Могилу Кристабель окружала увитая плющом каменная ограда пониже человеческого роста. Надгробный камень слегка покосился. Он был вытесан не из мрамора, а из местного известняка и заметно выщербился от солнца и дождей. Надпись — правда, немалое время тому назад — подновляли.

Здесь покоятся бренные останки
Кристабель Маделин Ла Мотт,
старшей дочери Исидора Ла Мотта,
историка,
и его нежно любимой супруги
Арабеллы Ла Мотт,
единственной сестры Софии, леди Бейли,
супруги сэра Джорджа Бейли из Сил-Корта,
что в Круасане.
Родилась 3 января 1825 года.
Погребена 8 мая 1890 года.

От земных невзгод
Пусть найду приют
Близ холма, где веет ветер,
Облака плывут,
Где несытыми устами
Травы жадно пьют
Тучную росу, дождь, ушедший в землю,
И снега, что, воле свыше внемля,
Образ влаги снова обретут.

Каменный бордюр вокруг могильного холмика растрескался, из щелей торчали ползучие побеги пырея и колючей куманики. Траву на могиле подстригали, правда времени с тех пор прошло опять-таки немало. На могиле лежали останки большого, можно сказать, пышного букета; его проволочный, как у свадебных букетов, остов ржавел среди лохматых хризантем, гвоздик и иссохших до прожилок листьев давно увядших роз. Этот ворох перехватывала лента из зелёного атласа, вся в земле и потёках, а к ней была привязана карточка с едва различимым отпечатанным текстом:

Кристабель —
от женщин Таллахасси,
твоих истинных почитательниц,
хранящих о тебе неувядаемую память
и продолжающих твоё дело.
«Цел и поныне каменный мой труд»
Мелюзина, XII, 325

— Здесь побывала Леонора, — сказала Мод. — Летом. Когда сэр Джордж набросился на неё с ружьём.

— Это, наверно, она тут боролась с травой, — предположил Роланд, ежась от сырости. Сердце у него защемило.

— Видела бы она, как запустили кладбище, — заметила Мод. — То-то ужаснулась бы. Она в таком запустении ничего романтического не находит. А по-моему, так и должно быть. Медленный возврат к природному состоянию и небытию.

— Это стихи Кристабель?

— Да, она писала и такие вот непритязательные вещи. Видите — без подписи. На надгробии род занятий её отца упомянут, а про неё — ни слова.

На миг Роланду стало стыдно за людскую несправедливость.

— Запоминающиеся стихи, — сказал он робко. — Немного зловещие.

— Как будто эти несытые уста трав поглощают саму Кристабель.

— Так, наверно, и в самом деле произошло.

Они посмотрели на траву. Увядшая трава полегла, слипшись от сырости.

— Давайте поднимемся на холм, — сказала Мод. — Посмотрим на Сил-Корт хоть издали. Путь, которым, должно быть, часто ходила сама Кристабель: она была исправной прихожанкой.

За церковью вверх по склону, к безукоризненно чёткому горизонту взбегало распаханное поле. На фоне серого неба виднелась фигура, которую Роланд сперва принял за скульптуру работы Генри Мура — увенчанного короной монарха на престоле. Но фигура склонила голову и, опустив руки, принялась что-то изо всех сил толкать. Тут Роланд уловил серебристый посверк и сообразил, что фигура наверху — человек в инвалидном кресле, причём этот человек, как видно, оказался в затруднительном положении.

— Смотрите, — сказал он Мод.

Мод взглянула на вершину.

— Там, похоже, что-то стряслось.

— Должен же кто-то ещё там быть, иначе как этот человек туда забрался? — рассудительно заметила Мод.

— Наверно, — согласился Роланд и всё-таки полез по склону. Грязь облепляла городские ботинки, ветер ерошил волосы. На здоровье Роланд не жаловался, несмотря на угарный газ и свинец в лондонском воздухе: езда на велосипеде пошла на пользу.

В кресле сидела женщина в егерской тирольской куртке с пелериной. Шея её была повязана пёстрым шёлковым шарфом, поля зелёной фетровой шляпы с глубокой тульей закрывали лицо. Кресло сбилось с колеи, накатанной на вершине холма, и стояло на самом краю, готовое каждую минуту скатиться по крутому каменистому косогору. Вцепившись руками в кожаных перчатках в большие колёса, женщина отчаянно пыталась сдвинуть коляску с места. Ноги в начищенных ботинках из чудесной мягкой кожи неподвижно покоились на подножке. Роланд увидел, что сзади колесо упирается в торчащий из грязи здоровый камень, так что ни повернуть коляску, ни выбраться на дорогу задним ходом нет никакой возможности.

— Вам помочь?

— О-ох! — протяжно, с усилием вздохнула женщина. — Ох, спасибо. К-кажется, я и п-правда крепко з-застряла.

Голос у женщины был прерывистый, старческий, аристократический.

— П-прямо б-беда. С-самой никак не с-с-с-правиться. Уж будьте добры...

— Тут камень. Под колесом. Подождите, я сейчас.

Роланду пришлось опуститься на колени прямо в грязь, безнадёжно перепачканные брюки напомнили о переживаниях на спортивной площадке. Он ухватился за кресло, дёрнул, едва удержал равновесие.

— Не опрокинется? Я вас, кажется, очень наклонил.

— Это особо устойчивая конструкция. Я на т-тормоз поставила.

До Роланда постепенно дошло, что положение куда серьёзнее, чем ему казалось. Одно неосторожное движение — и кресло бы перевернулось. Он начал копаться в грязи голыми руками. Потом пустил в ход какой-то не слишком надёжный сучок. Потом, подобрав другой камень, стал орудовать им как нехитрым рычагом и наконец вывернул злосчастную помеху, сев при этом в грязь и замарав брюки ещё и сзади.

— Вот и всё, — выговорил он. — Как у зубного врача. Дёрг — и готово.

— Как же я вам благодарна!

— Не повезло вам. Вы, должно быть, проехали по этому камню, а потом он перевернулся вот так, выступом кверху, ну и заклинило.

Тут он заметил, что женщину в кресле бьёт дрожь.

— Вот что, — сказал он, — давайте выберемся на дорогу. Жаль вот руки у меня грязные.

Роланд приподнял передок коляски, развернул её и выкатил на торную дорогу. Он совсем выбился из сил. С колёс капала грязь. Женщина подняла голову и посмотрела ему в глаза. У неё было большое круглое лицо в бурых старческих пятнах вроде монеток, подбородок обвис дряблыми складками. В глазах — громадных, бледно-карих — стояли слёзы. По вискам из-под гладко зачёсанных назад седых волос катились крупные капли пота.

— Спасибо, — произнесла она. — Угораздило же меня. Чуть не перевернулась. Муж скажет: «Как ш-шалая». Н-не надо было мне с-съезжать с ровного места. Как же это тяжело, когда без посторонней помощи ни шагу.

— Конечно, — согласился Роланд. — Действительно, тяжело. Но вообще-то, вы напрасно боялись. Кто-нибудь всё равно пришёл бы на помощь.

— Вот вы и пришли. Вы тут гуляете?

— Да вот вышел пройтись со знакомой. Я нездешний. Куда это подевалась Мод?

— Воздух тут замечательный, — продолжал Роланд. — Всё вокруг так хорошо просматривается.

— Потому-то я сюда и взбираюсь. Ко мне приставлена собака, но она вечно убегает. А мужу всё бы по лесу рыскать. И куда же вы направляетесь?

— Сам не знаю. Это надо спросить у моей знакомой. Я пройдусь немного с вами?

— Мне что-то не по себе. Р-руки трясутся. Будьте добры, проводите меня туда, вниз... в долину... Муж...

— Да-да, разумеется.

Подошла Мод. Плащ и сапоги её, казалось, сверкали чистотой.

— Вытащили мы кресло, — сообщил ей Роланд. — Камень мешался. Я хочу проводить эту леди вниз... Там её муж... Она перенервничала...

— Конечно, — сказал Мод.

Втроём они двинулись вниз. Роланд катил кресло перед собой. В гуще деревьев, обступивших холм, снова забелели крепостные стены, донжон — теперь у Роланда было время разглядеть их получше.

— Сил-Корт, — сказал он Мод.

— Да.

— Романтическое местечко, — заметил Роланд.

— Тёмное и сырое, — отозвалась женщина в кресле.

— Строительство, наверно, обошлось недёшево, — предположила Мод.

— Содержание тоже обходится недёшево, — сказала женщина в кресле. Сложенные на коленях руки в перчатках ещё подрагивали, но голос звучал увереннее.

— Я думаю, — подхватил Роланд.

— Старинными домами интересуетесь?

— Не то чтобы очень, — сказал Роланд. — Но этот мы бы с удовольствием осмотрели.

— Почему?

Сапог Мод пнул Роланда в щиколотку. Роланд чуть не вскрикнул от боли.

Из леса выбежал перепачканный с ног до головы лабрадор.

— А, Мач, вот ты где! — окликнула его женщина. — Негодная ты псина, негодная. Где хозяин-то? Барсуков высматривает?

Пёс улёгся русым брюхом в грязь и завилял хвостом.

— Как вас зовут? — спросила женщина в кресле.

Мод поспешно ответила:

— Это доктор Митчелл. Из Лондонского университета. А я преподаю в Линкольнском университете. Моя фамилия Бейли. Мод Бейли.

— Я тоже Бейли. Джоан Бейли. Живу в Сил-Корте. Мы с вами, случайно, не родственницы?

— Я из норфолкских Бейли. Наши предки действительно состояли в родстве. Отдалённом. Отношения у наших семей были натянутые...

Ответы Мод звучали холодно, сдержанно.

— Как интересно. А вот и Джордж. Джордж, голубчик, у меня целое приключение, меня спас рыцарь. Я застряла на Орлиной вершине: камень угодил под колесо и ни туда ни сюда, разве что под откос. Обидно — хоть плачь. А тут мистер Митчелл и эта девушка. Её фамилия Бейли.

— Говорил я тебе, не сворачивай.

Сэр Джордж — маленький, ершистый — был одет в коричневую охотничью куртку со множеством карманов, коричневую же твидовую кепку, бриджи, на ногах — кожаные сапоги на шнуровке. Ружья при нём не было. Плечи куртки промокли, выпуклые голенища, вроде наголенников рыцарских доспехов, тоже блестели от сырости, капли воды дрожали на шерстистых, в рубчик краях носков, виднэвшихся из-за голенищ. Речь его напоминала отрывистый лай. При виде его в душе Роланда шевельнулась глухая сословная неприязнь: на всём облике сэра Джорджа лежал отпечаток его касты, доведённый до карикатурности. В понятии Роланда и Вэл, такие люди, хоть и не перевелись окончательно, были всё же какими-то ненастоящими. Мод тоже увидела в сэре Джордже нечто знакомое, но для неё он воплощал всяческие запреты и скуку, которыми в детстве сопровождались бесчисленные воскресные вылазки за город, с их пешими прогулками, охотой и разговорами об охоте. Вылазки, от которых она всегда старалась отговориться или увильнуть.

Сэр Джордж оглядел жену:

— Тебе всё неймётся. Я тебя наверх вкатил, ну и ехала бы себе по дорожке. Так нет! Напугалась, ушиблась?

— Никак в себя не приду. Хорошо, мистер Митчелл подоспел.

— А если бы не подоспел? — Сэр Джордж, протянув руку, двинулся к Роланду. — Спасибо огромное. Моя фамилия Бейли. Я отпускаю Джоан с этим придурочным псом, да разве его удержишь? Вечно сбежит и давай шнырять по кустам. Вы, поди, меня осуждаете, что я бросил её одну, а?

Роланд сказал, что не осуждает, едва коснулся протянутой руки и отступил.

— Да, напрасно я так, напрасно. Такой вот я старый эгоист. Слышишь, Джоани, барсуки-то в лесу есть. Но про них лучше помалкивать, а то нахлынут всякие незваные гости, экологи всякие, перепугают бедных зверюг до потери сознания. Кстати, могу обрадовать: японский можжевельник разрастается. Прижился.

Он направился к Мод:

— День добрый. Моя фамилия Бейли.

— Она знает, — напомнила жена. — Она тоже Бейли, я же тебе сказала. Из норфолкских Бейли.

— Да ну? В наших краях их редко увидишь. Скажем так: реже, чем барсуков. Какими судьбами?

— Я работаю в Линкольне.

— Ах вот как?

Кем работает Мод, он не полюбопытствовал. Окинув жену пристальным взглядом, он произнёс:

— А вид у тебя, Джоан, неважный. Цвет лица не очень. Поехали-ка домой.

— Я хочу пригласить мистера Митчелла и мисс Бейли на ч-чашку ч-чая, если они не против. Мистеру Митчеллу надо помыться. Их интересует Сил-Корт.

— Ничего интересного в Сил-Корте нету, — сказал сэр Джордж. — Это, знаете, не место для экскурсий. Дом страшно запущен. Тут не без моей вины. Средств не хватает. Всё того и гляди обрушится.

— Ничего, они молодые, не испугаются. — На крупном лице леди Бейли отразилась решимость. — Я хочу их пригласить. Из вежливости.

Мод вспыхнула. Роланд догадался, что происходит в её душе. Ей хотелось гордо отмести всякое подозрение в том, что она мечтает побывать в Сил-Корте, — и ей хотелось там побывать: из-за Кристабель, из-за того, что Леонору Стерн туда не пустили. Скрыть, почему её туда так тянет, кажется ей непорядочным, решил Роланд.

— Я, в самом деле, заскочил бы на минутку в ванную, — сказал он. — Если мы вас не очень потревожим.

❧⟡❀⟡❧

Расхлябанная дорожка, усыпанная гравием, сквозь который пробивалась трава, обогнула громадное здание и привела леди Бейли и её спутников к конюшенному двору. Роланд помог сэру Джорджу вкатить кресло вместе с сидящей в нём леди Бейли в дом. Короткий день угасал. Дверь заднего входа, над готическим порталом которого вилась по стене уже растерявшая листья роза, тяжело распахнулась. Выше тянулся ряд окон, обрамлённых каменной резьбой готических наличников, — окон тёмных, незрячих. Когда-то к двери вели ступеньки, но из-за инвалидного кресла их снесли, и дверь теперь располагалась на уровне земли. Тёмными каменными коридорами, мимо дверей кладовок и лестничных маршей хозяева и гости прошли в комнату, оборудованную и обставленную с мало-мальским комфортом, — прежде, как выяснилось, это была столовая для прислуги.

В сумрачной комнате был камин, где на подстилке из белого пепла дотлевало несколько здоровых поленьев. По сторонам камина стояли два пухлых тяжёлых кресла с изогнутыми спинками и бархатной обивкой тёмно-графитного цвета в тёмно-фиолетовых растительных узорах: какие-то сказочные вьюнки в духе модерна. Виниловое покрытие пола — крупные красные и белые квадраты — так утопталось, что обозначились щели между каменными плитками под ним. У окна — массивный стол на толстых ножках, край его укрыт клеёнкой с рисунком наподобие шотландки. В другом конце комнаты, возле двери, как потом оказалось, в кухню и прочие хозяйственные помещения, виднелся небольшой электрокамин. Имелись в комнате и другие кресла с поистёршейся обивкой, а ещё растения в глазурованных горшках, нарядные, с чистейшим глянцем. Сэр Джордж включил стоявший возле камина торшер стандартного образца, при виде которого Мод нахмурилась. Правда, стол украшала лампа поблагообразнее, сделанная из китайской вазы. На беленых стенах были развешаны акварели, картины маслом, раскрашенные фотографии, глянцевые гравюры в рамках: лошади, собаки, барсуки. У камина стояла просторная корзинка, выстланная жестким матросским одеялом с прилипшими клочьями волос, — как видно, постель Мача. Вообще мебель была расставлена так, что там и сям получались большие прогалины. Отдёрнув гардины, сэр Джордж знаком пригласил Роланда и Мод располагаться в бархатных креслах у очага, а сам повёз куда-то жену. Вызваться помочь ему Роланд не отважился. А он-то думал, их встретит дворецкий, или камердинер, или хотя бы горничная, компаньонка, проводит в гостиную, всю в серебре и шёлковых коврах... Мод, уже смирившаяся с никудышным отоплением и ветхостью обстановки, всё ещё немного досадовала на нотку неуюта в виде невзрачного торшера. Она опустила руку и подозвала Мача. Пёс, грязный, дрожащий, подошёл к ней и прижался к её ногам, стараясь держаться поближе к остывающему очагу.

Вернувшийся сэр Джордж снова развёл огонь. Застонали, зашипели новые поленья.

— Джоан заваривает чай. Не взыщите: тут у нас ни особых удобств, ни особой роскоши. Живём мы, конечно, только внизу. В кухне я всё переделал, чтобы Джоан было легче хозяйничать. Двери, порожки со скатом. Всякие приспособления. Всё, что только можно. Этого, понятно, мало. Дом строился в расчёте на целую ораву слуг. А теперь такая пустота, что от нас, двух стариков, эхо по всему дому. Но за лесом я присматриваю. А Джоан — за садом. Там, представьте, сохранился ещё викторианский бассейн для водяных растений. У Джоан к нему слабость.

— Про бассейн я читала, — осторожно вставила Мод.

— Читали? Интересуетесь, значит, как родня жила?

— Не особенно. Но кое-кем из родственников интересуюсь.

— А кем вам приходится Томми Бейли? Знатный жеребчик у него был, Ганс Христиан, — лихой, горячий.

— Томми Бейли был моим двоюродным дедом. А на одном из потомков Ганса Христиана я в своё время ездила. Только ему было далеко до своего предка: бестолковая скотина, прыгуч, как кошка, но вечно то заартачится, то прыгнет, но без меня. Его звали Копенгаген.

Они побеседовали о лошадях, мельком коснулись норфолкских Бейли. Роланд подметил, что в речи Мод непроизвольно проскальзывают восклицания, от которых на факультете исследования женской культуры она бы наверняка воздержалась.

Из кухни донёсся звон колокольчика.

— Чай готов. Пойду принесу. И Джоан прихвачу.

Появился восхитительный чайный сервиз тонкого фарфора, серебряная сахарница, блюдо гренков с маслом, анчоусным паштетом и мёдом. Всё это было подано на широком пластиковом подносе, изготовленном, как заметил Роланд, с таким расчётом, чтобы вставляться в пазы на подлокотниках инвалидного кресла. Разливала чай леди Бейли. Сэр Джордж расспрашивал Мод о покойных родственниках, о давным-давно околевших лошадях, о состоянии леса в норфолкском поместье, а леди Бейли рассказывала Роланду:

— Лес тут насадил ещё прапрадед Джорджа. И чтобы древесина в хозяйстве была, и потому что любил деревья. Породы сажал всякие, какие примутся. Чем необычнее порода, тем увлекательнее разводить. Джордж за лесом ухаживает. Оберегает. Это вам не какие-нибудь быстрорастущие ёлочки: настоящий смешанный лес. Среди редких деревьев попадаются прямо вековые. А то лесов в наших краях всё меньше и меньше. И живых изгородей тоже. Сколько акров леса свели под пашни! Джордж из леса не вылезает, всё о деревьях хлопочет. Прямо как леший. Надо же, чтобы у кого-то сохранялось чувство истории.

— А вам известно, — сказал сэр Джордж, — что в восемнадцатом веке главным занятием в здешней округе было разведение кроликов? Земли тут песчанистые, сплошь заросли утёсником — на что они ещё годны? А у кроликов этих были такие славные серебристые шкурки. Их отправляли в Лондон, в северные графства — на шапки. Зимой держали кроликов в садках, а как лето — выпускали на прокорм в поля. Соседи ворчали, но кролики плодились себе и плодились. Кое-где даже соперничали с овцами. А потом, как и многое другое, сгинули. Овцеводство усовершенствовалось, стало дешевле, земледелие тоже, кролики и повывелись. Вот и с лесом скоро так будет.

Роланд не смог придумать никакого дельного замечания по поводу кроликов, зато Мод привела статистические данные о численности садков в Норфолке и описала старую башню кроликовода в поместье норфолкских Бейли.

Сэр Джордж налил ещё чаю. Леди Бейли полюбопытствовала:

— Мистер Митчелл, а чем вы у себя в Лондоне занимаетесь?

— Я исследователь при университете. Немного преподаю. Работаю над Собранием сочинений Рандольфа Генри Падуба.

— У него есть славное стихотворение, мы ещё в школе проходили, — вспомнил сэр Джордж. — Вообще-то, к стихам у меня душа не лежит, но это мне понравилось. «Охотник» называется. Там про каменный век, про одного молодца: как он ставит силки, точит кремнёвые наконечники, разговаривает со своей собакой, принюхивается, какая будет погода. Очень там хорошо показано, что такое опасность. Однако ничего себе работёнка — всю жизнь возиться с чужими виршами. Тут, в этом доме, тоже как-то жила одна поэтесса. Вы, поди, такую и не знаете. Писала жутко сентиментальную дребедень про Бога, про смерть, про фей да росу...

— Кристабель Ла Мотт, — подсказала Мод.

— Она самая. С причудами была дамочка. К нам в последнее время зачастили всякие, выспрашивают, не сохранилось ли чего из её писаний. Но я им от ворот поворот. У нас с Джоан своя жизнь. А летом откуда ни возьмись заявляется страшно пронырливая американка и давай распинаться, какая это для нас честь — хранить реликвии, оставленные старой сумасбродкой. Сама вся накрашенная, вся в побрякушках, глаза бы не глядели. Человеческого языка она не понимала, пришлось шугануть ружьём. Ей, видите ли, приспичило посидеть в «зимнем уголке» Джоан. Почтить память Кристабель. Дичь! Поэт называется. Вот Рандольф Генри Падуб ваш — действительно поэт. Таким родственником я бы гордился. Лорд Теннисон — тот тоже, бывало, патоку разводил, но вещицы на линкольнширском диалекте у него недурны. Хотя до Мейбл Пикок* ему далеко. Вот у кого был слух на линкольнширскую речь! История про ежа просто чудо. «Ежок-нéдоволь». «А ежок-от знай ершится да гомозится, фыркает да швыркает...» Нынче это уже история, нынче такие слова забываются. Кто их теперь знает? У всех только и свету в окошке что «Даллас», да «Династия», да битловский треньбрень.

— Мистер Митчелл и мисс Бейли скажут: «Вот старый брюзга-то». Им хорошая поэзия нравится.

— Да не нравится им эта Кристабель Ла Мотт!

— Мне-то как раз нравится, — сказала Мод. — Она, между прочим, писала и про «зимний уголок» в Сил-Корте. В одном письме. Читаешь — и всё перед глазами: неувядающая зелень, красные ягоды, кусты кизила, укромная скамья, серебристые рыбы в маленьком водоёме... Она видела их даже сквозь лёд...

— У нас был старый кот, и он этих рыб перетаскал...

— Мы завели новых...

— Мне очень хочется взглянуть на «зимний уголок». Я сейчас пишу про Кристабель Ла Мотт.

— А, биографию, — кивнула леди Бейли. — Как интересно.

— Не понимаю, о чём можно написать в её биографии, — сказал сэр Джордж. — Чего она такого особенного совершила? Жила тут в восточном крыле да кропала свои стишата про фей. Тоже мне *жизнь*!

— Это, собственно говоря, не биография. Это литературоведческое исследование. Но сама она меня, конечно, интересует. Мы ходили на её могилу...

Про могилу говорить не стоило. Сэр Джордж помрачнел. Песчаные брови клином сомкнулись над увесистым носом.

— Эта скверная бабёнка, которая здесь ошивалась, посмела сделать мне выговор — отчитать за то, что могила так плохо содержится. Ужас, говорит, во что она превратилась. Мол, памятник культуры, национальное достояние. «Вашей, что ли, культуры, вашей нации? — говорю. — Нечего соваться, куда не просят». А она спрашивает ножницы — траву на могиле подстричь. Тут-то я и схватил ружьё. Она — в Линкольн, купила ножницы, а на другой день пришла к могиле, опустилась на колени и привела всё в божеский вид. Викарий тоже видал эту дамочку. Он там в церкви раз в месяц служит вечерню. Глядь — сидит на задней скамье, слушает. Такой букетище приволокла. Тьфу, телячьи нежности.

— Мы видели...

— Не надо так кричать на мисс Бейли, Джордж, — сказала жена. — Она ни при чём. Что тут такого, если она интересуется Кристабель? Знаешь, показал бы ты молодым людям её комнату. Если им захочется взглянуть. Она, мистер Митчелл, под замком, её бог знает сколько не отпирали. Даже не представляю, что сейчас там творится, но кое-что из вещей Кристабель, по-моему, всё ещё там. Со времён Первой мировой семья занимала всё меньше и меньше комнат, и восточное крыло, где комната Кристабель, закрыто с восемнадцатого года — сваливали туда всякий хлам. Мы из-за моей инвалидности, понятно, живём только внизу, ютимся на пятачке. Всё хлопочем насчёт капитального ремонта. Крыша, правда, прочная, за полами плотник досматривает. Так вот, в той комнате, сколько я помню, ничего не трогали с двадцать девятого года, когда я приехала сюда невестой. Мы тогда занимали всю среднюю часть здания. Восточное крыло — нет, туда тоже иногда заглядывали, но в основном оно пустовало.

— Там ничего толком не разглядишь, — предупредил сэр Джордж. — Надо будет взять фонарь. В том крыле электричества нету. Только внизу, в коридорах.

По спине у Роланда пробежал странный холодок. Он посмотрел в резное окно, туда, где чернели в сумерках влажные хвойные лапы. Где на гравии дорожки лежал тусклый свет.

— Да, это было бы просто замечательно...

— Мы бы вам были так благодарны...

— Ну что же, — решил сэр Джордж, — почему бы и не показать? Как-никак родственники.

Он взял мощный фонарь-«молнию» современного устройства и повернулся к жене:

— Ты уж нас дождись. Если найдём какие сокровища — принесём.

Они шли, шли — сперва по кафельным коридорам, залитым блёклым электрическим светом, потом — по обветшалым комнатам, устланным пыльными коврами, потом поднимались по каменной лестнице, потом — по деревянной, винтовой, сквозь тёмное марево пыли. За весь путь Мод и Роланд не обменялись ни словом, ни взглядом. Остановились перед маленькой дверью с тяжёлой деревянной обшивкой и тяжёлой задвижкой. Сэр Джордж с фонарём прошёл в комнату первым, за ним Роланд и Мод. Большой конус света обежал тесное круглое помещение, выхватывая из темноты то полукруглую нишу с окном, то резьбу потолка — узловатые нервюры[1] и ложноготические узоры в виде листьев плюща, ворсистые от пыли. Свет скользнул по кровати в алькове, где всё ещё висел полог, тускло рдеющий из-под налёта пыли, по чёрному бюро с замысловатой резьбой: бусы и завитки, виноградные грозди, плоды граната, лилии. Вот непонятное сиденье: не то низкий стул, не то скамейка, на которой

---

[1] *Нервюра* — выступающее и профилированное ребро готического крестового свода.

преклоняют колени при молитве, вот груда белья, старый сундук, пара шляпных картонок — и вдруг! — пристальные белые личики на подушке. Рядком: одно, другое, третье... У Роланда от неожиданности перехватило дыхание. Мод выговорила:

— Ой, *куклы*...

Сэр Джордж, уже освещавший зеркало в раме из резных позолоченных роз, перевёл луч фонаря обратно и направил в упор на три неподвижные фигурки, полулежащие под пыльным покрывалом на кроватке с пологом на четырёх столбиках — игрушечной, но не такой уж маленькой.

У кукол были фарфоровые личики и лайковые ручонки. У одной волосы были золотые, шелковистые, но пожухлые и посеревшие от пыли. У другой на голове убор вроде плоёного ночного чепца из белого канифаса[1] с кружевной каймой. У третьей волосы чёрные, собранные на затылке в круглый пучок. Три пары синих стеклянных глазёнок блестели, даже запорошённые пылью.

— Она написала цикл стихов о куклах, — произнесла Мод каким-то тревожно-благоговейным шёпотом. — Как «Сказки для простодушных»: вроде бы для детей, но на самом деле нет.

Роланд перевёл взгляд на черневшее в сумраке бюро. У него не было такого ощущения, будто в комнате витает дух покойной поэтессы, но в душе брезжило волнующее чувство, что любой из этих предметов — бюро, сундук, шляпные картонки — может таить в себе сокровища вроде выцветших писем у него во внутреннем кармане. Какой-нибудь ключ к разгадке, наспех набросанную записку, два-три слова в ответ на письмо. Вздор, конечно: их надо искать не здесь, они там, где оставил их Рандольф Генри Падуб, — если они вообще были написаны.

— Вы не знаете, были здесь какие-нибудь бумаги? — повернулся Роланд к сэру Джорджу. — Там в бюро ничего не осталось? Что-нибудь её рукой?

— После её смерти всё, кажется, выгребли.

— Можно хотя бы взглянуть? — попросил Роланд, уже воображая себе какой-нибудь потайной ящик, но тут же сконфуженно припомнив счёт от прачки из «Нортэнгерского аббатства»[2].

---

[1] *Канифас* — плотная хлопчатобумажная ткань с рельефными полосками.

[2] *«Нортэнгерское аббатство»* — роман Дж. Остин. В одном из эпизодов в руки романтически настроенной Кэтрин Морланд при таинственных обстоятельствах попадает некий свиток, который на поверку оказывается счетами от прачки и каретника.

Сэр Джордж великодушно направил свет фонаря на бюро, и кукольные личики снова погрузились во мрак, в котором они покоились все эти годы. Роланд поднял крышку бюро. Столешница была пуста. Пустовали ячейки на задней стенке, напоминавшие резные арки, пустовали два выдвижных ящика. Роланд не решался простукать стенки, подёргать выступы. Он не решался попросить сэра Джорджа открыть сундук. Он чувствовал себя каким-то соглядатаем: его обуревало бешеное любопытство — не корысть: любопытство, страсть даже более стихийная, чем похоть. Страсть к познанию. Он вдруг разозлился на Мод: стоит в потёмках столбом и пальцем не пошевелит, нет чтобы помочь. Кто-кто, а она со своим твёрдым характером могла бы настоять, чтобы поиски сокровищ среди этой жалкой безжизненной рухляди продолжались.

— Да что вы такое ищете? — спросил сэр Джордж.

Роланд не нашёлся что ответить. И тут за его спиной Мод ровно, внятно, словно произнося заклинание, начала читать:

> Кукла крепче друга
> Сохранит секрет.
> Кукла не нарушит
> Верности обет.
>
> Друг — он проговорчив,
> Чувство быстротечно —
> Что поверишь кукле,
> Будет тайной вечно.
>
> Восковые губки,
> А на них печать:
> Дум заветных много,
> Есть о чём молчать.
>
> Караулят куклы
> Днями и ночами
> Память обо всём, что
> Было между нами,
> Бережно хранимого
> Не касаясь сами.
>
> Кукла не злонравна;
> Зло — оно от нас.

Но недвижней куклы
Станем мы в свой час.
Куклиной же прелести
Время не указ.

Сэр Джордж снова осветил кукольную кроватку.

— Здорово, — похвалил он. — Ну и память у вас. А я ничего наизусть запомнить не могу. Разве что Киплинга да всякие линкольнширские байки, какие понравятся. И что этот стишок значит?

— Здесь это похоже на подсказку, где искать сокровища, — тем же напряжённо-отчётливым голосом ответила Мод. — Кукла как будто что-то прячет.

— И что же она прячет? — поинтересовался сэр Джордж.

— Да что угодно, — неожиданно вмешался Роланд, рассчитывая сбить старика со следа. — Безделушки какие-нибудь, подарки на память.

Он видел, что Мод что-то прикидывает.

— Чьи-нибудь детишки их наверняка вынимали, — рассудительно заметил хозяин. — Они тут с тысяча восемьсот девяностого года.

Мод опустилась на колени на пыльный пол:

— Можно?

Луч фонаря обратился на неё, высветил склоненное над мраком лицо — прозрачно-восковое, как на картинах де Латура. Мод взяла светловолосую куклу за талию и вынула из кроватки. Капот на кукле был розовый, шёлковый, с узором из розочек по воротнику и жемчужными пуговками. Мод передала крошечное существо Роланду, и тот, бережно, как котёнка, прижал куклу к себе. За первой последовала вторая, в белом платье в мелкую складку, с ажурной вышивкой, и третья, черноволосая, в тёмно-синем, переливчатом, строгого фасона. На прижимавшую их к груди руку Роланда тяжело склонились кукольные головки, ножки свисали безжизненно — зрелище, от которого делалось не по себе. Мод сняла подушку, откинула покрывало, три тонких шерстяных одеяльца, вышитую шаль, приподняла перину, ещё одну, соломенный тюфячок. Пошарив под ними по деревянному корпусу, она подняла укреплённую на петлях дощечку и достала что-то обёрнутое тонким белым полотном и часто-часто, как мумия, обмотанное тесьмой.

Все молчали. Мод замерла. Роланд шагнул к ней. Он знал, знал, что в этом свёртке!

— Должно быть, кукольные платья, — сказала Мод.

— А вы посмотрите, — сказал сэр Джордж. — Вы прямо как знали, где искать. И уж верно, догадываетесь, что там внутри. Разворачивайте.

Точёными, бледными в свете фонаря пальцами Мод подёргала старые узлы, чуть прихваченные, как оказалось, сургучом.

— Может, перочинный нож дать? — предложил сэр Джордж.

— Нельзя... Резать нельзя... — пробормотала Мод.

Роланда так и подмывало предложить помощь. Мод возилась с узлами. Наконец свёрток освободился от тесьмы, полотно было размотано. Внутри оказались два пакета, обёрнутые промасленным шёлком и перехваченные чёрной лентой. Мод принялась развязывать ленту. Старый шёлк взвизгивал под пальцами, выскальзывал из рук... Вот они, распечатанные письма, две пачки, аккуратные, как стопки сложенных носовых платков. Не утерпев, Роланд подался вперёд. Мод взяла самые верхние письма из каждой пачки. «Графство Суррей, Ричмонд, улица Горы Араратской, „Вифания“, мисс Кристабель Ла Мотт». Бурые чернила, тот самый решительный, ветвистый — тот самый почерк. И другой — гораздо мельче, и чернила скорее лиловые: «Лондон, Рассел-сквер, 29, Рандольфу Генри Падубу, эсквайру».

— Значит, он всё-таки послал, — сказал Роланд.

— Он ей, она ему, — сказала Мод. — Тут всё. Всё так и лежало.

— Так что вы всё-таки нашли? — спросил сэр Джордж. — И откуда вы знали, что надо порыться в кукольной кроватке?

— Я не знала, — чётким, звенящим голосом ответила Мод. — Просто вспомнила стихотворение и сообразила. Чистое везение.

— Мы подозревали, что такая переписка велась, — объяснил Роланд. — Мне в Лондоне попалось... так, одно письмо. И я приехал посоветоваться с доктором Бейли... Только и всего. Это может быть... — он хотел сказать «ужасно важно», но, спохватившись, поправился, — довольно-таки важно.

«Может быть, это переворот в литературоведении», — чуть не добавил он, но снова спохватился: чутьё подсказало, что лучшая тактика — не болтать лишнего.

— Эта находка может придать нашим с мисс Бейли исследованиям, нашей научной работе другое направление. Никто даже не знал, что они были знакомы.

— Гм... — произнёс сэр Джордж. — Дайте-ка сюда эти пачки. Спасибо. Лучше вернёмся и покажем Джоан. И разберёмся, есть в них какой прок или нет. Или, может, вы желаете тут ещё во что-нибудь заглянуть?

Он прошёлся по стенам лучом фонаря, мелькнули косо висящая репродукция «Прозерпины» лорда Лейтона и декоративная вышивка крестом: какой-то девиз; какой — под налётом пыли не разглядеть.

— Не сейчас, — сказала Мод.

— Пока что нет, — подхватил Роланд.

— А может, вы сюда больше и не попадёте, — скорее пригрозил, чем пошутил сэр Джордж из темноты, откуда бил луч света, и фонарь повернулся к выходу.

Все пустились в обратный путь; в руках у сэра Джорджа были пачки писем, у Мод — опустевший кокон из полотна и шёлка, Роланд нёс кукол: им владело глухое чувство, что оставлять их в темноте жестоко.

Находка взволновала леди Бейли до глубины души. Все расселись возле камина. Сэр Джордж положил письма на колени жене, и она перебирала и перебирала их под жадными взглядами двух литературоведов. Роланд рассказал наполовину придуманную историю о найденном им «так, одном письме», не уточняя, когда и где он его нашёл.

— Так это, значит, было любовное письмо? — с наивной прямотой спросила леди Бейли.

— Нет, что вы, — ответил Роланд и добавил: — Но с таким, знаете, чувством написано — видно, что о чём-то важном. Это был черновик первого письма. Для моей работы это письмо имело такое значение, что я и приехал сюда навести у доктора Бейли кое-какие справки о Кристабель Ла Мотт.

А самому при этом хотелось спрашивать, спрашивать. Дату, ради всего святого, назовите дату на первом письме Падуба! Это *то самое* письмо? Как письма оказались вместе? Сколько продолжалась переписка, что ответила Кристабель, что за история с Бланш и Чужим?..

— Ну-с, так как же нам поступить? — напыщенно, с расстановкой вопросил сэр Джордж. — Какого вы мнения, молодой человек? Вы, миссис Бейли?

— Пусть кто-нибудь их прочитает, — предложила Мод.

— А...

— И вы, разумеется, думаете, что прочитать следует вам?

— Мне... нам бы, конечно, хотелось. Очень бы хотелось.

— Американке, понятное дело, тоже.

— Конечно. Если бы она о них знала.

— Вы ей расскажете?

Мод колебалась. Сэр Джордж не сводил с неё яростных синих глаз: в отблеске камина взгляд его казался особенно цепким.

— Нет, пожалуй. Во всяком случае, пока нет.

— Охота быть первой?

Мод вспыхнула:

— Конечно. Всякому было бы охота. На моём... на нашем месте.

— Ну, Джордж, ну что страшного, если они прочтут? — вмешалась Джоан Бейли, достав первое письмо из конверта и бросая на него не жадные, а любопытные взгляды.

— Во-первых, я терпеть не могу, когда тревожат прах. К чему копаться в грязном белье нашей блаженной сказочницы? Пусть сохранит после смерти своё доброе имя, бедняжка.

— У нас и в мыслях нет копаться в грязном белье, — возразил Роланд. — Тут, кажется, никакой грязи. Я просто надеюсь... что он писал ей о своих взглядах на поэзию... на историю... о таких вот вещах. Это был один из самых плодотворных периодов его творчества... Вообще-то, его письма далеко не шедевры... Он ей писал, что она его понимает, — в том письме, которое я... которое я видел. Он писал...

— *Во-вторых*, Джоани, что нам вообще известно об этих двух субъектах? Откуда мы знаем, что эти... документы следует показывать именно им? Писем вон какая груда: два дня придётся читать. Ты же понимаешь, из рук я их не выпущу.

— Пусть приезжают сюда, — сказала леди Бейли.

— Здесь чтения больше чем на два дня, — заметила Мод.

— Леди Бейли, — отважился Роланд, — письмо, которое я видел, — черновик первого письма. Это оно? Что в нём говорится?

Леди Бейли надела очки, и её приятное крупное лицо украсилось двумя кружками. Она прочла:

Многоуважаемая мисс Ла Мотт,
наша с Вами беседа за завтраком у любезного Крэбба доставила мне несказанное наслаждение. Ваши мудрые и проницательные суждения заставили забыть легкомысленные остроты студиозусов и

*затмили даже повествование нашего хозяина о нахождении им Ви-
ландова бюста. Могу ли я надеяться, что и Вам беседа наша пришлась по душе? Могу ли я также иметь удовольствие навестить
Вас? Мне известно, что жизнь Ваша протекает в совершенном покое, но обещаю, что ничем Вашего покоя не потревожу: я хочу лишь
побеседовать с Вами о Данте и Шекспире, о Вордсворте и Кольрид-
же, о Гёте и Шиллере, о Вебстере и Форде*, о сэре Томасе Брауне et
hoc genus omne[1], не исключая, разумеется, и Кристабель Ла Мотт
и задуманного ею величественного произведения о Фее. Настоятельно прошу Вас дать мне ответ. Вы, смею думать, знаете, как
счастлив будет увериться в Вашем согласии
Ваш покорнейший слуга*

Рандольф Генри Падуб.

— А ответ? — спросил Роланд. — Ответ? Простите, мне просто не терпится узнать... Я давно ломаю голову, ответила она или
нет, а если ответила, то как.

Леди Бейли не спеша, словно ведущая, которая хочет подо-
греть нетерпение телезрителей, объявляя победительницу кон-
курса на лучшую актрису года, взяла верхнее письмо из второй
пачки.

*Многоуважаемый мистер Падуб,
право же, я не интересничаю, изображая неприступность, — по-
смею ли я так унижать Вас и себя самое, — и как Вы сами можете
унижать себя подобными подозрениями? Да, я живу уединённо, замкнувшись в мире своих мыслей, — такая жизнь мне отрадна, — но
отнюдь не как принцесса в лесной глуши, а больше как упитанная и
самодовольная паучиха посреди своей блистающей сети, да простится мне это несколько неприятное сравнение. Величайшую
симпатию вызывает у меня Арахна — особа, достигшая совершенства в плетении узоров и подчас склонная с беспримерной свирепо-
стью язвить всякого чужака, явился ли он засвидетельствовать
своё почтение или вломился просто так: различий между ними она
не делает или, как часто случается, замечает слишком поздно. Со-
беседница я, право, неискусная: речь моя не отмечена изяществом,
а что до мудрости, которую Вы углядели в моих суждениях, то за
мудрость Вы приняли — должно быть, приняли — отсвет Вашего
собственного сияния на бугристой поверхности безжизненной луны.
Я — это то, что выходит из-под моего пера, мистер Падуб, перо —*

---

[1] И прочих в том же роде *(лат.)*.

всё, что есть во мне лучшего, и в знак добрых чувств, которые я питаю к Вам, прилагаю к письму своё стихотворение. Разве не предпочтёте вы стихотворение, пусть и далёкое от совершенства, тартинкам с огурцом, пусть и умело приготовленным, тонко нарезанным, в меру посоленным? Без сомнения, предпочтёте — как предпочла бы и я. Паучиха в стихотворении — не я, существо с шёлковым характером, а моя куда более свирепая и работящая сестрица. Как не восхищаться их старательностью без надсады? Вот если бы и стихи выплетались так же легко, как шёлковая нить. Я пишу вздор, но если Вам будет угодно продолжить переписку, Вы получите глубокомысленные рассуждения о Присносущем Нет, о Шлейермахеровом* Покрывале Иллюзии[1], о Райском Млеке — о чём только пожелаете.

Ваша в некотором смысле покорная

Кристабель Ла Мотт.

Леди Бейли читала медленно, многозначительно выделяя незначительные слова, «et hoc genus omne» и «Арахна» она выговорила с запинкой. В таком чтении, как показалось Мод и Роланду, подлинный словесный рисунок и чувства Падуба и Ла Мотт словно подёрнулись матовым стеклом. Зато сэр Джордж, видимо, оценил чтение жены более чем снисходительно. Взглянув на часы, он объявил:

— Время поджимает. Давайте почитаем их, как я — романы Дика Фрэнсиса: не бьюсь над разгадкой, а сразу заглядываю в конец. А потом мы их, пожалуй, уберём, и я подумаю, как мне лучше ими распорядиться. Посоветуюсь. Да. Порасспрошу что да как. Вам ведь всё равно уже пора, да?

Это был не вопрос. Сэр Джордж ласково взглянул на жену:

— Читай, Джоани. Чем там дело кончилось?

Леди Бейли пробежала глазами оба листка:

— Она, кажется, просит его возвратить её письма. А его письмо — ответ.

Дорогой Рандольф,

итак, всё кончено. Я рада этому — да, рада от всей души. Ты, без сомнения, тоже, не правда ли? Напоследок мне хотелось бы получить обратно свои письма — все до единого, — не потому, что я сомневаюсь в твоей порядочности, просто они теперь мои, тебе они

---

[1] Фамилия Шлейермахер переводится с немецкого как «создатель вуалей».

больше не принадлежат. Я знаю, ты поймёшь меня — по крайней мере, в этом.

Кристабель

Друг мой,
ты спрашивала свои письма — вот они. Готов дать отчёт за каждое. Два письма мною сожжены, и среди оставшихся есть — без сомнения, есть — такие, которым следовало бы поскорее предназначить ту же участь. Но покуда они в моих руках, я не в силах уничтожить больше ни одного листа — ни одной написанной тобою строки. Письма эти — письма удивительного поэта, и свет этой неколебимой истины не могут угасить даже смятенные, противоборствующие чувства, с которыми я на них гляжу, пока они ещё занимают некоторое место в моей жизни — пока они мои. Ещё полчаса — и они перестанут быть моими: я уже упаковал их, приготовил к отправке, а ты поступай с ними как знаешь. Я думаю, тебе следует их сжечь, однако если бы Абеляр предал уничтожению слова верности Элоизы, если бы Португальская монахиня[1] обрекла себя на молчание, разве не стала бы наша духовная жизнь скуднее, разве не утратили бы мы толику своей мудрости? Мне кажется, что ты уничтожишь их: жалость тебе незнакома, постичь всю меру твоей безжалостности мне ещё предстоит, я лишь начинаю её постигать. И всё же, если нынче ли, в будущем ли я смогу оказать тебе дружескую услугу, то надеюсь, что ты без колебаний обратишься ко мне.
Из прошедшего я не забуду ничего. Забывать не в моей натуре. (Прощать... но что нам теперь говорить о прощении?) Поверь, в прочном воске упрямой моей памяти оттиснуто каждое слово, написанное и произнесённое, — и не только слова. Запечатлелась, заметь, каждая мелочь, всё до тонкостей. Сожжёшь письма — они до конца дней моих обретут посмертное существование у меня в памяти, подобно тому как сетчатка глаза, следящего падение ракеты, удерживает светлый след по её угасании. Я не верю, что ты сожжёшь их. Я не верю, что ты их не сожжёшь. О решении своём ты, я знаю, меня не известишь, так что полно мне марать бумагу в безнадежной надежде на ответ, которого мне уже не предвкушать: все ответы — будоражащие, непохожие, чаще всего восхитительные — в прошлом.
Я думал когда-то, что мы станем друзьями. Рассудок говорит, что твоё крутое решение справедливо, но мне грустно терять

---

[1] Имеются в виду любовные письма португальской монахини Марианы Алькофорадо, изданные в 1669 г.

доброго друга. Если когда-нибудь ты попадёшь в беду... Впрочем, ты знаешь, я уже написал. Ступай с миром. Удачных тебе стихов. Твой в некотором смысле покорнейший

Р. Г. П.

— А вы говорили — никакого грязного белья, — обратился сэр Джордж к Роланду странным тоном: укоризна пополам с удовлетворением.

Роланд при всей своей кротости почувствовал, что копившаяся в душе досада начинает его душить. Его раздражал бесцветный голос леди Бейли, сбивчиво читавшей письмо Падуба — не письмо, а музыка, если прочесть самому, про себя, — он мучился невозможностью завладеть этими потрясающими документами замедленного действия и заняться ими самостоятельно.

— Нам ещё ничего не известно, — сдавленным голосом, едва сдерживаясь, возразил он. — Надо сперва просмотреть всю переписку.

— Шумиха поднимется.

— Не то чтобы шумиха. Они имеют скорее литературную ценность...

Мод лихорадочно прикидывала, с чем можно сравнить эту находку, но аналогии подворачивались слишком уж вызывающие. Всё равно что найти... любовные письма Джейн Остин.

— Знаете, когда читаешь собрание писем любого писателя, когда читаешь её биографию, складывается впечатление, будто что-то упущено, до чего-то биографы не добрались — какое-то важное, переломное событие, нечто такое, что самой поэтессе было дороже всего. Всегда оказывается, что какие-то письма уничтожены — чаще всего как раз самые-самые. Вполне вероятно, что в судьбе Кристабель это и были такие письма. Он — Падуб, — видимо, так и считал. Он сам пишет.

— Как интересно! — ахала Джоан Бейли. — Это же надо как интересно!

Упрямый, подозрительный сэр Джордж стоял на своём:

— Мне надо посоветоваться.

— Посоветуйся, голубчик, — согласилась жена. — Только не забудь, что это мисс Бейли оказалась такой сообразительной и нашла твоё сокровище. И мистер Митчелл.

— Если вы, сэр, всё-таки согласитесь предоставить мне... нам возможность поработать с письмами, мы сможем вам объяснить, что из них явствует... сможем сказать, какое они имеют научное значение... возможна ли их публикация... Уже из того, что я увидела, понятно, что в свете этого открытия мне придётся внести в свою работу серьёзные уточнения... Если не принимать его в расчёт, получится совсем не то... И у доктора Митчелла с его работой о Падубе тоже: к нему это тоже относится.

— Да-да, — подхватил Роланд. — Придётся изменить всё направление исследования.

Сэр Джордж посматривал то на Роланда, то на Мод:

— Может быть. Очень может быть. Но почему я должен доверить письма *именно вам*?

— Как только о них станет известно, — предупредил Роланд, — к вам сюда целые толпы повалят. Толпы.

Мод, которая как раз этого и боялась, обожгла Роланда добела раскалённым взглядом. Но сэр Джордж, как и рассчитывал Роланд, понятия не имел ни об Аспидсе, ни о Собрайле, он опасался нашествия паломников и паломниц вроде Леоноры Стерн.

— Этого ещё не хватало!

— Мы составим вам каталог всех писем. С описанием. Кое-какие перепечатаем на машинке — с вашего разрешения...

— Не торопитесь. Я ещё посоветуюсь. И больше мне пока добавить нечего. Так будет справедливо.

— Когда вы примете окончательное решение, сообщите, пожалуйста, нам, — попросила Мод.

— Непременно сообщим, — пообещала Джоан Бейли. — Непременно.

Её ловкие руки собрали лежавшие на коленях письма, уложили в стопку, выровняли края.

✦❋❦❋✦

Машина мчалась по тёмной дороге. Роланд и Мод перебрасывались отрывистыми деловыми замечаниями, а воображение их тем временем корпело над чем-то совсем другим.

— Нас вместе осенило. Что про их настоящую ценность лучше помалкивать. (Мод.)

— Они стоят бешеных денег. (Роланд.)

— Если бы про них узнал Мортимер Собрайл...

— Они уже завтра оказались бы в Гармония-Сити.

— И сэру Джорджу перепал бы порядочный куш. Хватило бы на ремонт дома.

— А я даже не представляю, *сколько* бы ему перепало. Я в ценах не разбираюсь. Может, рассказать Аспидсу? По-моему, этим письмам место в Британском музее. Они же что-то вроде национального достояния.

— Это любовные письма.

— Похоже на то.

— Может, сэру Джорджу присоветуют обратиться к Аспидсу. Или Собрайлу.

— Боже упаси, только не к Собрайлу. Не сейчас.

— Если ему посоветуют обратиться в университет, там его, скорее всего, направят ко мне.

— А если ему посоветуют обратиться в «Сотби», то пропали письма. Попадут в Америку или ещё куда-нибудь, в лучшем случае к Аспидсу. Не пойму, почему мне этого так не хочется. Чего я прицепился к этим письмам? Они же не мои.

— Потому что мы их нашли. И ещё... ещё потому, что они личные.

— Но что нам за радость, если он будет держать их под спудом?

— Теперь, когда мы про них знаем, радости действительно немного.

— Не заключить ли нам с вами такой... договор, что ли? Если один из нас разведает что-нибудь ещё, пусть сообщит другому — и никому больше. Ведь это касается обоих поэтов в равной степени, и в дело могут вмешаться люди с самыми разными интересами.

— Леонора...

— Расскажете ей — всё тут же станет известно Аспидсу и Собрайлу, а они куда предприимчивее её.

— Логично. Будем надеяться, что он обратится в Линкольнский университет и его направят ко мне.

— Я умираю от любопытства.

— Будем надеяться, он не станет тянуть с ответом.

Однако ждать новых известий о письмах и сэре Джордже пришлось долго.

ГЛАВА 6

Вкус, ставший страстью, приводил его
В невзрачные мещанские жилища
С их затхлостью семейных чаепитий;
Лощёный и улыбчивый еврей
Ведёт его среди аляповатых
Шкафов и прочих «мёбелей» к столу
Под кубовым покровом Дня Седьмого,
Обшитым выцветшими полосами
Когда-то бурой и пунцовой ткани.
Здесь из закрытого на семь замков
Нелепого пузатого комода,
Из дивной мягкости чехлов шелко́вых
Достанут и разложат перед ним
Лазурно-аметистовую древность:
Две дюжины дамасских изразцов —
Хоро́м небесных ярче, тоньше цветом,
Чем оперение на шее павы.
И мёртвых светочей воскресший свет
Ему был слаще мёда, и тогда
Он ясно видел, чем живёт и дышит,
И не жалел он золота за право
Глядеть ещё, ещё...

Р. Г. Падуб. Великий Собиратель

Ванная представляла собой длинное узкое помещение цвета засахаренного миндаля, отбиравшее не так уж много площади у жилых комнат. На полу — иссера-лиловые кафельные плитки. Некоторые — не все — украшали зыбкие очертания собранных в букеты белых лилий: работа итальянских дизайнеров. Таким же кафелем были в половину высоты облицованы стены, а выше пестрели виниловые обои с волнистым узором, по которым расползлись лучащиеся шары, восьмилапые твари, морские моллюски — ярко-багровые, розовые. В тон им — дымчато-розовые ванна, раковина, унитаз и разнообразные приспособления из керамики: держатели для туалетной бумаги и бумажных полотенец, кружка с зубными щётками на блюде вроде губной пластины, какими щеголяют негры из африканских племён, полочка в форме ракушки, а на ней гладенькие яйцевидные куски мыла, тоже розовые и багровые. На тщательно протёртых виниловых шторах розовел нарисованный рассвет и громоздились пухлые, тронутые румянцем облака. Возле ванны лежал крапчатый, тёмно-лиловый коврик на резиновой, под кожу, подкладке, и такой же коврик полукругом обхватывал постамент унитаза. На крышке унитаза, словно чепчик с оборками, красовался чехол из того же материала, подбитый чем-то мягким. На закрытом унитазе, чутко прислушиваясь к каждому шороху в доме, напряжённо-сосредоточенный, примостился профессор Мортимер П. Собрайл. Он возился с пачкой бумаг, фонарём в чёрном резиновом корпусе и каким-то чёрным матовым ящичком средних размеров, который умещался у профессора на коленях, не упираясь в стену.

Это была не та обстановка, к которой привык Собрайл. Но привкус несообразности и недозволенности приятно щекотал ему нервы. На профессоре был длинный халат из чёрного шёлка с малиновыми отворотами, под ним — чёрная шёлковая пижама, отделанная малиновым кантом, нагрудный карман украшала монограмма. По чёрному бархату шлёпанцев, напоминавшему кротовью шкурку, золотой нитью вышита женская голова то ли с лучистым сиянием, то ли со вздыбленными волосами. Шлёпанцы были изготовлены в Лондоне по описанию самого Собрайла. Рисунок повторял скульптурное изображение на портике здания, где помещалось одно из старейших подразделений Университета Роберта Дэйла Оуэна, Мусейон Гармонии, названный так в подражание древней александрийской академии, этого «гнездовья муз»[1]. Скульптура изображала мать муз Мнемозину, правда сегодня мало кто узнавал её без подсказки, а те, кто нахватал кое-какие крохи образованности, принимали её за Медузу. Неброская, без особых претензий виньетка в виде головы

---

[1] *Мусейон* — созданное в III в. до н. э. в Александрии египетское научное учреждение, в котором занимались исследованиями в области филологии, математики, ботаники и зоологии.

Мнемозины украшала и почтовую бумагу, на которой писал Собрайл. Но его перстень с печаткой, внушительным ониксом, носил другое изображение — крылатого коня. Этот перстень, принадлежавший когда-то Рандольфу Генри Падубу, лежал сейчас на краю раковины, над которой Собрайл только что вымыл руки.

Из зеркала на Собрайла смотрело тонкое правильное лицо. Серебристые волосы, подстриженные самым изысканным и беспощадным образом, очки-половинки в золотой оправе, поджатые губы — поджатые не по-английски, а по-американски, без чопорности: человек с такими губами не станет глотать гласные и цедить слова. Подтянутая сухопарая фигура, американские бёдра, на которые так и просится элегантный ремень или — призрак из другого мира — ковбойский ремень с кобурой.

Собрайл дёрнул шнур, и обогреватель, зашипев, умерил пыл. Профессор щёлкнул выключателем чёрного ящика. В ящике тоже раздалось короткое шипение, полыхнула вспышка. Собрайл включил фонарь и пристроил его на краю раковины так, чтобы луч падал на ящик. Затем погасил общий свет и принялся за работу, управляясь с откидными лотками и выключателями ящика с ловкостью заправского фотографа. Двумя пальцами он бережно извлёк из конверта письмо — старинное письмо, — умело разгладил складки, поместил в ящик, закрыл крышку, нажал кнопку...

Чёрный ящик — устройство, которое Собрайл придумал и усовершенствовал ещё в пятидесятые годы, — был ему очень дорог, он ни за что не променял бы этот аппарат, не один десяток лет служивший ему верой и правдой, на более современную и более удобную технику. В поисках документов, написанных рукой Падуба, профессор мастерски набивался на приглашения в такие дома, где другому и в голову бы не пришло их искать. Во время одного такого визита он пришёл к заключению, что неплохо бы как-нибудь фиксировать найденные материалы для себя: на тот случай, если владелец, вопреки интересам науки, откажется продать находку или даже не позволит снять копию, — пару раз такое действительно случалось. Кое-что из этих тайком сделанных копий оказывалось потом единственным воспроизведением документа, который канул без следа. Впрочем, с нынешней находкой такого не произойдёт: судя по всему, стоит миссис Дэйзи Уопшотт услышать, какую сумму ей предлагают за сокровище, оставленное в наследство покойным мужем, — а её, кажется, устроит и умеренное вознаграждение, — и она уступит письма без колебаний. Но прежде бывало всякое, и, если она всё-таки заупрямится, другого шанса не будет. Завтра Собрайлу предстоит вернуться в уютный отель на Пиккадилли.

Письма не представляли собой ничего особенного. Они были адресованы свекрови Дэйзи Уопшотт, — кажется, её звали София, а Рандольф Генри, кажется, приходился ей крёстным отцом. Разобраться с её подноготной можно будет после. Про миссис Уопшотт Собрайлу сообщил знакомый, вездесущий книготорговец, который «проворачивал» у себя в округе аукционы и, если попадалось что-нибудь любопытное, давал знать Собрайлу. Миссис Уопшотт письма на торги не выставляла. Она помогала организовывать чай и между прочим рассказала мистеру Биггсу о письмах, которые у них в семье называли «бабусины письма про деревья от того сочинителя». И мистер Биггс, когда писал Собрайлу, упомянул их в постскриптуме. И Собрайл полгода искушал миссис Биггс вкрадчивыми расспросами и наконец уведомил, что «проездом» будет в их краях. Собрайл лукавил. Он отправился с Пиккадилли в пригород Престона специально, со вполне определённой целью. Вот какими судьбами оказался он в окружении крапчатых половичков, с четырьмя короткими письмами в руках.

Милая София,
благодарю тебя за письмо и отменные рисунки уток и селезней. Я уже старик, своих детей и внуков не имею, поэтому не взыщи, если стану писать тебе как доброму другу, приславшему мне славный подарок, который я буду хранить как зеницу ока. Какая наблюдательность видна в изображении вставшего на дыбки утёнка, который копошится среди корней, отыскивая червячков на дне высохшего пруда!

Я не такой искусный рисовальщик, как ты, но, по моему убеждению, подарки следует отдаривать, и вот тебе портрет моего однофамильца, могучего ясеня: ведь прежде и ясень называли иногда падубом. Этот ясень вышел кривобоким. Ясень — дерево вместе и обыкновенное, и магическое — не в том смысле, что обладает волшебной силой, а потому, что наши скандинавские предки верили, будто он скрепляет собою мироздание: корни его уходят в преисподнюю, а вершина касается небес. Из ясеня получаются превос-

ходные древки для копий, на него удобно взбираться. Почки его, как заметил лорд Теннисон, цветом чёрные.

Надеюсь, ты не в обиде, что я называю тебя не Софи, а София. «София» значит «мудрость» — божественная Премудрость, которая сохраняла миропорядок, покуда Адам и Ева в райском саду в безрассудстве своём не совершили грех. Ты, без сомнения, вырастешь мудрой-премудрой, а пока — резвись и радуй нарисованными утками пожилого своего обожателя
Рандольфа Генри Падуба.

Эти словоизлияния представляли интерес исключительно как раритет. По данным Мортимера Собрайла, это было единственное письмо Падуба к ребёнку. Поэт имел репутацию детоненавистника (от племянников и племянниц жены его старательно ограждали, и свидетельств, что он терпеливо сносил их присутствие, не имелось). Теперь мнение на этот счёт придётся уточнить. Собрайл переснял остальные письма, к которым прилагались рисунки платана, кедра и грецкого ореха, припал ухом к двери и прислушался, не возится ли где-нибудь миссис Уопшотт или её жирненький терьер. Скоро он убедился, что пёс и хозяйка мирно похрапывают, каждый в своей тональности. Профессор на цыпочках прокрался по лестничной площадке, только раз шаркнув подошвой по линолеуму, и юркнул в отведённую ему комнату для гостей: нечто вроде вычурно отделанной шкатулки, где на изогнувшемся полукольцом туалетном столике со стеклянным верхом и матерчатой юбочкой — белая сетка поверх красно-бурого атласа — стояло расписанное гардениями блюдо в форме сердечка, на котором Собрайл оставил карманные часы Рандольфа Падуба.

Утром он завтракал с Дэйзи Уопшотт, радушной пышногрудой женщиной в крепдешиновом платье и розовом шерстяном джемпере. Как ни сопротивлялся Собрайл, на столе перед ним появилась громадных размеров яичница с ветчиной, грибы, запечённые с помидорами, сосиски с тушёной фасолью. Он ел треугольные гренки, зачерпывая ложкой в форме устричной раковины апельсиновый конфитюр, который был подан в вазочке гранёного стекла с откидной крышкой. Он налил себе крепкого чая из серебряного чайника, укрытого расшитым колпаком-наседкой. Стойкий приверженец чёрного кофе, чай он терпеть не мог, однако выпил и похвалил. За окном виднелся только куцый газон, а по сторонам, за пластиковыми ограждениями, — ещё два таких же. (Дома, глядя из окна своего элегантного особняка, Собрайл видел регулярный сад, за которым раскинулась поросшая можжевельником и полынью равнина, а вдали вздымались в чистое небо силуэты гор.)

— Спалось очень хорошо, — сообщил Собрайл. — Удобно вы меня устроили, большое вам спасибо.

— Как же я рада, профессор, что вы письмами моего Родни заинтересовались. Они от мамы от его остались. Мамаша у него была настоящая леди из хорошего общества, а потом что-то у ней пошло не так — то есть это он так говорил. Сама-то я его родных не знала. А поженились мы во время войны. Познакомились, когда он пожары тушил. Я тогда состояла прислугой, а он — ну по всему видно, что джентльмен. Работать — ни-ни. Мы лавочку держали — галантерея всякая, — так мне, правду сказать, всю-всю работу приходилось тащить на себе, а Родни только улыбается покупателям да конфузится. Откуда у них взялись эти письма — понятия не имею. У Родни-то — от мамаши: она думала, может, он в писатели подастся, а письма как раз от какого-то поэта. Родни показывал викарию, тот сказал — вроде ничего особенного. А я упёрлась: сохраню — и всё. А так-то конечно: подумаешь — письма к дитю, про деревья.

— У нас в университетском Собрании Стэнта в Гармония-Сити, — начал Собрайл, — хранится самая значительная, самая замечательная часть переписки Рандольфа Генри Падуба. Моя цель — узнать о его жизни как можно больше: про всех, кто был ему небезразличен, про всякую мелочь, которая его занимала. Эти ваши записочки, миссис Уопшотт... сами по себе они, конечно, ценности не представляют. Но если взглянуть на них шире, это новые детали, яркие штрихи. Падуб хоть и чуть-чуть, но всё-таки выступает из небытия. Я надеюсь, миссис Уопшотт, что вы согласитесь передать их в Собрание Стэнта. Там они будут постоянно сохраняться в идеальных условиях: кондиционирование, очищенный воздух, ограниченный доступ — только специалистам, по особому разрешению.

— Муж хотел, чтобы они перешли к Кейти, к дочке нашей. Если она пойдёт в литературу. Это её спальня, где вы спите. Она давным-давно живёт отдельно — у ней уже свои дети, сын и дочь, — но я её комнату не трогаю на всякий случай: чтобы, если беда какая, было куда вернуться. И она благодарна. Пока дети не пошли, она преподавала в школе. Вот как раз английский язык и литературу. В бабусины письма про деревья она частенько заглядывала. Мы их так называем: «бабусины письма про деревья». Так как же я их отдам? Надо её хотя бы спросить. Это вроде как её письма, она мне их доверила, понимаете?

— Конечно-конечно, обязательно посоветуйтесь с ней. Скажите, что мы, разумеется, хорошо заплатим. Непременно скажите. Средства у нас немалые.

— Средства немалые, — рассеянно повторила миссис Уопшотт. Она явно не решалась спросить о цене из боязни показаться невоспитанной. Собрайлу это было на руку: появлялась свобода манёвра. Аппетит миссис Уопшотт перслик, и самос высокое по её меркам вознаграждение всё равно едва ли превысит сумму, которую Собрайл выложил бы без колебаний, если бы письма продавались с торгов. В таких вопросах он редко ошибался. Обычно он с точностью до одного доллара угадывал, какую цену назначит какой-нибудь сельский священник или школьный библиотекарь до и после консультации со специалистами. — Надо подумать, — озабоченно и в то же время увлечённо сказала миссис Уопшотт. — Прикинуть, как будет лучше.

— Я вас не тороплю, — успокоил Собрайл, дожёвывая гренок и вытирая пальцы камчатной салфеткой. — Только одна просьба. Если к вам по поводу этих писем обратится кто-нибудь ещё, не забудьте, пожалуйста, что я проявил к ним интерес первым. В научной среде тоже есть свои правила приличия, но кое-кто не прочь поорудовать за спиной у коллег. Мне бы очень хотелось, чтобы вы дали слово, что ничего не предпримете в отношении этих писем, пока не посоветуетесь со мной. Если вас не затруднит дать такое слово. А я, со своей стороны, обещаю, что, если вы обратитесь ко мне за советом, в долгу не останусь.

— Избави бог! То есть без вашего совета — ни-ни. Если кто спросит. Хотя вряд ли кто и спросит. До сих пор, кроме вас, профессор, никто не спрашивал.

Когда автомобиль Собрайла отъезжал от дома миссис Уопшотт, соседи повысовывались из окон. Собрайл ездил на длинном чёрном «мерседесе», в каких по ту сторону железного занавеса обычно разъезжает высокое начальство, — этакий быстроходный катафалк. Собрайл знал, что в Англии у этой машины, как и у твидовых пиджаков, создалась не в меру громкая репутация, но это его не смущало. «Мерседес» — машина красивая, мощная, а Собрайлу было не чуждо некоторое щегольство.

Машина плыла по автостраде, а Собрайл перебирал в уме последующие пункты назначения. «Сотби» выставил на продажу чей-то домашний альбом с автографом Падуба: четверостишие и подпись. Несколько дней надо будет уделить Британской библиотеке. При мысли о Джеймсе Аспидсе Собрайл поморщился. Кроме того, придётся сводить в ресторан Беатрису Пуховер — тоже событие не из приятных. Что может быть досаднее её чуть ли не исключительного права на дневники Эллен Падуб? Если бы с ними мог как следует поработать он, Собрайл, со своими научными сотрудниками, бо́льшая часть уже давно была бы опубликована с примечаниями и указателями, осталось бы только выявить совпадения с другими источниками — и кое-что в собственных находках Собрайла прояснилось бы. Но Беатриса проявляла истинно английские, на его взгляд, нерасторопность и дилетантизм: копалась, канителила, *размышляла* над словами и фактами, не продвигаясь ни на шаг, но, видимо, нисколько от этого не удручаясь, как Овца из «Алисы в Зазеркалье», вечная помеха к исполнению желаний. Собрайл захватил с собой целый блокнот с вопросами, ответы на которые — в случае, если позволит Беатриса, — можно было отыскать в дневниках Эллен. Что ни поездка в Англию, то новый блокнот с вопросами. Собрайл укрепился в одной мысли — это было и осознанное, непоколебимое убеждение, и сладострастное томление, жажда обладать тем, без чего ему никогда не знать покоя. Мысль была такая: бумаги Эллен Падуб должны храниться в Собрании Стэнта.

Собрайл не раз подумывал приняться за автобиографию. Когда-то ему приходило в голову написать историю своей семьи. Занятия историей, литературой окрашивают представления человека о самом себе. Та же участь постигла и Мортимера Собрайла. Бойко документируя наималейшие события жизни Рандольфа Генри Падуба — все его приезды и отъезды, званые обеды, пешие прогулки, его бесконечно благожелательное отношение к прислуге и неприязнь к назойливым почитателям, — Собрайл порой, даже в лучшую пору, ощущал, что сам он никто, что его «я» вымывается из него и перетекает в написанное, задокументированное. Между тем он был значительной фигурой. Он обладал властью — властью вершить судьбы вещей и повергать в уныние людей, властью чековой книжки, магической властью Тота[1], властью Меркурия, перед которой открывается вход в святая святых Стэнтовского собрания. Он ревностно холил своё тело человека внешнего и простёр бы ту же заботу на человека внутреннего, если бы знал, кто он, этот внутренний, если бы тот был хоть немного различим. Такие мысли одолевали Собрайла лишь в те минуты, когда он, как сейчас, находился в пути, уединившись в сверкающем чёрной полировкой замкнутом пространстве.

РАННИЕ ГОДЫ МОЕЙ ЖИЗНИ

Я знал, кем мне предстоит стать, уже в детстве, которое прошло в милом родительском доме в городе Чихауга, штат Нью-Мексико, неподалёку от живописной местности, где расположен Университет Роберта Дэйла Оуэна. Своё призвание я ощутил, знакомясь с нашим домашним Кабинетом редкостей.

В нашем фамильном особняке, носящем название «Благодатный», была большая коллекция красивых и необычных предметов, собранная моим дедом и прадедом. По своим замечательным достоинствам все они заслуживали стать музейными экспонатами, однако в подборе предметов чувствовалась случайность: в коллекцию попадали либо раритеты, либо вещи, имевшие отношение к той или иной исторической личности прошлого. У нас имелся превосходный пюпитр для нот из красного дерева, изготовленный для Джефферсона, причём остроумная конструкция петель и наугольников была придумана самим заказчиком. У нас был бюст (скульптурный портрет Виланда), принадлежавший Крэббу Робинсону, человеку большой души, автору любопытнейших дневников, состоявшему в приятельских отношениях со многими знаменитостями: Робинсон высмотрел бюст в груде хлама и спас от забвения. У нас был теодолит Сведенборга* и сборник духовных песнопений Чарльза Уэсли*, а также новая мотыга оригинального устройства, которой работал Роберт Оуэн, когда община «Новая Гармония» только-только возникла. У нас были часы с боем — подарок Лафайета Бенджамину Франклину, и трость Оноре де Бальзака,

---

[1] *Тот* — в египетской мифологии бог мудрости, счёта и письма. В герметической традиции отождествлялся с Гермесом.

с вульгарной роскошью инкрустированная бриллиантами. Этому нуворишескому шику мой дед любил противопоставлять благородную простоту мотыги Оуэна. Правда, поскольку мотыга выглядела как новая, возникает подозрение, что ею пользовались не так часто, как представлялось деду, и всё-таки подобные чувства делают ему честь. Имелось в нашем доме немало *objets de vertu*[1], в том числе отличные коллекции севрского фарфора, *pâte tendre*[2], бокалов из венецианского стекла и восточных изразцов. Большинство этих предметов — из числа европейских изделий — попало в коллекцию стараниями моего деда: кропотливый собиратель оставленных без внимания безделушек, он объездил четыре континента и всякий раз, возвращаясь в свой белоснежный особняк, обращенный фасадом к плоскогорью, привозил с собой новые сокровища. Высокие застеклённые шкафы в Кабинете редкостей были изготовлены по его чертежу: гармоничное сочетание простоты, которая отличала практичную мебель моих предков, первых поселенцев, радетелей о духовном, с грубоватой основательностью, принятой в испаноязычной среде, в которой думали обжиться мои предки.

Мой отец, периодически страдающий расстройством, которое сегодня называют клинической депрессией, — из-за этого он был совершенно не способен ни к какой профессиональной деятельности, хотя окончил с отличием богословский факультет Гарварда, — иногда, чтобы развеять уныние, позволял мне рассматривать экспонаты в Кабинете редкостей. Когда очередной период депрессии сменялся светлым промежутком, отец брался за составление каталога, правда без особого успеха, поскольку никак не мог решить, какой же принцип взять за основу (самым простым решением был бы хронологический принцип — по времени изготовления или приобретения, — но простота отца не прельщала). «Смотри, Морти, — говорил он, приводя меня в кабинет. — Вот, малыш, история, которую можно подержать в руках». Особенно очаровало меня собрание портретных зарисовок и фотографий знаменитых деятелей XIX века с их автографами: рисунки Ричмонда и Уоттса, фотографии, выполненные Джулией Маргарет Камерон*. Снимки и рисунки были получены в подарок, а некоторые выпрошены моей прабабкой Присциллой Пенн Собрайл. Эти великолепные работы (я уверен, что подобной коллекции нет больше нигде в мире) лег-

---

[1] Предметы, представляющие художественную или историческую ценность *(фр.)*.

[2] Изделия из особого сорта тонкого фарфора *(фр.)*.

ли в основу портретного фонда Стэнтовского собрания при Университете Роберта Дэйла Оуэна: возглавлять это собрание выпала честь мне. В детстве я не переставал любоваться этими чинными лицами, силой воображения вызывая на них ласковую улыбку. Я был зачарован глыбистыми чертами Карлейля, пленён прелестным обликом Элизабет Гаскелл*, я благоговел перед величественной, глубокой задумчивостью Джордж Элиот и проникался неземной одухотворённостью Эмерсона. Я был болезненным ребёнком и начатки образования получил дома. Первой моей учительницей стала гувернантка, милая моя Нинни, которую сменил выпускник Гарварда, — отца уверяли, что он талантливый поэт, и занятия со мной должны были обеспечить ему надёжный заработок, благодаря которому он сможет написать нечто великое. Его звали Холлингдейл, Артур Холлингдейл. Уже в моих детских сочинениях ему увиделся литературный дар, и он попытался направить меня на эту стезю. Он прививал мне интерес к современной литературе (особенно, помнится, он увлекался Эзрой Паундом), но мои вкусы и склонности уже сформировались: я был устремлён в прошлое. Ничего великого Холлингдейл, кажется, так и не написал. Наша пустынная глухомань пришлась ему не по вкусу, он, как и подобает поэту, пристрастился к текиле и в конце концов оставил наш дом, причём ни мы, ни он об этом не сожалели.

В нашей семье сохранилось письмо — письмо очень важное, — адресованное Рандольфом Генри Падубом моей прабабке Присцилле Пенн Собрайл, урождённой Присцилле Пенн. Прабабка моя была натурой недюжинной и, так сказать, эксцентричной. Она родилась в штате Мэн в семье убеждённых аболиционистов, которые укрывали беглых рабов и вносили свою лепту в развитие новых идей и нового стиля жизни, распространившихся впоследствии по всей Новой Англии. Присцилла Пенн произносила пламенные речи в защиту эмансипации женщин, а также, по обыкновению всех ретивых борцов за права человека, поддерживала другие движения. Она твёрдо верила в целительную силу месмеризма, которую, по её словам, испытала на себе, и самозабвенно занималась спиритическими опытами: после того как сёстры Фокс[1] впервые услышали «стуки», это занятие в Соединённых Штатах превратилось в повальное увлечение. Она принимала у себя ясновидца Эндрю

---

[1] В 1848 г. сёстры Фокс (Маргарет, Кейт и Лея), проживавшие в Хайдсвилле, штат Нью-Йорк, сообщили, что в их доме раздаются загадочные стуки. Сёстрам якобы удалось установить контакт с духами, подававшими эти сигналы. Эти события считаются началом спиритического движения.

Уилсона, автора труда «Univercoellum», то есть «Ключ ко Вселенной», и он в её доме (тогда она проживала в Нью-Йорке) имел беседу с духами Сведенборга, Декарта и Бэкона. Стоит, наверно, добавить, что хотя она и не отрицала своего родства с квакерами Пеннами из Пенсильвании, но, как показали предпринятые мною исследования, никаких близких родственных связей между ними не существовало. Как ни обидно, изобретательная и разносторонняя Присцилла осталась в истории всего лишь в качестве создательницы «Укрепляющих порошков Присциллы Пенн» — патентованного лекарства, которое, очень бы хотелось надеяться, никого не свело в могилу и, возможно, если верить моей прабабке, спасло не одну тысячу страждущих от смерти, хотя бы и благодаря вере в его чудодейственную силу. Торговля порошками, сопровождавшаяся оригинальной рекламой, шла бойко и принесла Присцилле целое состояние, а состояние дало возможность построить «Благодатный». «Благодатный» повергает посетителей в изумление: он представляет собой точную копию палладианского особняка, которого мой прапрадед по отцовской линии Мортимер Д. Собрайл, живший в Миссисипи, лишился во время Гражданской войны. В те бурные годы его сын Шармен М. Собрайл в поисках средств к существованию подался на Север. Как гласит семейное предание, там он однажды увидел, как моя будущая прабабка обращается к собравшимся под открытым небом с речью о Гармонии по фурьеристскому образцу и об обязанности каждого следовать велению страсти и утолять жажду наслаждений. Шармен не мог оторвать от ораторши глаз. То ли по велению страсти, то ли не желая упустить своего, он объявил себя её сторонником и в 1868 г. вместе с группой единомышленников, задумавших основать фаланстер, переселился в Нью-Мексико. В их число вошли, говоря современным языком, бывшие фракционеры, не ужившиеся в опытных коммунах и поселениях, которые были недолговечными детищами Роберта Оуэна и его сына Роберта Дэйла Оуэна, автора книги «Спорная область между двумя мирами».

Устав фаланстера был не так строг, как у поселений Оуэна, и всё же затея потерпела неудачу, потому что число обитателей фаланстера так и не достигло магической цифры 1620 — именно столько разновидностей страсти присуще обоим полам, — а кроме того, никто из энтузиастов не смыслил в сельском хозяйстве и понятия не имел об условиях жизни в пустынной местности. Мой прадед, джентльмен-южанин и притом не лишённый в частной жизни деловой смётки, выждал время и предложил Присцилле воссоздать потерянный рай его юности на разумных и гармонических началах уклада, избранного Присциллой, — построить своё счастье на легкодоступных радостях семейной жизни (допустив присутствие в доме слуг, но, конечно, не рабов) и не сокрушаться по обществу приверженцев любви без разбору, которое оказалось таким разобщённым и неуправляемым. Доходы от торговли «Укрепляющими порошками» пошли на строительство прелестного дома, где я и моя мать проживаем и сейчас, а прадед увлёкся собирательством.

Портретов Присциллы сохранилось немало: как видно, это была женщина замечательной красоты и редкого обаяния. В 1860–1870 гг. её дом сделался центром спиритических изысканий, к которым она со своим обычным энтузиазмом старалась приобщить всех мыслящих людей всего цивилизованного мира. Должно быть, ответом на одну из этих попыток и стало письмо Рандольфа Генри Падуба, почему-то меня взволновавшее и определившее мои интересы на всю дальнейшую жизнь. Найти письмо Присциллы, несмотря на упорные поиски, мне не удалось, и у меня есть опасения, что она его уничтожила. Я сам не понимаю, почему из всех многочисленных раритетов, хранившихся у нас дома, самое сильное впечатление на меня произвело именно письмо Падуба. Пути Господни неисповедимы: вполне вероятно, что неприязнь, с которой он отозвался об увлечении моей прабабки, побудила меня доказать, что мы всё-таки заслуживаем понимания, что мы достойны, если можно так выразиться, оказать ему гостеприимство. Как бы там ни было, когда отец, желая проверить моё умение разбирать почерк, впервые передал мне эти рукописные листы, обёрнутые папиросной бумагой, я ощутил что-то похожее на трепет, какой охватывал китсовского отважного Кортеса, безмолвно застывшего на Дарьенском пике[1]. И когда я взял письмо в руки, то почувствовал, по выражению Теннисона, донесшееся из прошлого прикосновение покойного. С тех пор я обитаю в мире «листвы опавшей, но живой — / Прекрасных писем мертвецов».

На потолке нашего Кабинета редкостей имеется небольшой купол из простого, не цветного стекла, имеющий необычное устройство: он оснащён жалюзи и зелёными шторами. Если повернуть

---

[1] Имеются в виду строки из стихотворения Дж. Китса «При первом прочтении Чапменова Гомера» *(перевод С. Сухарева)*:

> Вот так Кортес, догадкой потрясён,
> Вперял в безмерность океана взор,
> Когда, преодолев Дарьенский склон,
> Необозримый встретил он простор.

ручку, помещение либо погрузится во тьму, либо наполнится мягким зелёным светом, не вредящим экспонатам. В тот день отец, вопреки обыкновению, открыл и жалюзи, и шторы, и в кабинет потоком хлынули солнечные лучи. Там, среди лучезарного безмолвия, у меня и возник замысел, приведший впоследствии к созданию Собрания Стэнта — жемчужины Мусейона Гармонии при Университете Роберта Дэйла Оуэна, одним из блистательных основателей которого был мой предок Шармен Собрайл (не без благотворного участия «Укрепляющих порошков»).

Привожу письмо Падуба моей прабабке полностью. Сейчас оно занимает подобающее ему место в IX томе издаваемого мной Полного собрания писем Падуба (№ 1207, с. 893). Выдержки из письма приведены в выходящем под общей редакцией профессора Лондонского университета Джеймса Аспидса Полного собрания сочинений Р. Г. П., издание которого, к огорчению почитателей поэта, чересчур затянулось. Письмо цитируется в редакторских комментариях к поэме о спиритизме «Духами вожденны». Я не разделяю мнения профессора Аспидса о том, что моя прабабка была якобы прообразом одного из персонажей поэмы, чудовищно легковерной миссис Экклеберг. Тех, кого интересует этот вопрос, отсылаю к моей статье «Случай ошибочной идентификации» (Труды Ассоциации современной филологии, LXXI, 1959, с. 174–180), где показано, что расхождения между персонажем и мнимым прототипом слишком многочисленны и недвусмысленны.

Многоуважаемая миссис Собрайл,
я благодарю Вас за сообщение о Ваших опытах со спиритической планшеткой. Вы правы: мне в самом деле интересно всё, что вышло из-под пера Сэмюеля Тейлора Кольриджа. Но мне, признаться, изрядно претит сама мысль, что этот светлый дух, в мучениях покинувший юдоль земную, принуждён ворочать столы красного дерева, либо в полувоплощённом виде порхать по гостиным в отблеске камина, либо употреблять свой просветлённый разум на писание той дикой, вопиющей галиматьи, которую Вы мне прислали. Разве не заслужил он вместо этого вкушать медвяную росу и упиваться млеком рая?[1]

Я не шучу, мадам. Мне случалось наблюдать попытки вызвать явления, подобные тем, о которых Вы упоминаете, — слов нет, nihil

---

[1] Несколько изменённая строка из стихотворения С. Т. Кольриджа «Кубла Хан».

humanum a me alienum puto[1], *и в том же следует признаться всякому человеку моих занятий. Сколько я могу судить, самая правдоподобная причина таких явлений — сочетание бесстыдного обмана и своего рода заразительной истерии, миазмов или обволакивающего марева из духовного смятения и лихорадочной взвинченности, которое неотлучно от нашего хорошего общества и придаёт остроту застольным беседам. Натуры рассудительные нашли бы источник этих миазмов в нарастающем материализме нашего общества и настойчивой потребности — понятной и неизбежной при нынешнем направлении умов — ставить под сомнение истинность религиозно-исторических свидетельств. В их отношении действительно ничего нельзя утверждать с определённостью, и историки, как и естественники, не дают покоя нашей простой вере. Даже если она выйдет из этих тягостных испытаний укреплённой, крепость эта достанется ей, как и полагается, нелегко, и произойдёт это, должно быть, уже не на нашем веку. Я вовсе не хочу сказать, что шарлатанское зелье, состряпанное, чтобы утолить позывающий на тошноту голод общества по определённым и прочным основаниям, воистину способно исцелять или само обладает основательностью.*

И про историка, и про естественника можно сказать, что они сообщаются с мёртвыми. Кювье* наделил вымершего мегатерия плотью, способностью двигаться и аппетитом, а месье Мишле* и месье Ренан*, мистер Карлейль и братья Гримм слухом живых различили истлевшие крики усопших и заставили их зазвучать. Я и сам при помощи воображения поделываю нечто похожее: чревовещаю, уступаю свой голос тем голосам и приноравливаю свою жизнь к тем жизням из прошлого, воскресить которые в нашу бытность — как предостережение, как пример, как неотступное прошлое — есть дело всякого мыслящего человека. Но, как Вам, должно быть, хорошо известно, средства бывают разные: одни — испытанные, надёжные, другие грозят бедой и разочарованием. Прочитанное, понятое, обдуманное, усвоенное рассудком — это уже наша собственность, мадам: то, с чем нам жить и работать. Занимайся изысканиями хоть всю жизнь — только и овладеешь что каким-нибудь клочком истории наших предков, а где уж там судить о происходившем за много эонов до появления рода человеческого. Но владеть этим клочком надо по-настоящему, чтобы затем передать его потомкам.

---

[1] Ничто человеческое мне не чуждо *(лат.)*.

Hic opus, hic labor est[1]. *И я склонен утверждать, что лёгким, кратчайшим путём тут не пройти, избравшего такой путь ждёт судьба Беньянова Неведа, который у самых врат Града Небесного набрёл на тропу в Преисподнюю.*

Задумайтесь, мадам, что такое эти Ваши попытки сноситься с ними, дорогими и грозными нашими мертвецами, напрямик? Какими такими знаниями воздали они Вам за потраченное время? Что бабушка забыла свою новую брошь в часах деда или что какая-то древняя тётушка в мире ином недовольна, что на её гроб в фамильном склепе поставили гробик младенца. Или, как напыщенно объявляет Ваш С. Т. К., что по смерти «достойных ожидает вечное блаженство, недостойные же подлежат искуплению грехов». (И это человек, который в своих истинных сочинениях на семи языках не сделал ни одной грамматической ошибки.) Будто это и без духов неизвестно! Что бывают неприкаянные души, что эти воспарившие пузыри земли[2], эти обитатели воздуха, следуя своими невидимыми путями, попадают в поле нашего обычного восприятия — тут я готов с Вами согласиться. Что где-то в жутких местах бродят, приняв зримый, но бестелесный облик, истомившиеся воспоминания — этому есть некоторые свидетельства. Есть многое на свете, что и не снилось нашим мудрецам. Но раскрыть эти тайны помогут не спиритические стуки да бряки, не ощутимые прикосновения духов, не полёты воздевшего руки мистера Хоума* вокруг люстры — и не каракули, выведенные Вашей планшеткой, — а долгие терпеливые наблюдения за сложной работой мысли умерших и процессами, протекающими в живых организмах, поможет мудрость, глядящая вперёд и вспять[3], помогут микроскоп и спектроскоп, а не вопрошания привязанных к земному духов и выходцев с того света. Мне знакома одна особа, человек большой души и ясного ума, которую подобные посягновения привели в полное расстройство, не принеся ей ничего доброго, кроме худого.

Я пишу так пространно, чтобы Вы не подумали, будто я не ценю Ваше расположение или, как скажут иные, нерассудительно от-

---

[1] Вот где дело, вот в чём труд *(лат.)*. В переводе С. *Ошерова:* «Вот что труднее всего» (Вергилий. Энеида, VI, 129). Слова Сивиллы, сказанные Энею, который намеревается спуститься в преисподнюю:

В Аверн спуститься нетрудно.
День и ночь распахнута дверь в обиталище Дита.
Вспять шаги обратить и к небесному свету пробиться —
Вот что труднее всего.

[2] У. Шекспир. Макбет, I, 3.
[3] У. Шекспир. Гамлет, IV, 4.

вечаю на него злобными нападками. У меня на сей счёт есть собственные прочные убеждения и некоторый собственный опыт, по причине которых Ваши сообщения — Ваши сообщения от духов — меня нисколько не интересуют и не забавляют. Настоятельно Вас прошу больше мне подобных писаний не присылать. Но Вы сами и Ваше бескорыстное стремление к истине, конечно же, вызываете у меня величайшее уважение и сочувствие. Ваша борьба за права женщин благородна и должна рано или поздно увенчаться успехом. Надеюсь в будущем получить о ней новые известия и прошу сохранить за мной право и впредь называться

Ваш покорнейший слуга

Р. Г. Падуб.

Это письмо было самой примечательной частью автобиографических заметок Собрайла, за ней тянулась канитель банальных воспоминаний о детстве или просто академичное перечисление вех в дальнейших отношениях автора с Рандольфом Генри Падубом — как будто (эту мысль Собрайл то и дело гнал) собственной жизни у автора не было, как будто, услышав магнетический шелест бумаги, увидев решительную чёрную вязь букв, он раз и навсегда сделался неотделим от того, *другого*. Как будто взяться за незаконченные наброски его толкало исключительно желание обратиться к этому письму, вставить его в текст, проштудировать, ввести в научный обиход, а вслед за тем порыв утихал, рвение шло на убыль и рассказ, потоптавшись на месте, обрывался. Во многих набросках Собрайл ни с того ни с сего добавлял, что с детскими воспоминаниями у него связан фамильный запах — благоухание превосходной ароматической смеси, которую привезла в эту пустыню его бабушка: лепестки роз и освежающие эфирные масла, сандал и мускус. Он понимал, что не желает или не может продолжать записи в таком духе, потому что тогда придётся писать и о матери: Собрайл жил с ней в одном доме и, выезжая за границу, каждый день посылал ей длинные тёплые письма. Докапываться до причины, почему мать кажется запретной темой, ему не хотелось. У каждого из нас в жизни есть что-то заветное, с чем мы соприкасаемся мимолётно, довольствуясь удобными обиняками и старательно избегая заглядывать глубже. Миссис Собрайл жила в пустыне, которую её воля и деньги превращали в цветущий сад. Во сне, когда Собрайл терял всякое представление о соразмерности, мать виделась ему непомерно громадной, под стать непомерно громадной прихожей их особняка: бывало, грозно расставив ноги, она исполински вздымалась над конским выгулом. Мать возлагала на него большие надежды, и пока он их оправдывал, но боялся как-нибудь не оправдать.

Довольный несомненной удачей, Собрайл вернулся к себе в отель «Баррет». Отель приглянулся ему отчасти своими удобствами, но больше потому, что здесь в своё время останавливались многие американские писатели, приезжавшие повидаться с Падубом. Собрайла дожидалась груда писем, среди них — письмо от матери и записка Аспидса, в которой тот сообщал, что не считает нужным пересматривать свои примечания к третьему стихотворению цикла «Аск — Эмбле» в свете новых разысканий Собрайла о ландшафте Исландии. Тут же лежал каталог «Кристи»: на продажу выставлялись раритеты Викторианской эпохи, в том числе игольник, по преданию принадлежавший Эллен Падуб, и перстень какой-то вдовы-американки из Венеции, в котором под выпуклым стеклом хранились, как утверждалось, несколько волосков Падуба. В Собрании Стэнта имелось несколько прядей из этой буйной шевелюры, срезанных в разные годы: пожухшая чёрная, такая же чёрная, но впроседь и, наконец, посмертная, серебристая — самая сохранная, самая блестящая. Оспаривать перстень будут, наверно, Музей Падуба и Дом-музей Падуба в Блумсбери — ну и Собрайл, разумеется, — и игольник вместе с перстнем упокоятся в стеклянной восьмиугольной комнате в самом центре Стэнтовского собрания, где в кондиционируемом безмолвии копятся реликвии, связанные с Падубом, его женой, родными и знакомыми. Сидя за стойкой бара в высоком кожаном кресле возле играющего отсветами камина, Собрайл читал письма, и вдруг перед ним на миг возник белый храм, осиянный солнцем пустыни: прохладные дворики, высокие лестницы, соты безмолвных стеклянных келий, оборудованные рабочими кабинками, а выше — сообщающиеся друг с другом книгохранилища и кабинеты; каркасы сотов сверкают позолотой, в сосредоточенной тишине горят снопы и столбы света, а в них взвиваются и опускаются позолоченные коконы, перенося вверх и вниз учёный люд.

Закончить дело с покупками, а потом пригласить в ресторан Беатрису Пуховер, размышлял Собрайл. И ещё повидаться с Аспидсом. Тот наверняка скажет что-нибудь пренебрежительное об исландских наблюдениях. Аспидс, помнится, не выезжал за границу уже много лет — разве что на международные конференции по викторианской поэзии, которые проводились в неотличимых друг от друга аудиториях, куда его доставляли автомобилем из неотличимых друг от друга отелей. Он, Собрайл, в противоположность Аспидсу, давно ездил по маршрутам путешествий Падуба. Ездил, не придерживаясь хронологии путешествий, а как придётся, так что местом назначения первой его экспедиции стало побережье и болотистые равнины Северного Йоркшира: Падуб побывал там в 1859 году — прогулялся в одиночку по окрестностям, по-любительски изучал морскую флору и фауну. В 1949 году Собрайл повторил его путешествие. Он разыскивал те же пабы и геологические формации, те же построенные римлянами дороги и жемчугоносные ручьи, останавливался в Заливе Робин Гуда, пил отвратительное на вкус тёплое тёмное пиво, ел неудобоваримую тушёную шею барашка, жевал, давясь, рагу из требухи. Позже он отправился по следам Падуба в Амстердам и Гаагу, проехал его путём по Исландии, осматривая гейзеры и бурлящие круглые озерца горячей грязи и размышляя над двумя произведениями, которые были созданы под впечатлением памятников исландской литературы. Это были «Рагнарёк», эпическая поэма, отразившая сомнения и отчаяние человека Викторианской эпохи, и лирический цикл «Аск — Эмбле», загадочные любовные послания, опубликованные в 1872 году, но написанные, по всей видимости, гораздо раньше — возможно, в ту пору, когда Падуб ещё только добивался руки Эллен Бест, дочери настоятеля из Кэлверли: Падуб ухаживал за ней целых пятнадцать лет, и она либо её родственники дали согласие на брак лишь в 1848 году. Аспидс, по чьей милости издание Полного собрания сочинений движется черепашьими темпами, и тут верен себе: он только сейчас удосужился обратить внимание на исландские наблюдения Собрайла, которые тот опубликовал ещё в шестидесятые годы. В 1969 году Собрайл выпустил биографию Падуба «Великий Чревовещатель», позаимствовав заглавие из одного головоломного поэтического монолога Падуба, не то исповеди, не то самопародии. Прежде чем взяться за книгу, Собрайл побывал всюду, где пролегали маршруты самых значительных путешествий Падуба: он посетил Венецию, Неаполь, поднимался в Альпы, заглянул в Шварцвальд и на побережье Бретани. Напоследок он проехался по тем местам, через которые Рандольф и Эллен Падуб проезжали летом 1848 года во время свадебного путешествия. По бурному морю молодожёны на пакетботе пересекли Ла-Манш, экипажем добрались до Парижа (Собрайл проделал этот путь в автомобиле) и сели на поезд до Лиона, а оттуда пароход по Роне доставил их в Экс-ан-Прованс. На протяжении всего плавания хлестал дождь. Предприимчивый Собрайл, чтобы проплыть этим же путём, устроился на плавучий лесовоз, пропахший смолой и нефтью. С погодой повезло: над жёлтой водой ярко сияло солнце — длинные жилистые руки Собрайла даже обгорели. В Эксе он поселился в гостинице, где останавливался Падуб, и принялся осматривать те же достопримечательности, что и он. Кульминацией путешествия стало посещение Воклюзского источника, где шестнадцать лет в думах о своей неземной любви к Лауре де Сад уединенно прожил поэт Петрарка. Что дало Собрайлу это посещение, видно из его описания источника в «Великом Чревовещателе».

Итак, погожим июньским днём 1848 года поэт со своей молодой женой шёл тенистым берегом реки к пещере, заключающей в себе истоки Сорги: грозная, величественная картина, которая не оставит равнодушным даже самого требовательного по части романтики путешественника. Особенно если он вспомнит о великом подвижнике куртуазной любви Петрарке: именно здесь его душу наполняло благоговейное чувство, здесь терзался он, получив известие, что его возлюбленная умерла от чумы.

Сегодня на спекшихся от зноя берегах негде шагу ступить. Приехавшему с севера приходится продираться сквозь толпу: туристы, тявкающие спаниели, размахивающие ластами дети, торговцы сахарной ватой, назойливые продавцы аляповатых сувениров и сотнями производимых «изделий народного творчества». Плотины и водоотводные сооружения смирили нрав реки, однако, как сказано в путеводителе, в половодье она и сегодня затопляет пещеру и окрестности. Паломник к литературной святыне должен преодолеть все препятствия, и наградой ему станет волшебное зрелище: зелёные воды, угрюмые скалы, которые, как им и положено, мало изменились с тех пор, как ими любовались наши путешественники.

Вода в пещере не иссякает: её приносит довольно мощная подземная речка; сюда же стекают дождевые воды с Воклюзского плоскогорья и каменистых склонов Монт-Венту — Горы Ветров, как называл её Петрарка, отмечает Рандольф в одном письме. Должно быть, при виде этого величественного потока ему вспомнилась священная река Альф из Кольриджева «Кубла Хана», а может, бьющий на Парнасе Кастальский ключ. Да и как было не вспомнить о Парнасе, если здесь всё вокруг напоминает о Петрарке — поэте, который так ему дорог, чьи сонеты, посвящённые Лауре, отозвались, как предполагают, в стихотворных посланиях к Эмбле.

Вокруг входа в пещеру зыблются ветви смоковниц и бахромой висят причудливые корни. Зелёный ковёр водорослей, словно сошедший с картины Милле или Холмана Ханта*, вбирает выбегающий из пещеры поток. Из воды поднимаются несколько белых валунов. Эллен восхитилась красотой этих «chiare, fresche e dolci acque»[1], и тогда Рандольф поступил красиво: он подхватил её на руки, шагнул в воду и усадил молодую жену, словно верховную русалку или богиню реки, на белый валун, высящийся посреди потока. Представим себе эту картину: вот она сидит, поддёрнув юбки, чтобы не замочить подол, и застенчиво улыбается из-под капора, а Рандольф взирает на ту, что теперь принадлежит ему, — ту, что совсем не похожа на возлюбленную Петрарки. Смотрит на женщину, которую он, несмотря на все препоны и трудности, боготворил издалека почти столько же лет, сколько продолжалось в этих самых местах любовное подвижничество поэта былых времён.

В отличие от своих современников, в первую очередь профессора Габриеля Россетти, отца поэта Данте Габриеля, Падуб всегда считал, что Лаура Петрарки, Беатриче Данте, Фьяметта[2], Сельваджа[3] и другие фигуры, ставшие символами куртуазной платонической любви, были реальными женщинами, непорочными, но вызывавшими при жизни вполне земные чувства, — а вовсе не аллегорическими изображениями политической жизни Италии, или церковного правления, или даже души их создателей. Петрарка впервые увидел Лауру де Сад в 1327 году в Авиньоне и полюбил

---

[1] «Светлые, свежие и сладкие воды» (ит.), начало CXXVI канцоны Петрарки.

[2] *Фьяметта* — героиня ряда произведений Дж. Боккаччо. Считается, что в этом образе отразились черты возлюбленной писателя Марии д'Аквино.

[3] *Сельваджа* — возлюбленная поэта «сладостного нового стиля» Чино де Пистойи (1270/75–1326/37), воспетая в его произведениях.

её с первого взгляда, и, хотя Лаура осталась верна Уго де Саду, поэт сохранил эту любовь на долгие годы. Падуб с негодованием писал Рескину, что только человек, не понимающий природу любви и поэтического воображения, может предположить, будто оно способно разрешиться отвлечённой аллегорией, будто на самом деле его питает не «тепло воплощённой души во всей её чистоте и бренном полноцветии». Вся его собственная поэзия, добавлял он, навеяна «такими вот воплощёнными истинами, неповторимыми и необычными жизнями».

Стоит ли удивляться, что Падуб, с таким пониманием относившийся к поклонению Петрарки, почтительно сносил благочестивые колебания или капризы Эллен Бест и её отца. Когда их знакомство только начиналось, Эллен, если верить её родным и самому Падубу, была хрупкой миловидной девушкой, набожной и благородной. Как я уже показал, настоятель не зря опасался, что Падуб не сможет обеспечить супругу, а к его опасениям добавлялись опасения Эллен, усмотревшей в «Рагнарёке» сомнительные с христианской точки зрения мысли. Судя по их переписке за эти годы (от которой, к сожалению, осталось немного: Надин, сестра Эллен, после её смерти явно распорядилась письмами самым бесцеремонным образом), Эллен с Падубом не кокетничала, но и глубоких чувств к нему не питала. Однако к тому времени, как она решилась отдать ему руку и сердце, её положение было незавидным: младшие сёстры, Вера и Надин, уже составили себе хорошие партии, она же сидела в старых девах.

После всего сказанного сам собой возникает вопрос: какие же чувства испытывал пылкий поэт-воздыхатель к своей целомудренной невесте, тридцатидвухлетней тётушке, вечно пекущейся о племянниках и племянницах? Был ли он так же неискушён в делах любовных, как она? Как переносил он затянувшееся воздержание? — спросит недоверчивый читатель XX века. Хорошо известно, что многие именитые викторианцы тайком отводили душу с вульгарными особами из самых низов общества, разбитными, размалёванными обольстительницами, которые поднимали содом и липли к прохожим на Пиккадилли, с заблудшими белошвейками и цветочницами, с «падшими женщинами», что умирали в подворотнях, клянчили на пропитание у Генри Мэйхью* или, если повезёт, возвращались на путь истинный стараниями Чарльза Диккенса и Анджелы Бердетт-Куттс*. Поэзия Падуба — и, шире, викторианская поэзия вообще — свидетельствует о сексуальном опыте и трепете чувственности. Аристократы эпохи Возрождения в поэмах Падуба, несомненно, люди из плоти и крови, его Рубенс знает толк в пышных телесах, а тому, от чьего имени написаны послания к Эмбле, знакома не только идеальная, но и земная любовь. Мог ли такой человек довольствоваться чисто платоническим томлением? Не крылась ли за суховатой приветливостью Эллен Бест, уже поутратившей девичью свежесть, нечаемая ответная страсть? Вполне возможно. До нас не дошло никаких сведений о том, что до брака — и уж тем более после — Рандольф заводил любовные шашни: сколько можно судить, он всегда оставался *preux chevalier*[1]. Что они испытывали друг к другу в ту минуту, эти двое, поглощённые своими мыслями, вдали от всего света, — что они чувствовали, когда он, обвив руками её ладную талию, вознёс её на каменный престол? Может быть, накануне они провели упоительную ночь? Эллен писала домой, что супруг — «сама деликатность»: фраза, которой можно дать разные толкования.

Лично я склоняюсь к объяснению, которое зиждется на двух плодотворных, но одинаково непопулярных сегодня предпосылках: упомянутой выше идеализации куртуазных поэтов и теории сублимации, разработанной Зигмундом Фрейдом. За годы, ушедшие на то, чтобы добиться руки Эллен, Рандольф Генри Падуб написал ни много ни мало:

283 369 стихотворных строк, в том числе эпическую поэму в двенадцати книгах, 35 поэтических монологов, касающихся самого широкого круга тем — от истории глухой древности до спорных вопросов богословия и геологии его времени; 125 лирических стихотворений и три драмы в стихах: «Кромвель», «Канун Варфоломеевой ночи» и «Кассандра», поставленные в Друри-Лейн[2], но не имевшие успеха. Он уходит в работу с головой, засиживается за полночь. Он блаженствует: его Эллен — источник чистоты, она являет всё очарование молодости, рядом с ней дышится несравненно легче, чем в мире, созданном его воображением, — кровавом, зачумлённом, где бушуют альковные неистовства Борджиа, где, как в «Рагнарёке», «лишь жижа серная взамен земли угасшей». Он даже не задумывается, не отнимает ли это целомудренное ожидание, это деятельное отшельничество у него права называться мужчиной. Он будет работать, он добьётся её руки... Его надежды сбылись. И если из написанного позже «Запечатанного источника», из «Женщины на портрете» — поэмы о красоте, навеки запечатлённой на

[1] Благородный рыцарь *(фр.).*
[2] *Друри-Лейн* — один из старейших лондонских театров.

холсте и увядающей в жизни, — явствует, что чересчур затянувшееся любовное послушничество обошлось Рандольфу дорогой ценой, это всё же не опровергает мою догадку. И не эти произведения помогут нам разобраться, какие чувства владели молодожёнами в тот солнечный день у сумрачной пещеры, где бьёт Воклюзский источник.

Мортимер Собрайл поднялся в свой уютный номер и перечитал фотокопии писем. Потом позвонил Беатрисе Пуховер. В трубке раздался её глуховатый ватный голос. Услышав о приглашении, она, как всегда, растерялась и пошла сыпать робкими отговорками, но потом, тоже как всегда, согласилась. Собрайл уже убедился, что лестью мисс Пуховер не проймёшь, тут надо бить на совестливость.

— Мне бы навести пару справок. Очень конкретные вопросы, кроме вас, никто не ответит... На вас вся надежда... В другое время у меня не получится. Впрочем, конечно, раз вы не можете, я всё переиграю... Помилуйте, Беатриса, как же мне под вас не подстраиваться? У вас и так напряжённый график, а тут ещё я...

Разговор затянулся. И совершенно напрасно: исход его был ясен с самого начала.

Потом Собрайл отпер кейс, отложил письма Падуба к крестнице — вернее, их украденные изображения — и достал снимки другого рода. Их у него была целая коллекция, богатая и разнообразная, насколько вообще может быть разнообразным (за счёт ли замены обнажённой натуры, изменения оттенков, ракурса, рельефности деталей) это нехитрое, по сути, занятие, возня. У Собрайла были свои способы сублимации.

ГЛАВА 7

Мужчина свой крест
Стяжает повсюду:
Во храме, в пустыне,
Средь шумного люда.
Наш крест, заповеданный
Роком суровым, —
Томиться во мраке
Под собственным кровом.

Кристабель Ла Мотт

Когда кто-нибудь вспоминал Беатрису Пуховер — а её мало кто вспоминал, — в воображении рисовался её не духовный, а физический облик. Женщина она была, что и говорить, плотная, но тем не менее бесформенная: дородное тело, отяжелевшие от малоподвижной жизни бёдра, необъятная грудь, над которой расплывалось благодушное лицо, на голове сидела мохеровая шапочка, вьющиеся волосы, похожие на густое руно, заплетены и уложены в пучок, из которого во все стороны выбиваются прядки. А уж если кто-нибудь из числа немногих знакомых Беатрисы — Собрайл, Аспидс, Роланд, лорд Падуб, — вспомнив её, ещё о ней и задумывались, то почти непременно уснащали её каким-то сравнением. Мортимеру Собрайлу, как уже говорилось, она представлялась кэрролловской Белой Овцой, вечно мешающей достичь цели. Аспидс в сердцах сравнивал её с жирным, белеющим в темноте пауком: затаилась в своём логове, раскинула сеть и ждёт, не дрогнет ли где-нибудь нить. Феминисткам, то и дело пытавшимся подобраться к дневникам Эллен Падуб, она воображалась приставленным к кладу осьминогом, этаким океанским Фафниром[1], который намертво обвился вокруг заветного

---

[1] *Фафнир* — в скандинавской мифологии и эпосе дракон, стерегущий чудесный клад.

сокровища и, чтобы скрыть своё местопребывание, выпускает клубы чернил или какого-нибудь водяного дыма. Впрочем, когда-то были у неё и такие знакомые, которые её понимали, — и лучше всех понимал её, кажется, профессор Бенгт Бенгтссон. Беатриса слушала его курс в лондонском Колледже Принца Альберта в 1938–1941 годах. Время было неспокойное, юноши со старших курсов уходили на фронт, город бомбили, продовольствия не хватало. Некоторые женщины в ту пору неожиданно открывали для себя прелести свободы и пускались во все тяжкие. Беатриса открывала для себя профессора Бенгтссона. В колледже он возглавлял кафедру английского языка и литературы. Больше всего его занимала «Эдда» и древнескандинавская мифология. И Беатриса принялась за их изучение. Она штудировала труды по филологии, рунические надписи, англосаксонскую и средневековую латинскую литературу. Она читала Мейсфилда*, Кристину Россетти, де Ла Мара*. Бенгтссон указал ей на «Рагнарёк»: как-никак Р. Г. Падуб был заметным в своё время учёным и считался предтечей современной поэзии. Долговязый, нескладный, в глазах огонь, Бенгтссон излучал такую кипучую энергию, что грех было расходовать её лишь на приобщение молоденьких студенточек к тонкостям культуры их скандинавских предков. Правда, девичьим душам, не говоря уж о телах, испытать её кипение на себе не довелось: профессор ежедневно растрачивал её в пабе «Герб Арунделя» в компании себе подобных. Наутро из-под соломенной кровли волос смотрело бледное, покрытое испариной лицо, а после обеда, когда профессор, источая запах пива, сидел в своём душном кабинете, щёки его пламенели, а язык заплетался. Беатриса читала «Рагнарёк», «Аск — Эмбле». Она получила диплом с отличием и влюбилась в Рандольфа Генри Падуба. В те годы такая влюблённость была делом обычным. «Есть поэты, — писала она в дипломной работе, — чья любовная лирика — не дифирамбы или укоры, обращённые к даме сердца, а настоящий разговор мужчины с женщиной. Таким поэтом был Джон Донн, хотя сгоряча ему ничего не стоило ополчиться на всех женщин разом. Таким, если бы обстоятельства сложились удачнее, мог бы стать Мередит. И если мы на минуту задумаемся об этих мастерах „любовной лирики“, чьи стихи, по существу, говорят о стремлении автора вызвать возлюбленную на разговор, мы убедимся, что первенство среди них принадлежит Рандольфу Генри Падубу: в цикле „Аск — Эмбле" изображены все оттенки задушевности, нарастание разлада, безнадёжные попытки найти общий язык, — и читатель постоянно ощущает, что послания адресованы живой женщине — женщине со своими чувствами и мыслями».

Беатриса терпеть не могла писать. В этих правильных пресных рассуждениях она гордилась только одним словом: «разговор» вместо более употребительного в таких случаях «диалога». Чего бы не отдала она в те годы ради такого *разговора*! Когда она читала эти стихи, её не оставляло смутное впечатление, что она подслушивает чужую беседу, учтивую и в то же время дышащую страстью. Подслушивать было неловко, а подслушанное отдавалось болью — вот отношения, о каких, наверно, мечтает каждая. Но, оглядываясь вокруг — на своих родителей, степенных методистов, на миссис Бенгтссон, заправлявшую в колледже «Женским чайным клубом», на своих сокурсниц, терзающихся в ожидании, чтобы их пригласили потанцевать или перекинуться в вист, — Беатриса видела, что такие отношения не даются никому.

> Мы переменим мир, вложив в слова
> Лишь нам с тобой понятные значенья.
> Пусть новосозданная речь чужим
> Холодной кажется: «гора», «река»,
> А мы — мы видим пламя в небесах:
> Светило, солнце, чьё угодно солнце,
> Но здесь, сейчас — лишь наше...

Так говорил ей Падуб, и она его услышала. Услышать такое от других она и не надеялась — и, как оказалось, правильно, что не надеялась. Профессору Бенгтссону она объявила, что выбрала темой своей диссертации цикл «Аск — Эмбле». Выбор показался Бенгтссону не очень удачным. Материал ненадёжный, вроде сонетов Шекспира: как бы не увязнуть. И что это получится за «вклад в науку», на какие результаты можно рассчитывать? Нет, самый верный способ получить учёную степень — издать собрание чьих-нибудь сочинений, считал профессор Бенгтссон. Только не Р. Г. Падуба. Но один приятель Бенгтссона, знакомый с лордом Падубом, рассказывал, что тот передал на хранение в Британский музей архивы поэта и его жены. Эллен Падуб, как известно, вела дневники. Вот их бы и издать: материал определённо неисследованный, имеет некоторую научную ценность, сложности не представляет и притом касается Падуба. Эта работа поможет мисс Пуховер создать себе отличную научную репутацию — а там можно приниматься и за другие исследования...

Так всё и началось. Мисс Пуховер устроила себе закуток возле коробок с бумагами Эллен: письмами, счетами от прачки, рукописными поваренными книгами, томами дневников и тетрадками с обрывочными записями более личного характера. На что она рассчитывала? Ей хотелось хоть немного сблизиться с автором этих стихов, человеком изощрённого ума и страстного темперамента.

Нынче вечером Рандольф читал мне сонеты из Дантовой «Новой жизни». Они поистине прекрасны. Рандольф указал на их подлинно мужскую силу и страстность — языка Данте, на его одухотворённое понимание любви. Кажется, эти гениальные творения никогда не наскучат.

Рандольф читал жене вслух всякий раз, когда они проводили время вместе. Юная Беатриса всё пыталась представить, как звучали стихи в его чтении, но из тусклых однообразных восторгов Эллен Падуб ничего определённого не вырисовывалось. Эллен обо всём на свете отзывалась с неизменным дежурным благодушием. На первых порах оно Беатрису раздражало, но потом, увлёкшись материалом, она смирилась с этой чертой. Притом в записях Эллен она стала различать и другие, не столь благостные нотки.

Где взять слова, чтобы воздать Рандольфу за ту бесконечную доброту и терпение, с каким он принимает моё малодушие и несовершенства!

Такое — или примерно такое — звучало в дневниках то и дело, как мерные удары колокола. Как и во всякой продолжительной работе, при всяком длительном знакомстве с кем-то или чем-то, Беатриса сперва приглядывалась и составляла собственное, независимое мнение: на этом этапе Эллен казалась ей безалаберной и неинтересной. Но потом Беатриса сжилась с её заботами, стала проникаться её состоянием, когда Эллен дни напролёт изнывала в бездействии в комнате с опущенными шторами, вместе с Эллен тревожилась, не повредит ли мучнистая роса давным-давно отцветшим розам, не впадут ли в безверие притесняемые приходские священники. Эта жизнь стала ей близка, и когда Аспидс однажды заметил, что человеку с таким интересом к любым проявлениям жизни Эллен была женой неподходящей, Беатриса чуть не бросилась на её защиту. Она понимала, что такое тайна личной жизни, которую Эллен при всём своём незамысловато-велеречивом многословии, можно сказать, оберегала.

Но ничего диссертабельного в дневниках не обнаружилось. Будь на месте Беатрисы какая нибудь феминистка или какой нибудь лингвист, чья специальность — эвфемизмы или косвенные утверждения, они нашли бы о чём писать. А мисс Пуховер учили выискивать всюду лишь следы чужих влияний и иронию, в дневниках же ни того ни другого почти что не было.

Профессор Бенгтссон предложил ей заняться сопоставлением Эллен Падуб с Джейн Карлейль, леди Теннисон и миссис Гемфри Уорд в плане их супружеских достоинств. «Вам, мисс Пуховер, нужны публикации, — объявил он с лучезарно-ледяной категоричностью. — Если вы, мисс Пуховер, не докажете свою профессиональную пригодность, я не смогу предоставить вам работу». И мисс Пуховер в два года написала книжицу под названием «Спутницы жизни» — о повседневной жизни жён гениальных людей. Тогда профессор Бенгтссон взял её на должность младшего преподавателя. Годы преподавания стали для неё и радостью, и пыткой — больше радостью, чем пыткой. Перед ней сидели студенты, вернее, в основном студентки: в пятидесятые годы — жёстко накрахмаленные юбки-колокольчики и накрашенные губки, в шестидесятые — мини и индейская бахрома, в семидесятые — чёрная губная помада и пышные прерафаэлитские начёсы на голове, ароматы детского лосьона, душок конопли, мускуса, честного феминистского пота, — а Беатриса рассказывала им об эволюции сонетной формы, о сущности лирики, об изменении образа женщины в литературе. Это время она вспоминала с удовольствием. О мрачной поре, пришедшей ему на смену, вспоминать не хотелось. Беатриса отошла от преподавания, не дожидаясь пенсионного возраста, и больше не переступала порога своего колледжа. (Профессор Бенгтссон уволился в 1970 году и в 1978 году скончался.)

Личной жизни у Беатрисы не было почти что никакой. В 1986 году она жила в Мортлейке, в маленьком домике, где поселилась много лет назад. Поначалу к ней то и дело захаживали компании студентов, но когда Бенгтссона сменил Аспидс и Беатриса стала замечать, что в академических дискуссиях на кафедре её тема всплывает всё реже и реже, эти посещения пошли на убыль. С 1972 года студенты к ней вообще не заглядывали. Беседы за кофе с пирожными и бутылкой сладкого белого вина прекратились. В пятидесятые-шестидесятые студентки воспринимали отношение Беатрисы как материнскую заботу. Молодёжь последующих поколений считала её лесбиянкой, даже подводила теоретическую базу: подавленные, упорно неизживаемые лесбийские наклонности. На самом же деле всякие мысли о собственной сексуальности у Беатрисы непременно заканчивались терзаниями из-за огромной, прямо-таки неприличной величины её грудей. В юности она не носила бюстгальтера, груди свободно покоились под широкой блузкой: лучшие тогдашние врачи считали, что от этого грудь сама собой укрепляется. Вместо этого груди безнадёжно обвисли. Другая щеголяла бы таким бюстом, выставляла бы два пышных кургана, разделённые ложбинкой, как предмет особой гордости. Беатриса Пуховер прятала груди в мешковатый старушечий корсаж, а поверх надевала джемперы ручной вязки с ажурным узором в виде слезинок, который на теле немного растягивался и делался ещё более сквозистым. По ночам, лёжа в постели, она чувствовала, как увесистые груди растекаются по широкой грудной клетке. А в своей конурке с бумагами Эллен Падуб она ощущала, как живая тяжесть грудей, укрытая в шерстяном тепле, трётся о край стола. Она казалась себе несуразно распухшей и разговаривала со всеми смущённо потупившись, избегая взглядов. Из-за этих-то дебелых округлостей она и приобрела репутацию сердобольной мамашки: стереотип восприятия срабатывал мгновенно; этот же самый стереотип подсказывал, что её круглое лицо и румяные щеки — признак добродушия. Но когда она достигла известного возраста, эти самые признаки добродушия стали так же без всяких оснований трактоваться как указание на зловещую и деспотическую натуру. Беатриса недоумевала, отчего это коллеги и студенты теперь держатся с ней несколько иначе. А потом смирилась.

В тот день, когда Мортимер Собрайл должен был повести Беатрису в ресторан, к ней заглянул Роланд:

— Не помешал, Беатриса?

Беатриса заученно улыбнулась:

— Нет, ничего. Я просто задумалась.

— У меня возникли кое-какие неясности. Не поможете? Вы, случайно, не знаете, Эллен Падуб нигде не пишет про Кристабель Ла Мотт?

— *Не помню.* — Беатриса сидела и улыбалась, как будто если её память не выдала искомых сведений, то больше и говорить не о чем. — Нет, по-моему, нигде не пишет.

— А можно как-нибудь проверить?

— Могу посмотреть у себя в картотеке.

— Огромное вам спасибо.

— И что именно мы ищем?

Роланда охватило не раз испытанное сильное желание встряхнуть, растормошить, подстегнуть Беатрису, сидевшую как статуя с этой своей водянистой неловкой улыбкой.

— Да всё, что попадётся. У меня есть данные, что Падуб интересовался Ла Мотт. Вот хочу проверить.

— Могу посмотреть в картотеке. Знаете, а в обед придёт профессор Собрайл.

— Надолго он к нам в этот раз?

— Не знаю. Он не говорил. Сказал, что заедет после «Кристи».

— Можно я сам посмотрю картотеку?

— Ой, прямо не знаю, там такой кавардак. Понимаете, у меня *своя система* записи. Лучше я сама, я-то свои каракули разберу.

Беатриса нацепила очки для чтения: они висели на цепочке из позолоченных шариков на удручающих Беатрису выпуклостях. В очках она Роланда вообще не видела: обстоятельство отчасти отрадное, потому что всякий мужчина, работавший на некогда её родной кафедре, казался ей гонителем — она и не подозревала, что положение Роланда в колледже непрочно донельзя и на стопроцентного сотрудника кафедры он не тянет. Она принялась рыться у себя на столе, отодвинула увесистую сумочку с рукоделием, оснащённую деревянной ручкой, несколько нераспакованных пачек книг в выцветающей обёрточной бумаге. Перед ней высилась целая крепостная башня из обшарпанных и запылённых каталожных ящичков. Пролистывая карточки, Беатриса бормотала себе под нос:

— Нет, в этом хронология... Нет, это круг чтения... Нет, тут домашнее хозяйство... Куда это сводный каталог подевался? Я, понимаете, ещё не все тетради обработала, занесла кое-что на карточки, но не всё, тут ведь столько работы. Приходится и раскладывать по хронологии, и расписывать по рубрикам... Вот родня из Кэлверли... Нет, не то. Может, здесь? Нет, про Ла Мотт ничего. Хотя постойте-ка... Вот. Перекрёстная ссылка. Посмотрим теперь картотеку по кругу чтения. Тут у меня такая хитрая система, с этим кругом чтения. Ну так вот. — Она вытащила из ящичка желтеющую карточку с измочаленными уголками, чернила на ворсистой бумаге расплылись.

— Так вот, в тысяча восемьсот семьдесят втором году она читала «Фею Мелюзину».

Беатриса сунула карточку на место, снова уселась в кресло и взглянула на Роланда с той же тусклой вымученной улыбкой. Роланд чувствовал, что в тетрадях имеется целый ворох неотмеченных упоминаний о Кристабель Ла Мотт, ускользнувших из сети рубрикации, которую раскинула Беатриса. Он не отставал:

— Можно *посмотреть*, что она там написала? Это может быть... — он отмёл слово «важно», — это может мне пригодиться для работы. Сам я «Мелюзину» не читал. О ней, кажется, сейчас снова заговорили.

— А я в своё время за неё принималась, раза два-три. Страшно тягомотно и непонятно. Готика, прямо викторианская готика. Какая-то *диковатая*, словно не женщина писала.

— Беатриса, вы мне покажете эту запись миссис Падуб?

— Минуточку. — Беатриса поднялась из-за стола и сунула голову в тёмное нутро металлического, цвета хаки, шкафа, где лежали дневники; Роланд увидел перед собой её дебелые ляжки, обтянутые твидом. — Как я сказала? Тысяча восемьсот семьдесят второй? — глухо пророкотал в шкафу голос Беатрисы, и она нехотя вытащила нужный том в кожаном переплёте, с алым и фиолетовым форзацами в мраморных разводах. Держа книгу так, чтобы было видно и ей, и Роланду, она стала переворачивать листы. — Вот, — наконец объявила она. — Вот начало. — И она прочла вслух: — «Сегодня я приступила к „Фее Мелюзине“, купленной в понедельник у Хэтчерда. Что-то мне в ней откроется? Пока что одолела лишь изрядно затянутое вступление, которое показалось мне некстати перегруженным учёностью. Дочитала до появления рыцаря Раймондина и его встречи со светозарной дамой близ Источника Жажды Утолимой — это мне понравилось больше. У мисс Ла Мотт несомненный дар повергать читателя в трепет».

— Беатриса...

— И что, вот такие рассуждения вам...

— Беатриса, можно я сам почитаю, выпишу кое-что?

— Дневники отсюда выносить нельзя.

— Я на краешке стола. Не стесню?

— Да нет вроде. Можете взять стул, я только книги с него уберу...

— Давайте я сам...

— Располагайтесь вон там, напротив меня. Сейчас разгребу местечко.

Пока они расчищали место на столе, в дверях появился Мортимер Собрайл. В лучах его светской элегантности обстановка предстала совсем убогой.

— Здравствуйте, мисс Пуховер. Рад вас снова увидеть. Я не слишком рано? Если что, могу зайти попозже.

Беатриса встрепенулась. Со стола соскользнула лежавшая на краю пачка бумаг и веером разметалась по полу.

— Ах ты, господи! Я уже собралась, профессор, совсем было собралась, да вот мистер Митчелл обратился за справкой... с вопросом...

Собрайл снял с крючка бесформенный макинтош мисс Пуховер и помог ей одеться.

— Рад повидаться, Митчелл. Как успехи? Что за справка понадобилась?

На его чётко очерченном лице было написано лишь одно — любопытство.

— Просто проверил, читал ли Падуб кое-какие стихи.

— Так-так. И что за стихи?

— Роланд спрашивал про Кристабель Ла Мотт... Мне что-то ничего в голову не приходило... потом нашлось одно случайное упоминание. Значит, так, Роланд, мы с профессором Собрайлом сходим пообедать, а вы можете работать здесь, только ничего на столе не трогайте и *дайте мне слово*, что ничего отсюда не унесёте...

— Вам бы кого-нибудь в помощь, мисс Пуховер. Работы у вас непочатый край.

— Ну нет. В одиночку мне работается *гораздо* лучше. Зачем мне ещё помощники?

— Кристабель Ла Мотт... — задумчиво произнёс Собрайл. — В Стэнтовском собрании есть фотография. Бледный такой снимок. То ли что-то вроде альбинизма, то ли дефект печати. Скорее всего, печать. И вы думаете, Падуб ею интересовался?

— Так, совсем немного. Я просто проверяю. Для порядка.

Собрайл увёл свою подопечную, а Роланд, пристроившись на краешке стола, принялся перелистывать дневник жены Рандольфа Падуба.

> Читаю «Мелюзину». Мастерское сочинение.
>
> Дочитала VI книгу «Мелюзины». В сказке этим попыткам объять всё мироздание как будто бы не место.
>
> Читаю «Мелюзину». Какая продуманность, какая смелость в её замысле! Хотя мисс Ла Мотт и прожила всю жизнь в Англии, взгляд на мир у неё остался, в сущности, французский. Впрочем, в этой прекрасной дерзновенной поэме нет положительно никаких изъянов, в том числе и со стороны нравственной.

А через несколько страниц — неожиданная, необычная для Эллен вспышка.

> Сегодня закончила «Мелюзину». Дочитывала это поразительное творение с трепетом душевным. Что мне сказать о нём? Оно поистине оригинально, хотя оценить его публике будет нелегко, ибо оно не делает никаких уступок скудности обывательского воображения, а достоинства его в некотором смысле весьма расходятся с обычными представлениями о том, что должно выходить из-под пера особы слабого пола. Нету здесь ни слащавой истомы, ни застенчивой невинности,

ни желания расшевелить чувствительность читателя дамской ручкой в лайковой перчатке — но есть живое воображение, есть сила, есть напор. Как бы описать эту поэму? Она похожа на висящий в сумрачной каменной палате огромный гобелен искусной работы; на нём глухая чащоба, колючие заросли, разбросанные там и тут цветущие поляны — и повсюду мелькают диковинные твари: всевозможные звери и птицы, эльфы и демоны. Во тьме сквозит ясное золото, свет солнца, сияние звёзд, переливаются самоцветы, а то вдруг блеснёт шёлковый локон или чешуя дракона. Вспыхивает молния, играют струи фонтанов. Стихии не знают покоя: огонь пожирает, вода струится, воздух дышит, земля вращается... Мне пришли на ум гобелены со сценами охоты из «Истории Франклина»[1] и «Королевы фей», где на глазах изумлённого зрителя тканые картины оживают и от удара вытканного меча брызжет настоящая кровь, а в ветвях тканых деревьев стонет ветер.

А сцена, когда маловерный супруг, проделав отверстие, наблюдает, как его «жена-сирена» резвится в купальне? Спросить меня, я бы ответила, что эту картину лучше было бы доверить воображению читателя — как поступил Кольридж со своей Джеральдиной: «Здесь место грёзам, не словам»[2]. Но мисс Ла Мотт описывает, не жалея слов, хотя на чей-то вкус это описание может показаться грубоватым, неудобоваримым, и особенно не поздоровится желудкам английских барышень, которые наверняка станут искать в поэме сказочных яств.

Она прекрасна, ужасна, трагична, эта фея Мелюзина, удалена от всего человеческого до последней крайности.

> Ужасный хвост, взыграв тугою мощью,
> Взметает над купелью светлой блески
> Алмазных брызг, и в воздухе недвижном,
> Сверкая, зыблется завеса влаги.
>
> Пленённый млечной белизною кожи,
> Где, как под снегом, голубели жилки,
> Он не умел заметить красоты
> Чешуй сребристых, гибкого плавила.

Тут едва ли не самый поразительный штрих: эта змея — или рыба — красива!

---

[1] «История Франклина» — один из «Кентерберийских рассказов» Дж. Чосера.

[2] Цитата из поэмы С. Т. Кольриджа «Кристабель»: поэт описывает ужас, охвативший юную Кристабель, когда она видит обнажённую грудь Джеральдины, однако описания увиденного в поэме не даётся.

Роланд, подумывавший было тоже пойти перекусить, отбросил эту мысль и кинулся переписывать этот фрагмент — больше для Мод Бейли: ей наверняка будет интересен женский взгляд на поэму, которой она так увлечена. Да и ему выписка пригодится: кто бы мог подумать, что жена Падуба до небес превозносила женщину, которую Роланд уже считал любовницей её мужа. Переписав отрывок, он стал без всякой цели переворачивать страницы.

Моё нынешнее чтение не знаю почему напомнило мне, как в детстве я читала рыцарские романы и воображала себя одновременно и дамой сердца каждого из рыцарей — непорочной Гиневрой, — и сочинительницей этих историй. Я мечтала быть и Поэтом, и Поэмой. Теперь я ни то ни другое — просто хозяйка дома, где только и обитателей что немолодой поэт (человек устоявшихся правил и доброго, уживчивого нрава, не внушающего никаких опасений), да я, да прислуга нельзя сказать чтобы распущенная. Каждый день я вижу, как Вера и Надин изводят себя и чахнут в заботах о своих отпрысках — и как они сияют материнской любовью и щедро одаряют лаской своих детей. Теперь они не только матери, но и бабки, опекающие и опекаемые. В последнее время я стала замечать, что ко мне исподволь, крадучись возвращается бодрость тела и духа (после пятнадцати лет апатии, на которую обрекали меня мигрени и расстроенные нервы). Поутру я просыпаюсь, можно сказать, полная сил и начинаю искать себе занятие. Сегодня, в свои без малого шестьдесят лет, когда я вспоминаю пылкие, честолюбивые мечты своей юности, мне уж и не верится, что девушка, жившая некогда в доме настоятеля, — это я. Неужели это я танцевала тогда в кисейном платье лунного цвета? Неужели это мне тогда в лодке целовал руку джентльмен?

Про желание быть и Поэтом, и Поэмой: пожалуй, написав это, я невзначай открыла что-то важное. Возможно, это желание — мечта всякой читательницы. Читатель-мужчина хотел бы быть поэтом и героем, но в наш невоинственный век поэтические занятия, вероятно, и без того всем представляются деянием достаточно героическим. Кому нужно, чтобы мужчина был Поэмой? А вот девушка в кисейном платье была — пусть не поэмой, но стихотворением: кузен Нед скропал прескверный сонетишко о непорочной прелести её черт и о добродетели, угадывающейся в каждом её шаге. И теперь я думаю: а не лучше ли было уступить желанию стать Поэтом? Правда, с Рандольфом я не сравнилась бы никогда, но ведь с ним никто ещё не сравнился, а значит, это соображение не должно было меня останавливать.

Если бы я хоть немного была ему в тягость, он, наверно, написал бы куда меньше и стихи давались бы ему не так легко. Я вовсе не воображаю себя повитухой его гения, но если я и не помогаю ему, то, не в пример многим женщинам, хотя бы не мешаю. Не бог весть какая заслуга, слишком ничтожное занятие, чтобы отдавать ему всю жизнь. Случись Рандольфу прочесть эти строки, он бы своими шутками положил конец моим тягостным сомнениям, объявил бы, что начать никогда не поздно, попытался бы заполнить всем своим необъятным воображением крохотный просвет, забрезживший с возвратом бодрости, подсказал бы, что делать. Но нет, не прочесть ему этих строк, я сама найду способ... стать хоть чуть-чуть... Ну вот, уже и слёзы, как у девчушки в кисейном платье. Довольно.

Роланд улизнул из Падубоведника и отправился домой, не дожидаясь конца обеденного перерыва, чтобы не нарваться на какой-нибудь щекотливый вопрос Собрайла или Аспидса. Он уж и так злился на себя за то, что по его неосторожности Собрайл услышал имя Кристабель. Этот въедливый зоркий субъект всё берёт на заметку.

Дома было тихо. Подвал в Патни запахом перекликался с подвалом Британского музея: в воздухе висел тот же кошачий смрад. Зима напоминала о своём приближении ранними сумерками, на стенах выступали темные потёки и завелась какая-то ползучая форма жизни. Обогревать квартиру было не так-то просто. Центрального отопления в доме не было, и Вэл с Роландом, кроме газовой горелки, обзавелись ещё керосиновым обогревателем, так что к дыханию плесени и кошачьему зловонию примешивался запах керосина. Холодного, не горящего — не тот, который обычно сопровождается запахом жареного лука и тёплым душком карри.

Вэл, как видно, ещё не возвращалась. Обогреватель в прихожей бездействовал: отапливать квартиру в своё отсутствие жильцам было накладно. Роланд, не снимая пальто, полез за спичками. Фитиль помещался в колонке, за дверцей из какого-то похрустывающего рогового вещества. Дверца закоптилась и висела на расшатанных петлях. Роланд повернул ключ, вытащил фитилёк, и тот, издав тихое «пых», занялся. Роланд поспешно захлопнул дверцу. Ясное пламя, синее впрозелень, с густо-лиловым отливом: была в этом цвете какая-то первобытная магия.

В прихожей Роланд обнаружил небольшую пачку писем. Два — для Вэл, на одном адрес был написан её рукой. Три — для Роланда: извещение из библиотеки о том, что надо вернуть какую-то книгу, уведомление о получении статьи из какого-то высоконаучного журнала. Третье письмо было написано незнакомым почерком.

Уважаемый доктор Митчелл!

Надеюсь, Вы не сочли наше молчание за грубость или что-нибудь похуже. Просто муж, как и собирался, кое с кем консультировался. Он посоветовался с нашим адвокатом, с викарием и с нашей доброй подругой Джейн Энсти, которая когда-то работала заместителем главного библиотекаря графства. Никто ничего определённого не сказал. Мисс Энсти с большой похвалой отзывалась о работе доктора Бейли и об архивах в её ведении. По её мнению, ничего страшного, если мы позволим доктору Бейли познакомиться с нашей драгоценной находкой и дать о ней предварительное заключение: в конце концов, письма нашла она. Я обращаюсь и к Вам, поскольку Вы тоже при этом присутствовали и проявляли интерес к Рандольфу Генри Падубу. Как Вы смотрите на то, чтобы приехать к нам и прочесть письма вместе с доктором Бейли или, если у Вас туго со временем, прислать кого-нибудь вместо себя? Я понимаю, что из-за расстояния Вам это будет более хлопотно, чем доктору Бейли, которая живёт как раз поблизости от Круасана. Я готова приютить Вас на несколько дней, хотя это и сопряжено с некоторыми неудобствами: мы занимаем, если Вы помните, только первый этаж, а зимой в старом доме стоит страшный холод. Что Вы на это скажете? Сколько, по-Вашему, времени понадобится на то, чтобы составить представление о нашей находке? Недели достаточно? На Рождество к нам приедут гости, но к Новому году мы никого не ждём — тогда-то Вы и можете совершить набег на Линкольнширское холмогорье.

*Я до сих пор благодарна Вам за Ваш джентльменский поступок
и своевременную помощь тогда, на косогоре. Дайте знать, что́ Вы
в конце концов надумали.*

Искренне Ваша,

Джоан Бейли.

Роландом владели разные чувства. Прежде всего — восторг:
он так и видел, как ворох мёртвых писем, встрепенувшись, как
большая тёплая орлица, наполняется биением жизни. Испытал
он и раздражение: это же он, Роланд, нашёл и похитил письмо, с
которого всё началось, — почему же теперь первую скрипку будет играть Мод Бейли? Не давали покоя практические соображения: как бы, приняв полуприглашение Джоан Бейли, устроить
так, чтобы хозяева не догадались о его полном безденежье, —
а то ещё решат, что такого несолидного человека подпускать к
письмам нельзя. Он боялся Вэл. Он боялся Мод Бейли. Опасался Собрайла, Аспидса и даже Беатрисы. Гадал, почему вдруг
у леди Бейли возникло то ли предложение, то ли предположение, что Роланд должен прислать кого-нибудь вместо себя: по-
шутила она, сморозила глупость или ненароком показала, что
не вполне ему доверяет? Насколько сердечна её благодарность?
Захочет ли Мод, чтобы они читали письма вместе?

Наверху в окне — на уровне тротуара — возник бок красного
«порша» с чем-то вроде авиационного элерона и хвостовым ста-
билизатором. Появились блестящие чёрные туфли, очень мягкие
и чистые. Над ними — безупречно отглаженные брюки из лёгкой
тёмно-серой шерстяной ткани в тончайшую полоску. Выше —
полы куртки изящного покроя на шёлковой алой подкладке, под
курткой — рубаха в тонкую белую и красную полосочку. Под
рубахой угадывался плоский мускулистый живот. Следом шагали ноги Вэл в зеленовато-голубых чулках и дымчато-голубых
туфлях, по плиссированному подолу платья горчичного цвета
разбросаны голубые лунные цветы. Обе пары ног то приближались, то удалялись, мужские ноги так и тянуло к двери подвала,
а женские словно бы противились, уводили спутника подальше.
Движимый, как всегда, чистым любопытством, Роланд отворил
дверь и вышел на площадку, откуда поднимались ступени на
мостовую: ему не терпелось посмотреть, как выглядит мужчина
выше пояса.

Плечи и грудь именно такие, как он себе и представлял. Вя-
заный красный галстук на чёрной шёлковой подкладке. Лицо

овальное. Очки в роговой оправе, чёрные волосы пострижены примерно так, как носили в двадцатые годы: сзади и на висках очень коротко, спереди подлиннее.

— День добрый, — сказал Роланд.

— Ой, — сказала Вэл. — Я думала, ты в музее. Знакомься: это Эван Макинтайр.

Эван Макинтайр нагнулся и чинно протянул Роланду руку. Держался он величаво — ни дать ни взять Плутон, примчавший Персефону к вратам подземного царства.

— Вот подвёз Вэл домой. Она неважно себя чувствовала. Я решил, ей лучше полежать.

Звучный, ясный голос, несмотря на фамилию — никакого шотландского акцента, сочный выговор, который Роланд прежде опрометчиво окрестил бы «барственным» и которому он в детстве безуспешно, не без ёрничанья учился подражать; чеканная речь, полная густых, тягучих гласных, — при звуках такой речи у Роланда, вопреки всем законам физиологии, кровь закипала от сословной неприязни. Макинтайр, как видно, ждал, что его пригласят войти, — в старых романах такая непринуждённость преподносилась как черта джентльмена, но Роланд, а возможно, и Вэл увидели в ней беспардонное любопытство, из-за которого им придётся краснеть за свою домашнюю обстановку. Вэл неуверенно поплелась вниз по ступенькам.

— Ничего, скоро поправлюсь. Спасибо, что подбросили.

— Не за что, — ответил Макинтайр и повернулся к Роланду. — Надеюсь, мы ещё встретимся.

— Да, — безучастно отозвался Роланд, глядя, как Вэл спускается по лестнице, и отступая к двери.

«Порш» укатил.

⁂

— Я ему нравлюсь, — сказала Вэл.

— Откуда он такой взялся?

— Я у него подрабатываю машинисткой. Завещания, торговые соглашения. Судебные решения о том-то и о том-то. Он адвокат. «Блоссом, Блум, Тромпетт и Макинтайр». Респектабельный, звёзд с неба не хватает, но очень преуспевающий. В кабинете — всюду фотографии лошадей. Он говорит, что у него есть скаковая лошадь, то есть он её совладелец. Приглашает меня на скачки в Ньюмаркет.

— А ты?

— Можно подумать, тебе не всё равно.

— А тебе бы не мешало съездить куда-нибудь, встряхнуться, — сказал Роланд и тут же пожалел.

— Ты только послушай, как ты со мной разговариваешь. «Тебе бы не мешало...» Как с девчонкой.

— Но, Вэл, я же не имею права тебе запретить.

— А я-то ему сказала, что ты не пустишь.

— Вэл...

— Надо было сказать, что тебе до лампочки. И поехать с ним.

— Не понимаю, почему ты не поехала.

— Ну, если *не понимаешь*...

— Да что же это с нами происходит?

— Просто в квартире тесно, в карманах пусто, нервы ни к чёрту, а дело молодое. Сбагрить меня хочешь.

— Ты же знаешь, что это не так. Ведь знаешь же. Я люблю тебя, Вэл. Просто тебе со мной несладко приходится.

— Я тебя тоже люблю. Ты прости меня. Я такая вспыльчивая, мнительная.

Вэл ждала. Роланд обнял её. Страсти не было — была воля и расчёт. У него только два выхода: начать выяснять отношения или улечься с ней в постель. Если выбрать второе, то потом можно будет наконец поужинать, весь вечер спокойно работать и завести разговор про поездку в Линкольншир.

— Ужинать пора, — выдавила Вэл.

Роланд взглянул на часы:

— Рано ещё. И потом, мы же не ждём никого. Помнишь, как раньше: делали что хотели, не раздумывая. И часы не указ. Надо пожить в своё удовольствие.

Они разделись, легли, прижавшись друг к другу, и приготовились к неутешительным утехам. Сперва Роланд думал, что ничего не получится: бывают занятия, в которых одной только воли недостаточно. Но стоило ему вспомнить воображённую орлицу и её тёплое оперение — письма, как внутри что-то встрепенулось.

— Мне никто, никто, кроме тебя, не нужен, — проговорила Вэл.

От этих слов трепет почти угас. Возбуждение вновь накатило, когда перед Роландом возник другой образ: женщина в библиотеке. Не обнажённая, напротив: тело упрятано в шелестящий шёлк; переплетённые пальцы покоятся там, где кончается узкий корсаж и начинаются пышные упругие юбки. Печальное, миловидное лицо, капор, как оправа, охватывает кольца густых локонов. Эллен Падуб, сошедшая с наброска Ричмонда, который воспроизведён в «Великом Чревовещателе» Собрайла. У всех женщин на портретах Ричмонда губы выходили похожими: крепкие и тонкие, строгие и благородные, кое в чём они различались, и всё же проступал тут единый идеальный прототип.

Привидевшийся образ — порождение фантазии и фотогравюры — сделал своё дело. Роланд и Вэл ласкали друг друга. Будет ещё время обдумать, как бы отпроситься в Линкольн, не выдав ни места назначения, ни цели поездки.

ГЛАВА 8

Снег сыпал днём,
Всю ночь мело.
В окне моём —
Белым-бело.
А здесь, внутри,
Поджав крыло, —
Чей взор горит,
Что так светло?
И кто дарит
Душе тепло?

Кристабель Ла Мотт

Они сидели друг против друга, склонившись над пачками бумаг. В библиотеке стоял пронизывающий холод — Роланду казалось, что ему уже в жизни не отогреться, и он с вожделением вспоминал разнообразные предметы одежды, которые ему ни разу не довелось носить: вязаные митенки, тёплые кальсоны, закрывающие лицо лыжные шлемы. Мод, собранная, подтянутая, приехала рано: Роланд и хозяева ещё завтракали. Нарядилась она тепло, в твидовую куртку и шерстяной свитер, светлые волосы, которые вчера, когда она сидела за ужином в холодной гостиной у Бейли, ни под чем не прятались, теперь опять облекал зелёный шёлковый шарф, завязанный под подбородком.

Библиотека располагалась в просторной комнате с каменными стенами и сводчатым потолком, изукрашенным резным густолиственным орнаментом. На каменной облицовке огромного камина, пустого, выметенного, был вытесан родовой герб Бейли: крепкая башня и небольшая рощица. Готические окна выходили на заиндевевшую лужайку. Окна были и обыкновенные — прозрачные стёкла в свинцовых рамах, — и витражные, яркие, в прерафаэлитском вкусе; в центральных медальонах изображалось, как на зелёном холме возводится золотой донжон, обнесённый укреплениями и увешанный нарядными стягами, в медальоне же среднего окна в ворота донжона въезжает кавалькада рыцарей и дам. Поверху витража раскинуло пышные ветви розовое дерево, на ветвях вместе с белыми и алыми цветами висели кроваво-красные плоды. По сторонам же снизу доверху клубились виноградные лозы: в гуще кучерявых отростков и разлапистых, с прожилками листьев лиловели громадные гроздья на золотистых черенках. За стёклами шкафов чинно выстроились книги в кожаных переплётах — к ним, как видно, много лет никто не прикасался.

Посреди комнаты стояли массивный стол с кожаной столешницей в чернильных пятнах и царапинах и два кресла с кожаными сиденьями. Кожа на них, когда-то рыжая, побурела и крошилась: сядешь — на одежде наверняка останется налёт ржавого цвета. В центре стола — чернильный прибор: пустой потемневший серебряный подносик для ручек и два сосудца зеленоватого стекла, на дне которых чернел сухой порошок.

Джоан Бейли, объехав в своей коляске стол, выложила на него пачки писем.

— Надеюсь, тут вам будет удобно. Если что-нибудь понадобится, просите, не стесняйтесь. Я бы растопила камин, да трубы уже лет сто не чищены, как бы вы тут не задохнулись от дыма. Да и дом спалить недолго. Не замёрзнете?

Мод, возбуждённая, ответила, что не замёрзнут. Щёки цвета слоновой кости слегка разрумянились. Как будто по-настоящему жизнь пробуждается в ней лишь при стуже, как будто холод — её стихия.

— Ну тогда я вас оставляю. Работайте. Жду не дождусь каких-нибудь открытий. В одиннадцать сварю кофе. Я вам сюда подам.

Отношения не клеились. Мод предложила свой порядок работы: каждый читает письма своего поэта и делает выписки, придерживаясь той системы, которую она применяет у себя в Женском информационном центре. Роланд не соглашался. Ему не нравилось, что на него давят, а кроме того, накануне он рисовал себе совсем другую картину — как он теперь понимал, смехотворно романтическую: два исследователя, склонившись над письмами, восстанавливают ход событий и вместе проникаются чувствами своих героев. Он возразил, что, если действовать так, как предлагает Мод, повествование утратит последовательность. Мод же резонно ответила, что сегодня неопределённость и считается достоинством повествовательной структуры, что внести перекрёстные ссылки можно и после, что времени в обрез и что её в первую очередь интересует Кристабель Ла Мотт. Волей-неволей Роланд согласился: времени у них действительно было мало. Они молча принялись за работу. Прерывала их только леди Бейли: то приносила им термос с кофе, то заглядывала узнать, что нового.

— Послушайте, — сказал Роланд, — Бланш носила очки?

— Не знаю.

— Тут сказано, что она «сверкала глазами-стекляшками». Именно так и сказано.

— Может, это про очки, а может, он сравнивает её со стрекозой или ещё каким-нибудь насекомым. Он ведь, кажется, читал стихи Кристабель про насекомых. В то время кто только насекомыми не увлекался.

— А как она — Бланш — вообще выглядела?

— Точно не известно. Мне кажется, она была очень бледная. Впрочем, это, скорее, из-за имени[1].

❄✾❀✾❄

Сначала Роланд работал с каким-то пристальным любопытством, с которым читал всё написанное Рандольфом Падубом. Это было особого рода любопытство — что-то вроде предвосхищения знакомого: Роланд уже знал обычные ходы мысли автора, уже читал те же книги, что и он, уже свыкся с характерным строем фразы, смысловыми акцентами. Он мог мысленно забегать вперёд и угадывать ритм ещё не прочитанного, как писатель различает в сознании призрачный ритм ещё не написанного.

Но скоро — очень скоро — привычная радость узнавания и предузнавания начала сменяться тяжестью. Главным образом оттого, что и автору писем писать их было нелегко: Падуб никак

---

[1] Blanche — белая (фр.).

не мог взять в толк, что же это за человек — предмет его любопытства, адресат его писем. Это непостижимое существо выбивалось из его картины мира. Он просил объяснений, а вместо этого ему, кажется, подбрасывали новые загадки. Так как в распоряжении Роланда оказались письма лишь одной из сторон, узнать, в чём же состояли загадки, он не мог и всё чаще поглядывал на сидящую напротив непонятную женщину, которая с молчаливой старательностью и тошнотворной методичностью делала подробные аккуратные записи в разложенных веером карточках и, хмурясь, скрепляла их серебряными крючочками и булавками.

Письма, осенило Роланда, — это такая форма повествования, где не бывает развязки. Нынешняя филология сосредоточилась почти исключительно на теориях повествования. Письма не имеют изначально заданной фабулы, повествование в них само не знает, куда повернёт в следующей строчке. Если бы Мод не обдавала его таким холодом, он поделился бы с ней своим открытием — открытием чисто теоретического свойства, — но она даже не удостаивала его взглядом.

Письмо, наконец, не предназначено для читателей как соавторов или читателей как угадывающей и предсказывающей инстанции — оно вообще не для читателей. Оно — если это настоящее письмо — написано для *читателя*, одного-единственного. Тут Роланда пронзила ещё одна мысль: а ведь прочие письма Рандольфа Генри Падуба этим качеством не обладают. Учтивые, тактичные, часто остроумные, порой глубокие, но ни намёка на непосредственный интерес к адресату, будь то издатель, литературные единомышленники, или противники, или — насколько можно судить по сохранившейся переписке — собственная жена. Которая бо́льшую часть писем уничтожила. Эллен Падуб писала:

> Страшно представить себе, как хищные руки шарят в письменном столе Диккенса в поисках личных бумаг, где он запечатлел свои интимнейшие чувства — для себя, и только для себя, а не на потребу публики, — а те, кто не удосуживается с должным вниманием перечитать его восхитительные книги, так и пожирают его письма, полагая, что знакомятся так с его «жизнью».

«Вот и эти письма, эти ёмкие, страстные письма, — сконфуженно думал Роланд, — они ведь не для меня писались: это не

„Рагнарёк", не „Духами вожденны", не поэма о Лазаре. Письма эти — для Кристабель Ла Мотт».

...Ваш ум, Ваша дивная проницательность — чтобы я мог писать Вам так, как мне пишется в часы уединения, когда я пишу настоящее — то, что для каждого и ни для кого, — и моё заповедное «я», которое не обращалось ни к одной живой душе, в Вашем незримом присутствии чувствует себя как дома. Но что я говорю — «как дома», вздор, сущий вздор: Вам угодно, чтобы я чувствовал себя до крайности unheimlich[1], как выражаются немцы, ни в коем случае не «как дома», — чтобы я всё время был начеку, всё время остерегался промашки, чтобы оставил надежду оценить ещё одну поразительную мысль Вашу, ещё одно скользнувшее ярким лучиком замечание. Да и для чего поэту дом? Удел поэта — не огонёк камелька и комнатная левретка, а пожар заката и лихие гончие. А теперь скажите: правду я написал сейчас или нет? Понимаете, может быть, поэзия — это голос любви. Любви вообще: к тому ли, к этому ли, ко всей ли Вселенной — а Вселенную надо было бы любить не как совокупность всего, а как нечто отдельное, когда бы каждый отдельный миг её бытия не заключал в себе совокупность всех жизней. Мне, любезный друг мой, этот голос всегда представлялся голосом любви неутолённой, и, похоже, тут я не ошибаюсь, ибо утолённость ведёт к пресыщению, а от пресыщения любовь умирает. Многие знакомые мне поэты сочиняют не иначе как в восторженном состоянии, которое они сравнивают с влюблённостью, вместо того чтобы просто признать, что влюбляются или побуждают себя влюбиться — в эту ли свеженькую барышню или в ту юную резвушку — лишь затем, чтобы найти свежую метафору или обнаружить в себе способность видеть вещи в ином, ярком свете. По правде сказать, я всегда считал, что могу объяснить их влюблённость — чувство, по их уверениям, ни на что не похожее — впечатлением, которое сделала на них пара чёрных глаз или равнодушный взгляд голубых, а равно изящная поза или изящный поворот мысли, а равно жизненный опыт некой особы женского пола, приобретённый за двадцать два года — хотя бы с 1821 по 1844-й. Я всегда считал, что влюблённость — одно из отвлечённейших понятий, а та или иная влюблённая пара — всего-навсего его маски. А с ними и поэт, принимающий их как должное и наделяющий особым смыслом. Я бы сказал — впрочем, долой «бы», говорю прямо, — что дружба есть чувство более

---

[1] *Здесь:* «насторожённо» *(нем.),* буквально — «не как дома».

драгоценное, более избирательное, более интимное и во всех отношениях более прочное, чем любовь.

Без такого возбуждения лирика им не даётся, и они распаляют себя всеми удобными способами, но хотя чувства их неподдельны, всё-таки не стихи сочиняются для барышень, а барышни существуют для сочинения стихов.

Видите, между чем и чем я разрываюсь. И всё же не устану повторять — ведь Вы, смею думать, не поморщились от моих кислых слов о мужском поклонении идеалу в женском обличье и о двоедушии поэтов, разве что взглянули искоса Вашим собственным взглядом поэта, умудрённым своим взглядом, — так вот, я готов повторять снова и снова: я пишу Вам так, как пишется мне в часы уединения с тем заповедным во мне... но как мне назвать его? Да Вы, верно, и сами знаете, Вы — знаете: с тем, что творит, с тем, что и есть Творец.

Надо бы добавить, что самого меня толкает к сочинению стихов не какой-то «лирический порыв», а нечто неугомонное, тысячедумное, пристрастное, наблюдающее, испытующее и любопытствующее, что больше походит на свойство души большого романиста — Бальзака, которого Вы, любезный друг мой, будучи француженкой и располагая, по счастью, большей свободой, чем английские леди, скованные запретами благонравия, знаете и понимаете.

Что я пишу не романы, а стихи — это лишь от любви к музыке слова. Ибо поэт отличается от романиста тем, что забота первого — жизнь языка, а второго — улучшение нравов.

Ну а Ваша забота — явить глазам смертных некий замысловатый, нечаемый мир, не так ли? Город Ис, антипод Парижа — Par-Is'а, башни не в воздухе, а под водой, розы в пучине, летучие рыбы и прочие твари, обжившие чуждую стихию, — видите, я начинаю Вас постигать, я ещё прокрадусь в Ваши замыслы, как рука в перчатку — если похитить Вашу метафору и подвергнуть её нещадному истязанию. Впрочем, если пожелаете, Ваши перчатки могут остаться такими же чистыми, благоуханными и аккуратно сложенными. Право, могут — Вы только пишите мне, пишите. Я так люблю эти прыжки и припрыжки Вашего пера, эти внезапные вздроги штриха.

Роланд взглянул на свою напарницу — или противницу. Судя по всему, работа у неё шла так бойко и споро, что позавидуешь. Между нахмуренных бровей развернулся веер тонких морщинок.

Стёкла витражей преобразили Мод до неузнаваемости. Она ярко озарилась разноцветными холодными сияниями. Склоняясь над записями, она то и дело погружалась щекой в виноградную лиловость. На челе расцвели зелень и золото. На бледной щеке, на подбородке, на губах пятнами краснели и розовели ягоды и цветы. Багровые тени лежали на веках. Зелёный шёлковый шарф на голове украсился сияющими пурпурными кряжами с башенками. В неярком нимбе вокруг подвижной головы танцевали пылинки — чёрные точки в соломенно-золотистом свечении, незримые частицы, которые, обретая видимость, напоминали дырочки, оставленные булавкой в листе цветной бумаги. Услышав голос Роланда, Мод подняла голову, и, цвет за цветом, целая радуга пробежала по её лицу.

— Извините, что отрываю... Я только хотел спросить... Вы что-нибудь знаете про город Ис? И-эс?

Мод стряхнула сосредоточенность, как собака стряхивает воду:

— Это бретонская легенда. Про город, который поглотило море за грехи его жителей. Правила им колдунья, королева Дауда, дочь короля Градлона. В одном варианте легенды сказано, что все женщины в городе были прозрачные. Кристабель написала про него поэму.

— Можно взглянуть?

— Только недолго. Я с этой книгой работаю.

Мод через стол толкнула книгу Роланду.

«Серия „Литературный Таллахасси: Женская поэзия“. Кристабель Ла Мотт. Избранные стихи и поэмы. Под ред. Леоноры Стерн. Сафо-Пресс, Бостон». На пурпурной обложке — белая прорись: прямоугольная чаша фонтана, над которой, склонясь друг к другу, обнялись две женщины в средневековых костюмах, на обеих головные уборы с вуалью, широкие пышные пояса, у обеих — длинные косы.

Роланд пробежал поэму «Затонувший город». Ей предшествовала краткая статья Леоноры Стерн.

Как и «Стоячие камни», эта поэма написана на сюжет, который Ла Мотт почерпнула из знакомой ей с детства бретонской мифологии — мифологии её предков. Этот сюжет был весьма интересен ей не только как поэту, но и как женщине, поскольку в легенде отражено, можно сказать, культурное столкновение двух типов цивилизации: индоевропейского патриархального уклада в лице Градлона и более архаичного, подчинённого инстинктивному, природному началу язычества, которое воплощается в образе его дочери, королевы-колдуньи Дауды, оставшейся в морской пучине, в то время как Градлон совершает спасительный прыжок на берег, в Кемпер. Женский мир подводного царства противопоставлен живущему по мужским законам индустриально-техническому миру Парижа, который бретонцы часто расшифровывают как Par-Is. Они утверждают, что, когда Париж за свои грехи уйдёт под воду, город Ис поднимется из моря.

Любопытно отношение Ла Мотт, так сказать, к «преступлениям» Дауды. Отец поэтессы Исидор Ла Мотт в «Бретонских мифах и легендах» ничтоже сумняшеся пишет об «извращённости» Дауды, хотя оставляет этот пункт без уточнения. Не уточняет Ла Мотт и...

Роланд снова полистал поэму.

> Всех жён румяней жёны из
> Диковинного града Ис.
> Под кожей словно из стекла
> Струится кровь, алым-ала.
> Следи, мужчин досужий взор,
> Как кровеносных жил узор,
> Густая вязь артерий, вен
> Питает кровью каждый член.
> Сребрится кожа, как покров
> Из водотканых из шелков.
> То — казнь: во оны времена
> За все грехи им суждена
> Прозрачность — от нескромных глаз
> Ничто не скрыть, всё напоказ.
> Но всякая собой горда:
> Чело украшено всегда
> Златым венцом...
>
> Над затонувшим градом Ис
> Провал озыбленный навис.
> Туда, к блистающим зыбям,
> Собор вознёс свой шпиль, а там

Как в зеркале открылся вид:
Стремглав такой же шпиль висит.
Меж этих островерхих крыш,
Как в небесах весенних стриж,
Макрель играет, над собой
Зеркальный видя образ свой.
К листве протянута листва.
Тут всё — вдвойне, и естества
Обитель водная двойна,
Даль отраженьем стеснена,
Как будто камни, купола —
Всё, всё в шкатулке из стекла.
Обжившийся в пучине вод,
Прозрачный грешный сонм ведёт
Без слов беседы...

Как бездна город погребла,
Под гладью словно из стекла,
Так и томленья водяниц
Заключены в стеклянность лиц
И бродят, рдея багрецом,
Как токи струй на дне морском
Средь водорослей, валунов,
Средь хрупких белых костяков.

Так они и работали, продрогшие, возбуждённые, стараясь не
терять ни секунды, — пока леди Бейли не подала им ужинать.

❋✿❀✿❋

Когда в тот первый вечер Мод Бейли возвращалась в университет, погода начинала портиться. В просветах между деревьями за окнами автомобиля было видно, как, нагоняя мрак, спол-
заются тучи. Полная луна из-за какого-то хитрого свойства гус-
теющего воздуха казалась далёкой и вместе с тем худосочной:
нечто круглое, малое, тусклое. Дорога шла через парк, бóльшую
часть которого посадил прежний сэр Джордж — тот, что женился на Софии, сестре Кристабель, — большой любитель деревьев.
Деревьев со всех концов света: персидские сливы, турецкий дуб,
гималайская сосна, кавказский грецкий орех, иудино дерево.
Как все люди его поколения, он мерил время не только своим

веком: унаследовав вековые дубы и буки, он насадил аллеи, рощи и леса без всякой надежды дожить до тех лет, когда они поднимутся в полный рост. В нахлынувшей тьме мимо зелёного автомобильчика бесшумно проносились громадные узловатые стволы, вставали в белёсых лучах фар, как чудовища, на дыбы. Повсюду из леса доносилось ознобное потрескивание, все живые ткани в природе съёживались от холода — то же, что испытала накануне Мод, когда вышла из дома во двор: руки и ноги после комнатного тепла свело, от зябкого воздуха перехватило дыхание, прошиб, по образному выражению, цыганский пот.

Когда-то по этим аллеям, погоняя запряжённого в двуколку пони, ездила Кристабель — непокорная, захваченная, может быть, духовным порывом, спешила к обедне, которую строго по чину служил преподобный Моссмен. ...Что-то с Кристабель сегодня не было никакого сладу. И Мод на всякую угрозу душевному спокойствию отвечала тем, что принималась работать ещё чётче. Схватить — систематизировать — разобраться. Но то было днём, в доме, за крепкими стенами. Зато здесь всё иначе. Катит себе и катит воображаемая двуколка со скрывшейся под вуалью путницей. И вздымаются по обочинам крепкотелые такие деревья. И каждое ныряет в темноту с каким-то звонким призрачным звуком. Старые, заматерелые, серые с зеленью. Правда, истинный предмет её пастырских попечений не деревья, а женщины. Но Мод — её поколение — знает об этих вековых созданиях и то, что им грозит увядание и гибель от кислотных дождей и невидимого загрязнения воздуха, приносимого дыханием ветров. Ей вдруг представилось, как сотню лет назад они, ещё гибкие стройные деревца, зелень с золотом, играют-колышутся среди ясной весны. И загустевший лес, рокот металлического автомобиля, её настырное любопытство к тому, как и чем жила Кристабель, — вмиг всё сделалось мороком, что живёт и черпает силы в юном цветении прошлого. Вокруг стволов на чёрной земле поблёскивали сыростью осевшие вороха мёртвых листьев, такие же листья пятнами чернели на неровной поверхности шоссе. На дорогу перед машиной выскочил зверёк, свет фар тусклым красным огнём отразился в глазках-полушариках, и зверёк кинулся прочь. Мод повернула руль и чуть не врезалась в толстый дубовый пень. На миг на ветровом стекле материализовались — что? — капли какие-то или чешуйки? Мод сидела в машине, а снаружи обитало что-то живое, что-то само по себе.

Дома всё блистало безупречным и приветливым порядком, нарушали его только два письма, которые закусил своей щелью почтовый ящик. Мод выдернула письма, прошлась по комнате, задёргивая все шторы и зажигая лампу за лампой. Вот и у писем угрожающий вид. Один конверт голубой, другой коричневый, будто из обёрточной бумаги, какими вновь обуянные заботой об экономии университеты заменили свои прежние конверты, глянцевые белые, с гербами. Письмо в голубом конверте было от Леоноры Стерн, на другом значилось: «Колледж Принца Альберта». Не будь Роланд в Линкольншире, Мод подумала бы, что от него. Не очень любезно она сегодня с ним держалась. Можно сказать, как с мальчишкой. Допекла её эта работа. Почему у неё ничего не выходит легко и красиво, почему она только и способна, что упрятать себя в этот сверкающий опрятностью надёжный ларец и работать, отгороженная от всех стенами и шторами? Это всё Кристабель с её борениями, это она переладила мысли и чувства Мод, заразила её тревогой.

Вот Вам загадка, милостивый государь. Загадка старая, простая загадка — загадка, над которой и раздумывать не стоит труда, хрупкая загадка из белого и золотого, а в середине живое. Лежит мягкая золотая подушечка, а как она блестит, Вы можете увидеть, как это ни странно, лишь зажмурившись — увидеть на ощупь, мысленным осязанием. И заключена эта подушечка в хрустальную шкатулку, на просвет туманную, круглости безупречной: ни уголка, ни бугорка, а только обманчивая млечная прозрачность лунного камня. И всё это одето в шёлковую оболочку, мягкую как пух и как сталь прочную, и упрятано в алебастровом сосуде — сравните его ну хоть с погребальной урной, только без надписи, потому что нету в ней пока никакого праха, и без постамента, и без высеченных на нём понурых маков, и без крышки, так что внутрь не заглянешь: нигде ни щёлочки, всё гладко. Но придёт день — и Вы сможете без опаски открыть крышку, вернее сказать, она откроется изнутри, ибо только так живое приходит в мир; если же пролагать ему путь от Вас, то это — сами увидите — будет путь лишь к отвердению и смерти.

Разгадка — яйцо: да, милостивый государь, Ваша проницательность с самого начала нашла правильный ответ. Яйцо, совершенное

«О», живой камень без окон без дверей, жизнь в котором дремлет и ждёт пробуждения — ждёт, когда сможет расправить крылья. Но со мной — не так, о, не так...

Разгадка — яйцо. В чём же загадка?

Загадка — я. Прошу Вас, не пытайтесь из сострадания облегчить бремя моего одиночества или лишить меня его. Нас, женщин, приучили его бояться. Ах, ужасная башня, ах, колючий терновник вокруг — не гнёздышко: донжон.

Но это, как и многое нам внушённое, ложь. Может, с виду донжон и угрюм и грозен, но он наш оплот, в его стенах нам дана такая свобода, какую вам, имеющим свободу объехать весь свет, нет нужды себе представлять. Да я бы и не советовала Вам её представлять — окажите такую честь, поверьте на слово. И не сочтите мои уверения за лицемерие. Одиночество моё — моё сокровище, лучшее, что у меня есть. Выйти я не решаюсь. Откроете дверцу — не улечу. Ах, как славно поётся в моей золотой клетке!..

Разбить яйцо — чести Вам не сделает: забава не для мужчины. Подумайте, что останется у Вас в руке, если Вы, гигант, что есть мочи стиснете и раздавите этот твёрдый камешек. Что-то липкое, холодное, неописуемо гадкое.

Леонорино письмо Мод распечатывать не хотелось: в нём так и угадывался начальственный выговор. Она открыла коричневый конверт и нашла в нём кое-что похуже: письмо Фергуса Вулффа, с которым уже больше года не переписывалась и не разговаривала. Бывают почерки, при виде которых мутит, сколько бы лет ты их ни знал: год, три, тридцать три. Почерк у Фергуса был по-мужски неразборчивый, но характерный, не без витиеватости. Мод сразу замутило, ей снова представилась всклокоченная постель. Рука потянулась к волосам.

Здравствуй, никак не забываемая Мод, — как, надеюсь, хоть чуть-чуть незабываем и я. Как там у вас в старом сыром Линкольншире? Не киснешь среди этих болот? Как поживает Кристабель? Я решил прочесть о ней доклад на Йоркской конференции по теории метафоры. Ты рада? Думаю назвать его так:

«Владычица замка. Донжон за семью замками».

Как тебе это? Даёшь благословение? Могу я рассчитывать, что мне разрешат попользоваться вашими архивами?

Я разберу контрастные и конфликтные метафоры, относящиеся к строительству замков, которыми занималась фея Мелюзина.

Есть очень хорошая статья Жака Ле Гоффа* о «Melusine Défric-
heuse»[1]; по мнению современных историков, Мелюзина — что-то
вроде земного духа, или местной богини плодородия, или второсте-
пенного аналога Цереры. А потом можно пристегнуть сюда лака-
новскую модель образа донжона: Лакан* пишет, что «формирова-
ние „эго“ в сновидениях символизируется крепостью или стадио-
ном [Как там у Кристабель насчёт стадионов?], окружённым
болотами или мусорными свалками, вследствие чего процесс разде-
ляется на два испытания, которые проходит субъект, стремясь
добраться до высокой внутренней башни, символизирующей „ид“[2]:
очертания, которые наводят на весьма тревожные мысли». Могу
усложнить картину, добавив кое-какие реальные и вымышленные
замки и с любовью и уважением сославшись на твою новаторскую
работу о порогах и лиминальности. Что скажешь? Пройдёт? Не
растерзают меня менады?

Я пишу тебе не только из-за того, что так ношусь сейчас с этим
замыслом, но и потому, что, по агентурным сведениям, ты с Роландом Митчеллом (это мой современник, человек недалёкий, но почтен-
ный) что-то там раскопала. Мой осведомитель — женщина, которую такой поворот событий не очень-то устраивает, — донесла,
что сейчас вы копаете дальше и Новый год будете встречать вместе. Я, конечно, сгораю от любопытства. Интересно, что ты думаешь о юноше Митчелле. Смотри не съешь его, радость моя. Он тебе
не чета. В смысле как учёный, — да ты, наверно, и сама разобралась.

А вот мы с тобой — ох, какие бы мы могли вести упоительные
беседы про башни под и над водой, про хвост дракона, про летучих
рыб. Ты читала у Лакана про летучих рыб и бред преследования полостью? Знаешь, а я иногда по тебе скучаю. Хотя обошлась ты со
мной не совсем красиво, несправедливо обошлась. Ты скажешь, что
я тоже хорош, но что взять с мужчины? А ты так нетерпима к
мужским недостаткам.

Напиши, даёшь ли добро на доклад про осадное положение.

По-прежнему любящий тебя

                                                        Фергус.

Здравствуй, Мод.

Не понимаю: уже месяца два от тебя ни одного письма. Надеюсь, у тебя всё в порядке и твоё молчание просто показывает,

---

[1] «Мелюзине, распахивающей новь» *(фр.).*

[2] *«Ид»* («Оно») — в учении Фрейда наиболее архаичная, безличная часть психики, образованная совокупностью бессознательных влечений, которые стремятся
к немедленному удовлетворению.

что работа движется и тебе некогда отвлекаться. Когда ты долго не пишешь, я беспокоюсь: я ведь знаю, что личная жизнь у тебя не клеится. А твоим научным достижениям я рада и очень тебя люблю.

В последнем письме я обмолвилась, что, может быть, напишу что-нибудь про воду, молоко и амниотическую жидкость в «Мелюзине» — почему это воду всегда считают женской стихией? — ну, это мы уже обсуждали, — так вот, я хочу написать большую статью об ундинах, никсах[1] и мелюзинах: женщинах, которых воспринимают как опасность. Как на твой взгляд? Под этим углом можно рассмотреть и «Затонувший город». Тут надо уделить особое внимание негенитальной образности — подальше и от фаллоса, и от манды, — и если интерпретировать окружающую жидкость как недифференцированный эротизм, то не исключено, что в образе жительниц подводного города всё женское тело представлено как сплошная эрогенная зона. Отсюда можно протянуть ниточку к тотальной эротичности женщины/дракона, которая плещется в большой мраморной купальне и погружается в воду с головой: недаром Ла М. отмечает эту деталь. Как тебе такая мысль, а, Мод?

Собираешься ли ты подготовить доклад к австралийской конференции Общества Сафо в 1988-м? Я планировала, что мы целиком посвятим её женской эротике в поэзии XIX века, стратегиям и маневрам, при помощи которых она проявлялась или (ра)скрывалась. Может, у тебя появились новые соображения насчёт лиминальности и размывания границ? А может, тебе хочется вплотную заняться лесбийством Ла Мотт как источником её поэтического вдохновения? (Я согласна, что, подавляя свои лесбийские устремления, она и выработала у себя эту свойственную ей скрытность и уклончивость, но ты недооцениваешь силу косвенных высказываний, которыми она всё же выдаёт свои тайные чувства.)

Я часто думаю о тех недолгих днях, которые мы этим летом провели с тобой. Вспоминаю многочасовые прогулки по холмам, работу в библиотеке допоздна, настоящее американское мороженое у твоего камина. Ты такая деликатная, мягкая — мне всё казалось, я такой бедлам устраиваю в твоём хрупком мирке, как ни повернусь, так сшибаю всякие ширмочки и перегородочки, которые ты по-британски понаставила вокруг своей личной жизни, — но ведь ты же несчастлива, Мод, ведь так? Тебе же чего-то не хватает.

---

[1] *Ундины, никсы* — в низшей мифологии разных европейских народов духи воды, сходные с русалками.

Приехала бы ты сюда: тебе полезно встряхнуться, окунуться в суматошную жизнь факультета исследований женской культуры США. Подумай. Должность я тебе подыщу, только скажи.

А пока — сходи поклонись Её могиле. Будет время или настроение — поработай ножницами: я чуть с ума не сошла, когда увидела, в каком она забросе. Оставь ещё один букет от моего имени: пусть травы пьют. Меня её могила сил нет как растрогала. Мне бы хотелось думать, что она предчувствовала, что в конце концов её полюбят такой любовью, какую она заслуживает...

И тебя я очень-очень люблю. Шлю тебе самый горячий привет и на этот раз жду ответа.

Твоя

Леонора

Письмо заставляло задуматься — не торопясь с решением — над одним вопросом этического характера: когда разумнее и честнее всего сообщить Леоноре об их открытии и что именно сообщить? Особой радости ей эта находка не принесёт. Р. Г. Падуба она не любит. Но если она узнает, что, пока она по-прежнему писала статьи с уверенными выводами о сексуальной ориентации Кристабель, от неё скрывали такие сведения, то она тем более не обрадуется. Сочтёт это предательством, и предаст её женщина, которая ей как сестра.

Теперь о Фергусе. О Фергусе. У Фергуса была черта, вообще свойственная бывшим любовникам, о чём, правда, Мод по недостатку опытности не подозревала: он любил подёргивать аккуратно оборванные, связывавшие их когда-то ниточки — то ли нити паутины, то ли нити кукловода. Задуманный им «доклад об осадном положении» раздосадовал её, она не знала, что во многом это была импровизация как раз с целью её раздосадовать. Раздосадовало её и упоминание о загадочных лакановских летучих рыбах и бреде преследования полостью. Она решила докопаться до источника — средство, которое помогало ей защититься от всякого гнетущего чувства, — и добросовестно отыскала цитату:

Я помню сновидение одного своего пациента, чьи агрессивные импульсы выражались в форме навязчивых фантазий. В этом сне он сидит за рулём автомобиля, рядом с ним — женщина, с которой его связывают непростые отношения. За автомобилем гонится летучая рыба с таким прозрачным телом, что внутри можно различить горизонтальную гладь воды: образ преследования полостью, выраженный со всей анатомической отчётливостью.

В воображении Мод снова встала всклокоченная постель: заветревший взбитый белок, грязный снег.

Фергус Вулфф, как видно, немного ревнует её к Роланду Митчеллу. «Он тебе не чета». Расчёт простой, но точный: даже если Мод разглядит бесхитростную уловку, ярлык всё равно приклеится. Но она и сама знает, что он ей не чета. С ним бы надо поприветливее. Он мягкий, безобидный. «Робкий», — в полудрёме думала Мод, гася свет. «Робкий».

На другой день, когда она ехала в Сил-Корт, холмы стояли выбеленные снегом. Снегопад уже прошёл, но всё ещё грузное небо сплошного оловянного цвета навалилось на воздушно-белые холмы, выгнувшиеся ему навстречу. И тут мир опрокинут: тёмная вода над облаком ходячим. Деревья сэра Джорджа, как в сказке, украсились льдом и снежными оборками. Возле самого Сил-Корта у Мод блеснула мысль. Она остановила машину у конюшенного двора и решила пройти в «зимний уголок», устроенный для Софии Бейли, который так любила Кристабель Ла Мотт. Хотелось увидеть его в то время, для которого он был создан, чтобы потом поделиться с Леонорой. Похрустывая снежком, она обогнула обнесённый стеной огород и по дорожке, обсаженной можжевельником, сейчас в снежных гирляндах, вышла на площадку, напоминающую очертаниями трилистник. По краям площадки, сплетаясь ветвями, росли густые вечнозелёные кустарники и деревья — лавр, остролист, рододендроны, — а посреди виднелся бассейн, где Кристабель однажды увидела вмёрзших в лёд рыбок, золотую и серебристую: их держали в бассейне, чтобы блеск цветной чешуи оживлял сумрачный уголок. «Резвуньи-пестуньи сих мест», — писала о них Кристабель. На каменной скамье подушкой круглился снеговой покров, Мод не потревожила его. Стояла беспробудная тишь. Снова пошёл снег. Мод полуосознанно склонила голову и представила здесь, на этом месте, Кристабель. Когда-то и она вот так же всматривалась в мёрзлую гладь, темневшую под снежными наносами.

> Истомой летней полон сад,
> Две рыбки под водой скользят:
> Средь тусклой зелени горят
> Багрец гербов, сребристость лат.

Угрюмый зимний день погас,
И дремлют в сумеречный час
Две рыбки, не смежая глаз,
Из матового льда светясь.

Тут лёд и пламя, жизнь и смерть,
Страсть, давшая обет не сметь,
Способная лишь цепенеть,
Покуда солнцу не пригреть.

А сейчас? Есть там рыбки или нет? Поставив портфель на снег, Мод опустилась на корточки на краю бассейна и изящной рукой, затянутой в перчатку, попыталась смахнуть снежный налёт. Лёд оказался шершавый, пузырчатый, мутный. Ничего не разобрать. Мод расчистила круглое окошко. Из тёмного, с металлическим блеском льда на неё взглянуло женское лицо, призрачное, бледное — её собственное лицо, как луна, просвечивающая сквозь курчавые облака. Есть рыбки или нет? Мод нагнулась пониже. Среди белизны выросла чёрная фигура, кто-то крепко похлопал Мод по руке — так, что её точно током ударило. Это был «робкий Роланд». Мод вскрикнула. Снова вскрикнула и в ярости вскочила.

Они впились друг в друга глазами.
— Извините...
— Извините...
— Я боялся, вы упадёте.
— Я думала, здесь никого нет.
— Я вас напугал.
— Я вас заставила беспокоиться.
— Пустяки...
— Пустяки...
— Я шёл по вашим следам.
— Я хотела взглянуть на «зимний уголок».
— Леди Бейли беспокоилась, как бы вы не попали в аварию.
— Дорогу не так уж занесло.
— Снег ещё сыплет.
— Пойдёмте в дом.
— Я не нарочно.
— Пустяки.
— Есть там рыбки?
— Одни отражения и несовершенства.

❦❧❦

Потом принялись за работу. Работали в молчании. Сосредоточенно склонившись над письмами — что они вычитали, узнается после, — поглядывали друг на друга исподлобья. А снег всё падал. Падал и падал. И белая лужайка за окном библиотеки росла и росла, силясь стать вровень с подоконником. В библиотеку, выстуженную до безмолвия, залитую прозрачным серым светом, неслышно въехала коляска: леди Бейли привезла кофе.

❦❧❦

На обед были сосиски, картофельное пюре и пюре из брюквы с маслом и перцем. Ели, усевшись возле камина, где пылало большое полено, держа тарелки на коленях и отвернувшись от тёмно-сизой, в белых крапинках, хмури за окнами.

— Не пора ли вам, мисс Бейли, возвращаться в Линкольн? — спросил сэр Джордж. — Снегоходных цепей для автомобиля у вас, поди, нету? Англичане никогда о них не подумают. Как ни выпадет снег, им как в новинку: нипочём не сообразят, что в таких случаях делается.

— А по-моему, Джордж, доктору Бейли лучше остаться у нас, — возразила жена. — В такой машине пробираться между холмов — это, наверно, опасно. Постелим ей в старой детской Милдред. Вещи, какие понадобятся, я ей дам. Надо бы прямо сейчас и постелить и положить в постель грелки. Согласны, доктор Бейли?

Мод сказала, что остаться не может, а леди Бейли сказала, что надо остаться, а Мод сказала, что вообще напрасно сегодня приехала, а леди Бейли сказала — ну вот ещё, а сэр Джордж сказал, что напрасно или не напрасно, а Джоанни права и он сейчас пойдёт в детскую Милдред и всё устроит. Роланд вызвался помочь, но Мод сказала — ни в коем случае, и сэр Джордж с Мод ушли за постельным бельём, а леди Бейли налила чайник. К Роланду она привязалась, она обращалась к нему «Роланд», а к Мод — «доктор Бейли». Разъезжая по кухне, она поглядывала на Роланда. При свете камина родимые пятна-монетки у неё на лице темнели ещё отчётливее.

— Вам ведь этого хотелось, да? Вы же хотели, чтобы она осталась, правда? Вы не поссорились, нет?

— Поссорились?

— Со своей приятельницей. Подружкой. Кто она вам там.

— Нет-нет. Мы не ссорились, и она мне никто.

— Никто?

— Не... не подружка. Мы с ней едва знакомы. У нас были... у нас общие профессиональные интересы. Падуб и Ла Мотт. Подружка у меня в Лондоне. Её зовут Вэл.

Упоминание о Вэл леди Бейли пропустила мимо ушей.

— Красивая она, доктор Бейли. Чопорная немножко или застенчивая. А может, и то и другое. Моя мать таких называла «ознобуша». Она из Йоркшира была, моя мать. Не знатная. Из простых.

Роланд улыбнулся.

— У меня с кузинами Джорджа была одна гувернантка. Меня воспитывали вместе с ними, чтобы им не было скучно. Бывало, они в школу, а я выезживаю для них пони. Розмари и Мэриголд Бейли. Вот примерно такие, как ваша Мод. Так я и познакомилась с Джорджем, и он решил на мне жениться. А Джордж — вы видели: как решил, так и сделает. Из-за него я и к охоте пристрастилась. А когда мне было тридцать пять, пробовала как-то взять препятствие, хлоп с коня — и вот пожалуйста.

— Понятно. Романтическая история. И страшная. Обидно.

— Мне грех жаловаться. Джордж просто чудо. Передайте-ка мне эти грелки. Спасибо.

Она залила в грелки кипяток. Двигалась она уверенно. Всё вокруг — чайник, подставка для него, место, где коляска могла встать поустойчивее, — было оборудовано, как ей удобнее.

— Я хочу вас обоих устроить получше. Джорджу стыдно, что мы так живём: урезаем, где можем, экономим. Дом и поместье нас просто *съедают*, все деньги уходят на содержание, чтобы вконец всё не развалилось. Джордж гостей не любит, не любит, когда кто-нибудь видит это запустение. А мне, напротив, нравится, когда есть с кем поговорить. Вот вы сидите там, работаете, а я смотрю и радуюсь. Надеюсь, нашли что-нибудь полезное? Вы почти ничего про свою работу не рассказываете. В библиотеке, в этой комнатище, так сквозит — вы там не закоченели?

— Немножко. Но мне там нравится, славная комната... И будь там вдвое холоднее, дело того стоит. А рассказать пока вроде бы нечего. После. Никогда не забуду, как читал эти письма в этой славной комнате.

Бывшая детская Милдред — сейчас спальня Мод — находилась в конце того же длинного коридора, что и малая гостевая спальня, куда поселили Роланда. В том же коридоре имелась ещё величественная ванная в готическом вкусе. Кто такая Милдред, жива она или нет, хозяева не объяснили. Её спальню украшал камин с великолепной каменной резьбой, под стать ему — окна в глубоких нишах. На высокой деревянной кровати громоздился довольно-таки пухлый тиковый матрас, набитый конским волосом; внеся в спальню охапку грелок, Роланд опять вспомнил Принцессу на горошине. Появившийся сэр Джордж поставил около кровати что-то вроде медной миски, из которой торчал какой-то толстый пестик, горящий электрическим светом. В запертых комодах обнаружились одеяла и груда детской посуды и игрушек тридцатых годов, клеенчатые салфетки со Старым Королём Колем, ночник-бабочка, массивное блюдо с изображением Тауэра и поистёршейся фигурой его стража — лейб-гвардейца в традиционном красном наряде. Ещё в одном комоде оказалась целая библиотека книг Шарлотты М. Янг* и Анджелы Бразил*. Сэр Джордж, смущаясь, принёс ночную рубашку из нежно-розового фланелета и роскошное кимоно — тёмно-синее, переливчатое, на нём — вышитые золотом и серебром китайский дракон и стайка бабочек.

— Жена говорит, вам в них будет удобно. И ещё вот: новая зубная щётка.

— Такая забота... Мне прямо неловко.

— В другой раз будете думать заранее, — отозвался сэр Джордж и с довольным видом поманил Мод и Роланда к окну. — Видали? Вы на деревья поглядите. Вон как холмы огрузило.

Снег в оцепеневшем воздухе падал и падал неослабно; беззвучный, всепоглощающий, скрадывал ярусы и очертания холмов. Деревья под тяжкими капюшонами и покрывалами в неярких блёстках стояли простые, выкруглив кроны. Сомкнулось пространство вокруг дома в лощине, словно бы заполнявшейся снегом. Каменные вазоны на лужайке оделись белыми венцами и медленно утопали в растущих сугробах — или это лишь так казалось.

— Завтра тоже не выбраться, — заметил сэр Джордж. — Разве что совет графства соизволит прислать снегоочиститель. Но это уж если совсем занесёт. Лишь бы корма собаке хватило.

После обеда по заведённому порядку снова принялись за чтение. Письма продолжали преподносить сюрпризы. Ужинали вместе с хозяевами в кухне, возле камина, ели филе трески с чипсами и очень недурной пудинг с вареньем. Исследователи без долгих споров договорились на все вопросы о письмах отвечать уклончиво.

— Так как по-вашему, стоят они чего-нибудь или ничего особенного? — допытывался сэр Джордж.

Роланд ответил, что о цене писем пока ничего сказать не может, но интерес они определённо представляют. Леди Бейли перевела разговор на охоту, и между ней, мужем и Мод завязалась беседа, а внутренним слухом Роланда завладели призраки слов и позвякивание ложки.

Роланд и Мод поднялись к себе рано, оставив хозяев в их владениях на первом этаже, местами уже хорошо протопленных, в отличие от просторной лестницы и длинного коридора со спальнями, где предстояло ночевать гостям. Холодный сквозняк сбегал по лестнице, и ноги ступали словно в шелковистом снегу. Пол в коридоре был выложен плитками тёмно-синего и бронзового цвета со строгими контурами лилий и плодов граната, густо запорошёнными седой пылью. На полу лежали сбившиеся складками дорожки из какой-то ткани вроде парусины. «Из драгета?» — предположил обуянный словами Роланд: он встретил это название в одной поэме Падуба. Там кто-то — какой-то священник, — «на цыпочках ступая по драгету, по камню пробегая», удирает из одного дома, но его застигает хозяйка. Дорожки полиняли, пожелтели; местами в пыли глянцевели прогалины, оставленные краями дорожки, — видно, кто-то недавно на ней поскальзывался.

Поднявшись по лестнице, Мод с решительным видом повернулась к Роланду и сухо кивнула.

— Что ж, спокойной ночи, — произнесла она и поджала свои точёные губы.

Этого Роланд не ожидал. Он робко предполагал, что теперь, когда они остались одни, им можно или нужно будет поговорить о прочитанном, сравнить данные, поделиться открытиями. Правда, сильные впечатления дня и холод его порядком вымотали, но ведь этого, можно сказать, требует научная добросовестность. Папки, которые Мод обеими руками прижимала к себе, закрывали её грудь, как нагрудник кирасы. В глазах её застыла безотчётная усталость, но Роланд принял её за враждебность.

— Тогда спокойной ночи, — ответил он и направился в свой конец коридора.

За спиной слышался стук шагов: Мод уходила во тьму. Коридор освещался плохо: если не считать бездействующей калильной сетки, в нём были всего две чахлые лампочки в шестьдесят ватт под металлическими колпаками, как в барах.

Тут Роланд сообразил, что не успел договориться с Мод насчёт ванной. Пожалуй, чтобы не показаться невежливым, надо подождать, чтобы она пошла туда первой. Но расхаживать, пока она будет мыться, по холодному коридору или торчать под дверью ванной в одной пижаме — приятного мало. Роланд решил выждать добрых три четверти часа: едва ли в лютую стужу женщина захочет затянуть своё омовение на больший срок. А он тем временем почитает Рандольфа Генри Падуба. Не выписки из писем, а «Рагнарёк», битву Тора с инеистыми великанами. В спальне стоял адский холод. Роланд разгрёб себе уютное местечко среди старых пуховых одеял и стёганых покрывал в аляповатых голубых цветочках и сел ждать.

✤❀❧✦❧❀✤

Проходя по безмолвному коридору, Роланд похвалил себя за смекалку. Тяжёлая, с массивной задвижкой дверь ванной темнела в арочном проёме, за ней — ни плеска, ни шороха. И всё же Роланд сомневался, действительно ли в ванной никого нет: толстые дубовые доски заглушат любой звук. Дёргать запертую дверь, ставить Мод и себя в дурацкое положение не хотелось. Поэтому он опустился на одно колено на предполагаемом драгете и приник глазом к здоровенной замочной скважине. Оттуда мигнул свет, но в ту же минуту всё пропало, дверь отворилась и в холодный коридор дыхнуло пахнущим чистотой влажным паром. Мод чуть не рухнула на Роланда. Удерживая равновесие, она оперлась ему на плечо, а он ухватился за узкую ляжку, скрытую шёлком кимоно.

То, что он ощутил в это мгновение, напомнило ему строки Рандольфа Генри Падуба: «электрическая искра, что бьёт меж нами столь отчаянно» — ошеломляющий удар, каким укрывшийся меж камней электрический угорь поражает неосторожного исследователя морского дна. Силясь подняться, Роланд вцепился в шёлк и, словно обжёгшись, отдёрнул руку. У Мод руки были розовые, чуть влажные, кончики бледных волос тоже ещё не просохли. Сейчас они были распущены, эти волосы, окутывали шею, сбегали по плечам, падали на лицо — не искажённое яростью, как боязливо ожидал Роланд, нет: просто испуганное. Это она лишь *испустила* электрический разряд или удар отозвался в ней самой? Тело его яснее некуда чувствовало: отозвался. Но он не верил своему телу.

— Я просто посмотрел, горит ли свет. А то вдруг вы там и я вас потревожу.

— Понятно.

Синий шёлковый воротник тоже слегка промок. В полумраке казалось — вода бежит по всему её наряду; широкий пояс был туго-натуго завязан узлом, и от этого по всей фигуре струились извилистые шёлковые ручейки. Из-под шёлкового подола выглядывали пошленькие оборочки на розовом фланелете, узкие ноги были в шлёпанцах.

— А я ждала-ждала, думала, вы пойдёте первым, — примирительно заметила Мод.

— А я думал — вы.

— Ничего страшного.

— Ничего.

Она протянула ему влажную руку. Он пожал её и ощутил её холод. И почувствовал — что-то утихает.

— Тогда спокойной ночи, — сказала Мод.

— Спокойной ночи.

Роланд вошёл в ванную. Позади, извиваясь над зыбкой ковровой дорожкой, удалялся бледнеющий на аквамариновой глади длинный китайский дракон, а над ним реял блеск бледных волос.

В ванной ещё оставались следы её присутствия: отпотевший местами таз для умывания, не просохшие местами потёки, влажный отпечаток босой ступни на половике. Пещероподобная ванная находилась под самым свесом крыши, так что под потолком оставалось место для антресолей, где было навалено десятка три кувшинов и тазов из прежнего обихода, расписанных россыпями полураскрывшихся красных розочек, гирляндами жимолости и пышными букетами дельфиниумов и флоксов. Ванна, величественная, глубокая, возвышалась посреди комнаты на когтистых львиных лапах — мраморный саркофаг, увенчанный мощными медными кранами. Но кому придёт в голову принимать ванну в такой холод, тем более что наполняться она будет целую вечность. Даже чистюля Мод на такое определённо не отважилась: судя по мокрым следам ног на пробковой подстилке, она хорошенько вымылась в тазу. И таз, и унитаз, красующийся на постаменте в тёмном углу, были совершенно английские, в цветочек. Роланд смотрел на эти предметы как зачарованный: он в жизни не видел ничего подобного. На обожжённой глазури запечатлелось буйство всех цветов Англии; беспорядочно переплетающиеся, собранные в пучки, они образовывали сумбурные и естественные узоры, где ничто, казалось, не повторяется. Роланд наполнил таз. Сквозь воду, как сквозь дымку, на него глядели цветы шиповника, лютики, маки, колокольчики, словно Роланд видел — не в воде, а из-под воды — выпестренный цветами берег, ложе царицы Титании. Или предмет изучения Чарльза Дарвина.

Унитаз был расписан чуть строже: по всем его уступам на фоне узорчатых перьев папоротника сбегали истончающиеся книзу гирлянды и разметавшиеся как попало крохотные букетики. Прямоугольное сиденье красного дерева смотрелось величаво. Использовать такую красоту по прямому назначению было бы кощунством. «А Мод эти приспособления были, наверно, не в диковинку, — подумал Роланд. — Она-то уж перед такой роскошью не дрогнет». Он торопливо, зябко ополоснулся над вспыхивающими головками мака и синими васильками. Лёд на оконном витраже пошёл трещинами, но снова схватился. Над тазом висело зеркало в золочёной раме; Роланд представил, как

Мод любуется в нём своим совершенством. Взлохмаченная, черноволосая фигура самого Роланда маячила в зеркале какой-то тенью. Он пожалел Мод: нет, не могла она увидеть, как романтична обстановка ванной.

❈❦❈

У себя в спальне Роланд вглядывался в ночь за окном. Деревья, вчера сомкнувшиеся возле дома тёмным строем, сейчас светились пушистой белизной. Летящие мимо снежные хлопья, попадая в квадрат света, обретали зримость. Задёрнуть шторы — будет потеплее, но как оторваться от этого загадочного зрелища? Роланд выключил свет, и в хлынувшем вдруг сиянии луны всё сделалось серым — многообразно серым: серебристым, свинцовым, оловянным, и снег повалил с новой силой, гуще, медленнее. Роланд натянул свитер и носки, забрался на узкую кровать и, как и в прошлую ночь, свернулся калачиком. А снег всё падал, падал...

Под утро Роланд проснулся. Его встревожил сон, невероятно прекрасный и неистовый, навеянный отчасти наивным страхом, который одолевал его в детстве, что из унитаза вот-вот кто-то выскочит и бросится на тебя. Ему снилось, что он намертво запутался в бесконечно длинном сплетении яркой ткани и водяных струй, обвитом цветочными гирляндами и венками, и от этого сплетения брызгами разлетаются разные-разные цветы, живые и искусственные, вышитые и нарисованные, а под сплетением что-то таится: то хватает Роланда, то отступает, то тянется к нему, то ускользает. Роланд хочет потрогать — ничего нет, силится шевельнуть рукой или ногой — тут как тут: цепляется, оплетает. Зрение Роланда, как во всяком важном сновидении, ясно различает любую мелочь, взгляд задерживается на васильке, ощупывает цветок шиповника, путается в хитросплетениях папоротниковых перьев. Запах от покрова идёт сырой, но густой, тёплый — запах сена и мёда, запах близкого лета. Что-то копошится в этой вязи, рвётся наружу. Роланд ходит по комнате, а всё гуще сплетающийся шлейф волочится по полу, растёт, вьётся складками. Разум говорит Роланду голосом матери: «Мокрое, хоть выжимай. Да уж, работы тут прорва», и в этих словах слышится укор и вместе с тем участие. И разум же подмечает, что «прорва» — это каламбур: то, что барахтается там, внутри, из последних сил пытается прорвать спеленавшую его оболочку. «И не беда, что снег, что сыплет снег», — подсказывает разум, и сердце сжимается от отчаяния: никак не вспомнить, почему она так много значит, эта стихотворная строчка, которую он слышал… Когда? Где?

ГЛАВА 9

Предел

...Старушка довольно учтивым, но холодным манером прос-
тилась с Юным Рыцарем, указала ему путь к рубежу и велела
во что бы то ни стало держаться тропы и никуда не сворачивать,
какие бы создания ни окликали и ни манили его, какие бы ни
показывались ему чудесные огни, ибо край этот — зачарованный край. Зелёные ли луга, родники ли предстанут ему на пути,
пусть неуклонно следует кремнистой тропой, наказала старушка юноше, не слишком, как видно, полагаясь на его стойкость.
Юный же Рыцарь отвечал, что жаждет достичь тех краёв, о которых рассказывал ему отец, и стремится во всём сохранить вер-
ность обетам и правилам, а посему тревожиться за него нет причины. «Вот ещё! — отрезала старуха. — Что мне за дело, раздерут
тебя по суставчику беляницы или станут драться за твои косточки увальни-гоблины, болотные жители. Много вас пускается
на подвиги, очень мне нужно, старухе, за вас тревожиться. На
мой глаз, что груда обглоданных добела костей, что какое-нибудь их сиятельство в блестящей кольчуге — всё едино. Доедешь
так доедешь, а нет — увижу, как мигает среди пустоши огонёк
беляниц». — «И всё же благодарю за ласку», — сказал Юный
Рыцарь, никогда не забывавший об учтивости. А старуха: «Нашёл тоже ласку! Езжай себе подобру-поздорову, покуда не напала на меня охота покуражиться». Юный Рыцарь не знал и знать
не хотел, как старуха умеет куражиться, а потому пришпорил
он доброго своего коня, и тот зацокал копытами по кремнистой
тропе.

Но не задалось в тот день путешествие. По пустынной местности вдоль и поперёк пролегали пыльные тропы, петляли среди
вереска, папоротников и можжевеловых кустиков, распустивших

цепкие корни. Перед всадником лежал не один путь, а множество, и все вкривь и вкось, как трещины на кувшине. Юный Рыцарь ехал то по одной тропе, то по другой, всякий раз выбирая ту, что попрямее да покремнистее, и куда бы он ни сворачивал, жаркое солнце вечно оказывалось над головой. Наконец, чтобы уж совсем без пути не блуждать, решил он ехать так, чтобы солнце всё время оставалось позади, — хотя надобно заметить, любезные мои читатели, что когда он принял это решение, то уже и не помнил толком, где стояло солнце в начале его путешествия. В этой жизни такое случается на каждом шагу. Как часто, решив не блуждать без пути, устроить свою жизнь по правилам, мы обнаруживаем, что решение наше запоздало, правила неосновательны, а выбранный путь, бывает, ведёт не туда. Та же беда приключилась и с Юным Рыцарем, и когда стало смеркаться, он очутился как будто бы в том самом месте, откуда и выехал. Не встречались ему по пути ни беляницы, ни гоблины-болотники, только издалека, с прямоезжих песчаных троп, какими он пренебрегал, доносилось пение да сновали с шумом среди моря папоротников и прочей поросли всякие твари. И вот глядит он вокруг, и кажется ему, будто место ему знакомо, будто те деревца с кривыми колючими ветками он уже видел: те тоже выстроились треугольником. И очень может быть, что он не ошибался. Вот только старухиной хижины нигде не видать. Солнце меж тем быстро клонилось к краю долины. В надежде, что его подозрения развеются, Юный Рыцарь проехал ещё немного, и впереди показалась аллея из стоячих камней, которые, сколько он помнил, на глаза ему прежде не попадались, хотя не заметить их, даже в сумерках, было бы мудрено. Замыкало аллею здание или строение, а в нём зиял просторный каменный проём с каменным навесом и порожком из камня, как бы знаменующим рубеж. За проёмом же густела вечерняя мгла. И выступили из той мглы три прекраснейшие женщины и двинулись величаво между рядами камней, и каждая несла перед собою шёлковую подушку, а на ней — прямоугольный ларец. Подивился Юный Рыцарь: как это он, пусть даже в сумерках, не заметил их приближения? «А вдруг, — с тревогой сказал он себе, — вдруг женщины эти и есть членовредительные беляницы, о которых шутя обмолвилась старушка, и вот теперь с наступлением темноты они вышли сманить меня с пути?» А женщины и подлинно были обитательницами сумерек, потому что от каждой разливалось своё особ-

ливое сияние, зыбкий, мерцающий, трепетный свет, что и глаз не
оторвать.

И первая озарена была золотистым свечением, а под подолом
богатого платья из золотой парчи со всякого рода шёлковым
шитьём блистали золотые туфельки. И подушка в руках её была из золотистой ткани, а узорчатый, тонкой резьбы ларец горел
золотом, точь-в-точь закатное солнце.

Вторая же вся серебрилась, как луна, и туфельки у неё на ногах были словно обрезки луны, а по всему серебристому наряду
сверкали полумесяцы и преяркие серебряные круги, и гладкая
поверхность серебряного ларца, облитая неземным её свечением,
хоть и холодным, но лучистым, блистала так, что ни в сказке сказать ни пером описать. А несла она тот ларец на серебристой
подушке, словно бы прохваченной нитями ослепительно-бело-
го света.

А третья, неприметная, шла позади, и свет от неё был мерк-
лый, подобный блеску не новых начищенных доспехов — мутный, как испод облаков в вышине, что заслоняют истинный свет
и оживляют свою серую хмурь заёмным сиянием. Платье её по-
игрывало блёстками, точно тихие воды под звёздным небом, осе-
нённые ветвями раскидистых дерев. Походка у неё была мягкая,
бархатистая, а на голову она, в отличие от спутниц, накинула
скрывающее волосы покрывало.

Вышли женщины, охваченные дрожащим сиянием, из тени
камней, и первые две улыбнулись Юному Рыцарю. Третья же
скромно опустила глаза, и юноша заметил, что губы у неё бледные, веки тяжёлые, пепельные, с лиловыми жилками, а ресницы
на бескровных щеках — точно перистые усики бабочек.

Все три женщины разом заговорили с юношей, и голоса их
слились в один голос из трёх звуков: звонкого клича рожка,
пронзительного пения гобоя и тихих вздохов флейты.

«Ни шагу дальше, — сказали они, — ибо здесь предел вещно-
го мира, и за ним начинаются иные края. Но если ты всё же от-
важишься продолжить путь, выбери которую-нибудь из нас в
провожатые. А хочешь — поворачивай назад и, снова вверив себя
равнине, поезжай обратно: в бесчестье тебе это не причтётся».

Юный Рыцарь со всей учтивостью отвечал, что он не прочь
услышать ещё что-нибудь касательно дальнейшего путешествия:
не для того он пустился в долгое и утомительное странствие, чтобы теперь повернуть обратно. Притом ему надлежит исполнить

данное отцом поручение, о котором рассказывать здесь не место. «Нам про него и так уже известно, — сказали три женщины. — Мы давно тебя поджидаем».

«Откуда мне знать, — бесстрашно, однако ж и с глубоким почтением спросил Юный Рыцарь, — что вы не те самые беляницы, коих в деревнях, что я проезжал, так боятся и уважают?»

На это женщины рассмеялись — звонко, пронзительно и тихо — и возразили, что едва ли, поминая беляниц, люди выказывают такое уж к ним уважение, а у простонародья водится множество предрассудков и ложных мнений касательно беляниц и чересчур доверять этим россказням не годится.

«Что же до того, кто мы такие и чего тебе от нас ожидать, — продолжали они, — считай нас тем, кем мы тебе представляемся, и суди о нас по тому, что видишь, как и подобает всякому человеку высокой доблести и ясного ума».

Юный Рыцарь и сам не заметил, как уже твёрдо порешил вступить в неведомый край, и уста его словно сами собой вымолвили: «Отчего же не попытать счастья».

«Выбирай же, — сказали тогда женщины, — и выбирай с умом, потому что ты делаешь выбор между безмерным блаженством и безмерными бедствиями».

И женщины, каждая в свой черёд, прошлись перед ним, заключённые в своё сияние, точно свечи, раскидывающие вокруг себя ясные лучи через окошки фонаря. И каждая, проходя, пела свою песню под звон и сладостные стоны невидимых музыкальных орудий. А последние лучи кровавого заката озаряли серые камни, выстроившиеся под серым небом.

Первой прошествовала горделивой поступью золотая женщина, увенчанная золотой королевской короною — лучезарной, в скатных узорах и солнечных бликах башенкой, из-под которой, подёрнутые нитями волочёного золота, клубились тяжёлые золотые кудри, пышностью не уступавшие золотому руну. Она торжественно протянула золотой ларец, и тот вспыхнул таким слепящим блеском, что юноша поневоле потупил взоры к серому под ногами вереску.

И пропела женщина:

> Где я — под солнцем
> Златы хлеба,
> Где я — престол:
> Твоя судьба.

Ко мне на лоно
Склони свой лик —
И станешь превыше
Земных владык.

Так и тянуло Юного Рыцаря простереть и согреть озябшие
от свежести вечерних сумерек руки в разливавшемся вкруг неё
блеске и сиянии. Догадался он, что она сулит ему счастье, но всё
же сказал: «Прежде посмотрю всех, а после дам ответ».

Вышла тогда вперёд вторая, серебряная, и на бледном челе её
бледно горел белый месяц. Серебристые блёстки, что сплошь
унизывали её одеяния, непрестанно переливались, отчего женщина делалась похожей на струю фонтана или на обрызганный
лунным сиянием сад в цвету, днём, должно быть, румяный и жаркий от пчелиных лобзаний, ночью же нежащийся под ласками
холодного таинственного света, который не причиняет ни созре-
вания, ни увядания.

И пропела женщина:

Где я — там ночь,
Любви приют.
Где я — объятий
Не разомкнут.
В пурпурной мгле,
В дыханьи страсти —
Забудь сей мир:
Где я — там счастье.

И Юному Рыцарю показалось, что она заглянула в тайная
тайных его души. Охваченный томлением, он чуть было не простёр к ней руки, ибо при звуках её песни увиделось ему затво-
рённое окно высокой башни, задёрнутое пологом заветное ложе,
где он, как никогда, предоставлен самому себе. Ибо как та, золотая, дарила ему осиянную солнцем землю, так эта, серебряная,
дарила ему самого себя. Он уже было отвернулся от золотой
и хотел выбрать серебряную, но осторожность, а может, любопытство удержало его: что-то посулит ему, в отличие от прелестных своих сестриц, третья, неяркая?

И поплыла третья сестра перед юношей в дремотном озерце
своего света. Поступь у ней была не танцующая, не размашистая, но плавная, будто и не шла она вовсе, а скользила у него

перед глазами как тень. Не искрилось, не сверкало её одеяние, а свисало долгими бледными складками, и в складках, в самой глубине густых лиловых теней, теплился свет. И склонённое лицо её окутывала тень, ибо взгляд её устремлялся не на юношу, а на бережно несомый в руках ларец — матовый, свинцовый, бледности необычайной, — а петель или ключного отверстия не было на нём никаких. Чело её украшал венок из белых маков, ножки были обуты в бесшумные шёлковые туфельки, словно из паутины сотканные, и лилось, когда она шла, пение свирели, какое не услышишь на этой земле, пение не весёлое, не унылое, а призывное, призывное.

И пропела женщина:

> Не ложе страсти,
> Не подвиг бранный —
> Совсем в ином
> Удел желанный.
> Что напоследок —
> Всему глава.
> Лишь мне подвластна
> Покой-трава.

Вот когда защемило сердце у Юного Рыцаря, ибо то была та самая покой-трава, за которой и посылал его отец: она лишь одна могла утолить бесконечные отцовы страдания. Воспротивился было юноша отцовской воле: жалко было отказываться от роскошества золотой женщины и пленительной светлыни серебряной её сестры ради кротости, молчаливости и потупленных взоров едва заметной третьей. Но нам ли с вами не знать, любезные дети, что ему непременно следует выбрать свинцовый ларец? Не тому ли учит нас всякая сказка: верный выбор — третья сестра? И всё же давайте на миг взгрустнём о серебристых усладах, которые, будь его воля, предпочёл бы Юный Рыцарь, и о разубранной цветами, солнцем залитой земле, которую, скажу по секрету, выбрала бы я. Взгрустнём — и надлежащим порядком перейдём к тому, как Юный Рыцарь, послушный воле судьбы и наказу отца, берёт нежную руку третьей сестры и с некоторой задумчивостью произносит: «Я пойду с тобой».

Как-нибудь в другой раз мы напишем, что было иначе: что он не пошёл, а остался, или выбрал которую-нибудь из тех, светозарных, или отправился через пустошь обратно, чтобы не подпасть воле судьбы — если есть она, эта судьба. Но в этот раз — к чему скрывать? — случилось так, как и должно было случиться. В сказках что неизбежно, то неизбежно.

И вот берёт её Юный Рыцарь ласково за руку, а прохладные пальцы её — как поцелуй мотылька или прохладная рубаха на утомлённом работой теле. Женщина обернулась, подняла веки и посмотрела ему в лицо. Что сказать про её глаза — кроме разве того, что, заглянув в них, юноша обомлел и уже не видел ни пустоши, ни двух лучезарных созданий, что кружились, заключённые в собственное сияние, ни даже верного своего коня, который, изнемогая под седлом, довёз своего господина до края изведанного света? Когда бы я попыталась описать эти глаза... Нет, я не в силах. Но надо: раз я начала эту повесть, придётся рассказывать всё без изъятия. Вообразите два водоёма ночною порой: вода так и светится, но это не отсвет огней, а брезжащее в глубине сияние, проблеск, подающий надежду сквозь толщи и толщи терново-чёрного мрака. Вообразите потом, что, когда женщина чуть повернула голову, мрак предстал не иссиня-чёрным, подобно плодам тёрна, но оттенилось чёрное карим и сделалось знойной чернотою пантеры, затаилось подальше от лунных лучей.

«Я пойду с тобой», — повторил Юный Рыцарь, и женщина негромко, склонив голову словно бы в знак покорности, произнесла: «Что ж, пойдём».

И она повлекла его за собой через каменный порог под каменным навесом. Конь его тревожно заржал, но юноша шёл и не слышал. И хотя казалось — камни как камни и пустошь по ту сторону простирается в сумерках так же, как и по эту, но увидал Юный Рыцарь, что вовсе это не так: за порогом, петляя, сбегала вниз тропа, а по обочинам благоухали цветы, каких не встречал он ни во сне ни наяву, и цветы обдавали его лёгкой пылью из разверстых пастей, и лился свет: ни дневной ни ночной, ни от луны ни от солнца, ни яркий ни тусклый — но ровный, немеркнущий, бестрепетный свет того царства.

Кристабель Ла Мотт

ГЛАВА 10

Переписка

Уважаемая мисс Ла Мотт,
прочёл Ваше письмо и никак не решу, радоваться или огорчаться. Главное в нём — «если Вам будет угодно продолжить переписку»: рад этому позволению куда больше, чем огорчён Вашим желанием — а для меня оно закон — уклониться от встречи. Ещё Вы посылаете мне стихотворение и справедливо замечаете, что стихи стоят всех тартинок с огурцом на свете. Стоят, стоят — тем более Ваши стихи, — но до чего, однако, доходит извращённость поэтического воображения, что оно желает вкушать воображаемые тартинки с огурцом и, поскольку таких решительно не найти, претворяет их в своего рода английскую манну: о безупречно правильные зелёные кружочки! о изысканно тонкая обсыпь соли! о бледное свежее масло! и конечно же — о мягкие крошки и золотистая корочка свежевыпеченного хлеба! И так во всём: неугомонная фантазия выискивает идеальное даже в том предмете, который можно в порыве жадности, пусть и упорно обуздываемой, схватить и проглотить наяву.

Но знайте, что всякие тартинки — и воображаемые, и въявь снедаемые — я с радостью променяю на Ваше восхитительное стихотворение, в котором, по Вашим словам, сквозит свирепость, в самом деле свойственная повадкам пауков, как свидетельствуют недавние наблюдения. Отчего бы Вам не применить эту метафору — приманка, уловление в сеть — к искусству? Я читал и другие Ваши стихи из жизни насекомых, читал и восторгался: как умеете Вы сочетать в них блеск и хрупкость этих летучих — или ползучих — созданий с некоторыми свойствами тех различимых под микроскопом существ, что постоянно кусают, грызут, пожирают друг друга! Не всякий поэт отважится во всей истинности изобразить обычаи пчелиной матки — или осы — или муравья, — какими эти обычаи

видятся нам, а не предкам нашим, веками полагавшим, будто пред-
мет почитания и служения у каждого роя или муравейника — на-
чальствующий самец. Вы, как мне кажется, не разделяете общего
женщинам — и, похоже, не только женщинам — отвращения к этим
формам жизни.

Я и сам обдумываю замысел поэмы из жизни насекомых. Не лири-
ческого стихотворения, подобного Вашему, а драматического моно-
лога — такого, как уже написанные мною монологи Месмера, Алек-
сандра Селькирка, Шатковера; не знаю, читали ли Вы эти поэмы,
а если нет, я с удовольствием Вам их пришлю. Мне не составляет
труда проникнуть в сознание воображённой личности, воссоздать
его, в некотором смысле снова вдохнуть в него жизнь, возвращать
из небытия людей былых веков во всей их цельности, со всеми воло-
сами, зубами, ногтями, со всеми их мисками, скамьями, бурдюками,
церквами, храмами, синагогами, с непрестанным плетением мыс-
ли — работой мозга, чудесного органа, заключённого в черепную ко-
робку, выплетающего свои узоры, перетолковывающего все карти-
ны, познания, верования на свой особый лад. Важно, по-моему, чтобы
эти мои чужие жизни относились к самым разным эпохам и про-
текали в самых разных краях — во всех краях, до каких только спо-
собно дотянуться невсесильное моё воображение. Ну а сам я —
джентльмен XIX века, живущий в самом центре дымного Лондона,
и отличает этого джентльмена желание разведать, сколь далеко
раскинулся простор впереди, вокруг и позади его размываемого вре-
менем дозорного холма — а лучше сказать, кочки, — притом что сам
джентльмен кем был, тем и остаётся: всё та же украшенная бакен-
бардами физиономия, те же книжные полки, заставленные томами
Платона и Фейербаха, св. Августина и Джона Стюарта Милля.

Я, однако, заболтался и даже не назвал Вам предмета своей поэмы
о насекомых. Им станет короткая, удивительная и в целом траги-
ческая жизнь голландца Сваммердама, создателя оптического стек-
ла, благодаря которому нам открылись необъятные просторы и
неутихающее буйство в бесконечно малом — так Галилей, устре-
мив зрительную трубу к планетам и небесным телам ещё большей
удалённости, следил их величавое течение в бесконечно огромном.
Знакома ли Вам жизнь Сваммердама? Не угодно ли, я пришлю Вам
свой рассказ о ней, когда он наконец напишется? И если он вый-
дет недурен? (Выйдет, я знаю: в ней такое обилие мелких обстоя-
тельств и фактов, которые способны расшевелить мысль. «Чью
мысль? — спросите Вы. — Вашу или его?» Сказать по совести, не

знаю. Сваммердам изобретал удивительные крохотные инструменты, чтобы проникать пристальным взглядом в самое существо насекомых, орудия эти производились из тонких обрезков слоновой кости, материала не столь грубого и вредоносного, как твёрдый металл. Сваммердам создавал лилипутские иглы в те годы, когда о Лилипутии никто ещё ведать не ведал, — сказочные иглы. А мой материал — всего лишь слова. И мёртвая шелуха чужих слов. Но у меня получится. Можете пока не верить, там увидите.)

Стало быть, Вы говорите, что я могу получить рассуждения о Присносущем Нет — или о Шлейермахеровом Покрове Иллюзии — или о райском млеке — или о чём только пожелаю? Вот изобилие! Глаза разбегаются. Присносущее Нет, пожалуй, не по мне; лучше я и впредь буду пребывать в надежде вкусить прохладные зелёные кружочки — с райским млеком и капелькой чая. И не иллюзий жду я от Вас, но искренности. Поэтому — не расскажете ли ещё что-нибудь о задуманной Вами поэме про фею? Если о ней можно рассказывать, не рискуя спугнуть мысль. Порой такие рассказы — и письма — помогают делу, порой они не во благовремение, и, если Вы предпочтёте не продолжать этот разговор, я пойму. И всё же смею надеяться, что Вы удостоите ответом тот вздор, который я здесь нагородил — и который, смею надеяться, не прогневает особу, которую, смею надеяться, мне ещё доведётся узнать покороче.

Искренне Ваш,

Р. Г. Падуб.

Уважаемый мистер Падуб,
я краснею от одной мысли, что мои чувства, которые легко могли представиться Вам стыдливостью или даже недружелюбием, побудили Вас одарить меня щедрой, искрящейся россыпью тонких замечаний и разнообразных сведений. Благодарю Вас. Если все, кому я отказываю в такой малости, как овощное блюдо, станут устраивать мне пир разума, то я останусь при своём мнении касательно тартинок с огурцом до скончания века. Только вот мало кто, получив отказ, тревожит меня повторной просьбой. Да оно, по правде сказать, и к лучшему: жизнь наша протекает в тишине и покое; мы две одинокие женщины, живём своими нехитрыми домашними заботами, день за день. Одни и те же славные и неизменные занятия, очерченная известным пределом свобода — доставшаяся нам благодаря нашей совершенной заурядности: Вы, с Вашим

*тонким вкусом, в ней ещё убедитесь — что-что, а это я говорю не
шутя. Мы никуда не выезжаем, никого у себя не принимаем, и наше
с Вами знакомство состоялось лишь потому, что Крэбб Робинсон
был другом моего отца, — чьим только другом он не был! Я не нашла
в себе сил отвергнуть приглашение, освящённое этим именем, но
приняла его с неохотой, ибо в обществе не бываю. «Леди упорно
твердит своё*[1]. *Это неспроста», — скажете Вы, но леди так прониклась картиной блаженства в виде зелёных кружочков, что ей на
миг захотелось набраться решимости и дать Вам более удовлетворительный ответ. Только как бы об этом не пожалеть — и ведь
придётся-таки пожалеть: не только мне, но и Вам.*

*Я несказанно польщена Вашим добрым отзывом о моём стихотворении. Не знаю, что и ответить на Ваш вопрос о приманке и
уловлении в сеть как свойствах искусства; они свойства разве что
искусства Ариахны — и, если взглянуть шире, вообще всяких изделий
женской работы, наделённых лишь блеском и хрупкостью, — но уж
никак не Ваших великих творений. Меня потрясло, что Вы допускаете саму мысль, будто я не читала Вашу поэму о Месмере — или
о Селькирке на этом его страшном острове, один на один с беспощадным солнцем и словно не внемлющим Богом — или ту, о Соседе
Шатковере с его религиозными исканиями или отступничествами.
Мне бы сказать «не читала» — и я удостоилась бы получить их из
рук самого автора, но нам надлежит быть правдивыми — не только в крупном, но и в мелочах, — а это не мелочь. Надобно Вам знать,
что у нас дома на полке плотным строем стоят все Ваши книги,
что в этом маленьком доме их открывают и обсуждают не реже,
чем в большом мире за его стенами. Надобно также Вам знать...
Впрочем, надобно ли? Ловко ли говорить это Вам, человеку, с которым я едва знакома? Но кому, если не Вам? И не сама ли я лишь сейчас написала, что нам надлежит быть правдивыми? — а это правда
из числа первостатейных. Словом, надобно Вам знать — соберусь
с духом и признаюсь, — что Ваша великая поэма «Рагнарёк» обернулась для моих безыскусных религиозных верований таким тяжким
испытанием, какого мне больше не выпадало и дай-то Бог не выпадет. Нападок на христианство в Вашей поэме нет никаких — памятуя о том, что прилично поэзии, Вы его даже не называете, —
притом в своих произведениях Вы нигде не говорите своим голосом, не*

---

[1] У. Шекспир. Гамлет, III, 2. *В переводе М. Лозинского:* «Эта женщина слишком щедра на уверения».

высказываете свои чувства напрямик. (Что вызывает у Вас сомне-
ния, угадывается без труда: создатель образов Шатковера, Лазаря,
еретика Пелагия* отлично осведомлён о самых изощрённых и пыт-
ливых вопросах касательно оснований нашей веры, непрестанно
подвергающихся сегодня строжайшему разбору — в этом он умуд-
рён яко змий. Вам знакомы «извивы и оплёты» критической фило-
софии, как отзывается Ваш Августин об учении Пелагия — к кото-
рому я неравнодушна, ибо разве он не был бретонец, как отчасти и
я? Разве не желал он, чтобы грешники и грешницы сделались благо-
роднее и свободнее?) Но я чересчур уж отдалилась от «Рагнарёка»
с его языческим Судным днём, языческим пониманием тайны Вос-
кресения, нового неба и новой земли[1]. Вы как будто бы говорите:
«Истории, подобные этой, рассказывались прежде, рассказывают-
ся теперь; различие лишь в том, что прежде в них подчёркивалось
одно, теперь другое». Или даже так: «Люди различают в настоя-
щем и будущем то, что им хочется видеть, а не то, что промыслом
Божиим, волею свыше Есть и Будет». Под Вашим пером, силою Ва-
шего воображения Священное Писание выходит просто ещё одной
повестью о чудесах. Я путаюсь. Больше об этом ни строчки. Если
мои слова показались Вам невразумительными, простите. Меня обуя-
ли сомнения, я поддалась им, и они не покидали меня все эти годы.
И довольно об этом.

А ведь я и вовсе не собиралась об этом писать. Но неужели Вы
сомневаетесь, что я жду не дождусь Вашего «Сваммердама»? —
Лишь бы, докончив его, Вы не раздумали послать мне список. Глубо-
кого критического разбора не обещаю — да он Вам едва ли и ну-
жен, — но вдумчивого, чуткого читателя Вы во мне непременно
найдёте. Самым любопытным показался мне Ваш рассказ про изоб-
ретение микроскопа — и про иглы из слоновой кости для изучения
мельчайших форм жизни. Мы у себя тоже работаем понемногу с
микроскопом и увеличительными стёклами, однако нами владеет
столь женское нежелание отнимать жизнь: у нас не увидите Вы
собраний наколотых на булавки или умерщвлённых хлороформом
насекомых, только несколько перевёрнутых стеклянных банок, под
которыми гостят паук домашний, крупный — мотылёк, не вышед-
ший ещё из хризалиды — прожорливая многолапая гусеница неиз-
вестного нам пока вида, одержимая то ли бесом-колобродом, то ли
ненавистью к нашему стеклянному паноптикуму.

---

[1] Откровение Иоанна Богослова, 21: 1.

Посылаю ещё два стихотворения. Это из стихов о Психее — в теперешнем воплощении, — о бедняжке, охваченной сомнениями, пылающей неземною любовью к змею.

Я не ответила на Ваш вопрос касательно поэмы о фее. Что Вы о ней помните, столько же льстит моему самолюбию, сколько внушает тревогу, ведь я обмолвилась о ней невзначай — или как бы невзначай: вот, мол, чем не худо бы поразвлечься — о чём не худо бы разузнать побольше, — когда выдастся свободный денёк.

На самом же деле я задумала эпическую поэму — или хотя бы сагу, балладу, что-то значительное по мотивам старинных преданий. Но как бедной оробевшей женщине не храброго десятка, с чахлыми познаниями признаться в таком дерзновенном намерении творцу «Рагнарёка»? И всё же — странное дело — я убеждена, что Вам в этом можно довериться, — что Вы не посмеётесь надо мною, не окатите фею источника холодной водой.

Довольно. Стихи я прилагаю. У меня есть и другие стихи о метаморфозах — об одном из величайших вопросов нашего времени — всех времён, как справедливо считается. Простите меня, милостивый государь, за это взволнованное многоглаголание и, если Вам будет угодно, присылайте, когда посчитаете возможным, Вашего «Сваммердама» в назидание

искренней Вашей доброжелательнице

Кристабель Ла Мотт.

[В том же конверте]

Метаморфозы

Припомнит ли махровый шелкопряд,
В каком обличье начинал свой век, —
Как пресмыкалось кольчатое тельце?
А человек —
Ему, кто так собой гордится,
Взирая на величие своё,
Припомнится ль телесная частица,
Какою он введен во бытиё?
Творец же видит под покровом тленным
Их образ неизменным, вневременным.
Творящая чреду их ликов сила —
Он им жизнеподатель и могила.

Психея

Встарь в трудный час — предания гласят —
И зверь несчастным помощь подавал.
Мир жил тогда в согласии — разлад
Его ещё не разделял.

Когда Венера, злобой воспалясь,
Смешала зёрна и велела строго
Психее перебрать их, на подмогу
Семья безмужниц-муравьих сползлась.

Боль человечью вчуже
Они понять смогли.
Сумбур Венерин дружно
В порядок привели.

Усердно — домовито —
Как надо, чтобы вновь
Психее беззащитной
Обресть свою любовь.

Но пусть уста сольются —
Приблизит этот час
Не блеск достоинств наших,
Не чей-нибудь приказ.

Какой хозяин властен
Над вольным муравьём? —
Их хлопоты — всего лишь
О закроме своём,
Никто не мнит другого
Рабом или рабой, —
Как мысли Божьи — в славе
Не разнясь меж собой.

Уважаемая мисс Ла Мотт,
всё-таки написать — вот так, без промедления, обстоятельно —
какое великодушие! Надеюсь, я не слишком спешу с ответом: мень-
ше всего мне хотелось бы изводить Вас своей навязчивостью. Но
в Вашем письме столько интересного, что мне не терпится поде-
литься мыслями, пока они ещё свежи и отчётливы. Стихи восхи-
тительны, оригинальны; если бы мы беседовали лицом к лицу, я бы

отважился высказать кое-какие догадки относительно подспуд-
ного смысла озадачивающей аллегории в «Психее»: изложить эти
догадки на бумаге мне не хватает смелости или дерзости. Вы на-
чинаете так смиренно: безутешная царевна, маленькие помощни-
ки, — а в конце совершенно иное: проповедь духовного освобождения.
Освобождения от чего — вот вопрос. От монархического устрой-
ства? От любви человеческой? От эроса в противоположность
агапе?[1] От злокозненности Венеры? Да неужели же единящая при-
язнь внутри колонии муравьев в самом деле выше любви мужчины
и женщины? Впрочем, судить об этом вправе только Вы: стихо-
творение — Ваше, и стихотворение превосходное, а в истории
человечества довольно таких примеров, что недостроенная башня
в наказание за отчаянное людское своеволие гибла в языках пламе-
ни, — что воля родителей или забота о родословии связывали двоих
несчастных узами брака без любви, — что друг погибал от руки дру-
га. Эрос — божество коварное и непостоянное. Однако я уж совсем
перенял Ваши воззрения, притом что до конца их так и не постиг.

Я не случайно заговорил о Ваших стихах в самом начале письма:
они заслуживают этого места по праву. А теперь о другом. Меня,
признаться, несколько удручает, что моя поэма пошатнула Вашу
веру. Прочная вера — истинная набожность — это прекрасное,
здоровое состояние души, как бы мы его сегодня ни истолковыва-
ли, и нельзя допускать, чтобы петлистость и пытливость ума
Р. Г. Падуба или ещё какого-нибудь блуждающего в потёмках изыс-
кателя нашего века нарушали это состояние. «Рагнарёк» сочинял-
ся без всякой задней мысли, в те годы, когда я сам ещё не подвергал
сомнению истинность изложенного в Библии или основ той веры,
что досталась мне от родителей, дедов и прадедов. Но кое-кто из
читателей поэмы — среди них женщина, ставшая впоследствии мо-
ей женой, — увидели в ней иной смысл, и меня удивило и встревожи-
ло, что поэму трактуют как какое-то проявление безбожия: ведь
я-то хотел подтвердить в ней общепризнанную истинность бытия
Отца Небесного (каким бы именем его ни называли) и надежд на
Воскресение после некоего сокрушительного бедствия — на Воскре-
сение в том или ином виде. В поэме Один в обличье странника Гагн-
рада выспрашивает у великана Вафтруднира[2], что за слово шепнул

---

[1] *Агапе* (от *греч.* ἀγάπη— любовь) — в отличие от языческого эроса, любовь
братская, объединяющая членов общины (у ранних христиан «агапами» назывались вечерние трапезы, устраивавшиеся в подражание Тайной вечере).

[2] Эпизод, навеянный одной из песен «Старшей Эдды» — «Речи Вафтруднира».

Отец Богов лежащему на погребальном костре мёртвому сыну Бальдеру[1], и я, тогда молодой человек, исполненный самого искреннего благочестия, подразумевал, что слово это — Воскресение. Он, этот юный поэт — нынешний я и не я, — свободно допускал мысль, что мёртвый скандинавский бог света — это прообраз — или образ — мёртвого Сына Божия, Отца христианства. Но, как Вы и почувствовали, мнение это, касательно образов, — меч обоюдоострый, оружие, разящее в обе стороны[2]: считать, будто во всякой истории достоверен только её смысл, будто всякая история есть лишь символическое изображение вечной истины — такое суждение первый шаг к тому, чтобы уравнять все религии между собою... А существование одних и тех же истин во всех религиях — могучий довод как в пользу, так и против наибольшей истинности какой-то одной религии.

Теперь я должен сделать одно признание. Сначала я написал это письмо по-другому — и уничтожил. В этом уничтоженном письме я призывал Вас — призывал от души — крепче держаться своей веры, не увлекаться «извивами и оплётами» критической философии; я писал, хоть, может быть, это и вздор, что женский разум — а он не так замутнён, более послушен голосу интуиции и менее предрасположен к искривлениям и вывертам, чем обыкновенно мужской, — возможно, он как раз и привержен истинам, которые ускользают от нас, мужчин, отвлечённых своими бесконечными вопрошаниями, этим большей частью суемудрием по привычке. «У человека может быть не меньше прав на владение истиною, чем у иного — на владение городом, и всё же он будет принуждён сдать это достояние противнику», — мудро заметил сэр Томас Браун[3], и быть орудием той силы, которая во имя своих несостоятельных притязаний принудит Вас отдать ключи от этого города, — такая роль не по мне.

Но потом я рассудил — рассудил справедливо, не так ли? — что Вам едва ли понравится, если я избавлю Вас от участия в споре на основании превосходства Вашей интуиции и оставлю поле боя.

Не пойму, отчего мне пришла эта мысль, не пойму, как я догадался, но поручиться готов, что это так, а значит, не вправе я, бе-

---

[1] Бальдр (Бальдер) — в эддической мифологии любимый сын Одина, погибший из-за коварства бога Локи. Смерть Бальдера становится как бы прообразом гибели богов и всего мира (Рагнарёка).

[2] Образ из элегии Дж. Мильтона «Люсидас» *(перевод Ю. Корнеева):*

И некому, увы, разбой пресечь,
Хоть над дверьми висит двуручный меч.

[3] Цитата из трактата Т. Брауна «Religio medici».

седуя с Вами, отделываться недомолвками, хуже того: не вправе из приличия обходить молчанием столь важный предмет. Вы, должно быть, заметили — с Вашим зорким умом не заметить! — что нигде в этом письме нет и намёка на то, что я разделяю бесхитростные, может, наивные взгляды юного сочинителя «Рагнарёка». Но если я изложу свои взгляды — что-то Вы обо мне подумаете? Будете ли Вы и впредь писать мне столь же откровенно? Не знаю. Но знаю, что во мне говорит потребность высказаться начистоту.

Я не сделался ни каким-то атеистом, ни тем паче позитивистом — по крайней мере, не дошёл до совсем уж радикальных воззрений тех, кто сводит религию к поклонению человечеству; я желаю своим собратьям по роду человеческому всяческого благополучия и нахожу их бесконечно интересными, однако же «есть многое на свете, друг Горацио», что было сотворено для иных целей, нежели их — то бишь наше — благополучие. Обратиться к религии побуждает обычно потребность возложить на кого-то свои упования — либо способность удивляться; мои религиозные чувства питала всегда именно эта способность. Трудно мне обретаться на свете без Творца; чем больше мы видим и познаём, тем больше удивительного открывается нам в этом нагромождении *хитро сопряжённых* друг с другом явлений — нагромождении отнюдь не беспорядочном. Впрочем, я чересчур тороплюсь. И притом я не могу, не имею права докучать Вам полным изложением своего символа веры: всё равно это не больше чем крайне сумбурный, крайне бессвязный набор — вернее, пока ещё горстка — идей, ощущений, полуправд, удобных вымыслов. Я не *обладаю* символом веры — я в бореньях его *добываю*.

Дело в том, любезная, мисс Ла Мотт, что мир, где мы живём, — это старый мир, мир утомлённый — мир, который наслаивал и наслаивал теории и наблюдения, покуда истины, так, должно быть, легко постигавшиеся на вешней заре человечества — снизошедшие на юного Плотина, на вдохновенного Иоанна Богослова на Патмосе, — не помрачились, не сделались в наши дни палимпсестом[1] поверх палимпсеста, покуда их ясность не скрылась под плотным роговым наростом: так змее с её новой упругой блистающей кожей застит взгляд не вполне сброшенный выползок, — так прекрасные очертания веры, что запечатлелись в устремлённых ввысь башнях старинных соборов и аббатств, истачиваются дыханием веков и ветров,

---

[1] *Палимпсест* — древняя рукопись на пергаменте, где текст написан на месте стёртого, ещё более древнего текста.

теряются в сажисто-сизой дымке, густеющей с умножением наших промышленных городов, наших богатств, наших открытий, с ходом нашего Прогресса. Не будучи манихеем[1], я не могу поверить, будто Он, Создатель, если Он существует, сотворил нас и наш мир иными, чем мы есть. А сотворил Он нас любопытствующими, вопрошающими, и тот, кто записал книгу Бытие, справедливо относит наше ничтожное состояние на счёт той самой жажды познаний, которая в известном смысле оказывается сильнейшей из всех причин, побуждающих нас к добру. К добру, но также и к злу. И того и другого сегодня много больше, чем во времена пращуров наших.

И вот я задаюсь важнейшим вопросом: Он ли скрылся от наших глаз, чтобы мы стараниями своего дозревшего разума отыскали пути Его, такие сегодня от нас удалённые, либо это мы, в силу своей греховности или какого-то огрубения кожи, непременного условия новой метаморфозы, — либо это мы пришли к такому состоянию, когда неизбежно должны осознать свою слепоту и богооставленность? И что стоит за этой неизбежностью: здоровье или болезнь?

И в «Рагнарёке» — где Один Вседержитель превращается попросту в странствующего в мире земном Вопрошателя и неизбежно гибнет вместе со всем своим творением в последней битве на исходе страшной последней зимы — и в этой поэме я — безотчётно — уже приблизился к тому, чтобы задать подобный вопрос.

Ещё один большой вопрос — какого рода истину можно выразить в «повести о чудесах», как Вы справедливо её называете, — но я и так уж бессовестно злоупотребляю Вашим терпением, и оно, должно быть, уже на исходе: боюсь, Ваше острое и наблюдательное внимание уже и не поспевает за моей мыслью.

Я ещё не ответил на Ваше суждение об эпической Вашей поэме. Что ж, если Вам по-прежнему небезразлично моё мнение... Хотя с какой стати? Вы поэт, и ценность для Вас должно иметь лишь собственное мнение. И всё же если и моё мнение Вам небезразлично, то — почему непременно эпическая поэма? Отчего не драматическая, на сюжет из мифологии, в двенадцати книгах? Не вижу причин, почему такие поэмы должны сочинять исключительно мужчины, а не женщины, — было бы желание.

---

[1] *Манихейство* — религия, возникшая в III в. н. э. в Ираке и получившая широкое распространение в Азии и отчасти в Европе. По верованиям манихеев, во вселенной сосуществуют царство света и царство тьмы, духовное и материальное. Душа человека томится в темнице тела, и полное освобождение духа произойдёт лишь после мировой катастрофы, которая приведёт к гибели материи.

*Я выразился резко? Это с досады: Вы — с Вашими дарования-
ми — находите нужным оправдывать свой замысел!..*

*Я прекрасно вижу, что оправдываться следует мне — за тон
этого письма, которое я и перечитывать не стану: всё равно поправ-
лять его я не в силах. Пусть этот черновик предстанет перед Вами
со всеми погрешностями, «не причащён и миром не помазан»*[1], —
*а я — со смирением и надеждой — стану ждать, сочтёте ли вы его
достойным ответа...*

Ваш
                                                    Р. Г. Падуб.

Уважаемый мистер Падуб,
извините меня за молчание — которое так затянулось. Я раздумы-
вала не над тем, отвечать ли, но что отвечать, раз уж Вы удосто-
или меня чести — чуть было не написала «нелёгкой чести» — да
полно, нелёгкой ли? — выслушать Ваше искреннее мнение. Я не ки-
сейная барышня из нравоучительного романа, чтобы деликатным
манером ударяться в благородное негодование, едва кто-нибудь
признается в своих сомнениях; я даже отчасти согласна с Вами: сомнения, сомнения — в этом мире, в наш век никуда от них не уйти.
Не стану оспаривать Вашего ви́дения наших исторических обстоятельств; да, мы удалены от Истока Света, и мы знаем такое, что
мешает нам исполниться простою верою, и мешает ею проникнуться, и мешает ею воспылать.

Вы много пишете о Том — о Создателе, — нигде не называя его
Отцом, — кроме как в истории о скандинавских богах, которую Вы
ставите в параллель евангельской. О подлинной же истории Сына
пишете Вы на удивление мало — а ведь это она в основании нашей
веры: жизнь и смерть вочеловечившегося Бога, истинного нашего
Друга и Спасителя, Кому подражаем мы, на Кого уповаем, видя в
Его Воскресении из мертвых надежду на будущую жизнь, без чего
превратности и явные беззакония в жизни земной делали бы её не-
стерпимой насмешкой. Но я заговорила как... как проповедник: должность, к которой мы, женщины, объявлены непригодными; притом
в моих словах, верно, нет ничего такого, о чём Вы — с Вашей мудростью — не передумали тысячу раз.

И всё же — будь это так, откуда бы взялось у нас представление
об этом Высочайшем Образце, об этой Благороднейшей Жертве?

---

[1] У. Шекспир. Гамлет, I, 5. *Перевод Б. Пастернака.*

В ответ Вам могу выставить свидетельство Вашей собственной поэмы о Лазаре — загадочное название которой Вы должны мне когда-нибудь объяснить. В самом деле: «Déjà vu, или Явление Грядущего». В каком смысле? Мы с моей приятельницей — моей компаньонкой — заинтересовались в последнее время психическими явлениями; мы посещали лекции о необычных состояниях сознания и появлениях духов, читавшиеся тут неподалёку, у нас даже достало смелости заглянуть на устроенный некой миссис Лийс спиритический сеанс. — Так вот, миссис Лийс убеждена, что déjà vu, то есть случаи, когда человеку представляется, будто с ним происходит нечто уже происходившее прежде и, возможно, не единожды, — говорят о кругообразности времени в мире ином, соседствующем с нашим земным, — там, где всё пребывает вечным, не изменяясь, не дряхлея. Надёжно же засвидетельствованная способность наблюдать явления грядущего — дар пред-видения, дар прорицания, пророчества — есть ещё один род погружения в это вечно обновляющееся пространство. Если применить этот вывод к Вашей поэме, то она словно бы заключает в себе намёк, что умерший Лазарь отошёл в вечность и вернулся обратно — «из времени во время», как у Вас говорится, — и, если я правильно Вас поняла, теперь видит Время с точки зрения Вечности. Игра ума, достойная Вас: теперь, когда я знаю Вас лучше, мне это ясно; и увиденная воскресшим чудесная природа обыденных мелочей — жёлтый, в разбегающихся полосках глаз козы, хлебы на блюде, с чешуйчатыми рыбами, ждущие отправиться в печь, — всё это для Вас составляет самую суть жизни. Это лишь Вашему смятенному повествователю чудится, будто взоры ожившего мертвеца безучастны — на самом деле тот видит ценность во всём — решительно во всём...

До знакомства с миссис Лийс я понимала Ваше «Явление Грядущего» в более широком смысле: как преображение второго пришествия — как явление грядущего Спасителя, которого мы ожидаем, — когда в глазах мертвеца и малые песчинки будут просеяны и сосчитаны, как волосы на головах наших...

Сын Божий в Вашей поэме не произносит ни слова, но посланный делать перепись римлян, от лица которого ведётся рассказ, этот приметливый ко всякой пустячной подробности чиновник — разве он, вопреки своим природным наклонностям, вопреки плоской своей чиновничьей натуре, не изумляется он разве, видя, как окрыляет присутствие этого Человека горстку уверовавших в Него, го-

товых с радостью жизнь за Него положить, готовых и прозябать в нищете. «Для вас все жребии равны», — недоумевает писец. Он — но не мы: ибо разве тот Человек не отверз перед ними Врата Вечности, за которыми просиял им свет, озаривший хлебы и рыб?

Или, может быть, я чересчур простодушна? Не был ли Он — так горячо любимый, так тягостно отсутствующий, так мучительно мёртвый — попросту Человеком?

Удивительно живо изображаете Вы, как любят Его, как нуждаются в Его утешении лишившиеся Его женщины в доме Лазаря, неутомимая хлопотунья Марфа и воспаряющая мыслью Мария, — как ощущают они Его живое присутствие, каждая на свой лад: Марфа видит в Нём устроителя домашнего благочиния, Мария — Свет Угашенный. А Лазарь видит... Лазарь видит одно: то, что видится ему всякий миг.

Вот загадка! Но я кончаю свой по-школярски корявый пересказ Вашей мастерской поэмы. — Удалось ли мне передать живое дыхание Живой истины? — Или я всего лишь явила в своём монологе изображение веры, чувства оставленности?

Вы ведь растолкуете мне свою поэму? Не есть ли Вы как апостол: «всё для всех»?[1] Куда меня занесло? — Куда я, я себя завела?

Скажите же мне, что Он — жив. Для Вас — жив.

Итак, любезная мисс Ла Мотт, «привязан я к столбу: сносить всё должен» — это, впрочем, единственное, что роднит меня с Макбетом[2]. Когда я получил Ваше письмо — знак того, что меня не предали отлучению, — у меня было отлегло от сердца, но, поразмыслив, я не решился тут же его распечатать и ещё долго вертел в руках: ну́ как его содержимое станет мне жупелом огненным?

Распечатал — и какая же в нём обнаружилась щедрость духа, какая истовая вера, какое тонкое понимание моих сочинений — не только сомнительного моего послания, но и поэмы о Лазаре. Вы ведь тоже поэт, Вы знаете: сочиняешь, бывало, а сам думаешь: «Вот удачный штрих... Эта мысль бросает отсвет на ту... Не слишком ли выйдет прямолинейно для читающей публики?.. Ни к чему так густо класть краски, изображая очевидное...» Слишком обнажённой мыслью почти гнушаешься. Но вот сочинение попадает в руки

---

[1] Первое послание к коринфянам, 9: 22.

[2] В том виде, в каком приводит это высказывание Падуб, оно встречается не в «Макбете», а в «Короле Лире», III, 7. *Перевод Т. Щепкиной-Куперник.* Похожее выражение действительно имеется и в «Макбете», V, 7.

*к читателям — и его объявляют и чересчур по-домашнему неза-
тейливым, и чересчур уж по-небожительски невразумительным;
и ты понимаешь: всё, что ты надеялся высказать, утонуло в не-
проглядном тумане. И дыхание жизни в твоём сочинении слабеет,
слабеет — так представляется не только читателям, но и тебе
самому.*

*И вдруг — Вы и Ваши мудрые наблюдения, как бы вскользь, играю-
чи, — и оживает моя поэма, оживает от одних уже недоверчивых
вопросов, заключающих Ваше письмо. Воистину ли Он совершил это
чудо? Вернулся ли Лазарь к жизни? Правда ли, что Богочеловек воскресил умершего, когда ещё Сам не победил смерть, или, как полагал
Фейербах, эта история всего лишь воплощает человеческие чаяния?*

Вы просите: «Скажите же, что Он — жив. Для Вас — жив».

*Верю: жив. Но как верю? В каком смысле? Истинно ли я верую,
что Человек этот вступил в склеп, где лежал уже тронутый тле-
нием Лазарь, и повелел ему встать и идти?*

*Истинно ли я верую, что это всего-навсего навеянная надеждой
и мечтаниями выдумка, искажённое предание простаков с прикра-
сами для легковеров?*

*История в наше время — это наука: свидетельства мы при-
знаём с разбором, мы знаем, что такое рассказы очевидцев и в какой
мере можно на них полагаться. Так вот: что видел, что поведал,
что думал этот живой мертвец (я не о Спасителе нашем, а о Лазаре), как убедил своих любящих домочадцев в существовании того
края, что лежит на страшном другом берегу, — об этом нигде ни
слова. И если я сочиняю свидетельство очевидца — правдоподобное,
убедительное, — то значит ли это, что мой вымысел пробуждает
к жизни истину или что моё разгорячённое воображение наделяет
жизнеподобием величайшую ложь? Поступаю ли я, восстанавливая
события задним числом, как те, евангелисты? Или же я поступаю
как лжепророки, раздувающие пустые свои измышления? Чародей
ли я, подобный Макбетовым ведьмам, который, мешая истину с ложью, лепит из них светозарные образы? Или я кто-то вроде второ-
разрядного составителя пророческой книги: рассказываю ту истину, какую в себе нахожу, прибегая к тем вымыслам, какие признаю
подходящими, — как Просперо признавал Калибана? — Я ведь нигде
не утверждаю, что недалёкий, косноязычный чиновник-римлянин —
не просто моя выдумка, не просто глиняные уста, моим свистом
высвистывающие.*

«Ну что это за ответ!» — заметите Вы и, склонив голову набок, окинув меня зорким взглядом премудрой птицы, сочтёте, что я криводушничаю.

А знаете ли, единственная жизнь, в подлинности которой я убеждён, — это жизнь воображения. Истинная ли правда — или неправда — эта давняя история про жизнь, не угашенную смертью, — но поэзия способна умножить дни жизни человека настолько, насколько станет Вашей или чьей-то ещё веры в его бытие. *Не скажу, что мне под силу воскресить Лазаря, как воскресил его Он, но как Елисей — простершись на мертвеце, вдохнуть в него жизнь[1], — пожалуй, сумею...*

Или как поэт-евангелист: кем-кем, а поэтами они были; учёными-историками — не знаю, но поэтами — несомненно.

Вы понимаете мою мысль? Сочиняя, я знаю. Вспомните удивительное высказывание юного Китса: «Я не уверен ни в чём, кроме святости сердечных привязанностей и истинности воображения»[2].

Я веду не к тому, что «в прекрасном — правда, в правде — красота»[3] или ещё к какому-нибудь софизму в этом роде. А к тому я веду, что без воображения Создателя для нас ничто не живо — ни живое, ни мёртвое, ни воскрешённое, ни ждущее воскресения...

Ну вот: хотел изложить Вам свою истину, а свёл дело к тягостным софизмам. Но Вы знаете, верю: знаете...

Скажите же, что знаете, — а знание это не простое, и непросто от него отмахнуться: истина — в воображении.

Уважаемый мистер Падуб,
Макбет был чародей. Если бы рождённый не женщиной не сразил его острым мечом — как по-Вашему, неужели славный король Яков — сочинитель благочестивой «Демонологии»[4] — не преисполнился бы желания послать его на костёр?

Легко Вам — в наши-то дни, — посиживая в покойном кабинете, оправдываться: «Я — что, я всего-навсего поэт, и если я утверждаю, что мы постигаем истину не иначе как посредством живой Лжи — „живой" в обоих смыслах, — то что в этом дурного? Всё равно и ложь

---

[1] Четвёртая книга Царств, 4: 34.

[2] Цитата из письма Дж. Китса к Б. Бейли от 22 ноября 1817 г. *(перевод С. Сухарева).*

[3] Дж. Китс. Ода греческой вазе *(перевод Г. Кружкова).* Сходная мысль содержится и в цитируемом выше письме к Б. Бейли.

[4] *«Демонология»* — трактат в форме диалога, написанный королём Яковом I Стюартом.

и истину мы впитываем с молоком матери, где они пребывают нерастворимо: таков уж удел человеческий».

А Он сказал: «Я есмь Истина и Жизнь»[1] *— что Вы скажете на это, милостивый государь? Что такое эти слова? Утверждение, всего лишь не лишённое справедливости? Или поэтическое иносказание для красоты слога? Так что же, что? Ведь это в вечности раздаётся: Я ЕСМЬ...*

Я готова признать — спущусь уж с недоступной для меня кафедры проповедника, — что бывают истины и вроде тех, о которых пишете Вы. Спорить станет лишь тот, кому неведомёк, что страдания Лира, боль герцога Глостера — это всё правда, хоть люди эти и на свете не жили — вернее сказать, не жили въявь: ведь Вы скажете, что это всё же своего рода жизнь и что У. Ш., премудрый пророк-чародей, ввёл их в такую великую жизнь, что ни одному актёру на этой сцене роль не удаётся и всем им приходится — чтобы она обрела плоть и кровь — полагаться на наше с Вами ремесло.

Но что был такое поэт в тот век исполинов, он же век вышесказанного короля Якова с его «Демонологией»? — И не только «Демонологией», но и выполненным по его воле переводом Священного Писания на английский язык — таким переводом, что всякое слово в нём гласило об истине и вере, и с каждым веком всё громче — о вере, во всяком случае, — до самых времён нашего безверия.

Что был поэт тогда — прорицатель, дух путеводный, сила природы, целый мир, — то не есть он теперь, в наше время материалистического огрубения...

Быть может, Ваше добросовестнейшее восстановление картин прошлого — как бы подновление старинных фресок — это наш путь к истине. Присадка неброских заплат. Согласны ли Вы с таким уподоблением?

Мы снова были на лекции о недавних спиритических явлениях, читанной одним достопочтеннейшим квакером. Вначале он говорил о склонности людей верить в существование духов — но верить не для пошлого удовольствия поражаться невиданному или щекотать себе нервы. Сам англичанин, он отзывался об англичанах примерно в таких же выражениях, что и поэт Падуб. Мы, говорил этот добрый человек, черствы двойной зачерствелостью. Торгашество и протестантское отвержение духовных связей вкупе произвели в нас окаменение, окостенение. Мы грубые материалисты и приемлем

---

[1] Евангелие от Иоанна, 14: 6.

лишь материальные, как мы их называем, доказательства фактов духовного порядка, оттого духи, снисходя к нашей слабости, разговаривают с нами посредством стуков, шорохов и мелодического гудения, в каких прежде — когда мы были исполнены живой пламенной веры — не было нужды.

Он прибавил, что у англичан зачерствелость эта усугублена тем, что мы обитаем в более плотной атмосфере, не столь насыщенной электричеством и магнетизмом, как в Америке, жители которой заметно превосходят нас впечатлительностью и возбудимостью; они более умелы по части общественного устройства, больше верят в возможность усовершенствования человеческой натуры. Американский ум — под стать тамошним общественным учреждениям — разрастается с быстротою тропических джунглей и вследствие этого более свободен и восприимчив. Американками были сестры Фокс, первыми услыхавшие производимые духами стуки, американец и сподобившийся откровения автор труда «Univercoellum» Эндрью Джексон Дэвис*, Америка выпестовала гений Д. Д. Хоума.

Наши же «теллурические условия» — выражение, которое ласкает мне слух, а Вам? — не так благоприятствуют передаче духовных впечатлений.

Какого Вы мнения об этих предметах, которые нынче занимают всё общество и взбаламутили даже тихие воды нашей ричмондской заводи?

Не таким бы письмом отвечать на Ваши проникновенные суждения о Китсе и поэтической истине, на Ваше саморазоблачение, выдающее Вас как пророка-чародея. Письмо это пишется не с тем самозабвением, что прежние, но у меня есть оправдание: я нездорова — мы нездоровы — и у меня и у милой моей подруги сделался лёгкий жар, отчего на меня напала хандра. Нынче я весь день провела в тёмной комнате, и теперь мне легче, хотя слабость ещё не прошла.

В таком состоянии в голову лезет всякая блажь. Я чуть было не решилась просить Вас, чтобы Вы мне больше подобных писем не присылали — не смущали бы мою простую веру — не увлекали меня напором Вашей мысли и силою слога, — иначе душе моей нет спасения, иначе, милостивый государь, независимости, с трудом мною завоёванной, грозит беда. Ну вот я и высказала эту просьбу — косвенным образом, обиняком, в виде упоминания о неисполненном намерении, о том, что я могла бы Вас попросить. А «могла бы» или в самом деле прошу — это уж каков будет Ваш — великодушный суд.

Уважаемая мисс Ла Мотт,

Вы не запрещаете мне писать Вам и дальше. Благодарю Вас. Вы не делаете мне строгих упрёков за уклончивость в ответах и заигрывание с тайными силами. Благодарю и за это. И будет — пока что — об этих тягостных материях.

Известие о Вашей болезни очень меня огорчило. Едва ли недомогание Ваше приключилось от тёплой весенней погоды или от моих писем — хоть и докучливых, но таких сердечных, — а значит, не остаётся предположить ничего другого, как то, что виною тут красноречие Вашего вдохновенного квакера, чьи «теллурические условия», которым недостаёт магнетизма, чьи наблюдения о зачерствелости и правда доставили мне большое удовольствие. Отчего бы ему не вызвать силу, способную «расплющить шар земной»?[1] Клеймить Век Материализма и тут же ссылаться на недвусмысленно материальные проявления духовного — чудо что за непоследовательность. Вы не находите?

А я и не знал, что Вы так охотно и так часто бываете на людях. Мне-то представлялось — Вы намертво заделали милую дверь Вашего домика, которая рисуется в моём воображении — куда я без воображения? — сплошь увитой розами и клематисом. Что бы Вы ответили, если бы я высказал настоятельное пожелание послушать Вашего рассудительного квакера самолично? Оставить меня без тартинок с огурцом Вы вправе, но не без пищи же духовной!

Не тревожьтесь: от такого шага я удержусь. Не хочу рисковать нашей дружбой.

Что же до стуков и бряков, то пока я прислушивался к разговорам о них без особого интереса. Я не из тех, кто, в силу ли своих религиозных воззрений, из скептицизма ли, считает эти явления за ничто — такого рода ничто, какой происходит от слабости человеческой, от легковерия, от страстного желания почувствовать рядом живое присутствие тех, чей уход стал для нас горькой утратой, — а такое желание случалось испытывать всякому. Я склонен верить Парацельсу*, который утверждал, что иные духи низшего разряда, обречённые обитать в воздушной стихии, беспрестанно рыщут по земле и временами, когда ветер и игра света этому благоприятствуют, нам представляется редчайший случай увидеть их или услышать. (Вполне допускаю, что многие из таких происшествий можно отнести к мошенническим проделкам. И уж тем бо-

---

[1] У. Шекспир. Король Лир, III, 2. *Перевод Т. Щепкиной-Куперник.*

*лее допускаю, что престиж Д. Д. Хоума роднит с престидижита-
цией не только происхождение от одного слова, и это обстоятельство поспешествовало его славе больше, чем какой-то особый дар
общения с духами.)*

*Кстати, о Парацельсе: мне вдруг вспомнилось, что как раз один
из таких духов, упомянутых в его трудах, — Ваша фея Мелюзина.
Знаком Вам этот отрывок? Без сомнения, знаком — и всё же я его
выпишу, настолько он любопытен. А к тому же мне хочется узнать,
не с этой ли стороны заинтересовала Вас история о фее — или, может быть, Вас больше занимают её созидательные наклонности,
возведение замков, о которых Вы, помнится, рассказывали?*

*Мелюзины суть королевские дочери, закосневшие в грехе. Са-
тана, их унесши, обращает их в призраков, злых духов, живых мертвецов, вернувшихся из-за гроба, в страшных чудищ.
Считают, что диковинные эти тела не имеют в себе разумной души, а питанием им служат составы стихий, оттого
на Страшном суде они, как и питающие их стихии, обратят-
ся в ничто, если прежде не соединятся браком с человеком.
Брачный же этот союз делает то, что они получают земное
существование и кончину свою принимают также по образу
всего земного. О призраках этих слышно, что обитают они
в пустынях, в замках, в гробницах и заброшенных склепах,
среди развалин и по берегам морским.*

*Расскажите, пожалуйста, как подвигается Ваша работа. Под-
талкиваемый своим безграничным эгоизмом и Вашими участливы-
ми расспросами, я разглагольствовал о своём «Рагнарёке», о «Déjà
vu», а про «Мелюзину» — хоть Вы и намекнули, что не прочь о ней
написать, — даже не обмолвился. А ведь из-за неё-то и завязалась
наша переписка. Я помню, мне кажется, каждое словечко той нашей
беседы, помню Ваше лицо, обращенное несколько в сторону, но нерав-
нодушное, помню, с каким чувством Вы говорили про «жизнь языка». Помните это выражение? Я начал разговор с дежурной учтивостью. — Вы сказали, что хотите написать большую поэму о Мелюзине, и взглянули на меня как-то так, словно вызывали меня на
возражение — как будто у меня были к тому основания или охота. — Я спросил, какую форму изберёте Вы для поэмы: спенсерову
строфу, нерифмованный пятистопный ямб или иной размер. —
И вдруг Вы заговорили про силу, таящуюся в стихе, про жизнь языка.*

Куда подевался смущённый и виноватый вид: в ту минуту Вы были само — да простится мне это слово — величие. «Пока дух мой держится в теле»[1] — не скоро забуду я эту минуту...

Надеюсь в следующем письме получить известие, что Вы — и, конечно, мисс Перстчетт — уже в добром здравии и яркое вешнее солнце вам опять нипочём. А ещё надеюсь, что следующее письмо не принесёт известия о новых посещениях лекций, трактующих о чудесах: я не убеждён, что такие лекции действуют благотворно. Но раз уж Вы позволяете лицезреть себя квакерам и столоверченцам, не буду и я терять надежду как-нибудь продолжить с Вами разговор о стихотворстве и — кто знает — вкусить-таки зелёных ломтиков-планисфер.

Уважаемый мистер Падуб,

в дому, откуда я пишу, печаль, и мне придётся быть немногословной: у меня на руках беспомощная больная, бедняжка Бланш; совершенно измученная чудовищными головными болями и приступами дурноты, она лежит пластом, не в силах закончить работу, а работа для неё — это жизнь. Сейчас она пишет картину, изображающую Мерлина и Вивиан в миг её торжества — когда она произносит заклинание, от которого волшебник, подпав её чарам, погружается в беспробудный сон. Мы очень надеемся, что картина удастся: всё в ней смутный намёк, повсюду внятность отделки, — но Бланш так расхворалась, что сделалась к работе не способна. Моё здоровье не лучше, но я приготовляю себе лечебные отвары, прикладываю ко лбу мокрые платки — лечусь как могу.

От прочих домочадцев — служанки Джейн, пса Трея и канарейки Монсиньора Дорато — проку никакого. Джейн сиделка старательная, но неумелая, Пёс же Трей только слоняется по дому, а в глазах не сострадание, а укор: что же это никто не погуляет с ним в парке, не пошвыряет, чтобы он приносил, занятные палочки?..

Словом, письмо это будет не длинным.

Мне так отрадно, что Вы пишете о «Мелюзине» как о деле решённом — которое осталось только исполнить. Я хочу рассказать, как родился этот замысел. — Было это в далёком туманном прошлом, когда я, совсем ещё девочка, жила в доме моего дорогого батюшки — он в ту пору составлял Mythologie Française, *великий труд, о котором я тогда имела неясные и несообразные представле-*

---

[1] У. Шекспир. Гамлет, II, 2. *Перевод Н. Полевого.*

ния. Но хотя я и не знала, что такое этот opus magnum[1], *как в шутку называл его батюшка, зато твёрдо знала, что мой папа́ умеет рассказывать такие славные истории, каких не расскажет ни один другой папа́ — ни одна мама́ — ни одна нянюшка, мыслимые и немыслимые. Когда на него находила охота рассказывать, он, бывало, говорил со мною совсем как Кольриджев Старый Мореход[2] (мой горячо любимый знакомец с малых лет — благодаря батюшке). А ещё он, бывало, беседовал со мною как с собратом-учёным, подвизающимся на одном с ним поприще, с человеком теоретического ума и обширных сведений, причём беседовал на трёх или четырёх языках, ибо размышлял он на французском, английском, на латыни и, разумеется, на бретонском. (Размышлять на немецком — по причине, о которой я скажу дальше, — он не любил, но умел и, когда понуждали обстоятельства, думал и по-немецки.) Он часто — очень часто — рассказывал мне историю про Мелюзину: по его словам, само существование подлинно французской мифологии весьма сомнительно, однако если она всё же существовала, то повесть о Мелюзине — одна из её вершин, одна из ярчайших звёзд на её небосклоне. Он мечтал сделать для французов то же, что сделали братья Гримм для немцев: изложить пред-историю народа так, как запечатлелась она в преданиях и легендах, выявить наидревнейшую мысль народную, подобно тому как барон Кювье из нескольких костей, давших ему подсказку о предполагаемой соединительной ткани, при помощи догадливости и силою умозаключений составил облик мегатерия. Но тогда как Германия и Скандинавия — кладезь мифов и легенд, из которых и Вы заимствовали картины для своего «Рагнарёка», у нас, французов, только и есть что рассказы о нечисти, населяющей ту или иную местность, да бытовые истории о проделках деревенских плутов. — Да ещё бретонские — они же британские — сказания о короле Артуре и его рыцарях, и ещё друиды, о которых мой добрый родитель отзывался с таким уважением, и менгиры, и дольмены[3], но ни гномов, ни эльфов — а они есть даже у англичан — мы не знаем. Правда, у нас есть* dames blanches, fate bianche[4] *— я это*

---

[1] Главное произведение *(лат.)*.

[2] Заглавный герой поэмы С. Т. Кольриджа «Сказания о Старом Мореходе».

[3] *Менгир* — вертикально врытый в землю длинный камень (4–5 м и более), культовый памятник эпохи энеолита и бронзового века. *Дольмен* — древнее (чаще всего III–II вв. до н. э.) погребальное сооружение в виде большого каменного ящика, накрытого плоской плитой.

[4] *Буквально: «белые дамы» (фр., ит.).*

перевожу: «беляницы», — к которым, как полагал батюшка, можно некоторым образом причислить и Мелюзину, ибо она появляется как провозвестница смерти...

Как жаль, что Вам не довелось познакомиться с моим батюшкой. Вы бы нашли в нём восхитительного собеседника. Не было такого в интересующей его области, чего бы он не знал, и всё это не мёртвые знания, а живые, яркие, такие важные для нашей повседневности. Лицо его — худощавое, морщинистое, вечно бледное — было всегда печально. Я думала, ему грустно оттого, что у французов нет своей мифологии, — так вывела я из его речей. Теперь же мне кажется — это было от неприкаянности: он, которого больше всего на свете занимали хранители домашнего очага, лары и пенаты, — не имел родного дома.

Сестра моя София к этим предметам была равнодушна. Её привлекало всё, что привлекает женщину: всякие красивые вещи. Читать она не любила. Сестра тяготилась уединённостью нашей жизни, тяготилась ею и матушка, которая, выходя замуж, полагала, что всякий француз — непременно galant, светский лев. Лучше сказать, мне кажется, что она так полагала, потому что брак их оказался несчастлив... Но меня, однако, унесло в сторону. Вот уж третью ночь почти не смыкаю глаз — Вы, верно, скажете, что в мыслях у меня полный разброд — с чего это я вдруг вздумала вместо соображений о «Мелюзине» представить Вам своё жизнеописание? Но моя жизнь и поэма — они так переплелись. *И притом я Вам доверяю...*

Батюшка носил маленькие круглые очки в стальной оправе — поначалу когда читал, потом постоянно. Ничего не знаю приветливее, покойнее и успокоительнее этих холодных кружков; глаза в них смотрели подводным взглядом: большие, печальные, полные затаённой нежности. Мне захотелось сделаться его секретарём, и я упросила его выучить меня греческому, латыни, французскому и бретонскому — да и немецкому заодно. Батюшка учил — немецкому, правда, с неохотой, — однако не затем, зачем я хотела: ему просто нравилось, как быстро я схватываю и как легко усваиваю его объяснения.

Но довольно про папá. В последнее время мне так без него тоскливо, так его недостаёт — оттого, должно быть, что я всё не могу начать свою поэму. — Неспроста...

Выдержка из Парацельса, что Вы привели, мне знакома. Вы со своею обычной сметливостью угадали: мне в самом деле интересны другие облики феи Мелюзины. У неё две ипостаси: Невиданное Чудище — и отчаянно гордая и любящая искусница. Неожиданное слово, но более точного не подобрать: к чему бы она ни прикасалась, всё удавалось нельзя лучше. — Возведённые ею дворцы стояли прочно, кладка была безупречная, камень к камню, и хлеба у неё в полях урождались на славу. Батюшка записал предание о том, что даже фасоль в Пуату завезла Мелюзина, — выходит, она дожила до XVII века, потому что, как он доказал, прежде этого времени фасоль в Пуату не выращивали. Не значит ли это, что она была не просто какой-то нежитью, но как бы богиней плодородия, французской Церерой — или, если обратиться к близкой Вам мифологии, фрау Хольдой, богиней весны. Фрейей, Идунн с её золотыми яблоками?[1]

Потомство её — в тех и правда было что-то от чудищ. Таким был не только Жоффруа Большой Зуб — или Кабаний Клык, — но и те, что сделались королями Кипра и Армении: у кого уши наподобие ручек кувшина, у кого лишний глаз.

А трёхглазый Орривль, Ужасный Отпрыск, убить которого строго-настрого наказала она Раймондину перед самой своею метаморфозой, — как полагаете Вы о нём?

В поэме — если я всё же примусь за неё — я хочу взглянуть на события отчасти глазами самой Мелюзины. Однако это будет не рассказ от первого лица — какой, должно быть, написали бы Вы, — переселив себя в её душу. Я постараюсь увидеть её несчастным созданием — могущественным и хрупким, — постоянно страшащимся вновь раствориться в воздушном пространстве — вне вечном, обречённом когда-нибудь уничтожиться воздухе...

Меня зовут. Больше писать не могу. Надо скорее запечатать, что получилось, — а получилась, боюсь, слезливая жалоба, лепет выздоравливающего. — Снова зовут. — Кончаю. Искренне Ваша.

*Уважаемая мисс Ла Мотт,
надеюсь, Вы и домашние Ваши уже здоровы и работа — «Мерлин с Вивиан», «Мелюзина», всё сильнее меня пленяющая, — идёт как ни в чём не бывало. — Я почти дописал поэму о Сваммердаме. Вчерне она уже завершена. Теперь я знаю, что в неё войдёт, а что придётся,*

---

[1] *Хольда* — персонаж германской низшей мифологии. *Фрейя* — в скандинавской мифологии богиня плодородия, любви и красоты. *Идунн* («обновляющая») — в скандинавской мифологии богиня — обладательница чудесных яблок, благодаря которым боги сохраняли вечную молодость.

как ни прискорбно, вовсе выпустить, и когда я поправлю несчётное множество погрешностей, первый же беловой список будет предназначен для Вас.

Бегло начертанный Вами портрет Вашего батюшки очаровал меня и растрогал. Я всегда преклонялся перед его обширнейшими познаниями и то и дело читаю и перечитываю его труды. Вот отец для поэта! Лучше и быть не может! Раз уж Вы упомянули Старого Морехода, осмелюсь полюбопытствовать: не отец ли выбрал Вам имя и не выбрано ли оно с оглядкой на героиню незаконченной поэмы Кольриджа? Я не имел ещё случая рассказать Вам — хотя рассказываю об этом всем и каждому, с таким же постоянством, с каким милейший Крэбб распространяется про нахождение бюста Виланда, — что мне довелось однажды слышать Кольриджа. Как-то раз — я был тогда молод и зелен — меня возили в Хайгейт[1], и мне посчастливилось слышать этот ангельский (хоть и не без кичливости) голос, повествующий о существовании ангелов, о долговечности тиса, о том, как всё живое замирает в зимнюю пору (тут так и сыпались банальности вперемешку с истинно глубокими наблюдениями), о предчувствиях, об обязанностях человека (не о правах), о шпионах Наполеона, неотступно следивших за Кольриджем в Италии по его возвращении с Мальты, о снах правдивых и снах обманчивых. Вроде бы о чём-то ещё. О «Кристабель» — ни звука.

А я — молодо-зелено! — просто извёлся оттого, что не могу вставить хоть слово в этот блистательный, льющийся разливчатым потоком монолог — не могу показать, что и в таком обществе не ударю в грязь лицом — не могу обратить на себя внимание. Не знаю уж, о чём бы я стал говорить, представься мне такой случай. Скорее всего, разразился бы каким-нибудь вздором, пустословием — затеял бы бесцельный учёный спор о его взглядах на Святую Троицу либо изъявил бы нецеломудренное желание узнать, чем же закончится «Кристабель». Для меня хуже нет, чем оставаться в неведении относительно развязки. Я готов читать до конца самую несусветную гиль, лишь бы утолить эту мучительную жажду, даже если питьё придётся не по вкусу, и тем довершить дело, за которое не стоило бы и приниматься. Имеете ли и Вы такое обыкновение? Или Вы более взыскательная читательница? Способны ли Вы, убедившись, что книга не заслуживает внимания, отложить её в сто-

---

[1] *Хайгейт* — район в северной части Лондона, где С. Т. Кольридж проживал с 1816 по 1834 г.

рону? Есть ли у Вас какие-либо собственные соображения о возможной развязке повести о Кристабель великого С. Т. К.? — поэмы, дразнящей воображение, ибо, как во всякой превосходной повести, догадаться, каков будет исход, невозможно; исход у истории, без сомнения, имеется, но нам его уже не узнать: разгадку унёс с собой медлительно-отрешённый и сбивчивый в замыслах автор, и нет ему дела до нашего досадливого недоумения.

Идею Вашей «Мелюзины» я отчасти уразумел, но не решаюсь высказаться о ней, а то как бы Ваша мысль — сбитая с ясного пути моим толкованием либо от досады на мою непонятливость — не получила иного направления.

Миф о Мелюзине, словно бы говорите Вы, в особенности чарует нас тем, что, будучи фантастичен, причудлив, ужасен, населён демоническими существами, в то же самое время погружён в быт, как история о житейском — как лучшая из таких историй — изображает домашние заботы, устроение обществ, зарождение скотоводства, обычную материнскую любовь.

Не судите меня строго, если моя дерзкая догадка оказалась неверна. Уже и теперь видно, что писания Ваши обнаруживают талант такого рода, который способен выразить оба этих несходных начала, так что история о Мелюзине будто нарочно для Вас придумана, будто ждёт не дождётся, когда Вы — именно Вы — её расскажете.

Ваши сказки и ювелирной работы стихи доказывают, что зрение и слух у Вас поразительно приметливы к житейскому, к повседневным мелочам — таким, к примеру, как постельное бельё, как тонкости белошвейного мастерства, как домашние занятия вроде дойки, — отчего взгляду обычного мужчины мир мелких хлопот по хозяйству предстаёт как откровение о рае.

Но Вам этого не довольно... В вашем мире гнездятся безмолвные тени... бродят страсти... плещут крыльями смутные страхи... обитатели более зловещие, чем какой-нибудь там нетопырь или ведьма на помеле.

Иными словами, Вам под силу изобразить несокрушимый донжон замка Лузиньянов — каким он вписался в жизнь знатных господ и госпож и крестьян на красочных миниатюрах старинного часослова — и под силу же передать разносящиеся в воздухе голоса — стенания — песни сирен — беспредельную скорбь, что криком летит сквозь года.

Каково-то будет Ваше мнение обо мне теперь? Я ведь писал Вам, что не могу размышлять, не воображая предмета своих размышлений, не явив его образ внутреннему зрению и слуху. Оттого, как я рассказывал, и представляется мне так ясно дверь Вашего дома, недоступная моему взгляду терраса, пышно увитая клематисом — с такими вот тёмно-фиолетовыми лепестками — и плетистой розой в мелких цветочках. Ещё я отчётливо вижу Вашу гостиную и двух безмятежных её обитательниц, занятых... нет, пожалуй, не плетением кружев, а чтением. Чтением вслух: что-нибудь из Шекспира или сэра Томаса Мэлори. А в филигранной башенке — Монсиньор Дорато, лимонные пёрышки. И пёсик Ваш тут же... какой он, кстати, породы? Попробую угадать: должно быть, королевский спаниель. Да-да, теперь я до боли явственно различаю: одно ухо шоколадного цвета, по всему хвосту висячая шерсть. А может, он и не спаниель, а маленькая гончая млечной масти, какую держали в таинственной комнате дамы из стихотворения сэра Томаса Уайетта*. Не вообразится мне никак только Джейн, но, может быть, явится и она. Зато как же внятно слышится запах Ваших лечебных отваров — не разберу, правда, что это: вербена, липовый цвет или земляничный лист, который моя матушка считала первым средством от мигреней и телесной слабости.

Но окидывать нескромным внутренним взором ни в чём не повинную мебель, обои я не смею — не смею простирать своё любопытство на Вашу работу, писания. Вы станете пенять мне, что я пытаюсь написать «Мелюзину» за Вас, но это не так: просто моя злополучная склонность побуждает меня представлять, как напишете её Вы, — и мне видятся в высшей степени заманчивые возможности. Вот, скажем, едет и едет по просеке под кружевною сенью таинственного Броселиандского леса[1] всадник. Так, думаю, она это изобразит — так начнёт она поэму. Но при этом понимаю: на самом деле Вы напишете так, как никто другой не напишет, и все мои домыслы просто бесцеремонность. Что мне сказать? Никогда ещё не испытывал я соблазна поговорить с другим поэтом о тонкостях своей — или его — работы. Я всегда шёл своим путём, ни на кого не оглядываясь. Но вот появились Вы — и я сразу почувствовал: тут всё должно быть подлинным или не быть вовсе — третьему не бывать. И теперь я говорю с Вами — нет, не говорю: пишу — говорю

---

[1] *Броселиандский лес* — местность, упоминаемая во многих рыцарских романах. Его отождествляют с лесом близ Плоэрмаля, на юге полуострова Бретань.

на письме, вот ведь смешение-то, — говорю, как говорил бы с теми, кто сильнее всего занимает мои мысли: с Шекспиром, с Томасом Брауном, с Джоном Донном, с Джоном Китсом, — и оказывается, что я, обыкновенно наделяющий своим голосом мертвецов, теперь самым непростительным образом наделяю им Вас, живую. Сочинитель монологов, можно сказать, силится сколотить диалог, присвоив право говорить за двоих. Простите меня.

Если бы в самом деле завязался диалог! Впрочем, это совершенно зависит от Вашего желания.

Уважаемый мистер Падуб,
хорошо ли Вы разочли, на что меня подбиваете? Я не о том, чтобы моя Муза лёгкою стопою следовала Вашей подсказке, — этому я буду противиться, покуда бессмертное не встретит смертный час, а такое невозможно, разве что оно растворится в воздухе. Но, громоздя мысли и фантазии, как Пелион на Оссу, Вы совсем не щадите мою скромную добросовестность: сядешь написать Вам достойный ответ, глядь — уж и утро прошло. — Вот тебе и поставила створаживаться сливки, вот и принялась за «Мелюзину»!

И всё же — пишите: пусть творожников выйдет меньше, чем нужно, пусть письмо получится отрывочным и коротким, пусть «Мелюзина» подождёт ещё один — не прошедший впустую — день, — худо-бедно, а всякое дело движется.

Вы пишете, что не представляете себе Джейн. Кое-что про неё я расскажу. Джейн сластёна — ужасная сластёна. Не может пройти мимо буфетной, где стоит молочное желе — или аппетитные миндальные пирожные — или блюдце с коньячными вафлями, — без того, чтобы не отхватить кусочек на пробу, не зачерпнуть ложечку, не оставить следа своих чревоугоднических поползновений. Совсем как Ваша покорная — по части писания писем. Говоришь себе: «Пока не доделаю это, пока не начну то, за письмо не сяду», а в голове уже вертятся ответы и на то, и на другое, и на третье, и наконец решаешь: «Развязаться сперва с этим спором (отведать сперва этого лакомства) — и можно будет, выкинув всё из головы, преспокойно заниматься своим делом...»

Нет уж, изъясняться иносказаниями — такая неучтивость. Просто мне захотелось показать, что я не выдумка Ваша и сделаться Вашею выдумкой мне не грозит: на этот счёт и Вы и я можем быть совершенно спокойны. Что же до кресел и обоев — воображайте себе всласть — представляйте их какими Вашей душе угодно, а я стану время от времени подпускать тонкие намёки, чтобы покрепче Вас запутать. Про клематис и розы ничего не скажу, но у нас есть очень красивый боярышник, совсем недавно закурчавившийся, весь в розовых и кремовых цветках, источающих запах миндаля, сладкий-пресладкий — приторно-сладкий — сладкий до нестерпимости. Где растёт этот куст, старый он, молодой ли, большой или маленький — этого я Вам не открою, и представить его в истинном виде — райским древом, таящим угрозу (ветки боярышника нельзя вносить в дом), Вам не удастся.

Но пора мне сосредоточиться и обратить разбегающиеся мысли на важные предметы, о которых Вы пишете, иначе мы с вами увязнем в словесной мишуре, фантазиях и пустопорожних рассуждениях.

Я тоже однажды видела С. Т. К. Я была ещё совсем маленькая, и его пухлая рука лежала на моих золотистых кудряшках, а голос его говорил что-то про их льняную бледность. Он произнёс — или мне после придумался этот голос и эти слова — я, должно быть, как и Вы, не могу без работы воображения, не могу не додумать прошлое, — так вот, кажется, он произнёс: «Красивое имя. Дай-то Бог, чтобы оно не принесло несчастья». Это единственное указание на развязку поэмы «Кристабель»: героине суждены испытания, — впрочем, об этом и так нетрудно догадаться, труднее — если вообще возможно — угадать, как удаётся ей в конце концов обрести счастье.

Теперь мне придётся переменить свой обычный тон. Теперь мне придётся говорить всерьёз, а не порхать с предмета на предмет, развлекая Вас заливистыми трелями и салонным щебетом. Стало быть, Вы — притворно или вправду — опасаетесь, что ваши раздумья о «Мелюзине», о моём поэтическом даровании, о том, что может выйти из-под моего пера, придутся мне не по вкусу? Что за вздор! Вы прочли мои мысли, показали мне, к чему же лежит моя душа, — и всё это без навязчивости, словно меня саму осенило. В ней, в моей Мелюзине, и впрямь гармоническое, человеческое уживается с неистовым, демонским — она, как Вы заметили, и созидательница очагов, и бесовка-разрушительница. (И прибавьте — женщина: вот о чём Вы совсем не пишете.)

Я не подозревала, что Вы читаете такие безделки для детей, как «Сказки, рассказанные в ноябре». Сказки эти в первую очередь батюшкины, их рассказывают только — только! — в сумрачные месяцы, для которых они и предназначены. Батюшка говаривал, что исследователи и собиратели преданий, приезжающие в Бретань

летом — когда море бывает улыбчиво и туман уползает ввысь, от-
крывая почти что сияющие гранитные утёсы, — в эту пору едва ли
найдут, чего ищут. Настоящие сказки рассказываются только
хмурыми вечерами — по миновании Туссена, Дня Всех Святых. И но-
ябрьские сказки — самые страшные: про замогильных выходцев, про
нечистую силу, про дурные предзнаменования, про Владыку воздуш-
ной стихии. И про ужасного анку[1], правящего ужасной своей повоз-
кой. Бывает, путник, забредший тёмною ночью на глухую пустошь,
слышит за спиной скрип, стон, скрежет: это катит повозка анку,
а на ней навалены грудой, болтаются через край мёртвые кости.
На козлах — костяк человечий, только пустые глазницы чернеют
из-под огромной шляпы. Это, заметьте себе, не Смерть, но подруч-
ный Смерти, и несёт он с собою косу лезвием не внутрь, для жатвы,
а наружу, для... для чего? (Так и слышу голос батюшки, вопрос из ве-
чернего сумрака: «Для чего?» Может быть, вы посчитаете мой
рассказ недостаточно ярким — так ведь нынче не время: дни всё
длинней и длинней, и на опенившейся цветами ветке боярышника
поёт-заливается дрозд.) Вот если мы ещё будем писать друг другу
в ноябре — полно, стоит ли? — хотя отчего же не стоит? — тогда
«я могла бы поведать такую повесть»[2], какая была бы совершенно
во вкусе моего батюшки, — и поведаю. С исходом ноября наступа-
ет пора сказок подобрее, о Рождестве Господа нашего. Вы, может
быть, помните: у бретонцев есть поверье, что в этот святой день
животные в конюшнях и коровниках получают дар речи, но слушать,
что говорят эти мудрые и невинные твари, человеку заказано, ина-
че — смерть.

И не пишите мне больше, что Ваше внимание к моей работе буд-
то бы навязчиво. Как видно, при всём Вашем знании большого мира,
куда я так редко заглядываю, Вам, мистер Падуб, неизвестно, как
принимают там произведения женского пера, тем более — как в на-
шем случае — пока лишь задуманные произведения. Лучший отзыв,
на какой можно надеяться: «Каково! Для женщины — отменная
работа». Да притом ещё не всякого предмета дозволено нам ка-
саться, не всё дозволено знать. Спору нет, наш ограниченный круго-
зор и, возможно, недостаточная бойкость ума не сравнятся с умст-
венным горизонтом и величием мысли мужчины — иначе и быть не

---

[1] *Анку́* — по бретонским поверьям, посланец смерти. Считалось, что анку становится человек, умерший в какой-то местности последним в году.

[2] У. Шекспир. Гамлет, I, 5. *Перевод М. Лозинского.*

может. Но я не менее твёрдо убеждена, что очерченные границы нам сегодня тесны. Мы больше чем просто ревнительницы благочестия, сосуды праведности — мы размышляем, чувствуем, читаем — да-да, читаем: Вас-то наша страсть к чтению, как видно, не удивляет, а ведь от многих я вовсе скрываю, сколь обширны мои — из вторых рук полученные — знания о затейливости человеческой натуры. И причина, отчего я всё продолжаю эту переписку, верно, и состоит в этом Вашем неведении — искреннем ли, напускном ли — касательно того, что, по общему мнению, надлежит знать и уметь женщине. Это неведение мне — как крепко вросший в край пропасти куст — тому, кто висит, вцепившись в него, над бездной: вот за что я держусь, вот чем я держусь.

Я хочу рассказать Вам одно происшествие — вернее, и не хочу, потому что мне даже вспомнить о нём больно, — и хочу, — чтобы показать, как я Вам доверяю.

Как-то раз я с замиранием сердца составила подборку не самых длинных своих стихов — получилась небольшая пачка — и послала их одному великому поэту — которого я здесь не назову: написать его имя рука не поворачивается, — послала с вопросом: «Поэзия ли это? Есть ли у меня... голос?» Поэт был любезен: ответ не заставил себя ждать. В нём было сказано, что мои стихи — милые вещицы, хотя и не совсем правильные *в рассуждении формы и не всегда согласные с понятиями о хорошем тоне. О моём сочинительстве поэт отзывался не без одобрения, считая его достойным занятием на то время, пока у меня не появятся — по точному его выражению — «более приятные и важные обязанности»[1]. Откуда, мистер Падуб, откуда после такого суждения возьмётся охота обзавестись подобными обязанностями? Вы поняли самое это выражение: «жизнь языка». Вы понимаете — трое, только трое меня поняли, — что потребность записывать слова — то есть, конечно, записывать увиденное, но и слова тоже, в первую очередь слова: они вся моя жизнь, вся жизнь, — так вот, эта потребность, она сродни тому, что испытывает паучиха, отягощённая бременем шёлка, из которого ей должно плести нити; шёлк — это жизнь её, кров, спасение, это снедь её и питьё, и если шёлковую сеть повредят, оборвут, что ещё останется паучихе, как не приняться вновь за плетение, не взяться сыз-*

---

[1] Описанное происшествие напоминает факт из биографии Шарлотты Бронте, в 1837 г. пославшей одно из своих стихотворений поэту-лауреату Р. Саути и получившей подобный ответ.

нова за сооружение сети? *«Она, — скажете Вы, — существо терпеливое».* — *Да, терпеливое.* — *«И притом дикое».* — *Такова её натура. Она должна плести, понимаете? Иначе она умрёт от преизбыточества.*

В этот раз больше писать не могу. Слишком много всего на душе, слишком много я Вам открыла, и если я перечитаю эти листы, не станет духу их отослать. Пусть отправляются как есть, неправленые, во всей своей неприглаженности. — *Храни и благослови Вас Господь.*

Кристабель Ла Мотт

Любезный друг,
Вы ведь позволите мне называться Вашим другом? Вот уж два или три месяца мои заветные мысли предпочитают Ваше общество всякому другому, а где мои мысли, воистину там и я — даже если мне, как боярышнику, определено оставаться за порогом. Пишу второпях — и не с тем, чтобы ответить на последнее, пространнейшее из Ваших писем, а желая поделиться одним видением, покуда оно ещё сохраняет дух необычного. Ответ я напишу непременно, за ответом дело не станет, теперь же, пока не пропала решимость, должен Вам кое о чём рассказать. Любопытно? На это я и надеялся.

Прежде всего должен сознаться, что видение посетило меня в аллее Ричмондского парка. Хотя — отчего же «сознаться»? Разве поэт, джентльмен не волен отправиться на верховую прогулку с приятелями куда пожелает? Но когда меня с друзьями пригласили для моциона проехаться в Ричмондском парке, в душе у меня шевельнулась тревога, словно какое-то бессловесное заклятие сделало эти рощи и зелёные лужайки запретными — запретными, как Ваше жилище, как Шалотт для рыцарей[1], как спящий лес из сказки, обросший по опушкам колючим шиповником. В сказках же, как Вам известно, запреты на то и даны, чтобы их нарушать, и притом всенепременно — как случилось в Вашей истории про Мелюзину, к несчастью для непослушного рыцаря. Может статься, если бы не приманчивый блеск недоступного, недозволенного, я бы в парк и не поехал. Должен, правда, заметить, что, как джентльмен девятнадцатого века,

---

[1] Героиня поэмы А. Теннисона «Владычица Шалотта» одиноко живёт в башне на острове Шалотт близ Камелота. Под страхом проклятия она не смеет даже выглянуть в окно и ткёт узорчатые изображения внешнего мира, глядя на его отражение в зеркале. Случайно увидев в окно проезжавшего мимо рыцаря Ланселота, Владычица Шалотта влюбляется в него и гибнет от любви.

я не считал себя вправе фланировать близ Вашего клематиса, роз или опененного цветами боярышника, хотя мог бы прогуливаться беспрепятственно и беззаботно: мостовая — владение общее. Однако я не променяю воображаемый дом среди роз на реальность, пока меня в него не пригласят — хоть этого мне и не дождаться. Итак, я ехал по парку, размышлял о тех, кто жительствует неподалёку от его железных ворот, и воображал, как за тем или другим поворотом вот-вот мелькнёт и исчезнет, подобно Вашим беляницам, отчасти знакомая шаль или шляпка. Я уже было досадовал на Вашего доброго квакера, чьи пресные «теллурические условия» располагают к себе скорее, чем поэтические нравоучения Р. Г. Падуба...

Как подобает образцовому рыцарю в образцовой сказке, я, погрузившись в задумчивость, ехал в стороне от спутников. Путь мой лежал по дернистой аллее, где стояло такое безмолвие, что Вы приписали бы его колдовству. Когда мы сюда добирались, в парке бушевала весна: мы спугнули семейку кроликов, притаившихся в зарослях папоротника, который только-только выбрасывал сочные листья; свёрнутые спиралью, они ещё не совсем распрямились и походили на новорождённых змеек, то ли чешуйчатых, то ли пернатых. Чёрные вороны деловито и важно расхаживали там и сям, долбя иссиня-чёрными треугольными клювами корни. Взмывали жаворонки, пауки раскидывали блёсткие геометрические тенёта, порхали бабочки, носились, замирая в полёте, синие стрелы-стрекозы. С лёгкостью несказанной плыла в вышине подхваченная порывом ветра пустельга, зорко озирая залитую солнцем землю.

Итак, я, одинокий всадник, всё углублялся в тоннель аллеи, не вполне понимая, куда я попал, и ничуть из-за этого не тревожась, не вспоминая про спутников и даже не задумываясь о том, что неподалёку живёт... некто из друзей. Аллея была буковая, на ветках ярко блистали едва начавшие лопаться почки, облитые новым — обновлённым — светом, алмазной дрожью: глубину же аллеи заволакивал сумрак, и аллея казалась безмолвным нефом собора. Птицы молчали, или, может быть, я их не слышал: не выстукивал дятел, не пели, не сновали по веткам дрозды. Я вслушивался в сгущавшуюся тишину, а конь мой мягко ступал по волглой после дождя подстилке из буковых орешков — не хрустящей, но и не чавкающей от сырости. Мною владело знакомое — мне, по крайней мере, знакомое — чувство, будто мой путь, узкий, устланный сквозными тенями, расстилается равновидно и впереди и позади; будто я — это и я вчерашний, и я завтрашний, всё вместе, в одном лице, — и я проезжал этот

путь с полным своим безразличием, ибо всё едино, к цели я еду или
от цели или не еду вовсе. Для меня такие минуты — поэзия. Не пой-
мите меня превратно: я не про сусальные «поэтические минуты»,
а про мгновения, придающие всему стройность. — Под стройно-
стью я разумею, конечно, и стихотворный размер, и звучание, но не
только их, а ещё и стройность, которую создают некие линии жиз-
ни, пронизывающие нас на своём равновидном пути от Начала к
Концу. Ну как мне это Вам объяснить? И для кого же, как не для
Вас, попытаться мне описать неописуемое, неуловимо-неосязае-
мое? Вообразите чертеж вроде того, что набросает Вам учитель
рисования, чтобы дать более правильное понятие о перспективе:
веер или тоннель из сходящихся прямых линий, убегающих не в глу-
хую черноту, не в Никуда, но к точке схода, в Бесконечность. А те-
перь представьте себе, что линии эти изображаются мягкими яр-
кими листиками, бледным светом с голубой поволокой, стволами
в мягких серых шкурах, высокими вблизи и чем дальше, тем ниже,
этими вот самыми колеями в покрове редкой красы, тёмно-рыжем
и сажисто-чёрном, торфяном, и янтарном, и пепельном; всё так
отчётливо — и вместе с тем нераздельно, всё уводит туда — и всё
недвижно... Не умею выразить... Ну да Вы, надеюсь, уже поняли...

В отдалении показалось что-то похожее на пруд. Глубокий ли,
нет ли — не разобрать, он лежал прямо у меня на пути, отражая
в своей тёмно-бурой бестрепетной глади кроны деревьев. Я отвёл
было взгляд, а когда вновь посмотрел в ту сторону, увидал в пруду
какое-то существо. Недолго было подумать, что его наколдовали:
ещё мгновение назад его не было, забрести же с берега оно не мог-
ло — гладь оставалась такой же бестрепетной, как и прежде.

Создание оказалось маленькой гончей млечной масти, с острой
мордочкой и умными чёрными глазками. Она лежала или, лучше ска-
зать, возлежала — это слово больше подходит к её геральдической
позе, позе сфинкса, — наполовину погрузившись в воду, так что гладь
разделяла её тело вдоль как бы на пробор; под водой, среди волокни-
стой зелени и янтарного мерцания белели собачьи лапы. Хрупкие
передние гончая вытянула перед собой, тонкий хвост закручен. Со-
бака была неподвижна, словно мраморное изваяние, и не миг-другой,
а изрядное время.

На шее гончей на серебряной цепочке висели серебряные бубен-
цы — не крохотные гремушки, а основательные, величиною с чаячье
или даже куриное яйцо.

Конь мой замер, и он и я уставились на странное существо. А оно всё так же недвижно, как каменное, смотрело на нас несколько даже властным взглядом, сохраняя благодушно-уверенный вид.

Несколько мгновений я не мог сообразить, к чему отнести это явление: реальность ли это, галлюцинация или что-то иное? Не из другого ли времени это пришелец? До чего же странно оно лежало, приподнявшись из воды, это существо: подлинно Canis Acquaticus[1], то ли возникающий на поверхности водяной дух, то ли погружающийся дух земной.

А я не находил в себе сил прогнать его с пути, заставить пошевелиться, исчезнуть. Я смотрел на него, оно на меня. Оно казалось мне целой поэмой — и тут я вспомнил Вас, и Вашу собачку, и Ваших сказочных существ, обитающих в нашем несказочном мире. И ещё мне вспомнились кое-какие стихи сэра Томаса Уайетта, большей частью про охоту, — только там охотничьи псы изображены обитателями дворцовых покоев. «Noli me tangere»[2], — говорил величавый вид существа, и я в самом деле не приближался — не мог приблизиться, — но вернулся из своего вневременья в мир, наполненный дневным светом, где время мерится будничною суетой: что мне оставалось?

И вот я записываю это происшествие, хотя Вы — или всякий, кто это прочтёт, — возможно, посчитаете его пустячным. Но оно не пустяк. В нём — знамение. Мне пришло на память, что в этом самом парке, с такими же малышками-гончими тешилась охотой в пору своей молодости королева Елизавета, Девственная Охотница, безжалостная Артемида. Я так и видел перед собой одетый бледностью грозный её лик и убегающих от неё оленей. (Упитанные олени, встречавшиеся мне по пути, пощипывали в своё удовольствие травку, провожали меня глазами, застыв как статуи, либо принюхивались мне вслед.) Известно ли Вам, что Дикая Охота, проносясь через крестьянские хутора, оставляла, бывало, в очаге собачонку, которая, если не спугнуть её особым заклинанием, жила на хуторе, питаясь, чем заведено, покуда через год Дикая Охота не налетала вновь?

---

[1] Водяная собака *(лат.)*.

[2] *Noli me tangere* (quia Caesaris sum) — «Не прикасайся ко мне (ибо я принадлежу Цезарю)» *(лат.)* — надпись на ошейниках ланей, на которых охотился Цезарь. Здесь эта фраза представляет собой аллюзию на 7-й сонет Т. Уайетта, который, в свою очередь, является вольным переводом 140-го сонета Петрарки (текст сонета Уайетта см. в комментарии к *Уайетт* Томас).

Больше я до этого предмета не коснусь. Я и без того выставил себя в таком нелепом виде, что теперь моё достоинство полностью в Ваших руках и я доверяюсь Вам так же, как доверились мне Вы в последнем своём письме, которого я никогда не забуду: оно, как я писал вначале, не останется без ответа.

Как же рассудите Вы о моём видении?

«Сваммердама» осталось поправить совсем немного. Сваммердам был человек прихотливого ума и горестной судьбы, подобно многим великим всеми отринутый и презираемый; обстоятельства его жизни менялись почти одновременно с тем, как менялись предметы, вызывавшие в нём сильнейший интерес — нет, не интерес: неистовую страсть. Только представьте, друг мой, всё разнообразие проявлений, всю многоликость и безграничность человеческого духа, который в один миг способен и обретаться в душной голландской кунсткамере, и рассекать лишь в микроскоп различимое сердце, и любоваться явившимся средь листвы, под лучезарнейшим в Англии небом образом водяной гончей, и, путешествуя с Ренаном по Галилее, смотреть на тамошние полевые лилии — и с непростительной беззастенчивостью высматривать в мечтах тайны Вашей невидимой комнаты, покуда Вы, склонившись над листом бумаги, пишете и улыбаетесь, ибо «Мелюзина» уже начата и рыцарь подъезжает к Источнику Жажды, где его ожидает встреча...

Любезный друг мой,

так я обращаюсь к Вам в первый раз... и в последний. Мы ринулись в бездну — я, без сомнения, ринулась, — тогда как спускаться можно было бы осторожнее — или даже не стоило вовсе. Я пришла к заключению, что наша продолжительная беседа таит опасность. Боюсь, это звучит неделикатно, однако я никакого достойного выхода не вижу. — Вас не виню ни в чём — не виню и себя, — в том разве, что откровенничала без меры, — но о чём уж таком откровенничала? — Что любила отца, что задумала написать эпическую поэму?

Однако люди осудят такого рода переписку — переписку женщины, делящей, как я, уединение с подругой, и мужчины, хотя бы этот мужчина и был великий и мудрый поэт.

Кое-кому мнение людей — в том числе и жены поэта — небезразлично. Кое-кому было бы больно упасть в его глазах. Мне указали — и указали справедливо, — что если мне дорога свобода, позволяющая жить, как я живу, быть себе полной хозяйкой и заниматься своим делом, то мне надлежит взять особую осторожность, дабы сохранить своё доброе имя в общем — в том числе и жены поэта — мнении, не упасть в его глазах и не лишиться вследствие этого свободы бывать где хочу.

Слов нет, я отдаю должное Вашей заметной во всём деликатности, и Вашему такту, и Вашей порядочности.

Не кажется ли Вам, что лучше нам было бы прекратить переписку?

Неизменно Ваша доброжелательница

Кристабель Ла Мотт.

Любезный друг мой,

Ваше письмо было как гром среди ясного неба. Вы, конечно, и сами догадывались, каким ударом станет письмо, столь несхожее с прошлым, и притом после того, как между нами возникли и укрепились (как мне казалось) искренность, доверительность. Я спрашивал, себя, чем я мог Вас так потревожить, и отвечал, что, приехав в Ричмонд — и не только приехав, но и описав увиденное, — я преступил очерченный Вами предел близости. Если я по здравом размышлении утвердился бы в мысли, что причина в этом, я рассыпался бы в уверениях, что просто в парке у меня разыгралась фантазия и я сгоряча придал занятному зрелищу чересчур важное значение — хотя дело обстояло не так. Однако причина не в этом — то есть, может быть, прежде она в этом и состояла, но тон Вашего письма всё переменил.

Сказать по правде, сначала Ваше письмо не только потрясло меня, но и возмутило: «Как она могла написать мне такое?» Но изливать возмущение в ответном письме я поостерёгся: слишком многого мог я через это лишиться, и среди прочего — права считаться обладателем таких достоинств, как деликатность, такт и порядочность, которыми Вы любезно меня наделяете. И я погрузился в долгие и глубокие размышления о нашей переписке, о трудности Вашего положения — положения женщины, которой, как Вы изволили выразиться, «дорога свобода, позволяющая жить, как она живёт». «У меня и в мыслях нет покушаться на Вашу свободу, — хотелось мне возразить. — Как раз напротив, я чту её, уважаю, я восхищаюсь Вашей свободой и плодами её: Вашими сочинениями, словами, паутинной их вязью. Мне известно не понаслышке, каким бедствием может обернуться для женщины несвобода, как вредны,

*тягостны, губительны для её способностей ограничения, налагае-
мые обществом». А Вас я от всей души почитал прекрасным поэтом
и своим другом.*

*Но вот ещё чем примечательно Ваше письмо: в нём — да про-
стится мне вынужденная неделикатность — не обинуясь сказано,
что отношения наши — отношения мужчины и женщины. Не напиши Вы этих слов, мы и дальше сколь угодно могли бы длить ни к чему не обязывающие беседы, может быть сдабривая их невинными
любезностями, как прекрасная дама и преданный рыцарь, но подчиняясь в первую очередь ничуть не предосудительному желанию
поговорить об искусстве, о нашем с Вами ремесле. Мне казалось, что
именно эту свободу Вы и отстаиваете. Что же тогда заставило
Вас ретироваться за крепостной палисад непреодолимых условностей?*

Неужели нельзя ничего поправить?

*Здесь я хочу поделиться двумя наблюдениями. Первое — это
что Вы ни словом, ни намёком не показываете, что твёрдо приняли
решение прервать переписку. Вы предлагаете этот шаг в виде вопроса, больше того — готовы целиком подчиниться моему мнению:
то ли это всего лишь по-женски выраженный упрёк (что может
быть более mal à propos?[1]), то ли верный снимок происходящего у
Вас в душе — неуверенность, стоит ли в самом деле ставить точку.*

*Нет, дражайшая мисс Ла Мотт, мне не кажется, что нам (на
основании приведённых Вами доводов) лучше прекратить переписку. Мне лучше не будет: я от этого бесконечно много потеряю и не
смогу даже утешаться сознанием, что, отказавшись от переписки,
безобидного источника живой радости и свободы, я поступил благородно или благоразумно.*

*Да и Вам, как мне кажется, лучше не будет. Впрочем, с уверенно-
стью судить не берусь: я недостаточно посвящен в Ваши обстоятельства.*

*Я обещал поделиться двумя наблюдениями. Первое я изложил.
Теперь второе. Вы пишете так — пущусь уж во все тяжкие, — будто Ваше мнение отчасти подсказано какой-то другой особой или
особами. Я лишь высказываю подозрение, однако нельзя не заметить,
что за Вашими строками звучит чужой голос. — Справедлива ли моя
догадка? Может статься, это голос особы, имеющей куда более веские права на Вашу дружбу и доверие, чем у меня, — и всё же проверьте*

---

[1] Неуместно *(фр.)*.

хорошенько, правильно ли эта особа представляет истинное поло-жение дел и не застят ли ей глаза какие-либо посторонние сообра-жения.

Пишу, а сам никак не возьму нужный тон: всё сбиваюсь то на бранчливость, то на жалобы. Но как же стремительно Вы вошли в мою жизнь: что я буду без Вас делать — не представляю.

Мне бы хотелось прислать Вам «Сваммердама». Это хоть Вы мне позволите?

Ваш покорный слуга
                                          Рандольф Падуб.

Любезный друг мой,
как же мне теперь отвечать Вам? Я была резка и нелюбезна — из опасения, что у меня не станет решимости. И ещё оттого, что я лишь голос — тихий, должно быть, и слабый — голос из вихря, опи-сать который я, по чести, не в силах.

Мне следует объясниться — хотя я и не обязана — и всё же обя-зана: иначе на мне будет тяготеть обвинение в чёрной неблагодар-ности и других преступлениях, поменьше.

Нет, право, не стоит. Эти письма — драгоценные эти пись-ма — это так много и так мало. Но главное вот что: они нас ком-прометируют.

Какое холодное, безотрадное слово. Его слово, этого мира. И его дражайшей половины, этой ханжи. И всё же оно открывает путь к свободе.

Я хочу порассуждать: о свободе и несправедливости.

Несправедливость в том, что мне нужна свобода... от Вас — от того, кто чтит её всем сердцем. Ваши слова о свободе — это так великолепно, и как я могу отвернуться от...

В подтверждение — небольшая история. История позабытых мелочей, не имеющих даже названия. История нашего особнячка, Вифании, названного так с умыслом. Для Вас, как видно из Вашей чудесной поэмы, Вифания — это местечко, где Учитель некогда вер-нул к жизни умершего друга[1] — пока лишь его одного.

Но для нас, женщин, Вифания была местом, где мы не были ни услужающими, ни услужаемыми — Бедная Марфа заботилась о большом угощении и, совсем выбившись из сил, попеняла сестре, ко-торая сидела у ног Его, и слушала Его слово, и выбрала единое на по-

---

[1] Имеется в виду евангельская история о воскрешении Лазаря (Евангелие от Иоанна, 11).

требу[1]. *Мне, однако ж, ближе суждение Джорджа Герберта: «Кто горницу метёт, как по Твоим заветам, у тех и горница чиста, и труд при этом». Мы с моей доброй приятельницей придумали устроить свою Вифанию, где всякая работа будет исполняться в духе любви, как по Его заветам. Надобно заметить, что познакомились мы с ней на одной из восхитительных лекций мистера Рескина о высоком достоинстве домашних ремёсел и личного труда. И нам захотелось устроить свою жизнь на началах Разума и делать отменные вещи. Сообразив все обстоятельства, мы разочли, что, если соединим наши скудные капиталы — и станем зарабатывать уроками рисования — и продавать сказки или даже стихи, — мы сможем наладить жизнь так, чтобы гнетущий будничный труд уподобился работе художника, стал священнодействием, каким хотел видеть его мистер Рескин, и каждая из нас имела бы в этих трудах равное участие, ибо над нами не было хозяина (кроме одного лишь Господа Всех, побывавшего в Вифании истинной) и верности своей мы никому не нарушали. Тогдашняя же наша участь — судорожная дочерняя преданность матери по плоти и утончённое рабство в виде должности гувернантки — потеря небольшая: с той жизнью мы расставались радостно, терпеливо одолевая все преграды. Но нам надлежало отречься и от внешнего мира — и обычных женских надежд (а с ними и обычных женских страхов) — во имя... пожалуй что во имя Искусства — повседневной обязанности упражняться во всяких ремёслах: от выделки редкой красоты занавесей до писания картин мистического содержания, от приготовления печений с сахарными розочками до сочинения эпической «Мелюзины». Мы словно бы заключили договор — и не будем об этом больше. Такую жизнь мы себе выбрали и, поверьте, счастливы в ней безмерно — не только я.*

(Я так заразилась нашей перепиской, что прямо подмывает спросить: не случалось ли Вам видеть, как мистер Рескин показывает, что такое Искусство Природы, изображая камень с прожилками, погружённый в стакан воды? Краски горят как самоцветы, перо и кисть выводят такие тонкие штрихи, а объяснения, раскрывающие истинную суть изображённого, так отчётливы, что... Я, однако, разболталась. Правильно всё-таки, что нам следует прекратить...)

Я, друг мой, выбрала себе путь и должна идти по нему не сворачивая. Можете, если хотите, вообразить меня Владычицей Шалотта,

---

[1] Евангелие от Луки, 10: 38.

хотя и более ограниченной — такой, которая не прельщается возможностью вдохнуть воздух полей за стенами своей башни и отправиться в челноке навстречу леденящей смерти, а предпочитает внимательно подбирать яркие шелка для узора и прилежно ткать... то, чем можно завесить ставни, чтобы и щёлки не осталось.

Вы возразите, что ни на что из этого не посягаете. Вы приведёте доводы — веские доводы. Но мы успели сказать друг другу совсем немного, как уже дошли до того... обстоятельства, которое Вы назвали со всей прямотой.

В глубине души я знаю: опасность — есть.

Вооружитесь терпением. Будьте великодушны. Простите.

Ваш друг

Кристабель Ла Мотт.

Любезный друг мой,
последние мои письма — словно вороны-посыльные Ноя: взвившись над хлябью вспухшей от затяжных дождей Темзы, они умчались на другой берег и канули, не принеся назад никакого признака жизни. А я так уповал на эти письма, на приложенный список «Сваммердама», на котором и чернила ещё не просохли. Я полагал, Вам следует удостовериться, что это Вы некоторым образом вызвали его к жизни, что без Вашей острой наблюдательности, без Вашего тонкого чувствования крохотных созданий не из рода человеческого мой герой вышел бы куда менее рельефным, просто сухим остовом, одетым бесформенной плотью. Ещё ни одна из моих поэм не сочинялась для определённого читателя — только для автора и его наполовину придуманного alter ego. Но Вы — иное дело: я отдаю себя на суд именно Вашей непохожести, Вашей инакости, чарующей и дразнящей. А Вы даже не можете — глупо ведь подозревать, что не смеете, — уведомить меня, что поэма доставлена по назначению: какой удар моему самолюбию, больше того — моим понятиям о дружбе.

Если Вас задело то, что я назвал Ваше длинное последнее письмо противоречивым (а оно противоречиво) и робким (а оно робко), — приношу свои извинения. Вы, верно, спросите, отчего я так настойчиво засыпаю письмами особу, которая сама объявила, что не может более длить нашу дружбу (хотя, по её же признанию, дружба эта ей дорога), и упорствует в своём молчании, отвержении. Любовнику смириться с такой conge[1] ещё куда ни шло — но другу, кротко-

---

[1] Отставкой *(фр.).*

му дорогому другу? Разве я когда-нибудь произнёс хоть слово, черкнул хоть строчку, в которых сквозил хоть намёк на неподобающий интерес к Вашей персоне? Никаких «Если бы всё сложилось иначе — о, тогда!...» Никаких «Ваши ясные глазки — такими я их себе представляю — будут, возможно, пробегать по этим страницам...» Ничуть не бывало: я чистосердечно поверял Вам свои задушевные мысли, более сродные моей натуре, чем пустые любезности, — этого, стало быть, Вы снести не смогли?

Отчего же я так настойчив? Право, сам не пойму. Во имя, должно быть, будущих «Сваммердамов», ибо незаметно для себя стал видеть в Вас — не смейтесь — своего рода Музу.

Могла ли Владычица Шалотта в своей башне сочинить «Мелюзину», отгородившись от мира крепостным рвом и решётками на окнах?

Вы можете возразить, что и сами занимаетесь стихотворством, так что состоять в музах Вам не с руки. Я никогда не считал эти роли несовместными; скорее можно сказать, что они дополняют друг друга. Но Вы всё равно непреклонны.

Да не введёт Вас в заблуждение мой насмешливый тон. Никакой другой что-то не приходит. Остаётся наперекор всему надеяться, что хоть это письмо станет голубем, который принесёт долгожданную оливковую ветку. Если же нет, я никогда Вас больше не потревожу. Вечно Ваш, Ваш как нельзя более искренно

Р. Г. Падуб.

Уважаемый мистер Падуб,
в который раз принимаюсь за это письмо. Не знаю, как начать, не знаю, что писать дальше. Вышло одно обстоятельство... а дальше теряюсь: как это обстоятельство может куда-то выйти? Что оно за зверь такой, это обстоятельство?

Ваши письма, милостивый государь, до меня не дошли — и это не случайность. Ни письма-вороны, ни — к безмерному моему отчаянию — Ваша поэма.

Боюсь — нет, знаю: видела сама, — что они попадали в чужие руки.

Нынче случилось так, что я вышла навстречу почтальону чуть раньше обычного и подбежала к нему первой. И тут завязалась, можно сказать, зашелестела борьба. Я схватила... Нет, к моему стыду — к нашему стыду, — мы обе схватили...

Прошу Вас, умоляю — я рассказала истинную правду — не осуждайте. Это делалось с намерением защитить мою честь — и если я не вполне разделяю понятия о чести, вызвавшие столь истовую заботу, я всё же должна быть благодарна. Должна. И благодарна.

~~Но опуститься до воровства~~

Ах, милостивый государь, чувства мои не в ладах друг с другом. Да, я должна быть благодарна. Но обман мне обиден нестерпимо, обидно за Вас: пусть я считала за лучшее не отвечать на письма, распоряжаться ими не смел никто, какие бы причины за этим ни стояли.

Найти письма не могу. Мне сказано, что они порваны в клочья. А с ними и «Сваммердам». Как такое простить! Но — как не простить...

В доме, таком счастливом когда-то, теперь плач и стоны, всё облёк нестерпимый покров чёрной мигрени. — Пёс Трей, поджав хвост, мыкается по комнатам, не слышно пения Монсиньора Дорато. Я не нахожу себе места, и всё спрашиваю себя, у кого же искать утешения, и всё думаю о Вас, друг мой и невольный виновник стольких бед.

Это заблуждение, я знаю...

Уже и сама не пойму, права я была или нет, решившись на тот первый шаг, причину всего — оборвать переписку.

И ведь зачем решилась: чтобы сохранить царившую в доме гармонию — ту, что теперь совершенно разладилась и сменилась нестройным скрежетом.

Ах, друг мой, я просто вне себя от гнева: глаза утопают в слезах, перед глазами полыхают странные алые пятна...

Больше писать не решаюсь: кто знает, дойдут ли новые Ваши послания в целости и сохранности — дойдут ли вообще...

Ваша Поэма пропала!

Но мне — смириться? Мне, всю жизнь рвавшейся из-под власти семьи и общества? Ни за что! И пусть меня вновь осыплют упрёками в непоследовательности, отступничестве, малодушии и всех женских слабостях — прошу Вас: приходите, если можете, прогуляться в Ричмондский парк в... какой же назначить день? Вы, верно, так заняты. — В какой-нибудь из трёх ближайших дней, поутру, часов в одиннадцать. Вы скажете — погода ненастная. В самом деле, ненастье бушует уже который день. Вода поднялась, Темза вздымает валы всё выше и выше, обрушивает их на береговую полосу, бьётся о стены набережной и, взбегая по ним, с гулким хохотом, со всем своим водяным неистовством захлёстывает булыжные мостовые, вторгается, презрев калитки и деревянные ограды, в садики при домах; напористые бурые потоки змеятся, клокочут, увлекают за собой всё подряд: очёски, перья, вымокшую одежду, мёртвых зверюшек, затопляют клумбы анютиных глазок и незабудок, покушаются скрыть под собой даже ранние шток-розы. Но я всё равно приду. Надену прочные ботики, вооружусь зонтом, захвачу с собою Пса Трея — вот кто будет благодарен мне от всей души.

Войду я через те ворота, что со стороны Ричмонд-хилла и буду прогуливаться возле — на тот случай, если Вы всё же решите прийти.

Я виновата перед Вами и хочу просить прощения — лично.

Вот Вам оливковая ветвь. Примете ли Вы её?

О погибшая поэма!..

Ваш искренний друг.

Любезный друг мой,
надеюсь, возвращение Ваше домой было благополучным. Я провожал Вас взглядом, пока Вы не скрылись из виду: удаляющиеся решительной походкой ботики, из-под которых побрызгивает вода, а рядом, вприпрыжку — четыре когтистые лапы. И — ни взгляда назад. Вы, по крайней мере, так и не обернулись. Зато Пёс Трей раз-другой повернул-таки серую кудлатую голову — с тоской, хочется думать. Что же Вы так упорно вводили меня в заблуждение? Я проглядел все глаза, высматривая поблизости королевского спаниеля или вострушку-гончую млечной масти, и вдруг — Вы, такая хрупкая, почти незаметная рядом с поджарой серой зверюгой, точно вышедшей из какой-нибудь ирландской сказки или скандинавской саги про волчью охоту. В чём ещё вы отступили от истины? Теперь и Ваша Вифания что ни день представляется мне по-иному: карнизы меняют облик, окна то расплываются в ухмылке, то вытягиваются вверх, живая изгородь то подступает к дому, то отступает, всё переиначивается, перелаживается, всё так неопределённо. Но зато — о, зато я своими глазами видел Ваше лицо — пусть мимолётно, под роняющими капли полями шляпки, под раскидистым сводом внушительного зонта; зато я держал Вашу руку — в начале встречи и при расставании, — и она доверчиво, как мне показалось, как мне хотелось думать, лежала в моей руке.

Что это была за прогулка, что за ветер! — никогда не забуду. Мы придвинулись ближе, чтобы лучше слышать друг друга, и наши зонты намертво сцепились спицами, порывы ветра уносили наши слова в сторону, летели сорванные зелёные листья, а по холму, над которым вставала, клубясь, свинцовая громада, мчались и мчались олени. Для чего я рассказываю Вам то, что Вы и сами видели? Для того, чтобы нас единило не только увиденное, но и слова о нём — как единили порывы ветра и короткие миги внезапного затишья. Всё, что нас окружало на этой прогулке, — это был больше Ваш мир, водяное царство: луга, лежащие под водой, словно город Ис, деревья, растущие разом и ввысь и вглубь, клокотание туч и в надземных, и в подводных кронах...

Что ещё? Я заново переписываю для Вас «Сваммердама». Работа непростая: то и дело натыкаюсь на мелкие недочёты, что-то правлю, на что-то просто досадую. Список вы получите на следующей неделе. И на следующей же неделе мы опять отправимся на прогулку, Вы согласны? Убедились Вы, что я не людоед, а обычный джентльмен, смирный и несколько мнительный?

Не находите ли и Вы любопытным и вместе с тем естественным, что мы так робели друг друга, хотя наше письменное знакомство не скажу чтобы поверхностное? Я как будто знаю Вас всю жизнь, а вот ведь подбираю учтивые фразы, вопросы из светского обихода: во плоти Вы (как, может быть, едва ли не каждый) много загадочнее, чем Ваши чернильные начертания. (Это, должно быть, ко всем нам относится. Судить не берусь.)

На этом закончим. По Вашей просьбе адресую письма в Ричмондскую почтовую контору, до востребования. Не по душе мне что-то эта уловка: мне не нравится, что она имеет вид мошеннической проделки, я нахожу её предосудительной. Не думаю, чтобы и Вы, столь чуткая ко всему недолжному, гордая своей нравственной свободой, решились на эту хитрость с лёгким сердцем. Нельзя ли придумать что-нибудь получше? Нельзя ли будет в дальнейшем обойтись без этой уловки? Я весь в Вашей власти, но мне неспокойно. Дайте знать, если возможно, получили ли Вы это первое отправленное до востребования письмо. И ещё дайте знать, как обстоят Ваши дела и когда мы сможем увидеться снова. Поклон Псу Трею...

Любезный друг мой,
письмо дошло благополучно. Ваше слово — «уловка» — меня удручает. Я подумаю. *Помех немало: завесы, заверти, — но я* подумаю — *и может статься, из этих раздумий выйдет не только головная боль, но и что-нибудь путное.*

Не скоро забуду я нашу блистательную прогулку по влажным лугам. Не забуду ни единого Вашего слова, ни самых ничтожных знаков самого почтительного внимания, ни тех редких минут, когда нам случалось высказывать истины и здравые суждения о загробной жизни. Теперь Вы, надеюсь, верите, что сеансы миссис Лийс заслуживают того, чтобы Вы отнеслись к ним со всей серьёзностью. Убитым горем они несут несказанное утешение. На прошлой неделе некая миссис Томпкинс больше десяти минут держала у себя на коленях своего умершего малыша: весил, как она уверяла, точь-в-точь как живой, и сжатые в кулачок пальчики и пальчики на ногах — всё как у живого, а материнское сердце может ли обмануться? И отец тоже имел возможность коснуться мягких кудряшек ненадолго возвращённого им малыша. А ещё бывшие на сеансе видели проблеск неземного света и ощутили лёгкое благоуханное веяние.

Как Вы это верно заметили, что после беседы воочию — звучит как «на очной ставке»! — на бумаге беседуется с трудом. Что писать — не знаю. Перо упирается. Голос ваш наполняет душу священным трепетом — да-да, трепетом, — и голос, и само Ваше присутствие, как бы я к нему ни относилась. Свидеться ли нам вновь? Во благо ли будет такая встреча или во зло? Пёс Трей — который также Вам кланяется — не сомневается, что во благо, а я не знаю. Так и быть: во вторник. Если Вы не придёте, я справлюсь, нет ли письма на почте, где я дожидаюсь своей очереди вместе с жёнами моряков, всевозможными щеголихами и хмурым негоциантом, чьё лицо, если ему нет письма, морщится так, что того и гляди грянет буря.

Жду не дождусь «Сваммердама».

Ваш искренний друг

Друг мой,
я хотел начать в таком духе: «Не нахожу слов, чтобы выразить, как я виноват перед Вами», и что я-де «поддался минутному безумию» и тому подобное, потом я решил не говорить о случившемся напрямик, а пуститься в околичности — доказывать, будто это неправда, что магнит стремится к магниту, да так упорно доказывать, что ложь, глядишь, и предстанет спасительной в своём роде выдумкой, в которой есть своего рода истина. Но законы природы — это то, что заслуживает наибольшего уважения, да и среди законов человеческих есть такие, что действуют столь же непреложно,

как поле намагниченного железа или природный магнит, и если я стану лгать — Вам, кому я не лгал никогда, — то я погиб.

До конца своих дней не забуду, какою Вы были за миг до того, как на меня накатило безумие. Ваше бледное лицо смотрело на меня с бесхитростною прямотой, Вы протянули мне руку, озарённую водянистым солнечным светом, лившимся меж высоких деревьев. Я бы мог взять Вас за руку, мог и не взять — ведь мог же? Взять или не взять — ведь мог? Теперь-то все «или» позади. Никогда ещё до той минуты моё существо не сосредотачивалось так всецело на одном, в одном пространстве, в одном времени: блаженная вечность, заключённая в единый, словно бы нескончаемый миг. Я слышал Ваш зов — пусть при этом Вы и говорили о чём-то другом, что-то про цветовой спектр радуги; но из самого средоточия всего, что есть Вы, из самых глубин его рвался обращенный ко мне зов, и я должен был — не словами — ответить на этот бессловесный призыв. Что же, только ли мною владело безумие? Когда я держал Вас в объятиях (пишу и, переживая вновь, трепещу), я знал твёрдо: не один я безумен.

Нет-нет, про Вас — не буду: я ни мыслей, ни чувств Ваших не знаю.

Но за себя я говорить должен. Должен высказать, что у меня на душе. Эти непростительные объятия были не безотчётным порывом, не минутным всплеском — они от того, что таилось во мне глубоко-глубоко, от самого, может быть, во мне лучшего. Знайте, что я уже с той первой встречи понял: Вы — моя судьба, и с тех пор я так и живу с этим чувством, хотя порой мне, возможно, удавалось перерядить его до неузнаваемости.

Я еженощно вижу во сне ваше лицо, ежедневно, проходя по будничным улицам, слышу, как в моём притихшем сознании выпевается ритм Ваших строк. Я назвал Вас своею Музой, и это правда — или может быть правда: Вы моя Муза, вестница из некой повелительной обители духа, где неумолчной песней звенит сама душа поэзии. Я был бы ещё правдивее, если бы назвал Вас своей Любовью... Вот и назвал. Да, я люблю Вас, люблю всякой любовью, на какую только способен человек, люблю до беспамятства. Такой любви в мире приюта не будет, такая любовь, говорит мой поугасший рассудок, счастья ни Вам, ни мне принести не может и не принесёт; я пытался ускользнуть от этой любви, пытался упасти от неё Вас, употреблял для этого всевозможные ухищрения. («Кроме молчания», — резонно заметите Вы, но молчать было выше моих сил.) Мы с Вами трезвомыслящие люди девятнадцатого столетия, и можно было бы оставить coup de foudre[1] *тем, кто подвизается в плетении романтических повестей, — но я получил несомненные доказательства, что Вам и без моих признаний всё было известно, что Вы, пусть и на миг (тот бесконечный миг), поверили в истинность того, что я сейчас Вам открыл.*

И вот я пишу к Вам и спрашиваю: что нам делать? Неужели же так и закончится то, что, в сущности, лишь начинается? Я вполне убеждён, что не успеет это письмо дойти, как навстречу ему полетит письмо от Вас со справедливым и мудрым решением, что нам не следует больше встречаться, не следует видеться, что даже с письмами, этими проблесками свободы, надо покончить. И я, сообразно с интригой истории, где мы — персонажи, а также покорствуя игу условностей, вынужден буду, как джентльмен, смириться с Вашим решением *— хотя бы на время, в надежде, что Судьба, которая держит все нити интриги и не спускает с нас глаз, укажет нам встретиться вновь и нежданно-негаданно продолжить оттуда, где мы остановились...*

Нет, друг мой, так я не могу. Это противно природе — не моей собственно, а самой Её Величество Природе, которая нынче утром улыбается мне в Вашем облике, Вашей улыбкой, и от этого всё вокруг так светло: и анемоны у меня на столе, и пылинки в льющихся из окна солнечных потоках, и слова на раскрытых передо мною страницах (Джон Донн); этот свет — это Вы, это Вы, это Вы. Я счастлив, счастлив, как никогда ещё не был, — это я-то, которому, обращаясь к Вам, впору терзаться Бог знает каким раскаянием, в ужасе от всего отступаться. Вижу Ваши озорные губки, перечитываю озадачивающие Ваши суждения о муравьях, пауках — и улыбаюсь: тут Вы такая, как были, уравновешенная, наблюдательная — и не только; известно Вам, нет ли, какая ещё, но я-то уж знаю...

Чего же я добиваюсь? — спросите Вы, по обыкновению, насмешливо и не обинуясь, чтобы вывести из моего ропота ясное предложение. Не знаю — откуда мне знать? Об одном Вас молю: не спешите порвать наше знакомство, не оставляйте меня довольствоваться одним-единственным голодным поцелуем, повремените ещё хоть немного. Нельзя ли выкроить хоть краткий срок, хоть пядь вселенной, где мы смогли бы вдоволь надивиться этому чуду — что мы обрели друг друга?

---

[1] Любовь с первого взгляда *(фр.)*. Буквально: «удар грома».

Помните ли — ну конечно же помните! — как мы стояли под деревьями на лобастом склоне, наблюдая, как там, где капли влаги в затонувшем воздухе налились светом, раскинулась радуга и Потоп прекратился? А мы стояли под радужной аркой, словно по праву, дарованному ещё одним Заветом, весь этот мир теперь наш. Выгнулась яркая дуга, уперлась в землю далеко расстоящими оконечностями, но стоит перевести взгляд — картина меняется...

Витиеватое вышло послание, то-то пыли соберётся в завитках слога, пока оно будет дожидаться востребования в почтовой конторе — кто знает, не вечно ли? А я стану время от времени прогуливаться в парке под теми самыми деревьями и верить, что Вы простите.

Ещё более Ваш

Р. Г. П.

Ах, милостивый государь, всё мерцает, дрожит, всё переливается блёстками, искрится, сверкает. Весь этот вечер я сижу у камина — сижу на покойной своей табуретке, — подставив жаркие щёки дыханию пламени, рдяному шёпоту, просевшей груде, где истлевшие угли рассыпаются — что я с собою делаю! — в мёртвый прах, милостивый государь.

А тогда — там — когда над тонущим миром расцвела в сизом воздухе радуга, — не было же там такого, чтобы ударила в дерево молния и заструилась, сбегая к земле, по древесным членам, но пламя — было: пламя лизало, пламя охватывало, извивалось каждой жилкой, пламя взметалось и пожирало почти без следа...

> *В воздухе пламя. В ствол —*
> *Огненная стрела.*
> *В уголья естество.*
> *Кости и плоть — дотла.*

Не под такими ли древесными кущами укрывались первые наши прародители — а Око их высмотрело, — недомысленно вкусившие знания, которое стало им гибелью?..

Если мир погибнет не в пучине вод, как однажды случилось, можно точно сказать, что за гибель нас ждёт: это нам возвестили...

И у Вас в «Рагнарёке» — под стать стремительным водам, в которых захлёбывается мир у Вордсворта, — «Лизало пламя Сурта[1]

---

[1] *Сурт* («чёрный») — в скандинавской мифологии огненный великан, сжигающий мир в последней битве богов.

берега — Земного круга, пило твердь земную — И всплёвывало в не-
босвод багряный — Расплавленное злато...»
А потом — дождь. Дождь из пепла. Пепла Ясеня-Миродержца.

> *«Я-сень». Был сень — стал страх,*
> *Стал пепл. Дождём — прах в прах.*

В глазах мелькают падучие звёзды — как золотые стрелы перед
гаснущим взором. — Предвестье мигрени. — Но пока не нахлынула
тьма — и боль, — мне ещё остаётся немного света, чтобы сказать
Вам... о чём бишь? Не могу я позволить Вам испепелить меня. Не
могу.
Я вспыхну — не так, как уютный ручной огонь в славном моём
камельке, где крохотно зияют блаженные гроты, где меж хребтов
и утёсов ненадолго наливаются жаром самоцветные сады. — Нет,
я вспыхну как солома в летнюю сушь: порыв ветра, содрогание воз-
духа, запах гари, летучий дым — и мучнистое крошево, что в мгно-
вение ока рассыпается прахом... Нет, не могу, не могу...
Видите, милостивый государь: честь, нравственность — до это-
го я не касаюсь, хоть это и важно, — а сразу о главном, рядом с кото-
рым рассуждения о подобных материях попросту суесловие. Главное
же — моё уединение, уединение, над которым нависла угроза — от
Вас, — уединение, без которого я ничто. До чести ли тут, до нрав-
ственности ли?
Я читаю Ваши мысли, дорогой мистер Падуб. Вы предложите
горение управляемое, заботливо умеряемое: установленные преде-
лы, каминная решётка с толстыми прутьями, столбики с медными
набалдашниками — ne progredietur ultra...[1]
Отвечу так: Ваша рдеющая саламандра — огнедышащий дракон.
Быть пожару.
Не может смертный, вступив в огонь, не сгореть.
Случалось в мечтах и мне похаживать в пещи огненной, подобно
Седраху, Мисаху и Авденаго[2].
Но нету у нас, у нынешних, здравомыслящих, той чудотворной
истовости, с какой верили в прежние времена.

---

[1] Предел, которого он [человек] не перейдёт *(лат.)*. — Иов, 14: 5.
[2] *Седрах, Мисах* и *Авденаго* — по библейскому преданию (Книга пророка Да-
ниила, 3: 12–23), мужи иудейские, за отказ поклониться золотому истукану бро-
шенные вавилонским царём Навуходоносором в огненную печь и спасённые анге-
лом Господним.

Знаю теперь, что такое горение страсти; от новых опытов принуждена отказаться.

Мигрень с каждой минутой свирепей, полголовы — прямо тыквенная баклага, налитая болью.

Письмо на почту снесёт Джейн, так что отправится оно тотчас. Вы уж простите его изъяны. И меня простите.

Кристабель

Друг мой,
как мне понять Ваше разительное — чуть было не написал «сразительное» — послание, которое, как я и предсказывал, летело навстречу моему и которое, как я предсказать не осмелился, заключает в себе не холодный отказ, но огненную, если подхватить Вашу метафору, загадку? Да, Вы истинный поэт: когда Вас что-то волнует, лишает покоя, когда Вы чем-то особенно увлечены, Вы облекаете свои мысли в метафоры. Так что же знаменует этот искристый взблеск? Отвечу: погребальный костёр, с которого Вы, мой феникс, вспорхнёте возрождённой и неизменной — ярче прежнего заблиставшее золото, светлее прежнего сияющий взгляд — semper idem[1].

Уж не любовь ли это так действует, что рядом с нами вырастают фантастические, нечеловеческие образы, зримые воплощения моей и Вашей природы? И вот Вы уже запросто, с лёгкостью пишете мне от лица обитательницы жаркого пламени, саламандры из очага, обернувшейся огнедышащим летучим драконом, и способны, так же запросто, с лёгкостью вообразить меня тем, что означала когда-то двусмысленная моя фамилия, — ясенем, Ясенем-Миродержцем, и притом спалённым дотла. У Вас — как и у меня — это стихийный дар. Там мимо нас пронеслись все стихии, составляющие мироздание: воздух, земля, огонь, вода, но мы — вспомните, умоляю! — ведь мы оставались людьми, и как же нам было тепло и покойно в окружении этих деревьев, друг у друга в объятиях, под небесной дугой.

Главное — чтобы Вы поняли: на Ваше уединение я не покушаюсь. Как бы я мог? Как бы посмел? И разве не благословенное желание Ваше вести жизнь уединенную сделало возможным наше сближение, пусть оно кое-кому и во вред?

---

[1] Всё такой же, неизменный *(лат.)*.

И если в этом мы с Вами придём к согласию, то нельзя ли, пусть и умеряя себя, пусть отгородившись от мира, мимолётно — хотя любовь, в силу природы своей, сознаёт себя вечной, — нельзя ли нам украдкой испытать — хотел было написать «малую толику», но малостью не обойдётся — огромное счастье? От горечи и сожалений нам всё равно не уйти, и, по мне, лучше уж сожалеть о реальном, чем о вообразившемся, о воспоминании, чем о надежде, о поступке, чем о нерешительности, о подлинной жизни, чем всего лишь о чахлых возможностях. Весь этот дотошный разбор клонится к одному: бесценная моя, приходите же в парк, позвольте мне вновь коснуться Вашей руки, давайте вновь прогуляемся под раскаты нашей благопристойной грозы. Очень может быть, что наступит минута, когда из-за сотни важных причин такая возможность у нас отнимется, но Вы ведь знаете, Вы чувствуете, как знаю и чувствую я: минута эта ещё не наступила, ещё далеко.

Не хочется отрывать перо от бумаги, не хочется складывать письмо: пока оно пишется, между нами словно протянута нить, и значит, на нас благословение. К слову о драконах, пожарах, безудержном горении: известно ли Вам, что китайский дракон, на мандаринском наречии именуемый «лун», — существо не огненной, а исключительно водной стихии? И стало быть, состоит в родстве с Вашей загадочной Мелюзиной, плещущейся в мраморной купальне. Иными словами, попадаются среди драконов создания и не столь горячие, приверженные более мирным забавам. Этот дракон красуется на китайских блюдах: синий, извивистый, с брызжущей гривой, в окружении, как мне однажды показалось, огненных хлопьев — теперь-то я понимаю, что это — струение вод.

Вот так письмо сочинилось! И уляжется этот исписанный лист в почтовой конторе, как бомба. Право, за последние два дня я превратился в буйного анархиста.

Я буду ждать под деревьями — день изо дня, в обычное Ваше время, — высматривая, не появится ли поблизости женская фигура, ровный, бестрепетный язык пламени, не стелется ли по земле, точно дым, серая гончая. Вы придёте, я знаю. Всякий раз всё, что с нами случалось, я знал наперёд. Подобное положение вещей для меня необычно, и нарочно я к этому не стремился, но я человек правдивый, и если что-то поистине происходит, так и говорю... Итак, Вы придёте (знаю не упрямо, а смиренно).

Ваш Р. Г. П.

Милостивый государь,
из гордости не признаюсь: «Понимала ведь, что не стоит идти,
а пришла». В поступках *же — признаюсь, и один из них — как я бре-*
ла, трепеща, с улицы Горы Араратской к Искусительному Взгорку,
а Пёс Трей с рычанием вился вокруг. Он не любит Вас, милостивый
государь — вслед за чем я могла бы прибавить: «Я тоже» — или —
что так и ждётся: «Как бы ни относилась к Вам я». Подарила я
Вам счастье своим приходом? Сделались мы, по Вашему обещанию,
как боги?[1] *Поглощённая ходьбою пара, с усердием бороздящая пыль.*
Не замечали ли Вы — не будем пока об электричестве и гальваниче-
ских толчках, — как мы робеем друг друга? Когда не на бумаге —
знакомые, и только. Коротаем вместе известное время суток —
а Время Вселенной замирает на миг от касания наших пальцев. —
Кто же мы, кто мы? Разве не лучше свобода чистой страницы?
Или — увы — слишком поздно? Не лишились ли мы первозданной не-
винности?

Нет, я покинула свой приют — сошла со своей башни, сошла с
ума. На несколько коротких часов я останусь дома одна — во втор-
ник, примерно в час пополудни. Не желаете ли проверить, какова
покажется Вам в прозаической действительности воображаемая
Обитель... Обитель Вашей... — Не угодно ли ко мне на чашку чаю?

Я сожалею о многом. О многом. Есть нечто такое, что надобно
высказать — теперь уже скоро, — когда наступит такая минута.

Мне нынче грустно, милостивый государь, — грустно и тяж-
ко — грустно от нашей прогулки, грустно оттого, что она кончи-
лась. Вот и всё, что я способна теперь написать, ибо Муза моя ме-
ня оставила — как оставляет она с насмешкою всякую женщину,
которая поувивается возле неё, а потом возьмёт да и... влюбится.

                                        Ваша Кристабель

Друг мой,
итак, теперь я могу представлять Вас в подлинной обстановке —
в Вашей маленькой гостиной: Вы начальствуете над цветочными
венчиками чашек, Монсиньор Дорато охорашивается и заливается
трелями, но не во флорентийском палаццо, как я предполагал, а в
сущем Тадж-Махале из сверкающих медных прутьев. А над ками-
ном — «Кристабель перед сэром Леолайном»: Вы, неподвижная,
точно статуя, озарённая бьющим в упор светом, слепящим, цвет-

---

[1] Бытие, 3: 5.

ным, а рядом — такой же отрешённо-недвижный Пёс Трей. Который, дикобразьими иглами вздыбив шерсть на загривке, всё рыскал ретиво по комнате в поисках дичи и с рычанием скалился, подобрав свои мягкие серые губы. — Вы правы: он меня невзлюбил, и это ещё мягко сказано: раз-другой он едва не заставил меня оторваться от превосходного кекса с тмином и, как на охоте, спугнул со стола чашку и блюдце. А цветы террасу не увивают: растаяли как туман, как мечта — только высокие негнущиеся кусты роз стоят сомкнувшимися часовыми.

Решительно я не понравился Вашему дому, напрасно я в нём побывал.

Это правда, что Вы сказали тогда у камина: и у меня есть дом, хотя в описание его мы не вдавались и разговора о нём не было. И что есть жена, тоже правда. Вы попросили меня рассказать о ней — я промолчал. Не знаю, что вывели Вы из моего молчания — спору нет, сделать этот вопрос Вы имели полное право, — но я не нашёл в себе силы ответить. (Хоть и знал, что спросите.)

Жена у меня есть, и я люблю её. Не так, как Вас: по-другому. Ну вот: написал эти куцые блеклые фразы, а дальше ни с места, полчаса собирался с духом. Есть основательные причины — не стану о них распространяться, но они основательные, и даже весьма, — почему моя любовь к Вам не должна задеть её чувства. Понимаю, это звучит фальшиво, неубедительно. Я, скорее всего, лишь повторяю то, что уже твердили сотни мужчин — записных ловеласов; не знаю, в этих делах я неискушён, мог ли я думать, что в один прекрасный день сяду писать такое письмо? Продолжать этот разговор я не в состоянии, скажу одно: всё здесь написанное, по моему убеждению, чистая правда, и я надеюсь, что не оттолкнул Вас своей суровой, но необходимой прямотой. Рассуждать об этом и дальше — это, вне всяких сомнений, всё равно что предать её. Я испытывал бы то же чувство, если бы дело когда-нибудь шло к тому, чтобы завести разговор о Вас — с кем бы то ни было. Уже от такого приблизительного сходства положений сердце сжимается — Вы чувствуете? Что Вы — то Ваше, что есть у нас с Вами — хоть что-нибудь — то наше.

Не знаю, как обходились Вы с прежними письмами, но это, пожалуйста, уничтожьте: оно, по сути, и есть такое предательство.

Надеюсь, что Муза всё-таки Вас не оставила, что она не покидает вас ни на минуту, даже когда вы пьёте чай. Сам я пишу лирическую поэму («поэма» — и вдруг «лирическая»!) об огнедышащих

драконах и их китайских собратьях-лунах: этакое заклинание. Со-
чиняю с мыслью о Вас: нынче всё, что я думаю, вижу, каждый мой
вздох — всё напоминает о Вас. Но обращена поэма не к Вам — те
сочинения ещё впереди.

Если это откровенное письмо удостоится ответа, я окончатель-
но уверюсь в Вашем великодушии и в том ещё, что наша пядь Все-
ленной поистине наша — на короткий срок, пока не проступит не-
возможность продолжать.

Р. Г. П.

Дорогой мой мистер Падуб,
Ваша откровенность и Ваша скрытность только делают Вам
честь — если понятию этому есть место в том... ящике Пандоры,
что мы с Вами открыли, — или в том ненастье за порогом, куда мы
с Вами отважились. Больше писать не могу: голова болит и болит,
а дома у нас — но о домашнем ни слова, по причине, надеюсь, почти
той же: честь — enfin[1] дома у нас неладно. Можете ли Вы прийти
в парк в четверг? Я хочу Вам что-то сказать, и лучше при встрече.

Навеки, К.

Друг мой,
что-то Феникс мой нынче понур и даже взъерошен, голос, против
обыкновения, звучит кротко и жалобно, а в иные минуты даже по-
корно. Это не дело, этого быть не должно. — Всем я готов посту-
питься, всем своим счастьем, поверьте, — лишь бы снова видеть Вас
такою же лучезарной, блистающей, как и всегда. Что в моей влас-
ти — всё исполню, чтобы Вы засияли на своём небосводе с прежней
силой — даже отступлюсь от столь упорных своих притязаний на
Вас. Скажите же мне — не о грусти своей, а о её причине — только
искренно — и я берусь, если это в моих силах, избавить Вас от на-
пасти. Если сможете — напишите, а во вторник приходите в парк.

Вечно, Р. Г. П.

Дорогой Рандольф,
право, сама не знаю, отчего мне так грустно. Нет, знаю: оттого
что Вы отбираете меня у меня самоё, а возвращаете поубавленной.
Я — заплаканные глаза — руки, хранящие прикосновение, — и ещё я
губы; вся как есть — алчущий остаток женщины, которой страсть
незнакома, но страсти в ней через край. — Как это больно!

---

[1] Словом *(фр.).*

А Вы — такой добрый — твердите: «Я люблю Вас», «Я люблю Вас» — и я верю, — но кто она, эта «Вы»? Та ли, с нежными русыми волосами, томимая этой непонятной неутолённостью? — Я прежде была чем-то другим, чем-то более одиноким и лучшим, мне было довольно самой себя — а теперь вот всё рыщу ретиво в поисках, всё меняюсь, меняюсь. Я, может быть, не так сетовала бы на свою участь, будь моя домашняя жизнь безоблачной, но она теперь соткана из непрочного молчания, то и дело пронзаемого булавочными укорами. Я смотрю горделиво, изображаю неведение в том, что знаю до тонкостей — и в чём до тонкостей изобличена, — но это даётся мне дорогою ценой — трудно даётся, — это способ негодный.

Читаю Вашего Джона Донна.

> *Любовь же наша — что там ей*
> *Кора телесного? Меж нас —*
> *Взаимодушие прочней*
> *Желанности рук, уст и глаз[1].*

Удачное слово — «взаимодушие». Как по-Вашему, бывает ли она, эта надёжная якорная крепь в ревущую бурю?

В моём лексиконе появилось новое — ненавистнейшее — выражение, совершенно меня поработившее. Это выражение — «И если...» «И если...» И если найдётся время и место для нашей бытности вдвоём — как мы позволяем себе мечтать, — то вместе мы обретём свободу — тогда как сейчас... томимся в клетке?

Друг мой,
располагать свободой настоящим образом — значит осторожно, обдуманно и деликатно обосноваться в известных пределах, не пытаясь исследовать то, что лежит за ними и что осязать и вкушать возбраняется. Но мы люди, а человеку свойственно всеми правдами и неправдами стремиться к познанию того, что можно познать. И руки, уста и глаза, стоит к ним попривыкнуть и не видеть в них больше ничего достойного исследования, покажутся, когда поманит непознанное, не столь уж желанными. «И если» в нашем распоряжении будет неделя — неделя-другая, — уж мы придумаем, как ею распорядиться. С нашим-то умом и изобретательностью.

Убавлять что-нибудь в Вас я не стал бы ни за что на свете. В подобных случаях, сколько мне известно, принято бросаться

---

[1] Дж. Донн. Прощание, запрещающее печаль.

с уверениями: «Я люблю Вас такою, какая Вы есть» — «Я люблю Вас самоё» — разумея под «самоё», как Вы намекаете, руки, уста и глаза, но знайте же — то есть мы с Вами знаем наверное, — что это не так: нет, бесценная моя, я люблю Вашу душу, а с нею и Ваши стихи — грамматику их, прерывистый и торопливый синтаксис Вашей живой мысли; они в той же мере «Вы самоё», в какой хромота Клеопатры была частью её самоё в глазах млеющего Антония — и даже в большей мере, потому что в рассуждении рук, уст и глаз все люди хоть сколько-нибудь да похожи (хотя у Вас они обворожительны и наделены магнетической силой), но мысль Ваша, запечатленная в словах, — это Вы и только Вы: с Вами явилась на свет и угаснет с Вашим уходом...

С путешествием, о котором я говорил, ещё не всё ясно. У Тагвелла много занятий дома, и хотя мы давно решили, что предпримем задуманное, как только установится сносная погода — в наше время «цивилизованному человеку» полагается и проявлять учёный интерес к мельчайшим формам жизни, и считаться с заведённым порядком жизни целой планеты, — однако теперь оказывается, что дело не горит. Дело, возможно, и не горит, но я, который прежде только и думал об этой поездке, теперь как на горячих угольях: разве могу я по доброй воле уехать так далеко от Ричмонда?

Итак, до вторника.

P. S. Новый список «Сваммердама» почти готов.

Дорогой Рандольф,
моя недоверчивая Муза снова со мной. Посылаю (ничего не улучшая), что она мне продиктовала.

> *Кольцами схвачен —*
> *Мощью жилистой, гибкой —*
> *Взгорок, горячей*
> *Златоблестящей улыбкой*
> *Змея увенчан.*
> *Стягиваются путы*
> *Крепче, крепче,*
> *Крепче с каждой минутой.*
> *Лоснистым валом*
> *Сила взыграла.*
> *Кремнистый склон*
> *Трещит, и стон*

Сквозь хруст камней —
Костей — сильней,
Сильней. А он
Смотрит с улыбкой.

Бесценная моя!
Пишу впопыхах. — Страшно: что-то Вы ответите? — Ехать,
не ехать — не знаю. Я бы остался — ради Вас, — если бы та мизер-
ная возможность, о которой Вы говорили, осуществилась. Но мысли-
мо ли такое? Какой правдоподобный предлог для этого шага сможе-
те Вы представить? И вместе с тем — как же мне не надеяться?
Я не хочу, чтобы по моей вине в Вашей жизни случилось непопра-
вимое. Собрав последние остатки благоразумия, умоляю наперекор
себе: надежда моя, единственная моя, подумайте хорошенько! Если
найдётся способ исполнить всё так тонко, чтобы после Вы могли
устраивать свою жизнь по своему усмотрению — что ж, тогда —
если такой способ найдётся... Но об этом не в письме. Завтра в пол-
день я буду в церкви.
Ваш на всю жизнь.

Милостивый государь,
свершилось. ТАКОВА БЫЛА МОЯ ВОЛЯ. Я возгремела громом и объ-
явила, что будет по-моему — и никаких вопросов — ни теперь ни
впредь — я не потерплю. И это строжайшее повеление, как водит-
ся у подданных всякого тирана, принято с покорным вздохом.
Самое страшное позади, весь вред, какой мог нанести этот по-
ступок, теперь нанесён — и не из-за Вашего своеволия, а чуточку
из-за моего, ибо я была (да и сейчас ещё) в бешенстве.

ГЛАВА 11

Сваммердам*

Брат, преклонись ко мне. Прости, что я
Тебя тревожу, но уже недолго...
Покуда служит мне ещё мой голос
И слабый ум — благодарю за то,
Что ты сидел со мною в этой келье,
Где купол бел, как скорлупа яйца.
Я нынче, вылупившись, отойду —
Куда, в какой покойный светлый край —
То ведает приславшая тебя
Германская отшельница святая,
Предстательствующая за мою
Несчастную и немощную душу —
Что на короткий срок заточена
Под скорлупой, в усохшей оболочке, —
Пред Тем, Кто, словно мальчуган, держа
Яйцо в пресветлой длани, отверзает
Его Своею Благодатью, чтобы
При незакатном Свете разглядеть,
Что в нём: лишь живоносная ли слизь
Иль ангела зародыш с пухом крыльев.

Что мне прозавещать? Я прежде мнил,
Что я богат — хоть думали иное.
Богатством были сотни три существ,
Чей облик сохранён моим искусством, —
С любовию разъятые тела,
Как в Библии Натуры размещенны,
Чтоб мастерство её запечатлеть.
То в прошлом... Сделай милость, запиши:

Мои бумаги, перья пусть возьмёт
Единственный мой друг, мсье Тевено.
Он, истинный философ, оценил
Ума когда-то смелого открытья.
Я б микроскопы отказал ему —
Хоть медного «Гомункула»: подставку
С винтами, что держала линзы твёрдо —
Куда там человеческой руке, —
Чтоб созерцал всяк устремлённый к тайнам
Вне чувствами очерченных пределов
Волокна кисеи, ихора[1] капли.
Но проданы приборы, как не стало
Гроша на хлеб и молоко, хотя
Уж не варит иссохнувший желудок.
Пред Тевено в долгу я, но по дружбе
Пусть он простит. Так и пиши. Теперь
Прибавь для Антуанетты Буриньон
(Меня увещевавшей в час, когда я
Изверился в Его любви безмерной):
Ей и Ему вверяясь, обращаюсь
Лицом к стене глухой и оставляю
Мир вещный ради Вечного, который
Отшельница передо мной раскрыла,
Когда её в Германии сыскал я.
Засим пусть будет подпись: Сваммердам,
Год тысяча шестьсот осьмидесятый.
И возраст укажи мой: сорок три —
Воистину недолог век того,
Кто в щели, испещрившие кору
Вещественного, видел Бесконечность.

Не правда ли, жизнь — обретенье формы:
Из муравьиного яйца — личинка,
Та станет куколкой, а из неё —
Чудовищная самка, иль крылатый
Самец, или старательный работник.
Я — мошка мелкая, мирок мой мал,
И в малой малости я знаю толк:

---

[1] *Ихор* — в греческой мифологии кровь богов.

В вещах и тварях жалких и ничтожных,
В безделках, эфемерах, куриозах.
Как славно в келье у тебя: бело,
И бедно, и безмолвно, и рука
К моим сухим губам подносит кружку
С водой... Благодарю.
                                  Вот так же тесно —
Хоть и не пусто — было там, где я
Увидел свет, средь пыльных тайн природы:
Я в кабинете редкостей рождён.
Что мир явил младенческому взору?
Лишь чудом уместилась колыбель
В пространстве меж столов, шкафов и стульев,
Где как попало громоздились склянки
С притёртой пробкой, камни, кости, перья.
Там блюдо лунных ка́мней вперемешку
С резными скарабеями, тут с полок
Заморские божки таращат глазки.
Русалка, заспиртованная в банке,
Скребёт стекло костлявыми перстами:
Кудель волос вкруг головы иссохшей,
Темнеет буро сморщенная грудь,
Хвост, стиснутый в стекле, как бы облит
Пожухшим лаком, только зубы белы.
На чашу римскую водружено,
Яйцо желтеет василиска, в угол
Задвинув мумию кота, всю в чёрных
Пелёнах заскорузлых, — не в такие ль
Свивальники тугие облекались
Тогда мои младенческие члены?

Пришла пора твоей руке одеть
Сей выползок в пелёна гробовые,
Закрыть глаза, надсаженные долгим
Разглядыванием живых пылинок, —
Глаза, чей первый блеск был отраженьем
Собрания пленительных диковин,
Свезенных отовсюду в Амстердам
Стараньями голландских капитанов:
Суда отважных сквозь туман и шквалы
К каким-каким ни хаживали землям —

Где пышет солнце жгучим медным зноем,
Где горы льда зелёного не тают,
Где мреют в испарениях густых
Дремучие тропические чащи
И солнце пышных крон не проницает,
И люди никогда не видят света —
Лишь мимолётный серебристый луч,
Случается, зелёный мрак прорежет.

Ещё в далёком детстве я задумал
Богатствам этим роспись учинить:
Ранжировать, внести порядок, сделать
Их ближе человеку, разделив
По назначению их и по видам.
Что к медицине отнесу, что к мифам,
Отдельно амулеты (суеверья),
Отдельно минералы: ртуть, орлец,
Чем пользуют врачи от малярии.
Найду, как по разрядам разложить
И всё живое, чтобы птицы — к птицам,
У насекомых чтобы свой разряд.
Все яйца — от огромных, страусиных
До мягкокожистых, змеиной кладки, —
Кронциркулем обмерив, помещу
Перед тафтою в деревянных плошках.

Отец держал аптекарскую лавку
И поначалу радовался, видя,
К чему сызмлада сын душой стремится,
И будущее мне большое прочил.
Он мнил, что стану я творить добро,
Что славен буду меж людьми, что Богу
В угодность буду обличать неправду.
Когда же понял он, что вопреки
Его мечтам сын в стряпчие не метит,
В его глазах я стал врачом. «Кто лечит
Недуги тела, укрепляет душу, —
Рек сей благочестивый мудрый муж. —
Весь век он будет есть и пить досыта.
Грех первородный всех обрек хворать,
Всем в лекаре нужда до самой смерти».

Меня ж влекло иное. Что причиной?
Ум въедливый или, быть может, чары
Заморских тех вещиц — убранства «детской»?
Началом анатомии я мыслил
Не сердце человека и не руки,
Но существа, чьи ткани много проще:
Букашки, мошки, червячки, жучки.
Что к жизни ключ? — Безглазый белый червь,
Питающийся человечьей плотью,
Снедаемый потом дворовой птицей,
Что человеку подадут на ужин —
И круг замкнётся. «Жизнь неразделима, —
Мне думалось. — Разумный анатом
Начнёт с нижайшей из её ступеней,
Наиближайшей к Матери-Земле».

Не в этом ли причина? Или в том,
Что мною овладел мохнатый, чёрный
Бес во плоти — с кулак величиною
Из кабинета редкостей паук?
Иль образы берберских мотыльков,
За крылья чёрные как смоль распятых
Нам на забаву?
                          Странные созданья,
Они, однако, тоже были жизнь
(Хотя, как я, душой не обладали).
«Родство меж нами», — мнилось мне тогда.
Единосущно всё, и сущность эта —
Стеклянистый Белок, златой Желток,
Яйцо, по верованиям египтян
Начало миру давшее, в Эребе
Быв выведено чернокрылой Ночью.
Сияньем оперённый, из Яйца
Исторгся Эрос и, появши Хаос,
Посеял семена всего живого.
Как знать, не открывает ли намёком
Нам истину орфическая баснь...

Я стал исслеживать истоки жизни.
Что в том недолжного? Не кто, как Бог
Дал мне глаза, и руки, и сноровку
Соорудить помощника из меди,

Державшего мне линзы терпеливо
Над крохами живого вещества,
А я глядел в магические стёкла,
Учился увеличивать, что вижу,
Сильней, сильней, покуда не открыл
Среди хитросплетенного порядка
И связи, и ступени становленья.
Мне было нипочём разъять глаз мухи,
Так роговицу комара приладить,
Чтоб сквозь неё увидеть колокольню
Вниз шпилем, многократно повторённой:
Лес игл без ангелов на остриях.
Пыльца-кольчуга мотыльковых крыльев,
Кривые когти на мушиных лапках —
Мне в мире сем открылся новый мир,
Мир истинный, чудесный, полный жизни
В обличиях диковинных существ.

Вот ты к моим губам подносишь кружку:
Когда б имел я линзы, мы бы в ней
Увидели взамен прозрачной влаги
Биение и яростные корчи
Хвостов драконьих, коим несть числа, —
Виясь и помавая волосками,
Они блуждают в капле, как киты
Скитаются в безбрежных океанах.
Оптическая линза — лезвие.
В увеличеньи скрыто рассеченье.
Единое — как здесь — предстанет многим,
А гладкое — нецельным, ноздреватым:
На коже дамы ямины зияют,
В чешуйках волоски её кудрей.

Чем чаще Множественность я встречал,
Тем был упорней в поисках Единства —
Первоматерии, Природы лика,
Что лишь в изменчивости постоянен.
Я усмотрел Закон в метаморфозах
Жука и муравья, пчелы и мухи,
Я понял, как в яйце растёт личинка
И как она, уснувши в хризалиде,

Где утончается, где образует
На тельце члены новые, покуда
Из оболочки лопнувшей наружу
Не выбьется махровый лоскуток,
Окрепнет, развернётся — и взовьётся
На палевых, или павлинооких,
Иль полосатых крыльях существо
С пятном, похожим на безглазый череп.

В окошке линзы представлялись пальцы
Дебелыми колоннами, и в помощь
Себе я инструменты смастерил:
Крючки, булавки, лезвия и шильца —
Не из металла, из слоновой кости,
Столь тонкие, что, не вооружившись
Стеклом, не можно их и разглядеть.
Я их направил к средоточью жизни
У крохотных телец, к её истоку.
Мы ложно представляем устроенье
Общины в муравейниках и ульях.
Возьми того, кто в них монархом чтится,
К кому, сплетаясь, сходятся все нити
Забот вседневных: раздобыть, принесть,
Построить, напитать — кто вознесен
В своём мирке превыше всех сословий;
Возьми — и под оптическим стеклом
Вскрой органы, дающие рожденье,
Где, зачинаясь, вызревает жизнь,
Где образуется яйцо... Да, тот,
Кого ты мнил Монархом, — Мать. К ней, к самке
Гигантских статей, льнут со всех сторон
Сестрицы малорослые: подносят
Ей нектар, пестуют её потомство,
Ей служат повитухами, случится —
И жизни отдают за Королеву,
Без коей бы уже пресекся род.

Вот те глаза, что первыми видали
Яичник насекомого. Вот руки,
Что первыми его добыли. Вот
Ум гаснущий, что угадал законы

Метаморфоз, никем не оценённый.
Почётом не был взыскан я — ни дома
(Отец, гроша не дав, меня прогнал),
Ни средь таких, как я, врачей. Когда
Я, впав в нужду, решил было продать
Для фонаря волшебного картинки
С изображеньем опытов моих —
Кто из мужей учёных пожелал
Купить и этим, может быть, спасти
Собрание запечатлённых истин?
Так стал я побираться. Пищей мне
Был чёрствый хлеб да горсть мясных обрезков,
Червями порченных — личинкой мух,
В чьё размноженье я вникал когда-то.

Тому сто лет великий Галилей
Изгнал из середины Мирозданья
Планету нашу и увидел въявь
Кружение светил, и место Солнца,
И обращение небесных сфер
В пространстве беспредельном, где весь мир наш —
Трава зелёная, снега вершин
И синева морских бездонных хлябей —
Не что, как капля в гуще звезд кипящей.
Быть Галилею на костре, когда бы
Богобоязненный и вдаль глядящий
Мудрец от мыслей этих не отрёкся
И не отдался в руки богословов,
Чей ум совсем другим причастен тайнам.

Но усомниться в том, что человек —
Ось Мироздания, — да разве это
Хула на Господа, Который чудным,
Неизъяснимым устроеньем в нас
Содеял разум и вселил стремленье
К познанию, но положил предел
Дням нашей жизни и покоит души
В приветном сумеречном беспределье,
Когда, забыв решать загадки, мы
Угаснем в воздыханьях — как зачахнул
Над рассеченьем эфемер и мой

Усталый ум? Я изучил их облик,
Недолговечных сих живых пылинок.
Я годы жизни отдал существам,
Что и до вечера не доживают.

Когда перед глазами Галилея
Мерцали серебристые светила —
Не трепетал ли он, подобно мне,
Когда в стекле передо мной открылись
Не хладные красы небесной бездны,
Но буйный рой едва приметных тварей,
Окованных бронёю василисков,
Которые самим себе — как знать? —
Не кажутся ли — даже молвить страшно —
Тем микрокосмом, коим мнит себя
И Человек, чьей гордости тщеславной
Обидно бесконечность находить
И в крохотном, не только что в великом?

[Desunt cetera][1]

---

[1] Остальное отсутствует *(лат.)*.

ГЛАВА 12

Дом — это что? Это крепкие стены,
Тёплый приют от студёных ветров.
Дом — это где ступают степенно
И отступают за шторы без слов.

А сердце — как мина: тук-тук, тук-тук.
А думы — как крик средь гардин и ковров.
И вдруг — стёкла градом из окон, вдруг —
Взрыв разносит и стены, и кров.

Кристабель Ла Мотт

Они стояли на тротуаре и глядели на высеченную над террасой надпись: «Вифания». Светило апрельское солнце. Он и она смущённо сторонились друг друга. Трёхэтажный дом с подъёмными окнами был не дом, а игрушечка. В окнах — симпатичные шторы с ветвистым узором, крепившиеся резными деревянными колечками к медным прутьям. В окне первого этажа виднелся декоративный папоротник в белом керамическом горшке. На входной двери, выкрашенной в густой лиловато-голубой цвет, висел медный дверной молоток — изогнувшийся дельфин. Розы стояли в бутонах, у самых ног раскинулось целое море незабудок. Между этажами в обрамлении кирпичей красовались лепные цветы подсолнечника. Каждый кирпичик дышал воздухом улицы; кладка, обожжённая ацетиленовыми горелками, промытая водой из струйных форсунок, словно лишилась кожи, и обнажилась сама плоть дома.

— Вот это реставрация, — заметила Мод. — Даже не по себе. Муляж какой-то.

— Как египетский Сфинкс из стекловолокна.

— Именно. Так и видишь внутри камин в истинно викторианском вкусе. То ли подлинный, то ли сооружён из обломков после сноса какого-нибудь особнячка.

Они снова оглядели не то благодушный, не то обездушенный фасад «Вифании».

— Стены, наверно, были чумазее. Здание, наверно, выглядело старше. Когда было ещё новым.

— Постмодернистская цитата, а не дом.

Они перевели взгляд на террасу, всю из чистеньких белых деревянных арок, увенчанную миниатюрной башенкой. Террасу только-только начинали оплетать первые побеги клематиса.

Вот, значит, откуда спустилась она тогда торопливым шагом: решительно колышутся чёрные юбки, губы решительно сжаты, руки стискивают ридикюль, в горячечных, широко раскрытых глазах страх и надежда — так это было? А навстречу, со стороны церкви Святого Матфия, в цилиндре и сюртуке — он? А наверху, в окне, щурит за стёклами очков затуманенные слезами глаза та, другая?

— Меня вообще не очень интересуют места — или вещи, — которые с чем-то связаны, — признался Роланд.

— Меня тоже. Я работаю с текстами. И увлечённость современных феминисток личной жизнью писателей мне как-то не нравится.

— Но какой же без этого полноценный анализ? — возразил Роланд.

— Можно пользоваться методами психоанализа без всякого *личного* отношения, — ответила Мод.

Роланд не стал спорить. Это была его мысль — вместе съездить в Ричмонд и обсудить дальнейшие шаги, но не перед этим же действительно жутковатым домишком. И Роланд предложил перебраться в церковь в конце улицы — массивное, амбароподобное здание викторианского времени, с застеклёнными уже в наше время хорами и тихим кафетерием. В церкви мельтешила детвора: прыгали клоуны в пёстрых костюмах, порхали феи и балерины, торчали мольберты, пиликали скрипки, пищали флейты. Роланд и Мод пристроились в кафетерии, в уголке, озарённом таким знакомым витражным светом.

�֎֎֎

С самого января, когда они послали сэру Джорджу бурные благодарственные письма, от него не было ни слуху ни духу. У Мод выдался трудный семестр. Роланд искал работу — отправил запросы в Гонконг, в Барселону и Амстердам. Отправил без особой надежды: как-то в Падубоведнике ему на глаза попалась стандартная рекомендация, которую написал на него Аспидс, где тот аттестовал Роланда как старательного, педантичного, добросовестного исследователя, отчего Роланд выходил настоящим учёным сухарём. Они — Роланд и Мод — условились никому о находке не сообщать и ничего не предпринимать, пока не получат известие от сэра Джорджа или снова не повидаются друг с другом.

Ещё в Линкольне, в последний холодный день накануне отъезда, Роланд сказал Мод, что Кристабель, вероятно, намеревалась отправиться вместе с Рандольфом в ту самую естественнонаучную экспедицию в Северный Йоркшир, которую он совершил в июне 1859 года. Роланду это казалось очевидным: он, в отличие от Мод, был прекрасно осведомлён о датах и маршрутах путешествий Р. Г. Падуба. Теперь Роланд рассказал об этой поездке подробнее. Продолжалась она около месяца. Падуб путешествовал в одиночку, бродил по побережью, взбирался на утёсы, изучал геологические породы и морскую флору и фауну. Сначала предполагалось, что у него будет спутник — преподобный Френсис Тагвелл, автор труда «Анемоны британского побережья», но мистеру Тагвеллу пришлось отказаться от поездки из-за болезни. По мнению литературоведов, рассказывал Роланд, этот месяц научных занятий и привёл к тому, что в творчестве поэта историческая тематика сменилась, так сказать, естественно-исторической. Сам Роланд этого мнения не разделял. Ведь интерес к естественным наукам захватил тогда не только Падуба, но и всё мыслящее человечество. Как раз в 1859 году было опубликовано «Происхождение видов». Тогда же обратился к изучению природы приятель Падуба, великий историк Мишле, написавший четыре книги о четырёх стихиях: «Море» (о воде), «Гора» (о земле), «Птица» (о воздухе), «Насекомое» (об огне — поскольку насекомые обитали в жарких недрах земли). В этот же ряд можно было поставить и «природоведческие» поэмы Падуба — вместе с последними шедеврами Тернера, изображавшими стихию света.

Во время путешествия Падуб чуть ли не каждый день писал жене. Письма были включены в собрание, издаваемое Собрайлом. Отправляясь в Ричмонд, Мод и Роланд захватили с собой их фотокопии.

Дорогая моя Эллен,
я и моя высокая корзина с банками для образцов доставлены в За-
лив Робин Гуда — оба изрядно помятые от дорожной тряски и пе-
репачканные сажей, которой вперемешку с искрами неустанно по-
сыпала нас паровозная труба. Железная дорога из Пикеринга в
Гросмонт проходит Нью-Тондейлской тесниной — разломом, обра-
зовавшимся в ледниковый период, где по случаю крутого подъёма
паровоз представляет в романтической вересковой глуши величе-
ственное извержение вулкана. Мне при этом припомнился Мильто-
нов Сатана, рассекающий взмахами чёрных крыл асфальтические
испарения Хаоса, — и ещё солидный, рождённый усидчивостью, но
от этого не менее вдохновенный труд Лайеля о возникновении хол-
мов и образовании долин на пути движения ледников. Я слышал на-
стойчиво-призывные, томительные крики степных куликов, видел,
как мне хочется думать, орла, — может быть, впрочем, то был не
орёл, но всё же парила в прозрачной стихии какая-то хищная пти-
ца. Пасутся тут странные узкогрудые овцы, грузные и неповоротли-
вые. Они поскакивают, разбрасывая копытами камни, и рунистые
их бока колышутся, словно купы прибрежных водорослей. Или смот-
рят на тебя с утёсов — чуть было не написал «нечеловеческим взгля-
дом», но каким же ещё? — с видом что-то уж очень враждебным
для домашних животных, почти бесовским. Тебе было бы любопыт-
но увидеть их глаза: жёлтые, с чёрной щёлкой-зрачком — вдоль, а не
поперёк. Эти глаза и придают им столь зловещий вид.
Нынешний поезд — преемник вагонов славной конножелезной до-
роги, придуманной и построенной ещё Джорджем Стефенсоном*.
Я почти жалел, что меня везёт не более степенный предшествен-
ник паровоза, а этот пыхтящий огнедышащий дракон, который за-
марал мне надетую в дорогу сорочку (нет, домой не отошлю: я не
сомневаюсь, что предоставившая мне стол и кров миссис Кэммиш
превосходно стирает и крахмалит).
Всё здесь словно хранит свою первозданность: и напластования
горных толщ, и крутые мятущиеся валы по приливе, и рыбаки со
своими лодками (на местном наречии — «набойными», потому что
у них набиты борта), не очень, мнится мне, отличающимися от
простых, но подвижных судёнышек, на которых в древности ходи-
ли завоеватели-викинги. Здесь, на берегу Германского Океана, так
и чувствуешь, что за холодным серо-зелёным простором лежит их
Северный край — совсем не то, что близость обихоженных полей
Франции, столь ощутительная на побережье Ла-Манша. Даже

воздух тут вместе и древний, и свежий — свежий от запаха соли и вереска, словно бы обжигающий совершенной своей чистотой, и такая же на вкус вода, упоительно журчащая, пробиваясь из ноздреватого известняка: после воды взбухшей Темзы эта кажется чудеснее вина.

Но ты, пожалуй, заключишь, что я не скучаю по тёплому дому, по библиотеке, по домашней куртке и письменному столу, по обществу милой моей жены. Я думаю о тебе неизменно, с неизменной любовью, — впрочем, ты знаешь это и без моих уверений. Что твоё здоровье? Довольно ли ты поправилась, чтобы выходить из дому? Не болит ли, когда читаешь, голова? Пиши же, сообщай обо всех своих занятиях. Я ещё продолжу это письмо, и ты увидишь, что я сделался заправским анатомом по части простейших форм жизни: ремесло, которое сегодня привлекает меня больше, чем живописание душевных судорог человеческих.

15 июня

Усердно штудирую Лайеля. За этим занятием коротаю долгие вечера после анатомических сеансов, которые провожу засветло, между прогулками и ужином. Высокие банки для образцов не пригодились, вместо них по всей гостиной у меня расставлены обыкновенные жёлтые противни. В них я держу Eolis pellucida, Doris billomellata, Aplysia[1] и кое-какие разновидности полипов: тубуларии, плюмулярии, сетуларии, изящных малюток, эолид и сложносоставных асцидий. Да, Эллен, глядя на эти совершенно очаровательные, чудесно устроенные создания, как не счесть их произведением некоего Разума? — Но не поспоришь и с многочисленными свидетельствами Теории развития, которые показывают, что изменения во всех живых организмах, происходившие в течение невообразимой череды лет, были следствием постепенного действия естественных причин.

Напиши, удалось ли тебе, позволило ли тебе здоровье послушать доклад профессора Гексли* «Устойчивые типы живых существ». Он, должно быть, оспаривал мнение, что отдельные виды появились на Земле как следствие повторяющихся актов Творения, и выдвигал теорию о постепенном изменении существующих видов. Удалось ли тебе сделать какие-нибудь записи? Важность их была бы неоценима — хотя бы тем, что они удовольствовали бы любопытство твоего супруга, увлечённого натуралиста-любителя.

---

[1] Моллюски из отряда голожаберных и покрытожаберных.

Сегодня я спустился с холмов со стороны Скарборо к страшному и величавому мысу Фламборо, где не один мореход нашёл ужасную смерть в споре прибрежных вод и мощных течений; даже в такой погожий, приветливый день, как нынче, почти не стихает их борение и слышен за плеском высоких волн их хохот. Утёсы имеют меловую окраску; источенные, изломанные, выгранённые стихиями, они приобрели причудливые очертания, отчего суеверы легко могут принять их за изваяния божеств либо окаменевших древних исполинов. Один стоит в море поодаль от берега, то ли из последних сил, то ли с угрозой воздев култышку, похожую на обвязанный обрубок конечности, изъеденный белой проказой. Были тут две скалы, прозванные Король и Королева, но до наших дней сохранилась лишь последняя. Лайель полагает, что всё здешнее побережье подвержено постепенному разрушению: Фламборо, пишет он, уничтожается, составляющие его породы разлагаются под действием солёных брызг, причём на побережье у основания мыса разложению способствуют ещё и родники, бьющие из глинистых пластов.

Мне пришло на мысль, что если солёная и пресная вода способны с таким терпением, с такой слепою неотвратимостью созидать эти мраморные гроты и соборы, ваять невиданные фигуры — резцом ли, напором ли струй, набирающих силу в весеннюю пору, действием ли крохотных капель, протачивающих тончайшие русла, при помощи ли земного тяготения —

Если силы, заключённые в минералах, способны порождать такие образования, как сталактиты и сталагмиты, то не могут ли тысячелетиями длящиеся воздействия и побуждения внешних сил сказываться на устройстве ушных каналов и сердечных полостей?

Чем объяснить, что рождённое, обретшее форму по причине исподволь действующих обстоятельств наделено способностью воспроизводить эту форму в потомстве — воспроизводить тип, — даже если единичная особь терпит крах? На этот вопрос, если не ошибаюсь, ответа не найдено. Вот я срезаю с дерева веточку и выращиваю из неё целое дерево, с корнями и кроной, — но как это стало возможно? Откуда узнал черенок, как образовать корни и крону?

Мы, дорогая моя, фаустовское поколение: всё стремимся познать такое, что человеку познать, может быть, и не дано (если способности человеку в самом деле Кем-то даются).

Среди прочего Лайель рассказывает о поглощённых водами прибрежных деревнях: Оберне, Хартберне, Хайде, а также Альдборо, которая выстроена теперь заново дальше от берега. Я так и не узнал, отразилось ли исчезновение этих горестных селений в каких-нибудь легендах или преданиях — какие, сколько мне известно, бытуют, например, в Бретани, — однако на отмелях вдали от берега рыбакам попадаются остатки домов и церквей. Что ж, хоть меня и не тревожит призывный звон подводных колоколов затонувшего города Ис, зато нашёл я доморощенного британского нечистика, хобгоблина: жилище его прозвали, понятно, Хобово Логово. Добряк-хоб умеет вылечивать коклюш (известный в этих местах как «кашель-задохлец»). Хобово Логово — пещера в береговом утёсе близ деревушки Кеттлнесс; однажды тёмной декабрьской ночью 1829 года вся деревушка сползла по скользкому склону в море.

Ты, верно, уже тревожишься, как бы я не утонул, как бы не погребли меня пески на дне пучины. Сеть мою волна унесла — что было, то было: я неосмотрительно бросил её рядом, когда нашаривал в глубокой Бриггской заводи в Файли никак не дававшегося в руки полипа, — но сам я цел и невредим, если не считать нескольких почётных царапин, оставленных острыми раковинами морских уточек и маленьких мидий. Ещё неделя-другая — и я с грузом мёртвых морских диковин вновь буду рядом с тобой.

— Мортимер Собрайл утверждает, — сказал Роланд, — что проследил каждый шаг Падуба во время той экспедиции. «После долгой прогулки по римской дороге до Пикеринга поэт, вероятно, стёр себе ноги: со мной так и было. Однако его острый глаз, должно быть, подметил больше занятных и живописных деталей, чем через много лет попались на глаза мне».

— И никаких подозрений, что у Падуба была спутница?

— Никаких. А вы бы по таким письмам что-нибудь заподозрили?

— Нет. Обычные письма мужа в отъезде: выдался свободный вечер, и его тянет поболтать с женой. Одно только бросается в глаза: он нигде не пишет: «Жаль, что тебя со мной нет» или хотя бы «Жаль, что ты не видела...». Вот и всё, что выведет литературовед на основании текста. Ещё ну разве что прямое упоминание города Ис — но что Падуб о нём знал, мы уже выяснили. Вот смотрите: если бы это вы были в таком возбуждении, как тот человек, который писал письма Кристабель, смогли бы вы каждый вечер садиться и писать *жене*! А писать-то, наверно, приходилось, сидя рядом с Кристабель. Смогли бы вы сочинять такие вот... путевые очерки?

— Если бы я решил, что так надо — ради неё, Эллен, — смог бы, пожалуй.

— Ну, для этого нужно иметь жуткое самообладание и жутко двуличную натуру. А письма такие безмятежные.

— И всё-таки он как будто её ободряет — время от времени...

— Это уже натяжка: раз мы предположили...

— А Кристабель? Известно, что она делала в июне пятьдесят девятого?

— В Архиве никаких сведений. До шестидесятого года — до гибели Бланш — ничего. Вы думаете...

— Как именно погибла Бланш?

— Утопилась. Бросилась в реку с моста в Патни. В мокром платье, да притом ещё набила карманы большими круглыми камнями. Чтобы уж наверняка. Где-то есть запись, что она восхищалась доблестью Мэри Уолстонкрафт*: та тоже пыталась покончить с собой таким же образом, на том же месте. Бланш, как видно, учла, что Уолстонкрафт не пошла ко дну, потому что её удержала на плаву одежда.

— Мод... а известно, почему Бланш утопилась?

— В точности не известно. В предсмертной записке она писала, что не может расплатиться с долгами, что на этом свете она «существо лишнее и никому не нужное». В банке у неё действительно не было ни гроша. По заключению следователя — временное помрачение рассудка от женской неуравновешенности. Следователь написал: «Как известно, женщины подвержены сильным беспричинным перепадам настроения».

— Верно. Феминистки тоже на это ссылаются, когда дело касается автокатастроф, экзаменов...

— Не отвлекайтесь, я поняла. Так вот, литературоведы всегда считали, что Кристабель была *там*: она показала, что «в то время отлучилась из дому». Я всегда думала — ну на день, на неделю, много на две...

— В каком месяце погибла Бланш?

— В июне шестидесятого. До этого за целый год о Кристабель никаких сведений — то есть кроме линкольнширской переписки. И ещё, как нам кажется, кое-каких фрагментов «Мелюзины» да нескольких сказок, которые она послала в «Хоум ноутс»¹,

---

¹ «*Хоум ноутс*» — еженедельный женский журнал, издававшийся в 1894–1957 гг.

и среди них... постойте-ка, среди них одна про хобгоблина, умеющего лечить коклюш. Но это ведь ничего не доказывает.

— Может, Падуб рассказал.

— А может быть, где-нибудь вычитала. Вычитала, как вы думаете?

— Думаю, нет. Вы считаете, она ездила в Йоркшир?

— Да. Но как это доказать? Или опровергнуть?

— Не заглянуть ли в дневник Эллен? Вы не могли бы поговорить с Беатрисой Пуховер? Ничего не объясняя, без ссылок на меня.

— Ну, это нетрудно.

✻⟨⟨⟩⟩✻

В кафетерий влетела труппа озорных упырят в белых саванах, с синюшно-зелёными мордашками; упырята загалдели: «Соку! Соку! Соку!» Рядом приплясывал бутуз в боевой раскраске и в таком тугом трико, что каждая складка на теле купидончика-дикаря проступала более чем отчётливо.

— Что бы сказала Кристабель? — заметил Роланд, и Мод ответила:

— Мало ли она сама напридумывала гоблинов. Она-то понимала, что мы такое. Её, похоже, не останавливали соображения благопристойности.

— Бедная Бланш.

— Она приходила сюда — в церковь, — как раз перед тем, как решила покончить с собой. Она была знакома с викарием. «Он терпит меня, как терпит многих немолодых девиц с их надуманными страданиями. Церковь его всегда полна женщин, которым тут положено молчать; вышивать обивку на табуреточки им ещё разрешается, но жертвовать храму картины духовного содержания — ни под каким видом».

— Бедная Бланш.

✻⟨⟨⟩⟩✻

— Алло.

— Попросите, пожалуйста, Роланда Митчелла.

— Его нет. Куда ушёл — не знаю.

— Вы не могли бы ему кое-что передать?

— Если увижу — передам. Мы с ним то видимся, то нет. А записки он не читает. А кто это говорит?

— Меня зовут Мод Бейли. Я только хотела его предупредить, что завтра буду в Британской библиотеке. У доктора Пуховер.

— Мод Бейли...

— Да-да. Я хотела сперва переговорить с ним... если можно... А то вдруг кто-нибудь... Тут один деликатный вопрос... Я только хотела *предупредить*... чтобы он успел подготовиться. Вы меня слышите?

— Мод Бейли...

— Ну да, Мод Бейли. Алло! Вы слушаете? Что там, разъединили? Чёрт.

❋❋❋❋❋

— Вэл...

— Что?

— Случилось что-нибудь?

— Нет. Ничего особенного.

— Ты себя ведёшь так, будто что-то случилось.

— Да ну? И как же это я себя веду? Надо же, заметил, что я себя веду.

— За весь вечер слова не сказала.

— В первый раз, что ли?

— Нет. Но молчать тоже можно по-разному.

— Да ладно. Нашёл из-за чего беспокоиться.

— Ну что ж, ладно так ладно.

— Я завтра задержусь. Можешь вздохнуть свободно.

— Ничего. Я тогда тоже задержусь в Британском музее, поработаю.

— Да, приятная тебе предстоит работёнка. Тебе тут просили кое-что передать. Все думают, я какая-то вечная секретарша: нету у меня других дел — телефонограммы передавать.

— Телефонограммы?

— Звонила тут одна, вся из себя *de haut en bas*[1]. Твоя приятельница Мод Бейли. Завтра будет в музее. Подробностей не помню.

— Что ты ей сказала?

---

[1] Высокомерная (*фр.*).

— Смотри, как оживился. Ничего я ей не сказала. Бросила трубку.

— Эх, Вэл.

— «Эх, Вэл», «Эх, Вэл», «Эх, Вэл». Только и слышишь от тебя. Я пошла спать. Надо выспаться: завтра много работы. Дело о крупных махинациях с подоходным налогом. Жутко интересно, да?

— Мод ничего не говорила, чтобы я... чтобы я не... Она не упоминала Беатрису Пуховер?

— Говорю же, не помню. Вроде не упоминала. Это ж надо, в Лондон заявилась. Мод Бейли...

Если бы у него хватило духу повысить голос, прикрикнуть: «Что ты несёшь!» — прикрикнуть по-настоящему, — может, до такого и не дошло бы?

Будь у них дома другая кровать, он прибег бы к своей обычной защите: ушёл бы в себя. Сидя на краешке матраса, он весь напрягся, чтобы не наговорить лишнего.

— Это не то, что ты думаешь.

— Ничего я не думаю. Здесь мне думать не полагается. Мне ничего не рассказывают, ничем со мной не делятся — я и не думаю. Я никому не нужна. Ну и пусть.

И если — страшно подумать — эта женщина в некотором смысле уже *не Вэл*, то где же она, пропавшая Вэл, Вэл изменившаяся, неясная? Надо что-то делать — но что? Что он может? В чём отвечает он за ту пропавшую Вэл?

❈❖❈

Поначалу Мод и Беатриса никак не могли найти общий язык — уже потому, что каждая в глазах собеседницы была наделена нерасполагающей наружностью: Беатриса — точь-в-точь рыхлая груда спутанной шерстяной пряжи; Мод — чёткая, острая, устремлённая. Накануне она составила что-то вроде вопросника о жёнах именитых викторианцев, разбитого на рубрики, и теперь медленно подводила разговор к самому главному вопросу: что представляет собой дневник Эллен и почему она его писала?

— Мне очень хочется разобраться, что чувствовали жёны так называемых великих людей...

— Он и есть великий, по-моему...

— Да-да. Что они чувствовали: достаточно ли им было купаться в лучах славы своих мужей, или они считали, что при благоприятных обстоятельствах и сами могли чего-то достичь? Ведь вон сколько из них вели дневники, и во многих случаях это настоящая литература, потаённая, но высокой пробы. Возьмите превосходную прозу Дороти Вордсворт. Если бы она не осталась просто сестрой поэта, а решила стать писательницей — вот была бы писательница! Меня, собственно, вот что интересует: зачем Эллен вела дневник? Угодить мужу?

— Ну нет.

— Она ему показывала?

— Ну нет. По-моему, не показывала. Она нигде не пишет.

— Может, она взялась за дневник в надежде, что его опубликуют или вообще как-нибудь прочтут, как вы думаете?

— На этот вопрос ответить труднее. Что его могут прочесть, она, кажется, знала: встречаются в записях резкие замечания насчёт замашек тогдашних биографов — о том, что Диккенса и похоронить толком не успели, а они уже роются в его письменном столе. Типично викторианские замечания. Она понимала, что Падуб — великий поэт, и, конечно, догадывалась, что рано или поздно, если дневники не сжечь, они — эти любители покопаться в грязном белье — до них доберутся. Догадывалась — но не сожгла. Хотя писем сожгла множество. Мортимер Собрайл считает, что письма уничтожили Вера и Надин, а по-моему, Эллен. Некоторые с ней и похоронены.

— И всё-таки, доктор Пуховер, ваше мнение: зачем она вела дневник? Излить душу? Разобраться в себе? Из чувства долга? Зачем?

— Есть у меня одна гипотеза. Надуманная, наверно.

— И что это за гипотеза?

— Мне кажется, она писала, чтобы сбить с толку.

Собеседницы уставились друг на друга.

— Кого сбить? — спросила Мод. — Его биографов?

— Просто сбить с толку.

Мод выжидающе молчала. И Беатриса, с трудом подбирая слова, принялась рассказывать подлинную историю своих отношений с дневником:

— Когда я только-только за него принялась, я думала про Эллен: «Какая милая бесцветность». Потом мне стало казаться, что за этим твёрдым... под этой дубовой обшивкой, вот как... там что-то бьётся, трепещет. Тогда я попыталась... меня тянуло представить себе, что же там трепещет и бьётся, и получилось — такая же закрытость и бесцветность. Я уж решила, что сама их придумала, что, может, она — хоть изредка — всё же записывала что-нибудь интересное... как бы лучше сказать... интригующее. *Но не тут-то было*. Может, это профессиональное заболевание такое у тех, кто работает со скучными дневниками, — воображать, будто автор нарочно озадачивает?

Мод озадаченно оглядела Беатрису. Под нарядом из мягкой-премягкой шерсти, скрывавшим подушечно-пухлый бюст, она различила тугие тесёмки. Шерсть была бирюзовая в крапинку. Рыхлая груда шерсти казалась почти беззащитной.

Беатриса заговорила тише:

— Вы, наверно, думаете: столько лет работы — и такой ничтожный результат. Да, двадцать пять лет, и время притом летит всё быстрее, быстрее. Я и сама понимаю... понимаю, что работа движется медленно, а учёные — вроде вас, со своими представлениями об Эллен Падуб и её труде, — они всё больше и больше интересуются. Я поначалу, скажем так, увлеклась ею — ну, как спутницей жизни великого поэта. И если честно, ещё потому, что он, Генри Падуб, был моим кумиром. А эта работа — она сама, так сказать, подвернулась, и *они* говорили, что работа как раз по мне, как раз для... для женщины, для человека моих способностей, как им казалось. *В те годы*, доктор Бейли, настоящей феминистке пришлось бы добиваться, чтобы ей позволили работать с циклом про Аска и Эмблу.

— Позволили?

— Ой, то есть... Ну да. *Работать* с циклом про Аска и Эмблу.

Беатриса замялась. Потом:

— Вы, мисс Бейли, наверно, не представляете тогдашние порядки. Нас никуда не принимали, не давали никакой самостоятельности. Когда я начинала преподавать — и даже до конца шестидесятых, — в колледже Принца Альберта женщин в профессорскую не допускали. Нам была отведена особая комната, тесная и такая, знаете, *симпатичненькая*. Вопросы все решались в пабах — важные вопросы, — а женщин туда не звали, да нас и самих туда не тянуло. Терпеть не могу запах табака и пива. Но нельзя же из-за этого лишать меня права обсуждать политику факультета. Нам предоставляли работу, и мы были благодарны. Мы думали: как же это скверно — быть молодой, а кое-кому —

не мне — казалось, что и хорошенькой быть скверно. А начнёшь стареть — ещё хуже. Я, доктор Бейли, глубоко убеждена, что есть возраст, когда женщина — в таких обстоятельствах — превращается в *ведьму*. Только потому, что возраст пришёл. В истории много таких примеров. И ведь бывает же ещё охота на ведьм... Вы, наверно, скажете, я ненормальная: затянула работу на двадцать пять лет и ссылаюсь на... на личные причины. Вы бы на моём месте двадцать лет назад всё издали. Но дело ещё в том, что я сомневаюсь: а хорошо ли это? Одобрила бы она мои занятия или нет?

И вдруг Мод сильно, горячо прониклась её переживаниями.

— Может, вам всё это бросить? Занялись бы, чем занимались.

— У меня такое чувство, что это мой долг. Перед собой — за все эти годы. Перед *ней*.

— Можно будет посмотреть дневник? Меня особенно интересуют записи за пятьдесят девятый год. Я читала его письма к ней. Из Йоркшира. Удалось ей послушать лекцию Гексли?

Не сболтнула ли она лишнего? Видимо, нет. Беатриса медленно поднялась и извлекла из серого стального шкафа нужный том. На мгновение она стиснула его в руках, словно защищая от посягательств.

— Заходила сюда какая-то профессор Стерн. Из Таллахасси. Спрашивала... хотела разузнать про сексуальные отношения Эллен Падуб — с ним, вообще с кем-нибудь. Я сказала, что в дневниках ничего такого нет. А она говорит — должно быть. В метафорах, в умолчаниях. Нас, доктор Бейли, не учили, что исследователь должен в первую очередь обращать внимание на то, о чём умалчивается. Вы, конечно, считаете меня наивной.

— Нет. Зато Леонора Стерн, по-моему, — та действительно бывает наивна. Или нет, не так: она не наивная, она зацикленная, одержимая. Но может, она права. Может, именно эти постоянные умолчания вас и озадачивают.

Беатриса задумалась.

— С *этим* я ещё могу согласиться. Что-то там явно замалчивается. Я только не понимаю, почему непременно надо думать, что замалчиваются именно... такие вещи.

Этот робкий, но упрямый вызов, подёрнутый застенчивым румянцем, снова всколыхнул в душе Мод родственные чувства.

Она вместе со стулом подвинулась ближе и заглянула в осунувшееся, помятое лицо. Вспомнилась исступлённость Леоноры, ёрничество Фергуса, вся направленность и пафос литературоведения XX века, постель, похожая на грязный белок...

— Согласна, доктор Пуховер. То есть совершенно согласна. Вся наша наука — вся наша мысль... мы ставим под сомнение что угодно, только не главенство сексуальности. Но феминисткам — увы — как же не уделять этой сфере столько внимания? Иногда я жалею, что не подалась в геологию.

Беатриса Пуховер улыбнулась и протянула Мод дневник.

Дневник Эллен Падуб

4 июня 1859 г.

Уехал мой Рандольф, и в доме поселилось гулкое безмолвие. У меня множество замыслов: хочу как следует обиходить комнаты к его возвращению. Надо снять занавеси в кабинете и гардеробной и хорошенько выбить пыль. Никак не решу, постирать ли те, наверху. Занавеси из гостиной после стирки потеряли вид: нету прежнего блеска и складки какие-то неказистые. Велю Берте выколотить занавеси, а там посмотрим. Берта в последнее время выказывает некоторую леность: на зов не спешит, работу исполняет нерадиво (у серебряных подсвечников под ободком не почищено, а на ночной рубашке Р. по-прежнему недостаёт пуговиц). Не приключилось ли с ней что-нибудь неладное? Я надеялась, что подозрения и запущенность — и, прямо сказать, развал и порча, учиняемая её предшественницами, — с её приходом закончатся и Берта и впредь будет оставаться той же почти невидимой домовитой хлопотуньей, какой показала себя вначале. Занемогла она или расстроена? Боюсь, то и другое вместе, но гадать нету охоты. Завтра спрошу напрямик. То-то подивилась бы она, если бы знала, какого мужества, сколь многообразного мужества (одно дело — потревожить её благополучный уклад, другое — свой собственный) потребуют у меня эти расспросы. Нету во мне матушкиной твёрдости. Многих её качеств и талантов, которыми в избытке наградила её природа, я не унаследовала.

Больше всего, если милый в отъезде, недостаёт мне тихих вечерних часов, когда мы читаем друг другу вслух.

Подумывала было приняться за недочитанного им Петрарку, но не стала: без Рандольфа будет не то, лишь его чудный голос способен в полной мере воскресить страстность итальянца былых веков. Прочла главу-другую из «Основ геологии» Лайеля, чтобы разделить увлечённость Рандольфа предметом его исследований, была покорена обдуманной основательностью взглядов автора и трепетала, воображая, сколько же эонов дочеловеческой истории продолжалось образование земной коры — которое, если верить Лайелю, не закончено и сейчас. Но, по счастливому выражению поэта, «где ж то, что возлюбило персть земную?». Я, в отличие от преподобного мистера Болка, не думаю, что новые представления о происходившем в незапамятные времена — сколько-нибудь опасное посягательство на утвердившееся вероучение. Может быть, я лишена воображения либо чересчур полагаюсь на своё чутьё и безотчётные убеждения. Но если окажется, что история о Вселенском потопе есть не что иное, как прекрасная поэтическая выдумка, разве я, жена великого поэта, перестану видеть в ней назидание о том, какая кара может постичь человечество за грехи? Иное дело — считать выдумкой историю достойной подражания жизни и таинственной, благостной смерти величайшего и единственно праведного Человека: это поистине опасно.

И однако — жить во времена, когда настроение умов побуждает к подобным сомнениям... Что ни говори, а Герберт Болк имеет основания для тревоги. Он советует мне не смущать себя вопросами, в которых моё чутьё (как он его аттестует, «женское», «безошибочное», «неиспорченное» и проч. и проч.) поможет распознать суемудрие. Он твердит, что я знаю, мой Искупитель жив[1], и с жаром домогается, чтобы я признала истинность этого утверждения, будто признание это укрепит и его самого. Что ж, признаю. Признаю всей душой. Я в самом деле знаю, что мой Искупитель жив. Но я была бы несказанно рада, если бы Герберт Болк сумел наконец разрешить свои сомнения приличным образом, чтобы молитвы наши исполнились искренней хвалы и крепкой веры в неусыпное Провидение, а не превращались, как сейчас, в разгадывание мучительных загадок.

Но я всё пишу, а час уже поздний. Это потому, что я дома одна — если не считать прислуги, — вот и заработалась до ночи. Пора закрыть дневник и отойти ко сну, чтобы набраться сил перед битвой с занавесями и разговором с Бертою.

---

[1] Книга Иова, 19: 25.

6 июня

Сегодня получила письмо от Надин: она со своими отпрысками отправляется в Этрета провести лето на побережье и умоляет, чтобы я позволила им проездом переночевать у нас. Надо принять её как следует. Я и в самом деле куда как рада перекинуться с ней словечком, услышать известия о дорогих мне людях, живущих, по несчастью, так далеко. Но визиты сейчас так некстати: дом чуть не весь вверх дном, я затеяла обревизовать обстановку, перемыть фарфор, и работа ещё не кончена. Кресла какие в чехлах, какие вверены попечениям незаменимого мистера Била: он зашивает, где порвалось. В кресле из кабинета Рандольфа (полукруглом, обитом зелёной кожей), в щели между подушкой на сиденье и подлокотником, он нашёл две гинеи, пропавший счёт за свечи, из-за которого вышел такой спор, и перочистку, поднесённую Обществом прихожанок церкви Св. Свитина (как им только в голову пришло, что кто-то решится запачкать такую изящную вещь чернилами!). Люстра спущена, хрустальные подвески тщательно чистятся и натираются до блеска. И в этот до известной степени приручённый беспорядок ворвутся Энид, Джордж, Артур и Дора, чьё преувеличенно бережное обращение с хрусталинками от люстры будет пострашнее легкомысленной неосторожности. И всё же, конечно, пусть приезжают. Я так им и написала. Вернуть люстру на прежнее место или убрать подальше? Ужинаю у себя в кабинете: бульон и ломтик хлеба.

7 июня

Письмо от Рандольфа. Он здоров, работа его идёт успешно. Будет о чём побеседовать по возвращении. Днём у меня разболелось горло, я расчихалась — верно, из-за пыли, поднятой при уборке, — так что после обеда прилегла у себя на кушетке, задёрнула шторы и вздремнула — но спала дурно, беспокойно. Завтра к приезду Надин мне надо будет крепко стоять на ногах. Берта постлала малышам в бывшей детской. Я так и не спросила, что с нею происходит; сегодня, во всяком случае, она ещё угрюмее и сонливее, чем неделю назад.

9 июня

Какая удача, что хозяин в отлучке, ибо за прошедшие сутки дом обратился в сущий пандемониум. Джордж и Артур растут крепышами, можно только радоваться. Девчушки — когда отдыхают — само очарование: кожа мягкая, белоснежная, большие лучистые глаза. Надин называет их «мои ангелочки» — что правда, то правда, но Мильтонов Пандемониум населяли падшие ангелы, а по части паданья милейшие мои племянники и племянницы никому не уступят, причём места для падений они выбирают на редкость неудачно: стягивают скатерти, опрокидывают вазы с цветами, а Джордж, как я и опасалась, задел фарфоровую миску с водою, где лежали хрусталинки от люстры, отчего те загремели, точно камешки. Держать детей в строгости гувернантка не способна, она мастерица только целовать их да тискать и упражняется в этом непрестанно. Надин же на это улыбается благодушно и замечает, что Грейс на детишек не надышится, в чём я не сомневаюсь.

Я сказала Надин, что она всё цветёт. Это не совсем так, но буду уповать, что Господь простит мне эту невинную маленькую ложь. На самом деле я чуть не ахнула, когда увидала, как она переменилась: волосы поутратили блеск, милое личико припухло, глядело утомлённо, фигура, некогда чаровавшая стройностью, расплылась. Она то и дело повторяет, что здорова и счастлива, а сама жалуется на одышку, прострелы, на беспрестанную зубную боль, мигрени и прочие коварные недуги, которые не оставляют её — «прямо ополчились» на неё, по её выражению, со времени последних родов. При этом, говорит она, Барнабас показывает себя деликатнейшим из мужей. Сейчас он корпит над богословским трудом — убеждения его не такого рода, как у Герберта Болка, — и в скором будущем, как рассказала Надин, он рассчитывает получить место настоятеля.

10 июня

Нам с Надин выдался случай поговорить с глазу на глаз — за обедом, когда стайка херувимов упорхнула проветриться в Риджентс-парк. Мы предались тягостно-сладким воспоминаниям о былой нашей жизни в доме настоятеля возле собора: как бегали мы взапуски по саду, как мечтали о той поре, когда будем женщинами. Точно девчонки, болтали о тогдашних наших веерах и чулках, о том, какая мука эти тесные чепцы, когда проповедь затягивается, о том, каково пришлось нашей бедной матушке, родившей пятнадцать детей, из которых в живых остались лишь четыре девочки.

Как всегда наблюдательная Надин сразу приметила, что с Бертой неладно, и высказала весьма правдоподобную догадку. Я отвечала, что с Бертой надо бы поговорить: я было собиралась, да всё ожидала удобной минуты. Надин же на это сказала, что откладывать разговор не годится: и Берте, и прочим домашним эта оттяжка послужит только во вред. Она твёрдо держится того мнения, что присутствие греха в доме — соблазн другим. Я заметила, что нам как будто бы заповедано любить грешников, но Надин возразила, что это не вменяет нам в обязанность жить под одним кровом с видимым напоминанием о грехе, оставленном без взыскания. Мы вспомнили, какую непреклонность показывала в таких случаях матушка, считавшая за должное наказывать провинившихся собственноручно. Особенно запомнилась мне одна, Тирза Коллит: как она, бедняжка, с криком металась по комнатам, а за нею, занеся руку, матушка. Никогда не забуду я этих криков. Никогда не подниму я руку ни на кого из прислуги. То же и Надин, что бы она ни говорила, — хотя Барнабас и утверждает, что если употреблять это средство с разбором, оно способно оказывать благотворное действие. Не могу представить, чтобы славный мой Рандольф допустил себя с кем-нибудь из состоящих у нас в услужении девушек до рукоприкладства или ещё как-нибудь их обидел. Пока он не вернулся, велю Берте оставить наш дом: это мой долг.

12 июня

Милый обстоятельно пишет о своих делах. Он здоров, изыскания его подвигаются как нельзя лучше. Я во всех подробностях изобразила события этих хлопотливых дней в письме к нему, уже отосланном, и не имею ни времени, ни желания записывать их здесь — разве вот мелочи, которыми я не стала его беспокоить. Две хрустальные подвески треснули: одна — из тех, что висят посредине, другая, не так заметная, от внешнего круга. Что теперь делать? Я убеждена... нет, несправедливо: я склонна думать, что треснули они, когда Артур и Джорджи по нечаянности задели миску с отмокающими хрусталинками. Славному моему Р. я об этой скорбной утрате не написала: хочу сделать так, чтобы дом приятно удивил его неожиданной чистотой и опрятностью. Подвески можно бы заказать новые, но к сроку они точно не поспеют, да и накладно. Как же не хочется, чтобы в доме висела люстра, где на подвесках щербинки и трещины!

Имела разговор с Бертой. Всё как я и думала и как говорила Надин. Выпытать у неё имя виновника происшедшего не удалось. Обливаясь слезами, она твердила одно: требовать, чтобы он взял над ней попечение, став её мужем или ещё как-нибудь, — об этом не может идти и речи. Раскаяния в её словах не было, но и вызова также; она вновь и вновь спрашивала: «Что же мне делать?» — но я не могла дать ей удовлетворительного ответа. «Хоть бы и не хотела, а всё продолжается», — добавила она загадочно. Я сказала, что напишу к её матери, но она умоляла не писать: «Она не переживёт, она мне в жизни не простит». Куда она теперь? Где найдёт кров? Как мне с ней обойтись, чтобы было в духе христианского милосердия? Не хотелось бы отрывать Рандольфа от занятий, но без его согласия у меня будет не так много возможностей помочь ей. И вот ещё беда: кем её заменить. Как подумаю, что́ может последовать, если замена окажется неудачной: и пьянство, и воровство, и битьё посуды, и безнравственность. Иные из знакомых мне дам ищут прислугу в провинции, подальше от города; не тушеваться и держать себя хозяйкой с видавшим виды лондонским простонародьем удаётся мне не без труда.

Надин утверждает, что прислуге по недостатку образованности свойственна неблагодарность, это-де в порядке вещей. В такие минуты — когда мне приходится с ними знакомиться, выносить суждение о них, задавать им вопросы — я поневоле удивляюсь, как они вообще нас не возненавидят. Убеждена, что есть среди них такие, кто подлинно ненавидит. Не понимаю, как истинный христианин, говоря о мире, где люди делятся на слуг и хозяев, может находить в нём «порядок вещей». — Ведь Он пришёл ко всем, даже и к самым малым — к ним-то, может быть, в первую очередь, к ничтожным, нищим. Нищим имущественно и нищим духом.

Будь рядом Рандольф, я бы порассуждала об этом с ним. А может, и лучше, что его нет: это моя забота, моя обязанность.

Июнь

Поутру Надин с отпрысками, расточая улыбки и взмахивая на прощанье платками, отбыли в Дувр. Надеюсь, плавание их было благополучным. И надеюсь, они сполна наслаждаются прелестями отдыха у моря. Получила новое письмо от Рандольфа. Оно пришло, едва отправилось в путь сестрино семейство, полное (письмо, не семейство) дыхания моря, свежего ветра и иных отголосков упоительной вольной стихии. В Лондоне воздух жгуч и тяжёл, как раскалённая медь: это, кажется, перед грозою. Безветрие, духота небывалая. Я решила спросить совета касательно Берты у Герберта Болка. На меня накатило предчувствие мигрени, вдруг снова разбередили душу пустота и безмолвие дома. Удалилась к себе и поспала два часа. Сон немного взбодрил, хотя мигрень ещё не совсем отпустила.

Июнь

Заходил Герберт Болк. Остался выпить чаю и побеседовать. Я предложила сыграть в шахматы — так я надеялась отвлечь его от не в меру пылкого изложения своих сомнений и убеждений; к тому же эти игрушечные баталии доставляют мне удовольствие. Он с радостью объявил, что для женщины я играю очень и очень недурно. Я согласилась: обыграла я его превосходнейшим образом.

Спросила его о Берте. Он рассказал про заведение, куда помещают женщин в её положении на время родов; там они имеют за собою хороший уход, а после, если такое возможно, им помогают снова приняться за какое-нибудь полезное занятие. Он обещал узнать, примут ли туда Берту. Я взяла на себя смелость поручиться — то есть связать обязательством славного моего Рандольфа, — что добавлю из своих средств на её содержание до родов, если такое пожертвование доставит ей место в приюте. Мистер Болк уверял, что спальни стараниями самих же обитательниц приюта содержатся в безукоризненной чистоте, что пища там простая, но сытная и готовят её те же самые обитательницы.

Июнь

Спала дурно, и от этого видела странный бессвязный сон. Я играю в шахматы с Гербертом Болком, и он объявляет, что моей королеве положено передвигаться только на одну клетку, как его королю. Я понимаю, что это несправедливо, но, во сне растерявшись, не догадываюсь, что дело в моём короле: большой, красный, он застыл в крайнем ряду и хода ему, кажется, нет. Я вижу все ходы, какие могла бы сделать моя королева, — вижу ясно, как неправильности в сложном вязаном или кружевном узоре, — но ей приходится грузно ковылять с клетки на клетку, на один ход зараз. «Вот видите, — произносит вполголоса мистер Болк (там же, во сне). — Говорил я, что вам не победить». И я вижу, что не победить, но всё равно отчего-то волнуюсь и хочу лишь одного: чтобы мне было позволено передвигать свою королеву по диагонали в любом направлении. Странно выходит, как подумаешь, что в шахматах фигуре, изображающей женщину, разрешается продвигаться так далеко и свободно перемещаться в какую угодно сторону, — в жизни порядки большей частью иные.

После обеда опять заходил мистер Болк. Витиевато и пространно обличал тех, кто усматривает в новозаветных чудесах — особенно в воскрешении Лазаря — мошеннические уловки. Рассказал, что дело о помещении Берты в приют устраивается. Берте пока ничего не говорю, чтобы не подать надежду, может быть напрасную. Лицо у Берты сделалось одутловатое, работу она исполняет вяло, нерасторопно.

Июнь

Вот так сюрприз! Получила по почте маленький свёрток, а в нём подарок от моего дорогого Рандольфа и стихи — и то и другое мне. Он побывал в Уитби, рыбацкой деревне, жители которой достигли большой сноровки в обработке выбрасываемого морем чёрного янтаря и с большим искусством вырезают из него пуговицы, а также всякие изящные вещицы и ювелирные украшения. Мне он прислал редкой красоты брошь с резьбою в виде венка из йоркширских роз: сплетённые колючие веточки, листики — работа артистическая, и как натурально сделано! Цветом она чернее сажи, но стоит повернуть — каждый выступ зажигается отблесками, излучает какую-то гневную силу: одно из свойств янтаря состоит в том, что, если его потереть, он притягивает к себе мелкие предметы, как бы посредством животного магнетизма. Чёрный янтарь — гагат — разновидность бурого угля, пишет Р., как видно заворожённый этим материалом, и это понятно: он, как и уголь, — органический камень. Я, конечно, видала такой янтарь не раз, есть у меня гагатовые чётки, но чернотою и блеском этот превосходит всё мною виденное.

Привожу здесь стихотворение: мне оно дороже даже этого прелестного подарка. ~~Несмотря на все~~ Мы так счастливы друг с другом, даже разлука лишь укрепляет нашу преданность и сердечную привязанность.

Дар падкого на парадоксы: это
Лик белых роз из чёрного гагата.
В них удержалась мимолётность лета
И дышит жизнь, хоть смертию объята.

Как ископаемым огнём в камине
Окаменевшие стволы пылают,
Пусть чувство в нас с тобою не остынет,
Пусть на закате дней нас осияет.

Июнь

День не задался. Я объявила Берте, что она должна оставить наш дом и, если она согласна, мистер Болк устроит её в приют Магдалины. Берта не промолвила ни слова, густо побагровела и, тяжело дыша, воззрилась на меня, словно до неё не дошёл смысл моих слов. Я повторила, что мистер Болк оказывает ей большую любезность, что ей очень повезло. В ответ — всё те же исступлённые вздохи или пыхтение, отдающееся во всех углах моей маленькой гостиной. Я велела ей идти и обдумать моё предложение, а потом дать ответ. Следовало бы добавить, что я прошу её съехать до конца будущей недели, но язык не повернулся. Что с ней теперь станется?

Почта принесла груду писем того рода, что приходят к нам всё чаще: письма, содержащие поэмы или отрывки из поэм, засушенные цветы-закладки для «его» Библии или Шекспира, просьбы об автографе, советы (бесцеремонные), что он должен читать, робкие, а порой и навязчивые пожелания, чтобы он прочёл эпическую поэму, или трактат, или даже роман, которые, по мнению их сочинителей, могут вызвать у него интерес и выиграть от тех улучшений, которые он предложит. На такие письма я отвечаю дружелюбно, желаю их авторам успеха и объясняю, что он очень занят — и это сущая правда. Как они не поймут, что если по их милости у него не останется времени читать и размышлять, то он больше не сможет «поражать и восхищать» их «замысловатой изощрённостью мысли», по словам одного такого почитателя. Нынче среди писем оказалось одно, обращенное ко мне, с просьбой о личной встрече — по делу, как там говорится, величайшей для меня важности. Тоже не ново: многие — особенно молодые дамы — в надежде покороче сойтись с моим Рандольфом адресуются именно ко мне. Я учтиво ответила, что личных встреч незнакомым не назначаю, поскольку подобных встреч добиваются слишком многие, но если особа, приславшая письмо, имеет сообщить нечто важное, я просила бы прежде письменно известить меня о предмете разговора. Увидим, выйдет ли из этого что-нибудь или не выйдет ничего, — что стоит за письмом: что-то путное или, подозреваю, сумбур и бред.

Июнь

Нынче ещё хуже. Мигрень совсем одолела. Весь день я пролежала в комнате с задёрнутыми занавесями, между сном и бодрствованием. Есть много таких телесных ощущений — их нельзя описать, но узнаются они мгновенно: запах хлеба в печи, запах состава для чистки столового серебра; тем, кому эти ощущения незнакомы, о них не расскажешь. Из числа таких ощущений и близость мигрени, знаменуемая головокружением или опустошённостью, которые отнимают телесные силы. Занятно: в этом состоянии начинает казаться, что оно не пройдёт уже никогда, и, чтобы переносить его, требуется терпение безусловное, беспредельное. Ближе к вечеру боль слегка улеглась.

Ещё одно письмо от настойчивой таинственной незнакомки. Пишет, что дело идёт о жизни и смерти. Дама вполне образованная, склонна к истерике, но без буйства. Письмо я пока отложила: где тут раздумывать над ним, когда так нездоровится. Мигрень переносит тебя в удивительный мир мертвенных сумерек, где жизнь, смерть — не бог весть какая важность.

Июнь

Хуже прежнего. Приходил доктор Пимлотт, прописал лауданум, который принёс некоторое облегчение. Днём кто-то забарабанил в дверь, и Берта по рассеянности впустила странную даму, во что бы то ни стало желавшую меня видеть. Я в то время была наверху, попивала бульон. Попросила её прийти в другой раз, когда я буду здорова. Предложение об отсрочке покоробило её и раздражило. Я приняла ещё лауданума и вернулась к себе в тёмную комнату. Ни один из пишущих не изобразил ещё во всей красе блаженство сна. Кольридж описывает сны-мучители[1], Макбет говорит о сне изгнанном — и никто не напишет про то блаженство, когда расторгаешь связи с этим миром и в тепле, в неподвижности переносишься в другой мир. За оградою занавесей, под тёплыми одеялами, словно бы невесомо...

Июнь

День выдался наполовину скверный, наполовину всё-таки славный, погожий — день, можно сказать, обновлённый. Пока я пребывала в дремотном забытьи, в доме всё перечистили, и обстановка — кресла, скатерти, лампы, ширма — теперь как новая.

Заходила моя навязчивая посетительница, и мы с нею говорили. Надеюсь, дело совершенно разъяснилось и на этом можно поставить точку.

Июнь

Поэт — не божество с ангельским зрением[2]. Рандольф никогда с этим определением не соглашался. На этот счёт он охотнее приводит другие слова У-ма Вордсворта: «человек, говорящий с людьми»[3],

---

[1] Имеется в виду стихотворение С. Кольриджа «Мучительные сны».

[2] Определение поэта как существа «с божественным зрением» встречается в поэме У. Вордсворта «Прогулка» (кн. 1).

[3] Цитата из предисловия У. Вордсворта к сб. «Лирические баллады».

а уж Рандольф, смею утверждать, знает пестроту и переменчивость натуры человеческой куда лучше Вордсворта, обращавшего взгляд большей частью в собственную душу.

Заходил Герберт Болк, ласково говорил с Бертой, а та, как тогда передо мною, стояла вся красная, хлопала глазами и точно в рот воды набрала.

Июль

Поутру обнаружилось, что Берта ночью тайком бежала из дома, забрав все свои пожитки и, как уверяет Дженни, кое-что из её вещей, среди прочего ковровый саквояж и шерстяную шаль. Из нашего домашнего имущества не взято, кажется, ничего, хотя всё серебро или на виду, или разложено в незапертых шкафах и комодах. Возможно, что шаль она взяла по ошибке, а может быть, ошибается Дженни.

Куда она подалась? Что мне делать? Написать к её матери? Доводы есть и в пользу такого решения, и против него: она не хотела, чтобы мать узнала о её положении, но, может, у матери она и нашла прибежище.

Я подарила Дженни одну из своих шалей и один из наших баулов. Она осталась довольна.

Не отправилась ли Берта к тому человеку, который [дальше текст зачёркнут так, что прочесть невозможно].

Как же быть? Пуститься на поиски? Не могла же она в таком состоянии остаться на улице. А если найдём, не покажется ли, будто мы собираемся притянуть её к ответу? Этого мне бы никак не хотелось.

Я обошлась с ней дурно. Я совершила поступок, хуже которого и быть не может.

Герберт Болк с чужими чувствами не считается. Но я-то ведь знала об этом, когда принимала решение. ~~Следовало бы~~

Июль

Вновь скверный день. Весь день провела в постели, занавеси не задёргивала: оставаться в комнате с завешенными окнами не позволяет какой-то суеверный страх. В косматом тумане висело тусклое солнце, а вечером на чёрном небе тускло загорелось другое светило, луна. Целый день я лежала недвижно, ни разу не повернувшись. Оцепенение, нечувствие стали мне убежищем от боли, малейшее движение превращается в пытку. Сколько же дней проводим мы в неподвижности, ожидая, когда это кончится и нам удастся наконец уснуть. Я лежала в беспамятстве, как, должно быть, лежала в стеклянном гробу Белоснежка — живая, но непричастная поднебесному миру, дыханье не пресекается, но тело не шевелится. А там, в поднебесном мире, мужчины претерпевают и стужу, и зной, и разгул ветров.

К его возвращению я должна быть свежа и бодра. Должна непременно.

— Да, умела она писать, — произнесла Мод. — Я не сразу поняла, почему вы решили, что она сбивает с толку. Но потом, кажется, сообразила. Если судить о ней только по этим записям... я так и не разобралась, *какая* она была. Симпатична она мне или нет. Рассказывает она о разном. Разном и интересном. Но цельной картины из этого разного не возникает.

— Кто из нас цельная картина? — сказала Беатриса.

— А что было с Бертой после?

— Нам это выяснить не удалось. Эллен не пишет. Не пишет даже, разыскивала ли она её.

— Для Берты это, наверно, была настоящая трагедия. Она — Эллен, — кажется, не понимает...

— Не понимает ли?

— Даже не знаю. *Описывает* она её очень отчётливо. Бедная Берта.

— Ладно, всё уже быльём поросло, — сказала Беатриса неожиданно. — История давняя. И с ребёнком непонятно. Если он родился.

— Как же это досадно. Когда не знаешь.

— Профессор Собрайл разыскал янтарную брошь. Ту самую. Сейчас она в Собрании Стэнта. Он говорил, экспонируется на муаровом шёлке цвета морской волны.

Сообщение о броши Мод пропустила мимо ушей.

— У вас есть какие-нибудь соображения, кто была та истеричка, которая писала письма? Или она, как Берта, канула без следа?

— Про неё больше никаких сведений. Совсем ничего.

— Эллен обычно сохраняла письма?

— Не все. Бо́льшую часть. Связывала в пачки и держала в коробках из-под обуви. Они у меня здесь. В основном «почитательские письма», как она их называла.

— Можно взглянуть?

— Если интересно. Я пару раз их просматривала. Думала написать статью о, так сказать, викторианских предшественниках нынешних клубов поклонников знаменитостей. А когда взялась за статью, противно стало.

— Так вы мне покажете?

Беатриса окинула бесстрастным взглядом решительное, словно выточенное из слоновой кости лицо Мод и что-то в нём прочла, хотя, может быть, её догадка была не совсем верна.

— Что ж... — пробормотала она, не двигаясь с места. — Отчего не показать.

Чёрная картонная коробка была обвязана тесьмой, плотный картон высох и потрескался. Поминутно вздыхая, Беатриса сняла тесьму. В коробке лежали аккуратные связки писем. Беатриса и Мод принялись перебирать их, отыскивая нужную дату, заглядывая в конверты. Просьбы о пожертвованиях, предложения помочь по секретарской части, стремительные строки с изъявлением пламенных восторгов, обращённые к Рандольфу и адресованные Эллен. Наконец Беатриса по дате отыскала письмо, написанное взволнованным и вместе с тем искусным, отдалённо готическим почерком. Да, это было оно.

Уважаемая миссис Падуб,
простите, пожалуйста, что я занимаю Ваше драгоценнейшее время и внимание. Я женщина Вашего круга, совершенно Вам пока незнакомая, но хочу сообщить Вам нечто такое, что прямо касается и меня, и Вас и для меня не меньше как дело жизни и смерти. Поверьте, это правда без прикрас.

О, как мне снискать Ваше доверие? Вы непременно должны мне поверить. Не позволите ли Вы мне отнять у Вас несколько времени своим посещением? Я зайду ненадолго, мне надо лишь сообщить Вам это известие, за которое Вы, может быть, скажете мне спасибо. Или не скажете... Не в этом дело. Просто Вы должны узнать.

Меня можно найти во всякое время по указанному здесь, в письме, адресу. Поверьте, о, поверьте: я хочу оказать Вам дружескую услугу.

Искренне, искренне Ваша,

Бланш Перстчетт.

Мод изобразила равнодушие и опустила ресницы, чтобы притушить жадный блеск глаз.

— Похоже, то самое, — проговорила она как можно безразличнее. — А другие есть? Эллен ведь писала про два письма, это, кажется, второе. Нет ли там первого?

Беатриса всколыхнулась:

— Нет. Других нету. Вот разве что в этом почерк похож. Бумага вроде бы та же. Ни обращения, ни подписи.

Вы поступили некрасиво, не вернув мне мою улику. Да, она принадлежит не мне — но и не Вам же! Умоляю, подумайте ещё, перемените своё мнение обо мне. Я представляю, какой показалась Вам при встрече. Я говорила, не выбирая слов. Но всё сказанное правда, и дело принимает серьёзный оборот — сами увидите.

Мод сидела, держа перед собой этот листок, и мучительно силилась разобраться. Что это за улика, которую не вернула Эллен? О чём она говорила, эта улика? О тайной переписке или о поездке на йоркширское побережье вдвоём с подвизавшимся в биологии поэтом? Что почувствовала, о чём догадалась Эллен? Не передала ли ей Бланш украденную рукопись «Сваммердама»? Как бы снять копию с этих документов так, чтобы Беатриса — а раз Беатриса, то, конечно, и Собрайл с Аспидсом — ничего не заподозрили? Настойчивое желание отдавалось в душе, как удары молоточка, но не успело оно облечься во вкрадчивую просьбу, как ватный голос Беатрисы произнёс:

— Что вас сюда привело, я не знаю, доктор Бейли. И не скажу, чтобы так уж хотела узнать. Вы тут что-то искали, теперь вот нашли.

— Да, — шепнула Мод и предостерегающе обвела длиннопалыми руками отсек, за стенами-перегородками которого угадывалась обстановка Падубоведника и присутствие Аспидса.

На лице у Беатрисы застыло благодушное, выжидающе-вопросительное выражение.

— Это не только моя тайна, — прошептала Мод. — Мне потому и пришлось немного схитрить. Я... я пока сама *не знаю*, что нашла. Когда разберусь, честное слово, первой расскажу вам. Кажется, я догадываюсь, о чём говорила с ней Бланш Перстчетт. Есть два-три предположения.

— Это важно? — спросил блеклый голос таким тоном, что «важность» можно было понимать и в научном, и в человеческом, и в космическом смысле.

— Не знаю. Но наши представления о его... творчестве могут измениться. Кое в чем.

— И что требуется от меня?

— Ксерокопии этих двух писем. И если получится, дневниковых записей за время между этими датами. И не говорите ничего профессору Собрайлу. И профессору Аспидсу. Пока что. Это наша находка...

Беатриса Пуховер подперла подбородок руками и задумалась. Размышления несколько затянулись.

— А вот это... ну, то, что вас так занимает... это не выставит её в нелепом или... или ложном свете? Мне очень важно, чтобы её не... да, не *выставили*: самое подходящее слово — не выставили напоказ.

— Её-то эта история почти что и не касается.

— Не очень успокоительный довод.

И снова — выматывающее душу молчание.

— Что ж, видно, придётся вам поверить. Видно, придётся.

Мод вышла от Беатрисы и стремительно направилась к кабинету Аспидса, где её вялым взмахом руки приветствовала Паола; самого Аспидса на месте не было. Зато как только она оказалась за пределами Падубоведника, в полумраке коридора забелел знакомый шерстяной свитер и заблестело знакомым блеском золото волос.

— А вот и я, — объявил Фергус Вулфф. — Не ожидала?

Мод с достоинством вскинула голову и попыталась его обогнуть.

— Погоди.

— Я спешу.

— Куда? Распутывать замысловатые сплетения «Мелюзины» или на свидание с Роландом Митчеллом?

— Ни то ни другое.

— Так подожди.

— Не могу.

Она шагнула в сторону. Он снова преградил ей путь. Она — в другую. Он тоже. Протянув крепкую руку, он железной хваткой впился ей в запястье. Перед глазами Мод возникла постель: взбитый белок.

— Не надо так, Мод. Давай поговорим. Я извёлся от любопытства и ревности в равной пропорции. Мне *не верится*, что ты увлеклась душкой-пустышкой Роландом, а если нет, то *я не понимаю*, зачем тебя занесло в Пагубовредник.

— Пагубовредник?

— Падубоведник.

Он всё тянул и тянул её за руку, так что её кейс, а с ним и она сама уже почти прижимались к его телу: не те обстоятельства, чтобы, как когда-то, ощутить бьющее от этого тела электричество.

— Надо поговорить, Мод. Сходим в ресторан, угощу тебя чем-нибудь вкусным. Только поговорить, больше ничего. Ты такая умная. И знаешь — забыл сказать, — мне тебя так не хватает...

— Не могу. Дела. Пусти, Фергус.

— Тогда расскажи хотя бы, что за дела. Ну скажи, скажи. Я не проболтаюсь.

— Чего тут рассказывать.

— Не скажешь — сам узнаю. А что узнаю, будет считаться моей собственностью.

— Пусти руку.

За их спинами выросла дородная неулыбчивая негритянка в чёрной униформе:

— Прочтите объявление, будьте любезны. «Соблюдайте тишину в коридорах хранилища».

Мод вырвалась и решительно зашагала прочь.

— Я предупредил, — бросил ей вслед Фергус и в сопровождении бренчащей ключами чёрной охранницы направился к Падубоведнику.

❈❋❈

Два дня спустя Роланд и Мод встретились в вегетарианском ресторанчике «Пальчики оближешь» неподалёку от музея. Мод принесла пачку полученных у Беатрисы ксерокопий. Чтобы договориться о встрече, Мод пришлось пережить нервотрепку — снова позвонить Роланду. А тут ещё радостное письмо Леоноры Стерн: получила грант от фонда Тарранта и теперь собирается в Англию. «В следующем семестре, — ликовала она, — я уже буду *с тобой*».

Роланд и Мод выстояли очередь, купили чуть тёплую, приготовленную в микроволновке запеканку из шпината и, чтобы избежать любопытных взглядов, спустились в подвальный зал ресторана. Роланд прочёл дневник Эллен и письма Бланш. Наблюдавшая за ним Мод спросила:

— Что вы об этом думаете?

— Думаю, несомненно тут только одно: Бланш что-то открыла Эллен. Может, показала украденные письма? Мне кажется, она пошла на это из-за того, что Кристабель отправилась в Йоркшир вместе с Падубом. Версия правдоподобная, всё сходится. Но доказательств нет.

— Ума не приложу, как можно это доказать.

— Была у меня одна шальная мысль. Я решил посмотреть их стихи — его и её, — сочинённые приблизительно в это время: может, там что-нибудь обнаружится. Что, если допустить, что Кристабель его сопровождала, и мысленно повторить их путешествие, держа перед собой стихи, — не будет ли какой зацепки? Нашли же мы одно совпадение, которого никто не заметил, потому что *не искал* связи. Рандольф Падуб писал жене про хобгоблина, умеющего лечить коклюш, — и у Кристабель есть такая сказка. А вот ещё: Падуб, заинтересовавшись затонувшими йоркширскими деревушками, упоминает в связи с ними не только труды Лайеля, но и город Ис. Так ведь часто бывает, что твоя мысль цепляется за чужую.

— Это верно.

— Вдруг обнаружится возрастающий ряд совпадений.

— Во всяком случае, интересная получится картина.

— У меня давно появилась одна теория насчёт воды и источников. Я уже как-то говорил, что в творчестве Падуба после шестидесятых годов выделяется тема природных стихий: вода и камни, земля и воздух. Он берёт то, что вычитал у Лайеля о гейзерах, и подвёрстывает сюда скандинавские мифы, водные источники из греческой мифологии. И йоркширские водопады. И я подумал про Источник Жажды в «Мелюзине».

— Какая связь?

— Вот смотрите: нет ли тут какого-нибудь отголоска? Это из цикла «Аск — Эмбле». Вероятно, Падуб связывает этот источник ещё и с тем, который упомянут в Песни песней[1]. Послушайте:

Нас щедро напоял Воклюзский ключ,
Где Север мощию волнует воды,
Узнали мы волненье. Неужели
Источник вольный, утолитель жажды,
Для нас отныне станет запечатан?

[1] «Запертый сад — сестра моя, невеста, заключенный колодезь, запечатанный источник» (Песнь песней, 4: 12).

— Ну-ка, ещё раз, — сказала Мод.

Роланд повторил.

— Знаете такое чувство, когда по коже бегут мурашки? — спросила Мод. — Вот и у меня сейчас так же. По спине мурашки, волосы шевелятся. Послушайте теперь вы. Вот что Раймондин говорит Мелюзине, когда узнаёт, что ей известно, как он в нарушение запрета подглядывал за ней в купальне:

> Да, Мелюзина, я нарушил слово.
> Что делать мне? Как отвести разлуку?
> Ужели поседеет в очаге
> Остывший пепел ясеня? Ужели
> Источник вольный, утолитель жажды,
> Для нас отныне станет запечатан?

— «Ужели поседеет в очаге остывший пепел *ясеня...*» — повторил Роланд.

— Очаг в «Мелюзине» — сквозной образ. Она строила замки и дома. Очаг — это дом.

— Кто сочинил эту строчку первым? Он или она? Датировка «Аска» — вопрос нерешённый. Видно, заодно мы решим и его. Похоже на классический литературный ключ к разгадке. Изощрённого ума женщина: всюду разбрасывала намёки. Вспомните кукол.

— Литературоведы — прирождённые детективы. Вы же знаете, есть такая теория, что классический детективный рассказ восходит к классическим романам о супружеской неверности: всем хотелось узнать о происхождении ребёнка, проникнуть в тайну его рождения, выяснить имя отца.

— Надо нам эту работу проделать вдвоём, — осторожно заметил Роланд. — Я изучал его творчество, вы — её. Если бы мы оказались в Йоркшире...

— Вы с ума сошли. Надо рассказать Собрайлу, Аспидсу и Леоноре, конечно. Надо действовать сообща.

— Вот, значит, как вы хотите...

— Нет. Я хочу... хочу сама отправиться... по их следам. Эта история захватила меня и не отпускает. Я хочу *узнать*, что же случилось, — узнать сама. Когда вы появились в Линкольне с этим украденным черновиком, я решила, что вы сумасшедший. А сейчас я чувствую то же, что и вы тогда. Тут не азарт профессионала. Тут что-то более нутряное...

— Любопытство читателя романа: что было дальше...

— Не без этого. Как вы смотрите на то, чтобы мы в выходные после Троицы отправились на несколько дней собирать материал на месте? Сможете?

— Трудновато. Дома неладно — вы, наверно, уже заметили. Если мы с вами... туда поедем... будут коситься. Не так поймут.

— Я знаю, я понимаю. Фергус Вулфф считает... Он считает... Он так прямо и объявил, что думает... будто вы и я...

— Кошмар.

— Пригрозил мне в библиотеке, что докопается, чем мы занимаемся. С ним надо поосторожнее.

Заметив смущение Мод, Роланд не стал спрашивать, как она относится к Фергусу Вулффу. И так ясно, что тут бушуют какие-то страсти. Распространяться о своих отношениях с Вэл он тоже не собирался.

— Те, кто действительно уезжает тайком поразвлечься на стороне, ухитряются же найти предлог, — сказал он. — Придумывают, как отвести глаза. Такое, говорят, сплошь и рядом. Так почему бы и нам что-нибудь не сочинить? Вот с деньгами будет посложнее.

— Вам всего-то и нужен небольшой грант на исследования где-нибудь неподалёку от Йоркшира — но и не очень близко.

— Падуб работал в библиотеке при Йоркширском кафедральном соборе.

— Вот-вот, что-то в этом роде.

ГЛАВА 13

Шли трое Асов с Идавёлль-равнины,
Где был совет Богов, челом преясны
И голосами радостны, греха
Не зная бремени, ни кривостройства мира.
Всё было ясью солнца и луны
Добротнокованых, златых дерев с златыми
Плодами стен внутри златых. Явились
В Град средний, что был создан для людей,
Ещё не созданных, и Временем лелеем.

Вкруг светлых лиц божественных струил
Нов воздух, из-под дивных стоп вставала
Нова трава и дикий лук, нетроган
И яр от Сока первой той весны...

Пришли на брег, где буруны солёны
На новые пески бросались с рыком
Ещё не слыханным, и столь же был невидан
Их пенный гребень, ведь людей сознанье
Им не дало ещё имён, сравнений;
Вечно-изменчивые, новые, валы
Вздымались по себе и упадали,
И времени, что в их чреде открыто
Сознанию, не ведали они.

Те Асы были Бора сыновья,
Что великана Имира сразили
И сделали из плоти его — сушу,
Из крови — море, из костей же — горы,
А из волос косматых — дики чащи,
Из мозга — облака. Те трое были
Сам Один-Всеотец, и брат его,

Блистающий Проворный Конунг Хёнир,
И третий, Очага Бог Жаркий, Локи,
Чей огнь, согревши поначалу мир,
Пустился впляс из очага и дома
И, безгранично жадный, мир желал
И небеса развеять тонким пеплом.

Два дерева бесчувственных лежали
На влажном бреге мира, на краю
Прилива, гла́жимы водою, то
Волной подкрадчивою приподняты,
То опускаясь не своим движеньем.
С корнями вывернуты, груботелы,
Ясень и ива, гордости зелёной
Лишённые, как будто неживые,
Таили в сердцевине колец древесных
Покамест нерожденно шевеленье
(Извечны эти кольца пробудила
Длань времени, к ним властно протянувшись,
Когда бурлили воды в новой суше).

В лазури полыхала Дева Солнца,
Лишь дважды путь проехав колесничный,
Что с той поры свершает денно, нощно ж
Остыть Земле давая в сонных тучах, —
И с верного пути не совлечётся,
Пока Пожар всё не пожрёт последний.

В её лучах свою почуял силу
Отец Богов и молвил: оживить ли
Сии деревья? — и ему в ответ
В стволах растительная сила встрепенулась.

Хёнир Блистающий сказал: когда б они
Умели двигаться, и осязать, и слышать,
И видеть, то ушам, глазам предстали б
Осмысленными струи света. Жизнью
Своей плоды в саду б их жизнь питали.
Весь дивный мир любим бы стал и познан,
В их жизнях длился б жизнью бесконечной,
И, вняв его красотам, их воспели б
Они, тогда б стал этот мир прекрасен

Впервой, таким увиден.
                    Тёмный Локи
Сказал, Бог скрытнопламенный: я кровь
Дарую им, чтоб был их облик ярким,
Чтоб в них явилось страстное движенье,
Влекущее друг к дружке их, железо
Так тянется к магниту. Кровь даю —
Тепло людское, искр живых потоки,
Текущие от пламенных сердец,
Божественно умеющих друг с другом,
Пока целы, беседовать, но всё же
До всех времён скончания, распаду
И тленью обречённых, ибо эти
Созданья будут смертны.

И вот смеющиеся Боги, сим деяньем
Довольны, из бесчувственных бревнин
Мужчину с женщиной соделали и дали
По их древесному происхожденью
Им имя Ясень с Ивой. Душу Один
Вдохнул в них; Хёнир дал им разуменье
И чувства, силу двигаться, стоять;
И напоследок тёмно-жаркий Локи
Оплёл густой их сетью кровеносной,
И искру жаркую воздул в них, как кузнец,
Мехами огнь тревожащий. И, с острой
Горячей болью превращенья, жизнь
Пронзила их, деревьев прежних мирных,
Промчалась в новых жилах с ликованьем,
Взгремела в свежесозданном мозгу,
В его желудочках, в извилистых ушей
И носа полостях, и наконец глаза
Их новые в мир новый отворила.

Вначале светом люди первые те были
Удивлены, тем первым светом влажным
Первейших дней, что омывал сияньем
Серебряным и золотым песок, и в море
Влил злато жидкое, и каждый гребешок
Посеребрил в его движеньи лёгком.

Что прежде жило лепетом живицы,
Умело понимать лишь воздух зыбкий,
Тьму или свет вокруг коры огрублой
Иль нежной кожицы, целуемой теплом
Иль холодом, — теперь глаза имело:
В них света неразличные потоки
Лучились, изгибались и волнились,
Всё обливая ярью золотою
И радужной, никак не иссякая
Мерцанием пятнистым и подвижным.

Узревши сразу больше, по и меньше
Возможного, они затем узрели
И собственную форму, ту, что Боги
Им дали в хитроумности искусной:
Белела кожа с синими тенями
И синими ж прожилками; желтело,
Смуглелось, розовелось что-то; было
Жемчужно-яркое, нетронутое, в ход
Не пущенное и вбирающее яркий воздух.
Четыре глаза их, слегка сощурясь
Перед пылавшим Ликом Девы Солнца,
Себя напротив меньшее сиянье
Друг дружки глаз узрели, под убором
Волос блестящих локонов златых.

Мужчины первого сверкнули голубые
Как сталь глаза, и огонёк ответный
В лазоревых глазах у Ивы вспыхнул,
И мигом кровь пунцовая, дар Локи,
Им в лица жарко прыгнула. Тут Ясень
Увидел, что ему подобна Ива,
Но всё ж другая; а она, увидев,
Как Ясеня лицо ей улыбалось,
Своё лицо в его уразумела, —
И так они, уставясь друг на дружку,
Всё улыбались, и с улыбкой Боги
Взирали, как созданья их прекрасны,
Начавши век с признанья и приязни.

Ясень на брег пустынный наступил
И тронул руку Ивы, та его

Схватила крепко руку. Бессловесны,
Пошли они вдоль голоса морского,
Что грозно пел в их внемлющие уши.
За ними, первая на ровном на песке,
Легла следов темнеющих цепочка,
Солёной наполняясь скоро влагой,
То в мире первый отпечаток жизни
И времени, любови и надежды
Скудельной — исчезающий уже...

Рандольф Генри Падуб.
Рагнарёк, или Гибель богов.
Книга II, строфы 1 и след.

В 1859 году гостиница в Хофф-Ланн-Спаут существовала, хотя в письмах Падуба о ней не упоминается. Поэт останавливался в Скарборо, в гостинице «Утёс», ныне уже снесённой; ночлежил он и в городке Файли. Мод разыскала Хофф-Ланн-Спаут в брошюре для туристов, под рубрикой «Где можно вкусно поесть». Заведение рекомендовали как «место, где неизменно предупредительный, пусть и слегка неулыбчивый персонал всегда предложит вам отменные блюда из свежей рыбы». К тому же плата за комнаты была невысока — Мод хотелось угодить карману Роланда.

Гостиница стояла на краю болотистой пустоши, при дороге, что вела от Залива Робин Гуда в Уитби. Здание её, длинное и приземистое, было сложено из того простого серого камня, который для северян привычен, а жителям юга — с их любовью к «тёплому» красному кирпичу и некоторым архитектурным изыскам — может казаться недружелюбным. Шиферная кровля; один ряд окошек с белым переплётом... Гостиницу окружала обширная и почти пустая асфальтовая стоянка для автомобилей... Ещё Элизабет Гаскелл, посетившая Уитби в 1859 году и набросавшая здесь план своего романа «Любовники Сильвии», отметила, что на севере садоводство не в чести и что даже на западной или южной стороне грубокаменных домов никто не пытался сажать цветы. И по сей день такие места, как Хофф-Ланн-Спаут, поражают отсутствием растительности; лишь весною эти чёрствые, сложенные без раствора стены ненадолго оживляются по низу обриетой.

Мод привезла Роланда из Линкольна в своём зелёном автомобильчике; они поспели как раз к ужину. Хозяйка гостиницы, крупная красивая викингша, без всякого любопытства наблюдала, как новые постояльцы понесли связки книг вверх по лестнице между общим баром и рестораном.

Ресторан являл собой лабиринт кабинок, доходивших примерно до плеча, отделанных панелями тёмного морёного дерева, неярко освещённых. Положив в комнатах вещи, Роланд и Мод встретились здесь внизу и заказали довольно лёгкий, по их понятию, ужин: овощной суп по-домашнему, камбалу с креветками, профитроли. Другая викингша, помоложе, степенно и серьёзно принесла заказ, причём пища не просто оказалась добротной, но и подана была в великанском количестве: супа, густющего варева из овощей и кореньев, было по изрядному горшочку, рыбное блюдо состояло из двух нетонких кусков белого филе размером с тарелку, между которыми помещалось добрых полфунта креветок, профитроли величиною с теннисные мячи утопали в целом озере подливки из горького шоколада. Мод и Роланд обменивались шутливыми восклицаниями по поводу этого ужина; для настоящего разговора оба были слишком взволнованы. Они лишь постарались по-деловому наметить план действий.

В запасе у них пять дней. В первые два надо посетить места на побережье — Файли, Фламборо, Залив Робин Гуда, Уитби. Потом они повторят прогулки Падуба — вдоль рек к водопадам. И ещё один день останется на всякие непредвиденности.

Спаленка Роланда была со скошенным мансардным потолком, на стенах грубоватые голубые обои с узором в виде веточек. Пол неровен и скрипуч; старая дверь имела засов, задвижку и в придачу исполинскую замочную скважину. Кровать — высокая, с тёмным, в пятнах деревянным изголовьем. Роланд оглядел эту келью и вдруг ощутил свободу и покой. Он был один... Может, всё для того и приключилось, чтобы он очутился в этом месте, где так покойно? Он скользнул под одеяло и приступил к знакомству с Кристабель. Мод одолжила ему книгу Леоноры Стерн «Мотив и матрица в произведениях Кристабель Ла Мотт». Роланд принялся её листать, главы назывались: «От Грота Венеры к Бесплодной пустоши», «Женские ландшафты, девственные воды, непроницаемые поверхности», «От „Источника утолимой жажды“ к арморриканской[1] океанической коже»...

Какие же типы земной поверхности мы, женщины, более всего желаем восславить, не те ли, что в фаллоцентрических текстах, как правило, предстают в виде проницаемого отверстия, влекущего или, напротив, отвращающего, окружённого или окаймлённого чем-либо? Можно заметить, что женщины-писатели и женщины-художники создали свои собственные ландшафты, которые — и это, конечно, не случайно — весьма обманчивы, которые способны перехитрить прямолинейный проникающий взгляд или ускользнуть от него, — эти своего рода тактильные, секретные ландшафты не распахнут своих тайн перед примитивно-господствующим взором. Героини женских произведений приятнее всего чувствуют себя в такой местности, которая достаточно открыта, обнажена и одновременно не давит на тебя: небольшие холмы, некрутые подъёмы, отдельные пучки растительности, каменистые утёсы, возвышающиеся столь ненавязчиво, что об истинной крутизне склонов судить трудно, скрытые расселины, не одно, но многие потаённые отверстия и проходы, из которых свободно сочатся или внутрь которых, также без насилия, пробираются животворящие воды. Такими внешними построениями, отражающими внутренние видения, являются Красные пещеры у Джордж Элиот, извилистые тайные тропы в Берри у Жорж Санд, каньоны Уиллы Кэсер, — всё это словно очертания самой Матери-Земли, открывшиеся женщинам и женщинам же несущие наслаждение. Сиксу* отмечает, что у многих женщин во время оргазма вследствие аутоэротизации или взаимных ласк бывают видения пещер и бьющих источников. Это особый ландшафт прикосновений или соприкосновений, поскольку, как это убедительно продемонстрировала Иригарэ*, все наши «видения» глубинного уровня берут начало в нашей самостимуляции, в соприкосновении, поцелуе двух наших внутренних губ, воплощающих нашу двоякую половую сущность. Женщинами подмечено, что героини литературных произведений нередко испытывают острейшее наслаждение, пребывая в одиночестве

---

[1] *Арморика* — название Бретани.

в тайных местностях, укрытых от постороннего взора. По моему скромному убеждению, сюда следует добавить уединённую прогулку по морскому берегу, где волны одна за другой накатывают на песок, давая ощутить их сокровенную связь с последовательно-содрогательными волнами наслаждения при женском оргазме. Есть некое морское-солёное волнообразное женское начало, с которым ещё предстоит разобраться и которое, в отличие от Венеры Анадиомены, не составлено из бросового мужского семени, павшего пеною на лоно вод в момент оскопления Отца-Кроноса его эдипообразным сыном. Наслаждение неразмеренным и в то же время упорядоченным движением вод, чередою волн, бесформенных, но не аморфных, набегающих на берег, явственно ощутимо в работах Вирджинии Вулф, в построении её фраз, в длинно-перебивчивом дыхании её прозы. И я могу лишь поражаться удивительной чуткости и душевному такту спутниц Шарлотты Бронте во время первой её встречи с морем в Файли; уловив состояние Шарлотты, они отдалились и спокойно ожидали в стороне, пока она наконец, трепещущая всем телом, с краскою на лице, с глазами, влажными от слёз, не присоединилась к ним вновь и не продолжила прогулку.

Героини текстов Ла Мотт, как правило, водные существа. Дауда, матриархальная королева-чародейка, правит потаённым королевством, расположенным в глубине нетронутых вод Армориканского (Бретонского) залива. Фея Мелюзина в её первичном и наиболее благом состоянии — водное существо. Подобно своей матери, волшебнице Пресине, она впервые встречается с будущим мужем у Источника утолимой жажды (так Ла Мотт передаёт французское название *Fontain de Soif*); имя источника у Ла Мотт можно истолковать двояко: «источник, который жаждет» или же — «источник, который утоляет жажду». Хотя второе толкование кому-то может показаться более «логичным», не следует забывать, что в мире женского сознания, которое питается информацией иррационального и формируется интуитивно, по наитию, по законам чувств, а не разума, именно первая интерпретация, не лежащая на поверхности, может быть искомой и главной: «источник жаждущий», другими же словами — «источник пересохший». Что же Кристабель Ла Мотт сообщает нам об этом Источнике утолимой жажды?

В своей поэме она во многом опирается на прозаическую фантастическую повесть монаха Жана Арасского. У Жана Арасского Источник «бьёт из дикого склона, над коим величавые скалы, дорога же к нему через дремучий лес и горную долину с прекрасным лугом». У этого источника и находят мать Мелюзины, поющую «более гармонично и прелестно, чем пела какая-либо иная сирена, волшебница или нимфа». Таким образом, все они воспринимаются — мужским сознанием, конечно! — как искусительницы, действующие в союзе с могучими соблазнами самой Природы. У Ла Мотт источник, напротив, — недоступен, потаён; рыцарь и конь, сбившиеся с пути, вынуждены то спускаться, то с трудом карабкаться по крутым склонам, стремясь на голос феи Мелюзины — *ясный, золотой*, прежде чем достигнут источника; Мелюзина погружена «в себя и в это пенье», и только когда незваный гость уже стоит перед ней, слышит «её волос манящий тёплый шёпот», хочет преодолеть пространство «меж собою» и «стихией дивной» этих золотых волос и глаза их наконец встречаются — только тогда сокровенная песня Мелюзины обрывается. Описание растений у Кристабель по своей точной изысканности заставляет вспомнить прерафаэлитов: округлый валун, где сидит Фея, одет *«в изумрудную одежду / Из мха»*, на нём также растут *«папоротник с мятой»* и *«душисто, остро / Средь влаги пахнут»*. Сам источник не бьёт вверх; вода *«струёй спокойной сверху»* сочилась *«в водоём секретный»*, посреди которого и помещался этот заветный, поросший изумрудным мхом валун, *«возвышенный немного над водою»*; вокруг валуна, в воде *«темнели смутно, шевелились / Растений перья от воздушных струек, / Взбегавших и слегка рябивших воду»*.

Всё это можно счесть своего рода символом женского языка — подавленного, пытающегося беседовать интимно с самим собой, но перед навязчивым мужским началом — немеющего и теряющего способность к выражению. Мужской источник бьёт вверх энергичной струёй. Источник же Мелюзины олицетворяет *женственную* влажность, воды его не взмётываются уверенно вверх, а тихо сочатся, переливаясь через край заветной каменной чаши, — в сознании они как бы зеркальное отражение тех женских выделений, *секретов*, которые не вписаны в наш обиходный, повседневный язык *(langue)*: *sputum* (слюна), *mucus* (слизь), *lacte* (молоко) и иные телесные выделения женщин, обрекаемых сухостью на молчание.

Мелюзина, сама себе напевающая на краю мистического источника, — могущественное создание, обладающее большой властью, ей дано знать начала и концы вещей, но она — в своём водно-змеином качестве — ещё и полностью воплощённое существо, способное порождать как жизнь, так и новые философские смыслы, самостоятельно, без посторонней помощи. Не случайно итальянская исследовательница Сильвия Веггетти Финци полагает, что «змеино-чудовищное», самодостаточное тело Мелюзины есть продукт женских аутоэротических фантазий — фантазий неких поколений, не имевших возможности совокупляться; фантазии эти, по утверждению учёного, нашли очень малое отражение в мифологии. «Следы их мы встречаем лишь в так называемых *мифах о происхождении*, где существа, подобные Мелюзине, персонифицируют мировой хаос, который предшествует космическому порядку и приготавливает установление последнего. Таков ассиро-вавилонский миф о Тиамат, таков миф о Тиресии, который увидел доисторическое размножение змей и, побывав женщиной, оценил женское наслаждение как девятикратно превосходящее мужское; таковы мифемы (mitemi) о растительном цикле салата».

С тихим вздохом Роланд отложил Леонору Стерн. Местность, которую им с Мод предстояло исследовать, привиделась ему испещрённою скважинами — засасывающими в себя скважинами — человеческого тела, и с характерными пучками спутанной растительности в придачу. Это зрелище не вызвало у него радости, и всё же, дитя своего времени, он оказался им заворожён, невольно проникся его значимостью, как в век естествоиспытательства, наверно, был бы пленён геологическим разрезом оолита[1]. Сексуальность — словно толстое, закопчённое стекло, на что сквозь это стекло ни глянь, всё принимает одинаковый, смутнорасплывчатый оттенок. Вообразить просто углубление в камне, наполненное просто водой, уже невозможно!

Роланд приготовился ко сну. Простыни были белые, слегка тугие от крахмала, ему почудилось, что они пахнут свежим воздухом или даже морской солью. Забив ногами как пловец, он погрузился в их чистую белизну, поручая им себя, пускаясь в свободный дрейф. Его не слишком тренированные мышцы расслабились. Наступил сон.

По другую сторону деревянной оштукатуренной перегородки, Мод громко захлопнула «Великого Чревовещателя». Она заключила, что сия биография, подобно многим другим сочинениям этого жанра, приближает читателя не столько к изображаемой личности (или, как сейчас принято говорить, «субъекту повествования»), сколько к персоне автора, — находиться же

---

[1] *Оолит* — минеральное образование в виде мелких округлых зерен карбонатов, окислов железа, марганца и др.

в компании Мортимера Собрайла было довольно неприятно. Неприязнь к Собрайлу невольно переползала и на Рандольфа Генри Падуба в собрайловском исполнении. К тому же в глубине души Мод всё ещё досадовала, что Кристабель, видно, и впрямь поддалась на пылкие уговоры Падуба. Мод было жаль расставаться со своим любимым представлением о Кристабель как о женщине гордой, исключительно ценящей независимость, — каковой, судя по письмам, себя полагала сама поэтесса. С неохотой Мод думала о предстоящем серьёзном изучении поэм и стихотворений Падуба... Что до рассказа Собрайла об йоркширском путешествии Рандольфа Генри, то он был весьма скрупулёзен.

Ярким июньским утром 1859 года купальщицы на пляже городка Файли могли заметить одинокую фигуру, твёрдым размашистым шагом направлявшуюся по пустынным и ровным прибрежным пескам к Бриггской приливной заводи. Этот человек вооружён был всем возможным *impedimenta*[1] своего новоявленного увлечения, при нём имелись рыболовный сачок, плоская корзина для улова, геологический молоток, ручное зубило, нож для вскрытия устриц, нож для резки бумаги, химические пробирки и пузатые лабораторные бутылочки, а также зловещего вида отрезки стальных прутков различной толщины и длины, для того чтобы исследовать и при необходимости прокалывать то, что вызовет интерес. При нём был даже его собственной конструкции ящичек для содержания подопытных морских организмов, сохранявший водонепроницаемость и при пересылке почтой: в изящном корпусе из полированного металла помещался точно повторявший его форму внутренний стеклянный сосуд, в котором можно было герметически закупорить мелких морских обитателей в их исконной среде. И конечно, человек опирался на прочный ясеневый посох, от которого его отделить трудно и который, как я указывал ранее, был неотъемлемой частью его личного мифа, крепким метафорическим продолжением его Личности. (Не могу здесь вновь не посетовать на то, что мне до сих пор не удалось заполучить экземпляр этого Одинова жезла, принадлежность которого поэту была бы установлена, в Стэнтовское собрание.) Во время прежних его вылазок в приливную заводь местные жители видели,

---

[1] Багаж (*лат.*).

как он в сумерках будоражил этой палкой воду, оставленную приливом во впадинах, словно сборщик пиявок, — тогда как на самом деле он желал наблюдать фосфоресцентное свечение крошечных морских созданий, ночесветок, или светящихся медуз пелагий.

Если он, как и многие подобные ему, устремившиеся в модном порыве к зоне прилива, кому-то покажется этаким мишурным Белым Рыцарем-Конём из «Алисы в Зазеркалье» — обвешанный своей сбруей, с ботинками, свисающими с шеи на перевязанных шнурках, — то давайте также вспомним, что он, как и многие подобные ему, был не столь уж безвреден в своём научном воодушевлении. Наш известный критик Эдмунд Госс, первопроходец в современном искусстве биографии и автобиографии, был сыном Филипа Госса, натуралиста, чьи воззрения на природу, как известно, трагически ошибочны, но чьё «Пособие по морской зоологии» тем не менее являлось sine qua non[1] во всех подобных любительских экспедициях. Так вот, по убеждению Эдмунда Госса, на его веку свершилось расхищение невинного Рая, убийство живых форм природы, сравнимое с геноцидом. Эдмунд Госс пишет:

Поясок живой красоты вкруг наших берегов был необычайно тонким и хрупким. Долгие века он сохранялся лишь по причине равнодушия или же благого невежества человека. Все эти прибрежные заводи в оправе скал и бахроме кораллов, наполненные спокойной водой, почти столь же прозрачной, как воздух над нею, и некогда кишевшие прекрасными, чувствительными формами жизни, — более не существуют, они осквернены, разграблены, опошлены. По ним прокатилась целая армия собирателей, а точнее будет сказать, расхитителей морской фауны. Этот сказочный рай погублен, изысканнейшие плоды многовекового естественного отбора — раздавлены грубою пятой любопытствующих, праздных доброхотов.

Да, не чуждый заблуждениям обычных людей своего времени, наш поэт, в поисках, как он выражался сам, «сущности происхождения жизни и самого рожденья», пусть и без злого умысла, своими грубыми ботинками, облитыми натуральным каучуком, своим скальпелем и убийственными невольничьими сосудами нёс гибель тем созданиям, которых сам находил столь прекрасными, и тому морскому побережью, чью девственную красоту помогал разрушать.

---

[1] Неотъемлемой частью (условием) *(лат.)*.

Здесь, в этом диком северном крае, Рандольф проводил свои утра, собирая морские организмы, которые потворчивая хозяйка помещала затем в разные супницы, пирожницы и «прочий крупный домашний фарфор» в его гостиной. Жене он писал, что даже рад тому обстоятельству, что она не может лицезреть искусственный мир морской флоры и фауны, средь которого он принимает пищу и где после обеда трудится с микроскопом, — ибо она, с её любовью к порядку, ни за что бы не вынесла «этого плодотворного хаоса». Особенно тщательно он изучал морских анемон — различные их подвиды и поныне в изобилии встречаются на этом побережье, — поддавшись, как признавал он сам, всеобщей мании: тогда в сотнях и тысячах добропорядочных гостиных по всей стране держали в стеклянных ёмкостях и аквариумах этих крошечных обитателей моря, мрачноватостью окраски соперничавших с запылёнными птичьими чучелами или пришпиленными насекомыми под стеклянным колпаком.

Учёные мужи и незамужние школьные учительницы, священники в сюртуках и степенные мастеровые — все они в эту пору убивали с целью научного исследования; раздирали и рассекали на части, скребли и протыкали жёсткие или же, напротив, нежные ткани, пытаясь во что бы то ни стало добраться до ускользающего вещества самой Жизни. Широкое распространение получили яростные призывы против вивисекции, и Рандольф, конечно, о них знал; зная он и о тех обвинениях в жестокости, которым мог подвергнуться за свои ретивые действия скальпелем и за опыты под микроскопом. В его поэтической натуре чувствительная разборчивость соседствовала с решительностью, и он нарочно проделывал точные опыты, чтобы доказать, что извивания и содрогания плоти у различных примитивных организмов, хоть и кажутся их ответом на боль, в действительности происходят уже после смерти — и длятся довольно долгое время после того, как скальпель рассёк сердце и пищеварительные органы этих существ. Он заключил: примитивные организмы не испытывают ничего, что можно было бы назвать болью в нашем понимании; если воздух выходит с шипеньем из тела, если плоть содрогается, съёживается — это всего лишь прявления автоматизма. Впрочем, даже и не приди он к подобному заключению, он, вероятно, продолжал бы опыты, ведь в воззрениях он склонялся к тому, что наука и знание налагают на людской род «суровые, горькие обязательства».

Особенно тщательно он исследовал у подопытных организмов систему размножения. Интерес его к этим предметам возник ещё раньше — автор «Сваммердама» отлично понимал всю важность открытия яйцеклетки, как у людей, так и у насекомых. На него сильно повлияли работы великого анатома Ричарда Оуэна по вопросу *партеногенеза*, то есть воспроизводства живых тварей не путём полового общения, а путём деления клетки. Рандольф собственноручно производил тончайшие опыты на различных гидрах и реснитчатых червях, что умеют отращивать новые головы или дольки тела из одного-единственного хвоста, посредством так называемого почкования. Он с волнением приходил к выводу, что прелестные медузы или прозрачные гребневики могут быть неоплодотворёнными почками некоторых полипов. Он деловито резал на части щупальца гидры и, сейчас же их надсекши, насильно вживлял в них полипы, и каждая такая часть становилась новым созданием. Рандольф был заворожён этим феноменом, так как видел в нём свидетельство непрерывности и взаимозависимости всех форм жизни; подобное свидетельство было тем драгоценно, что могло видоизменить или вовсе упразднить понятие смерти отдельного живого существа — и тем самым помочь обуздать отвратительный страх, который овладел душою Рандольфа и его современников, пред чьим умственным взором, протрепетав в Небесах, развеялось обетование бессмертия.

Его приятель Мишле в ту пору работал над книгой «La Mer», которая вышла в свет в 1860 году. В ней историк среди прочего пытается отыскать в море возможность вечной жизни, побеждающей смерть. Мишле описывает, как представил в мензурке сначала великому химику, а затем великому физиологу «*mucus* моря... вязкое, беловатое, слизистое вещество». Химик ответствовал кратко, что это — вещество самой жизни. Физиолог же в ответ нарисовал целую микрокосмическую драму:

> О составе воды нам известно не более чем о составе крови. Нам сразу приходит на ум, в отношении морской водной слизи, что в ней одновременно содержится и конец, и начало. Так не являет ли она собою совокупность бесчисленных бренных останков, которая затем вновь и вновь вовлекается в жизнь? Всеобщий закон бытия, несомненно, таков; но в мире бытия морского, благодаря стремительности поглощения, большинство существ поглощаются, будучи живыми; они не длят подолгу состояния смерти, как это было бы на земле, где живое разрушается медленнее.

Живые тела, ещё не достигнув полного растворения, выделяют из себя всё лишнее, сбрасывают с себя всё избыточное путём беспрестанной линьки или отслойки. Наземные животные, разновидностью коих мы являемся, постоянно сбрасывают эпидермис. В морском же мире продукты этой «линьки», которую можно было бы назвать ежедневным или частичным умиранием, наполняют собою воду, создавая в ней вязкую, плодородную среду, которой не замедлит воспользоваться вновь рождающаяся жизнь. Ведь новая жизнь, себе в подспорье, здесь находит во взвешенном виде многочисленные живые маслянистые выделения. Все эти частицы, по-прежнему подвижные, все эти жидкости, по-прежнему живые, не имея времени умереть, впасть в неорганическое состояние, вовлекаются стремительно в жизнь других организмов, обретают новое бытие. Такова наиболее вероятная из всех гипотез; отказавшись от неё, мы столкнёмся с огромными трудностями.

Нам становится ясно, почему именно этому человеку Падуб писал, что «узрел наконец-то сокровенный смысл ученья Платона о мире как о едином огромном живом существе».

Однако что же может заключить обо всей этой бешеной исследовательской деятельности критик, вооружённый достижениями современного психоанализа? С какими потребностями психики можно соотнести столь безумную страсть к рассечению живого, к наблюдениям за «сущностью рождения»?

Мне представляется, что в эту пору Рандольф вместе со всем своим веком столкнулся с тем, что можно огрублённо считать типичным «кризисом среднего возраста». Рандольф, великий психолог, чья поэзия характеризовалась глубочайшим проникновением во внутренний мир отдельно взятой личности, в различные проекции сознания, вдруг увидел перед собою сплошной путь вниз, к упадку, остро понял, что его личное бытие не продлится в потомстве, что люди недолговечны, как пузырьки воздуха. И тогда, подобно многим, от темы жизни и смерти отдельного человека он обратился к темам жизни Природы и Вселенной. Это было своеобразным возрождением Романтизма — или, если так можно выразиться, рождением Нового романтизма путём почкования от тела Старого романтизма; сей Неоромантизм подкреплён был достижениями механистического анализа и новейшим оптимизмом — не касательно устройства человеческой души, а касательно извечной

Божественной гармонии Вселенной. Как Теннисону, Падубу открылась природа — «с зубами и когтями, во плоти»[1]. И Рандольф воспылал интересом к функциям продолжения жизни в их связи с физиологическими функциями — у всех живых организмов, от амёбы до кита.

Из всей этой писанины Мод интуитивно вывела кое-что ужасное о воображении самого Собрайла. Собрайл, обладая поистине зловещим даром агиографии навыворот, не давал «субъекту повествования» вырасти ни на дюйм выше него, Собрайла. С некоторым удовольствием Мод предалась мыслям о двусмысленности понятия «субъект» в данном контексте. Был ли Падуб субъектом собрайловского исследования или оказался в страдательном залоге — пострадал от исследовательских методов Собрайла и стал заложником, жертвой собрайловского субъективизма? Кто в результате является подлинным субъектом всех предложений текста? Как роли Собрайла и Падуба соотносятся с учением Лакана* о том, что грамматический субъект высказывания отличен от субъективного «я» повествователя? Кому отведена роль объекта? Интересно, насколько оригинальны эти мои мысли? — подумала Мод и тут же решила, что об оригинальности не может быть и речи: все возможные логические повороты в связи с проблемой литературной субъективности давным-давно и насквозь изучены...

Где-то дальше в этой главе, как того и следовало ожидать, Собрайл пристёгивал Германа Мелвилла, цитату из «Моби Дика»:

> Ещё глубже для нас значение легенды о Нарциссе, который, не будучи способен уловить неясный, терзающий его мечтательность образ в водах ручья, свалился в ручей и утонул. Но тот же образ мы видим и теперь в зерцале рек и океанов. Это образ неуловимого призрака самой жизни; в этом образе — ключ ко всему.

Итак, нарциссизм, неустойчивое «я», деформированное эго... Кто же я сама такая? — подумала Мод. Некая умственная матрица, благодаря которой тексты и коды пробуждаются и тихо возговаривают? Помыслить о собственной несамодостаточности, нецелостности было приятно, но и неуютно. Ведь ещё оставалось

---

[1] Известная строка А. Теннисона из поэмы «In Memoriam А. Г. Х.» (1850).

неловкое обстоятельство — тело. Действительно, что прикажете делать с кожей, глазами, волосами — у них как-никак своя настоящая жизнь, своя история?..

Она встала перед незанавешенным окном и стала расчёсывать волосы, глядя на полную луну и слушая, как порою вдали, на Северном море, шумно срывается ветер.

Потом она подошла к постели и, с тем же пловцовским движением ног, что и Роланд за стеной, нырнула под белые простыни.

❆❄❈❄❆

Их первый день чуть не сгубила схоластика. Они отправились во Фламборо в маленьком зелёном автомобильчике, по следу своего небезызвестного предшественника и вожатого Мортимера Собрайла в его чёрном «мерседесе», а также по следу его ещё более известного предшественника Рандольфа Падуба и — гипотетического призрака Кристабель Ла Мотт! Вот они уже в Файли и пешком, по тем же стопам, пришли к Бриггской приливной заводи. Они толком не знали, чего именно ищут, но просто наслаждаться прогулкой считали себя не вправе. Шагали они широко и — сами того не замечая — в ногу...

У Собрайла имелся следующий пассаж:

> Рандольф проводил долгие часы в северной части Бриггской заводи за пристальным изучением глубоких и мелких впадин, где после прилива оставалась вода. Можно было видеть, как он ворошит в них фосфоресцентное вещество своим ясеневым посохом и, собрав это вещество прилежно в корзины, несёт домой, чтобы на досуге исследовать крошечных живых существ — ночесветок и медуз, которые, выражаясь словами самого Падуба, «невооружённым глазом труднотличимы от пузырьков пены», но на поверку оказываются «шаровидными скопищами желеобразных телец с подвижными хвостиками». Здесь же он собирал своих морских анемон (Actiniae) и купался в Императорской ванне — просторной округлой зеленоватой впадине, где, согласно легендам, в своё время плавал некий римский император. Рандольф, чьё историческое воображение никогда не дремало, несомненно, испытывал огромное наслаждение, соприкасаясь столь непосредственно с отдалённым прошлым этого края.

Роланд отыскал морскую актинию-анемону, бледно-красно-лиловую; анемона сидела под изрябленным бесчисленными дырочками валуном, песок под валуном был грубый и сверкучий, с розовыми, золотыми, синими, чёрными переливами. Анемона имела вид простой и очень древний и в то же время — какой-то новый, сияющий. Живою была её пышная корона нервных и умно устроенных щупалок, которыми она цедила и будоражила воду. Если точнее и образнее описать её цвет, она была как тёмный сердолик или как тёмный, красноватый янтарь. Своим крепким стеблем — или основанием, или ножкой — она ловко держалась за камень.

Мод уселась на соседнем валуне, подогнув длинные ноги под себя. Открыла на коленке «Великого Чревовещателя» и принялась цитировать Собрайла, который, в свою очередь, цитировал Падуба:

Вообразите себе перчатку, надутую воздухом до вида безупречного цилиндра и у которой удалили большой палец, а все остальные пальцы — только их гораздо больше — расположились в два или три ряда вкруг вершины этого цилиндра; основание же цилиндра плоское и гладко заделано кожей. Если теперь надавить на эту вершину, что обведена кругом пальцев, эластичные пальцы наклонятся, согнутся в сторону центра, и образуется своеобразный мешочек, как бы подвешенный внутри цилиндра, — вот вам разом и рот, и желудок...

— Сравнение довольно любопытное, — сказал Роланд.

— У Ла Мотт образ перчаток всегда связан с темой скрытности, соблюдения внешних приличий. С темой утаивания чего-то недозволенного, если угодно. Ну и конечно, где перчатки, там и Бланш Перстчетт, «белая перчатка».

— У Падуба есть стихотворение под названием «Перчатка». Про средневековую Даму, которая дала свою перчатку рыцарю, чтобы носил её в знак милости этой дамы. Перчатка была «бела как молоко, неровным мелким жемчугом расшита»...

— Собрайл здесь дальше говорит: «Падуб ошибочно полагал, что яичники у актинии располагаются в пальцах этой „перчатки“...»

— Я никак не мог понять в детстве, где именно рыцари носили перчатку своей дамы. Да и сейчас, честно говоря, не понимаю...

— Смотрите-ка, Собрайл здесь пишет о размышлениях Падуба по поводу собственного имени. А Кристабель Ла Мотт, та всё больше размышляла о фамилии Перстчетт. В результате чего на свет появились некоторые прекрасные, хотя и проникнутые смятением стихотворения.

— У Падуба в «Гибели богов» есть кусок, где он описывает, как бог Тор спрятался в огромной пещере, а пещера потом оказалась мизинцем великанской перчатки. Это был тот великан, что обманом заставил Тора пробовать выпить море.

— А ещё был Генри Джеймс, который писал о Бальзаке: мол, тот проник в общественное сознание, как пальцы в перчатку.

— Это типичный фаллический образ.

— Разумеется. Как, впрочем, и все другие, в той или иной мере. Если вдуматься хорошенько. За исключением, пожалуй, образа Бланш Перстчетт.

— Актиния, между прочим, начинает вбираться в себя. Ей не по душе, что я её трогаю.

Анемона сделалась похожа на большой резиновый пуп, из которого торчали, медленно втягиваемые внутрь, два или три телесных усика. Ещё несколько мгновений, и она обратилась в нечто совсем скрытное: пухлый холмик плоти, тёмно-кровяного цвета, с укромным, стиснутым отверстием посредине.

— Я прочёл эссе Леоноры Стерн про Грот Венеры и Бесплодную пустошь... — Роланд слегка замялся.

Мод хотела высказать своё отношение к работе Леоноры, принялась подыскивать слова, чуть было не сказала: «Эта работа проникает в глубь проблемы», потом, убоявшись, нет ли тут фаллического подтекста, выразилась скромнее:

— Это очень глубокая работа.

— Глубокая-то она глубокая, но... Она меня повергла в смятение.

— По мысли Леоноры, это так и должно действовать. На мужчин.

— Нет, дело не в том, что я мужчина. Просто... Попробую объяснить... У вас никогда не бывает ощущения, что наши метафоры пожирают наш мир? Я согласен: от всего ко всему на свете сознание прокладывает связи — беспрестанно, — потому-то и изучают люди литературу; я, во всяком случае, потому изучаю... Эти связи возникают бесконечно и так же бесконечно нас волнуют, и в то же время в них чудится какая-то власть, возникает соблазн поверить, будто благодаря метафорам мы получаем ключи к истинной природе вещей. Я хочу сказать, все эти перчатки, о которых мы толковали минуту назад, играя в нашу профессиональную игру, ловя всё подряд на крючок метафоры: средневековые перчатки, перчатки великанов, Бланш Перстчетт, перчатки Бальзака, яичники перчаткообразной актинии, — всё это теряет объём, уваривается, как повидло, — на дне остаются одни проявления человеческой сексуальности. А Леонора Стерн, та вообще заставляет всю земную поверхность восприниматься как женское тело; весь человеческий язык во всём его многообразии сводится к женскому языку. Вся растительность, по Леоноре Стерн, — исключительно лобковая...

Мод рассмеялась, сухо. Роланд продолжал:

— И добро бы мы приобретали какую-то особую сокровенную силу оттого, что во всём узрели человеческую сексуальность! На самом деле это не сила, а бессилие!

— То есть импотенция, — оживилась Мод.

— Этого слова я избегал сознательно, оно опять-таки всё переводит не в ту плоскость! Мы воображаем себя всезнающими. А в действительности открыли способ самогипноза, придумали магию и сами же ею обольщаемся, наподобие примитивных народов. Если вдуматься, это разновидность детского извращённого полиморфизма — считать, что всё связано с нами. Мы оказываемся запертыми в себе — и уже не можем видеть мир подлинный. И в результате начинаем всё подряд стричь под гребёнку одной-единственной метафоры...

— Похоже, Леонора вас рассердила не на шутку.

— Она очень талантливый учёный. Но мне претит видеть мир её глазами. И не потому, что она женщина, а я мужчина. Просто мир гораздо больше — и шире!

Мод, немного поразмыслив, ответила:

— Наверное, в каждую эпоху существуют какие-то истины, против которых человеку данной эпохи спорить бессмысленно, нравятся они ему или нет. И пусть даже неизвестно, будут ли их считать за истину в будущих веках. Мы, хотим того или нет, живём под сенью фрейдовских открытий, фрейдовских истин. Конечно, нам пришлось их слегка развить и уточнить. Однако это не даёт нам права воображать, будто учение Фрейда о природе человека ошибочно. В каких-то деталях он мог ошибаться, но глобально...

Роланд хотел спросить: и вас устраивает такое положение вещей?.. Хотя, наверное, устраивает. Ведь её работы написаны в психоаналитическом ключе — во всяком случае, та статья о лиминальной поэзии и клаустрофобии. Вместо этого он сказал:

— Интересней было бы вообразить другое — хоть это и нелегко — попробовать увидеть мир глазами людей других эпох. Таким, каким его видел Падуб, когда стоял вот на этом, допустим, валуне. Его занимала морская анемона. Его занимало происхождение жизни. И причина, по которой мы вброшены в мир.

— Падуб и его современники ценили себя. Прежде, до них, считалось, что Бог ценит своих созданий. А потом они решили, что Бога нет и что в природе правят одни слепые силы. И вот они стали пуще всего ценить и любить себя и потворствовать собственной натуре...

— А мы ей не потворствуем?

— В какой-то момент их самопочитание привело... примерно к тому же, что беспокоит вас сейчас. К ужасному, чрезмерному упрощению взгляда на жизнь. Скажем, совесть или чувство вины стали казаться ненужными. — Мод закрыла «Великого Чревовещателя» и с валуна, на котором полулежала, гибко потянулась вперёд, протянула руку. — Ну что, поедем дальше?..

— Куда? Что мы хотим найти?

— Нужно пытаться отыскать какие-то факты, переклички образов. Я предлагаю отправиться в Уитби, где была куплена брошь из чёрного янтаря.

Дорогая моя Эллен,

я нашёл немало любопытного в Уитби, процветающей рыбацкой деревне — впрочем, издавна носящей гордое званье города, — в устье реки Эск; Уитби весь устроен под уклон и своими живописными переулками и дворами, будто бы наступающими друг дружке на пятки, спускается к воде по каменистым террасам, словно по ступеням, — но с самой верхней ступени мнится, что море где-то вверху — и верно, оно, с подвешенною к нему гаванью и развалинами аббатства, брезжит над подвижным сонмищем мачт и дымящих домовых труб, — и не море оно на самом деле, а Германский Океан.

Прошлое здесь вокруг повсюду, о нём возвещают древние захороненья и ямины, где предположительно свершали свои жертвоприношенья доисторические бритты, о нём говорят и более поздние следы римского владычества, и, наконец, памятники первых времён

христианизации под знаменем св. Хильды; замечу, что в те досто-
памятные поры город звался Стреоншалх, и, следственно, Синод,
который мы по трудам наших историков знаем как Уитбийский Си-
нод 644 г., был, конечно же, Стреоншалхским Синодом. Я предавал-
ся раздумьям обо всём этом на обломках аббатства, под крики чаек;
видел я и явленья более тёмной старины — могильники на топкой
низине, или, как их здесь называют, бугорчики, и неведомые построй-
ки, возможно друидические, такие как Брайдстоунз, который со-
стоит из полукруглого ряда огромных стоячих камней у местечка
Слайтс, и говорят, что этот полукруг — сохранившаяся часть со-
оруженья, подобного Стоунхенджу. Древние, давно исчезнувшие на-
роды вдруг вновь воскресают в воображении благодаря каким-то
подробностям и находкам. Таковою находкой можно почитать серь-
гу из чёрного янтаря, отрытую в здешних местах из земли вкупе
с челюстной костью скелета, к которой серьга притиснута; или
большое число разных крупных бусин чёрного янтаря, срезанных
разными гранями, — также откопанных из могилы вместе с её оби-
тателем, что при захоронении помещён был в землю с подтянуты-
ми к подбородку коленами.

Существует преданье, объясняющее происхождение стоящих на
топкой низине камней и увлекающее моё воображение. Из предания
можно заключить, что древние боги в сравнительно ещё недав-
ние времена были живы. У городка Уитби имелся свой собственный
местный великан — некий грозный Вейде, который со своею жёнуш-
кой-великаншей Белл любили швыряться валунами. Вейде и Белл
в чём-то схожи с великанами Хримтурсами, что воздвигли стену
Асгарда, или с волшебницей Мелюзиной, возводившей замки для не-
благодарных людей; именно великанской чете Вейде и Белл молва
приписывает строительство римской дороги из Уитби по этой низ-
менности к восхитительному городу Пикерингу. Эта дорога, самая
обычная, сделана из камней на подушке гравия или дроблёного пес-
чаника, добытого тут же на низине. В здешних краях она именует-
ся Коровьей дорогой Вейде или просто Коровьей дорогой. Я намере-
ваюсь совершить по ней прогулку. Считается, что Вейде построил
её для удобства Белл, которая держала на отдалённом пастбище
исполинскую корову и имела обыкновение ходить туда с подойни-
ком. Одно из рёбер этого чудовищного жвачного животного как-то
было выставлено на обозренье в Мальгрейвском замке, что в Пике-
ринге, — и на деле оказалось челюстью кита. Холмы-бугорчики из
камней, согласно поверью, образовались оттого, что хозяйственная

Белл носила валуны в своём переднике и у передника развязывались порою тесёмки. Чарлтон полагает, что Вейде — всего лишь навсего разновидность имени древнего германского бога Водана. Во всяком случае, другому богу, могучему Тору, здесь явно поклонялись во времена саксов — иначе отчего бы деревенька в верховье ручья Истроу звалась Тордиса? В человеческом воображении жизнь былая примешивается к позднейшим представлениям, и из многообразных составляющих складываются новые сущности — пожалуй, так же, как работает воображение поэта. Кит, замок в Пикеринге, старый бог-громовник Тор, могилы древних вождей бриттов и саксонцев, твёрдая поступь римских захватчиков — всё это пересоставилось в образ местного великана и его супруги, подобно тому как камни римской дороги идут на сухую кладку каменных стен вокруг выпасов, к вящей досаде археологов и во сохранение поголовья наших овец. Или взять гигантский валун на Слайтсовой низине, якобы нечаянно брошенный великанским ребёнком нашей четы в мать и защербившийся об её исполинский железный корсет, — этот валун раздробили на починку дороги, по которой шагаю я, собственными ногами!..

Я посетил местный янтарный промысел, находящийся в расцвете и дающий высокие образцы этой тонкой работы. Я послал тебе одну вещицу — с маленьким стихотворением и, конечно же, с неизменной любовью. Я знаю, что тебе нравятся искусные изделия человеческих рук, и тебя бы наверняка восхитили здешние занимательные ремёсла — из чего только не рождаются украшения! — древние существа аммониты, например, обретают новую жизнь, обращаясь в отшлифованные броши. Мне также показалось занимательным, как ископаемые останки преобразуются мастером в изящные вещи: вот гладко отшлифованная столешница из цельного куска окаменелости, — если приглядеться, то увидишь сплетенья невообразимо древних, бог весть когда опочивших улиткоподобных существ или перистые листья окаменелых доисторических цикадовых, — и все они настолько же отчётливо сохранились, как те цветки и листья папоротника, что населяют твой молитвенник, засушенные меж его страниц. Если есть на свете какой-то предмет, моя дорогая Эллен, который меня влечёт, — я имею в виду, увлекает меня как писателя, — то это нескончаемая работа времени над жизнью и формой вещей давным-давно умерших, но не исчезнувших. Я желал бы написать, создать нечто настолько совершенное по исполнению, что и долгое, долгое время спустя о нём думали бы и смотрели б на него, как мы смотрим на этих в камне запечатленных созданий.

Хоть мне и сдаётся, что век людей на земле не столь будет долг, как век прежних её обитателей.

Янтарь тоже ведь был когда-то живым. «Некоторые учёные умы полагали, что янтарь может быть отвердевшею либо нефтью, либо минеральной смолой — но теперь большинством признаётся его древесное происхожденье, — ибо находят его в виде сжатого, длинного и сравнительно узкого тела: по внешней поверхности такое янтарное тело имеет продольные бороздки, подобные волокнам древесины; поперечный разлом его раковист и блестит тем же блеском, что древесная смола, и к тому же обнаруживает множество заключённых друг в друга всё меньших и меньших овалов — то есть годовые кольца». Привожу это описание из труда доктора Янга, но я видел и сам в помещениях промысла подобные необработанные продолговатые куски янтаря, и держал их в руках, и был тронут следами времени, как оно длило, расширяло свой медленный бег в этих кольцах. В некоторых случаях тело янтаря загрязнилось избытком кремнистого вещества; встретив подобную кремнистую жилку или изъян, янтарных дел мастер, вырезывающий розу, или змея, или дружеское пожатье двух рук, нередко бывает вынужден снять заготовку с работы. Я наблюдал за трудом здешних искусных янтарщиков — у каждого из них есть любимая область в этом искусстве: один резчик может передать на отделку брошь другому, если тот, скажем, знаменит той особой резьбой, которая более всего под стать определенному камню, или ещё один мастер возьмёт вещь в золотую оправу или приладит к янтарю другой матерьял, слоновую или простую кость, также тонкой резьбы.

Как ты легко можешь себе представить, благодаря всем этим новым впечатленьям и открытиям моя поэзия пустила всевозможные ростки. Говоря о ростках, моя дорогая, я разумею известные строки Генри Воэна:

> *Сквозь платье плоти я светло ужален был*
> *Стрелáми вечности и к ней ростки пустил.*

(Стрелы вечности, светлые, как искры, сыплющиеся из-под кремня... прорастание в человеке семян света — удивительный образ; не могла бы ты переправить сюда ко мне томик «Silex scintillans»[1], ибо с тех пор, как я начал работать над здешними каменными породами, я много думал о поэзии Воэна и о ключевой каменной

---

[1] «Искры из-под кремня» (*лат.*) — название книги стихов Генри Воэна.

метафоре его книги? Когда ты получишь эту гагатовую брошь, то, пожалуйста, погладь её сильно несколько раз, и ты увидишь, как она своим электричеством станет притягивать волосы и кусочки бумаги, — в ней живёт некая потаённая волшебная сила; неспроста янтарь издавна использовался в чародействе и белой магии и даже в древней медицине. Как видишь, перо моё самовольно перепрыгивает с предмета на предмет, оттого что мой ум переполнен — сейчас, например, в нём брезжит новое стихотворение о том, как во время раскопок древнего артезианского колодца вдруг находят одетый кремнезёмом древесный побег, с помощью которого впервые отыскали здесь воду, — о таких случаях я вычитал у Лайеля в его «Основах геологии».)

Отпиши мне подробно о твоём житье — здоровье, заботах по хозяйству, о книгах, которые ты читаешь...

Твой любящий муж

Рандольф.

Мод и Роланд прогулялись по Уитбийской гавани и начали обход узких улочек, разбегавшихся от неё круто вверх, с переулками, то и дело нырявшими вниз. На месте оживления и благополучия, отмеченного Рандольфом Падубом, они встречали общие признаки безработицы и запустения. В гавани стояло всего лишь несколько судёнышек, да и те с задраенными люками — похоже, на вечном приколе; не слышалось ни стука корабельных моторов, ни хлопанья парусов на ветру. Был почему-то запах угольного дыма, но у наших путешественников он вызывал лишь мысли о неустроенности.

Зато витрины магазинов и лавочек имели вид старинный и романтический. Окошко торговца рыбой украшено было разинутыми акульими челюстями и чудовищно огромными рыбьими скелетами; кондитерщик выставлял на обозрение старинные жестяные коробки из-под сластей и беспорядочные груды разноцветных геометрических сахарных тел — кубиков, шариков, таблеток. Среди ювелирных лавочек было несколько специально занимающихся янтарём. Мод с Роландом остановились перед одной из них, под вывеской «Хоббс и Белл, поставщики украшений из янтаря». Двухэтажное зданьице было высоким и узким, витрина напоминала поставленный на ребро открытый ларец, в котором, свешиваясь гирляндами, помещались несметные бусы и ожерелья из чёрного сверкающего янтаря, некоторые с медальонами, некоторые без, у одних бусины огранены прихотли-

во, у других обточены в простые лоснящиеся шарики. Внизу
витрины, словно высыпанные из корабельного сундука, приби-
того волнами после кораблекрушения: запылённые горсти брошей, браслетов, кольца в прорезях бархатистого картона, чайные
ложки, ножи для бумаги, чернильницы и небольшая коллекция
неживых серых раковин. Вот он, север, подумал Роланд, этот чёрный как уголь янтарь, эта надёжность в поделках, порою в ущерб
изяществу, этот блеск, потаённый под пылью...

— А что, если, — сказала Мод, — мне купить что-нибудь для
Леоноры? Она, помнится, любит оригинальные ювелирные изделия.

— Здесь есть брошь, — отозвался Роланд, — в виде рукопожа-
тия, с незабудками на оправе, и на ней подписано «Дружба».

— Да, ей наверно б понравилось.

В дверях магазинчика-ларца появилась старушка очень малого роста. Она была смуглая и морщинистая, как печёное яблоко,
но здоровая и опрятная. Просторное платье-фартук в лиловый
и серый цветочек, поверх чёрного тонкого джемпера — чистое
и отглаженное; туфли, чёрные, из толстой кожи, на шнурках,
блестят; вот только в щиколотке чулки немножко спустились.
Лицо маленькое, строгое, седые волосы собраны в пучок. Глаза — голубые глаза викингов; во рту — едва он открылся — чётко видны три зуба.

— Заходите, милочка. Там, внутри, ещё больше разных вещиц. И всё настоящий уитбийский чёрный янтарь. Подделок не
держим. Лучше нашего товару не сыщешь.

Стеклянная витрина прилавка напоминала саркофаг, в ней
были грудой навалены нитки янтаря, маленькие и большие броши, тяжелые браслеты...

— Всё, что пожелаете, я для вас достану и покажу.

— Вот что-то интересное...

«Что-то» оказалось овальным медальоном, где вырезанная
в полный рост женская фигура слегка античных очертаний скло-
нялась над урной, из которой струилась вода.

— Это, милочка, викторианский траурный медальон. Вырезал его, поди, сам Томас Эндрюс. Тот самый, её величества янтарных дел мастер. Хорошие были тогда денёчки для Уитби, как
скончался принц-консорт. Люди в те поры любили вспоминать
своих покойных. Не то что нынче. Нынче с глаз долой — из сердца вон...

Мод положила медальон и попросила посмотреть «брошь дружбы» с витрины. Роланд между тем изучал бархатную картонку с прихотливыми брошами и перстнями, изготовленными из косиц и плетений нитей, очевидно шёлковых; одни заключали в себе янтарь, другие были усыпаны жемчугом.

— Смотрится симпатично. Янтарь, жемчуг, шёлк.

— Э-э нет, сударь. Это не шёлк! Это человеческие волосы. Траурная брошь, с волосами внутри. Посмотрите, у всех этих брошей по ободку написано «In memoriam»[1]. Они среза́ли локон с покойного или с покойницы на смертном одре. У волос, стало быть, жизнь продолжалась.

Роланд поглядел сквозь стекло на переплетённые прядки тонких волос.

— Старые мастера с выдумкой работали, — продолжала владелица магазина, усаживаясь на свой высокий стул за прилавком. — Чего только не изобретали из волос. Посмотрите — цепочка волосяного плетенья для часов. Или вот, извольте, браслет, как есть самая тонкая работа, из тёмного волоса, а застёжка, видите, золотое сердечко.

Роланд взял в руки этот браслет: когда б не золото застёжки, он был бы совсем невесомым и безжизненным.

— И много их покупают?

— Да не сказать чтоб много. Хотя есть охотники, коллекционеры. Охотники до всего находятся, особливо до старины. Бабочки из старых коллекций одно время были в моде. Запонки для воротничков. Даже, поверите ли, старые чугунные утюги, что на плите грели. У меня был такой аж до шестидесятого года — в шестидесятом Эдит, дочка моя, электрический велела завести, — так вот, приходил один охотник за тем утюгом... А браслет, молодой человек, работы отменной, много труда-терпенья на него пошло. И застёжка, сплошного золота, восемнадцать каратов, — для той поры роскошь была, тогда ведь всё больше из томпака[2] делали.

Старушка разложила перед Мод на стекле прилавка с дюжину брошей:

— Я вижу, вы, милочка, понимаете толк в украшениях. Вот редкостная вещица, каких в наше время не сыщешь, на ней цве-

---

[1] В память *(лат.)*.
[2] Сорт латуни.

ты вырезаны — но это не просто цветы, это язык цветов! — здесь, смотрите, молодой человек, клематис, утёсник, анютины глазки, а всё вместе означает — «Душевная краса», «Долгая привязанность» и «Мыслей вы моих предмет». Купите для вашей дамы, чай, получше старых волос будет.

Роланд изобразил раздумье. Старушка, не слезая со стула, внезапно потянулась к зелёному платку Мод, который стягивал её волосы сложной повязкой.

— О, я вижу, у вас у самой есть знатная брошь — такие редко встретишь! — сдаётся мне, это работа той мастерской, что Исаак Гринберг завёл в Бакстергейте, — те янтари по всей Европе коро́левам да принцессам рассылали. Как бы мне получше эту брошь разглядеть, уважьте, сделайте милость...

Мод поднесла руки к повязке и не знала, то ли ей отстегнуть одну брошь, то ли прежде обнажить голову. Затем, с некоторой неловкостью, она сперва стащила повязку-платок с головы и положила на прилавок, потом, разнимая хитрые витки ткани, отстегнула брошь, чёрную, крупную, выпуклую, и подала старушке. Та поспешила к окну и поднесла вещицу к свету, сочившемуся сквозь пыльное стекло.

Роланд смотрел на Мод. В этом свете, отбиравшем цвет у вещей, оставлявшем одни лишь отливы, мерцания, её волосы, её бледные волосы, заплетённые в тонкие косицы и обмотанные вкруг головы, — поражали своей белизной. Кажется, она обнажилась целиком — точно раздели в витрине девушку-манекен, так подумалось ему в первый миг; когда же она повернулась к нему лицом, которое он привык полагать надменным, — лицо это сделалось вдруг иным! — он почуял в ней ещё и хрупкость, незащищённость. Ему захотелось расслабить напряжение этих косиц, отпустить эти волосы на свободу. Он почувствовал, как кожа его собственной головы отозвалась внушённой болью, — так безжалостно-грубо были стянуты, сколоты волосы Мод. Мод приставила кончики пальцев к виску, то же самое сделал Роланд, будто был её отражением в зеркале.

Старушка воротилась от окна и, поместив брошь Мод на прилавок, включила запылённую маленькую подвесную лампу, желая пробудить свет тёмного камня.

— Честно скажу, не доводилось мне такой дивной вещицы встречать — хотя могу поручиться, она из мастерской Исаака

Гринберга, — помню, видела я на Великой выставке одну из его брошей с изображением камней и кораллов, но чтоб с кораллами была ещё русалка — русалка с зеркальцем!.. Откуда она у вас, сударыня?

— Кажется, в таких случаях говорят — семейное достояние. Я нашла её в шкатулке для пуговиц, я тогда была маленькой девочкой — у нас была огромная шкатулка с разными полезными мелочами: пуговицами, пряжками, безделушками, — там я её и отыскала. В моей семье, по-моему, эту брошь никто особо не жаловал. Мама про неё говорила — викторианская дребедень. Она ведь и правда викторианская? Я её полюбила, потому что она напоминала мне Русалочку Андерсена. — Мод повернулась к Роланду и тихо прибавила: — А потом я её стала про себя, в шутку, называть Волшебница Мелюзина.

— Насчёт того, что викторианская, даже и не сомневайтесь. Я бы даже точней сказала: она появилась раньше тысяча восемьсот шестьдесят первого года, то бишь раньше смерти принца-консорта. До той поры чаще делали вещи с весёлым мотивом... хотя печальных было всегда больше... Нет, вы только посмотрите — волосы спадают волною, как всамделишные, а на хвосте-то плавнички — крошечные, ан настоящие. Каково было у людей мастерство! Теперь уж таких искусных мастеров на всём белом свете не сыщешь. Ушло да позабылось...

До этого Роланд никогда внимательно не приглядывался к броши Мод. На броши действительно вырезана русалочка, сидящая на камне, блестящие чёрные плечи выступают сильнее всего, затем наверное, чтобы маленькие груди скромно спрятались и мастеру не пришлось их изображать. Волосы змеисто спадают по спине, хвост обвился вокруг камня. Всё это обрамлялось тем, что прежде казалось Роланду плетением из прутиков, но теперь, глядя глазами увлечённой хозяйки магазина, он понимал, что это ветви кораллов.

Роланд сказал Мод:

— А мне кажется, вы частично унаследовали внешность Кристабель.

— Я знаю. Странно. Я имею в виду, брошь всегда была у нас дома, лежала в шкатулке. Мне в голову не приходило задуматься, откуда она родом. А здесь, в этом магазине, она выглядит совсем по-иному. Среди других янтарей... Вдруг моя шутка насчёт того, что это Мелюзина... вдруг это...

— Вдруг это шутка Падуба?

— Даже если и так... — Мод лихорадочно размышляла, — даже если и так, то отсюда не следует, что она была здесь с ним. Мы только можем предположить, что он купил броши двум женщинам одновременно...

— Да и то не наверняка. Ведь она могла купить брошь сама.

— Могла, если была здесь.

— Или где-нибудь ещё, где их продавали.

— Вы должны беречь это ваше украшение! — напутствовала старушка Мод. — Вещь редкостная, точно вам говорю. — Она повернулась к Роланду. — Ну так как, сударь, покупаете брошку с языком цветов? Уж как бы она пошла к русалочке в пару.

— Я возьму «брошь дружбы», — поспешно проговорила Мод. — Для Леоноры.

Роланду мучительно захотелось заполучить хоть что-нибудь из этого здешнего странно-притягательного, сажисто-чёрного вещества, которого Падуб касался руками и о котором слагал стихи. Приобретать затейливую брошь с цветами, честно говоря, не улыбалось: подарить будет некому — подобные вещи не в духе Вэл, ни в старом её стиле, ни в новом. Наконец он нашёл, в зелёной стеклянной чаше на прилавке, горку разрозненных бусин и кусочков янтаря ценою по семьдесят пять пенсов за штуку и отобрал себе из них небольшую кучку самых разных — шариков, плоских овалов и шестиугольников; особенно ему приглянулась одна маленькая атласно-чёрная «подушечка».

— Бусинки личных невзгод! — объяснил Роланд своей спутнице. — На душе у меня неспокойно.

— Это заметно.

ГЛАВА 14

Я слышал, женщины изменчивы: но ты
В своей изменчивости столь же постоянна,
Как нить спокойная реки, что, от истока
Стремимая к порогу и к паденью
В объятья неподвижных берегов,
Единой остаётся, обновленна,
Подвижна вечно, каплями ж бессчетна.
Ты — и за то любима мной — та сила,
Что формы движет, сохраняя формы.

Р. Г. Падуб. Аск — Эмбле. Послание XIII

Дорогая моя Эллен,
нынче я решил изменить распорядок и занятиям со скальпелем
и микроскопом предпочёл длинную прогулку от своего порога к
иным — под иными порогами я разумею водопады, которые в здеш-
них краях называют ещё падунами или падунцами. Я обошёл всю
Лощину Гоутленда, она же Гоудленда. Ну разве не восхитительно,
что название одного места существует одновременно в двух видах
и мы можем воочию наблюдать работу языка? Эти названия дава-
лись древними викингами — датчанами, которые поселились в этих
краях и восприняли христианство, тогда как более дикие язычники-
норвеги пытались вторгнуться из Ирландии и с севера, но потер-
пели поражение при Брунанбурхе. Двести пятьдесят лет викинги
жили здесь, воевали и возделывали землю, но оставили по себе удиви-
тельно мало следов — только слова и имена, но и те тают и исчеза-
ют, как отметил У. Вордсворт:

> *Зри! как вокруг всё сущее клонится*
> *С путей своих благих иль тает словно сон;*
> *Другой язык в устах от моря и до моря;*
> *Лишь имя старое, чем грустный наречен*

Ручей иль холм печальный, сохранится,
Когда людей с их верой нету боле!

Река Мирк-Эск образуется из двух речек, Эллер-Бек и Уилдейл-Бек, слияние которых происходит в месте, именуемом Речные Берега, — и по этим речкам имеется немалое число прекрасных водопадов с говорящими названиями: Падунец Томасины, Водяная Дуга, Мельничные Падуны — а ещё Падунец Нелли Эйр и Мальянова Горловина; последняя особенно поражает — вода низвергается с высоты ста футов в овраг со стенами природного теллура[1]. Здесь царит причудливая игра тени и света: свисающая зелень в один миг нарядна, в другой сумрачна; глубокая естественная чаша, где успокаивается вода после паденья, то пронизывается солнцем насквозь, то чуть ли не чернеет; резво бегущие облака, застенив ненадолго солнце, тут же впускают его вновь и вновь застенивают... По отрожистым склонам Глейсдейлской и Уилдейлской лощин я взобрался на плоскую возвышенность — отсюда, из маленьких родников, булькающих средь вереска и крупного песка, берут начало эти речки. Какой разительный контраст составляет тесный мир прохладных, пёстрых лощин, с их тенистыми обрывистыми склонами в пещерах и с приёмными руслами, в которые падает и в объятьях которых умиряется стремительная стихия воды, — какой контраст этот мир составляет с миром плоских возвышенностей, где миля за милей всё пребывает в раздольной, мрачноватой неподвижности и где единственный звук — внезапный жалобный крик какой-то птицы или тихая трель иной; контраст настолько абсолютен и вместе настолько естественен (как естественна вода, бегущая из одного мира в другой), что человек начинает думать: именно здесь, на грубом севере, был если не сам Рай, то изначальная земля — эти утёсы, камни, деревья, воздух, вода — всё это кажется незыблемым, непреложным — и всё это меняется, течёт, несётся взапуски со светом и с наплывами тени, которые попеременно то открывают, то спрятывают, то выделяют, то смазывают все очертанья. Здесь, дорогая Эллен, а не в тучных долинах юга в нас поселяется чувство, что те древние люди, чья кровь и кости составили наши кости и кровь и продолжают в нас жить, что те люди — бритты, датчане, норвежцы, римляне — совсем рядом, близко! Приближаются к нам и вовсе бесконечно отдалённые существа, что бродили по этой земле, когда была

---

[1] *Теллур* — хрупкий кристаллический металл серебристо-белого цвета.

она ещё горяча: в 1821 г. доктор Бакленд исследовал одну из пещер в Киркдейлской лощине и обнаружил там логово доисторических гиен, а в нём кости тигра, медведя, волка, возможно, льва и других плотоядных, слона, носорога, лошади, быка, трёх видов оленей, а также многих грызунов и птиц, поглощённых гиенами.

Я не берусь описать тебе здешний воздух. Он не похож ни на какой иной. Язык наш не приспособлен к тому, чтобы выражать тонкие отличия разных воздухов; перед говорящим витает угроза бессмысленного лиризма или неточных метафор — посему я не стану сравнивать этот воздух с вином или с хрусталём, хотя оба сравнения приходят мне на ум. Мне доводилось вдыхать воздух Монблана — студёный, лёгкий, бессорный воздух, приходящий с отдалённых ледников, в себе заключающий чистоту снега и лишь слегка приправленный по дороге сосновой смолою и запахом трав высокогорных лугов; это тонкий воздух, воздух невидимости, о котором говорит Просперо в шекспировской «Буре», — в нём вещи оневесомливаются, расточаются в тонкую материю, недоступную нашим чувствам. А вот воздух Йоркшира — я говорю о воздухе плоскогорбых возвышенностей — не имеет в себе той безжизненно-кристальной студёности; напротив, он весь жив, весь подвижен — подобно водам, что плавными нитями пронизывают вереск, и подобно вереску, что гибко развлекается перед ними. Это воздух видимый, зримый: можно наблюдать, как его реки — или струи — омывают нагие плечи утёсов, можно разглядеть, как он поднимается эфирными фонтанами и как, будучи разогрет солнцем, колеблется над цепенеющим вереском. И запах его — острый, незабываемый! — запах свежей чистоты косохлёстных дождей, с призрачным древним привкусом древесного дыма... запах, занимающий дыханье, точно холод быстрых ручьёв... и ещё в нём есть что-то нежно-неуловимое, смутное, только ему одному свойственное, — словом, я не умею описать этого воздуха! Этот воздух проникает в чувствилище человека, и к пяти природным чувствам, коими он обладал до того, как поднялся на эти кряжи, возвышенности, — добавляются некие новые чувства, сверх прежних...

На следующий день Роланд и Мод с большим удовольствием прогулялись вдоль ручьёв, к «падунцам». Выйдя из Гоутлендской лощины, они наблюдали, как на Мальяновой Горловине вода летит вниз, разделяясь в воздухе на тысячи нитей, рассыпая по бокам стеклянные веера брызг; потом, вдоль русел с их мчащейся торфянистой водой, путешественники стали карабкаться вверх и выбрались на плоский водоспуск, поросший вереском, пересекли его и по крутому склону спустились в новые лощины. Средь кремнистой почвы, в окружении крутобоких валунов и таинственных куртинок пятнисто-лиловых наперстянок, встречались волшебные островки дёрна, прилежно ощипанные овцами до состояния стриженого газона. Неведомые прозрачные насекомые с жужжаньем проносились у плеча; на мелкой речной быстрине сновали птички-нырки; в одном заболоченном месте из-под ног запрыгала, разбрасывая фонтанчики воды, целая стая сверкающих, новёхоньких молодых лягушек. Расположившись на привал с бутербродами на одном из травянистых островков близ Падунца Нелли Эйр, Роланд и Мод принялись делиться соображениями. Роланд, с вечера читавший «Мелюзину», был теперь убеждён, что Кристабель побывала в Йоркшире:

— Это непременно здесь! И как только раньше никто не заметил? Вся поэма буквально напичкана местными йоркширскими словечками, она пишет не «вереск», а «вересник», не «овраг», а «разлог», не «хребет», а «гребень». И воздух в поэме самый что ни на есть здешний. Как в письме Падуба. У неё говорится, что после дождя «...взойдут живые струйки пара, / И примутся резвиться и играть... / Как жеребята на муравнике». Обратите внимание, не просто «жеребята на лугу», а «жеребята на муравнике» — чисто йоркширский оборот!

— Вы спрашиваете, почему никто не заметил? Не знали, что искать! Дело в том, что пейзажи Ла Мотт всегда считали бретонскими: мол, там описаны окрестности Пуату и всё такое. Правда, я где-то читала, что на тамошние пейзажи у неё наложился наш, английский романтизм — сёстры Бронте, Вальтер Скотт, Вордсворт. Писали также про символику пейзажных деталей у Кристабель...

— Вы-то сами как думаете, была она здесь?

— Да. И ещё раз да! Хотя с доказательствами туго. — Мод вздохнула. — Что мы, собственно, имеем? Ну, добрый йоркширский хобгоблин, умеющий лечить коклюш, — он есть и в письме Падуба, и в сказке Кристабель. Ну, местные слова. Ну, моя брошь... И главное, чего я не возьму в толк, как мог Падуб писать жене все эти письма, если... невольно возникает сомнение...

— Может, свою жену он *тоже* любил? Он ведь постоянно говорит в письмах, «когда я вернусь». Значит, с самого начала собирался вернуться. Что и сделал — исторически неоспоримый факт. Так что если Кристабель была здесь с ним, то вряд ли это задумывалось как *бегство*.

— Знать бы, как *что* оно задумывалось!..

— Я полагаю, это глубоко личное их дело, — сказал Роланд. — Только их касающееся... Мне вот что показалось: «Мелюзина» сильно напоминает некоторые стихотворения самого Падуба — про остальные вещи Кристабель такого не скажешь. Когда читаешь «Мелюзину», часто возникает ощущение, что это вполне мог бы написать Падуб. По крайней мере, у меня ощущение такое. Я имею в виду не сюжет. А стиль.

— Мне так не кажется. Но я понимаю, что вы имеете в виду...

К Падунцу Томасины ведёт крутая тропа из Ручейного Лога — маленькой деревеньки, запрятанной в складках холмов на подступах к плоскогорью. Они нарочно выбрали этот путь, а не путь с плоскогорья — им хотелось подойти к водопадной чаше снизу. Погода была необычайно живая, полная движенья, огромные белые облака быстрыми стаями проплывали в небе над чёрствыми каменными обрывами и макушками перелесков. На поверхности одной из обрывистых стен Роланд обнаружил странное, сверкающе-серебристое тканьё, которое, как оказалось, загораживало входы в логова пауков-туннельщиков: стоило лишь коснуться соломинкой хотя бы одной нити, как эти устрашающие создания с мощными ухватистыми лапками и челюстями являлись наружу. Уже перед самым Падунцом тропа неожиданно ныряла вниз, пришлось осторожно спускаться среди валунов...

Утёсы стеснились в круг, образовав полупещеру-полуовраг, по боковым откосам которого, вцепляясь корнями, влачили дерзкое существование кусты и деревца. Вода стремилась вниз из устья в стене, нависшей выпукло, почти сводом; было сумрачно, и пахло холодом, и мхом, и влажными растениями. Роланд несколько времени смотрел на зелёно-золотисто-белёсый столб водопада, потом перевёл взгляд на чашу, где павшая вода бурлила и закручивалась посредине, успокаиваясь к краям. В этот миг показалось солнце и метнуло свой луч в водоём: над его поверхностью встало зеркальное мерцание и одновременно сделались видны сухие и свежие листья и части растений, снующие под водой и теперь словно захваченные в пёстрые светлые сети. Но ещё более любопытное явление природы предстало Роланду, когда он вновь поднял глаза: под стеной-сводом «пещеры», да и вообще вокруг, занимались и взмётывались кверху удивительные языки — языки белого огня! Всюду, где преломлённо отражённый от воды свет попадал на неровный камень или на расщелину — шедшую вверх ли, вбок ли в стене, — всюду проливалась и дрожала жидкая ярь, словно невиданная светлая тень! — и возникали сложные, иллюзорные построения несуществующих огней с льющимися нитями света внутри!.. Роланд, присев на корточки, наблюдал долго-долго, пока не утратил ощущения времени и пространства и перестал понимать, где именно находится, и призрачные языки стали чудиться ему одушевлённым средоточием происходящего. Мод приблизилась и, усевшись подле него на камень, прервала его созерцание:

— Что это вас так заворожило?

— Свет. Огонь. Посмотрите, какой световой эффект. Как будто весь свод пещеры объят пламенем.

Мод сказала:

— Она это видела! Я уверена на сто процентов. Обратите внимание, в «Мелюзине» написано:

> Стихии три сложились, чтоб создать
> Четвёртую. Свет солнца через воздух —
> И ясеневых сеянцев отважных
> Ватагу, что вцеплялись в крутизну, —
> Прокинулся мозаичным узором
> На глянец вод: и тронулась вода
> Рябою чешуёй, как бок змеиный,
> Под нею свет продолжился мерцаньем
> Как бы колец кольчужных; а вверху
> Вода и свет совместно сотворили
> На серых стенах и на сводах влажных
> Пещеры сей вид странного огня —
> Ползущих светлых языков, лизавших
> Гранитный каждый выступ, щели каждой
> И каждой грубой грани придавая
> Заместо тени светлых провожатых —
> Причудливые нити, клинья, ромбы
> И формы белые иные — из того

Огня, что не сжигал, не грел, ни пищи
Земной не требовал, себя возобновляя
На хладном камне. Создан был из света
И камня, водопадом возбуждён был,
Вверх с живостью внушённою стремился —
Огня холодного источник...

— Она была с ним здесь! — воскликнула Мод.

— Это не научное доказательство. Не выгляни солнце в подходящий момент, я бы ничего не увидел. Хотя лично меня увиденное убедило.

— Я прочла его стихи. «Аск — Эмбле». Стихи хорошие. Нет
ощущения разговора с самим собой. Он действительно разговаривает с *ней* — с Эмблой-Ивой — с Кристабель или... Бóльшая
часть любовной поэзии замкнута сама на себя. Мне понравились
эти послания к Иве.

— Я рад, что вам понравилось в Падубе хоть что-то.

— Я пыталась вообразить его. Вернее, их. Они, должно быть,
пребывали в состоянии... страсти. Я прошлой ночью размышляла
над тем, что вы сказали об отношении нашего поколения к сек-
су. Мол, мы усматриваем его везде. Тут вы правы. Мы всё знаем,
мы слишком много знаем. Нам, например, известно, что у человека нет целостного личностного начала, что любая личность —
это сложная система конфликтующих составляющих... мы в это
уверовали как в данность. Мы осознаём, что нами движет *желание*. Но мы не можем посмотреть на желание *их* глазами. Мы
никогда не произносим слово «любовь» — в самом понятии нам
чудится некое сомнительное идейное построение, — особенно
нас настораживает Любовь, как её понимали в эпоху романтизма. От нас требуется огромное усилие — усилие воображения, —
чтобы понять, как они чувствовали себя тогда здесь... вместе...
как верили в Любовь... в себя... в значимость своих любовных
поступков...

— Да-да, я вас понял. Помните, у Кристабель в «Мелюзине»
сказано: «Как мал, как безопасен наш мирок, / Но за его окном
летает Тайна»? У меня такое ощущение, что с Тайной мы тоже
разделались. И желание, в которое мы всматриваемся так пристально, от этого *пристального разглядывания* довольно странно
преображается.

— Это вы верно подметили.

— Иногда у меня возникает чувство, — продолжал Роланд, тщательно подбирая слова, — что лучше всего было бы оказаться вообще без желания. Когда я смотрю на себя как на единую личность...

— А можно ли ставить вопрос о единой личности?

— ...когда я смотрю на свою жизнь — как она сложилась, — я вдруг понимаю, что хотел бы жить безо всего. Мне только нужна пустая, чистая постель. У меня в голове всё время всплывает этот образ: пустая, чистая постель в пустой, чистой комнате, где мне ни от кого ничего не надо и никому от меня ничего не надо. Возможно, такие мысли возникают из-за моих личных обстоятельств. Но здесь есть и какая-то общая закономерность.

— Да, я понимаю. Нет, это не совсем честно было бы сказать — понимаю. Всё гораздо сильнее совпадает. Ведь я тоже думаю так же, когда остаюсь одна. Как хорошо было бы ничего не иметь. Как хорошо было бы ничего не желать. И тот же образ меня преследует — пустая белая кровать. В пустой комнате.

— Вот именно, белая.

— Полнейшее сходство, как видите.

— Удивительно... — пробормотал Роланд.

— Может, мы типичные представители целого племени учёных, теоретиков, измученных бесплодными умствованиями? А может, мы никакие не представители, а просто двое людей с одинаковыми чудачествами...

— Какая ирония судьбы — забраться в эту глушь, сидеть рядышком на камнях, и всё ради того, чтобы сделать этакое важное открытие — друг о друге!

Обратно они шагали в соучаственном молчании, слушая пение птиц и шуршание ветра этой переменчивой погоды в кронах деревьев и по воде... За ужином они некоторое время прочёсывали «Мелюзину» в поисках ещё каких-нибудь йоркширских слов. Потом Роланд вдруг сказал:

— На туристской карте есть место под названием Лукавое Логово. Звучит презанятно. Я подумал, может, нам завтра взять на денёк отгул от *них*, выбраться из *их сюжета* — и приискать что-нибудь себе для души? Ни у Собрайла, ни в «Письмах Р. Г. Падуба» Лукавое Логово не упоминается — и слава богу, — а то опять увязнешь в разных ассоциациях.

— А что, это мысль! Кажется, совсем распогодилось. Чувствуете, как тепло?

— Куда именно отправиться, не столь важно. Лишь бы найти что-то интересное само по себе, без всяких скрытых смыслов и подоплёк. Что-нибудь новое.

Найти что-то новое, решили они. День как нельзя более располагал к этому: стояла изумительная погода, золотою солнечной улыбкой улыбалась небесная лазурь, создавая настроение почти детского радостного ожидания чуда; в такие дни память удивительным образом укорачивается до удобных размеров дня нынешнего, мол, вот оно всё какое, а значит, таким и было, а значит, таким и будет. Подходящий денёк для похода по новым местам.

С собой они прихватили простой запас еды: мягкий чёрный хлеб, белый венслидейлский сыр, пучок малиновых редисок, жёлтое сливочное масло, шарлаховые помидоры, круглые сочно-зелёные яблоки сорта «гренни смит» и бутылку французской минеральной воды. Книжек не взяли.

Лукавое Логово — укромное место на морском берегу под сенью утёсов; здесь стремится к морю по песчаному ложу ручей — от старой мельницы, перестроенной в молодёжное общежитие. Роланд и Мод спускались к Лукавому Логову по дорожкам, утопавшим в цветах: с обеих сторон из высоких живых изгородей на них глядели бесчисленные цветки шиповника — собачьей розы, большей частью ярко-розовые, порою белые, с золотистой серединкой в ярко-жёлтой пыльце; шиповник хитроумно и густо переплёлся с пышной жимолостью, чьи кремовые цветки пробирались ловко среди розового и золотого. Ни Мод, ни Роланду прежде не доводилось на столь малом пространстве видеть такое непостижимое множество диких цветов, вдыхать столь густой их аромат. В тёплом воздухе запах цветов набегал порывами и, казалось, замирал над головою душистым, почти ощутимым пологом. Наши путешественники ожидали встретить ну один, ну два цветка, случайно дожившие, уцелевшие из тех сказочных кущ, которые видел некогда Шекспир и которые запечатлел на полотнах Моррис. Но здесь царило настоящее цветочное изобилие; всё жило, росло; игрою красок и ароматов наполнено всё вокруг...

Под боком утёсов — даже не пляж, а полоска песка. От неё сходят к морю влажные каменные уступы, где во впадинах стоит, оставленная приливом, вода. Эти уступы дарят глазу скопления необычайно ярких тонов: камень розов, песок под прозрачной мелкой водой — серебрист, мшистые водоросли — неистово-зелены, другие водоросли, кустистые, протягивают свои розова-тые, похожие на пальцы стебли среди оливковых и жёлтых за-рослей фукуса. Сами утёсы серые и шелушистые. Роланд и Мод заметили, что плоские камни у подножия имеют многочислен-ные перистые и трубчатые отпечатки ископаемых раковин, по-хожие на гравюры. «Не наносите повреждений утёсам. Сбережём для детей и потомков наше природное достояние!» — гласила табличка. Аммониты и белемниты можно было купить в любой сувенирной лавчонке в Уитби. Заготовка их тем не менее про-должалась: молодой человек с мешком за спиной усердно посту-кивал молотком по каменной стене, которая вся была в причуд-ливых спиралевидных узорах аммонитов. Лукавое Логово инте-ресно ещё и тем, что здесь в великом множестве, чуть ли не друг на друге, лежат округлые голыши, — так и кажется, будто какие-то великаны наметали их сюда из катапульты или здесь прошёл метеоритный дождь. Голыши — разного калибра и цвета: блес-тяще-чёрные, как антрацит, иззелена-жёлтые, как сера, зелено-вато-восковые, похожие оттенком на прозеленённый картофель, песочно-белёсые, иные с прожилкой розоватого кварца. Мод и Роланд прошлись, всматриваясь в эти камни, то и дело восклица-я: «Вы только посмотрите какой! А вон тот! А этот!» На крат-кое мгновение они извлекали зреньем один камень из россыпи остальных, потом отпускали, и он падал обратно в пёстрый хаос красок, и вынималась новая диковина...

Но вот наконец они остановились, разложили на камне поход-ную еду и получили возможность спокойно посидеть и поглядеть на мир из Лукавого Логова. Роланд снял обувь, ноги его были белые и на песке казались неведомыми существами, выползши-ми на свет из слепой темноты. Мод сидела на камне, в джинсах и рубашке с коротким рукавом; её руки были бело-золотистыми: белая кожа в мерцающих золотых волосках. Мод разливала ми-неральную воду «перье» из зелёной бутыли, на которой краси-выми буквами возвещалось её подлинное, благородное проис-хождение — *Eau de Source*, Вода из источника; пузырьки цепене-ли на стенках бумажных стаканчиков. Был отлив, море далеко отступило... Настал момент для личного, откровенного разговора. Оба это почувствовали; хотелось выговориться, но ощущалась ещё скованность.

— Вам будет жаль возвращаться? — спросила Мод.

— А вам?

— Хлеб очень вкусный, — отозвалась Мод. И тут же: — У меня такое впечатление, что и мне, и вам жаль...

— Придётся решать, что сообщать... если вообще сообщать... Аспидсу и Собрайлу.

— А также Леоноре. Которая не замедлит явиться. Это меня, кстати, тревожит. Леонора, когда на неё накатит вдохновение, способна увлечь кого угодно и куда угодно.

Роланд не вполне ясно представлял себе Леонору. Он, правда, почему-то был уверен, что она женщина крупная, и теперь внезапно вообразил её в виде этакой властной античной богини в хитоне, вот она берёт утончённую Мод за руку и тянет за собой. Две женщины вместе пускаются бегом. Писания Леоноры позволяли вообразить и нечто большее. Две женщины вместе...

Он посмотрел на Мод, в джинсах и белой рубашке, озарённую солнцем. Она такая обособленная, отдельная от него... У неё на голове по-прежнему повязка из свёрнутого платка, но уже не прежнего шёлкового, а накрахмаленного хлопчатобумажного, в зелёную и белую клеточку, волосы хитро перехвачены снизу под затылком.

— Придётся вам решить, что ей сказать.

— А я уже решила. Ничего ей не скажу. По крайней мере, покуда мы с вами не достигнем... какой-то точки... не придём к какому-то решению. Конечно, утаить что-нибудь от Леоноры довольно трудно. Она... как бы получше объяснить... она вторгается в мой мир. Специалистка по интимным сферам. Обтесняет меня своим присутствием. Я вообще не умею строить личные отношения. Мы с вами говорили... как это нелегко.

— Может быть, сэр Джордж что-нибудь предпримет?

— Может быть.

— Я не знаю, что со мной будет, когда я вернусь. У меня ведь нет никакой приличной работы: дают несколько преподавательских часов из милости да небольшую сдельщину — подготовка текста в издании Падуба. Я полностью завишу от Аспидса. А он мне знай составляет унылые характеристики, в которых я предстаю ещё более заурядным, чем есть на самом деле. И высказать ему всего этого я не могу. Наши с вами разыскания ещё больше усложняют дело, трудно удержаться в старых рамках. И потом, ещё есть Вэл...

Мод смотрела не на Роланда, а на яблоко, которое нареза́ла острым ножиком на дольки: тоненькие полумесяцы с ярким зелёным ободком кожицы, с белой твёрдой плотью и сияющими тёмно-коричневыми семечками.

— А что у вас с Вэл?

— Я вам никогда про неё не рассказывал. Может, к лучшему. И зря, наверное, я сейчас стал жаловаться. Я живу с Вэл с первого курса университета. Она основной добытчик. Например, даже здесь я частично на её деньги. Она берёт разные халтуры, подработки, устраивается на время секретаршей — ей не нравится эта работа, но она всё равно её делает. Так что я ей очень многим обязан.

— Понимаю.

— Но совместная жизнь у нас всё равно не клеится. Сам не знаю почему. По какой-то причине... помните, я вам говорил... меня преследует образ белой постели...

Мод разложила яблочные полумесяцы изящным веером на бумажной тарелке и протянула Роланду.

— Я вас понимаю. У меня нечто похожее... было с Фергусом Вулффом. Вы, наверное, знаете... про наш роман.

— Да, слышал.

— От него, конечно?.. С Фергусом мне было очень плохо. Мы мучили друг друга, по-другому это не назовёшь. Я ненавижу... ненавижу шум, ненавижу всякие отвлечения. Вы вот давеча говорили... про анемону, про перчатки и про статью Леоноры, про *Венерин грот*. А я вспомнила про своё... как Фергус одно время повадился читать мне лекции о *Penisneid*[1]. Он из тех мужчин, что спорят по нарастающей, с каждой репликой повышая голос, — ты ему робкое возражение, а он тут же в ответ что-нибудь ещё умнее, ещё громче. Он с утра пораньше цитировал Фрейда. «Анализ конечный и бесконечный». Вставал очень рано. Встанет и начнёт гарцевать по квартире — нагишом — и выкрикивать длинные цитаты: «Никогда психоаналитика не охватывает сильнее подозрение, что он занимается пустым сотрясением воздуха, чем когда он пытается убедить женщину отказаться от желания обрести

---

[1] Зависть к пенису *(нем.)*.

пенис». Я, кстати, не считаю, что он — в смысле, Фрейд — прав, но, так или иначе, в этих глупых воплях — приготовил бы лучше завтрак! — в этом разгуливании... все причиндалы напоказ... было что-то абсолютно нелепое — я не могла работать в подобной обстановке. Да, так оно и было. Я... я постоянно чувствовала себя разбитой, подавленной. Наказание какое-то...

Роланд осторожно, искоса взглянул на Мод — совершенно ли она серьёзна; она улыбалась, неловко, даже как-то свирепо, но улыбалась.

Роланд засмеялся. И Мод засмеялась. Роланд произнёс:

— Это ужасно утомительно. Когда в личных корыстных целях используют всё, даже высокие идеи.

— Давайте провозгласим, что целомудрие — новейшая *volupté*, форма сладострастия!

— При условии, что человек предаётся ему добровольно и не навязывает этого другим. Скажите, пожалуйста... зачем вы всегда прячете волосы?

Мод потупилась; на мгновение он устрашился, не обидел ли её, но она ответила с почти научной обстоятельностью:

— Это связано с Фергусом. И с цветом волос, конечно. Я раньше ходила с ультракороткой причёской, а-ля стриженая овца. Но и тогда от цвета были одни неприятности, никто не верит, что это мой настоящий цвет. Однажды на меня ужасно расшипелись на одной феминистской конференции: мол, красит волосы, чтобы угодить самцам. Потом Фергус заявил, что мальчиковые причёски — уступка сильному полу — где мои женские принципы? — и вообще, говорит, ты похожа на лысый череп. Давай отращивай. Вот я и отрастила. Отрастила и спрятала.

— Напрасно. Вы должны выпустить их на волю.

— Это почему?

— Когда вы их прячете, вы только привлекаете лишнее внимание, все начинают мучиться вопросом, что там такое. Но главное... главное... — Роланд не находил слов.

— Ладно.

Мод развязала головную повязку. Косицы, казалось, состояли из овальных мерцающих камешков с цветными прожилками — так причудливо смешались в прядках оттенки жёлтого: ярко-жёлтого, как цветок чистотела, соломенно-жёлтого и серебристо-жёлтого, и так блестели волосы от избытка стеснённой жизни. Роланд почувствовал, как его охватывает — нет, не желание, а некое смутное чувство, в котором, пожалуй, больше всего жалости, к этой груде волос: какие сложные, кропотливые воздействия им пришлось вытерпеть, чтобы создались эти повторяющиеся плетёные узоры. Если смежить веки и сквозь ресницы снова посмотреть на Мод, то её голова на фоне моря словно увенчана узловатыми рожками.

— Жизнь такая короткая, — сказал Роланд. — Они имеют право дышать.

Сердце его и вправду влеклось к этим волосам, неведомому пленному созданию. Мод выдернула шпильку-другую, и волосы, всё ещё заплетённые, скользнули с макушки, повисли неуверенно вдоль шеи.

— Вы очень странный мужчина.

— Не подумайте, что я к вам клеюсь. Я просто хочу один раз посмотреть, какие они... на свободе. Вы знаете, я говорю правду.

— Да, знаю. Это-то и странно.

Она медленно, чуткими пальцами, принялась расплетать длинные, толстые косицы. Роланд смотрел не спуская глаз. И вот настал миг, когда шесть толстых прядей — три и ещё три — улеглись неподвижно на плечи. А потом она наклонила голову и принялась мотать ею из стороны в сторону, и тяжёлые волосы разлетелись — и воздух ворвался в них. Выгнув длинную шею, она мотала головой всё быстрее, быстрее; Роланд увидел, как свет стремительно омыл эту летучую груду и засверкал на ней; а Мод — изнутри — открылось целое море мятущихся золотых волн; она зажмурилась и увидела пунцовую кровь.

Роланд почувствовал — что-то разжалось, освободилось в нём самом.

— Вот теперь лучше, — проговорил он.

Мод, пытаясь откинуть с лица волосы, глядела из-за них на Роланда, слегка покрасневшая:

— Да. Лучше.

ГЛАВА 15

> Так менее ль любовь случайна,
> Чем электрическая искра,
> Что бьёт меж нами столь отчаянно
> И исчезает столь же быстро;
> Чем лавы выплески, что взяты
> Из чрева огненного тьмы?
> Кто мы: живые автоматы,
> Иль ангелам подобны мы?
>
> *Р. Г. Падуб*

Мужчина и женщина сидели друг против друга в вагоне железной дороги. Они производили впечатление тихой благовоспитанности и на коленях держали раскрытые книги, к которым обращались, когда ход поезда это позволял. Мужчина от времени до времени лениво откидывался в угол, скрещивая лодыжки свободным, раскованным движением. Женщина большей частью смотрела, потупясь, на страницы книги, и лишь изредка, поднявши острый подбородок, оглядывала меняющийся за окном пейзаж. Наблюдатель не сразу определил бы, путешествуют они вместе или порознь: глаза их встречались редко и, встретившись, не теряли выражения сдержанного, невозмутимого. Впрочем, тот же наблюдатель, проехав с ними долее, возможно, заключил бы, что мужчина к женщине неравнодушен или, во всяком случае, испытывает интерес. Покуда она сосредоточенно глядела в книгу или внимательно провожала убегающие назад поля с пасущимися коровами, глаза его нередко замирали на ней, то ли в некоем раздумье, то ли просто с любопытством, сказать трудно.

Мужчина был хорош собою, с шапкой волнистых волос тёмно-коричневого, почти чёрного цвета, но с медноватыми переливами в волнах и с холёной бородой цвета ещё более коричневого, напоминающего конский каштан. У него был высокий лоб с хорошо развитыми надбровными дугами, говорившими об интеллекте, но физиономист отметил бы ещё шишки сострадания и симпатии. Из-под чёрных, густых — пожалуй, даже кудлатых — бровей смотрели на мир большие тёмные глаза, смотрели спокойно и уверенно, в них читалась смелость и что-то иное, трудноуловимое, чего не понять с наскока. Нос тонкий и прямой, рот очерчен решительно, слегка сурово. Это было лицо человека, постигшего себя и обладающего своеобразным мировоззрением. Книга у него на коленях называлась «Основы геологии», сэра Чарльза Лайеля, и когда он обращался к ней сосредоточенно, страницы так и летели. Одст он был элегантно, но без претензии. Гипотетический наблюдатель, вероятно, не сумел бы толком определить, какую именно жизнь ведёт объект его наблюдений — деятельную или созерцательную; он имел вид человека, привыкшего к решительным поступкам и вместе приверженного, как принято было тогда писать, «глубоким, долгим размышленьям».

Дама была одета изысканно, по последней моде. Платье из серо-полосатого муслина, на плечи наброшена индийская шаль: на серо-стальном фоне — криволинейные абстрактные фигуры, сиреневые и переливчато-синие, точно павлинье перо; маленькая серая шёлковая шляпка, из-под полей которой выглядывает несколько роз из белого шёлка. Она была светловолоса и бледнокожа, с большими глазами какого-то необычного зелёного цвета, который принимал разные оттенки в зависимости от освещения. Красивой её вряд ли можно было бы назвать: лицо не в первом цвете юности и, пожалуй, не безупречных пропорций — длинноватое, — хотя чисто и благородно вылепленное, рот — изящно изогнутый, не из тех, что зовут «губки бантиком». Зубы, на строгий взгляд, немного крупноваты, зато здоровые и белые. Понять, замужем эта особа или нет, было трудно, точно так же как и разобрать, каковы её материальные обстоятельства. Всё в наряде дышало опрятностью и вкусом, без намёка на дорогую вычурность, но любопытный взгляд не отыскал бы и признаков бедности или прижимистости. Её белые, из мягчайшей лайки перчатки не были поношенными. Её ножки, являвшиеся порой, когда от качания вагона смещался чуть в сторону пышный колокол юбки, были обуты в пару сияющих ботинок изумрудно-зелёной кожи, на шнурках... Если она и ведала об интересе попутчика к её персоне, она не подавала о том виду; или, может быть, сознательно избегала смотреть на него, из подобавшей дорожному положению скромности.

И лишь после того, как далеко миновали Йорк, вопрос их отношений, столь загадочный для наблюдателя, прояснился: мужчина, чуть наклонясь вперёд, осведомился тихо и серьёзно, удобно ли ей в дороге и не устала ль она. К этому времени в вагоне уже не оставалось других пассажиров: бо́льшая их часть переменила поезда или следовала только до Йорка и, во всяком случае, никто не ехал далее Малтона и Пикеринга, — так что эти двое были в вагоне одни. Прямо на него взглянув, она ответила: нет, она нисколько не устала, — и, чуть помешкав, прибавила ровным голосом, что она не в том состоянии духа, которое располагает к усталости. Тут у них на лицах засветилась улыбка; и мужчина, ещё сильнее наклонившись, завладел одною из маленьких рук в лайковой перчатке, — эта маленькая рука сперва лежала в его неподвижно, а затем отозвалась на пожатие. Есть вещи, заговорил он вновь, которые необходимо обсудить до прибытия, вещи, которые они не успели — или из-за волнения не смогли — прояснить в суматохе отъезда, вещи не совсем простые, но всё можно решить, если захотеть, постараться.

Эту речь он складывал в голове от самого вокзала Кингз-Кросс. И не мог представить, как он произнесёт эти слова или как она их воспримет.

Она сказала, что слушает внимательно. Маленькая рука в его руке напряглась, он бережно сжал её.

— Мы путешествуем вместе, — начал он. — Мы решили... вы решили... поехать со мною. Но я не знаю, как вам будет угодно... захотите ли вы... с этого момента проживать от меня отдельно и независимо — или... или вам будет угодно представляться моей женой. Это большой шаг... связанный со всякого рода неудобствами... неприятностью... неловкостью для вас. У меня заказаны комнаты в Скарборо, где жена вполне могла бы... расположиться. Я мог бы также снять другие комнаты... под каким-нибудь вымышленным именем. Или вам, может быть, вообще не нравится делать такой шаг... вам хотелось бы поселиться где-то ещё под своим собственным достойным именем. Простите мне мою дерзость. Я лишь пытаюсь понять ваши желания. Мы уезжали в волнении... конечно, лучше, если б решение пришло потом само, естественным путём... но ничего не попишешь, надо решать сейчас.

— Я хочу быть с вами, — ответила она. — Я сделала свой шаг. И не хочу идти на попятный. Я готова называться вашей женой, в этот раз, куда б мы ни направились. Это вытекает из моего... из нашего решенья.

Она говорила быстро и отчётливо; но руки её, в тёплой лайке, беспокойно шевельнулись в его ладонях. Он произнёс всё тем же тихим и бесстрастным тоном, каким они беседовали до сих пор:

— Чудесное... дивное великодушие...

— Нет. Я просто покоряюсь неизбежному.

— Но вы не печалитесь, не сомневаетесь? Вам... не страшно?

— Разве в этом дело? Я же говорю, происходит неизбежное. Вы и сами прекрасно знаете. — Отворотив от него лицо, она посмотрела в окно, сквозь гроздья паровозных искр, на медленно плывущие поля. — Конечно, мне страшно. Но это, по-моему, несущественно. Все старые сомнения... все старые заботы... всё утратило значение. Я не хочу сказать, будто мне ни до чего нет дела, но всё почему-то разом отлетело в сторону, точно китайская шёлковая бумага.

— Мой друг... вам не следует сожалеть.

— А вам не следует говорить вздор. Конечно, я буду сожалеть. Потом. И вы непременно будете сожалеть. Но ваши будущие сожаленья, разве сейчас они идут в расчёт?

Несколько времени молчали. Потом он проговорил, осторожно подбирая слова:

— Если вы называетесь моей женой... то я надеюсь, вы не откажетесь принять от меня кольцо. Это семейное кольцо... оно принадлежало моей матери. Кольцо простое, без камня, на нём выгравированы маргаритки.

— Я тоже взяла с собой кольцо. Оно принадлежало моей двоюродной бабке, Софии де Керкоз. Оно с зелёным камнем — обычный нефрит, на нём вырезана буква «С».

— Значит, вы обойдётесь без моего кольца?

— Я этого не говорила. Я лишь хотела показать вам, как была предусмотрительна и как ещё в Лондоне всё было решено. Я буду счастлива носить ваше кольцо.

Он снял её маленькую белую перчатку и надел ей кольцо на безымянный палец, где уже было одно, изящное, с зелёным камнем, — два кольца соприкоснулись. Его кольцо пришлось чуть свободно. Ему хотелось сказать: кольцом моим я сочетаюсь с тобою, телом моим я поклоняюсь тебе, — но эти старинные, истинные слова, что говорятся перед алтарём, были бы вероломством и к той женщине, и к этой. Непроизнесённые, они словно витали какое-то мгновение в воздухе. Он схватил маленькую ладонь, поднёс к губам. Потом выпрямился на сиденье; белая перчатка так и осталась у него, он вертел её задумчиво, расправлял один за другим мягкие чехольчики пальцев, разглаживал тоненькие складки...

Во всё время пути из Лондона он пребывал в невероятном смятении от её подлинного присутствия в противоположном, недоступном углу. До этого её образ владел им целые месяцы; она была далека и сокрыта — принцесса в башне, — и вся работа воображения шла на то, чтобы суметь её явить разуму и чувствам во всей её порывистой таинственности, во всей её белизне, составлявшей несомненную часть её магнетизма, и с зелёными очами, то проницающими тебя до дна, то наглухо затворёнными. Присутствие же её вообразить было невозможно, вернее, *только и можно* что воображать... И вот она здесь, перед ним, и он пытается понять, насколько она схожа с образом, созданным им в мечтах, насколько она отличается от женщины, к которой тянулся он во сне, за которую готов был вступить в бой.

❧❀❀❀❧

Когда он был молод, ему запал в душу рассказ об Уильяме Вордсворте и о Горной деве, явившейся поэту в уединении: Вордсворт услышал очарованное пение и в себя взял из этого пения ровно столько, сколько необходимо для создания собственных бессмертных стихов, и далее запер слух. А вот он, Рандольф Падуб, не сумел бы так поступить — он конечно бы слушал и слушал. Он был поэт иной, бесконечно жадный до сведений, фактов, подробностей. Ничто в этом мире не казалось ему слишком банальным, всё заслуживало внимания, рассмотрения; он, если б мог, охотно составил бы карту всех морщинок приливистых отмелей, сделал опись незримой работы воды и ветра. И его любовь к этой женщине, сокровенно знакомой и вовсе ему не известной, также требовала подробностей, знаний. Он её изучал. Он стремился постигнуть завитки её бледных волос у виска. Их серебряно-золотистая лосковатость, казалось, имела в себе тончайший оттенок зелёного, но не той старой зелени, которою угасает медь, а зелёного бледного сока растительной жизни, что собою окрашивает серебристую кору молодых деревьев или тени валков свежескошенных трав. И глаза её зелены: то прозрачно-зелёные, как стекло, то зелёные плотной, яркой зеленью малахита, то зелёные измутна, как морская вода, что несёт в себе, взбаламученная, тяжесть песчинок. Ресницы светятся поверх зелени еле заметным серебром. Лицо нельзя назвать добрым. Нет в лице доброты. Оно чистой, ясной лепки — хотя без особой тонкости черт — и довольно худощавое, так что в висках, в скосах скул — глубина синеватых теней, которые воображение почему-то подкрашивало тоже зеленью, но в них зелени нет.

И если он любил это лицо, не сиявшее добротой, то как раз за отчётливость на нём явленных чувств, за тонкую отзывчивость, за умную живость.

Он постиг — или думал, что постиг, — как прежде эти свойства прятались от него, заслоняясь заурядными, общепринятыми выраженьями — подчёркнутой скромности, терпеливого благоразумия, нарочито-спокойной надменности. Самым неприятным её выражением было — о, даже ею одержимый, он всё в ней замечал с беспощадной ясностью! — опустить глаза или отвести их куда-то в сторону и при этом улыбнуться благовоспитанно, но улыбка невольно выходила близка к механической ухмылке, оттого что была неправдива, отдавала дань условности: мол, коль это нужно миру от меня, извольте. Теперь ему казалось, что он понял её сущность тогда же, немедленно, на завтраке у Крэбба Робинсона, когда впервые увидел, как сидела она и внимательно слушала споры мужчин, полагая себя безнадзорной наблюдательницей. Большинство мужчин, рассудил он, разгляди они жёсткость, истовость и самовластность, да, самовластность, её лика, от неё б отступили. И ей было бы, видимо, суждено быть любимой лишь робкими, слабыми душами, которые надеялись бы втайне, что она, помыкая, станет ими руководить; или быть обожаемой теми простаками, которые способны принять её вид хладной, чуткой отстранённости за некую особую женскую чистоту, коей все страстно — или мнимо страстно — желали в эти дни. Он же понял тогда, немедленно, что она предназначена для него, что она суждена ему, какой бы она ни была, ни оказалась, какой бы ей ни было вольно быть.

❧❦❧

Гостиницу держала некая миссис Кэммиш, высокая женщина, своим грозным, хмурым челом напоминавшая северных пришельцев-норманнов со знаменитого гобелена Байё, — эти же пришельцы, явившись в своих длинных ладьях, заселили и здешний берег. Миссис Кэммиш с дочерью перетаскали наверх багаж, состоявший из шляпных коробок, жестяных дорожных сундучков, коробов для морских организмов, сеток и походных столиков для письма; эта многочисленная кладь, по обширности своей и громоздкости, сообщала всему предприятию вид респектабельности. Оставленные наконец наедине — сменить дорожную одежду — в спальне с прочной, основательной мебелью, они словно потеряли дар речи, стояли и смотрели друг на друга. Потом он протянул к ней руки, и она шагнула в его объятие, сказав всё-таки: «Нет ещё, не теперь». — «Не теперь», — произнёс он сговорчиво и почувствовал, как напряжение её оставило. Он подвёл её к окну, из которого открывался славный вид — на прибрежный утёс, на длинную полосу песка и на серое море.

— Вот, — сказал он. — Германское море. Оно будто сталь, но сталь, полная внутренней жизни.

— Я часто думала, не посетить ли мне побережье Бретани, там в некотором смысле мой дом.

— Я никогда не видел того моря.

— Оно очень переменчивое. Один день лежит тихое, синее и прозрачное, а назавтра ярится, делается избура-серое от песка, разбухает, словно тесто в дежне.

— Я... мы должны туда поехать тоже.

— Ох, с нас достаточно этого. Может, более чем достаточно.

У них была своя столовая, куда миссис Кэммиш принесла тарелки с тёмно-синей кобальтовой каймой и со множеством пышных розовых бутончиков и подала гигантский обед, какого хватило бы на добрую дюжину едоков. На столе стояли: супница, полная маслянистого супа, хек с картофелем, котлеты с горошком, пудинги из аррорута, торт, пропитанный патокой. Кристабель Ла Мотт вилкой отодвигала еду на край тарелки. Миссис Кэммиш заметила Падубу, что его супруга кажется немного болезненной и нуждается в морском воздухе и хорошем питании. Когда они вновь остались одни, Кристабель проговорила:

— Вот ведь пристала. У себя дома мы не едим, а клюём, точно две птички.

Он увидел, с некоторым беспокойством, как она вспоминает свой дом, и сказал лёгким тоном:

— Не стоит так пугаться квартирной хозяйки. Но она права: морской воздух полезен.

Он смотрел на неё и видел, что её обращение ничуть не переменилось и в ней не проглядывает повадок, присущих жёнам. Она не спрашивала, не передать ли что-нибудь со стола. Не обращалась к нему милым, доверительным тоном, не выказывала супружеской почтительности. Когда она думала, что за нею не наблюдают, она смотрела на него своим острым взглядом, в котором не было ни заботливости, ни нежности, ни даже того жадного любопытства, коего он сам в себе не мог унять. Она смотрела на него, как смотрела бы птица, прикованная на цепочке к насесту, — какая-нибудь яркопёрая обитательница тропических лесов или золотоглазая ястребица с северных утёсов, что носит путы со всем достоинством, на какое в неволе способна, терпит со всё ещё дикой надменностью присутствие человека и ерошит от времени до времени клювом перья, чтобы показать заботу о себе и недовольство своим положением. Так она отбрасывала от запястий манжеты, так церемонно сидела за столом. Ничего, он всё это изменит. Он вполне был уверен, что сумеет всё изменить. Он достаточно её знает. Он научит её понимать, что она не в собственности у него, не в неволе, она взмахнёт крыльями. Он сказал:

— Я задумал одно стихотворение, о неизбежности. Помните, вы говорили, в поезде. Мы ведь очень редко в жизни чувствуем, что поступаем в соответствии с неизбежностью — как если б неизбежность обняла нас со всех сторон — как смерть нас обнимает. И вот, когда нам бывает дано знать о наступлении неизбежного, мы ощущаем свою полную и благую нынешнюю воплощённость — вы понимаете, мой друг, что я под этим разумею, — исчезает потребность в дальнейших неловких решениях, исчезает возможность ленивого самообмана, отклонения от цели. Мы как будто шары, которые катятся под гладкий уклон...

— И не могут повернуть вспять. Или будто войско, что идёт в наступление. Оно может повернуть, но не хочет. Потому что не верит в отход — заковало себя в доспехи решимости, стремления к единственной цели.

— Вы можете повернуть обратно в любое...

— Я сказала. Я не отступлю.

Они шли берегом моря. Он оглянулся: вдоль воды легла цепочка их следов: его следы прямые, её — змейкой скользили то чуть влево, то вправо, возвращались к его, отбредали и вновь возвращались. Она не взяла его под руку, хотя, однажды или дважды, когда их шаги сошлись совсем близко, ладонь её легла в его ладонь и они какое-то время шли бок о бок, стремительно. Оба были проворны на ногу.

— Мы отлично идём вместе, — заявил он. — Попадаем в лад.

— Я была уверена, что так будет.

— И я. Кое в чём мы отлично знаем друг друга.

— А кое в чём не знаем вовсе.

— Это можно поправить.

— Можно, но не совсем, — ответила она и опять отделила свой шаг.

Резко вскрикнула чайка. Закатное солнце ещё светило, но вот-вот готовилось нырнуть за горизонт. Ветер срывался, взъерошивал море, где-то зелёно-голубистое, где-то серое. Он спокойно шагал, в вихрях собственного электричества.

— Интересно, здесь водятся тюленьки? — спросила она.

— Тюлени? Думаю, нет. Дальше к северу — да. Там, на побережье Нортумберленда и в Шотландии, есть множество легенд и сказок про жён-тюлених. Тюленихи выходят из моря, сбрасывают шкурку и превращаются в девушек и резвятся на берегу. Если незаметно спрятать шкурку, то девушка за тебя выйдет замуж. Но стоит ей потом эту шкурку найти, как она уплывёт обратно, к своим.

— Я никогда не видела тюленей.

— Сам-то я видел их по другую сторону этого моря, когда путешествовал по Скандинавии. Глаза у тюленей как у людей, влажные, умные, а тело кругловатое, гладкое и лоснистое.

— Они дикие, но кроткие существа.

— В воде они передвигаются быстро, как большие гибкие рыбы. А на суше еле ползают, подтягиваясь туловищем, как калеки.

— Я написала сказку про тюленьку. Как женщина в неё превратилась. Меня занимают метаморфозы.

Он не мог ей сказать: не покидай меня, как девушка-тюлениха из сказки, — потому что знал, слова тщетны.

— Метаморфозы, — отвечал он, — суть сказки или загадки, в которых отразилось наше смутное знание о том, что мы — частички животного мира, огромного и цельного организма.

— Вы полагаете, нет существенной разницы между нами и тюленями?

— Я не знаю точного ответа. Есть огромное количество общих черт. Косточки в ладонях и ступнях, если даже эти ступни — неуклюжие ласты. Схожее строение костей черепа и позвоночника. Развитие зародыша начинается с рыбки.

— А как же наши бессмертные души?

— Есть живые созданья, чьё сознание трудно отличить от того, что у нас зовётся душою.

— Ваша собственная душа, похоже, потеряна, от недостатка внимания и пищи.

— Итак, меня порицают.

— Я не имела в мыслях вас порицать.

❦

...Время близилось. Воротившись в «Утёс», они пили чай в столовой, куда им подали чайный поднос. Он разливал чай по чашкам. Она смотрела на него. Он чувствовал себя словно слепец в незнакомой, заставленной предметами комнате; получаемые опасности присутствовали незримо. Существовали правила куртуазности, предназначенные для медового месяца, что изустно передавались от отца к сыну, от друга к другу; но стоило о них помыслить, ощущение ясности покидало его, как и в случае с кольцом и со словами венчальными. Это был не медовый месяц, хоть все внешние атрибуты имелись сполна.

— Не угодно ли вам будет подняться в спальню первой? — произнёс он, и собственный голос, который во весь этот долгий, необычайный день ему удавалось удерживать лёгким, ровным и мягким, показался ему чуть ли не скрежещущим.

Она встала и поглядела на него, напряжённо, немножко усмешливо. И ответила: «Как прикажете» — не покорно, совсем не покорно, а пожалуй, с каким-то весельем. Потом, взявши свечу, удалилась. Он налил себе ещё чаю — он бы много отдал теперь за глоток коньяка, но миссис Кэммиш не имела понятия о подобных напитках, сам же он не догадался включить его в список походных припасов. Он закурил длинную, тонкую сигарку.

И стал думать о своих чаяньях, вожделениях, большей частью их невозможно облечь в слова. Есть, конечно, некие эвфемизмы, есть мужские скабрёзности, есть книги. Менее всего в этот час ему хотелось вспоминать свои былые опыты, и он стал невольно думать о книгах. Он расхаживал взад и вперёд около очага, где ярко и дымно горел асфальтический уголь, и в сердце ожили слова Троила перед близостью с Крессидой:

Что будет, когда нёбо,
К воде лишь обычайное, любви
Вкусит трёхгонный чистый нéктар?[1]

Потом он подумал об Оноре де Бальзаке, из романов которого ему открылось очень многое; кое-что у Бальзака было ошибочным, кое-что — слишком *французским*, чтоб быть пригодным в том мире, где жил он, Рандольф. Женщина, только что ушедшая наверх со свечой, была наполовину француженка и к тому же сама читательница многих книг. Этим, может быть, объяснялась её малая застенчивость, её столь удивительная, почти прозаическая прямота? Бальзаковский цинизм был неизменно романтичен — такая в нём жадность и вместе тонкость! «Le dégoût, c'est voir juste. Après la possession, l'amour voit juste chez lez hommes»[2]. Но почему это должно быть именно так? Почему отвращение видит зорче, чем страсть? Здесь, наверное, как и во всём, есть свои приливы, отливы. Ему вдруг вспомнилось, как мальчиком — совсем ещё юным мальчиком, едва осознавшим или только начинающим сознавать, что ему предстоит, хочет он того или нет, стать мужчиной, — он прочёл «Родерика Рэндома»[3], роман истинно английский, исполненный здравого, спокойного отвращения к человеческой природе и её слабостям, но без тонкого бальзаковского препарирования душевной ткани. В том романе был счастливый конец, устроенный довольно любопытно. На последней странице автор оставлял своего героя перед запер-

---

[1] У. Шекспир. Троил и Крессида. Акт III, сц. 2, стихи 19–21.

[2] «Отвращение, вот истинное зренье. Лишь после обладанья любящий мужчина обретает зоркость» *(фр.)*.

[3] Роман Тобиаса Смоллета (1721–1771) «Приключения Родерика Рэндома» (1748); героиню, о которой речь ниже, у Смоллета зовут Нарцисса, а вот Падуб (т. е. Байетт) иронически путает её с героиней романа Генри Филдинга (1707–1754) «История Тома Джонса, найдёныша» (1749) — ту действительно звали София, — желая подчеркнуть условность — и сходство между собою — женских литературных образов того периода.

той дверью спальни. Лишь потом, уже как бы в *постскриптуме*, дверь отворялась перед ним. И Она — теперь не припомнить, как её звали, то ли Силия, то ли София, безликое воплощение физического и духовного совершенства, а вернее, порождение мужского воображения, — Она являлась в шёлковом саке, сквозь который розовато просвечивали её члены, и, сняв этот сак через голову, готова была повернуться к герою и к читателю, предоставляя им, словно некое обетование, догадку об остальном. Этот случай стал его, Рандольфа, пробирным камнем, на котором сверкнула, пробудилась его мужественность. Он не ведал тогда, что такое этот сак, да и ссйчас, пожалуй, не сумел бы сказать с точностью; и в ту пору, в мальчишестве, мог лишь крайне смутно вообразить розоватую женскую плоть, — но то чувство возбуждения было живо поныне... Он ходил взад и вперёд. И как же там, наверху, сейчас она представляет *его*, которого ожидает?..

Он стал подниматься вверх по очень крутой лестнице полированного дерева. На ступеньках была постлана ковровая дорожка цвета спелой сливы. Миссис Кэммиш содержала дом в порядке. Дерево лестницы пахло пчелиным воском, блестели латунные прижимные пруты.

Спальня оклеена была обоями с куртинами чудовищных роз на капустно-зелёном фоне. В ней имелись туалетный столик, комод, занавешенный альков, одно кресло с витыми ножками и обитыми тканью подлокотниками, и огромная латунная кровать, на которой сказочной кипой лежали, словно отделяя принцессу от горошины, несколько перин. И над всем этим, под белым, вышитым тамбуром покрывалом и лоскутным одеялом, натянув их поверх колен, высоко к груди, и глядя поверх них, восседала в ожиданьи она. «Сака» не было, а была белая батистовая ночная сорочка с высоким горлом и со сложными оборками, защипочками и с шитьём по вороту и манжетам, застёгнутая на ряд крошечных обтяжных пуговок. Её лицо, белое и отчётливое, чуть мерцало при свете свечи, точно выточенное из кости. Ни намёка на розовое. А волосы... такие удивительные, такие бледные... их так много... от плетения в косы они сплоились, и теперь ломаными упругими волнами, снопами спадали на плечи и сияли металлом в свете свечи, и опять — да, опять! — в них был лёгкий оттенок зелёного, отражение большого глазурованного кашпо с папоротником, чьи сильные листья формою напоминали мечи... Она молча, молча смотрела на него.

В отличие от многих, она не обозначала своего присутствия в комнате, не уставляла подзеркальник и комод женскими вещицами. На одном из стульев стоял, точно покосившаяся, подрагивающая клетка, её кринолин, со стальными полосками и крючками. Под тем же стулом помещались маленькие изумрудные ботинки. Ни щётки для волос, ни склянки с притираниями. Он поставил свою свечу на столик и, выступя за круг света, в потёмках, проворно разделся. Она продолжала смотреть на него. Он поймал её взгляд, едва к ней повернулся. Ей ничего бы не стоило лечь, глядеть в сторону, но она не пожелала этого сделать.

И когда он заключил её в объятья, это она спросила, грубовато:

— Как, не страшно?

— Нет, теперь уж ни капельки. Моя заколдованная тюленька, моя белая госпожа, Кристабель…

То была первая из этих долгих странных ночей. Она встретила его с пылкостью, такой же неистовой, как его собственная, и, распахнув себя для удовольствий, искушённо добивалась его ласк и с краткими животными криками, пожимая его руки, требовала всё новых. Она гладила его по волосам, целовала его веки, но, сверх этого, не предпринимала ничего, чтобы доставить удовольствие ему, мужчине, — и во все эти ночи не сменила своего его обыкновения. Он однажды, в какой-то момент, подумал, что держать её в объятиях — всё равно что держать самого Протея, неуловимого, — словно жидкость, она протекала сквозь его жаждущие пальцы, точно вся была морем, волнами, вздымавшимися вокруг него. Сколь же много мужчин имели подобные мысли, сказал он себе, и во скольких многих, многих местах, и под сколькими небесами, в самых разных покоях, хижинах или пещерах, ощущали себя пловцами в этом женском солёном море, средь вздымающихся его волн, ощущали — нет, уверенно полагали себя единственным, неповторимым. *Вот, вот, вот оно*, раздавалось звучанием в его голове; вся его прежняя жизнь вела его, всё его направляло сюда, к этому действию, к этому месту, к этой женщине, белой даже во тьме, к этому подвижному, скользкому молчанью, к этому тяжко-дышащему концу. «Не сражайся со мной», — молвил он ей в некий миг, «Я *должна*», — твёрдо прошептала она, и он подумал: «Хватит слов!» — и прижал её силою вниз, и ласкал, ласкал, покуда она не вскричала. Тогда он вновь заговорил: «Видишь, я тебя познал», и она отвечала, еле дыша: «Да, сдаюсь. Ты меня познал».

Много позже он вынырнул из забытья — ему пригрезился шум моря, не настолько уж невозможный в приморской гостинице, — и в следующее мгновение осознал, что она плачет беззвучно рядом с ним. Он подложил ей под голову руку, и она ткнулась лицом в его шею, немного неловко, не прильнуть пытаясь, а лишь спрятаться от себя.

— Что? Что такое, моя радость?

— Как мы можем, как можем мы это выносить?

— Выносить что?

— Короткое. Время такое короткое. Как мы можем его терять во сне?

— Мы можем вместе затаить дыханье и притвориться — поскольку всё только ещё начинается, — что у нас впереди целая вечность.

— И с каждым днём у нас будет оставаться меньше и меньше. А потом вообще не останется.

— Это значит, что ты предпочла бы... не покидать своего дома в Лондоне?

— Нет. Вся моя жизнь устремлена была сюда! С тех пор, как стало отсчитываться моё время. И когда я отсюда уеду, эти дни будут для меня срединной точкой, к которой всё шло и *от* которой всё пойдёт дальше. Но теперь, любовь моя, мы здесь, мы здесь в нашем *сейчас*, и все прочие времена пусть текут себе где-то ещё.

— Поэтичная, но не слишком уютная доктрина...

— Что делать. Ты ведь знаешь, точно так же как я, что хорошая поэзия вообще не бывает уютной. Я хочу держать тебя крепко, это наша ночь, ещё только самая первая, а значит, бесконечная почти...

Он чувствовал на своём плече её щёку, твёрдую и мокрую, и представил вдруг весь её череп, полный жизни, эту живую кость, с питающими жилками, тончайшими трубочками, по которым струится голубая кровь, с недоступными ему мыслями, пробегающими в невидимых полостях и желудочках мозга.

— Ты со мной в безопасности.

— В том-то и дело, я вовсе не в безопасности с тобой. Но у меня нет желанья быть где-то ещё.

***

Утром, моясь, он обнаружил у себя между ног следы крови. У него было ночью ощущение, что она не искушена в самом последнем, и вот — истинное и древнее тому доказательство. Он стоял, с губкой в руке, размышлял о своей возлюбленной озадаченно. Такая тонкость в утехах, такая сведущесть в страсти — и девственница! Объяснений могло быть несколько, из которых самое явное возбуждало в нём лёгкое отвращение и вместе — если задуматься повнимательнее — интерес. Спросить же он никогда не отважится. Показать проницательность или даже простое любопытство — означало её потерять. Тут же, навсегда. Он знал это, чувствовал. Что-то вроде Мелюзинина запрета тяготело над ним, хоть, в отличие от злосчастного Раймондина, пострадавшего за неразумное любопытство, он не связан был фантастическим сюжетом, обетом. Конечно, он желал бы знать о ней всё на свете — в том числе и *это*, — но к чему любопытничать, сказал он себе, если тайна не предназначена для тебя? Даже той ночной, столь предательски белой сорочки он больше никогда не увидел — она, верно, запрятала её куда-нибудь далеко, в свой саквояж.

***

Это были погожие, хорошие дни. Она помогала ему обрабатывать подопытные организмы и в погоне за ними неустрашимо карабкалась по отрогам прибрежных скал. Она пела, как пели сирены у Гёте или как гомеровские сирены, с тех прибрежных камней Бригтской приливной заводи, с которых — гласила местная молва — смыло волною в море миссис Пибоди со всем семейством. Безбоязненно она шагала по топким лугам, покинув свою клетку-кринолин и половину своих юбок, и ветер развевал её бледные волосы. Сидя у открытого торфяного очага, она сосредоточенно смотрела, как некая старуха пекла сдобные пышки на большой сковородке с ручкой; она мало разговаривала с людьми незнакомыми, это он, Падуб, умел запросто заводить с ними беседу, располагать к себе, вытягивать всякого рода сведения, это он изучал здешний люд. Однажды, после того как он продержал деревенского жителя полчаса за разговором, выпытывая разные подробности о земледелии, основанном на травопале, и о нарезке торфа, она изрекла:

— Рандольф Падуб, ты влюблён во весь род человеческий.

— Я влюблён в тебя. И эта моя любовь перекидывается на других существ, что схожи с тобой хотя бы отдалённо. То есть, в общем-то, на всех созданий, ибо все мы — я в это свято верю — частички некоего Божественного организма. Этот организм дышит единым дыханьем; отмирая в одном месте, возрождается в другом; и пребудет вечно. Его таинственное совершенство сейчас воплотилось в тебе. Ты — средоточие жизни.

— Не может быть. Я «озлобуша», как изволила выразиться давеча утром миссис Кэммиш, когда я закуталась в шаль. Средоточие жизни — это ты. Ты стоишь посредине и втягиваешь в себя всё живое. Ты бросаешь вокруг взор, и под твоим взором всё скучное, пресное, обыденное — начинает сиять. Ты просишь эти дивные кусочки чужой жизни остаться с тобой, а они уходят, но само их исчезновенье тоже являет для тебя не меньший интерес. Я люблю в тебе это свойство. Но я и страшусь его. Мне нужна тишина, покой, отсутствие событий. Я начинаю думать, что, если долго останусь в твоём жгучем свете, я поблекну, стану светиться тускло.

❧❀❀❀❧

Потом — когда всё уже кончилось, когда время их вышло, — он почему-то чаще всего вспоминал один день, проведённый в месте, именуемом Лукавое Логово; они туда отправились потому, что им понравилось название. Она вообще радовалась здешним, северным словам, названиям, таким необглаженным, неуступчивым, — они их собирали точно диковинные камешки или колючие морские организмы. Агглбарнби, страшноватое, не совсем понятное слово. Джаггер-Хоу — Джаггеров Лог. Хаул-Мор — Низина Вопля. В своих маленьких записных книжках она помечала, как звались мири, или стоячие камни, что попадались на низинах, — всё это были почему-то женские прозвища и названия: Толстушка Бетти, Камень Нэнси, Неволящая Сестра. («Ох и страшную же историю можно поведать — право, сто́ящую нескольких звонких гиней! — о Неволящей Сестре», — со вздохом сказала Кристабель.)

День был необычайно погожий, золотое солнце сияло в лазури, и всё навевало ему мысли о первых юных временах творения. Пройдя летними лугами, они стали спускаться к морю по узким дорожкам: по обеим сторонам, усыпанные цветками дикой собачьей розы и нежными кремовыми цветами жимолости, хитроумно переплетавшейся с этим шиповником, стояли высокие живые изгороди — «словно гобелены из Эдемского сада», — заметила она, — и аромат этого великого множества цветов был столь божественно сладостен, что приводил на ум небесные общества Сведенборга, где цветы имеют свой язык, в нём цвет и запах — соответственные формы речи. Миновав мельницу, они сошли вниз по тропинке к укромному месту на морском берегу; растаял аромат цветов — сменился острым запахом соли, крепкого ветра, налетающего с Северного моря, моря вязко-солёного, в котором ворочались тела рыб и поля водорослей вяло плыли к далёким полям льда. Был прилив, им пришлось пробираться по узкой каменной полке под самым боком нависающего утёса. Он смотрел, как она передвигается — проворно, уверенно. Вот она, взметнув кверху руки, сильными пальчиками нащупывает выступ, трещину, ловко цепляется и одновременно своей маленькой, обутой в зелёную кожу ногой верно переступает по скользкому камню. Бок утёса, в бороздках и отслоинах, был какой-то особенный сланец — цвета пушечной бронзы и лишённый блеска; лишь в тех местах, где сверху точилась вода, пролёг буросверкающий, железистый след от земли, что влеклась с этой водой. Всё слоистое пространство стены украшалось спиральными, мелкорифлёными узорами аммонитов — то ли окаменелые формы жизни, то ли полуожившие барельефы. Её серое платье, наперебой раздуваемое ветрами, почти сливалось с серым камнем; в её ярких, серебристо-пепельных косах, уложенных также спиралью, словно пробуждался аммонитовый древний узор. Но самое удивительное — по всем многочисленным выступам, по всем безумным, сложным трещинам и расщелинкам сновали, горели сотни крошечных неведомых созданий ярчайшего пунцового цвета, который ещё больше усиливался серо-матовым тоном сланца. Растения это или живые организмы, он не знал, но все вместе они были точно пламенное тканьё или тонкие сияющие кровяные артерии. Её белые руки вспыхивали, сияли на сером фоне, как звезды в небесах, и неведомые кровяные созданья пульсировали, как бы пробегали сквозь них...

Он смотрел на её талию, на то самое узкое место, от которого фалдами ниспадала юбка. И он вспомнил её всю, нагую, и как его руки эту талию обнимали. И сейчас же в мгновенном озарении увидал её в образе стеклянных песочных часов, заключающих в себе время, словно струйку песка или каменной пыли, мельчайших частиц бытия, всего бывшего и будущего. В ней теперь поселилось всё его время: в этом тонком округлом русле, нежно-яростно стеснясь вместе, — его прошлое и грядущее!.. Ему вспомнился странный языковой факт: «талия» по-итальянски будет «vita», так же как «жизнь», — и, наверное, это как-то связано с тем, что именно на талии находится пуп, остаток пуповины, отсеченье которой и наделяет нас отдельной жизнью, той самой пуповины, которую бедняга Филип Госс полагал неким даром Творца Адаму, в коем даре — мистический знак вечного существования прошедшего и будущего во всяком настоящем. И ещё почему-то подумалось о фее Мелюзине, этой женщине *jusqu'au nombril, sino alla vita, usque ad umbilicum* — то есть *до талии*; вот средостение жизни моей, здесь, под сенью утёса, в этом времени, в ней, в том её узком месте, где конец моих желаний.

На берегу лежали круглые камни разных пород — чёрного базальта, гранита различных оттенков, песчаника, кварца. Эти камни её восхитили, она наполнила ими корзинку для пикника, они напоминали маленькие артиллерийские ядра: одно чёрное, словно сажа, другое иззелена-золотое, как сера, третье цвета сероватого мела, который, обрызган водою, вдруг обнаруживал множество занятных прозрачно-розовых пятнышек.

— Я возьму их домой, — сказала она, — буду подкладывать под дверь или прижимать ими от ветра листы моей грандиозной поэмы, грандиозной хотя бы по количеству исписанной бумаги.

— Давай я их понесу.

— Нет, я всегда сама несу свою ношу. Так нужно.

— Но здесь же есть я.

— Ты здесь будешь — и я здесь буду — теперь уж совсем недолго.

— Не будем думать о *времени*.

— Как не думать, раз мы достигли фаустовского предела желаний? Каждому мгновенью мы говорим: «Verweile doch, du bist so schön»[1]. И если мы сей же миг не падаем в Тартар, то ведь всё

---

[1] «Остановись, мгновенье, ты прекрасно» (*И. В. Гёте*. Фауст) (*нем.*).

равно — «Не замерли светила, время мчится. / Пробьют часы, и дьявол долг возьмёт»[1]. Нам остаётся лишь печалиться о каждой проходящей минуте...

— Печаль истощает душу.

— «Но разве истощение по-своему не прекрасно? Представьте, человек умирает не от какой-нибудь болезни, а лишь от чрезвычайной устали... оттого, что делает одно и то же, вновь и вновь»[2].

— Я никогда не устану от тебя... от нашей...

— Человеческое тело бренно, усталь неизбежна. К счастью. Этой неизбежности лучше покориться. Можно заключить с ней тайный сговор. Можно даже с ней поиграть. Не зря же сказано:

Коль солнца нам остановить не суждено,
Пускай по воле нашей движется оно[3].

Вот поэт, которому я отдала бы моё сердце. Не будь оно уже вручено Джорджу Герберту. И Рандольфу Генри Падубу.

---

[1] Кристофер Марло (1564–1593), «Трагическая история доктора Фауста».
[2] Источник цитаты не установлен.
[3] Э. Марвелл. Стыдливой возлюбленной.

ГЛАВА 16

Фея Мелюзина

Вступление

Кто фея Мелюзина такова?
Гласит молва, что ночью воздух чёрный
Вкруг укреплений замковых забьётся
Под крыльями червицы, чей упругий
Хвост кожистою плетью рассечёт
На части небо, в клубы тьму сбивая,
И яростно взовьётся вновь и вновь
На волнах ветра вопль утраты, боли
И, ветра стоном отозвавшись, смолкнет.

Молва гласит, что к графам Лузиньян
В их смертный час является созданье,
В ком есть змея, и королева есть,
Под траурной вуалью и в короне,
И вместе с графом знаменье творит,
С Царём Небесным мир обресть желая,
Но прочь бежит при Имени Его,
Навек от Благодати отреченна.

Старуха-няня молвит: в замке том
Спят мальчики невинные, обнявши
Во сне друг друга, не пуская холод
В свои сердца; и полночью глухою
Рука вдруг тихо полог развлечёт
И груди к ним тяжёлые придвинет.
И в странном, сладком сне они сосут,
Но с молоком слеза к ним в рот точится.
И сладкое, солёное питьё
Тепло и вместе грусть рождает в сердце.

Они боятся и желают вновь
Сей сон узреть и сильными взрастают.

Как мал, как безопасен наш мирок,
Но за его окном летает Тайна;
Она то пропоёт в стенаньи ветра,
То промелькнёт в движеньи водокрута
Иль о себе напомнит, как рука
Ребёнка, что волчок вращает смело.
На каменной стене — её зубов
Незримых след. В лесу она змеится,
Объединяя смерть корней с рожденьем,
В одно тканьё сплетая ствол и ветвь,
Узор из листьев пёстрых вышивая,
Что краше, чем всё ближе их кончина.
Неведомые Силы — в жизни нашей.
Меж льдов сочится молоко китовье.
От глаз к глазам текут флюиды те же,
Что полюса связуют; нас друг с другом
Сближает магнетизм и с Небесами.
Цветок моллюска бегает на ножке.
Намытые волною, слой за слоем
Диковинные вырастают дюны,
Из панцирей рачковых, из песчинок —
Вот динозавр, вот мамонт, вот опять
Они в летучий прах волной разбиты…
. . . .
Старинный сочинитель Жан д'Арас,
Нам в поученье и к Господней славе,
Так сообщает: «Во псалме Давида
Суд Божий назван бездною великой.
Поистине, ни стенок и ни дна
Та бездна не имеет, в ней вертится
Душа, не находя себе опоры,
И разум наш, постичь того не в силах,
Объемлется туманом». Сей монах
Смиренно заключает, что не должно
Нам разум применять, где тот бессилен.
Разумный человек — д'Арас так пишет —
Пусть в Аристотеля слова поверит,
Что мир содержит зримых и незримых

Созданий; говорит Апостол Павел,
Что первые незримые созданья —
Свидетели всесилия Творцова —
Умам, пытливым даже, недоступны,
Лишь в книгах мудрецов порой открыты
Их проявленья тем, кто знанья жаждет.

Есть в воздухе, отважный молвит мних,
Созданья, существа, что нам невнятны,
Но всемогущи в мире их подвижном,
Порой пересекающие путь
Земной людей; то Фейри или Фаты,
О коих Парацельс сказал, что были
Они когда-то Ангелы, теперь же,
Не прокляты и не благословенны,
Меж грешною землёй и золотыми
Небесными вратами, что закрыты
Для них, обречены они скитанью,
Не слуги зла, но воздуха лишь духи.

Закон Господний землю пронизал,
Как ось, что обладает этим Шаром
По воле Божьей, или (коль сменить
Метафору) Закон — как сеть, что держит
Земное вещество от исторженья
Вовне, куда и ум ступить не может,
Где в пустоте Отчаянье и Ужас
Лишь грезятся.
                        Но кто ж тогда мечтой
Смущает нас, кто волю ослабляет
И заглянуть велит в миры иные?
Не сёстры ль Страха, изгнанные Богом,
Из воздуха проникли в сновиденья?

Чины выходят Ангелов из Врат,
В серебряных и золотых уборах:
Сиянья, Силы, Власти и Престолы, —
Они, мечты проворней, суть орудья
Его Закона, Милости Его.
Но кто ж тогда, непрям в своих скитаньях,
В мгновенье ока собственным капризом

То взмоет вверх по лестнице воздушной,
То в сладострастном ужасе опять
В расселину нырнёт меж тучей грозной
И облаком пресветлым? Кто же те,
Чьи слишком мягки руки, чтобы цепью
Закона укрощать моря и земли,
Огонь и лёд, и плоть, и кровь, и время?

Когда Амур с Психеею возлёг,
Завистницы сказали: ей супругом
Чудовищного змея день явил бы.
Объятая соблазном любопытства,
Зажгла она свечу, и капнул воск
На чресла его дивные, и в гневе
Он жгучем поднялся от сна и скрылся.

Но дайте Силе женщиною стать,
И Сила пострадает. Все мужчины
Взор прячут от Горгоны змеевласой!
Кто шесть собачьих глав оплачет Скиллы,
Прекрасна и таинственна, как ночь,
Была Гекаты дочь, любима богом
Морским, и что ж — теперь одна, в пещере,
Терзает мореходов и стенает...
Кто Гидру пожалеет убиенну?
Или сирену, что поёт столь сладко,
Но в воске уши скроют мореходы,
И незнакомо им её страданье
О том, что в песне страсть её жива лишь,
А поцелуем смертного погубит...
Крылатою, как ветер, Сфинкс была,
Что телом лев, лицом и грудью — дева,
И на горе пред Фивами смеялась,
Искусную загадку задавая
Глупцам, не знавшим, что от Тайны ключ
Так прост — то Человек, нагой и бренный.
Когда ж себя назвал Эдип в отгадку,
Он стал своей допытчицы сильнее,
И в пропасти нашла она погибель,
Из властелинши ставши жертвой Рока.

———

Кто ж фея Мелюзина такова?
Кто родичи её — Эхидны ль дети
Чешуйчатые, злые, — иль созданья
Добрее, что витают в свете сна,
Прелестные, как Тайна; то дриады,
Иль Дамы Белые, чей вид изменчив,
Подобные улыбкам облаков,
Сулящие дары; небес и моря
Предивные чудовища влекутся
На зов людской тоски, не чинят бед
И тают в свете трезвом, им погибель
Самим сулит влеченье к нашим стенам,
К мерцанью очага и к нашим душам...

Осмелюсь ли начать я мой рассказ?
Затрону ль волшебство и рок в сей песне,
В небезопасный, теневой предел
Помчась? О Мнемосина-титанида,
Дочь Геи и Урана, муз всех матерь,
Чьё обиталище — не светлый храм,
А запертая черепа пещера,
Мне помоги! — О Память, что связуешь
Моё столь современное сознанье
С сознанием тех дней далёких, древних,
Когда ещё дремали все Истоки
Людского рода и когда созданий
Невидимых и видимых явленье
Не совершилось, — О Источник речи,
Дай мудрый мне язык и поведенье,
Чтоб, от камина отлетев во тьму —
Тьму внешнюю, суметь благополучно
Вернуться в христианское жилище!..

Книга первая

Заехал рыцарь в вересковый дол.
Был сзади ужас, впереди приволье.
Брёл потыкаясь конь, обрызган кровью,
Ретивость позабыв от безразличья
Хозяина, что бросил повода
Вдоль шеи в струях потных. День уж гаснул,

И расползались тени по низине,
Заглатывая вересника корни,
Укладываясь, как тюленья кожа,
В межхолмьях и у тёмного разлога,
Куда влеклись безвольно конь и рыцарь.
Косматый дол, что перед ним простерся
Огромно, ни тропы, ни даже знака
Не представлял ему, одно движенье
Пасущихся овец малоразумных.

Меж долом и меж Солнцем, верно, есть
Согласье тайно-дивное. Лишь Солнце
За облако сокроется, курчавый
Весь этот вереск (коего два вида —
Лиловый и чуть розовый) — тускнеет
И мнится скучной, грубою одёжей,
Облекшей торф, кремнистые прогалы —
Весь дол до самых гребней каменистых.
Но стоит Солнцу выглянуть с улыбкой,
Как мириады вспыхнут огоньков
От веточек, цветков и от зернинок
Слюды в камнях, что скрыты под водою
Янтарных луж средь торфа, — ожил дол,
Ответно улыбается. А после
Дождя взойдут живые струйки пара
И примутся резвиться и играть,
Как волны возле берега морского,
Иль как — пастух какой-нибудь сказал бы, —
Как жеребята на муравнике, иль гуси
В воздушном гоне. Так разнообразен
И так един дол этот вересковый...

Но ехал он, ни вправо не глядел,
Ни влево, в тёмном облаке бесчестья.
Та ярость, с коей гнал большого вепря,
Была жива, но помнилось в тумане:
Рогатину занёс он — зверь отпрянул,
И злой удар достался Эмери,
Сородичу его и господину!..
Перед его усталыми глазами
Кровавая завеса билась, с ней

В мозгу стучало: голову сложить —
Вот средство от беды непоправимой!..

Меж голых двух утёсов конь ступил
На узкую тропинку, чьи откосы
Обглажены ветрами и одеты
В черничник, в можжевельник. Здесь по стенам
Вода сочилась, бурая от торфа
И чёрная от сажи травопала
Старинного. От поступи коня
Ссыпа́лась галька с тропки вниз куда-то.
От камня хладом веяло. Шёл путь
Всё у́же и извилистей, наклонней.
Сколь времени спускался, он не ведал.
Но вот, сквозь крови пелену, усталость
Безмерную, он понял вдруг, что долго
Уж слышит звук воды, неверный, дальний,
Что, видно, долетал на крыльях ветра,
Как музыка, то громче, то слабее...

Потом он в гласе водном различил
Мелодию отчётливей, страннее —
Серебряные ноты заплетались
В воды продолговатое звучанье,
И было это вервие из звуков
Единым, серебристо-каменистым.
Всё дальше и всё ниже ехал рыцарь,
Теснее и влажнее стали стены,
Вот некий поворот, за ним прогал,
Как вкопаны они остановились —
Глазам их и ушам предстала тайна.

Подобье некой выемки внизу
Стены хранило водоём укромный,
Куда вода струёй спокойной сверху
Сбегала с выступца, она была
От пузырьков воздушных белой; в месте
Паденья, разбиваясь, походила
На тонкие стеклянные осколки;
Потом, чудесно вновь соединяясь,
Лежала мирно в чаше водоёма,
Храня свою упругость и дыханье,

Похожая на синий лёд в оправе
Пятнистой — чёрной и зелёно-мшистой.

Средь чаши водоёмной был валун,
Возвышенный немного над водою.
В воде темнели смутно, шевелились
Растений перья от воздушных струек,
Взбегавших и слегка рябивших воду.
Валун был в изумрудную одежду
Из мха одет, но папоротник с мятой
На нём ещё росли, душисто, остро
Средь влаги пахли. С выступа вверху,
Откуда шла вода, сползала зелень
К земле, и здесь в ковёр живой единый
С лапчаткой, щитолистником сплеталась
Тёмно-зелёный, с искрой аметиста.

На валуне сидела дева, пела
Сама себе, отчётливо, негромко.
И этот голос, ясный, золотой,
Свободно, без усилья изливался,
Без вздоха, без молчанья для раздумья,
Мелодией простой и бесконечной
И удивительной, как танец струек.

Как розы млечно-белые в конце
Дневного света в брошенной беседке
Всё осеняют собственным свеченьем,
Она бросала свет жемчужно-мягкий
На всю свою окрестность. Облекала
Её из шёлка белая сорочка,
Что чуть волнилась от дыханья пенья,
Да поясок зелёно-изумрудный.
Ступни с прожилкой голубой резвились
В воде и преломлялись в пару рыбок
Весёлых. Вот она их подняла,
И ей вода одела на лодыжки
Цепочки самоцветных крупных капель,
Не уступавших камешкам бесценным,
Сапфирам и опалам в ожерельи,
Обнявшем её шею беззаботно.
Её живые, пышные власы

Назвать златыми мало, ибо искры
Огня в них пробегали, как свеченье
От моря полунощного, и сумрак
Вкруг озаряли, и покуда песнь
Лилась, она слоновой кости гребнем
Чесала их, и будто прядь за прядью
Вплетались в звук воды и в песню эту,
И слышен в общей музыке ему
Её волос манящий тёплый шёпот,
И страстно захотел преодолеть он
Хотя б перстом пространство меж собою,
Кровавым, и волос стихией дивной,
Но лик её препятствовал.

                      Был лик
Спокойно-царствен, с сильными чертами,
Но, погружён в себя и в это пенье,
Лишён был выражения земного.
Едва глаза их встретились, как песня
Умолкла и повисло вдруг молчанье —
Молчанье, победившее весь лепет
Воды и листьев ропот. В целом мире
Они вдвоём остались, без улыбки
Смотрели друг на друга и без слова.
Ни бровью и ни веком своим бледным
Не повела, но в долгом этом взоре
Взяла и обратила его душу
В желанье безнадежное, за гранью
Отчаянья, сомненья. Целокупен
Он разом стал: былые страхи, муки,
Гуляки блажь, недужного капризы —
Исчезло всё навеки, всё сгорело
Под непреложным, неотступным взором
Чудесного и бледного Созданья.

Движение в тени он уловил,
И разглядел пса гончего большого:
Лохматый, серый и золотоглазый
Пёс, с благородной мордой терпеливой,
Тянул ноздрями воздух, неподвижный,
Насторожённый, госпожи на страже.

И вновь тогда припомнил Раймондин
Охоту злополучную и бегство
От места преступленья. Поклонился
В седле он низко, и молил он деву
О милости, чтоб мог воды напиться
Источника; мол, еле жив и жаждет.
«Зовусь я Раймондин из Лузиньяна,
И еду я куда, и кем я буду,
Не ведаю, но отдыха желаю,
Глотка воды, от пыли задыхаюсь».

Она в ответ сказала: «Раймондин,
Кто ты, кем можешь стать, и что содеял,
И как спастись ты сможешь, и как блага
Земные обрести — мне всё знакомо.
Сойди ж с коня, прими мою ты чашу
Воды прозрачной, что даёт источник,
Не зря Источник жажды утолимой
Зовётся он, приди ж и пей скорее».

И чашу протянула. Он спустился
И, чашу взявши, выпил он глубоко.
По-прежнему в сияньи взора девы,
Избавлен от заботы первой, ожил
Под пылью он лицом, как вереск солнцем
Обласканный, что светится ответно.
И знала Фея: он отныне будет
Её навеки, тело или душу —
Всё ей отдаст. И на губах у Феи
Улыбка заиграла...

ГЛАВА 17

Джеймс Аспидс сочинял очередное примечание к Собранию сочинений Падуба. На сей раз предметом его трудов являлась поэма «Духами вожденны» (1863). Аспидс по старинке пользовался ручкой, более современными орудиями письма он так и не овладел; Паоле предстояло перенести его рукописный текст на мерцающий экранчик электронной пишущей машинки. В воздухе пахло металлом, пылью и ещё почему-то горелым пластиком.

Р. Г. Падуб присутствовал по меньшей мере на двух сеансах в доме знаменитого медиума — миссис Геллы Лийс, которая в то время одна из немногих обладала способностью к материализации духов, в частности погибших детей; нередко духи прикасались руками к присутствовавшим. Миссис Лийс ни разу не была уличена в мошенничестве; позднейшие спириты почитают её пионеркой в этой области (см.: *Ф. Подмор.* «Современный спиритизм», 1902. Т 2. С. 134–139). Хотя поэт и отправлялся на эти сеансы, несомненно движимый скорее научной любознательностью, нежели надеждой поверить увиденному, он фиксирует действия медиума не просто с презрением к «крючкотворству на ниве душевной», но и с отчётливой боязливой неприязнью. Он также проводит неявную параллель между деятельностью медиума — *ложным, вымышленным* вызыванием мёртвых из небытия — и собственными поэтическими опытами. Выразительное, расцвеченное яркими красками воображения биографа, описание этих встреч Падуба с миром духов содержится в работе М. Собрайла *«Великий Чревовещатель»* (с. 340–344). Можно также отметить любопытный выпад против Падуба со стороны феминисток, связанный с заглавием поэмы (статья д-ра Роанны Уикер в «Журнале чародеек» за март 1983 г.). Д-р Уикер критикует Падуба за выбор заглавия, так как оно, по её мнению, жестоко и несправедливо трактует «женски-интуитивные» поступки героини, произносящей драматический монолог, — Сибиллы Илс (неявная анаграмма фамилии Лийс!). *Духами вожденны* есть не что иное, как цитата из стихотворения Джона Донна «Алхимия любви»: «Не тщись найти у женщин разума нетленна; / Прелестны, суть оне лишь *духами вожденны*».

Аспидс перечёл написанное и вычеркнул прилагательное «любопытный» перед словом «выпад». Потом задумался, не убрать ли оборот «расцвеченное яркими красками воображения биографа», относящийся к собрайловскому описанию сеансов. Все эти избыточные прилагательные и обороты несут отпечаток его собственных субъективных взглядов и, следовательно, не нужны. Может быть, удалить ссылки на Собрайла и доктора Уикер целиком? Такая участь постигала большинство его писаний. Мысли укладывались на бумагу, затем обезличивались и наконец удалялись вовсе. Раздумья о том, вымарывать или нет, занимали львиную долю времени. Решение обычно принималось в пользу вычёркивания.

Кто-то, одетый в светлое, стремительно проскользнул от двери вдоль стола и, завернувши за его уголок, без приглашения уселся на край, поближе к Аспидсу. То был Фергус Вулфф, он с откровенным любопытством норовил разглядеть, что там пишет Аспидс. Аспидс прикрыл листок рукой.

— Почему вы не на воздухе, профессор? Сегодня прекрасная, солнечная погода.

— Охотно верю. Но издательству Оксфордского университета нет дела до погоды. Что вам угодно?

— Вообще-то, я ищу Роланда Митчелла.

— Он в отпуске. Попросил недельку за свой счёт. Имеет право: сколько могу помнить, он ещё ни разу не брал отпуска.

— Он не сказал, куда направляется?

— Отнюдь. То есть вроде куда-то на север. Он не слишком распространялся.

— А Вэл поехала вместе с ним?

— Вероятно.

— Как поживает его последнее открытие, дало результаты?

— Какое открытие?

— Где-то перед Рождеством он расхаживал такой важный, изъяснялся обиняками. По-моему, отыскал какое-то загадочное письмо или документ. Так мне показалось. Или я что-то путаю?

— Не могу припомнить ничего в этом роде. Разве что заметки Падуба, которые Роланд нашёл в томике Вико? Но там, увы, ровным счётом ничего выдающегося. Банальные выписки, цитаты...

— Нет, это что-то другое, совсем не банальное! Что-то связанное с Кристабель Ла Мотт. Роланд был в возбуждении. Я направил его в Линкольн, к Мод Бейли.

— Феминистки не слишком жалуют Падуба.

— И она приезжала сюда. Мод Бейли. Кое-кто её здесь видел.

— Ничего такого связанного с Ла Мотт мне в голову не приходит.

— А вот Роланду что-то пришло в голову! Хотя, может, всё закончилось впустую. Иначе бы он вам, наверное, рассказал.

— Пожалуй.

— Ладно. Спасибо.

Вэл ела кукурузные хлопья с молоком. Дома она редко ела что-либо, кроме хлопьев. Они были лёгкие, приятные, даже какие-то успокаивающие. Правда, на второй или третий день они начинали казаться хлебной ватой. В заветном садике ползучие розы ложились на каменные ступени, ярко цвели тигровые лилии и ромашки цветочных бордюров. В Лондоне была жара; как же Вэл хотелось оказаться в эту пору где-нибудь ещё, подальше от пыли, от запаха кошачьей мочи с потолка. Прозвенел дверной колокольчик, дверь отворилась. Вэл подняла глаза от тарелки, ожидая, быть может, Эвана Макинтайра с приглашением на ужин. На пороге стоял Фергус Вулфф.

— Приветствую, дорогуша. Нельзя ли повидать Роланда?

— Нельзя. Он в отъезде.

— Какая жалость. Позвольте войти. И где же именно Роланд пребывает?

— Где-то в Йоркшире, или в Ланкашире, или в Камберленде. Аспидс послал его в какую-то местную библиотеку, взглянуть на некую книгу. Роланд не сообщил мне подробностей.

— А он, случайно, не оставил какой-нибудь телефон? Мне нужно с ним срочно связаться.

— Вроде бы хотел оставить. Меня не было дома, когда он уезжал. Похоже, он забыл оставить этот телефон. Или я не нашла, куда он его записал. И звонков от него никаких не было. Он должен вернуться в среду.

— Ага, *понимаю*... — Фергус присел на старую софу и воззрился на неровные разводы на потолке, напоминавшие заливы и полуострова старинной выцветшей карты. — А вас, случайно, не удивляет, милая красавица, что он вам ни разу не позвонил?

— Я в последнее время была с ним немного сурова.

— Понимаю.

— Не знаю, Фергус, *что* вы там себе понимаете. Вы всегда склонны всё домысливать. А что вообще стряслось, что за срочность?

— Видите ли... вы, часом, не знаете, где Мод Бейли?

— Ага, *понимаю*... — сказала теперь уже Вэл. Наступило молчание. Наконец Вэл спросила: — А вы-то сами как считаете, где ей быть?

— Если б я знал. Что-то происходит, а я не в курсе. Хоть убей. Но ничего, я скоро докопаюсь.

— Она ему сюда звонила. Раза два. Но я её оборвала довольно резко. Поэтому не знаю, что она хотела сказать.

— Жаль. Разведать бы, что происходит.

— Может, это как-то связано с Генри Рандольфом?

— Как пить дать! Но и к Мод это имеет отношение. Мод — ужасающая женщина!..

— Они куда-то ездили вместе в рождественскую неделю, какое-то совместное исследование...

— Вы имеете в виду, он ездил к ней в Линкольн?

— Я уж теперь точно не упомню. Вроде бы они отправились куда-то вдвоём — изучать какую-то рукопись. Честно, я давно потеряла интерес ко всем этим подстрочным примечаниям, ко всем этим дохлым письмам от разных сто лет как дохлых людей. Ах, он, видите ли, в одна тысяча восемьсот каком-то году написал, что опоздал на поезд. Ах, он, видите ли, в одна тысяча каком-то году выступил за билль об авторских правах... Тьфу, какая ересь! И есть ведь желающие проводить свою единственную, драгоценную жизнь в затхлом подвале Британского музея! Да там воняет так же, как у нашей старухи-хозяйки наверху в её кошатнике! Ну кому придёт в голову провести жизнь среди кошачьего ссанья, читая меню прошлого века?..

— Думаю, что никому, — веско ответил Фергус. — У них с Мод другие планы. Они хотят проводить свою жизнь в роскошных гостиницах, на международных конференциях. А уж меню там самое что ни на есть современное. Вы не догадались поинтересоваться, что именно за рукопись они изучают?

— Он не рассказывает. Знает, что мне это всё до лампочки.

— Стало быть, вы точно не знаете, куда они ездили?

Телефонный номер в тот раз он оставил. На случай всяких катаклизмов. Если квартира сгорит. Или если у меня будет нечем заплатить за газ. Правда, в этом случае от Роланда всё равно никакого проку. Жизнь так устроена, что одни должны зарабатывать деньги, при разных гениальных предпринимателях, а другие люди — нет.

— Сдаётся мне, дорогуша, эта таинственная история сулит-таки денежки. Вы, наверное, уже выкинули тот телефонный номер, или он где-то сохранился?

Вэл вышла в прихожую, где практически на полу — на кипе газет и прочих бумаг — весьма неустойчиво стоял телефон. Чего тут только не было — старые литературные приложения к газете «Таймс», счета из книжного магазина, рекламные карточки с телефонами круглосуточной службы такси, вкладыши с предложениями приобрести со скидкой новейший «кодак»-зеркалку, приглашения на встречу выпускников университета и на какое-то мероприятие в Институте современного искусства. Вэл, по-видимому, знала, что ищет: несколько мгновений спустя она вытянула из стопки счёт из ресторанчика («лучшая индийская кухня, еда навынос») и, перевернув его уверенной рукой, нашла на обороте телефонный номер. Кого спрашивать — не указано. Её почерком приписка: «Роланд в Линкольне». Вэл протянула листок Фергусу:

— Это, может быть, телефон Мод...

— Нет. Что-что, а номер Мод я помню. Вы не позволите записать?

— Валяйте. И что вы будете теперь делать?

— Не знаю. Просто попытаюсь выяснить, что происходит.

— А если дело в одной Мод?

— Тем более. Её судьба меня очень заботит. Я хочу, чтобы Мод была счастлива.

— А вдруг она уже счастлива? С Роландом.

— Ни в коем разе. Он совсем не её типаж. *Перчика* в нём не хватает. Или вы не согласны?

— Как знать. По крайней мере, я ему не в радость.

— Да и он вам не очень-то в радость, судя по вашему виду. Забудьте вы о Роланде. Сходите с кем-нибудь в ресторан, развейтесь.

— А что, почему бы и нет?

— Вот именно.

❧❀❀❧

— Алло, Бейли у аппарата.

— Бейли?..

— Бейли слушает. Это доктор Хетли?

— Нет. Это приятель Роланда Митчелла. Он работал у вас... зимой... я подумал... может, вы знаете...

— Не имею ни малейшего понятия.

— А он к вам ещё приедет?

— Не думаю. Нет. Конечно не приедет. Вы не могли бы освободить линию? Нам должен позвонить доктор.

— Простите, что потревожил. А доктора Бейли вы в последнее время не видели? Мод Бейли?

— Нет. И вряд ли увижу. Мы хотим покоя. До свидания.

— Скажите, а их работа, насколько она была успешна?

— Вы о чём? Ах да, сочинительница сказок и стишков про фей!.. Не знаю, что это за работа. Но им у нас понравилось. А больше ничего не знаю. Я не хочу, чтобы меня беспокоили. Я очень занят. Моя жена плохо себя чувствует. Очень плохо, понимаете? Пожалуйста, освободите линию!

— Сочинительница стишков — это Кристабель Ла Мотт, да?

— Я не знаю, что вы там вынюхиваете, но я вам приказываю: немедленно положите трубку! Если вы сию же секунду... Послушайте, идиот вы этакий, моей жене плохо, я хочу вызвать доктора! До свидания!

— Можно я вам позвоню потом?

— Не стоит трудиться. До сви-да-ни-я!!!

— До свидания.

❦❦❦

Мортимер Собрайл только что отзавтракал во французском ресторане «L'Escargot»[1] с Гильдебрандом Падубом, старшим сыном Томаса, лорда Падуба, который являлся прямым потомком одного из кузенов поэта, а именно кузена, пожалованного в дворяне при премьер-министре Гладстоне. Лорд Падуб, ярый приверженец методистской церкви, находился в весьма преклонных летах и не в лучшем здравии. С Собрайлом он был вежлив — и не более того. Он предпочитал Аспидса, чей мрачноватый нрав и чисто шотландская сухость пришлись ему по душе. Отличаясь патриотизмом, он поместил все принадлежавшие ему рукописи Падуба на хранение в Британскую библиотеку. Его сын Гильдебранд был рыжеватый лысеющий мужчина лет сорока с небольшим, довольно жизнерадостный, но несколько пустоватый. В своё время он с грехом пополам окончил Оксфорд по специальности «английский язык и литература» и с тех пор работал на различных малозначительных должностях в туристских фирмах, в издательствах, выпускающих книги по садоводству, в Национальном попечительском фонде культуры. Собрайл порою приглашал его на завтрак или на обед и успел выяснить, что в Гильдебранде дремали актёрские амбиции. У них возникла некая идея, полукоммерческого-полуфантастического свойства: совершить мощное лекционное турне по американским университетам — Гильдебранд с помощью подлинных реликвий Рандольфа Генри Падуба, а также слайдов и собственного артистичного рассказа будет погружать слушателей в атмосферу английского общества времён поэта. Вот и нынче Гильдебранд вновь посетовал, что его денежные запасы подходят к концу и что ему нужен новый источник доходов. Собрайл справился о здоровье лорда Падуба и услышал в ответ, что оно весьма ненадёжно. Поглощая *magret de canard*[2], *turbot*[3] и маленькие, новенькие, будто только сейчас выдернутые из земли репки, немного поговорили о том, в каких именно университетах лучше всего выступить и каковы могут быть размеры гонорара. Усердно расправляясь с пищей, Собрайл, как всегда, немного побледнел, а Гильдебранд, напротив,

---

[1] «Улитка» *(фр.)*.
[2] Блюдо из утиной грудки *(фр.)*.
[3] Род камбалы *(фр.)*.

раскраснелся. В воображении Гильдебранда возникала радужная картина: несколько тысяч молодых американцев прилежно внемлют его вдохновенному рассказу; Собрайл воображал иное: к нему, в новые стеклянные шкафчики Стэнтовской коллекции, наконец-то придут сокровища, которыми он прежде любовался, вздыхая безнадёжно: письмо поэту от её величества, походный письменный столик, сопровождавший Рандольфа Генри в его путешествиях, и, наконец, заветная, испещрённая кляксами тетрадь черновиков цикла «Аск — Эмбле», — эти семейные реликвии лорд Падуб не сдал в музей, а выставил для обозрения в гостиной родового поместья в Ледбери.

Проводив Гильдебранда до такси, Собрайл отправился пешком через Сохо, походя взглядывая на зазывные витрины и парадные, даже в дневную пору ярко подсвеченные. Стриптиз-варьете! Агентство моделей! Требуются девушки до двадцати пяти! Секс живьём без передышки! Заходи, не пожалеешь! Первый урок со скидкой! Пристрастия Собрайла в этой области были достаточно узкими и своеобразными. В своём элегантном чёрном костюме он тенью скользил мимо окон, то здесь, то там вкушая призрачный запах изысканной стряпни и дорогого вина. Вот он приостановился на мгновение: в глубине одной из витрин ему почудился какой-то дивный промельк плоти... нечто угловато-белое, пронзительное... значит, *оно* всё-таки водится там, внутри, — и хотя *оно* тут же заслонилось иным, слишком крупным, обыденным и грудастым, — для Собрайла, обитавшего в мире полуявных вещей, скрытно вспыхивающих озарений, и намёка было довольно. И всё-таки, всё-таки... нет, он не станет заходить внутрь, он пойдёт к себе обратно в гостиницу...

— Профессор Собрайл! — раздался сзади чей-то голос.

Собрайл обернулся.

— Здравствуйте. Вы меня помните? Я Фергус Вулфф. Я к вам как-то подошёл после вашего доклада об установлении личности рассказчика в поэме Падуба «Чидиок Тичборн». Ваша догадка и ваши дедуктивные построения были поистине великолепны. Я с вами полностью согласен: повествование ведётся от лица палача.

— Да-да, припоминаю. Мы с вами познакомились на том семинаре. А я только что имел честь завтракать с сыном нынешнего лорда Падуба, Гильдебрандом Падубом. Гильдебранд любезно согласился выступить у нас, в Университете Роберта Дэйла

Оуэна, с рассказом о тех рукописях Падуба, которые ещё хранятся у них в семье. Кстати, рукопись «Чидиока Тичборна» уже перекочевала в Британскую библиотеку. Мда-с.

— Что делать. Вы, случайно, не в ту сторону направляетесь? Вы позволите мне немного пройтись с вами?

— Конечно, буду рад компании.

— Знаете, профессор, меня очень заинтересовали сведения о том, что, возможно, существует связь между Падубом и Кристабель Ла Мотт...

— Ла Мотт? Ах да, автор «Мелюзины». Осенью семьдесят девятого года у нас в университете состоялась конференция отпетых феминисток, они грозились, что не покинут здание, пока я не включу в мой курс поэзии девятнадцатого века вместо «Королевских идиллий» или «Рагнарёка» эту самую «Мелюзину». Университетское начальство раскисло и согласилось. К счастью, свои права на «Мелюзину» заявил факультет исследований женской культуры — это нас освободило от всяких обязательств, и мы благополучно восстановили «Рагнарёк». Вот и вся связь. Больше ничего не припомню.

— А мне казалось, всплыли какие-то письма...

— Сомневаюсь. Первый раз слышу. Хотя я знаю о Кристабель Ла Мотт что-то ещё! Вертится в голове... Нет, не могу вспомнить.

— Роланд Митчелл сделал некую находку.

Собрайл остановился на тротуаре Грик-стрит так внезапно, что двое китайцев, шедших следом, чуть не уткнулись ему в спину.

— Находку? Какую находку?

— Я сам точно не знаю. Пока не знаю. Но, судя по поведению Роланда, это находка большой важности.

— Аспидс в курсе?

— Кажется, нет.

— Доктор Вулфф, вы меня заинтриговали.

— К этому я и стремился, уважаемый профессор.

— Позвольте пригласить вас на чашечку кофе, вон в то заведение.

ГЛАВА 18

Спят вместе перчатки
Перстами к перстам
Ладонью к ладони
Подобна холстам
Их белая лайка
Последним холстам

Но в них прокрадутся
Чрез множество лет
Вдруг белые руки
Исполнить обет
Проснуться и дружбы
Исполнить обет

К. Ла Мотт

Мод сидела в Информационном центре факультета исследований женской культуры на яблочно-зелёном стуле за апельсиново-оранжевым столом. Перед ней был архивный ящик — в его папках хранилось то немногое, чем располагали современные исследователи по вопросу самоубийства Бланш Перстчетт. Статья газетного репортёра, протоколы следствия, копия предсмертной записки, обнаруженной на столе дома «Вифания» по улице Горы Араратской (записка, отметил старинный следователь, была придавлена увесистым округлым гранитным камнем). Несколько писем к прежней воспитаннице, дочери члена парламента, — про него известно, что он, как политик, довольно сочувственно относился к борьбе женщин за свои права. Мод снова и снова перечитывала все эти скудные свидетельства, надеясь отыскать хоть какую-то подсказку к мучившей её загадке: где была и что делала Кристабель Ла Мотт во время между путешествием в Йоркшир и следствием по делу о смерти Бланш. Как жаль, что Бланш ничего не оставила, кроме вот этой записки...

Всем, кому ведать надлежит.

То, что я совершаю, я совершаю в здравом уме — как бы ни рассудилось потом людям — и после долгих и тщательных раздумий. Причины просты и могут быть изложены с полною ясностью. Во-первых, бедность. У меня нет более денег на краски, и за последние месяцы я продала слишком мало работ. В гостиной я оставила в завёрнутом виде четыре наилучших натюрморта с цветами, в том роде, какой прежде нравился мистеру Кресси из Ричмонд-Хилла, — в надежде, что мистер Кресси предложит за них сумму, достаточную для моих похорон, если таковые окажутся возможными. Выражаю мою особую волю, чтобы эти похоронные расходы не были отнесены на счёт мисс Ла Мотт, — и уповаю лишь на то, что мистер Кресси сделает мне одолжение.

Вторая причина — и за неё я достойна худшего порицания — гордость. Я не могу вновь унизиться до того, чтобы войти в чей-то дом гувернанткой. Такая жизнь подобна аду на земле, даже если члены семьи относятся к тебе по-доброму, и я предпочитаю не жить вовсе, чем жить в рабстве. Точно так же я полагаю неприемлемым навязывать себя на благотворительное попечение мисс Ла Мотт, которая имеет свои собственные жизненные обязательства.

Третья причина — крушение идеалов. Я предприняла попытку, вначале совместно с мисс Ла Мотт, а затем и одна в этом укромном доме, жить с верою в то, что независимые, незамужние женщины могут существовать полезно и полноценно в обществе друг друга, не прибегая к помощи постороннего мира и помощи мужчин. Мы полагали — как оказалось, напрасно, — что при экономном ведении хозяйства, пребывая в гармонии друг с другом и Природой, можно осуществить идеал философский, христианский и художнический. Увы, то ли мир оказался слишком враждебен к нашему опыту (думаю, так оно и было), то ли мы сами имели недостаточно изобретательности или силы духа (скорее всего, нам не хватало и того и другого — от времени до времени мы это ощущали). Остаётся лишь надеяться, что первые дни нашей хозяйственной независимости, столь опьянившие нас и принесшие плоды в виде нашего труда, могут вдохновить новые, более сильные души на решение этой задачи и их опыт, в отличие от нашего, окажется удачным. Независимые женщины должны требовать от себя большего — и добиться успеха, вопреки злопыхательским ожиданиям мужчин и обычных, «одомашненных» женщин.

Моё наследство очень мало, и вот как я желала бы им распорядиться. (Понимаю, что обстоятельства лишают мою записку юридической силы, но надеюсь, что прочетший или прочетшие её отнесутся к ней с уважением, как если бы она была завещанием законным.)

Мой гардероб я оставляю нашей служанке Джейн Саммерс, пусть она возьмёт себе, что пожелает, и распорядится остальным, как сочтёт нужным. Хочу воспользоваться этой возможностью и попросить у Джейн прощения за небольшой обман. Несколько времени назад, дабы убедить её меня покинуть — а она отказывалась это сделать, невзирая на то, что я совершенно не способна ей платить жалованье, — я притворилась, будто недовольна её службою, тогда как на самом деле лучшую служанку трудно найти. Я уже тогда приняла то решение, которое мне вскоре надлежит исполнить, и не хотела, чтобы хоть какая-то тень ответственности за мой поступок легла на неё. Вот единственная причина, по которой я повела себя с нею таким образом. Я не владею искусством ловкого обмана.

Дом не является моей собственностью. Он принадлежит мисс Ла Мотт. Всё движимое имущество в доме и различные мелкие принадлежности, приобретённые нами совместно на наши сбережения, принадлежат ей в большей степени, чем мне, так как в совместном хозяйстве её доля была наибольшая; я завещаю ей мою долю и предлагаю распорядиться всем по её усмотрению.

Я желаю, чтобы мой Шекспир, а также «Собрание стихотворений Дж. Китса» и «Собрание стихов и поэм лорда Теннисона» были переданы мисс Элизе Донтон, если, конечно, она согласится принять столь потрёпанные книги. Мы часто читали их с нею вместе.

Мои украшения немногочисленны и не представляют ценности, за исключеньем нательного креста с мелким жемчугом, но его я беру с собою. Другие безделушки может взять Джейн, если захочет, кроме броши чёрного янтаря с изображением двух рук в дружеском пожатии и с надписью «Дружба навеки». Эту брошь подарила мне мисс Ла Мотт, и я желаю, чтоб подарок к ней вернулся.

Вот и всё, чем владею я в этом мире, не считая моих полотен, которые — я твёрдо в это верю — имеют ценность, пускай в настоящее время на них и нет спроса. Всего сейчас в доме двадцать семь полотен моей работы, не считая многих эскизов и рисунков. Из больших полотен два являются собственностью мисс Ла Мотт: «Кристабель перед сэром Леолайном» и «Мерлин с Вивиан». Я хочу, чтобы она сохранила две эти картины, и надеюсь, что она пожелает, по старому обыкновению, повесить их в кабинете, где работает, и они будут напоминать ей о прежних счастливых днях. Если эти воспоминания окажутся для неё слишком тягостны, я всё же возлагаю на неё обязательство — ни дарением и ни продажею не выпускать при жизни своей из владения этих двух картин и в дальнейшем распорядиться ими так, как распорядилась бы я сама. Мисс Ла Мотт *знает, что это лучшие мои работы. Конечно, земные вещи не вечны; но достойное искусство способно пережить своего создателя; и я всегда стремилась быть понятою теми, кто ещё не родился. Кто лучшие судьи, как не люди будущего? Судьбу других моих произведений я также вручаю* мисс Ла Мотт, *которая сама обладает сознанием художника. Если это возможно, пускай мои работы хранятся вместе, пока у публики не возникнет к ним интереса и о них не станут судить в таком роде, что смогут оценить их по достоинству. Впрочем, я скоро, очень скоро утрачу право опекать мои произведения, и они должны будут сами двигаться своим молчаливым и ненадёжным путём.*

Скоро, очень скоро я покину этот дом, где была так счастлива, и никогда уж в него не вернусь. Я намерена последовать по стопам автора «Защиты женских прав», но, наученная её опытом, я намерена зашить в карманы моей накидки те округлые вулканические каменья, которые мисс Ла Мотт *столь красиво разложила на своём письменном столе, и таким образом рассчитываю, что всё свершится быстро и наверняка.*

Я не думаю, что Смерть является концом. На спиритических сеансах у миссис Геллы Лийс *мы имели возможность слышать многие чудесные вещи и воочию убедиться в том, что по другую сторону нашего существования, в мире куда более совершенном, имеют бытие, обитают, не зная боли и страданий, те, кто нас покинул. Благодаря моей вере я знаю доподлинно, что мой Создатель, всевидящий и всепрощающий, примет меня к себе, и, после того как я покину эту бренную оболочку, моим способностям — немалым, но никому не нужным в этом мире — найдено будет лучшее применение, и я буду продолжать любить и творить. Итак, я пришла к полному и смиренному признанию того, что здесь я существо лишнее и никому не нужное. Тогда как там мне откроется многое и я сама откроюсь. В наши чёрствые дни, с их сумеречным светом, когда мы можем лишь вглядываться туда сквозь смутную завесу, отделяющую нас от всех уже ушедших, я возвышаю мой тихий голос — дабы сказать: я вас прощаю, прощайте и вы! Пусть не престанет милость Господня к моей бедной душе и ко всем нашим душам.*

Бланш Перстчетт, незамужняя

Мод, как всегда, поёжилась от этого документа. С какими чувствами прочла его Кристабель? И где была Кристабель во время самоубийства Бланш? Почему покинула «Вифанию»? И где находился между июлем 1859 и летом 1860 года Рандольф Генри Падуб? По словам Роланда, нет свидетельств того, что Падуб отлучался из своего дома в Блумсбери. За весь 1860 год он не опубликовал ни одного стихотворения и написал до удивления мало писем — на этих не столь многочисленных посланиях стоит всегдашняя, привычная помета — Блумсбери. Исследователи творчества Ла Мотт пока не сумели найти удовлетворительного объяснения очевидному факту — Кристабель почему-то отсутствовала в момент гибели Бланш — и в своих гипотезах неизменно исходили из предположения о ссоре между подругами. Теперь ссора предстаёт в несколько ином свете, думала Мод, но от этого её причины не яснее... Мод взяла в руки копию газетной вырезки.

В ночь июня 26-го, в неистовый дождь и ветер, ещё одна несчастная молодая особа покончила жизнь самоубийством, бросившись во вздувшиеся воды Темзы. Тело было найдено лишь 28 июня, оставленное приливом чуть ниже моста, что в Патни, на гравийном береговом валке. Нет оснований подозревать посторонний злой умысел; крупные округлые камни были со тщанием зашиты, очевидно самой потерпевшей, в карманы накидки. Накидка и вообще вся одежда покойной весьма изящны, хотя и не принадлежат к разряду дорогих. При опознании личность утопленницы была установлена. Это мисс Бланш Перстчетт, проживавшая последнее время одна в доме под названием «Вифания», по улице Горы Араратской. Некогда вместе с мисс Перстчетт проживала поэтесса мисс Кристабель Ла Мотт, чьё местонахождение в настоящее время загадка. По словам Джейн Саммерс, недавно уволенной прислуги, мисс Ла Мотт отсутствует уже довольно длительное время. Местопребывание мисс Ла Мотт приводится в известность. На столе в доме оставлена записка, где ясно изложено намерение несчастной покончить счёты с жизнью.

Впоследствии полиция нашла Кристабель и следователь допросил её. Но где же её разыскали?

За перегородками-ширмами послышались чьи-то поспешливые шаги. Знакомый голос, сочный, зычный, произнёс: «Ку-ку!» В следующее мгновение, не успев подняться из кресла, Мод была заключена в огромное тёплое объятие: лицо её оказалось между мягких грудей, запах мускусных духов наполнил нос.

— Мод, роднулька моя! А я-то думаю, где ей быть, и говорю себе, она, поди, работает, трудится как пчёлка, и вот я заваливаюсь прямо сюда, и точно — сидит моя детонька, господи боже мой, над работой — ну в точности как я представляла! Слушай, ты хоть немного удивилась моему приезду? Удался мой сюрприз?

— Леонора, отпусти меня, пожалуйста, я сейчас задохнусь. Сюрприз твой замечательный. Я, правда, смутно чувствовала, как ты надвигаешься с Атлантики, как тёплый атмосферный фронт, но...

— Какая прелестная метафора! Продолжай, продолжай!

— ...но я не предполагала, что ты ворвёшься прямо сюда. Во всяком случае, на сегодня я не рассчитывала. Я так рада тебя видеть!

— Ты не приютишь меня на ночь-другую? Выделишь мне кабинку для индивидуальной научной работы у вас в архиве? Боже, я постоянно забываю, какое тут у вас всё крошечное в этом Центре! Интересно, отчего это? Оттого что не уважают женскую культуру? Или все английские университеты по определению состоят из клетушек? Слушай, ты по-французски читаешь? Я тебе хочу кое-что показать...

Мод всегда ожидала приезда Леоноры с какой-то опаской, но, странное дело, всякий раз, по крайней мере поначалу, бывала ей очень рада. Леонора буквально заполонила собою Информационный центр. Она была женщина изумительно крупная, с какой стороны ни возьми, и, не стесняясь ни своего роста, ни своих габаритов, одевалась пышно и ярко. Сегодня она была облачена в длинную широченную юбку и свободный длинный жакет наподобие рубахи, в крупных, оранжевых и золотых не то цветах, не то протуберанцах. Леонора имела необычный, смугловатый, слегка оливковый оттенок кожи, и с каким-то даже глянцем; крупный ястребиный нос; полный рот, причём в губах было что-то негроидное; волосы у неё были чёрные, густейшими волнами ниспадавшие на плечи, — волосы исключительной живости, с естественным, не заимствованным у шампуня лоском, — волосы, которые, если взять их в руки, не разлетятся в стороны, а соберутся этаким весомым приобретением. Леонора постоянно носила несколько почти туземного вида, но явно дорогих ожерелий из янтарей причудливой природной формы, а также из обточенных яйцеобразно, разной величины. На голове Леоноры красовалась особая повязка жёлтого шёлка, отдававшая дань индийским повязкам её хипповского прошлого. Родилась она в известном городе Батон-Руж и утверждала, что в ней течёт и креольская, и индейская кровь. Её девичья фамилия была Шампьон — вот они, креольско-французские корни, говорила Леонора. Фамилию Стерн она взяла от первого мужа, Натаниэля Стерна, который был простым преподавателем в Принстонском университете и до знакомства с Леонорой (на научной конференции в Оттаве) жил счастливой жизнью литературоведа-педанта, добропорядочно препарируя тексты в духе Новой критики[1], но оказался совершенно не способен выжить в союзе с Леонорой в эпоху кровопролитных сражений на полях структурализма, постструктурализма, марксизма, деконструктивизма и феминизма. Его небольшая монография о мотивах гармонии и диссонанса в романе Генри Джеймса «Бостонцы» появилась в самый неподходящий момент. Леонора вместе с другими феминистками яростно напустилась на Стерна за его сочувствие к той озабоченности, какую выразил Генри Джеймс по поводу атмосферы «лесбийской чувственности» в Бостоне в 1860 году. Вскоре Леонора и вовсе ушла от Стерна — к Солу Дракеру, поэту-хиппи; какое-то время Леонора с Солом обретались в хипповской колонии в штате Нью-Мексико. Натаниэль Стерн, этот тщедушный бледнокожий человечек с острыми чертами лица, вечно снедаемый неуверенностью, попытался задобрить феминисток, взявшись за биографию Маргарет Фуллер-Оссоли*. С тех пор минуло уже двадцать лет, а он всё продолжал трудиться над этим сочинением, осуждаемый всеми, феминистками в первую голову. Леонора всегда величала Натаниэля не иначе как «мой первый задохлик», однако же сохранила его фамилию, возможно, потому, что украсила ею обложку своего первого значительного труда. Этот опус именовался «Свой уголок — всего краше», в нём Леонора

---

[1] Одно из заметных направлений в западном литературоведении XX в. (Р. Пенн-Уоррен, К. Брукс).

исследовала образно-символические мотивы домашнего уюта и очага в литературных произведениях писательниц XIX века; книга получилась на удивление простая и тёплая, совсем не похожая на статьи и книги последующего периода творчества Леоноры, так и пышущие феминистской яростью, ни на её монографии нынешнего периода, с их длинными заковыристыми фразами в духе парижского мэтра Лакана. Солу Дракеру суждено было стать отцом единственного сына Леоноры, Дэни, которому нынче исполнилось семнадцать лет. Сол Дракер имел куда более выразительную, чем Стерн, наружность: был высок ростом, плечист и силён (причём настолько, что время от времени ему удавалось поколачивать саму Леонору!), его рыжая борода буйно курчавилась, и такая же рыжеватая поросль покрывала весь его торс вплоть до пупа и сбегала вниз к лобку (всё это в своё время Леонора сообщила Мод с полной откровенностью). Стихи Сола Дракера изобиловали словами, которые пишут на заборах и в туалете. В его самой знаменитой поэме, «Ползучий тысячелетник», описывалось второе пришествие Христа в духе милленаризма, действие происходило в Долине смерти, где начинали воскресать люди и змеи; видения, несомненно яркие, навеяны были Блейком, Уитменом, Книгой пророка Иезекииля и — неизменно прибавляла Леонора — ЛСД далеко не лучшего качества. «А почему он „*тысячелетник*“, а не „тысячелистник“?» — спросила Мод, во всём ценившая точность. «Ну, видишь ли, так у него возник бы соблазн продлить поэму листов этак до тысячи, а он сам понимал, что пора остановиться». Леонора называла Дракера «телесник-кудесник». Сейчас «телесник-кудесник» был второй раз женат и трудился на собственном ранчо в Монтане; Дэни находился при нём. Вторая жена Сола, по словам Леоноры, души в Дэни не чаяла; а Сол души не чаял в лошадях («Ни одну ни разу не ударил», — с лёгкой обидой говорила Леонора). Сама же Леонора променяла «телесника» на профессора антропологии. Профессор была женщиной-индуской и обучила Леонору йоге, вегетарианскому питанию, а также искусству получать целую серию оргазмов, вплоть до обморока; под влиянием профессора Леонора воспылала праведным гневом к некоторым варварским древним обрядам индусов, вроде «сатти», когда жену заживо сжигали с трупом умершего мужа, и к практике поклонения фаллическому (мужскому!) началу в шиваизме. После профессора подругами Леоноры были Бриджитта, Покахонтас,

Мартина... Оставляя очередную подругу, Леонора говаривала: «Я их всех обожаю. И рада б с кем-нибудь навсегда остаться. Но у меня панический страх перед домоседством, перед налаженным бытом. Обложиться подушечками и сидеть дома как репа — это не по мне. Мир полон новых пленительных созданий!»

✤❧✦✦❧✤

— Что это ты такое читаешь? — поинтересовалась Леонора.

— Предсмертную записку Бланш Перстчетт.

— И зачем же?

— Пытаюсь разгадать, где во время самоубийства Бланш была Кристабель.

— Если ты умеешь читать по-французски, у меня, возможно, есть ответ на эту загадку. Я получила письмо от Арианы Ле Минье из Нанта. Вечерком покажу. — Леонора взяла в руки записку Бланш. — Бедняжка, с какой яростью, с каким достоинством она пишет. И довела себя до ручки! Кстати, не всплыли какие-нибудь её картины? Вот, представляю, был бы фурор: «Господа, перед вами работы художницы-лесбиянки девятнадцатого века, которая, как явствует из её завещания, исповедовала идеи феминизма!»

— Нет, пока ни одной картины не найдено. Они все должны были храниться у Кристабель. А вдруг она, вне себя от горя, сожгла их в камине? Кто знает...

— Или забрала с собой в тот карликовый замок, где теперь живёт злобный старикан с ружьём. Я тогда готова была его зарезать теми ножницами, которыми обреза́ла сорняки на могиле Кристабель. Наглый боров! Картины, поди, *гниют* у него где-нибудь на чердаке, среди разного хлама...

Мод хотелось отвести мысли Леоноры от сэра Джорджа, даром что догадка Леоноры, возможно, была верна.

— А как ты представляешь себе её картины, Леонора? Ты думаешь, они действительно хороши?

— Очень надеюсь! У Бланш было подлинное призвание к живописи. Сама она была уверена, что её картины — не дрянь какая-нибудь. Я их представляю так: бледные, но *роскошно* бледные полотна, полные внутреннего напряжения. Изображены на них пленительные создания, все такие стройные, как речные ивы, с прелестными колышущимися грудями и пышной, огромной массой прерафаэлитских волос. Хотя, если её картины по-настоящему оригинальны, то мы никогда не угадаем, каковы они на самом деле — покуда не увидим их воочию.

— Одно из её полотен, — припомнила Мод, — называлось «Венок, сплетённый духами, и благие руки духов на спиритическом сеансе Геллы Лийс».

— Звучит не слишком заманчиво. Но может, руки были не хуже дюреровских, а венок под стать Фантэн-Латуру? Только, конечно, в своём, оригинальном стиле. Ни в коем случае не вторичные!

— Многого ты от неё хочешь...

— Мы обязаны предполагать, что у неё был истинный талант! Ведь она отдала жизнь за наши идеи.

— Да, пожалуй.

Вечером, дома у Мод, Леонора извлекла письмо доктора Арианы Ле Минье и сказала:

— Общий смысл я просекаю, но только общий. Мой французский желает. Требуется английское образование. Переводи!

Мод довольно опрометчиво уселась на своё привычное место в изголовье белого дивана, в углу под высокой настенной лампой, — гостья, не преминув этим воспользоваться, подсела сбоку. Рука Леоноры лежала на спинке, за спиной Мод, как бы обнимая без прикосновения, а тёплая ягодица Леоноры от её движений прижималась к ягодице Мод. Мод пребывала в крайнем смущении и напряжении, несколько раз чуть было не встала, но дурацкая английская воспитанность сковала её по рукам и ногам. Притом Мод была уверена, что Леонора всё прекрасно понимает и в душе ужасно веселится.

Но письмо... письмо могло содержать сведения, которым цены нет! Мод, преуспевшая в «искусстве ловкого обмана» чуть больше, чем бедняжка Бланш, принялась переводить послание из Нанта нарочито скучным голосом, будто зачитывала самую банальную научную справку.

Уважаемая проф. Стерн!
Я являюсь французской исследовательницей женского литературного творчества в здешнем университете. Мне очень понравилась Ваша работа о структурах номинации у женщин-поэтов, и прежде всего у Кристабель Ла Мотт, которая представляет для

меня особый интерес, так как она, будучи наполовину бретонкой, щедро черпает из источника бретонских мифов и легенд, создавая женский поэтический мир. Особенно хочу отметить, какими справедливыми и вдохновляющими представляются мне Ваши замечания о сексуализации элементов ландшафта в «Фее Мелюзине».

Я слышала, что Вы собираете материалы, касающиеся феминистских аспектов жизни Ла Мотт. Мне в руки попали документы, которые, возможно, представляют для Вас интерес. Сейчас я занимаюсь исследованием творчества писательницы Сабины де Керкоз. При жизни она опубликовала крайне мало, лишь несколько стихотворений в 1860-е гг., включая сонеты в честь Жорж Санд, к чьим идеалам и образу жизни Сабина испытывала горячее восхищение. В моём распоряжении имеются четыре неопубликованных романа: «Ориана», «Орелия», «Мучения Женевьевы» и «Вторая Дауда». Последнее из этих сочинений я надеюсь в скором времени подготовить для печати и издать. Сюжет отчасти связан с той же легендой о затонувшем городе Ис, на которую опиралась в своей прекрасной поэме с одноимённым названием Кристабель Ла Мотт.

Возможно, Вы знаете, что мадемуазель де Керкоз приходилась, по линии бабки с отцовской стороны, родственницей Кристабель Ла Мотт. Однако вряд ли Вы знаете, что осенью 1859 г. Ла Мотт, по-видимому, гостила в семье Сабины в Фуэнане. Источником для данного предположения является письмо от Сабины де Керкоз к её кузине Соланж, которое я обнаружила среди бумаг. Эти бумаги были некогда переданы на хранение в наш университет одним из потомков Сабины (которая — в смысле Сабина — в замужестве звалась мадам Кергаруэт, проживала в городке Порник и скончалась при родах в 1870 г.); до меня бумагами никто не занимался. Я скопировала для Вас начало письма Сабины, надеюсь, оно Вас заинтересует. И конечно же, я буду рада поделиться с Вами всеми дальнейшими информациями.

Моё почтение

— Прошу прощения за корявый перевод, — проговорила Мод всё так же делано безразлично. — Ну-с, посмотрим, что там пишет Сабина...

Ma chère petite cousine,
наши долгие и скучные дни неожиданно — во всяком случае, неожиданно для меня — оказались оживлены приездом нашей английской родственницы, моей троюродной сестры, мисс Кристабель Ла Мотт.

Мисс Ла Мотт — дочь известного Исидора Ла Мотта, который собирал французские мифы, а также бретонские народные легенды и поверья. Вообрази моё волнение: оказывается, что моя новая кузина Кристабель — поэтесса и опубликовала немало произведений — к сожалению, все они на английском — и в Англии их весьма ценят. Она пересекла пролив Ла-Манш во время недавнего шторма, и потом ещё целые сутки их корабль принуждён был качаться на волнах за пределами гостеприимных стен гавани Сен-Мало из-за ветра, яростно дувшего вспять от берега. Затем дороги к нам были почти непроезжими, будучи затоплены водой, и ветер буквально валил всех путешествующих с ног. Неудивительно, что она чувствует себя после всего этого плохо и бо́льшую часть времени пока проводит в постели. У неё в комнате есть свой очаг, но она, возможно, не представляет, какая это почесть и какое благо в нашем холодном, промозглом доме.

Кристабель мне понравилась, по первому впечатлению. Она мала и стройна, с очень бледным лицом (возможно, эта бледность — из-за морских злоключений) и крупными белыми зубами. В первый вечер она ужинала с нами и сказала всего несколько слов. Я сидела рядом с ней и шепнула, что мечтаю писать стихи. Она отвечала: «Этот путь не сулит счастья, ma fille». Я на это возразила, что только когда я пишу, я чувствую смысл жизни. Тогда она сказала: «Если это действительно так — к счастью для тебя или к несчастью, — никакими словами я не сумею тебя разубедить».

В тот вечер ветер завывал и завывал, всё на одной и той же жалобной ноте, без конца, так что тело и душа начинали жаждать хотя бы минутного затишья; это затишье наступило только перед рассветом, когда я проснулась, как мне показалось спросонья, от tohu-bohu — от переполоха, от напора звуков, — а на самом деле от внезапного затишья, которое прозвучало как шум. Моя новая кузина, кажется, вовсе не спала в эту ночь и, спустившись к завтраку, имела вид такой изможденный, что мой отец настоял, чтоб она отдыхала у себя в комнате и пила малиновый отвар.

Я забыла упомянуть, что с собою она привезла огромного волкодава, которого зовут, если я верно расслышала, Пёс Трей. Это бедное животное тоже намучилось в шторм и теперь ни за что не хочет вылезать из-под столика в спальне мисс Ла Мотт, лежит и лежит там, положив морду на передние лапы. Кузина Кристабель говорит, что, когда погода исправится, пёс сможет бегать в Броселиандском лесу, ибо лес — его естественное место обитания...

— Кажется, это дельце стоит копнуть поглубже, — сказала Леонора. — А письмо я, оказывается, поняла почти правильно. Отправлюсь-ка я, пожалуй, в Нант — где он, кстати, находится? — знаю, что во Франции, но где именно? Посмотрю, что там за документы у доктора Ле Минье. Правда, я старинный французский слог не шибко разбираю. Придётся тебе поехать со мной, моя милая. А что, прекрасно проведём время! Ла Мотт, морская кухня, прогулки в Броселиандском лесу. Что скажешь?

— Как-нибудь потом, было бы чудесно, а сейчас мне нужно дописать доклад по метафоре для Йоркской конференции. Я застряла на месте, там есть некая загвоздка...

— Какая загвоздка? Выкладывай. Одна голова хорошо, а две лучше. Что за метафора?

Мод была в растерянности. Только-только удалось на время отвлечь Леонору от Кристабель, и вот уже хочешь не хочешь рассказывай про доклад, о котором сама имеешь пока самое смутное понятие, — рос бы он лучше месяц-другой самостоятельно в темноте подсознания...

— Я ещё толком сама не знаю. Я пытаюсь провести аналогию между Мелюзиной и Медузой. У Фрейда высказана мысль, что голова Медузы — воплощение страха перед кастрацией, то есть воплощение женской сексуальности, которой не желают, а боятся.

— Слушай, чего расскажу! — сказала Леонора. — Получила я тут одно письмо из Германии, насчёт постановки «Фауста» Гёте. Представляешь, по сцене ползают отрезанные головы Гидры и произносят разные рассуждения. Я в последнее время заинтересовалась Гёте, ведь у него чего только нету — *ewig weibliche*[1], фигура матери, ведьмы, сфинксы...

И Леонора разговорилась без удержу. Разговор её был презанятный. Мод с облегчением отметила, что от Бретани Леонора перешла к Гёте, от Гёте — к сексуальности в целом, от целого — к частностям, а именно к особенностям повадок двух своих мужей; на эту тему Леонора склонна была вещать со всею истовостью, чаще всего в тонах язвительного осуждения и гораздо реже в тонах похвалы. И вроде бы уже нет ничего, думала Мод, чего она, Мод, не знала бы о слабостях и причудах, о тайных вожделениях и неосмотрительных проступках, о запахах и забавных звуковых сигналах, а также об извержениях словесных и иных —

---

[1] «Вечная женственность» *(нем.)* — слова из заключительного хора в «Фаусте» И. В. Гёте.

«первого задохлика» и «телесника-кудесника». Так думала Мод, но всякий раз оказывалась не права. Леонора, настолько же ненасытная в словесных проявлениях, как Клеопатра в любовных, сама себя растравляла и сама же удовлетворяла свою страсть, создавая, в жанре ораторства на темы постели, нескончаемую изустную летопись своей былой замужней жизни...

— А ты? — спросила вдруг Леонора. — Что происходит у тебя на любовном фронте? Ты сегодня какая-то неоткровенная.

— Прости. — Мод пожала плечами.

— Ладно, замяли. Продолжаю. Но я верно подметила, ты держишь свою сексуальную сферу за семью печатями. Я понимаю, этот гад Фергус Вулфф здорово тебя подкосил, но нельзя же уходить в полное подполье! Это выглядит как предательство. Тебе нужно раскрепоститься. Испробовать другие восхитительные возможности...

— Ты имеешь в виду женщин. Спасибо. Я сейчас пробую хранить целомудрие. Знаешь, мне нравится. Единственная беда, что отыщутся какие-нибудь слишком рьяные приверженцы и начнут всех силой обращать в эту веру. Ты, кстати, не пробовала, выражаясь по-старинному, жить в чистоте?

— Пробовала, целый месяц. Прошлой осенью. Сначала было очень приятно. Я буквально влюбилась сама в себя. Но потом подумала: любить себя — это нездорово. Лучше с кем-нибудь собой поделиться. Тут я и встретила Мэри-Лу. По-моему, доставлять радость и удовольствие другим — гораздо увлекательнее. Понимаешь, Мод, это свидетельствует о душевной щедрости, благородстве человека...

— Ну вот, ты тоже насильно хочешь обратить меня в свою веру. Пожалуйста, не надо, Леонора! Я счастлива и так.

— Что ж, хозяин — барин, — проговорила Леонора невозмутимо. И тут же прибавила: — Между прочим, перед вылетом из Штатов я тебе звонила. Никто не знал, где ты. На кафедре сказали, что ты уехала куда-то на машине. С мужчиной!

— Кто сказал? Кто?

— Ну зачем же я буду выдавать? Надеюсь, ты хорошо провела время?

Мод, превратившись в точное подобие своей тёзки из поэмы лорда Альфреда Теннисона, про которую автор говорит: «Великолепно холодна, безжизненная безупречность», процедила ледяным тоном:

— Да, спасибо, — и, поджав губы, ещё более бледная, чем обычно, уставилась в пространство.

— Намёк понят, — сказала Леонора. — На эту территорию — ни шагу. Но я рада, что у тебя кто-то завёлся.

— Никто у меня не завёлся.

— Ладно, как тебе будет угодно.

⁂

Леонора долго плескалась в ванной Мод и оставила за собой лужицы воды на полу, раскрытые флаконы и несколько пряных запахов каких-то неведомых снадобий. Мод закрутила крышечки, подтёрла тряпкой лужицы и только потом приняла душ, задёрнув занавеску, от которой повеяло чужими сильными французскими духами — не то «Опиум», не то «Пуазон»?.. Когда же наконец она забралась в прохладную постель, послышалось шарканье босых ног, и в дверях появилась Леонора, обнажённая, если, конечно, не считать малозначительного и к тому же неподпоясанного халата алого шёлка.

— Поцелуй в щёчку на ночь, — потребовала Леонора.

— Извини, я не могу.

— Можешь. Это же так легко...

Мод не успела опомниться, как очутилась в щедрых объятиях Леоноры. Пытаясь освободить свой притиснутый нос, она вслепую водила ладонями, но натыкалась то на величественный живот подруги, то на её тяжёлые груди. *Отбиваться* она не могла, это было ничуть не лучше, чем сдаться. К своему стыду, она расплакалась.

— Что такое, Мод? Что с тобой?

— Я же сказала тебе, я сейчас вообще ни с кем и никак. Мне хорошо одной. Я же тебе сказала!

— Я могла бы снять с тебя напряжение.

— Но ты же видишь, результат получается совершенно обратный! Иди к себе, Леонора. Ну пожалуйста!

Леонора издала странные звуки, больше всего напоминавшие смущённое ворчание большой собаки или даже медведицы, и в конце концов откатилась от Мод.

— Ладно, доживём до завтра... — произнесла она усмешливо. — Сладких тебе снов, Принцесса.

❧❧❧❧❧

Некое отчаяние охватило Мод. На её диване, в её гостиной грудой лежала Леонора, преграждая путь к полкам с книгами. Мод отметила, что суставы заныли от чувства воображаемой скованности, заставляя вспомнить о последних ужасных днях с Фергусом Вулффом. Мод захотелось услышать свой собственный голос, вернее, услышать, как её собственный голос говорит что-нибудь ясное, рассудительное. Но ведь необходим собеседник. Мод попыталась представить, с кем ей хотелось перемолвиться словом, и на ум ей пришел только Роланд Митчелл, второй приверженец белых односпальных кроватей. Она даже не посмотрела на часы: сейчас, конечно, поздно, но учёные в такой час обычно ещё не спят. Она наберет номер, пускай на том конце раздастся несколько звонков, а потом, если сразу никто не подойдет, она быстро нажмет на рычажок. Коли ему недосуг, пусть так никогда и не узнает, кто именно его побеспокоил среди ночи. Она сняла трубку с прикроватного телефона и набрала лондонский номер. Что ему сказать? Сообщить про Сабину де Керкоз? Нет, что-нибудь ещё. Рассказать про появление Леоноры!

Один длинный гудок, второй, третий, четвертый. О! Трубку взяли. Кто-то внимательно вслушивается там, на другом конце провода, но пока молчит.

— Роланд?

— Он спит. Вы представляете, *который* теперь час?

— Извините, пожалуйста. Я звоню из-за границы.

— Кто говорит? Мод Бейли?

Мод молчала.

— Так, значит, я угадала. Слушайте, Мод Бейли, оставили б вы нас в покое...

Мод слушала сердитый голос, не решаясь бросить трубку. Подняв глаза, она увидела в дверях Леонору, чёрные блестящие завитки волос, красный шёлк халата.

— Я пришла попросить прощения и узнать, нет ли у тебя чего-нибудь от головы.

Мод положила трубку на рычаг.

— Извини, что я прервала разговор, — сказала Леонора.

— Прерывать было нечего.

На следующий день Мод позвонила Аспидсу, что явилось тактической ошибкой:

— Профессор Аспидс?

— Да, слушаю.

— Это Мод Бейли из Линкольнского информационного центра факультета женской культуры.

— Да-да.

— Я пытаюсь отыскать Роланда Митчелла, у меня к нему срочное дело.

— Не совсем понимаю, почему вы обращаетесь именно ко мне, доктор Бейли. Он у нас весьма редко показывается.

— Я думала, он...

— Я говорю, он к нам теперь почти не наведывается. Вроде бы он болеет, с тех пор как вернулся. По крайней мере, так я предполагаю. Поговорить с ним лично мне как-то не довелось.

— Что ж, простите, пожалуйста.

— Не совсем понимаю, почему вы просите прощения. Разве что вы каким-то образом причастны к его недомоганию?

— Не могли бы вы, если его увидите, передать ему, что я звонила.

— Хорошо, если увижу, передам. Может, передать ещё что-нибудь?

— Попросите, чтобы он мне позвонил.

— По какому вопросу, доктор Бейли?

— Скажите ему, что приехала профессор Стерн, из Таллахасси.

— Ладно, если не забуду — если вообще его встречу, — передам.

— Спасибо.

Мод и Леонора, едва выйдя из магазина в Линкольне, чуть не были сбиты большим легковым автомобилем, движущимся по узкой улице задним ходом, с огромной скоростью и без всяких сигналов. В руках у них были детские обтянутые бархатом лошадки (точнее, лошадиные головы) на палочках; у лошадок дивные шёлковые гривы и вышитые глаза, имевшие норовистое, лукавое выражение. Леонора закупила эти игрушки для своих многочисленных крестников, уж очень, мол, они английские и волшебные. Водитель неистово катящейся машины, увидев двух женщин через дымчато-синее стекло, подумал, что они — в своих развевающихся юбках, с пестрыми уборами на головах и тотемическими лошадками в руках — до странности похожи на жриц какого-то неведомого культа. Он сделал скупой, презрительный жест, указывая большим пальцем на дождевую канавку, куда им, по его мнению, следовало отступить. Леонора, в ярости потрясая заливающейся бубенчиками лошадкой, ответила ему по всей форме, обозвав придурком, засранцем и психом. Оскорбленный резкими словами Леоноры, он завершил свой маневр ещё в более резкой манере, заставив похолодеть бабушку, толкавшую коляску с внуком, двух велосипедистов, мальчишку-посыльного и водителя ехавшей следом «кортины», которому ничего не оставалось, как стремительно сдавать и сдавать назад, до самого перекрестка. Леонора, выхватив карандаш, записала номер бешеного «мерседеса»: АНК 666. Ни Мод, ни Леонора до этого никогда не встречались с Мортимером Собрайлом. Они вращались в совершенно разных сферах — выступали на разных научных конференциях, работали в разных библиотеках. И Мод не почувствовала ни тени беспокойства или угрозы их с Роландом общему делу; а «мерседес» между тем заскользил прочь по старинным узким улочкам, для которых он явно не предназначался.

Собрайл, даже знай он, что одна из пригрезившихся ему жриц — Мод Бейли, не остановился бы; и американский говорок Леоноры он отметил без особого интереса. Устремления Собрайла лежали в ином направлении. Спустя короткое время его «мерседес» уже вступил в соперничество с высоким сеновозом на узкой дороге, петлявшей в междухолмиях вблизи Бэг-Эндербери. В конце концов он принудил сеновоз посторониться, да так, что бедняга довольно неловко въехал в придорожную живую изгородь, и помчался дальше во всю прыть, не опуская боковых стекол и не выключая кондиционера в своём стерильном, обтянутом кожей салоне.

На подъезде к Сил-Корту было установлено великое множество табличек, старых, пожелтевших от времени, и более свежих, с красными буквами на белом фоне.

НАРУШАТЬ ГРАНИЦЫ ВЛАДЕНИЙ ЗАПРЕЩАЕТСЯ.
ОСТОРОЖНО, ЗЛАЯ СОБАКА.
СОБСТВЕННОСТЬ ПОД ОХРАНОЙ.
ЗА ВАШУ БЕЗОПАСНОСТЬ ОТВЕТСТВЕННОСТИ НЕ НЕСЁМ.

Собрайл отважно свернул к Сил-Корту. По опыту он знал, что обилие подобных надписей свидетельствует не о реальных опасностях для гостя, а о бессилии хозяев. Проехав дорожкой между рядами букв к огромному особняку, Собрайл зарулил во внутренний дворик. Здесь он остановился, не глуша двигателя, лишь сбавив обороты, и стал раздумывать, что делать дальше.

Сэр Джордж, со своим дробовиком, сперва зорко всматривался в пришельца сквозь кухонное окно, потом появился на пороге. Собрайл продолжал сидеть в машине.

— Вы что, заблудились?

Собрайл опустил дымчатое стекло и намётанным взглядом разглядел на доме вместо добротного плотного слоя краски сыплющуюся штукатурку. Поведя глазами по сторонам, он тут же отметил: башенки сильно окрошились, двери перекошены, конюшенный дворик зарос сорняками.

— Сэр Джордж Бейли?

— Чем могу служить?

Собрайл заглушил двигатель и вылез из машины.

— Позвольте представиться. Вот моя визитная карточка. Профессор Мортимер Собрайл, старший сотрудник Стэнтовской коллекции, Университет Роберта Дэйла Оуэна, Гармония-Сити, штат Нью-Мексико.

— И вы уверены, что вам нужен я.

— Именно вы. Я проделал очень длинный путь и прошу уделить мне совсем немного времени.

— Я очень занят. Моя жена больна. Что вам угодно?

Собрайл сделал шаг к сэру Джорджу, раздумывая, не спросить ли разрешения войти в дом; сэр Джордж чуть приподнял дуло ружья. Собрайл остановился посреди двора. Он был одет в просторную элегантную, с шёлковой отделкой куртку, в тонковорсистые брюки цвета маренго и кремовую шёлковую рубашку. Был поджар, жилист, мускулист, чем-то напоминал героев фильма «Виргинцы» — тощих, ловких, как кошки, всегда готовых прыгнуть или выхватить пистолет быстрее противника.

— Сэр, я являюсь, безо всякого преувеличения, ведущим мировым специалистом по Рандольфу Генри Падубу. Согласно моим источникам, вы, возможно, обладаете некими документами, принадлежащими его перу, — письмами или черновиками...

— Что ещё за источники?

— Разные, окольные. Видите ли, тайное всегда становится явным. Итак, сэр Джордж, я — сотрудник, фактически хранитель самого крупного в мире собрания рукописей Рандольфа Генри Падуба...

— Послушайте, профессор, мне совершенно нет до этого дела. Ничего про вашего Падуба я не знаю, и я не собираюсь...

— Мои источники...

— ...и я не люблю, когда всякие там иностранцы скупают английское.

— Скажите, эти документы как-то связаны с вашей знаменитой прародительницей Кристабель Ла Мотт?

— Она не знаменитая и не моя прародительница. И то и другое — в молоко. Езжайте отсюда.

— Если бы вы только позволили войти в ваш дом и ознакомиться... в научных целях установить, что у вас есть и чего нет...

— Спасибо, учёных в моём доме я больше не потерплю. Я не желаю, чтобы вмешивались в мою жизнь. Я очень занят.

— Но вы не отрицаете, что у вас есть нечто?..

— Что у меня есть, вас не касается. Убирайтесь с моей земли! Бедняжка сочинительница сказок. И что они все к ней пристали?

Сэр Джордж шагнул в сторону незваного гостя. Собрайл изящным жестом поднял свои изящные руки кверху, но при этом ремень из крокодиловой кожи слегка шевельнулся на его тощих бёдрах, словно револьверный пояс.

— Не стреляйте. Я удаляюсь. Насильно мил не будешь. Но позвольте кое-что сказать на прощание. Вы представляете, сколько такая рукопись — если она существует — стоит?

— Стоит?

— Ну да. Сколько она стоит в звонкой монете? А, сэр Джордж?

Сэр Джордж молчал.

— Например, одно письмо Падуба — не письмо даже, а записка, где он договаривается с портретистом о сеансе, — недавно ушло на аукционе «Сотби» за пятьсот фунтов. Ушло, разумеется, ко мне. Это, конечно, звучит не совсем скромно, но мы — не какая-нибудь библиотека, которая клянчит деньги из университетского бюджета, у нас есть своя собственная чековая книжка. Итак, если у вас не одно письмо, а несколько — или черновик стихотворения...

— Ну, продолжайте!

— Допустим, если у вас имеется дюжина длинных писем или два десятка коротеньких, не особо содержательных, то возникает такой, знаете ли, порядок цифр — шестизначная сумма. Да-с, шестизначная сумма в фунтах стерлингов! Я заметил, что ваш прекрасный дом нуждается в основательном ремонте.

— Про какие письма вы говорите? Про письма сочинительницы сказок?

— Я говорю про письма Рандольфа Генри Падуба.

— И если эти письма попадут к вам, вы их утащите к себе в...

— Мы их будем бережно хранить в Гармония-Сити, ученые всего мира смогут приезжать и знакомиться с ними. Условия хранения в нашей коллекции, поверьте, замечательные, лучшие в мире — давление, температура, влажность воздуха, освещённость, — ни один из наших экспонатов не может пожаловаться на дурное обращение или что его представляют посетителям не в самом достойном свете.

— Всё английское должно оставаться в Англии.

— Я понимаю, вами движет прекрасное патриотическое чувство. Но в наше время, когда существуют микрофильмы и фотокопии, насколько оправданны подобные чувства?

Сэр Джордж произвел несколько странных, порывистых движений дробовиком, что, очевидно, означало напряженное раздумье. Собрайл, не отводя цепких глаз от глаз сэра Джорджа, продолжал держать руки поднятыми, что выглядело нелепо; но на лице гостя не было тревоги, лишь спокойная бдительность, а на губах играла сумрачная лисья улыбка.

— Сэр Джордж, если я ошибся в своих предположениях и вы не нашли никаких интересных документов — вообще никаких документов, — просто скажите мне, и я тут же удалюсь. Хотя прежде возьмите всё же мою карточку: вдруг при более внимательном чтении среди старых писем Кристабель Ла Мотт, или её дневников, или старых счётных книг — вдруг обнаружится что-то, писанное рукою Падуба? Если у вас возникнут затруднения с установлением авторства какой-нибудь старинной рукописи — я всегда к вашим услугам. Готов буду высказать мнение, непредвзятое, — о рукописи и её стоимости. Особенно о стоимости.

— И что с того?

Лицо сэра Джорджа приняло упрямое, идиотическое выражение, какое непременно придают английским помещикам на карикатурах; но по его глазам Собрайл понял, что именно сейчас тот ведёт в уме какие-то подсчёты; теперь Мортимер знал наверняка, что таинственные документы существуют, причём в пределах досягаемости.

— Так я могу вручить вам карточку, вы мне не вышибете мозги?

— Да, то есть нет. Давайте вашу карточку. Но учтите, я ничего не обещал.

— Конечно-конечно. Я прекрасно вас понимаю. Вы совершенно независимы в ваших решениях.

«Мерседес» проскользнул по улицам Линкольна в обратном направлении быстрее прежнего. Собрайл подумал мимолётно, не наведаться ли к Мод Бейли, но решил, что пока не стоит. Какая-то мысль не давала ему покоя — мысль о Кристабель Ла Мотт. В Стэнтовской коллекции, которую он умел вызывать в памяти почти попредметно, с фотографической точностью, стоило только сосредоточиться на важном вопросе, — хранилось нечто связанное с Кристабель. Но вот что, что?..

❧✶❀✶❧

Мод пересекала рыночную площадь в Линкольне, медленно лавируя между прилавками, и вдруг буквально столкнулась с кем-то в зеленовато-коричневом, тесно сидевшем костюме. Мод отступила, рассеянно потирая плечо, но этот кто-то, протянув руку, цепко схватил её за рукав. Сэр Джордж!

— Слушайте, вы, юная особа, — не заговорил, а закричал он, — сколько, по-вашему, стоит кресло на электрическом ходу? А лифт, вы, случайно, не прикидывали, во что обойдётся?

— Нет, — сказала Мод.

— А напрасно, следовало бы поинтересоваться! Я говорил с моим поверенным, он невысокого мнения о вас, Мод Бейли, очень невысокого!

— Я не совсем понимаю...

— Нечего прикидываться невинной овечкой! Шестизначные суммы — так мне сказал этот хитрюга-ковбой в «мерседесе». А вы даже не подумали на это намекнуть! А ведь на вид вы были такая умильная!..

— Вы имеете в виду, что письма...

— Норфолкским Бейли всегда было плевать на Сил-Корт. Первый сэр Джордж его построил, чтобы им нос утереть. И теперь они ждут не дождутся, пока Сил-Корт развалится, а он и вправду скоро развалится! Но о *коляске на электрическом ходу* вы обязаны были подумать!

Голова у Мод пошла кругом. Ковбой в «мерседесе», почему не бригада «скорой помощи», что станет теперь с письмами, и где бродит Леонора, блаженно ни о чём не ведающая... наверное, выбирает чашки с блюдцами...

— Простите, — сказала Мод. — Я знала, что письма представляют некоторую ценность, но не предполагала, что они стоят так дорого. Я думала, им лучше остаться там, где их оставила Кристабель...

— Вашей Кристабель давно уж нет на свете. А моя Джоан — живой человек!

— Разумеется.

— Разумеется! — передразнил сэр Джордж. — Свою выгоду вы хорошо разумеете. Мой поверенный говорит, вам эти письма нужны для собственных корыстных целей — для карьеры, например. А может... может, вы вообще задумали их тихой сапой перепродать? Пользуясь моим неведением?

— У вас сложилось неправильное мнение.

— Ещё какое правильное!

В этот момент между грудой цветов, издававших тяжелый запах, и украшенными черепами кожаными куртками возникла Леонора.

— Что такое, милая? Сексуальное домогательство? — осведомилась она. И тут же воскликнула: — Ба-а, никак тот самый неотёсанный старик с ружьём?!

— Вы?! — Лицо сэра Джорджа сделалось почти лиловым от ярости, а пальцы ещё сильнее впились в рукав Мод. — Американцы под каждым английским кустом! Вы все в сговоре!

— В сговоре? — недоумённо переспросила Леонора. — Что здесь, собственно, происходит? Война? Международный инцидент? Он тебе угрожал, Мод?

Полная благородного негодования, она двинулась, словно башня, на владельца Сил-Корта.

Мод, всегда гордившаяся тем, что в любой переделке умеет сохранять ясную голову, взвешивала, что сулит ей больше неприятностей — ярость сэра Джорджа или возможность разоблачения перед Леонорой: того и гляди всплывёт, что Мод утаила от неё находку писем. Урезонивать сэра Джорджа бесполезно. Значит, лучше сосредоточиться на втором направлении: гнев Леоноры, случись ей возомнить, что её обидели или предали, будет поистине ужасен. Однако что сказать? Леонора между тем ухватила сэра Джорджа за жилистое запястье своими длинными, сильными руками:

— Отпустите мою подругу или я позову полицию!

— Зовите, зовите! Мне есть что сообщить полиции! Кто незаконно вторгся в мои владения?! Воровки! Грифонши!

— Надо было сказать «гарпии». Да где этому невежде знать такие слова!

Леонора, пожалуйста, не надо.

— Я жду объяснений, мисс Бейли!

— Не здесь и не сейчас, сэр Джордж. Я вас прошу...

— Каких объяснений он требует, Мод?

— Да так, ерунда. Сэр Джордж, неужели вы не понимаете, что сейчас не место и не время?

— Я-то всё понимаю. Уберите от меня руки, мерзкая женщина, и подите прочь! Надеюсь, я никогда вас больше не увижу — ни ту ни другую.

С этими словами сэр Джордж повернулся и, раздвинув небольшую толпу, которая начала было собираться, гордо удалился.

— Чего он от тебя хотел, Мод? Каких таких объяснений?

— Я тебе потом расскажу.

— Да уж изволь. Я заинтригована.

Мод была близка к полному отчаянию. Быть бы сейчас где-нибудь подальше отсюда! Ей вдруг вспомнился Йоркшир, белые языки отражённого огня над Падунцом Томасины, круглые камни, жёлтые, точно сера, и аммониты в Лукавом Логове...

Охранница-негритянка, обвешанная ключами, явилась перед бледной Паолой и сурово, так что на чёрном лице не дрогнул ни один мускул, отчеканила:

— Вас к телефону. Требуют издателей Падуба.

Паола проследовала за звоном ключей и за широкой спиной, облачённой в строгую униформу, по извилистым проходам, выстланным ковровыми дорожками, к телефонному аппарату в диспетчерской охраны. Этим телефоном сотрудникам

Падубоведника разрешалось, в виде милости, пользоваться при крайней необходимости.

— Паола Фонсека слушает.

— Вы редактор Полного собрания стихотворений и поэм Рандольфа Генри Падуба?

— Я помощник редактора. А что?

— Мне посоветовали связаться с Аспидсом, профессором Аспидсом. Моё имя Бинг. Я поверенный. Я представляю интересы клиента, мой клиент хотел бы узнать... какова рыночная стоимость рукописей — некоторых рукописей, которыми он, возможно, располагает.

— *Возможно* располагает или *располагает*?

— Мой клиент выразился именно так, как я только что сказал. Нельзя ли мне всё-таки поговорить с самим профессором Аспидсом?

— Хорошо. Я за ним схожу. Но пожалуйста, наберитесь терпения. Его кабинет далеко отсюда.

Поговорив с поверенным Бингом по телефону, Джеймс Аспидс вернулся в Падубоведник весь бледный, в необычайном раздражении — и волнении.

— Какой-то идиот по имени Бинг хочет, чтоб я оценил стоимость некоего числа писем Падуба к некой женщине. Я спрашиваю: «Сколько писем — пять? пятнадцать? двадцать?» Отвечает: мол, точно не знаю, но клиент сказал — в районе пятидесяти. Ещё этот Бинг говорит, что письма длинные, не какие-нибудь записки к дантисту или рождественские поздравления. Но имя клиента назвать отказывается. Я ему: как же мне установить цену столь важных документов, когда я их в глаза не видел? Я всегда терпеть не мог эту фразу — «в глаза не видел», а вы, Паола? Я имею в виду, это тавтология чистой воды: если не видел, то понятно, что глазами... Дальше Бинг заявляет, что клиенту уже поступило предложение на шестизначную сумму. Я спрашиваю: «Это предложение от британца?» Бинг отвечает: «Ну зачем же обязательно от британца». Стало быть, этот проныра Собрайл и тут поспел. А я даже не знаю, где эти письма хранятся! Я спрашиваю: «Позвольте узнать, откуда вы говорите?» — «Из Тук-Лейн-Чеймберс, Линкольн». Я говорю: «Можно хоть посмотреть эти несчастные письма?» А Бинг: «Мой клиент по натуре человек вспыльчивый, раздражительный и крайне отрицательно относится к визитёрам». И что теперь прикажете делать? У меня создалось впечатление, что если я вот так, с кондачка, выставлю щедрую цену, то мне позволят одним глазком взглянуть на сами письма. Но если я оценю их в круглую сумму, то начальство ни за что не раскошелится на их приобретение, а тут ещё влез этот вездесущий прощелыга Собрайл со своей бездонной чековой книжкой. Клиент мистера Бинга уже не просто осведомляется о научной ценности, а ребром ставит вопрос о деньгах... Вот что я вам скажу, Паола: сдается мне, всё это как-то связано со странным поведением Роланда Митчелла и с его поездками к доктору Бейли в Линкольн. Что же у нашего юного Роланда на уме? И где он, чёрт возьми, запропастился? Ну погодите, я с ним разберусь...

— Роланд?
— Нет, это не Роланд. Кто говорит? Мод Бейли?
— Это Паола, Паола Фонсека. Неужели меня можно принять за Мод Бейли? Вэл, мне срочно нужен Роланд по очень важному делу.
— Неудивительно, что его хватились, он уж давно не ходит к вам в библиотеку. Сидит дома и пишет.
— А сейчас он дома? Это очень срочно.
— У вас всегда срочно. У вас да у Мод Бейли.
— Что вы всё время меня с ней сравниваете?
— Вы с ней обе громко дышите в трубку.
— Нельзя ли позвать Роланда? Я звоню с чужого телефона и не могу долго его занимать, вы ведь знаете, как у нас тут...
— Ладно, сейчас позову.

— Роланд, это Паола. У вас большие неприятности, Аспидс в гневе. Он вас везде разыскивает.
— А я и не прячусь. Сижу себе дома. Сочиняю статью.
— Не понимаете? Слушайте, не знаю, насколько это для вас важно, но Аспидсу звонил поверенный по имени Бинг, просил оценить собрание писем, штук пятьдесят, от Падуба к женщине.
— Как зовут женщину?
— Бинг не сказал. Но Аспидс, по-моему, знает. Он считает, что вам тоже всё известно. И якобы вы затеваете какую-то игру у него за спиной. Он назвал вас вероломным юнцом — вы меня слышите, Роланд?

— Да, слышу. Я раздумываю, что мне делать. Огромное вам спасибо, Паола, что позвонили. Не знаю, почему вы решили мне помочь, но всё равно огромное спасибо!

— Почему? Потому что крик мне действует на нервы.

— Крик?

— Ну да. Он целый день ходит и злобится. У меня от его рычания внутри всё сжимается. Ненавижу, когда кричат. Кроме того, вы мне чем-то симпатичны.

— Ещё раз спасибо. Я тоже ненавижу, когда кричат. Ненавижу Собрайла. Ненавижу Падубоведник. Как бы хорошо очутиться сейчас где-нибудь ещё или вообще исчезнуть с лица земли.

— Получить стипендию на исследовательскую поездку в Окленд, что в Новой Зеландии, или в Ереван...

— Ещё лучше куда-нибудь под землю, чтоб точно не разыскали. Скажите, пожалуйста, Аспидсу, что моё местонахождение вам неизвестно. Я вам действительно очень, очень благодарен.

— Вэл, по-моему, тоже разгневана.

— Может, у них с Аспидом одна болезнь — лондонская гневная лихорадка? Я тоже не выношу крика. Хотя, по-честному, я сам виноват...

— Ну всё, охранница возвращается. Пока. Не давайте себя в обиду.

— Спасибо вам.

Роланд вышел прогуляться. Отчаяние и досада переполняли его. Он прекрасно сознавал, что в его положении любой человек, наделённый хоть каким-то интеллектом, предвидел бы подобное развитие событий, и от этого сознания ему становилось только хуже. Вся беда в том, что он послушался сердца: сердце ему подсказало — пусть письма останутся его тайной, покуда он сам не пожелает её открыть, покуда он не узнает, что сталось у Падуба с Ла Мотт, — покуда не почувствует, какова была бы воля самого Падуба... «Куда это ты собрался?» — спросила Вэл, он ничего ей не ответил. Он обследовал всю Патни-Хай-стрит в поисках телефонной будки, не разнесённой по кусочкам хулиганами, но тщетно. Тогда он зашёл в индийскую бакалейную лавку, где обзавёлся телефонной карточкой и грудой подходящих монеток, и отправился через мост Патни в Фулем; тут-то и отыскалась карточная телефонная будка, которая, судя по длинной очереди, работала. Роланд стал терпеливо ждать. Темнокожий мужчина вошёл в будку, говорил долго-долго и вышел, только когда у него закончилась карточка. Следующая, белая женщина, поступила точно так же. За ней вошла ещё одна белая женщина и с помощью автомобильного ключа зажигания проделала над телефонным аппаратом какую-то мудрёную операцию, благодаря чему обрела возможность говорить бесконечно. Роланд и его товарищи по очереди, переглянувшись друг с другом, принялись кружить вокруг будки, как стая гиен, нарочно избегая взглядов своей «жертвы» и лишь изредка мягко, как будто нечаянно, шлёпая ладонями по стеклу. Вот наконец женщина выскочила из будки, не глядя по сторонам; два-три человека перед Роландом, являя завидное благородство, были кратки. Роланду неплохо стоялось в этой очереди, здесь, по крайней мере, никто его не знал, никто не разыскивал...

Дозвонился он сразу же.

— Мод?

— Мод сейчас нет, — ответил женский голос с явным американским акцентом. — Куда ей перезвонить?

— К сожалению, я из автомата. А когда она вернётся?

— Да она, собственно, дома. Она в ванной.

— Позовите её, пожалуйста! — взмолился Роланд. — Только поскорее, за мной очередь.

— Мо-од! Это я её зову. Не вешайте трубку, пойду гляну, что она там... Мо-од!

Скоро примутся барабанить по стеклу...

— Всё, она идёт. Как вас представить?

— Никак, раз она уже идёт.

Он вообразил Мод, влажную Мод, одетую в белое полотенце. Интересно, кто эта американка? Наверное, Леонора. Сказала ли Мод что-нибудь Леоноре? И как она сможет разговаривать с ним у Леоноры под носом?..

— Алло, Мод Бейли слушает.

— Мод! Наконец-то. Это Роланд. Я из автомата. Обрушились всяческие напасти...

— Не то слово. Нам нужно поговорить. Леонора, вытяни, пожалуйста, шнур, я перемещусь в спальню. Это личный звонок. Спасибо. — (Щелчок. Повторное соединение.) — Роланд, Мортимер Собрайл пожаловал.

— Аспидсу звонил поверенный.

— Сэр Джордж устроил мне дикую сцену на рыночной площади. Попрекал коляской на электрическом ходу. Ему нужны деньги.

— Это его поверенный! Значит, старик в гневе?

— Мягко сказано. А уж увидев Леонору, и подавно взбеленился.

— Леонора что-нибудь знает?

— Нет. Но того и гляди догадается. С каждым днём...

— Они про нас плохо подумают. Собрайл, Аспидс и Леонора.

— Кстати, Леонора решила загадку, где была Кристабель после Йоркшира. В Бретани, у родственников. Там была кузина, тоже сочиняла стихи. Бумаги попали к французской филологине, та написала Леоноре. Кристабель пробыла там довольно долго. Может, до самого самоубийства Бланш. Как будто пряталась ото всех.

— Мне бы спрятаться. Я выскочил из дому, чтоб не нарваться на звонок Аспидса.

— Я пыталась тебе звонить. Не знаю, передавала тебе Вэл или нет. Судя по её тону, не собиралась. Я до сих пор не пойму, чего мы добиваемся — чего мы с самого начала добивались? И как могли рассчитывать всё утаить от Собрайла и Аспидса?

— И от Леоноры. Мы не хотели ничего утаивать — просто хотели разобраться в этой истории первыми. Это наше рыцарское приключение.

— Вот именно. Но они этого не поймут.

— Как бы я хотел куда-нибудь исчезнуть!

— Да, эта мысль мне тоже приходила. Даже не считая сэра Джорджа и прочих дел, существовать вместе с Леонорой...

— Что, неужели так плохо? — Роланд уже отгонял от себя навязчивую, восхитительную картину: Леонора (которую он никогда не видел) снимает с Мод белое полотенце...

— Я всё время думаю, — голос Мод в трубке превратился почти в шёпот, — про что мы тогда говорили у Падунца Томасины, про пустые белые постели...

— И я. И про белый огонь на камнях. И про солнце в Лукавом Логове.

— *Там* мы знали, чего хотим. А что, если нам исчезнуть? Как Кристабель.

— В Бретань?

— Не обязательно. А вообще почему бы и нет?

— У меня нет денег.

— У меня есть. И машина. По-французски я свободно говорю.

— Я тоже.

— Они не догадаются, где мы.

— А Леонора?

— Я ей что-нибудь совру. Она думает, у меня тайный любовник. Леонора — романтическая душа. Это довольно гадко — воспользоваться её информацией и обмануть её.

— Она знает Собрайла и Аспидса?

— Только заочно. Тебя вообще не знает. Даже имени.

— Главное, чтоб она с Вэл не пересеклась.

— Я подстрою, чтоб её пригласили на недельку в гости. Если Вэл узнает мой телефон и позвонит, здесь никого не будет.

— Из меня плохой конспиратор, Мод.

— Из меня не лучше.

— Я боюсь идти домой. Вдруг Вэл?.. Вдруг Аспидс?..

— Другого выхода нет. Разыграй дома ссору. Незаметно возьми паспорт и все нужные бумаги и переезжай. В какую-нибудь маленькую гостиницу в Блумсбери.

— Слишком близко от Британского музея.

— Тогда у вокзала Виктория. Я разберусь с Леонорой и тоже приеду. Есть там одна гостиница...

ГЛАВА 19

Выл ветр, и, гневом обуян,
Слал волн отряды Океан
На каменный оплот стены
И башню, где без слов, бледны,
Ночь провождали торжества
Дауда с милым. Как листва
Летит по улице народ,
От страха в дверь стальную бьёт,
Но нет отсель ответа им,
Смятенным людям городским.

В Даудиных объятьях вдруг,
Сквозь сердца девы быстрый стук,
Извне он гомон различил
Людской толпы, но громче был
За дверью Океана рык,
И в душу страх его проник.

Дауда выглянуть велит
Ему в окно: «Каков волн вид?
Что Океана гнев сулит?»

«О госпожа, цвет волн зелён
Под небом чёрным, окрылён
Седою пеной каждый вал,
Грознее туч летящих стал».

«Вернись на ложе, милый друг,
Лобзаньем жгучим, лаской рук
Я запрещу и вод морских
Роптанье злое, и людских
Шум голосов у врат моих».

Призывом дивным возвращён
В её объятья, слышит он
Под башней всплеск; кричит, дрожа:
«Пора спасаться, госпожа!»

«Мы здесь и так уж спасены,
Дверной бронёй защищены.
Но глянь в окно, — она велит, —
Насколько Океан сердит,
Какой волною нам грозит?»

«О госпожа, бледны валы,
И небеса от пен белы,
А на волне честной народ
Взлетает — и ко дну идёт».

«Иди ко мне, навею сон.
А Океан... уснёт и он,
Моими чарами смирён».

Но вновь взывает он, дрожа:
«Пора спасаться, госпожа!»

«Пойди к окну, — она велит, —
Что Океана гнев сулит,
Какой волной теперь грозит?»

«О госпожа, вода темна,
Как вар кипящий смоляна.
Вздымает Океан полки,
Их волн оскалены клыки,
Вонзиться в башню норовят...
Роняя белой пены яд,
Из тьмы чудовища встают,
Которых столь страшился люд.
Не видно неба, госпожа,
Чуть в звёздах теплится душа.
Где град стоял — там лоно вод,
И под водою звон плывёт
Часов на ратуше. Чу! — звук
Иной — то башня наша вдруг
Стон издала! Скорей очнись,
О госпожа, иль канем вниз!»

Кристабель Ла Мотт. Город Ис

Сами не свои от лихорадочного волнения, они сидели, замкнувшись, в каюте на «Принце Бретонском». Была ночь, слышалось ровное биение двигателей и, дальше, поверх них, всё обступающее, грузное, стремительное колыхание моря. До этого, стоя на палубе рядом, но отдельно, словно боясь соприкоснуться, они смотрели, как сверкающие огни Портсмута уменьшаются и тают. А ещё раньше, в первое мгновение встречи в Лондоне, в порыве какого-то неясного чувства, они бросились друг к другу и обнялись. Теперь, расположившись опять-таки бок о бок, но отдельно, на нижней койке, они попивали из пластмассовых стаканчиков для чистки зубов беспошлинный виски, разводя его водой.

— Мы, наверно, сошли с ума, — сказал Роланд.

— Конечно. И к тому же совершаем гадкие поступки. Я, например, соврала Леоноре самым бессовестным образом. Хуже того, я украдкой слямзила у неё с конверта адрес Арианы Ле Минье. Я гадкая, под стать Собрайлу и Аспидсу. Все учёные слегка одержимы. Одержимость — вещь опасная. Я как с привязи сорвалась. Но ведь это настоящий кайф — дышать морским воздухом и не толкаться ближайшие несколько недель в одной квартире с Леонорой.

Довольно странно было слышать, как обычно такая степенная Мод рассуждает об одержимости и о кайфе.

— А я, кажется, потерял всё, что имел, или считал, что имею. Потерял работу, какую-никакую, в Падубоведнике. Потерял Вэл. А значит, и жилья лишился, потому что это её квартира, она за неё платит. Мне бы впору испугаться. Может, я и испугаюсь, потом. Но сейчас я чувствую такую лёгкость и ясность в голове... как бы это получше сказать?.. одиночество чувствую и свободу! Всё дело, наверное, в море — в море воздух особенный. Спрячься я от всех где-нибудь в Лондоне, ничего б я не чувствовал, кроме собственной глупости.

Они сидели совсем близко, близко, как друзья, но по-прежнему избегая прикосновений.

— Самое забавное, — молвила Мод, — что, будь мы помешаны друг на друге, никто бы не посчитал нас за сумасшедших.

— Вэл, кстати, утверждает, так, мол, оно и есть. И со свойственной ей саркастичностью прибавляет, что лучше, здоровее сохнуть по живой Мод Бейли, чем по мёртвому Падубу.

— Леонора свято уверена, что я поспешила на зов любовника по телефону.

Вся эта ясность, *головокружительная* ясность, подумал Роланд, не оттого ли, что мы, будучи вместе, обладаем не друг другом, а чем-то иным?..

— Постели здесь, о каких мы мечтали, узкие, чистые, белые, — невольно проговорил он.

— Да. Тебе нравится сверху или снизу?

— Мне всё равно. А тебе?

— Если не возражаешь, я полезу наверх. — Мод засмеялась. — Леонора сказала бы, что это у меня от Лилит.

— При чём здесь Лилит?

— Лилит напрочь отказывалась лежать под Адамом. Тогда Адам услал её прочь, и она скиталась по пескам Аравийским и по тёмным, захолустным краям ойкумены. Лилит — более современное воплощение Мелюзины.

— Какая, собственно, разница — сверху или снизу, — спокойно отозвался Роланд, сознавая нелепо-необъятный диапазон своих слов, обнявших разом мифологию, предпочтение позы и выбор приболтованной койки.

Он испытывал счастье. Всё было нелепо и вместе проникнуто гармонией. Он вошёл в душевую кабину, повернул кран:

— Не желаешь принять душ? Солёный!

— Ещё б не солёный, под водой-то. Мы ведь *под* водой в этой каюте? Душ из морской воды в морской пучине. Сначала ты, потом я.

Вода, с тихим шипеньем вырываясь из рассекателя душа, приятно покалывала кожу и успокаивала. Та же вода, тёмная, разваленная телом огромного судна, струилась за стенками каюты и ещё дальше, вокруг, везде была она, эта вода, крепившая движение и равновесие невидимых организмов, стай морских свиней и певучих, беззащитных дельфинов, резвых косяков макрелей и мерлангов, самоходных прозрачных ковров из медуз и целых полей сельдяных молок, висящих нитями, фосфоресцирующих; молок, которые Мишле, по изысканному своему обыкновению запутывая грамматические рода и функции, называл почему-то «la mer de lait», то есть «море молока»; не потому ли, что по-французски слово «lait», «молоко», содержит достаточный намёк на слово «laite», «моло́ка», отличаясь от него только родом?.. Роланд, мирно заняв нижнее положение, вспоминал волшебную фразу из Германа Мелвилла о стайках — кого именно, не вспомнить, — «проплывающих прямо под изголовьем»... Он слышал, как струйки душа с шорохом ударяются о невидимое тело Мод, которое воображалось ему отчего-то бережно и смутно, без стремления к точности, — это воображаемое тело, белое как молоко, не спеша поворачивалось под душем, окутанное паром... Наяву он увидел лишь её лодыжки, в тот миг, когда она поднималась наверх по лесенке, лодыжки белые и стройные, одетые белым носком; а ещё на него повеяло папоротниковым запахом талька и запахом её влажных волос. Ему было отрадно, что она примостилась там, над ним, невидимая, недосягаемая, но, несомненно, присутствующая. «Спокойной ночи, — сказала она. — Приятных сновидений». Он ответил ей тем же. Но потом ещё долго не мог уснуть, лежал в темноте с открытыми глазами, с наслаждением вслушивался в её дыханье, в тихие скрипы и шорохи, раздававшиеся всякий раз, как она поворачивалась над ним на узенькой койке.

❋⬥❋

Мод ещё из дому позвонила Ариане Ле Минье. Та готовилась уезжать в отпуск на юг, но любезно согласилась задержаться на несколько часов. Стояла прекрасная погода, Мод и Роланд без происшествий доехали до Нанта на зелёном автомобильчике и встретились с Арианой за завтраком в совершенно удивительном ресторане, отделанном в таинственно-турецком стиле конца XIX века, с изразцами, колоннами и витражами в драгоценных каменьях. Ариана оказалась молодой особой, приветливой и решительной, с модной «геометрической» причёской: косая чёлка, выстриженный углом затылок. Две женщины с самого начала понравились друг дружке, в науке их обеих отличала страсть к ясным, точным формулировкам; они тут же принялись с увлечением обсуждать женскую лиминальную поэзию и природу чудовищного тела Мелюзины, усматривая в нём то, что Уинникотт* называет «переходной зоной», — воображаемое умственное построение, освобождающее женщину от необходимости полового самоотождествления. Роланд почти всё время молчал. Это было его первое знакомство с подлинной французской кухней,

французский ресторан в Лондоне не в счёт; новые, тонкие гастро-
номические ощущения переполняли его: морские блюда, свеже-
выпеченный местный хлеб и, конечно, соусы, чья остро-нежная
изысканность требовала анализа, но с трудом анализу поддава-
лась.

Перед Мод была непростая задача — получить доступ к бумагам Сабины де Керкоз, не обмолвившись об истинных причинах своего интереса и ни на миг не давая собеседнице заподозрить — с их приездом сюда без Леоноры что-то нечисто. В первый миг показалось, что толку не будет, особенно из-за скорого
отъезда Арианы. Все бумаги заперты в сейфе и опечатаны, в её
отсутствие никто его открывать не станет.

— Эх, если б я знала раньше, что вы приедете...

— Для нас самих эта поездка — неожиданность. Подвернулся
маленький отпуск. Вот мы и решили проехать по Бретани, посетить родовое гнездо семьи Ла Мотт.

— Увы, посещать там нечего. Дом сгорел во время Первой
мировой. Но поверьте, увидеть своими глазами Финистэр и бух-
ту Одьерн — именно в ней, согласно поверью, затонул город Ис —
это прекрасно!.. Есть ещё одно интересное место, по-бретонски
называется бухта Покойников, по-французски — *Baie des Trépassés* — бухта Перешедших Порог...

— Скажите, а по поводу визита Ла Мотт осенью восемьсот
пятьдесят девятого года вам удалось что-нибудь узнать?

— О, у меня есть для вас сюрприз! Уже после того, как я отправила письмо профессору Леоноре Стерн, я сделала важное
открытие — я нашла *journal intime*, личный дневник Сабины де
Керкоз. И представьте, он охватывает почти всё время, что Ла
Мотт у них гостила. Я поначалу удивилась, что дневник написан не по-бретонски, а по-французски, не слишком типично для
того времени, а потом объяснила это влиянием Жорж Санд.

— Вы даже не представляете, как бы мне хотелось...

— Подождите, сюрпризы ещё не кончились! Я для вас сделала фотокопию этого документа. Я так восхищена вашими рабо-
тами о фее Мелюзине! И вы, конечно же, покажете дневник профессору Стерн. И все вы простите меня великодушно за мой
отъезд и за то, что архив закрыт. Фотокопировальный аппарат —
величайшее изобретение. Мы должны делиться друг с другом
всей информацией, ведь сотрудничество — это наш главный

феминистский принцип. В этом дневнике вы найдёте нечто, что вас очень удивит. Но мы поговорим об этом потом, как прочитаете. А сейчас я лучше буду помалкивать, чтоб не испортить вам удовольствие.

Мод, в смятении, выразила свою горячую признательность. Будущие укоры Леоноры уже сейчас звучали у неё в ушах. Но любопытство, жадное желание понять тайну отлучки Ла Мотт затмевали всё.

На следующий день они через всю Бретань отправились на «край земли», в Финистэр. Проехав через Паимпольский и Броселиандский лес, они достигли тихого, глубоко вдававшегося в сушу залива Фуэнан и остановились в гостинице «Cap Coz», или «Старый мыс». Эта гостиница, прочная и основательная, привыкшая к суровому натиску ветра с севера, имела вместе с тем в себе что-то более мягкое, южное, мечтательное; при гостинице была терраса с пальмою, с террасы, стоило кинуть взгляд вниз — через сквозную, почти средиземноморскую рощицу сосен, — виднелся песчаный овал залива и сине-зелёное море. Здесь в течение следующих трёх дней они читали дневник Сабины. Их мысли по поводу прочитанного будут изложены после. Вот что говорилось в дневнике.

Сабина Лукреция Шарлотта де Керкоз
Личный дневник.
Начато в поместье Кернемет

Октября 13-го, 1859 года

При взгляде на пустое пространство этих белых страниц сердце моё наполняется робостью и жадным нетерпением. Я могу написать здесь всё, что пожелаю, вот только как решить, с чего начать? Дневник будет моей первой книгой, превратит меня в настоящую писательницу; с его помощью я изучу писательское ремесло; всё, что мне доведётся испытать интересного, все мои личные открытия станут достоянием этих страниц. Я выпросила эту толстую тетрадь в кожаном переплёте у моего дорогого отца, Рауля де Керкоза; в такие фолианты отец записывает свои заметки по фольклору и научные наблюдения. Желание вести дневник в меня заронила моя кузина, поэтесса Кристабель Ла Мотт, она сказала нечто, глубоко меня поразившее: «Писатель превращается в настоящего писателя, лишь когда непрестанно упражняется в своём искусстве, работает с языком, подобно тому как великий скульптор или художник работает с глиной или с красками, покуда материал не станет его второю натурой, так что творец сумеет придать ему любую форму, какую только пожелает». Ещё Кристабель сказала — когда я поведала о моём огромном желании писать и об отсутствии в моей повседневной жизни интересных вещей, событий, страстей, которые могли бы стать предметом стихов или прозы, — что для будущего писателя необычайно важно заставить, приучить себя изо дня в день записывать всё, с чем в жизни сталкиваешься, каким бы обыденным, скучным оно ни казалось. Постоянное упражнение, считает Кристабель, имеет два достоинства. Во-первых, оно сделает мой стиль гибким, разовьёт наблюдательность и приготовит к тому дню, когда — со всеми это рано или поздно случается — что-то действительно важное возопит — Кристабель так и сказала, «возопит» — и потребует своего выражения. Во-вторых, благодаря постоянным письменным занятиям я смогу убедиться, что всё на свете имеет какой-нибудь интерес, что не существует предметов скучных. Посмотри, сказала Кристабель, на свой собственный сад в пелене дождя, на здешние грубые прибрежные утёсы глазами незнакомки — скажем, моими глазами, — и ты увидишь, что они, и сад, и эти утёсы, исполнены волшебства и цвет их, хотя и неброский, прекрасен своею переменчивостью. Изучи старые чугунки и простые, прочные, деревянные блюда на собственной кухне глазами нового Вермеера*, который явился сюда затем, чтобы переселить их на полотно и, поколдовав с солнечным светом и тенью, создать из них гармоническую композицию. Писателю такое не под силу, но зато ему под силу многое другое — каждое из искусств имеет свою особую область выражения.

Вот я уж написала целую страницу, и всё, что на ней есть ценного, — это наставления моей кузины Кристабель. Но это и естественно — ведь она сейчас в моей жизни самый важный человек; больше того, она служит блистательным примером, поскольку, будучи женщиной, достигла успехов и признания в литературном творчестве, и тем самым вселяет в других женщин надежду, ведёт за собою. Впрочем, я не знаю, насколько эта роль предводительницы ей по вкусу, — я вообще мало ведаю о её потаённых мыслях и чувствах. Со мной она обращается очень мягко и хорошо, как если б она была гувернанткой, а я — докучливым ребёнком, полным порывов, не сидящим на месте ни минуты и совершенно не знакомым с жизнью.

Если попытаться представить, на какую именно гувернантку она похожа, то, конечно, на романтическую Джен Эйр, под чьей внешней невозмутимостью и умеренностью скрывается сильная, страстная, необычайно наблюдательная натура.

Две последние мои фразы заставляют меня задуматься. Что такое мой дневник — учебное задание, экзерсис, предназначенный для глаз учительницы Кристабель, или пусть даже личное письмо от меня к ней, которое она прочтёт в минуты уединённого размышления; или же это совсем иное сочинение, предназначенное исключительно для себя самой, где я попытаюсь быть совершенно откровенной, стремясь к полной правдивости?..

Я знаю, что *она* предпочла бы второе. Поэтому я буду прятать подальше эту тетрадь — по крайней мере, в первые дни её существования — и заносить сюда буду лишь то, что предназначено для моих собственных глаз и для Верховного Разума (так мой отец именует Бога, в которого верит больше, чем в наших старинных богов Луга, Дагду и Тараниса. Что до Кристабель, она *страстно* — как свойственно это английской нации — почитает Иисуса; мне не вполне понятны такие религиозные чувства; и я даже не берусь угадать её точного вероисповедания: католичка она или протестантка).

Вот уже и первый урок. То, что писано для одной лишь пары глаз, для самого писателя, немного проигрывая в живости, выигрывает зато в свободе — и, к моему собственному удивлению, — во взрослости. Когда пишется для себя, то желание очаровывать, женское и ребяческое, проходит само собою.

Писательское упражнение я хочу начать с того, что опишу наш кернеметский дом, каков он есть, нынче, в этот час, в четыре пополудни, когда осенний туманный день начинает клониться к вечеру.

Всю мою короткую жизнь (по временам, впрочем, представлявшуюся мне длинной и ужасно монотонной) я провела в этом доме. Кристабель, по её словам, поражена была его красотой и вместе простотой. Нет, я не стану больше пересказывать слова Кристабель, а лучше постараюсь сама разглядеть в старом знакомце-доме что-то такое, чего я и не подумала б заметить, завладей мною снова скука, тоска и уныние.

Наш дом, как и большинство домов на этом побережье, построен из гранита, он длинный и довольно приземистый, но его крыша, крытая сланцем, — островерхая, с высоким щипцом. Дом стоит посреди двора, обнесённого высокой стеной, которая создаёт островок сравнительного затишья в море ветра и защищает нас заодно от иных вторжений. Всё здесь у нас строится с расчётом на то, чтобы устоять под напором ветровых потоков и хлещущих дождей с Атлантики. В ненастную пору сланец кровель лоснится от влаги и бывает красив; впрочем, хорош он и летним погожим днём, когда посверкивает в знойном, солнечном воздухе. Окна устроены словно глубоко посаженные глаза под высокими дугами бровей, то есть под арками, и напоминают церковные окна. Всего в доме четыре главные комнаты — две наверху и две внизу, и у каждой по два окна — на разных стенах по окошку, — даже в непогоду света достаточно. А ещё есть выступ башней, вверху башни — голубятня, а внизу — место для собак. Правда, Пёс Трей, так же как и отцовская ищейка-сука Мирза, обитает в доме. За домом, загороженный им от ветра с океана, располагается сад, где я играла ребёнком; в те годы сад мнился мне бесконечно просторным, а нынче стал тесен. С другой стороны сад тоже защищён — стеной, сложенной всухую из грубо тёсанного камня и морских валунчиков; стена имеет множество мелких отверстий, тонких извилистых щелей, крестьяне говорят, что она «растеребливает» ветер. В штормовую погоду, когда сильный ветер наш гость, вся стена от него поёт, этакая каменная песня, написанная нотами-гальками на ветровом стане. И вся наша местность наполняется музыкой ветра. Когда он задувает, люди стараются поустойчивей ставить ноги и приноравливают, подпрягают к ветру свои голоса: мужчины, чтоб быть слышными, начинают басить, а женщинам, напротив, приходится пищать.

(Кажется, сказано довольно неплохо. Замечу, что, начертав эти строки, я невольно исполнилась эстетической любви к моим дорогим соплеменникам и к нашему ветру. Будь я поэтессой, я бы не остановилась на одном удачном образе, создала бы целую поэму об очарованном плаче бретонского ветра. Или, будь я романисткой, я б написала о том, что, по совести, в долгие зимние дни от его непрерывного, заунывного пенья можно полуобезуметь и возжаждать тишины, как в пустыне странник жаждет влаги. В псалмах так и слышится тоска по прохладному каменному убежищу от знойного солнца. Мы же здесь жаждем хоть каплю сухого и солнечного затишья.)

В нашем доме в этот час сразу трое людей сидят в трёх разных комнатах и пишут. Кузина и я занимаем две верхние комнаты —

кузина находится в бывшей комнате моей матери, где отец не пожелал меня поселить (да и мне там жить не хотелось бы). Из окон этих верхних комнат можно бросить взгляд через поля, за береговые утёсы, на подвижную поверхность морских вод. Море по-настоящему подвижно, вздымается — в дни непогоды. А в хорошие дни море дремлет, и тогда впечатление движения создаётся перемещением света. Гм, а действительно ли это так? Интересное наблюдение, но его надо как-то проверить...

Мой батюшка занимает одну из нижних комнат, которая одновременно служит ему библиотекой и спальней. Три стены в его комнате одеты полками книг, и он непрестанно печалится об ужасном воздействии, какое влажный морской воздух имеет на страницы и переплёты. В детстве одним из моих постоянных поручений было умащивать кожаные обложки предохранительной смесью из пчелиного воска и чего-то ещё — гуммиарабика? скипидара? — он сам изобрёл этот состав. Сбережением книг занималась я вместо вышиванья. Разумеется, я умею починить мужскую рубаху — мне пришлось по необходимости обучиться простому женскому ремеслу, и мне даже по силам несложное белошвейство, — но из более тонких рукоделий я, увы, ничем не владею. Сладкий запах пчелиного воска мне, пожалуй, памятен так же, как иным расфуфыренным барышням — запах розовой воды и фиалковых духов. Мои руки от книжного состава были гладкими и лоснились. В те дни большей частью мы проживали вместе в этой отцовской комнате, где хороший, жаркий камин, но тогда была ещё одна, дополнительная печка для тепла, вроде тех, в каких обжигают глиняную посуду.

Батюшка спит на старинной бретонской кровати, вернее, в старинной кровати, потому что устроена она наподобие крытого ящика, или огромного комода, с приступкой и с дверцей, а в дверце есть отверстия для воздуха. Большая кровать матери, обычная, имеет тяжелый бархатный балдахин, украшенный тесьмой и богатым золотым и серебряным шитьём. Два месяца назад батюшка попросил меня привести этот балдахин в чистый, приличный вид; зачем это было нужно, он не объяснил; и в моей голове пронеслась дикая, безумная мысль, что он вознамерился на мне жениться и готовит комнату матери под покой новобрачных. Я и Годэ разобрали и снесли вниз во двор тяжёлые кроватные занавеси, тяжёлые вдвойне от пыли, и Годэ прямо-таки расхворалась после того, как выколотила эти занавеси на верёвке: вся грязь, паутина и пыль, скопившиеся на их веку — вернее, на моём веку, — набилась к ней в лёгкие. Но, оказавшись выколоченными, занавеси балдахина обратились в ничто, вместе с пылью разрушилось всё золотое шитьё, ткань расползлась, всюду появились прорехи, лохмотушки. И тогда батюшка сказал: «Приезжает твоя кузина из Англии, и придётся нам, видно, где-то разжиться новой постелью». Он меня отрядил в Кемперле к мадам де Керлеон за постельным бельём, я ехала туда на лошади целый день. Мадам де Керлеон снабдила меня набором прочного красного постельного белья, которое, как она сказала, в обозримом будущем ей не понадобится; по кайме белья вышиты лилии и дикие розы, кузине они очень пришлись по сердцу.

Говорят, что наши бретонские кровати-шкафы, вроде отцовской (про них ещё есть загадка: «В горнице — горница, что такое?»), придуманы были в старое время для защиты от волков. Даже в наши дни волки рыщут по плоскогорьям и низминам, и в особенности в Паимпольском и Броселиандском лесу. А раньше в деревнях и на фермах эти страшные звери забегали в дома, хватали младенцев из колыбелек у очага и утаскивали в своё логово. И вот фермеры и крестьяне, чтобы уберечь потомство, стали, отправляясь в поля, запирать деток в этих шкафах-кроватях. Годэ говорит, что такая кровать — хороший заслон не только от волков, но и от незваных хрюшек с их неразборчивым рылом, и от жадных кур, которые так и норовят забежать в дом и могут клюнуть младенца в глаз или в ухо либо ущипнуть за маленькую ручку или ножку.

Когда я была маленькая, Годэ повергала меня в ужас этими рассказами. Днём и ночью я боялась волков и ещё волчьих оборотней, волкодлаков, хотя, по чести сказать, и по сей день я ни разу не видела волка и даже не слышала настоящего воя; правда, иногда, снежной ночью, раздавался вдруг звук, похожий чем-то на вой, и тогда Годэ поднимала кверху палец: «Слышите, это волки оголодали, ближе подбираются к жилью». В нашем туманном крае граница, пролёгшая между мифом, легендой — и действительностью, не проводится отчётливо; мой отец говорит: наш мир и другой мир связаны в Бретани не как два далёких берега, неким каменным мостом, а словно две части одной комнаты, между которыми преградой лишь смутная вуаль и протянуты незримые, тоньше паутины, нити. Волки приближаются к жилью; но и в деревнях бывают люди-волкодлаки; а ещё существуют колдуны, полагающие, что тёмные силы им подвластны; существует крестьянская вера в волков, в то, что нужно заслонить ребёнка от всех этих опасностей прочной дверью. В детстве страх мой перед волками едва ли был больше, чем страх очутиться запертою без света внутри этой кровати, походившей не столько на надёжное пристанище, сколько на ящик или полку в фамильном склепе (или в крайнем случае на пещеру отшельника: я воображала себя сэром Ланселотом, покуда не поняла, что я всего лишь женщина и должна довольствоваться ролью Элены Белорукой[1] — страдать и сохнуть по Ланселоту и в конце концов скончаться от неразделённой любви). В этом постельном склепе было так темно, что я принималась рыдать о свете; впрочем, если я бывала нездорова или очень несчастна, я просто тихонько сворачивалась клубком, словно ёжик или спящая гусеница, и лежала, как будто умерев иль ещё не родившись, между осенью и весною (ёж!), между состоянием ползанья и состоянием полёта (червь бабочки!)...

Я начинаю порождать метафоры! Кристабель сказала, что, согласно Аристотелю, хорошая метафора — признак гения. Моё сегодняшнее «писательство» совершило от довольно околичного начала длинный путь обратно во времени, и весьма занятный путь в пространстве — путь, направленный внутрь моего существа, к моим первым истокам в шкафу-кровати, а шкаф спрятан в крепком доме, а дом укрыт за надёжной стеной...

Мне ещё предстоит немалому научиться в том, что касается построения моего повествования. Начиная рассказ со старинной кровати отца, я намеревалась поведать и о кровати моей матери (что я и сделала), а потом, через отступление о кроватях-шкафах, подойти к мысли о зыбкой границе между явью и вымыслом (это тоже было проделано). Но мой первый опыт нельзя считать вполне успешным: в изложении есть огрехи, скачки, неуклюжие пробелы, словно слишком большие отверстия в каменной стене — сквозь них ветер так и свищет. И всё-таки кое-что уже совершено, и какое же это *интересное*, увлекательное занятие, если взглянуть на него как на тонкое ремесло: результат можно улучшить, изменить, а то и выбросить вовсе как негожую ученическую поделку.

О чём же повести мне речь дальше? О моей истории? Об истории моей семьи? О моих сердечных делах? Но моё сердце пока свободно. Я ни разу ни в кого не была влюблена, и никто ещё не воспылал ко мне страстью. Больше того, я ни разу не встречала мужчины, которого могла бы вообразить своим любовником. Батюшка думает, что всё это мягко и неминуемо разрешится, устроится само

---

[1] В артуровском каноне Томаса Мэлори этот женский персонаж именуется «Девой Астолатской»; возможно, Элена Белорукая — бретонский вариант.

собою, «когда придёт время». Это время, как он думает, ещё далеко — а по мне, оно уже почти миновало, почти потеряно. Мне двадцать лет. Не буду дальше писать об этом. Я не сумею рассуждать разумно, а кузина Кристабель говорит, что в моём дневнике не должно быть места «многословным проявлениям девичьей меланхолии, экстатическим охам и вздохам, которые обожают разводить у себя в дневниках заурядные барышни с их трафаретными чувствами».

Итак, я описала дом, хотя бы частично, но не людей. Завтра примусь за описание людей. Правда, Аристотель утверждает, что суть трагедии — не в характерах, а в действии. Вчера вечером батюшка с кузиной за ужином горячо спорили об Аристотеле, я давно не припомню отца таким оживлённым. По моему скромному мнению, суть трагедии — в *бездействии*, по крайней мере для многих современных женщин. Я не решилась произнести этот мой почти афоризм, так как спорили они на древнегреческом языке, которого я не знаю (Кристабель выучилась ему от своего отца). Когда я думаю о средневековых принцессах, заправлявших всеми делами в замке, покуда мужчины в Крестовом походе, о настоятельницах, руководивших жизнью огромного женского монастыря, или о святой Терезе, девочкой отправившейся на борьбу со злом, мне так и хочется воскликнуть вслед за Жаком, героем Жорж Санд: «Мягкость, чрезмерная мягкость пронизывает современную жизнь!» Де Бальзак говорит, что из-за новых занятий мужчин в городах, из-за того, что все мужчины стали *дельцами*, женщины превратились в хорошенькие, но малозначащие *игрушки*, сместились куда-то на окраину жизни, в свои будуары, где порхают шелка, струятся ароматы духов и процветают особые женские *фантазии* и интриги. Мне бы очень хотелось ощутить это струенье шелков, атмосферу будуара — но и в самом изысканном будуаре я бы не пожелала быть праздным существом, чьей-то игрушкой. Я желаю жить — жить, любить и писать! Много это или мало? Моё заявление — экстатический вздор?

Четверг, октября 14-го

Сегодня я решила, что пора мне начать описывать людские характеры. Но пожалуй, мне страшновато — да, это самое подходящее слово! — страшновато приступать к изображению моего батюшки. Он всегда был со мною неотлучно; никого и не было, кроме него. Даже моя матушка — это не столько моя матушка, сколько одна из его сказок, которые я в детстве почитала за полную правду (замечу, пусть и не совсем кстати, что батюшка с детства учил меня быть правдивой). Моя матушка была родом с юга, уроженка Алби. «Ей не хватало у нас солнца», — говаривал отец. Я ясно представляю, как она умирала. Она пожелала видеть меня (так рассказывал батюшка), она сходила с ума от беспокойства: что станется со мною в этом грубом краю, как я вырасту без материнской заботы. Она плакала и металась на ложе, тратя последние силы, умоляя принести к ней ребёнка, — тогда меня принесли, и она обернула ко мне своё белое лицо и мигом успокоилась. И батюшка тут же, у смертного её изголовья, поклялся, что будет мне отцом и матерью, а матушка сказала, что лучше бы он не оставался вдовцом, а он ей ответил, что никогда не сможет вновь жениться, поскольку однолюб. Он исполнил своё обещание, попытался быть мне отцом и матерью. Единственная загвоздка — он не слишком искушён в вещах практических, то есть, конечно, он очень добр и умён, но не умеет принимать практических житейских решений, какие под силу женщине. И он не имеет понятия о том, чего я страшусь. Или чего я желаю. Но во младенчестве он брал меня на руки с бесконечной нежностью и осторожностью, это я хорошо помню, целовал меня и укачивал и читал мне сказки.

Я пишу это и понимаю, что один из моих писательских недостатков — склонность устремляться сразу во всех направлениях.

Мне страшновато описывать батюшку, ибо то, что существует между нами, — для нас двоих само собой разумеется и никакими словами не выразимо. Ночью я слышу, как он дышит во сне, и стоит дыханию на мгновенье притихнуть, пресечься, я тут же замечаю. Если б с ним что-нибудь случилось, я б узнала об этом, даже будучи очень далеко. Точно так же я знаю: окажись я в опасности, заболей, он почувствует это на расстоянии. Он кажется очень рассеянным, замкнутым, поглощённым своей работой, но каким-то шестым чувством, сокровенным ухом всегда слышит движенья моей души. Когда я была совсем маленькой, он привязывал меня к своему письменному столу на длинной-предлинной полотняной полосе, как на верёвке, и я выбегала из его комнаты в соседнюю большую комнату, нашу Залу, и приходила обратно, когда мне вздумается, и была довольна. В одной из батюшкиных книг есть старинная эмблема, изображающая Христа и Душу, Душа свободно бродит среди дома на такой же полотняной привязи; по словам батюшки, именно эта эмблема натолкнула его на мысль держать меня на свободной привязи. А недавно я прочла один английский роман, «Сайлас Марнер»[1], где рассказывается про старого холостяка, который, работая за ткацким станком, привязывал к нему маленького найдёныша схожим способом. И до сих пор я чувствую батюшкин гнев и батюшкину любовь по незримому подёргиванию этой привязи, не оборвавшейся между нами, — чувствую, только стоит мне начать думать мои бунтарские мысли или расскакаться слишком быстро на лошади. Мне не хочется писать об отце слишком беспристрастно. Я люблю его как воздух, как камни нашего очага, как кривую от ветра яблоню в нашем саду, как далёкий шум прибоя.

Когда читаешь у де Бальзака описания лиц героев, то словно смотришь на портрет работы голландских мастеров. Чувственные крылья носа, чей нижний завиток — точно раковина улитки, красные прожилки в уголках глаз, шишковатый бледный лоб... Я не умею так пристально описать отца, его глаза, его волосы, его сутуловатую осанку. Он ко мне слишком близок. Если книгу приблизить к глазам в слабом свете свечи, буквы расплываются. Так же происходит и с отцом. Зато его отец, мой дедушка — вольнодумный философ, республиканец, — мне подробно памятен со времён моего раннего детства. Он носил свои серо-стальные волосы длинными, как это делала бретонская знать в старые времена, и взбивал впереди кок. У него была славная, приятной формы борода, более светлая, чем волосы. У него были перчатки с крагами, в которых он появлялся, отдавая визиты, а также на свадьбах или похоронах. Наши простые жители обращались к нему по имени, Бенуа, хотя он был господин барон де Керкоз, точно так же как батюшку они величают Раулем. Они просят нынче у Рауля совета, как просили прежде у Бенуа, в тех делах, в которых смыслят немного или не смыслят вообще. Я порой в шутку думаю: мы живём словно те «верховные» пчёлы в улье, от которых все остальные пчёлы почему-то ждут указаний; словно без советов де Керкоза ничего не заладится.

Когда Кристабель приехала, мои чувства оказались в смятении, как бывает с волнами во время прилива: одни волны стремятся к берегу, а другие уже несутся вспять, им навстречу. У меня никогда не было подруги, или *конфидентки*, — ведь на эту роль не годится даже моя любимая няня Годэ и добрые служанки, которые давным-давно живут у нас, слишком уж все они старые и почтенные. Поэтому

---

[1] *«Сайлас Марнер»* — роман Джордж Элиот (1861).

в сердце моём зажглась надежда. Но мне никогда ещё не доводилось делить моего отца и мой дом с другой женщиной, и я опасалась, что мне это может не прийтись по нраву, опасалась неведомых посягательств, недоброго слова или по крайней мере неловкости.

Возможно, до сих пор опасения живы...

Как же мне описать Кристабель? Теперь я её вижу — миновал ровно месяц её пребывания в нашем доме — уже не так, как в день её приезда. Попробую для начала восстановить моё первое впечатление. (Я пишу не для глаз Кристабель.)

Она к нам явилась на крыльях шторма. (Звучит романтично! Но не даёт достаточного понятия о количестве ветра и воды, обрушившихся на наш дом в ту ужасную неделю. Когда мы пытались открыть ставню или выступить наружу за дверь, непогода нас встречала точно некое свирепое, неумолимое Существо, желающее во что бы то ни стало нас сломить, победить.)

Кристабель прибыла к нам во двор, когда уже стемнело. Колёса загремели, заскрежетали по булыжникам. Экипаж продвигался — даже внутри каменной ограды двора — оскользчивыми толчками. Лошади шли нагнув голову, по бокам их струились потоки грязи и солёно-белого пота. Батюшка выбежал во двор в своём древнем *рединготе* и с куском просмолённой парусины; ветер чуть не вырвал у него из руки дверцу экипажа. С трудом держал он её открытой; Янн, наш старый слуга, откинул подножку; и тогда в наружную мглу молча выскользнул, точно серый призрак, какой-то большой мохнатый зверь, выскользнул и нарисовался на фоне темноты бледным пятном. А вслед за этим огромным зверем спустилась маленькая женщина, одетая в чёрную накидку с капюшоном, в руках бесполезный чёрный зонт. Сделав шаг от экипажа, она споткнулась и упала бы, не будь бережно подхвачена моим отцом. «Кернемет, благословенное убежище»[1], — проговорила она по-бретонски. Отец взял её на руки и, поцеловав в мокрый лоб — глаза её были прикрыты, — ответил: «Живи здесь как в родном доме сколько пожелаешь». Я стояла под бешеным напором ветра на пороге открытой двери, из последних сил удерживая её; струи дождя расплывались по моим юбкам. Ко мне вдруг подскочил тот самый огромный зверь

---

[1] «Кер» означает по-бретонски «жилище», «обитаемое место» (дом, хутор, ферма), «немет» — «нечто священное», «святилище» (преимущественно языческое). На месте языческих святилищ нередко возникали монастыри; в Средние века в Бретани, как во многих европейских странах, в церкви или монастыре человек мог укрыться, например, от правосудия.

и прижался, дрожа, пятная мой наряд своею мокрой шкурой. Отец, мимо меня, внёс гостью в дом на руках и опустил в своё большое кресло; она полулежала и казалась почти без чувств. Я всё же приблизилась и сказала, что я — её кузина Сабина и приветствую её в нашем доме; не знаю, слышала ли она меня. Чуть позже отец и Янн, поддерживая её с обеих сторон, повели её — скорее даже понесли — вверх по лестнице; и до следующего вечера, до самого ужина, мы её не видели.

Не могу сказать, чтоб она мне поначалу понравилась. Впрочем, не потому ли, что она не очень-то расположилась ко мне? Мне кажется, я человек, способный на привязанность, и охотно привязалась бы к любому, кто подарил бы мне немного тепла, сердечного участия. Кузина Кристабель, обращаясь к батюшке чуть ли не с благоговением, на меня, казалось, поглядывала — как бы это получше сказать? — с прохладцей. Первый раз она сошла к ужину в тёмном шерстяном платье в чёрную и серую клетку и в большой, очень красивой шали, тёмно-зелёной с чёрной отделкой и бахромой. Модницей Кристабель не назовёшь, но одета она с безупречной аккуратностью и тщанием; её шею украшают янтари на шёлковой нити; на голове кружевной чепец; даже обувь — маленькие зелёные ботинки — отличается каким-то особым изяществом. Я не знаю, сколько ей лет. Может, тридцать пять? Волосы у неё необычайного цвета, серебристо-русые, с каким-то даже металлическим отливом, этот цвет немного напоминает зимнее сливочное масло, масло без золотинки, что делают из молока коров, жующих сено в стойлах и не выходящих на солнечные пастбища. Волосы она носит прибранными, лишь над ушами небольшие кудряшки (которые не слишком ей идут).

Лицо у ней очень белое, с острыми чертами. В тот самый первый ужин она была столь бледна, как ещё ни один человек на моей памяти (да и сейчас румянца у неё почти не прибавилось). Даже внутренность тонких ноздрей, даже губы казались беловаты, имели оттенок слоновой кости. Глаза её — странные, бледно-зелёные, она большей частью их держит полуприкрытыми. Губы тонкие и чаще всего сжаты, — когда она заговаривает, удивляешься крупности её ровных, сильных зубов того же матово-белого оттенка.

Мы ели варёную птицу — батюшка распорядился зарезать курицу, чтобы кузина скорее восстановила силы. Сидели за круглым столом в нашей Зале — обычно мы с отцом ужинаем сыром, хлебом и чашкою молока у него в комнате, перед очагом. Батюшка говорил с нами об Исидоре Ла Мотте и его великолепном собрании сказок, мифов и легенд. Потом обратился к кузине:

«Ты ведь, кажется, тоже пишешь? Впрочем, слава медленно доходит из Англии до нашего Финистэра. И со многими современными книгами мы просто не знакомы, так что прости великодушно».

«Я пишу стихи, — сказала она, прикладывая платочек ко рту и чуточку нахмуриваясь. — Я подхожу к этому делу добросовестно и, надеюсь, достигла некоторого мастерства. Что же до славы, то у меня её нет, по крайней мере той славы, о которой вы бы невольно узнали».

«Кузина Кристабель, — заговорила тут я, — я ведь тоже хочу писать! Это моя давняя мечта...»

«Мечтают многие, но мало кому дано исполнить, — живо отозвалась она по-английски и по-французски прибавила: — И вряд ли это сулит благополучное существование».

«Разве я помышляю о выгоде?..» — произнесла я с обидой.

Батюшка сказал:

«Сабина, подобно тебе, выросла в странном мире, где кожаные переплёты книг и бумага для письма столь же обычны и столь же важны, как хлеб с сыром».

«Будь я доброй тётушкой Феей, — молвила Кристабель, — я бы пожелала ей иметь хорошенькое личико — оно у неё, кстати, есть — и способность заботиться о простых, каждодневных вещах».

«Ты хочешь, чтоб я была Марфой, а не Марией!»[1] — вскричала я, зардевшись.

«Я этого не говорила, — был ответ. — Вообще это ложное противопоставление. Тело и душа — неразделимы». Она вновь поднесла платочек к губам и нахмурилась, словно мои слова её задели, и повторила: «Да, неразделимы. Знаю по собственному опыту».

Вскоре после этого она, извинившись, отправилась к себе в спальню, где Годэ уже растопила жаркий камин.

Воскресенье

Радости, что приносит писательство, очень разнообразны. Когда пытаешься передать на бумаге свои переживания, в этом есть своя прелесть; когда начинаешь рассказывать о событиях, то удовольствия не меньше, но оно другое. Попробую рассказать о том, как мне всё же удалось в какой-то степени приобрести доверие моей кузины Кристабель.

---

[1] Евангелие от Луки, 10: 38—42.

Шторм, бушевавший во время её приезда, не унимался ещё три или четыре дня. После самого первого ужина она больше не спускалась к нам, оставаясь в своей комнате; она сидела в глубоком гранитном алькове, образуемом аркой окна, и посматривала наружу (правда, в ненастье у нас любоваться особенно не на что: грустный, тусклый сад весь напитан влагой... стена кажется сложенной из тумана, вернее, из неведомых, едва в ней проступающих туманных камней). Кристабель слишком мало ест — «как хворая птичка», сказала Годэ.

Я заходила к ней всякий раз осторожно, чтоб не показалось, будто бесцеремонно нарушают её покой, я всё думала, как бы устроить её поуютнее и сделать ей что-то приятное. Я пыталась соблазнить её то кусочком филе камбалы, то студнем из маринованной говядины, но она только попробует и отставит в сторону. Бывало, что я зайду к ней снова через час или два, а она сидит в прежней позе, и тогда у меня возникало чувство неловкости, мол, слишком скоро воротилась; или просто время для неё течёт по-иному, чем для меня?..

Как-то она сказала: «Кузина, со мною тебе одни пустые хлопоты. Я не умею выражать благодарность, я больная и гадкая. Лучше меня не трогать, оставить наедине с моими мыслями...»

«Я только хочу, чтоб тебе было у нас хорошо и покойно», — сказала я.

«Увы, Бог не дал мне умения наслаждаться покоем», — ответила Кристабель.

Я испытывала обиду оттого, что Кристабель по всем практическим делам обращалась к моему отцу и его благодарила за предусмотрительность, за милые знаки гостеприимства, тогда как на самом деле всё было моею заслугой, ведь я чуть ли не с десяти лет веду хозяйство в доме; отец же, несмотря на всё своё благорасположение, не способен понять, угадать нужды гостьи.

Большой пёс также отказывался от пищи. Он лежал в её комнате, положив морду на лапы, носом к двери; дважды в день нехотя поднимался и давал выпускать себя во двор. Я приносила ему разные лакомые кусочки, заговаривала с ним — он даже не смотрел на меня и ничего не ел. Кристабель пару дней безучастно взирала на мои настойчивые попытки подружиться с ним. Потом наконец сказала:

«Бесполезно. Он сердится на меня за то, что я увезла его из дома, где он был счастлив. Посадила на ужасный, тесный корабль, заставила страдать от качки. Конечно, он имеет право обижаться, но я не знала, что собаки такие злопамятные. Считается, что они легко, чуть ли не по-христиански, прощают обиду тем человеческим созданиям, которые самонадеянно считают себя их „хозяевами“. Но он, кажется, вознамерился умереть, чтобы мне отомстить за то, что я оторвала его от родной почвы».

«Жестоко так говорить! Пёс не зловредный, он просто несчастный».

«Зловредная — это я. Я терзаю себя и других. В том числе бедного Пса Трея, который за свою жизнь и мухи не обидел».

«В следующий раз, как он спустится, попробую отвести его в сад», — предложила я.

«Боюсь, он не пойдёт».

«А что, если пойдёт?»

«Ну, тогда, значит, лаской и добротой ты сумела добиться от моего пса того, чего не добилась от меня. Но он, по-моему, пёс-однолюб, иначе зачем было брать его с собой. Дело в том, что в прошлый раз, когда я на несколько времени уезжала из дому, он не ел до моего возвращения».

Однако я не отступалась, и мало-помалу пёс стал спускаться за мною всё охотнее; обследовал двор, конюшни, сад; освоился дома в гостиной; и вот уж, покидая свой пост у дверей Кристабель, приветствовал меня, тычась мне в юбки мордой. А однажды он съел две плошки супа, от которого отказалась его госпожа, и радостно, виляя хвостом, посмотрел на меня. Увидев это, Кристабель проговорила с сердцем:

«Выходит, я ошибалась и насчёт его исключительной верности. Лучше б было мне оставить беднягу Трея в родных краях. Не стоило ему менять променады в Ричмондском парке на волшебные опушки Броселиандского леса. И главное, оставшись дома, он сумел бы утешить...» Здесь она оборвала фразу. Видя, что она очень расстроена и не расположена откровенничать, я произнесла как ни в чём не бывало:

«Когда наступит хорошая погода, мы с тобой вместе возьмём его на прогулку в Броселиандский лес. А потом сделаем вылазку в заветные глухие места — на мыс Пуант-дю-Рас и к бухте Перешедших Порог».

«Когда наступит хорошая погода... кто знает, где мы все будем?..»

«Разве ты от нас уедешь?»

«Куда ж я поеду?» — спросила она и не ждала от меня ответа.

Пятница

«Через десять дней она окрепнет», — сказала Годэ. «Ты давала ей отвар из трав?» — спросила я, ведь наша Годэ, как всем это известно, колдунья. «Я предлагала, — ответила Годэ, — но она отказалась». — «Я скажу ей, что твои зелья и отвары не приносят ничего, кроме пользы». — «Теперь уж ни к чему. Через неделю с этой среды ей и так полегчает». Я всё это со смехом пересказала Кристабель, она помолчала, а потом осведомилась, какие такие болезни лечит Годэ своим колдовством? Бородавки, колики, а ещё бесплодие и некоторые другие женские болезни, простуды и пищевые отравления, объяснила я. Годэ умеет вправить вывихнутый сустав и принять ребёнка — да, да, честное слово! — и знает, как обмыть покойника и как привести в сознанье утонувшего. Все у нас помаленьку это умеют.

«Не бывает ли, что она не лечит, а калечит?» — спросила Кристабель.

«Нет, насколько я знаю. Она очень скрупулёзная, очень умная, или ей всегда везёт. Я б доверила Годэ свою собственную жизнь».

«О, *твоя* жизнь представляет большую ценность».

«Как и жизнь любого другого человека», — отозвалась я. Она меня пугает. Я понимаю, что она имеет в виду: что её жизнь...

В точности по предсказанью Годэ она окрепла; и когда в начале ноября выдалось три или четыре ясных дня (как это порой случается, хотя и редко, на нашем столь капризном, изменчивом побережье), я отвезла её и Пса Трея на повозке к морю, к заливу Фуэнан. Я думала, что она, несмотря на пронизывающий ветер, примется бегать со мною вдоль моря взапуски или лазить по камням. Но она просто стояла у края воды — ботинки её утопали во влажном песке — и, знобко пряча руки в рукава, слушала крики чаек и как волны с бурунами разбиваются о камни и была совсем, совсем неподвижна. Я подошла к ней и заметила, что глаза её закрыты, лишь брови с каждым ударом прибоя болезненно хмурились. У меня возникло странное ощущение, словно эти удары бьют ей по голове и она по какой-то причине принимает их. Я тогда отошла прочь; никогда ещё я не встречала человека, который умел бы так дать почувствовать, что твои обычные проявления дружелюбия — неуместное вторжение в чужой внутренний мир.

Вторник

Всё же я была полна решимости говорить с нею о писательстве. Я выждала момент, когда она, казалось, пребывала в безмятежном и приязненном настроении; она вызвалась мне помочь штопать простыни (кстати, она в этом мастерица куда лучше меня — она вообще преуспела в шитье, в рукоделии). Я начала:

«Кузина Кристабель, я *и вправду* мечтаю стать писательницей».

«Если это так, если у тебя есть дар, то никакие мои слова ничего не изменят, и ты станешь, кем хочешь».

«А вдруг у меня не хватит решимости? Прости, кузина, я не то говорю: „не хватит решимости“ — это звучит слишком сентиментально. Я хотела сказать, вдруг мне что-нибудь помешает? Например, замкнутость моей жизни, отсутствие общения, дружеского внимания. Или недостаточная вера в себя. Или твоё презрение...»

«Моё презрение?!»

«Ты ведь уже заранее вынесла обо мне суждение, как о глупой девчонке, которая сама не знает, чего хочет. Ты видишь не меня, а своё представление обо мне».

«А ты, конечно же, вознамерилась разрушить моё ошибочное мнение. Ладно, Сабина, по крайней мере одно из ценных качеств писательницы-романистки у тебя налицо — ты развеиваешь простые и удобные заблуждения людей. Причём делаешь это в приятной, воспитанной манере и без излишней мрачности. Что ж, поделом мне. Скажи, что же ты пишешь? Ты ведь *пишешь*? Ибо в этом ремесле желание, не перешедшее в действие, превращается в опасный призрак...»

«Я пишу, о чём умею. Но конечно, пишу не то, что мне хотелось бы. А хотелось бы написать историю чувств женщины. Современной женщины. Но что я могу узнать о современной жизни в этих гранитных стенах, которые нечто среднее между тесным узилищем Мерлина и тюрьмой, возведённой в Век Разума. Вот я и пишу о том, что мне более всего знакомо, — о странном, о фантастическом, обрабатываю легенды из отцовского собрания. Например, я написала повесть о затонувшем городе Ис».

Кристабель ответила, что с удовольствием прочтёт мою повесть. И сообщила, что написала на английском поэму на тот же сюжет! Я немного знаю английский, совсем немного, сказала я, не могла бы Кристабель поучить меня этому языку? «Ладно, я попробую. Я не слишком хорошая учительница, мне не хватает терпения. Но я попробую».

Затем Кристабель сказала:

«С тех пор как я сюда приехала, я не пыталась ничего писать, потому что не знаю, на каком языке думать. Я, если угодно, похожа на фею Мелюзину, на сирен и на русалок, которые наполовину французские, наполовину английские созданья, но за этими языками стоит ещё и бретонское, кельтское начало. Всё зыблется, всё меняет для меня очертанья, включая мои собственные мысли. Желание писать я унаследовала от отца, который был в чём-то схож с твоим отцом. Но язык, на котором я пишу — с которым я родилась! — это язык не отца, а матери. Моя мать (она жива и поныне) — не из числа духовных личностей, её собственная речь состоит из пустячных слов домашнего обихода и слов, почерпнутых в лавке модистки. Далее, английский, по самой своей природе, создан как бы из мелких преткновений; это язык массивных предметов и понятий и вместе тонких софистических разграничений; язык разрозненных наименований — и точных наблюдений. Отец считал, что у всякого человека должен быть *один родной язык.* Поэтому в ранние мои годы, ради моего блага, он отказался от своего языкового «я»: говорил со мною только по-английски, рассказывал мне английские сказки и легенды, пел английские песни. Французский и бретонский я узнала от него же, но позднее».

Такова первая откровенность, которую позволила себе Кристабель, и это откровенность писателя, предназначенная для другого пишущего человека. Правда, в первое время я думала не столько о её словах насчёт родного языка, сколько о том, что мать её до сих пор жива. И вот дочь, то есть Кристабель, находясь в некой беде — а что она в беде, ясно, — обращается не к матери, а к нам — вернее, к моему отцу (вряд ли она, принимая решение ехать в Кернемет, хотя бы задумалась обо мне).

Суббота

Она прочла мою повесть о короле Градлоне, принцессе Дауде, коне Морваке и Океане. Она забрала её у меня вечером 14 октября и вернула двумя днями позже. Вошла ко мне в комнату и каким-то поспешным, почти бесцеремонным жестом вложила тетрадь мне в руки, но на губах её играла странная полуулыбка. «Вот твоя повесть, — сказала Кристабель. — Я не стала ничего помечать на страницах, лишь позволила себе сделать несколько заметок на отдельном листе. Держи».

Как описать мою радость — радость человека, которого наконец-то приняли всерьёз? Когда она забирала моё сочиненье, по лицу её было видно, что она приготовилась найти там одну сентиментальщину и розовые вздохи. Я знала, что мой труд не таков, но её нехорошая уверенность на какой-то момент поколебала мою, хорошую. Конечно, я не сомневалась — в том или ином у меня отыщутся недостатки; и всё же чувствовала: что я написала — то написала *всерьёз*, и уже поэтому оно имеет разумное основание, смысл, *raison d'être*. Одной половиной души я ждала приговора кузины, а другой — надеялась на лучшее.

Я выхватила листок у ней из рук. Жадно пробежала заметки. Они были дельные, они были умные, из них следовало, что Кристабель поняла мой замысел и уважает его!

А замысел мой был в том, чтобы неукротимую Дауду сделать *воплощением* нашего, женского стремления к свободе, к независимости, к тем особенным, только нам свойственным чувствам и страстям, которых мужчины, по-видимому, в нас боятся. Дауда — волшебница, любимица Океана, но её слишком невоздержанные страсти заставляют тот же Океан поглотить город Ис, навсегда погрузить в свою пучину. Редактор одного из батюшкиных сборников говорит: «В легенде о городе Ис, столь же явственно, как налёт урагана, ощутим ужас перед древними языческими культами, и ужас перед стихией страстей, вырывающихся на волю только в женщине. К двум этим ужасам добавляется третий — перед Океаном, который в этом трагическом действе исполняет роль мужской Немезиды, сурового рока. Язычество, женщина, Океан — три этих желанья, три величайших древних страха человечества — причудливо переплетаются в этой легенде, приводя её события к бурному, ужасающему концу...»

С другой стороны, батюшка говорит, что имя Дауда, или Даута, в древние времена означало «добрая волшебница». Он полагает, что она могла быть языческой жрицей, подобной описанным в исландских сагах, или одной из девственных друидических жриц на острове Сэн. И само название Ис, возможно, содержит в себе память о некоем другом мире, где женщины до появления воинов и жрецов были всемогущи, о мире, подобном Авалону, Плавучим воздушным островам, чудесным холмам Сид... Почему желание и чувственность в женщине должны так ужасать? И кто таков этот редактор, чтобы утверждать, что мы — главные страхи человечества, как будто человечество состоит из одних лишь мужчин. Нас, женщин, он тем самым превращает в изгоек, злых ведуний, чудовищ...

Ниже я приведу некоторые мысли Кристабель, которые мне особенно лестны. По чести, следовало бы добавить сюда и её критику — что ей показалось в моей повести банальным, неуклюжим, чрезмерно велеречивым, — но те её слова и так навсегда отпечатались у меня в памяти.

Заметки Кристабель Ла Мотт о повести Сабины де Керкоз «Дауда, Добрая волшебница»:

«Тебе удалось, по наитию ли, по размышлению ли, отыскать оригинальный способ изображения — отличный как от аллегории, так и наигранного упрощения, — способ, который придаёт этой страшной легенде значимость и черты универсальности. Причём универсальность создаётся благодаря неповторимости твоей творческой личности. Твоя Дауда — одновременно и конкретное человеческое существо, и символическая истина. Другие писатели (я в их числе) могут видеть в легенде и другие истины. Ты, кстати, им этого и не запрещаешь, как сделал бы иной педант, за что тебе спасибо.

Все старинные легенды, моя кузина, можно пересказывать снова и снова, по-новому. Что надлежит более всего в пересказах оберегать и шлифовать неустанно, так это простые, чистые части повествовательного канона — в данном случае это гнев Океана, страшный прыжок коня, падение Дауды с крупа лошади, поглощение Океаном города, и проч. и проч. Однако нужно добавлять везде и что-то своё, присущее только тебе как писателю — чтобы узнаваемые сцены, не давая впечатления чего-то присвоенного автором в тщеславных целях, светились ненавязчивой новизною и казались первозданными. Всё это, по-моему, тебе удалось».

Пятница

После этого настоящего знакомства дела пошли гораздо лучше. Было много всяких занятных подробностей, хотя времени миновало совсем немного. Я как-то сказала кузине, какое это было для меня великое благо и облегчение, что кто-то, знающий толк, наконец прочёл моё сочиненье как моё — и ничьё больше. Она ответила, что такое в жизни писателя случается редко и лучше на это не надеяться, не рассчитывать. «Был ли у тебя *хороший читатель*, кузина Кристабель?» — спросила я. Вздохнув и немного нахмурясь, она ответила отрывисто: «Два хороших читателя. То есть больше, чем можно мечтать. Первый, вернее первая — слишком снисходительная, но с умным сердцем. А второй — поэт, лучший поэт, чем я...» Она умолкла. Вроде бы не сердилась, но больше так ничего и не сказала...

Я думаю, что так бывает и с писателями-мужчинами: какие-то незнакомые люди вначале почему-то оценивают тебя ложно, пренебрежительно, но потом, когда твоя работа вдруг становится известна, признаётся сто́ящей, сразу меняется тон, меняется язык критиков, небрежение превращается в полное уважение. Но *в случае с писателем-женщиной* эта перемена должна быть ещё разительнее, ведь, как говорит Кристабель, о женщинах существует мненье, что они не способны писать хорошо, мол, лучше им и пробовать не стоит; зато уж если какая-нибудь преуспеет в этом ремесле и добьётся успеха, её почитают чуть ли не за подменыша, чуть ли не за фантастическое чудовище!..

Октября 28-го

Она словно наша бретонская погода. Когда она улыбается, изъясняется остроумно и шутливо, то трудно представить её другою, — так и побережье наше может порой рассияться под солнцем; по крутым скалистым берегам бухточки Бег-Меиль нежатся в его лучах круглокронные сосны и подруга их, финиковая пальма, напоминая мне о настоящем солнечном юге, где я ни разу ещё не была; самый наш воздух в такие дни становится нежен и ласков, так что любому, точно крестьянину в басне Эзопа про спор солнца и ветра, хочется сбросить тяжёлые доспехи одежды.

Она чувствует себя теперь гораздо лучше, как и предсказывала Годэ. Она совершает длинные прогулки с Псом Треем; я хожу с ними, когда она меня пригласит или когда они идут гулять по моему приглашению. Она также настаивает, чтобы участвовать в домашних делах, и самые наши дружеские беседы случаются на кухне или вечером у очага, когда мы шьём или что-нибудь починяем. Мы с ней много говорим о смысле мифов и легенд. Ей очень хочется повидать наши Стоячие Камни, камни находятся довольно далеко, нужно долго ехать вдоль побережья, — я обещала свозить её туда. Я рассказала ей, что и поныне наши деревенские девушки, справляя приход весны, танцуют вокруг какого-нибудь из этих менгиров, одетые в белые одежды. Они движутся двумя кругами, одни посолонь, другие против солнца, и если какая ослабнет, устанет и упадёт или нечаянно коснётся камня, то все остальные сразу безжалостно начинают бить и пинать её, набрасываются на неё, будто стая чаек на чужую птицу или на собственную ослабшую сестру. Батюшка говорит, что этот обряд — остаток ещё более древнего, возможно друидического, обряда жертвоприношения и что павшая наземь — своего рода козёл отпущения. Камень, сообщил мне батюшка однажды, олицетворяет мужское фаллическое начало; деревенские женщины ходят к нему тёмной ночью, обнимают его и умащивают некими составами (Годэ знает, какими, а мы с отцом — нет) и молятся ему, чтобы сыновья их были сильными или чтоб их мужья благополучно воротились из плаванья. Батюшка сказал также, что шпиль церкви — по сути, всё тот же древний камень, лишь принявший иную форму, не гранитный истукан, а сланцевый — и что женщины, словно белые несушки, сбиваются в стайку под этим новоявленным символом так, как когда-то плясали вокруг старого. Мне не очень понравились эти речи, и я не сразу решилась передать их Кристабель, чтоб не оскорбить её веру. Но у ней такой сильный, глубокий ум... я не вытерпела и рассказала; она рассмеялась и промолвила, что отец прав: Церковь действительно благополучно усвоила, поглотила и частично победила старых языческих богов. Так, прекрасно известно, что многие нынешние местные святые — это прежние *genii loci*, сверхъестественные существа, обитавшие в дереве или в источнике.

А ещё она сказала: «Девушка, павшая в танце, — это падшая женщина, побиваемая каменьями».

«Почему каменьями, — удивилась было я, — её просто бьют руками, пинают ногами, и не до смерти...»

«Здешние люди — не самые жестокие».

Пятница

Самое странное то, что у неё как будто и нет иной жизни, чем здесь. Как будто она вышла на наш берег во время шторма, тюленья девушка или ундина, вся в струях воды, прося у нас пристанища. Она не пишет писем и никогда не спросит, нет ли письма для неё. Я точно знаю — я ведь не глупа, — с ней приключилось нечто, возможно ужасное, от чего она бежала сюда. Я не задаю об этом вопросов, ибо ясно, она им не обрадуется. Я и так её порою, без всякой задней мысли, огорчаю.

Вот, например, я спросила её, откуда такое занятное имя — Пёс Трей; она стала объяснять, что он был назван так забавы ради, есть такие строчки у Вильяма Шекспира в «Короле Лире»: «Собачки малые все лают на меня: / Пёс Трей, и Бланш, и Милка». «Прежде я жила в доме, — сказала она, — где меня в шутку величали „Милка“...» Дальше у неё голос перехватило, она отвернулась. Чуть спустя она прибавила через силу: «Среди стихов Матушки Гусыни есть один про старушку и про её пса, которые находят буфет пустым; в некоторых изданиях этого пса зовут Пёс Трей. Может, мой Трей на самом деле назван в честь того тёзки, который не нашёл ничего, кроме разочарования...»

Ноября 1-го, канун Дня Всех Святых

Наступает пора сказительства. По всей Бретани в ноябрь, который у нас называют Чёрный месяц, в канун Дня Святых, начинают рассказывать по вечерам истории. Так оно продолжается и весь следующий месяц — декабрь у нас именуют Очень чёрный месяц, — а заканчивается уж вместе с главной сказкою, с Рождеством. Рассказчик везде найдётся. В нашей деревне народ собирается вокруг верстака Бертрана-сапожника или у Янника-кузнеца. Люди приносят с собой свою работу, чтобы время шло с пользой, и, черпая тепло от присутствия друг друга — и от кузнечного горна, — начинают слушать сказ, и ещё сильнее сгущается тьма за толстыми стенами кузницы, таинственные, невидимые её посланники приникают снаружи к маленьким оконцам, раздаются необъяснимое деревянное потрескиванье, шелест мягких крыльев или — самое страшное! — полускрип-полуписк колёс тряской повозки анку!..

Батюшка уже давно завёл привычку ежевечерне рассказывать истории во время двух Чёрных месяцев. В этот год всё будет как прежде, с той лишь разницей, что у нас гостит Кристабель. Батюшкина публика не столь многочисленна, как у Бертрана или Янника; и, говоря по правде, он не умеет рассказывать так захватывающе, как они. Научная скрупулёзность — неотъемлемая часть его натуры — заставляет его быть и у ночного камина немного педантом, страшные существа, демоны, волкодлаки не появляются в его рассказах вот так, с бухты-барахты. И всё-таки за многие годы он заставил меня полностью уверовать, что причудливые созданья его мифов и легенд действительно существовали. Свой рассказ об источнике Баратон — Источнике Фей волшебного Броселиандского леса — начинал он всякий раз с научного перечня всех его возможных имён. Я могу их рассказать как литанию: Брезелианда, Берсильян, Брюселье, Бертельё, Берселианд, Брешелиант, Бреселье, Бресильё, Броселианд... Я так и слышу его голос, педантический и вместе исполненный таинственности: «Источник изменяет своё имя сообразно с изменением своего положения и заветных тропинок, ведущих к нему под тёмным пологом леса, — место его и имя нельзя установить раз и навеки, как нельзя установить точный облик его невидимых обитательниц и его точные волшебные свойства. Важно, что источник всегда пребывает в Броселиандском лесу. Каждое же из различных имён указывает лишь на какую-то одну сторону его существования в какое-то определённое время...» Всякую зиму батюшка рассказывает о Мерлине и Вивиан, одну и ту же легенду, но всякий раз по-новому.

Кристабель говорит, что её отец тоже рассказывал ей зимою истории. Она, кажется, готова войти в круг рассказчиков у нашего очага. Но что она нам поведает? Однажды был у нас гость, который преподнёс нам мёртвый рассказ, серьёзную, изящную политическую аллегорию, где Луи Наполеон выведен в виде великана-людоеда, а Франция — в виде его жертвы, и это было так, словно гость наш вытащил сеть, полную скучной, мёртвой рыбы с тусклой чешуёй, мы не знали, куда отвести глаза, как сдержать смех.

Кристабель же умна и наполовину бретонка.

«Легчайшее из слов в моём рассказе / Дух растерзало б твой, оледенило б / Кровь юную твою...» — отвечала она мне по-английски, когда я её спросила, будет ли она участвовать (я знаю, что это строки из «Гамлета», слова призрака, и сказаны ею весьма даже кстати).

Годэ участвует всегда и рассказывает о сношениях между этим светом и *тем*, который расположен по ту сторону порога; в День Всех Святых порог можно пересечь как в одну, так и в другую сторону: живые могут посещать другой мир, а отряды посыльных, или соглядатаев, посылаемы бывают *оттуда* в наш краткий сумеречный день.

День Всех Святых, поздней ночью

Отец рассказал легенду о Мерлине и Вивиан. Проходит год за годом, но эти два персонажа никогда ещё у него не бывали одинаковыми. Конечно, какие-то их качества неизменны. Мерлин — старый и мудрый и ясно видит свою судьбу. Вивиан — красива, своевольна и опасна. Конец у истории всегда одинаков. Состоит она из всем известных событий: волшебник приходит к древнему Источнику Фей, волшебник вызывает фею с помощью заклинаний, волшебник и фея предаются любви под сенью боярышника, фея с помощью чар выведывает у Мерлина заклинание, посредством коего вокруг него воздвигается крепкая башня, которую лишь сам он может видеть и осязать... Но батюшка умудряется толковать о происходящем всё время по-разному. Иногда кажется, что фея и волшебник — настоящие любовники, чья любовь свершается в чертоге, созданном силою мечты и превращённом феей, при пособничестве Мерлина, в нерушимую воздушную цитадель. А иногда Мерлин слишком стар и устал и готов добровольно сложить с себя земную ношу, а фея Вивиан — злая, терзающая его демоница. А бывает, что на первый план в рассказе выходит битва их умов: Вивиан строит ему искушения, демонской своей волей стремясь победить его волю, а Мерлин — мудр сверх всякого вероятия, но в своей мудрости бессилен. Сегодня вечером Мерлин был не столь дряхлый, зато и не такой мудрый: он держался скорбно-учтиво, понимая, что его время прошло и наступает время Вивиан, и готов был почти с удовольствием погрузиться в сон, в забвение, в вечное созерцание. Батюшка мастерски описал волшебный источник с его водой, тёмной, холодной, но как будто вскипающей исподволь. Батюшка щедро украсил ложе любовников воображаемыми цветами — примулами и колокольчиками, — населил поющими птахами сумрачные сени тисов и падубов, так что мне вдруг живо вспомнилось моё детство, прожитое *среди сказок*, когда мне ярко, воочию виделись заветные цветы, волшебные источники, потайные тропинки, да и сами могущественные обитатели этих мест! Предметы же реальные — дом, сад, Годэ — отчего-то казались тусклыми, унылыми, словно б ненастоящими.

Батюшка закончил рассказ; Кристабель промолвила, тихо и насмешливо:

«Ты тоже волшебник, кузен Рауль, сотворяешь в ночи свет и благоухание, оживляешь давно отпылавшие страсти».

«О, я просто расточаю усталые чары, как старый волшебник перед молодой феей», — ответил он.

«Ты вовсе не старый, — сказала Кристабель и тут же: — Я помню, мой отец тоже рассказывал эту легенду...»

«Да, она ведома всем».

«А её смысл?»

Я почувствовала раздражение: в Чёрный месяц, вечерами, мы не рассуждаем о смысле, как какие-нибудь современные учёные-педанты, мы просто рассказываем, слушаем и верим. Я думала, он не станет ей отвечать, он, однако ж, ответил, раздумчиво и вежливо:

«По-моему, это одна из многих легенд, в которых воплотился страх перед Женщиной. Ужас мужчины перед всевластием чувств. Ужас оттого, что желание, мистическое чутьё, воображение начинают править, а разум дремлет. Но в легенде есть ещё и более древний слой, которым сглаживается этот антагонизм, — легенда отдаёт дань древним женским божествам земли, вытесненным с приходом христианства. Как Дауда была Доброй Волшебницей, прежде чем стала разрушительницей в более позднем мифе, так и Вивиан изначально олицетворяет местные божества рек и источников; кстати, этим божествам мы продолжаем поклоняться, например устроивая часовни нашим многочисленным христианским покровительницам...»

«А я всегда толковала эту легенду по-другому».

«Интересно, как же?»

«Как рассказ о стремлении женщины заполучить мужскую силу — помните, она ведь не им желала овладеть, а его волшебством! — а потом она видит, что волшебство годится лишь на то, чтобы Мерлина подчинить, — и чего она в результате добилась, со всеми умсшьями?..»

«Это какое-то извращённое толкование».

«У меня есть одна картина... — сказала кузина слегка нерешительно, — на ней изображён миг триумфа Вивиан, когда она... Что ж, может, толкование и впрямь извращённое...»

Я сказала:

«Нельзя в канун Дня Всех Святых так много рассуждать о смысле!»

«Да, пускай разум дремлет», — усмехнулась Кристабель.

«Легенды возникли прежде любых истолкований», — не унималась я.

«Вот именно, пусть разум дремлет», — повторила она.

Я не верю в *истолкования*. Они тускнеют перед *жизнью*. Идея женщины в сто раз бледнее, чем блистательная Вивиан. А Мерлин — это не аллегорическое изображение мужской мудрости. Мерлин — это Мерлин.

Ноября 2-го

Сегодня Годэ рассказывала нам истории бухты Покойников. Я обещала Кристабель, что в хорошую погоду мы совершим туда вылазку на целый день. Нашу гостью очень трогает французское название этого места — бухта Перешедших Порог; оно указывает не столько на мёртвых, сколько на тех, кому удавалось пересечь порог, отделяющий наш мир от иного. Батюшка заявляет, что бретонское название вообще не обязательно связано с чем-то потусторонним, — просто на обширный и довольно приятный пляж этой бухты прилив частенько выбрасывает обломки кораблей и останки команды, после того как какой-нибудь корабль разобьётся об ужасные рифы близ мыса Пуант-дю-Рас или мыса Пуант-дю-Ван. И тем не менее, признаёт он, эта бухта издавна считалась одним из тех мест на земле, подобных той роще у Вергилия, где Эней добыл Златую ветвь, или таинственным Зелёным холмам, где в плену у эльфов томился Тамм Лин, — мест, где пересекаются два мира. Из этой бухты во времена древних кельтов покойников отправляли в их последнее путешествие на остров Сэн, где жрицы друидического культа их принимали (ни одному живому мужчине не дозволялось ступить на священный брег). И уже оттуда, как гласят некоторые легенды, покойные отыскивали путь в Рай Земной, безмятежную страну золотых яблок, расположенную посреди ветров и штормов и тёмно-блещущих вод.

Я совершенно не в силах передать на бумаге рассказов Годэ. Батюшка время от времени просил её сказывать ему и пытался записывать всё *verbatim*, дословно, сохраняя ритм и музыку её речи, ничего не пропуская и ничего не добавляя от себя. Но как бы он ни тщился изобразить всё доподлинно, жизнь покидает её слова в тот же миг, когда они оказываются запечатлёнными на бумаге. Однажды после такого опыта он заметил, что теперь понимает, отчего древние друиды полагали: слово произнесённое — дыхание жизни, тогда как письмо — форма смерти. Я собиралась следовать совету Кристабель — быть в моём дневнике точной, и мне следовало бы просто записать рассказ Годэ, но при слушаньи рассказа я кое-что заметила и тоже захотела запечатлеть; вначале я не давала себе воли, из вежливой скромности или ещё почему-то, однако писательский интерес сильнее, нет невозможных тем.

Итак, к делу. Я имею доложить нечто, не связанное со сказительством Годэ, хотя в каком-то смысле и связанное. Не знаю, как и приступить. Ладно, напишу это всё как рассказ, напишу ради того, чтоб *написать*, — до чего же мудро я поступила, предназначив дневник лишь для моих собственных глаз! Слова мои будут соответствовать увиденному.

И может быть, я сумею превратить боль и обиду в нечто занятное, любопытное и найду в этом спасение.

Рассказы Годэ, даже ещё больше, чем батюшкины, своим впечатлением обязаны тьме, словно приникающей к окнам, и тесноте круга рассказчиков и слушателей. Наша большая гостиная в светлое время суток — холодная и пустая — не располагает к общению душ. Но в ноябрь-Чёрный месяц вечерами гостиная преображается. В большом камине горят поленья: в начале вечера — ярким, высоким и причудливым пламенем, не озаряя лишь углов, где ложатся чёрные тени, а ближе к концу горящие дрова превращаются в алые и золотистые уголья, дремлющие поверх толстого жаркого слоя седого пепла. Высокие кожаные спинки кресел — что-то вроде стены, отделяющей нас от остальной, холодной части комнаты, и тихий свет камина печёт золотом наши лица и красным — белые манжеты и воротнички. Мы не зажигаем масляную лампу, работаем при свете очага, делая такую работу, которую можно исполнять при сумеречном, колеблющемся свете, — вяжем, распарываем какие-нибудь швы, плетём из тесьмы. Годэ, бывает, даже приносит тесто для пирога, чтоб его вымесить, или миску печёных каштанов, которые ей предстоит очистить от скорлупы. Но когда она сказывает, она то вскинет руки, то закинет назад голову, то тряхнёт своею шалью, — и тогда длинные лохматые тени пробегают по потолку в тёмную, невидную половину комнаты, или вдруг на потолке явятся огромные головы с разинутыми ртами, чудовищными носами и подбородками — то мы сами, превращённые пламенем в ведьм и призраков. И рассказ Годэ кажется связан со всеми этими вещами — огнём камина, биением света и тьмы, размашистыми тенями, — она управляет ими и сводит их стремления вместе, точно какой-нибудь дирижёр звуки инструментов своего оркестра. (Я, правда, ни разу в жизни не слышала настоящего оркестра, только однажды — благовоспитанную, дамскую музыку арф, да ещё наши простецкие дудочки с пятью отверстиями и барабаны на ярмарке; так что все те возвышенные стройные звуки, о которых я читала в романах, я могу лишь воображать, в лучшем случае при слушании церковного органа.)

Батюшка сидел в своём высоком кресле сбоку от камина, красноватый свет переливался в его не вполне ещё седой бороде; Кристабель сидела близ него, в кресле более низком, утопая юбками в сумерках, и спицы проворно сновали в её руках. Годэ и я располагались на другой стороне отбрасываемого камином полукруга.

Годэ стала сказывать:

«Жил-был в приморской деревне молодой матрос, и ничего-то у него не было, кроме отваги да ярких глаз — но уж яркие они были, ничего не скажешь, — и силой его боги тоже не обидели.

Ни одной девушке в деревне он был не ровня, потому что слыл он не только за бедняка, но и вообще за человека непутного, но, однако ж, нравилось девушкам смотреть, как он по улице похаживает, таким вот манером, и пуще всего, как он пляшет, выделывает своими длинными ногами ловкие, хитрые коленца, и всё, значит, с такой вот ухмылкой на губах.

И больше всех на него заглядывалась одна из девиц, мельникова дочка, пригожая, статная и пребольшая гордячка, — юбка у ней с тремя прошвами глубокого бархата, — но никак, стало быть, она не желает выдать, что он ей по нраву: знай стреляет на него глазами искоса, когда он того не видит. Ну и многие другие девушки на него засматривались. Так уж оно в жизни устроено, по справедливости или не по справедливости, на иного только и любуются, а другой хоть посвистом зови, ни одна на него не глянет, покуда сам дьявол какую не подтолкнёт, но это уж как Святому Духу заблагорассудится...

Он надолго, бывало, в море уходил, матрос-то, он всё в дальние плаванья подряжался, и на верхний край света плавал за китами, и на южную морей околицу, там — если правду старики толкуют! — воды бурлят-кипят, там огромные рыбины, будто острова затонувшие, плавают, там, слышь, русалки поют зеленокожие, змееволосые, поют да смотрятся в зеркальце. И был этот матрос как паруса ставить, так на мачте проворней всех, как гарпун метать, так метче всех, но деньжат сколотить не удавалось ему, хозяин доход, слышь, прибирал-то, так и плавал он за малые гроши.

Зато как приплывёт, сядет на площади деревенской и рассказывает, что́ в дальних краях повидал, и все жители слушают. И вот однажды рассказывал он и заметил, что пришла мельникова дочка, белая, гордая и чинная, и пристроилась с краешку, тоже, значит, ушки на макушке, тогда он ей и говорит, что могу, мол, привезти тебе с Востока шёлковую ленту, коль пожелаешь. А она не говорит, желает или нет, только по лицу её он смекает, что ленту заиметь она не прочь.

И ушёл он в море, в дальние страны, и добыл ту ленту у дочки торговца шелками; было это в той стране, где у женщин кожа словно золото, а волосы словно чёрный шёлк, но и им любо посмотреть, как пляшет мужчина-матрос, длинными ногами хитрые, ловкие коленца выделывает, и всё со смелой ухмылкой на губах. И вот обещал он дочке торговца шелками, что вернётся вновь, и приплыл домой с лентою, лента в надушенную бумагу уложена, и на танцах у себя в деревне подходит к мельниковой дочери: вот, мол, тебе подарок.

У ней сердце в груди так и скакнуло, так и вздрогнуло, но она, гордячка, с собой справилась и спрашивает этак с прохладцею: ну и какова, мол, цена за эту ленту? А лента роскошная, радужного шёлка, какого в наших краях и не видывали.

Очень ему обидно стало за подарок свой, он и говорит: цена с тебя такая ж, как и с той, что мне ленту дала. Дочка мельникова спрашивает:

— И что ж за цена?

— Ночей не спать, покуда я не вернусь, — отвечает матрос.

— О, это будет слишком дорого, — говорит дочь мельника.

А он ей:

— Ничего не знаю, плати, коль назначено!

Ну и заплатила она, как водится; он на слове заносчивом её поймал; она его гордость задела, а мужчина по злой гордости всегда своё возьмёт, он и взял сполна, ведь он уж давно ей сердце перевернул своей пляской, и была она сама не своя от его обиды и от его речей.

И стал он её спрашивать: а что, если он снова уйдёт в море, чтоб долю себе искать, станет ли она дожидаться, покуда он придёт и посватается?

Отвечала она:

— Долго пришлось бы мне ждать-пождать, ведь тебя в каждом порту женщина ждёт и на каждом причале и на каждом ветерке лента шёлковая развевается.

Он говорит:

— Наверное, всё же будешь ждать?

А она опять не сказала ему ни да ни нет, будет ждать иль не будет.

Он тогда ей сказал:

— Да, ты женщина со злым норовом, но знай, я вернусь...

И вот спустя время люди начали примечать: попритухла её красота, и походка её сделалась этакая увалистая, и глаза всё уставлены в пол, и такая она вся стала тяжёлая. И повадилась она ходить в гавань, и сидит там подолгу, и смотрит, как причаливают корабли, и хотя никогда ничего не спросит, всем ведомо, отчего она здесь и кого она дожидает. Но словечка, между прочим, никому не скажет, как воды в рот набрала. А ещё видели её на горке, где стоит часовня Божьей Матери, надо думать, она там молилась, но молитв её никому не доводилось слышать-то.

Вот идёт время, катится, корабли возвращаются и снова в море уходят, а кой-какие так в море и канули, и известно про них, что команда в морской пучине, только про его корабль ничего не слыхать, ни плохого, ни хорошего; в эту пору почудилось однажды ночью мельнику, будто крикнула сова этак жалобно то ли в амбаре у него замяукала кошка; он туда, но там никого-ничего, только видит он кровь на соломе. Он, понятно, позвал свою дочь; является она бледная точно смерть и глаза потирает, как будто спросонья; он ей молвит: „Смотри-ка, здесь кровь на соломе!“ — а она отвечает: „Что была за нужда тебе, батюшка, беспокоить меня ночью от сладкого сна? Вижу я, то собака крысой ужинала или кошка терзала мышь здесь в амбаре...“

Домочадцы заметили — они тоже сбежались в амбар, — какая она белая, бледная, но стоит она прямо, держит свечу ровно, все и пошли обратно по своим постелям.

Потом приплыл-таки его корабль, сперва на горизонте показался, потом входит в гавань, матрос молодой сбегает на берег и первым долгом смотрит, не ждёт ли она его, и видит, что её нет. А ведь он, покуда шар земной обплыл, всё-то представлял, видел в своей душе, как она его в гавани ждёт, с гордым красивым личиком, заветная цветная лента на ветру колышется, и тут, понятное дело, он сердцем ожесточился, что она не пришла его встречать. Но не стал он про неё спрашивать, обнялся-поцеловался с девушками, что стояли на причале, и пустился по дороге в гору, к своему, значит, дому.

И вдруг замечает, крадётся кто-то в тени придорожной стены, какая-то женщина, бледная-пребледная, худая-прехудая, то замрёт, то медленно так пробирается. Сперва и не признал он её. А она, может, и думала мимо него так-то пробраться, уж очень она изменилась.

Он ей и говорит:

— Что ж не пришла меня встречать?

Она отвечает:

— Не могла.

Он говорит:

— Так ты ж всё равно ходишь по улице.

Она ему:

— Хожу, да уж вышла вся.

Он ей молвит:

— Это мне не главное. А главное, что ты меня в гавани не приветила.

Говорит она:

— Тебе, может, и главное, а я теперь другая. Время минуло. Что было прежде, то быльём поросло. Пусти, мне пора.

Не стал он её удерживать.

В этот вечер танцевал он с Жанной, дочкой кузнеца, у которой зубы белые, ровненькие, а маленькие ручки как пухлые розовые бутоны.

И всё ж на другой день пошёл он искать дочку мельника и нашёл её в часовне на горе. Он ей сразу и говорит:

— Пойдём танцевать со мной.

Она ему отвечает:

— Слышишь, маленькие ножки, босые ножки поплясывают?

Он говорит:

— Нет, только слышу, как море о берег бьёт да как воздух шуршит по сухой траве, да ещё флюгер скрыпит, крутится на ветру...

А она:

— Всю-то ночь плясали ножки у меня в голове, такой всё по кругу пляс, сперва посолонь, потом против солнца, и совсем было мне не уснуть.

Он своё: пойдём да пойдём со мной.

А она:

— Разве не слышишь, как танцует эта кроха?..

И вот так у них и повелось, то ли неделю, то ли месяц, то ли два, танцует он с Жанной, дочерью кузнеца, а потом поднимается на гору в часовню за мельниковой дочерью, и всё тот же от неё получает ответ, но ему и надоело это в конце концов, мужчина красивый, отчаянный, какое у него может быть терпение, он ей молвит:

— Долго я тебя ждал, а ты всё нейдёшь. Или приходи теперь же, или конец моему жданью!

А она отвечает:

— Как же я могу с тобой пойти, если ты не слышишь, как танцует кроха?

И тогда он сказал:

— Ну и оставайся с этой крохою, коль она тебе дороже меня!

Она в ответ ничего, знай слушает море, да ветер, да флюгер, он и ушёл от неё совсем.

Вскоре женился он на Жанне, кузнецовой дочери, и уж плясали на свадьбе — чуть ноги не отплясали; волынщик старался вовсю, а барабанщик так лупил палочками, что барабан подскакивал; а жених длинноногий, тот отплясывал лучше всех, кверху подсигивал, хитрые, ловкие коленца выделывал, с весёлой ухмылкой на губах; невеста вся от танцев, от круженья раскраснелась-разрумянилась; в ту пору снаружи поднялся ужасный ветер, звёзды потонули в тучах, как в волнах. Но однако ж, молодые отправились почивать в хорошем настроеньи, добрый сидр грел их сердце, и затворили двери своей уютной кровати от злой непогоды, и повалились в обнимку на мягкие перины.

Вдруг на улицу явилась дочка мельника, босоногая, в ночной сорочке, и бежит она вот так вот, из стороны в сторону руками поводит, словно женщина, что гонится за курицей, и отчего-то она зовёт: „Подожди, ну подожди хоть немножечко!“ И как будто бы *видели* люди, что бежит впереди неё, и не просто бежит, а как по кругу поплясывает, то против солнца, то посолонь, дитя нагое маленькое, волосы у него торчком, точно жёлтое пламя, пальчиками какие-то знаки делает. А *некоторые* говорили, будто его не было, бежал по дороге столбик вихревой, а в нём горстка праха, комочек волос да несколько прутиков. А вот ученик мельника, тот словно бы слышал до этого уж несколько недель, как топочут, шуршат в амбаре на чердаке босые маленькие ножки, но старухи и молодые умники, которые всегда всё знают лучше всех, посмеялись над ним: мол, мыши шуршат. Однако ж он сказал им, что, слава богу, мышей много слышал на своём молодом веку, чтобы мышь, значит, отличить, и вообще парень он был здравый.

Мельникова же дочка бежала и бежала за неведомым тем плясанием, по всем улицам пролетела, по площади и в гору бросилась по узкой тропке к часовенке, под ноги не глядела, все голени содрала о колючий тёрн, и всё-то тянула, тянула вперёд руки и звала: „Подожди, подожди хоть немножечко!“ Но дитя — если это было дитя — знай плясало и резвилось впереди и сверкало босыми ножками по гальке да по траве, а ей всё труднее и труднее угнаться-то, ветер в юбках у ней путался, тьма лепила в лицо. Забралась она как-никак на утёс, крикнула последний раз: „Погоди!“ — да и прыгнула и расшиблась насмерть об острые камни внизу, и уж только наутро, как начался отлив, отыскали её и принесли, всю в синяках, переломанную, что и смотреть-то было страшно, ни следа от былой красавицы.

Как вышел он на улицу и увидел её неживую, так взял её за руку и говорит: „Это потому, что не поверил я тебе, не поверил в танцора маленького! Но зато уж теперь-то я слышу его, слышу босые ножки“.

И с того самого дня бедняжка Жанна, кузнецова дочь, не имела от него радости.

В канун Дня Всех Святых пробудился он вдруг ночью ото сна, вскинулся на кровати и слышит, как хлопают маленькие ладошки, как топочут босые ножки вокруг кровати, словно со всех четырёх сторон, и зовут его тоненькие пронзительные голоса на языках, что ему неведомы, хоть и обплыл он вокруг света.

Сбросил он с себя простыни, соскочил с постели и видит, стоит у изножья маленькое нагое существо, очень уж дивное, то ли из глубин морских, думает он, то ли с летнего луга, синее от холода и вместе розовое от жара, и это существо мотнуло своей огневолосой головой и пустилось вприпляску прочь, а матрос, значит, за ним, из спальни, на улицу. Всё дальше и дальше за ним он поспешает, и пришли они к бухте Покойников, а ночь-то ясная, но бухта почему-то в туман закутана.

И тут из Океана стали набегать длинные ряды волн, ну прямо одна волна за другою, одна за другою, и видит он, на тех волнах, на гребешках, значит, плывут покойники с того света, все худые, серые, и простирают тонкие руки, и дергают вот так головой, и зовут своими тонкими, высокими голосами. А танцор, за которым матрос поспешал, он, слышь, прыгнул как-то на волну, матрос сам и не заметил, как за ним скакнул и очутился вдруг на каком-то корабле, корабль стоит бушпритом в море, матрос пошёл по палубе и чувствует, что, хоть никого на корабле и не видать, корабль полон-полнёхонек, так что и шагу ступить негде!

Он потом уж рассказывал, их, покойников, неведомо сколько было, и на корабле, и на гребнях волн, у матроса от страха чуть в голове не помутилось — что он в толпе мертвецов. Они, конечно, бестелесные, можно руку вот так протянуть прямо сквозь них, но, однако ж, обступили со всех сторон и кричат над волнами дикими, пронзительными голосами. Столько много, столько много их было, что корабль весь как будто облеплен чайками, только это не чайки, а души, или даже будто и небо, и море выстланы перьями и каждое перышко — душа человечья, это он потом, матрос-то, рассказывал.

И он спросил танцующего ребёнка:

— Нам в море плыть на этом корабле, да?

А ребёнок почему-то замер, не пляшет и не отвечает.

Матрос говорит:

— Видишь, как далеко я за тобой пришёл, и страх у меня в сердце, но если я там, дальше, *её* найду, то готов я и в море пуститься.

А ребёнок вдруг молвит:

— Подожди.

А матрос стал думать про неё, как она там, среди других, на волнах, он так и представил её белое, исхудалое лицо, пустую грудь, сухие губы и крикнул ей: „Подожди!“ — и вдруг её голос отозвался воплем, словно эхо: „....Жди!“

Матрос давай воздух руками разгребать, ногами длинными лов-
кими сквозь прах покойников по доскам палубным пробираться,
чтоб добраться до неё, но отчего-то нейдётся, ноги как свинцом налились, а волны всё мимо катятся, одна за другой, одна за другой,
одна за другой. Хотел он на волну прыгнуть — тоже не может. Вот
так, рассказывает он, и простоял до рассвета, чувствовал, как они
подходят и отходят, вместе с волнами, как прилив и отлив, и слышал их жалобные крики и тот самый голосок ребёнка: „Подожди“.

Наутро вернулся он обратно в деревню другим уж человеком,
словно главная струна в нём лопнула. Мужчина в расцвете лет, а
стал сидеть на площади вместе со стариками, с лица-то весь он спал,
челюсть у него отвалилась. И всё-то он молчит, только порой про-
бормочет: „Слышу, слышу теперь“ или „Жду, жду, уж скорее бы“.

И вот, два ли года назад, три ли, а может, тому уж десять лет, он
и говорит вдруг старикам: „Слышите, люди, как танцует кроха?“
Они ему говорят: мол, нет, ничего такого не слышим. Он махнул на
них рукой да и пошёл домой, приготовил себе постель деловито,
и созвал всех соседей, и передал Жанне ключ от своего матросско-
го сундучка, потом вытянулся на постели, худой-прехудой, кожа
прозрачная, руки сложил на груди и говорит: „Долго, долго я ждал,
но нынче совсем разошлись босые ножки, день и ночь топочут.
Долго я терпел, но теперь, видать, у него не стало терпения“. А в
полночь он прошептал: „Ах, вот ты наконец...“ — и испустил свой
последний вздох.

И тогда в комнате — Жанна потом людям рассказывала —
вдруг запахло яблоневым цветом — и тут же спелыми яблоками...
Жанна-то спустя время утешилась, вышла замуж за мясника и родила ему четырёх сыновей и двух дочек, все были здоровые, крепкие, но небольшие охотники до танцев».

Нет, я не сумела рассказать эту историю, как Годэ! Я не передала
мелодий её голоса, зато невольно примешала свою собственную ноту — ноту литературности, которой я старалась избежать, ноту той
красивости или напыщенности, что отличает «Ундину» де ла Мотт
Фуке, в сравнении с неприукрашенными сказками братьев Гримм...

Я должна написать о том, что я увидела... хуже того, написать,
о чём я подумала. Всё время, пока Годэ рассказывала, Кристабель
вязала; я заметила, что спицы мелькают в её пальцах быстрее и
быстрее, а гладко причёсанная, отливающая в свете камина голова
ниже и ниже склоняется к работе. Потом она вдруг вовсе отложи-

ла работу в сторону и поднесла руку сперва к груди, потом к голове — так, словно ей жарко или не хватает воздуха. И вдруг я вижу, как мой отец берёт эту блуждающую ручку в свою и держит. («*Блуждающая* ручка» — это, конечно, расхожее поэтическое выражение, к тому же у Кристабель не *ручка*, а рука, вполне сильная и ловкая, хотя и нервная.) И она позволила ему держать свою руку. А когда Годэ закончила, батюшка склонился к Кристабель и поцеловал её в макушку. А она подняла другую руку и пожала его запястье.

Мы были так похожи на семью, расположившуюся вокруг очага! Я привыкла думать, что отец — человек пожилой, чуть ли не старик. А «кузина» Кристабель — молодая женщина почти моих лет, подруга, наперсница, пример для подражанья.

Однако по правде она намного меня старше, и не ближе ли по возрасту к отцу, чем ко мне?.. А отец тоже не настолько старый. Она сама ему сказала, что его волосы не седы и что он вовсе не так стар, как Мерлин.

Я не хочу этого. Я мечтала, чтобы она осталась с нами, была мне подругой, компаньонкой.

Но не чтобы она заменила меня. Не чтобы она заменила мою мать.

Есть вещи для меня непреложные. Я не посягала на место моей матери, но у меня есть моё собственное место, и оно особое именно потому, что матери с нами нет. И я не желаю, чтобы другая имела право заботиться о моём отце или первой выслушивать его новые мысли и открытия.

Или украсть его поцелуй, да, именно так! — так я и пишу, потому что не могу описать этого по-другому.

Когда мы стали расходиться по комнатам, я не стала обнимать отца, как обычно. А когда он протянул ко мне руки, я, исполняя свой долг, прильнула к нему на какое-то мгновенье, но без сердечности. Я даже не стала смотреть ему в лицо, не знаю, как он принял мою холодность. Я тут же побежала к себе в комнату и затворила за собой дверь.

Мне нужно позаботиться, чтоб моё поведение было достойным. Я не имею права отвергать проявления естественной доброты, выказывать страх перед событием, которое, по мысли отца, должно меня радовать, ведь я часто жаловалась ему на серость и унылость нашего существования.

Но мне хочется прокричать: воровка в ночи!..

Лучше здесь остановиться.

Ноябрь

Теперь отец находит большое удовольствие в её обществе. Я вспоминаю, как радовалась я поначалу оттого, что она начала вести с ним разговоры; я думала, вот она останется с нами надолго и жизнь в нашем доме оживится. Она задаёт отцу хорошие вопросы, гораздо лучше моих, известных, — потому что её интерес к нему свежее, она даёт ему какие-то новые сведения, вводит его в круг нового чтения, своего отца и свой собственный. Тогда как все мои мысли — за исключением, разумеется, тех, что принадлежат мне самой и занимают его мало (ибо кажутся ему банальными, насквозь женскими и *неблагодарными*), — все мои мысли, способные его заинтересовать, — его же собственные. Да и то в последнее время, перед появлением Кристабель, я выказывала не слишком-то много интереса к этим материям — вечному загадочному туману, дождю, сердитому Океану, друидам, дольменам и всем чарам древней Бретани. Мне хотелось узнать о Париже, прогуливаться по его улицам в мужских штанах, башмаках и элегантном сюртуке, как мадам Санд, быть свободной, но не в меланхолическом уединении. Так что, возможно, я не оправдала его ожиданий, слишком много думая о себе, а о нём думая с обидой, что он не разглядел во мне других чаяний. С Кристабель он обращается с огромным уважением, голос его оживает, когда он заговаривает с ней. Он сказал сегодня, что её внимание к его мыслям очень его воодушевляет. Вот его точные слова: «Меня так воодушевляет, что твоя мысль устремляется вместе с моей в эти тёмные, премудрые сферы!»

Нынче днём за обедом они беседовали о том, каким образом наш мир пересекается с миром иным. Батюшка сказал — и это я слышу от него не впервой, — что в нашей части Арморики, в Корнуайской области, цепко сохраняется древняя кельтская вера в то, что смерть есть всего лишь шаг — переход — от одной формы существования человека к другой. Существует много этих форм, и жизнь наша — лишь одна из них; множество миров существуют одновременно, бок о бок друг с другом и, возможно, то здесь, то там сообщаются между собой. Существуют области неопределённости — область ночной тьмы, или область сна, или та занавесь мельчайших капель, что повисла в месте соприкосновения твёрдой суши с подвижным Океаном, который сам по себе всегда составляет порог смерти для людей, вновь и вновь его пересекающих, — так вот, в этих неопределённых областях то и дело являются и словно зависают посланники. Такие, как неведомый маленький плясун в предании Годэ. Или как совы. Или как те бабочки, что, согласно поверью, приносятся к нам ветром из солёных пустынь Атлантики.

Батюшка сказал, что друидический культ, как он его понимает, воплощает в себе мистику *центра*: у друидов не существует линейного времени, нет прошедшего и грядущего, есть лишь неподвижный центр и чудесный потусторонний мир холмов Сид, куда словно ведут, влекут странные каменные аллеи друидов.

Тогда как в христианстве, продолжал батюшка, наша земная жизнь — это всё, что нам дано в качестве человеческой жизни, она является мерилом всех наших добродетелей и недостатков, а помимо нее, существуют абсолютные Рай и Ад.

В Бретани же человек может провалиться в колодец и оказаться в «летнем яблочном краю». Или зацепиться рыболовным крючком о колокольню затонувшей церкви, колокола которой некогда звонили в неведомой стране...

«Или отыскать в холме дверцу, за которой край блаженных, Аваллон, — подхватила Кристабель. — Я часто спрашивала себя, не служит ли нынешний интерес к миру духов ещё одним, новейшим подтверждением правоты кельтов? До этого в мире духов побывал Сведенборг и увидел там, по его словам, последовательные состояния их жизни; духи проходят очищение и имеют жилища, храмы и библиотеки, устроенные различно по состоянию жизни. В последнее же время было немало новых попыток получить явные знаки, вести из тех загадочных стран, что находятся за вуалью, отделяющей наш мир от других миров. Я сама была свидетельницей некоторых необъяснимых явлений. Видела, как возникали, сплетаемые незримыми руками духов, сияюще-белые венки неземной красоты. Слышала, как неведомые пальчики с трудом выстукивали послания, — этот способ общения, наверное, казался духам, по их нынешнему тонко-совершенному устройству, бесконечно неуклюжим, но они отчаянно старались передать свои слова из любви к тем, кого оставили в нашем бренном мире. Я слышала, как невидимые руки играли мелодии на аккордеоне, помещённом под бархатный покров, не доступный ни для кого из присутствующих. Я видела, как движутся неведомые огоньки...»

«Я не верю, что все эти фокусы, проделываемые в гостиных, имеют какое-то отношение к христианству. Или к древним чарам, исходящим от наших ручьёв и источников», — сказала я с неожиданной для меня самой резкостью.

Взглянув на меня удивлённо, она ответила:

«Ты не веришь оттого, что полагаешь, будто духи — подобно тебе самой — не выносят пошлости и приземлённости. Мол, дух пожелает говорить с крестьянкой вроде Годэ, потому что она колоритна и её окружают с одной стороны романтические скалы, с другой — почти первобытные хижины с их простыми очагами и свет морали ещё не развеял густую тьму вокруг её жилища. Но если духи существуют, то почему бы им не быть повсюду, почему б нам не допустить, что они везде? Ты можешь возразить, что голоса духов могут заглушаться толстыми кирпичными стенами, ворсистой драпировкой и надменными мебельными чехлами. Но ведь полировщики мебели и продавцы драпировок тоже нуждаются в спасении — в надёжных залогах загробной жизни — не меньше поэтов или крестьян. Когда люди верили, ни о чём не вопрошая, когда Церковь присутствовала в их жизни непреложной твердыней, Дух смиренно укрывался за алтарными вратами, а Души держались — большей частью — в пределах церковной ограды, вблизи своих могильных камней. Но теперь они боятся, что им не дано будет восстать, открыть вежды, что небеса и ад — не более чем выцветшие изображения на стенах редких старинных храмов или восковые ангелы и мрачные страшилища, и они начинают интересоваться тем, что происходит теперь на этом свете. И если вдруг господин в сияющих ботинках, с часами на золотой цепочке, или дама в бомбазиновом наряде и корсете из китового уса, умеющая с помощью специального приспособленья поднимать свой кринолин при переходе через лужи, — что если эти заевшиеся и скучные люди *захотят* услышать духов, как слышит духов Годэ, разве это воспрещается? Евангелие предназначено было для всех людей, и если мы существуем последовательно в нескольких состояниях, то материалисты в один прекрасный день проснутся в ином мире. Сведенборг наблюдал, как неверие и ярость исторгаются там из всех пор их тела — и становятся клубками лоснящихся червей...»

«Ты говоришь слишком быстро, я не имею времени поспорить, — сказала я довольно сердито. — Я читала в батюшкиных журналах о столоверчении и о стуках, издаваемых духами, и сдаётся мне, всё это напоминает фокусы для легковерных».

«Ты читала отчёты скептиков, — возразила она с небывалым жаром. — Это тонкое здание легче всего разрушить осмеяньем».

«Я читала отчёты людей уверовавших, — проговорила я непреклонно. — Уверовавших с излишней *лёгкостью*».

«Отчего ты так сердишься, кузина Сабина?» — спросила Кристабель.

«Потому что раньше мне не доводилось слышать от тебя неразумных вещей», — отвечала я, и это было правдой, однако сердилась я, конечно, по иной причине.

«Проделывая фокусы в гостиной, можно нечаянно вызвать настоящих демонов...» — задумчиво произнёс отец.

Ноябрь

До сих пор я считала себя существом, способным на глубокую привязанность. Я сетовала на то, что мне недоставало людей, которых я могла бы полюбить, о ком могла бы быть высокого мнения. Но чего я также никогда не испытывала до сих пор, так это ненависти. И мне не нравится ненависть, охватившая меня теперь, она словно огромная хищная птица, погрузившая в меня свой крючковатый клюв, или жадное чудовище, горячее и косматое, глядящее из меня с яростью; моё лучшее, достойное «я», улыбчивое и благожелательное, совершенно бессильно с чудовищем совладать. Я бьюсь и бьюсь, но никто ничего не замечает. Они сидят за столом и ведут странные метафизические беседы, и я здесь же, с ними, — меняю свой облик, точно какая-нибудь ведьма, — то раздуваюсь от ярости, то съёживаюсь от стыда, — а они ничего этого не видят. И она меняется в моих глазах. Я ненавижу её гладкие бледные волосы, её зеленоватые глаза, её сверкающую зелёную ножку под юбками; ни дать ни взять змея, пошипывает тихонько, как горшок над очагом, но, отогревшись на доброй, великодушной груди, непременно ужалит своего благодетеля. У неё большие зубы, как у Бабы-яги или как у того волка из английской сказки, который притворялся бабушкой. Отец даёт ей мои поручения, когда она просит какое-нибудь занятие, и сыплет мне соль на рану, приговаривая: «Сабина находит всё это переписывание слишком обременительным, хорошо иметь в помощь другую, столь умелую, пару рук и глаз». Проходя мимо, он гладит её по волосам, касается пальцами завитка у неё на шее. Но она его укусит. Непременно укусит.

Я сама понимаю, что нелепо вот так писать!

В то же время в моих нелепых словах есть *смысл*.

Ноябрь

Сегодня я отправилась в длинную прогулку вдоль береговых утёсов. День не слишком располагал к гулянию: огромными клочьями наползал плотный туман, и от ветра, довольно сильного и порывистого, висела в воздухе водяная морская пыль. Я взяла с собой Пса Трея. Разрешения у его хозяйки спрашивать не стала. Мне приятна была мысль, что он теперь последует за мною повсюду, невзирая на заверения Кристабель в его однолюбии. Я ничуть не сомневаюсь — он успел полюбить и меня, к тому же у нас с ним схожее умонастроение, этот огромный зверь печален и сдержан и решительно выступает по непогоде, однако он не играет, не заглядывает умильно в глаза и не виляет хвостом, как иные собаки. Любовь его выражается в том, что он с грустным достоинством предлагает своё доверие.

Его хозяйка сама пошла за мной. Прежде такого никогда не случалось. Сколько раз я надеялась заполучить её добровольной спутницей, но пока её, бывало, не попросишь, чуть ли не станешь умолять, для её же блага, она ни за что не покинет дом. И вот теперь, когда я хочу ускользнуть, она пускается вслед проворно, хоть и пытается скрыть, что уторопливает шаг, в своей огромной накидке с капюшоном и с глупым зонтом, который с хлопаньем и скрипом выворачивается наизнанку от ветра и в котором вообще мало пользы. Такова человеческая природа: люди охотно поспешат за тобою, едва ты только их разлюбишь или перестанешь к ним тянуться.

У меня есть любимый маршрут — мимо дольмена и упавшего менгира, мимо маленькой часовни Богородицы (изображение Богородицы высечено на надвратной плите, гранит которой не очень отличен от первых двух упомянутых памятников, и, как знать, не был ли взят когда-то от одного из них?).

Догнав меня, Кристабель спросила:

«Кузина Сабина, можно я пойду с тобой?»

«Как тебе будет угодно, — отвечала я, не снимая руки с собачьей холки. — Как пожелаешь...»

Мы немного прошли молча, потом она сказала:

«Уж не нанесла ли я тебе какую-то обиду?»

«Нет, что ты».

«Вы все ко мне так добры, у меня возникло чувство, что я нашла пристанище, или почти дом, здесь, на родине моего отца».

«Что ж, мы с батюшкой этому рады».

«Не вижу в тебе радости. Я готова признать, у меня острый язык и колючие манеры. Если я сказала что-нибудь...»

«Нет-нет, ровным счётом ничего».

«Может быть, я нечаянно нарушила твой душевный покой? Но ты ведь не очень была довольна этим покоем — так мне казалось поначалу... Или я ошибаюсь?..»

Слова не шли у меня из уст. Я прибавила шагу, пёс вприпрыжку за мной.

«Всё, к чему я ни прикоснусь, — проговорила Кристабель, — обрекается страданью».

«Про это я не знаю, ты мне ничего не рассказывала».

Теперь на какое-то время замолчала она. Я шла всё быстрее и быстрее; я в своих родных местах, я молода и сильна; ей трудно было поспеть за мной.

«Ну как я могу рассказать, — произнесла она спустя время. Не жалобно (это было бы не в её духе), а резко, почти нетерпеливо. — Я не умею делать признаний. Не умею исповедоваться. Я всё храню в себе, только так я могу выжить, только так».

Неправда! Со мной ты ведешь себя иначе, чем с моим отцом! — чуть не воскликнула я, но сдержалась. Вместо этого я сказала:

«Возможно, ты не доверяешь женщинам. Что ж, это твоё право».

«Было время, я им *доверяла...* — она оборвала фразу; потом проговорила зловеще, словно какая-нибудь древняя сивилла: — Но привело это к беде. К большой беде».

Я пошла ещё быстрее. Минуту спустя Кристабель, запыхавшись, сказала, что у неё колет в боку и что она лучше вернётся. Я спросила, не проводить ли её до дому. Спросила нарочно таким образом, чтобы гордость не позволила ей согласиться, и, конечно, она сказала, что дойдёт одна. Я властно положила руку на голову Псу Трею, приказывая ему остаться, и он остался. Она повернулась и, приложив левую руку под ребро, склонив голову под ветер, с каким-то трудом зашагала обратно. Я молода, снова подумала я (здесь бы мне ещё добавить — «и зла»). Я смотрела с улыбкой, как она удаляется. В глубине души я желала, чтобы всё вернулось на прежний лад, чтобы Кристабель не выглядела столь жалко, как в мелодраме, однако я лишь улыбнулась и пошла дальше; разве я виновата, что сильна и молода?..

Примечание Арианы Ле Минье:
Здесь я пропустила несколько страниц, рассуждения Сабины становятся поверхностными и изобилуют повторами. Я не стала их для вас фотокопировать. Если захотите как-нибудь после

посмотреть всё целиком, милости прошу. А пока прилагаю копии следующих страниц, начиная с ночи Рождества.

Рождественская ночь 1859 г.

В полночь мы все отправились в церковь к рождественской мессе. Мы с отцом всегда бываем в церкви на Рождество. Мой дед, тот ни за что не вошёл бы в церковь, это противоречило его республиканским и атеистическим принципам. Не уверена, что религиозные воззрения отца пришлись бы по вкусу нашему кюре, вздумай отец обсуждать их с ним, но отец не станет смущать священника. Я знаю, что отец глубоко верит в преемственность жизни человеческого сообщества, нашего бретонского народа, а Рождество со всеми его смыслами и атрибутами, древними и новыми, — неотъемлемая часть жизни бретонцев.

Она говорит, что у себя в Англии принадлежит к англиканской церкви, но здесь, в Бретани, на родине своих отцов, склоняется к их вере, бретонской разновидности католичества. Кюре, наверное бы, удивился, узнай он о её образе мыслей, но он, кажется, рад видеть её у себя в храме и уважает её одиночество. Она ходила к храму всё чаще и чаще во время Рождественского поста и, подолгу стоя на холоде во дворе, смотрела на фигурки у основания кальвария[1], с таким трудом высеченные из неподатливого гранита. Внутри нашей церкви имеется хорошая фигура св. Иосифа, держащего под уздцы осла, на пути в Вифлеем (церковь посвящена св. Иосифу). Отец говорил по дороге о том, как в нашем краю животные в хлеву обретают речь в ночь Рождества, когда целый мир, в состоянии первобытной невинности, примиряется со своим Создателем, так же как это было в дни первого Адама. Кристабель заметила, что поэт-пуританин Мильтон, напротив, превращает момент Рождества в момент смерти Природы, во всяком случае, он придерживается старой традиции, согласно которой греческие путешественники слыхали в ту ночь, как языческие святилища возгласили: «Плачьте, плачьте, умер великий Пан». Я молчала. Мы вошли в холодную церковь. Отец снял свой плащ и накинул Кристабель на плечи и повёл её в сторону алтаря, я смотрела и думала — спаси,

---

[1] Кальвариями в Бретани называют распятия (во дворе церкви) с каменными фигурками у подножия, изображающими сцены из жития Христа.

Господи, мою грешную душу! — вот, должно быть, прообраз будущих событий в нашей жизни...

Всегда бывает очень красиво, когда в Рождество, в ознаменование нового мира, нового года, новой жизни, зажигают свечи. Наша маленькая церковка с её грузными сводами имеет нечто общее с тою пещерой, в которой столь часто на картинах изображается рождение Иисуса. Люди кругом преклоняли колена и молились, пастухи и рыбаки. Я тоже встала на колени и попыталась обратить мои смятенные мысли в мысль милосердную, благую и молитвенную. Я стала молиться, как обычно, о том, чтобы люди по-доброму относились к убеждениям моего отца, который соблюдает религиозные праздники лишь потому, что видит в них всеобщие праздники жизни и природы, — например, Рождество, считает он, возвещает зимнее солнцестояние, поворот земли к свету. Кюре побаивается моего отца, знает, что надо бы поднять голос против неверия, но не осмеливается.

Я заметила, что Кристабель не встаёт на колени, но чуть погодя она всё-таки опустилась на пол, как-то очень медленно и осторожно, как будто у неё кружилась голова. Когда мы снова уселись на скамью — свечи уже горели, — я взглянула на Кристабель: как она себя чувствует теперь? — и поняла! Она сидела на краю скамьи, слегка откинувшись назад и прислонив голову к колонне, глаза закрыты, губы плотно сжаты, лицо выражает усталость, но не смирение. Она помещалась в тени, сумерки укрывали её, но я видела, что она бледна. Руки у неё были под животом, и по какому-то особому повороту тела, по какому-то древнему оберегающему положению этих рук я вдруг явственно узрела то, что она таила столь долго, и что мне, исконной деревенской обитательнице, хозяйке дома, следовало бы разглядеть давным-давно. Слишком многих женщин я видела сложившими руки вот так, никакой ошибки быть не может. И когда она сидит откинувшись назад, ясно видно, что она полна. Итак, она действительно явилась сюда, к нам, в поисках убежища, пристанища. Многое — если не всё — теперь объясняется.

Годэ — та знает. Она необычайно приметлива и сведуща в этих делах.

И отец, наверное, знает, давно уже знал, чуть ли не до её приезда. Он испытывает жалость и желание защитить Кристабель, теперь я это осознаю; а я приписывала ему чувства, которые не существовали, кроме как в моём воспалённом воображении!..

Что мне теперь делать? что сказать?

Декабря 31-го

Очевидно, я так и не осмелюсь с ней объясниться. Во второй половине дня я поднялась к ней в комнату с подношением — ячменным сахаром — и с книжкой, которую взяла у неё почитать в прежние времена, до того как начала злобиться. Я сказала:

«Прости, что я вела себя так вздорно, кузина. Я многое понимала неправильно».

«Вот как? — отозвалась она не слишком милостивым тоном. — Что ж, я рада, что недоразумению конец».

«Теперь мне известно, как обстоит дело, — продолжала я. — Я хочу тебе добра, хочу помочь».

«Известно, как обстоит дело? — медленно переспросила Кристабель. — Ты полагаешь, мы можем знать о своём ближнем? *Ну и как же по-твоему, Сабина, со мною обстоит дело?*»

И она уставила на меня своё матовое лицо со светло-зелёными глазами, вызывая на словесный поединок. Интересно, если бы я произнесла слова, застрявшие у меня в горле, если б я отважилась, что бы она сделала, что бы возразила? Я знаю, знаю про неё правду; но я зачем-то принялась, запинаясь, бормотать, что, мол, неверно выразилась, что в последнее время мучила её, сама того не желая. Она по-прежнему молча смотрела на меня; я разрыдалась.

«Дела мои не столь уж плохи, — сказала она. — Я взрослая женщина, а ты девушка, капризная и по-юному неуравновешенная. Я могу сама о себе позаботиться. Я не желаю *твоей* помощи, Сабина. Но я рада, что в тебе больше нет ярости. Ярость вредит духу, как я убедилась на собственном горьком опыте».

Я почувствовала: она видит меня насквозь; всё это время она прекрасно понимала мои страхи, подозренья, мою неприязнь; и она решила меня не прощать. Тут уже я снова рассердилась и, всё ещё всхлипывая, вышла из комнаты. Она заявляет, что помощь ей не нужна, но ведь она уже попросила о помощи и получила её; поэтому она и здесь. Что же будет с нею дальше? Что станет с нами всеми? С ребёнком? Может быть, мне поговорить с отцом? Кристабель по-прежнему напоминает мне замёрзшую змею из басни Эзопа, которую опасно греть на груди. Фигура речи может сохранять власть над нашим воображением, даже когда перестаёт быть уместной. И кто же тогда из нас двоих змея? Но она смотрела таким студёным взглядом... Я начинаю задумываться, вполне ли она в рассудке.

[Конец янв.]

Сегодня я наконец решилась поговорить с отцом о положении кузины Кристабель. Два или три раза я собиралась это сделать, но что-то мне мешало. Может, я опасалась, что отец тоже немилостиво отнесётся к моему «вмешательству»? Однако это молчание, недосказанность лежит между нами... Я подождала, пока Кристабель не уйдёт в церковь; смотрела ей вслед из окна: да, теперь уж любой мало-мальски опытный глаз разглядит её состояние. Она слишком мелкого телосложения, чтобы скрыть живот.

Войдя к отцу, я сказала сразу же, с порога — чтоб ничто не сбило, не отвлекло меня:

«Батюшка, я хочу поговорить с тобой о Кристабель».

«Да, я заметил с огорчением, ты стала выказывать ей меньше приязни, чем прежде», — отозвался отец.

«Что до моей приязни, по-моему, она в ней не особо нуждается. Но всему виной недоразумение. Я стала было думать, она становится тебе слишком близка, так что мне... мне уже не остаётся места».

«Так думать несправедливо. И по отношению ко мне, и по отношению к ней».

«Теперь всё разъяснилось, отец, я разглядела, разглядела её положение. Всё настолько очевидно. Раньше я была как слепая, но нынче прозрела».

Отец отвернулся к окну и глуховато произнёс:

«Кажется, нам лучше вообще об этом не толковать».

«Ты хочешь сказать, *мне* лучше об этом не толковать?»

«Не только тебе, нам обоим».

«Да, но что же с ней станет? Что будет с ребёнком? Они останутся здесь навсегда? Я распоряжаюсь хозяйством, я должна знать, обязана знать заранее. Я желаю помочь, отец, желаю *помочь* Кристабель».

«Насколько я понимаю, наше молчание и есть помощь, которой она от нас ждёт...» В голосе отца сквозила странная озадаченность.

«Ну, если тебе известны её намерения, то я спокойна и не буду больше говорить о кузине. Я ведь просто хотела предложить помощь...»

«Сабина, дорогая, о её намерениях мне известно не больше твоего. Я пребываю в таком же неведении. В своём письме она просила „приютить на какое-то время“, без уточнений, — и я охотно предложил ей наш домашний кров. Однако ещё ни разу я не говорил с нею о причинах приезда, она обходит всё стороною. Даже о её *положении* сообщила мне Годэ. Годэ всё поняла чуть ли не с самого начала. И как знать, может, она обратится за помощью именно к нашей Годэ, когда придёт срок. Одно знаю: она наша родственница — мы предложили ей пристанище... »

«Она должна довериться нам, нельзя всё хранить в себе», — сказала я.

«Я пытался вызвать её на откровенность, — вздохнул отец. — Но она отвергает такие беседы. Словно даже себе не желает признаться в своём истинном состоянии».

Февраль

Я заметила, что мне больше не доставляет удовольствия вести этот дневник. С какого-то момента он перестал быть упражнением в писательстве, отражением моего подлинного внутреннего мира, зато сделался плоским рассказом о ревности, растерянности, злобе. К тому же я заметила: изливая дурные чувства на бумаге, человек не избавляется от них, не изгоняет их из себя, а, напротив, сообщает им какую-то дополнительную живость — так разогреваемые ведьмою восковые куклы словно по-настоящему оживают, прежде чем в сердце им вонзится ведьмовская игла. Дневник я начинала не затем, чтобы поверять ему наблюденья за чужой болью и страданием. Ещё я опасаюсь, что когда-нибудь его нечаянно прочтут и неверно истолкуют многие страницы. По всем перечисленным причинам и для духовной самодисциплины я на время оставляю мой дневник.

Апрель

Я являюсь свидетельницей вещи настолько странной, что чувствую настоятельную потребность рассказать о ней, хоть и зарекалась браться за перо, пока лучше не разберусь в себе и в происходящем. Моя кузина теперь уже так полна, так грузна, имеет вид настолько спелый, что, наверное, до родов совсем близко. Но при этом она не допустила даже минутного обсужденья своего положения, ни своего близкого будущего. Она точно окутала нас неведомыми чарами, никто из нас не осмеливается дать ей нагоняй, заставить поделиться с нами тем, что очевидно для всех, но ею почему-то «скрывается». По словам батюшки, он несколько раз подводил её к разговору и каждый раз она отворачивала в сторону. Он хотел бы ей сказать, что мы рады этому ребёнку, что ребёнок — как и она сама — наш родич, кто бы ни был его родитель; мы готовы заботиться о его благе во младенчестве и о его дальнейшем воспитании; ребёнок ни в чём не будет знать нужды. Отец рад бы это сказать, но, как он сам признался, не может по двум причинам. Во-первых, она его *устрашает* — своим взглядом и всей своей повадкой удерживая от разговора о предмете; и хотя он морально даже обязан говорить о том с нею, он не может собраться с духом. И во-вторых, он не на шутку побаивается, не повредилась ли она рассудком. Не расщепилась ли её личность роковым образом на две половины, что она не дозволяет своей разумной, обращённой к людям половине узнать правду о своём скором будущем? И хотя отец надеется, что она *подготовлена* к своей участи, он в то же время опасается нечаянно разрушить её хрупкий покой — она может совершенно отторгнуться от нас, впасть в отчаяние и довести до гибели и себя, и ребёнка. Отец обращает к ней маленькие милые знаки добра и привязанности, и она их принимает грациозно как должное, словно какая-нибудь принцесса; она охотно беседует с отцом о фее Моргане, Плотине, Абеляре и Пелагии, будто желая наградить его за «услуги». Её ум ясен и жив, как никогда, слова блестят и искрятся. Мой бедный батюшка — возможно, как и я, — ощущает в себе самом подступающее безумие, когда, по следу любимых мыслей и из вежливости, погружается в слишком уж бесплотные и софистические споры, с комментированием текстов, с декламациями стихов, — тогда как на деле надлежит говорить о том, что вот-вот явится на свет во плоти и потребует практических шагов.

Я сказала ему, не настолько уж Кристабель несведуща о своём состоянии, раз её платья умело расставлены, по талии и под мышками, умными, тщательными, неприметными стежками. Он отнёсся к моим словам с сомнением, мол, не работа ли это Годэ, и мы решили, коль у нас самих недостаёт смелости и твёрдости говорить начистоту с Кристабель, выспросить по крайней мере у Годэ всё, что той известно; может быть — даже вполне вероятно, — Годэ, в отличие от нас, удостоилась откровенности Кристабель?.. Но моя няня отвечала, что нет, портновская работа здесь не её; более того, мадемуазель всякий раз, как Годэ намёками предлагала свою помощь, переводила разговор на другое, словно действительно не понимая. «Она пьёт мои питательные отвары, но будто лишь затем, чтобы мне потрафить», — сказала Годэ. И принялась нам объяснять: известны случаи, когда женщины решительно отказываются признать своё состояние и всё же имеют роды столь же благие и лёгкие, как стельная корова в амбаре. Но бывают и другие женщины, прибавила Годэ уже более сумрачным тоном, которые на сносях изнурят, измучат себя душевной борьбой и в исходе кто-нибудь да гибнет — или роженица, или младенец, а то и вместе. Годэ велела всё предоставить ей, она, мол, узнает по верным признакам, что Кристабель приспел срок родить, и даст ей успокаивающее питьё, а позже, в нужный час, приведёт Кристабель в разумение. По-моему, Годэ владеет мерилом большинства людей, как женщин, так и мужчин, по крайней мере в том, что касается их животных, инстинктивных начал. Однако принадлежит ли к этим людям моя кузина Кристабель?..

Мне приходило на мысль написать ей письмо, вдруг как чтение дастся ей легче, чем трудный разговор; в письме взвешенными словами указать наше знание и наши страхи, пусть поразмыслит в одиночестве. Но что сделать с письмом? вручить, подбросить под дверь? И как она к этому посланию отнесётся?..

Вторник

Всё это последнее время она со мною по-своему очень добра, принимается обсуждать то одно, то другое, вызывается прочесть мои сочинения; я также нечаянно узнала, что она секретно вышивает мне подарок — чехольчик для моих ножниц: павлин с распущенным, глазастым хвостом, исполненный шёлковыми зелёными и синими нитками. Но я уже не могу испытывать к ней былого расположения: потому что она для меня закрыта, удерживает в тени то, что важнее всего, потому что она заставляет меня — из гордости или безумия! — жить в лживом молчании.

Сегодня выдался погожий день, мы сидели в саду под цветущими вишнями, беседовали о поэзии, и она стряхивала падающие вишнёвые лепестки со своей большой юбки с самым беззаботным и беспечным видом. Она говорила о фее Мелюзине и о природе стихотворного эпоса. Она хочет написать эпическую поэму-фантазию, основанную не на исторической истине, а на истинах поэзии и воображения — подобную «Королеве фей» Спенсера или поэмам Ариосто, где душа художника свободна от оков исторических фактов и действительности. Она полагает, что причудливое повествование — лучший жанр для женщин. Причудливое романтическое повествование — вот та заветная страна, в которой женщины могут с полной свободой выразить свою подлинную природу, страна, подобная острову Сэн или волшебным холмам Сид, — страна, конечно же находящаяся не в нашем бренном мире.

Только в этом причудливом жанре и можно примирить два противоположных начала женской души, говорила Кристабель. Я спросила, какие же два начала, и она ответила: мужчины всегда воспринимали женщин как двоесущных созданий: женщины — это и демоны-обольстительницы, и невинные ангелы.

«Все женщины таковы, имеют двойную сущность?» — спросила я.

«Я этого не говорила, — отозвалась Кристабель. — Я сказала, что такими их видят мужчины. Кто знает, какова была Мелюзина в своём свободном, благом состоянии, когда ничьи глаза не смотрели на неё?..»

Она начала вдруг говорить о рыбьем хвосте и спросила, знаю ли я сказку Ганса Христиана Андерсена о Русалочке, которая хотела понравиться принцу и сделала так, что хвост её раздвоился на пару ножек, но за это отдала ведьме свой голос, а принц женился на другой. «В хвосте была её свобода, — объяснила Кристабель, — а когда она шла ногами, ей было так больно, будто она ступала по острым ножам».

Мне в детстве, с тех пор как я прочла эту сказку, часто снилось, что я хожу по острым ножам; я сказала об этом Кристабель, и она, кажется, обрадовалась. И продолжала говорить о муках Мелюзины и муках Русалочки; только о своих скорых муках не обмолвилась.

Я уже достаточно умна, чтобы распознать фигуру речи или аллегорию; кто-нибудь может подумать, что она таким образом пыталась, по своему обыкновению изъясняясь головоломками, говорить о материнстве. Однако мне так не показалось. Нет, её голос, подобно её блестящей серебристой иголке за тонким рукоделием, уверенно вышивал красивый узор из слов. Но в некий миг у ней под платьем — могу поклясться, я видела это собственными глазами! — шевельнулось живое существо, которому не отведено места в её словесных узорах.

Апреля 30-го

Я не могу уснуть. Мне ничего не остаётся, как употребить её же науку на то, чтобы рассказать, что́ она наделала.

Вот уже два дня мы её разыскиваем. Вчерашним утром она вышла из дому и направилась на гору в церковь — последние недели она бывала там довольно часто. Деревенские жители не раз видели, как она стояла во дворе у кальвария, тяжело прислонясь к его основанию, переводя дыхание; она казалась поглощённой историей жизни и смерти Богородицы: поглаживала каменные фигурки у подножия креста, водила по ним руками — «точно слепая» (сказал один крестьянин), — «как каменный художник» (сказал другой). Все знали, и мы, и деревенские, что она подолгу бывает в церкви, молится или просто сидит там тихонько, покрыв голову чёрной шалью, сцепив руки на коленях. Вчера некоторые видели — она вошла в церковь, как обычно. Но никто не видел, чтобы она выходила; впрочем, она не могла не выйти!

Хватились мы только в обед. Годэ зашла к отцу в комнату и сказала: «Я выведу коня, а вы, господин барон, подавайте двуколку. Молодая гостья не вернулась, а срок её очень близкий».

Нашему воображению сразу же стали рисоваться ужасные картины: кузина упала и лежит в муках во рву, или в поле, или где-нибудь в амбаре. Мы запрягли коня в двуколку и поехали вдоль всех дорог, между всех каменных изгородей, заглядывали во все лощинки, во все заброшенные хижины; порой мы принимались её звать, но не слишком часто: нам было стыдно за себя, что не уследили за ней, и за неё, что у неё хватило безрассудства в своём положении отбиться от дома. То были ужасные часы для всех нас, для меня несомненно. Каждый миг этой поездки был мучителен — по-моему, *неопределённость* мучит человека больше, чем любое другое чувство, она влечёт его дальше и в то же время наполняет беспомощностью, жгучим разочарованием; мы ехали, чуть ли не задыхаясь от горя и волнения, нервы наши были натянуты до предела. Всякий крупный неясный предмет — куст можжевельника с запутавшейся в нём тряпкой, старый пустой бочонок, проеденный древоточцем, — заставлял сердца сжиматься в надежде и страхе. Мы забрались по тропке к часовне Богородицы; мы всматривались в зев дольмена, но ничего не увидели. И так мы ездили и лазили до самой темноты; наконец батюшка сказал: «Не дай бог, чтоб она упала с утёса».

«Может быть, она у кого-нибудь из деревенских?» — спросила я.

«Мне бы сообщили, — ответил отец. — За мной бы послали».

Тогда мы решили обыскать берег: соорудили огромные факелы — как порой делаем, когда у скал случается кораблекрушение и нужно искать выброшенных на берег моряков или ценные вещи. Янник развёл на песке костёр, а мы с батюшкой зажигали от него факелы и перебегали от одного укромного места на берегу к другому, звали и махали огнём. Раз я услышала жалобный звук, но то была лишь потревоженная в гнезде чайка. Мы продолжали наши поиски заполночь, без отдыха и пищи, под луною; потом отец сказал, что надо вернуться домой, — какие-нибудь вести могли поступить в наше отсутствие. Я сказала, вряд ли — тогда бы нас разыскали; на что отец заметил: наших людей слишком мало, чтобы искать её да ещё посылать за нами. Мы отправились домой со смутной надеждой, однако никаких новостей там не оказалось, и вообще никого не оказалось, кроме Годэ, которая, по её словам, весь вечер призывала разных духов из дыма — спросить о Кристабель, но духи явятся только завтра.

То было вчера, а сегодня мы переполошили всю округу. Отец, комкая в руке свою шляпу и в душе свою гордость, стучался во все двери и спрашивал, не известно ли о ней хоть что-нибудь, — все были в неведении, удалось лишь установить, что прошлым утром она была в церкви. Крестьяне тоже вышли на поиски, обшарили все поля, все тропинки. Отец отправился к кюре. Он обычно избегает встреч с кюре: тот слишком мало образован, и им обоим неловко оттого, что кюре положено по сану спорить со взглядами отца, ложными и вольнодумными. Правда, он никогда и не осмеливается спорить — зная, что потерпел бы поражение. К тому же прихожане не одобрили бы нападок на почитаемого ими господина барона де Керкоза, даже ради спасения бессмертной баронской души.

«Я уверен, что Господь в доброте Своей позаботился об этой женщине», — сказал кюре.

«Да, но вы её *видели*, отец мой?»

«Нынче утром, в церкви», — ответил священник.

Отец думает, что кюре знает, где Кристабель. Иначе почему он не вышел с другими на поиски? Разве поступил бы он так, будь у него на душе неспокойно? С другой стороны, кюре одет в броню собственного жира, туп и лишён воображенья; он мог просто рассудить, что люди помоложе и попроворнее лучше его справятся с делом. «Но откуда же кюре знать?» — спросила я. «Она могла обратиться к нему за помощью», — предположил отец.

Не представляю, чтобы кто-то обратился к нашему кюре за помощью, тем более в таких обстоятельствах. У кюре нахальный взгляд, толстые губы и большой живот, ради которого он и существует на свете. Но отец возразил: «Кюре нередко посещает обитель Святой Анны, что стоит при дороге, ведущей в Кемперле. Епископ распорядился принимать туда изгнанных и падших женщин».

«Ну нет, *туда* он не мог её послать! — возмутилась я. — Это злосчастное место».

Одна деревенская девушка, по имени Маль, подруга сестры Янника, была взята туда рожать, когда родители отреклись от неё и никто из деревенских парней не назвался отцом ребёнка, потому что никто не был уверен в своём отцовстве. Маль утверждала, что монашки щипали её и назначили ей епитимью — отскребать нечистоты и носить разную грязь, — едва она только опросталась. Младенец вскоре умер, рассказывала Маль. Потом она пошла в услужение к жене торговца свечами, та её нещадно избивала; долго Маль не прожила.

«Вдруг Кристабель сама туда попросилась?» — сказал вдруг отец.

«Зачем бы она стала это делать?»

«А зачем она совершила другие поступки?.. И где она, в конце концов, мы обыскали всё вдоль и поперёк. И море не выбрасывало её тела».

«Остаётся спросить монашек в обители...»

«Да, завтра я туда наведаюсь».

На сердце у меня тоска. Я боюсь за Кристабель, но я и гневаюсь на неё, потому что мне жаль отца, доброго и благородного человека, которого снедает печаль, беспокойство и стыд. Ведь теперь мы уже почти наверняка знаем, что она — если только с ней действительно не произошло несчастье — бежала из-под нашего гостеприимного крова. А кто-то подумает: мы её отвергли; предположение для нас оскорбительное, позорное — мы никогда б так не поступили!..

А может быть, она лежит теперь мёртвая в какой-нибудь пещере или на берегу, на одном из уступов, куда мы не сумели добраться с факелами. Завтра я снова отправлюсь на поиски... Мне сегодня не уснуть.

Мая 1-го

Нынче батюшка ездил в монастырскую обитель. Мать-настоятельница угощала его вином, а на его расспросы сказала, что на этой неделе в обитель не поступало особы, отвечающей имени или описанию Кристабель. Настоятельница готова молиться о душе этой молодой женщины. Батюшка просил известить его, если вдруг Кристабель всё же здесь объявится. «Что до извещения, — ответила монахиня, — всё зависит от желанья самой женщины, ищущей пристанища в наших стенах».

«Я лишь хочу, чтоб она знала: мы предлагаем ей — ей и ребёнку — наш домашний кров и нашу заботу так надолго, как потребуется», — сказал отец.

«О, я уверена, что она — где бы она ни была — знает о вашем добром отношении. Но очевидно, не может прийти к вам со своей бедой. Не может или не желает, из чувства стыда или по другой причине».

Батюшка пытался рассказать о том, как Кристабель безумно упорствует в своём молчанье, но настоятельница стала обрывать его нетерпеливо и бесцеремонно, и он вынужден был удалиться. Ему вовсе не понравился этот разговор с настоятельницей: ему показалось, что она наслаждалась своей властью над ним. Он очень огорчён и обескуражен.

Мая 8-го

Она вернулась!.. Мы сидели за столом, батюшка и я, и в который уж раз грустно обсуждали: какие места не сумели обследовать и не могла ли она удалиться в проезжей двуколке или в повозке трактирщика, как на грех завернувшей в тот роковой день в деревню?.. И тут мы услыхали стук колёс во дворе, и не успели мы выскочить, как она уже возникла в дверях. Это её второе появление — призрака в свете дня — было ещё более диким, невероятным, чем первое ночное появление на крыльях шторма. Она необычайно похудела, её юбка утянута широким, тяжёлым кожаным поясом; она бела точно полотно, и тело её кажется лишённым плоти, всё оно состоит из острых углов, словно её костяк пытается выбраться наружу. Она отрезала волосы. То есть все кудряшки и завитки исчезли — осталась лишь небольшая унылая причёска шапочкой из бледных волос, похожих на пожухлую солому. И глаза её кажутся совсем бесцветными и смотрят точно неживые из глубоких глазниц.

Батюшка подбежал к ней — и заключил бы нежно в объятия, — но она выставила костлявую руку и даже слегка его оттолкнула:

«Спасибо, я хорошо себя чувствую. Я могу сама стоять на ногах».

И она, ступая с трудом, даже с опаской, но стараясь держаться прямо — иначе как гордым ковыляньем я бы это не назвала! — медленно совершила путь к камину и уселась в кресло. Батюшка спросил, не отнести ли её в кресле наверх, — она ответила, что не нужно, и прибавила: «Спасибо, мне и так хорошо». Однако приняла от него стакан вина, хлеб и молоко и стала пить и есть почти жадно. Мы сидели вокруг, раскрыв рот, тысячи вопросов вертелись у нас на языке, и тут она сказала:

«Я умоляю, не спрашивайте меня ни о чём. Я знаю, что не имею права просить вас об одолжениях. Я злоупотребила вашей добротой — так вы, наверное, считаете. Но у меня не было выбора. Обещаю, что вам осталось терпеть меня недолго. Только *ни о чём* не спрашивайте».

Как могу я описать наше душевное состояние? Она отвергает все нормальные чувства, обычное человеческое тепло, общение. Что она имеет в виду, говоря, что нам осталось терпеть недолго, — хочет ли сказать, что ожидает вскоре умереть здесь, в Кернемете?.. Она безумна? или, наоборот, слишком умна и хитра и имеет какой-нибудь план, имела с самого начала? Останется она с нами или нас покинет?..

Где ребёнок? Мы все терзаемы любопытством, которое она — от хитрости или от отчаянья — обратила против нас, заставляя нас видеть в нашем любопытстве чуть ли не грех, отвергая нашу естественную заботу, естественные вопросы. Жив младенец или умер? Мальчик или девочка? Что она собирается делать дальше?

И вот что мне хочется заметить — хотя я этой мысли немного стыжусь, но я, право, уловила интересную особенность человеческой природы: невозможно любить, когда человек настолько для тебя закрыт! Я испытываю ужасную жалость, когда вижу её *нынешнюю*, с обтянувшимся лицом, остриженную, когда воображаю её муки. Но я не могу вообразить их по-настоящему — ибо она запирается; из-за её замкнутости моё сочувствие превращается в сердитую обиду...

Мая 9-го

Годэ сказала, если пустить сорочку младенца плавать по поверхности Источника Фей, *фёнтенн ар хазеллу*, то можно узнать, вырастет ребёнок крепким и здоровым или зачахнет и умрёт. Если рукавчики сорочки наполняются ветром и тело сорочки надувается и плывёт по воде — ребёнок будет жить и благоденствовать. Но если сорочка никнет, набирает воду и идёт ко дну — ребёнок умрёт.

Батюшка сказал:

«Поскольку у нас нет ни ребёнка, ни сорочки, от этого гадания мало проку».

Да, Кристабель не сшила за всё время ни единой сорочки, только вышила несколько футляров для перьев и мой футляр для ножниц, да ещё помогала подшивать простыни.

Теперь бо́льшую часть времени она проводит у себя в комнате. Годэ говорит, что у Кристабель нет жара и она не угасает, а просто очень слаба.

Прошлой ночью мне приснился страшный сон. Будто мы стоим на берегу огромного водоёма, с поверхностью очень тёмной и с отливом словно чёрный янтарь, но отчего-то комковатой. Нас окружают по бокам остролисты, их целые заросли; когда я была девочкой, мы собирали эти листики с их шипиками и, двигаясь по кругу листа от шипика к шипику, легонько укалывали нежные подушечки пальцев и приговаривали: любит — не любит. (Когда я рассказала об этом Кристабель, она заметила с усмешкой: пожалуй, для такого гадания остролист уместней, чем маргаритки, у которых с той же целью обрывают лепестки английские девочки.) В моём ужасном сне я почему-то безотчётно боялась остролиста. Так, еле заслышав любой тонкий шорох в кустарнике, опасаешься змеиного укуса.

Нас там несколько женщин у кромки воды — сколько именно, сказать невозможно, как это нередко бывает во сне, — но я чувствую, ещё кто-то напирает мне сзади на плечи, обтесняя меня. Рядом со мной Годэ, и она пускает на воду какой-то маленький свёрток: в первый миг он весь завёрнутый и перевитый — так обычно на картинах изображают свёрток с младенцем Моисеем, когда его прячут в смолёной корзинке среди тростника; но в следующий миг это крошечная сорочка, накрахмаленная, плоёная. Сорочка выплывает на середину озера — на воде нет ряби, — вздымает пустые рукавчики, пытается набрать воздуха — хочет надуться, приподняться из густой воды, но вода мало-помалу затягивает сорочку, вода похожа уже скорей на трясину, или на желе, или на жидкий смоляной камень, и во всё это время сорочка бьётся, машет своими, так сказать, ручками, хотя какие могут быть у неё ручки...

Мне достаточно ясно, о чём этот сон. Однако воображение так устроено, что сон подменяет явь. Теперь, когда я спрашиваю себя, что же сталось с ребёнком, я ясно вижу чёрный, словно обсидиановый, водоём и живую белую сорочку, тонущую.

Мая 10-го

Нынче отцу пришло письмо от его знакомого, господина Мишле, в большом конверте, а внутри имелся ещё один, меньший конверт, адресованный Кристабель. Она взяла его довольно спокойно, словно это было самое обычное послание, но, приглядевшись к почерку на конверте, вздохнула как-то судорожно и отложила письмо в сторону, не распечатывая. Батюшка говорит: господин Мишле пишет, что письмо это от друга и писано скорее в надежде, чем в уверенности, что мисс Ла Мотт гостит у нас. Если же она не здесь, то господин Мишле просит вернуть письмо ему, дабы отослать обратно. За весь день она так и не распечатала конверта. Не знаю, хочет ли она вскрывать его вообще.

Записка от Арианы Ле Минье к Мод Бейли.

Уважаемая профессор Бейли!

На этом месте дневник заканчивается, почти одновременно с тетрадью, в которой он вёлся. Возможно, Сабина де Керкоз возобновила дневник в другой тетради; но если это и так, другая тетрадь не найдена.

Я не стала рассказывать Вам заранее о содержании, так как хотела — немного ребяческое желание! — чтобы Вы испытали то же читательское потрясение и наслаждение, что и первооткрывательница дневника, то есть я. Когда я вернусь из Севенн, мы непременно усядемся все втроём — Вы, я и профессор Стерн — и сравним наши заметки.

Насколько я понимаю, исследователи творчества Ла Мотт всегда полагали, что Кристабель жила жизнью затворницы, в счастливом лесбийском союзе с Бланш Перстчетт. Известно ли Вам о любовнике, реальном или гипотетическом, который мог бы быть отцом ребёнка? И ещё один вопрос неизбежен: не связано ли самоубийство Бланш с историей, изложенной Сабиной? Может быть, Вы сумеете удовлетворить моё любопытство?

Хочу также сообщить Вам, что я попыталась выяснить, выжил ли ребёнок. Первая мысль, которая приходит, — справиться в обители Св. Анны; я съездила туда и лично убедилась, что в их на редкость скудном архиве нет ни малейших подтверждений пребывания Ла Мотт. (Скудность же архива оттого, что в 20-е гг. здесь служила особо усердная в вере мать-настоятельница, которая полагала — пыльные бумаги только зря занимают место и не имеют ничего общего с назначением сестринской обители, вневременным и внесуетным.)

У меня есть некоторые подозрения по поводу кюре, поскольку больше подозревать некого. И мне не слишком верится, что ребёнок был благополучно рождён, но затем погублен где-то в амбаре. Впрочем, благополучное выживание младенца — факт настолько же недоказанный.

Я прилагаю копии нескольких стихотворений и стихотворных отрывков, найденных мною среди бумаг Сабины. Образцами почер-

ка Кристабель Ла Мотт я не располагаю, но вполне допускаю, что это её рука; и стихи вроде бы намекают на грустный исход?..

Жизнь Сабины после описанных событий складывалась частью счастливо, частью печально. Она опубликовала три романа, о которых я писала профессору Стерн и из которых наибольший интерес представляет, пожалуй, «Вторая Дауда». Героиня этого романа наделена сильной волей и страстями, обладает гипнотическими способностями и бросает вызов приличиям и женским добродетелям. Разрушив спокойную жизнь двух семейств, она гибнет во время морской прогулки на лодке, будучи беременной ребёнком, чей отец — либо её слабовольный муж, либо её байронический любовник, который тонет вместе с ней. Сила романа — в использовании бретонской мифологии, способствующей углублённому раскрытию тем и созданию оригинального образного строя произведения.

Сабина вышла замуж в 1863 г., после длительной борьбы со своим отцом за право встречаться какое-то время с возможными партиями. Господин Кергаруэт, с которым она в конце концов соединила свою судьбу, был человек угрюмый и меланхолический, значительно её старше; он привязался к ней почти до помешательства, и рассказывали, что он скончался от горя через год после её смерти (она умерла при третьих родах; у неё было две дочери, ни одна из которых не дожила даже до отрочества).

Надеюсь, что всё это оказалось для Вас интересным и что когда-нибудь потом, в удобное время, мы сравним впечатления и поделимся результатами разысканий.

В заключение ещё раз хочу сказать — я пыталась выразить это и во время нашей краткой встречи, — что я восхищена Вашей работой о лиминальной поэзии. Думаю, в свете идей лиминальности, пороговости, дневник бедной Сабины представляет особый интерес. Как подметила Сабина, у нас в Бретани всё пронизано мифологией порогов и переходов.

Mes amitiés
Ариана Ле Минье

Страницы с черновиками стихов. Копии сделаны Арианой Ле Минье для Мод Бейли.

Богоматерь носит муку
Снесть которой и крест не сможет
Эта мука и разлука
Спящий камень растревожит

Словно слёзы звёзды хлынут
Искр когда резцом суровым
Из гранита будет вынут
Этот образ древний новый

Мука в камень впечатленна
Сын страдал и вовек прославлен
Но в прекрасной плоти бренной
Он не будет больше явлен

*

Тихо было и мало́
И со мною не осталось
Появилось и ушло
Вопрошения испугалось

Был одышлив и тяжек час
Раз два три где же беспечность
Сник огонь огонь погас
Распахнулася мне Вечность

Плоти розова лазурь
Что звала меня с собою
И светилом среди бурь —
Камня сердце голубое

*

Песнь пою о Млеке белом —
Чистоте что исказилась
Проливается несмело
Блага вечного лишилось

Пусть другие наполняют
Свой фиал вином душистым
Млеко ж скоро истекает
Хоть сосуд был крепким чистым

Вот тоскливая загадка:
Белизной своей пятная
Убегает без остатка
Что же это? Я не знаю

Оно пахнет сеном вольным
И коровьим Божьим летом
И любовью — той спокойней
Что душой была пропета

По столу оно сбегает
Тихо капает на землю
Прах собою насыщает
Звуку тающему внемлю

Млеком мы полны и кровью
Что бесцельно проливаем
Рты голодные любовью
Мы наполнить как не знаем

Всех утрат невосполнимей
Сей поток неискупимый
Белизна неудалимей
Грязи подлинной и мнимой

Сколько я ни тру по векам
Пред глазами повисает
Призрак пролитого млека
От него мой воздух прокисает

ГЛАВА 20

Прижму ладонь
К кресту окна.
Не твоя ли тень
В ночи видна?

Вид их — какой он?
Саван? Халат?
Иль нагота —
Мраморный хлад?

Тянутся сами —
Привычки власть! —
Губы к родному
Запястью припасть.

Сколько достоинств
В себе имело —
Где нынче плавится
Это тело?

Не уходи!
Я к тебе — помочь —
Спешу, нагая,
В студёную ночь.

Пальцам твоим
Себя предаю:
Пусть заживо плоть
Сдирают мою.

Теплу моему —
Твой хлад утолять,
Мне — зябким дыханьем
Твоим дышать...

К. Ла Мотт

При иных обстоятельствах Собрайл терпеливо уламывал бы сэра Джорджа, сколько бы времени на это ни понадобилось. Рано или поздно его всё равно пустили бы в ветхий дом а-ля за́мок, и он сидел бы там и выслушивал сетования инвалидки-жены сэра Джорджа на мелкие житейские невзгоды (жену эту Собрайл никогда не видел, но представлял очень живо; у него вообще было живое, но, разумеется, дисциплинированное воображение: в его работе — ценнейшее качество). А по ночам он перебирал бы восхитительные письма, выискивал намёки и загадки, и на листы устремлялся бы яркий фотоглаз его чёрного ящика.

Но теперь, из-за Джеймса Аспидса, времени на выжидание и реверансы не остаётся. Во что бы то ни стало надо заполучить эти бумаги. У Собрайла прямо засосало под ложечкой, как от нестерпимого голода.

Лекцию — называлась она «Искусство биографии» — он читал в фешенебельной церкви в Сити. Её викарий любил, когда у него выступали, и приглашал всех без разбору. Тут бывали певцы с гитарами и целители, проходили антирасистские митинги, всенощные бдения во имя мира, горячие диспуты о верблюде и игольном ушке, о сексе и грозной тени СПИДа. Собрайл познакомился с викарием на чаепитии, устроенном для прихожан епархии, и убедил его, что интерес к биографиям — такое же проявление духовного голода в современном обществе, что и секс или политическая деятельность. Посмотрите, как бойко раскупаются биографии знаменитостей, твердил он, сколько места уделяют им воскресные газеты. Людям хочется знать, как жили другие люди, это помогает им в собственной жизни, это естественная человеческая потребность. «Своего рода религия», — подхватил викарий. «Своего рода культ предков, — сказал Собрайл. — Или даже больше. Что такое Евангелия, как не вариации на тему одной биографии?»

Сейчас он сообразил, что уже намеченная лекция придётся очень кстати. Он разослал сдержанные приглашения в разные научные организации, дружественные и враждебные. Обзвонил редакции газет и известил, что на лекции прозвучит сообщение о крупном открытии. Привлёк к лекции внимание директоров новых американских банков и прочих финансовых учреждений, которые создавали свои отделения в Сити. Он пригласил сэра Джорджа, оставившего приглашение без ответа, и его поверенного Бинга, ответившего, что «это очень интересно». Он пригласил Беатрису Пуховер и распорядился оставить ей место в первом ряду. Пригласил и Аспидса: тот, конечно, не придёт, но позлить его приглашением приятно. Пригласил посла США. Пригласил теле- и радиожурналистов.

Собрайл любил читать лекции. Он не принадлежал к числу лекторов старой школы, которые завораживают слушателей гипнотическим взглядом и звучным голосом. Собрайл-лектор шёл в ногу с техническим прогрессом. Он уставил церковь диапроекторами и витринками-суфлёрами, которые помогали ему, как президенту Рейгану, придать замысловато выстроенному выступлению вид непринуждённой импровизации.

Лекция читалась в темноте и сопровождалась демонстрацией световых изображений на двойных экранах: огромные портреты маслом, увеличенные миниатюры во всём их самоцветном сиянии, фотографии брадатых мудрецов среди выщербленных арок готических соборов соседствовали с залитыми светом пространствами Университета Роберта Дэйла Оуэна, с блистающей стеклянными гранями пирамидой, где разместилось Собрание Стэнта, с ярко освещёнными витринками, где хранятся переплетённые между собой пряди волос Рандольфа и Эллен, подушка Эллен с вышитыми лимонными деревьями, брошь из чёрного янтаря в виде йоркширских роз, лежащая на зелёной бархатной подушечке. Время от времени, как бы нечаянно, на эти светлые образы чёрным силуэтом падала подвижная тень — орлиный профиль Собрайла. При одной из таких оказий Собрайл смеялся, извинялся и полушутливо произносил тщательно отрепетированное: вот, мол, перед вами и сам биограф, составная часть общей картины, мелькающая тень, тот, о ком нельзя забывать за предметом его исследования. Как раз во времена Падуба интуиция историка начала привлекать к себе почтительное, даже исключительное внимание мыслящего человечества. Личность историка запечатлевается в истории так же прочно, как личность поэта в его поэзии — и как входит тень биографа в жизнь изображаемого им лица...

При этих словах Собрайл опять ненадолго предстал перед слушателями в луче света. Он заговорил с хорошо поставленной непринуждённостью:

— О чём мы все мечтаем и чего в то же время боимся — это, конечно же, крупное открытие, которое подтвердит, опровергнет, по меньшей мере заставит нас пересмотреть труд нашей жизни. Неизвестная пьеса Шекспира. Считавшиеся утраченными творения Эсхила. Одно такое открытие было сделано не так давно: в чемодане на чердаке некоего дома обнаружились письма Вордсворта к жене. До сих пор учёные утверждали, что единственной страстью Вордсворта была его сестра. Жену его они решительно объявляли женщиной заурядной, не представляющей интереса. И вдруг — эти письма, письма за все долгие годы их брака, говорящие о взаимном чувственном влечении. И историю приходится переписывать. Это занятие доставит учёным не слишком большое удовольствие.

— Должен сообщить, что в области, которую я имею честь представлять, — исследование творчества Рандольфа Генри Падуба — только что произошло событие не меньшей значимости. Найдена переписка Падуба с поэтессой Кристабель Ла Мотт, и эта переписка произведёт потрясение — переворот — в соответствующих областях литературоведения. У меня сейчас нет возможности привести выдержки из этой переписки — я пока видел лишь малую её часть. Мне остаётся только надеяться, что эти письма беспрепятственно войдут в научный оборот во всём мире: предоставление самого широкого доступа к ним послужит делу международного обмена информацией, свободного распространения идей и защиты интеллектуальной собственности.

Заключительную часть лекции Собрайл посвятил тому, что составляло его страсть, — со временем яркие диапозитивы с изображением добытых им экспонатов стали ему дороги не меньше самих экспонатов. Вспоминая табакерку Падуба, он не только чувствовал в руке её тяжесть, холодный металл, согревающийся в его сухой ладони, но теперь ещё представлял её эмалированную поверхность, увеличенную на экране. Такими этих золочёных райских птиц, эти пышные виноградные грозди, эти алые розы не видел и сам Падуб, хотя в его время их цвета были свежее. И жемчужный ободок не сиял поэту так, как сияет теперь, оживлённый светом диапроектора Собрайла.

В конце лекции Собрайл показывал голографическое изображение табакерки: чудесным образом поднявшийся в воздух предмет проплывал по церкви.

— Перед вами, — объявлял Собрайл, — экспонат из музея будущего. В российских музеях выставляются уже не скульптуры и керамика, не копии из гипса и стекловолокна, а демонстрируются такие вот световые изделия. Всё может пребывать всюду, наша культура может стать всемирной. Подлинник пусть хранится там, где условия лучше, где его не коснётся вредоносное дыхание — как происходит в пещере Ласко[1], где пришедшие полюбоваться настенными рисунками эпохи палеолита губят их одним своим присутствием. При современной технологии не так уж важно, кому будут принадлежать эти предметы старины. Важно лишь, чтобы тот, чьим заботам доверены эти хрупкие и недолговечные реликвии, умел, располагал средствами продлить их жизнь на долгие века и устроить так, чтобы их изображения, нестареющие, живые — даже, как вы видели, более живые, чем реликвии, так сказать, во плоти, — разошлись по всему миру.

Закончив лекцию, Собрайл вынимал золотые часы Падуба и удостоверялся, что идеально уложился в намеченное время: в этот раз — 50 минут 22 секунды. Он уже оставил привычку молодых лет извещать аудиторию, что часы теперь принадлежат ему, и при этом ронять шуточку насчёт преемственности: время Падуба, время Собрайла... Ведь хотя часы и приобретены на его средства, из его же доводов следовало, что лучше бы этим часам храниться в каком-нибудь шкафу Собрания Стэнта. Однажды Собрайл подумал, не показывать ли их так: голограмма часов, а рядом они же в руке владельца, в его руке. Но он рассудил, что его чувства — а часы Падуба возбуждали в нём могучие чувства — это его личное дело и припутывать их к ораторским выступлениям не годится. Он был убеждён, что часы сами к нему пришли, что им так и полагалось достаться ему, что теперь у него — в нём — есть что-то от Р. Г. Падуба. Часы стучали возле сердца Собрайла. Отчего он не поэт! Собрайл положил часы на край кафедры и приготовился хронометрировать свои ответы на звучавшие уже вопросы из зала. Журналисты оседлали тему «Неизвестные страницы интимной жизни знаменитых викторианцев», а часы бодро отсчитывали время.

---

[1] *Ласко* — пещера во Франции, около горы Монтиньяк, с гравированными и живописными настенными изображениями.

✳❧✦❧✳

Между делом Собрайл решил кое-что проверить: у него мелькнуло смутное воспоминание, что имя Кристабель Ла Мотт встречается в бумагах его прабабки Присциллы Пенн Собрайл. Он позвонил в Гармония-Сити и попросил поискать эти упоминания в переписке П. П. Собрайл, которую он по установленному порядку хранил в своих компьютерных архивах. В результате поисков на другой день Собрайлу переслали по факсу письмо следующего содержания:

Уважаемая миссис Собрайл,
я уведомилась о Вашем сердечном внимании к моей персоне, преодолевшем угрюмые просторы Атлантики — обиталище крикливых чаек и мятущихся льдин. Как странно: Вы, в Вашем жарком пустынном приволье, осведомлены о моих робких исканиях — странно, как телеграф, переносящий от края до края континента приказы об арестовании, о продаже людей и прочего имущества. Мы живём во времена перемен, как мне твердят. Мисс Джадж, чей утонченный ум привычен к веяниям незримых сил, узнала вчера через наитие, что покровы Плоти и Рассудка будут сдёрнуты — придёт конец сомнениям и тихим стукам у Врат — и херувимы, явленные Иезекиилю животные[1], станут ходить по земле и сообщаться с нами. Подобное открывается её чувствам, как открывается её взгляду обыденное: свет луны и огонь камелька в тихой комнате, заскочивший из сада кот, сыплющий электрическими искрами, со вздыбленной иглами шерстью.

Вы пишете — Вам передают, будто я обладаю известным медиумическим даром. Это, однако же, не так. Мне не видится и не слышится и малой доли того, что доставляет наслаждение — и упоительное изнеможение — чувствилищу миссис Лийс. Мне случалось не раз наблюдать произведённые ею чудеса. Я слышала разливавшийся в воздухе звон музыкальных струн — то здесь, то там, то повсюду вместе. Видела призрачные руки редкой красы, и мои руки ощущали их тёплое пожатие и чувствовали, как те истончаются, тают. Я видела миссис Лийс в звёздном венце, подобно истинной Персефоне, свету, во тьме светящему. Видела, как кусок фиолетового мыла, точно разъярённая птица, проносился, виясь, над нашими

---

[1] Книга пророка Иезекииля, 1: 1.

головами, издавая странное жужжание. Но я так не умею — или
нет, тут не умение: нету у меня способности к притяжению, магнетической силы привлекать ушедших в мир иной — не приходят
они ко мне. Миссис Лийс утверждает, что будут ещё приходить,
и я верю.

Способностями же к гаданию по хрусталю я, кажется, обладаю.
Различаю в нём всякое — живое и неживое — замысловатые картины. Наблюдаю их в хрустальном шаре, в блюдце, налитом чернилами: женщина за шитьём, отвернувшаяся в сторону, или золотая
рыбка изрядной величины, у которой можно пересчитать все чешуйки, или часы из золочёной бронзы — часы эти в их предметной
вещественности впервые увидела я через неделю-другую у миссис
Насау Синиор, — или душный ворох перьев. Всё это сперва как световые точки, но вот точки меркнут, набухают — и явленное обретает телесные очертания.

Вы спрашиваете о моей вере. Не знаю, что ответить. Истинную веру, где она есть, я распознаю — как в Джордже Герберте, который обращался к Богу каждодневно и, случалось, роптал на Его
суровость:

> Зачем Ты праху дал язык —
> Воззвать в моленьях,
> Притом что Ты не слышишь этот крик?[1]

Но в стихотворении «Вера» он уже говорит о смертном часе —
и о том, что за гробом, — вполне обнадёженно:

> Крушиться ли, что станем прах и тлен?
> Лишь только б вера не скудела в нас:
> Её рачительностью сохранён,
> Тлен плотию содеется в свой час.

Что за плоть, какова телесная природа тех, что теснятся близ
наших окон и оплотняются в нашем густом воздухе? Как Вы полагаете? Не есть ли то тела Воскресения? Или, как считает Оливия
Джадж, их воплощению служат материя и кинетическая сила, на
время отторгаемая от неутомимого медиума? Что окажется в наших объятьях, если нам будет дарована неизреченная милость —
вновь обняться, как прежде? Нетленное ли — Восток и Пшеница
Вечная — или подобие нашей падшей плоти?

---

[1] Дж. Герберт. Отказ (перевод Д. Щедровицкого).

Мы рассыпаемся прахом с каждым днём, с каждым шагом. Прах наш живёт короткое время в воздухе и — попираем ногами. Крохи себя выметаем мы прочь. — И что же, все эти пылинки, все эти крупицы крупиц должны cohaere?[1] — Каждый день мы умираем — неужели же там всё сочтено, собрано — и полова сложится в золотистый колос — и колос зацветёт?

Цветы у нас на столах — пышные, благоухающие — окроплённые святою росою мира сего — или, может быть, иного... Как и все цветы, они вянут и умирают. Есть у меня венок из белых роз — бурый уже, пожухший. — Неужели — там — он вновь зацветёт?

И ещё я хочу спросить у Вас, если Вы сведущи: отчего это те, кто является к нам оттуда, — эти пришельцы, загробные выходцы, незабвенные наши, — отчего всякий из них кажется так неизменно и неизмеримо счастлив? Нас ведь учат, что Блаженство не достигается вдруг, путь к нему в вечности совершается шаг за шагом — от ступени к ступени совершенства. Отчего же не слышатся нам голоса праведного гнева? Если мы виноваты пред ними, если мы их предали, то — для нашего блага — разве не следует им излить на нас досаду и ярость?

Что за смирительные свойства тела или правила учтивости, спрошу я Вас, миссис Собрайл, наделяют их такой единообразной слащавостью? Или не осталось в наш унылый век благого гнева, Божьего ли, человеческого ли? Что до меня, я, как ни странно, жажду услышать — нет, не обещания мира и духовного преображения, но голос истинно человеческий — голос страданья, и горя, и боли. Чтобы, если возможно, разделить их — как должна — как хочу, — делить всё с теми, кого любила в земной своей жизни...

Однако я заболталась, и, может быть, до невнятицы. У меня есть страстная мечта. Что за мечта, я Вам не открою, ибо дала себе слово, что не открою её никому, пока... пока не уясню себе главное в ней.

Крупица, миссис Собрайл, в руке у меня крупица живого праха. Крупица. Пока никому не нужная...

Ваш — по мыслям — друг

К. Ла Мотт.

Собрайл усмотрел в письме симптомы сильнейшего психического расстройства. Но интерпретацией письма можно заняться после. Сейчас Собрайла обуял чисто охотничий азарт. След

---

[1] Собраться воедино *(лат.)*.

взят. Как раз в доме мисс Оливии Джадж, на спиритическом сеансе миссис Лийс, Рандольф Генри Падуб совершил свой «подвиг в Газе», как назвал он это происшествие в письме к Рескину. После того как Собрайл сделал это выражение названием главы в «Великом Чревовещателе», оно так и закрепилось в литературоведении за этим эпизодом. В сущности, письмо Рескину было единственным источником сведений об этой истории, которая, вероятно, подсказала Падубу замысел поэмы «Духами вожденны». Собрайл достал «Великого Чревовещателя» и отыскал нужное место.

По моему разумению, лучше бы Вам удержать себя от увлечения этими чертями и гоблинами, которые поигрывают заветнейшими нашими страхами и надеждами, часто с тем лишь, чтобы всколыхнуть стоячие воды, вызвав какое-нибудь *frisson*[1], либо, если можно так выразиться, прибрать к рукам, подчинить себе и направить в нужную сторону податливые чувства безутешных и отчаявшихся. Не спорю, при подобных оказиях могут наблюдаться явления, имеющие своим истоком и человеческое, и нечеловеческое: то проказники-гоблины снуют по комнате, издают стуки, сотрясают чернильницы, то сидящие в темноте люди начинают галлюцинировать, что, как известно, бывает в бреду с больными и ранеными. Наша способность принимать желаемое за действительное, друг мой, не знает границ: мы слышим то, что хотим услышать, видим то, что — как снова и снова удостоверяет нас зрение и слух — ушло навсегда; свойство это почти общечеловеческое, и пользоваться столь напряжённым и превратным состоянием души куда как легко.

Неделю тому назад я побывал на спиритическом сеансе, где навлёк на себя такую немилость собрания, что был даже ошикан и поцарапан. Вина моя состояла в том, что я схватил плывущий по воздуху венок, с которого падали мне на лоб капли влаги, и обнаружил, что держу за руку медиума, некую миссис Геллу Лийс — особу, которая, пока не впадает в транс, напоминает собою довольно угрюмую римскую матрону с мертвенно-бледным лицом и густыми тенями под жидкими черноватыми глазами, — зато уж когда ею овладевают духи, она начинает корчиться, завывать, дергать руками, вслед-

---

[1] Содрогание *(фр.)*.

ствие чего, хотя соседи по столу держат её на всякий случай за руки, высвободить несколько пальцев не составляет для неё труда. Мы
сидели впотьмах — только лунный свет сквозил через шторы да
играли в камине отблески догорающего огня — и наблюдали, как
я понимаю, обычные вещи: над дальним концом стола появлялись
видимые по запястье руки (запястья были задрапированы длинными покрывалами из чего-то наподобие кисеи), сверху ниоткуда
сыпались оранжерейные цветы, с шарканьем выдвинулось из уг-
ла кресло, по коленям и лодыжкам похлопывало что-то телесно-
упругое и ощутимо тёплое. И, как Вы, верно, догадываетесь, пробегали по волосам сквознячки и плавали по комнате фосфорические
огни.

Я, как ни в чём другом, убеждён, что нас надувают, и надувает не
то чтобы обычный мошенник, но некто, сделавший надувательство
делом жизни. А посему я поднял руки, пошарил, дёрнул — и вмиг
рассыпался карточный домик — по крайней мере, в моих глазах, —
рассыпался с шумом: грянули оземь разгуливающие каминные
щипцы с кочергой, шлёп-шлёп — попадали книги, зашаркали ножки стола, слились в один нестройный звук вздохи спрятанных гар-
моник, звякнул на столе колокольчик — подали голос все предметы, которые, вне всякого сомнения, соединялись невидимыми,
переплетёнными, как сеть лилипутской работы, нитями с самой
миссис Лийс... С тех пор как я совершил этот подвиг, достойный
Самсона в Газе[1], меня непрестанно осыпают проклятиями и вы-
ставляют каким-то метафизическим губителем духовной материи
и ранимых душ. Уж я и то чувствовал себя этаким слонищем в по-
судной лавке среди всего этого летучего флёра, кимвалов звуча-
щих[2], тонких благовоний. Но предположим, что всё так и было: что
и в самом деле были вызваны души усопших — и что проку? Неужели наше предназначение в том и состоит, чтобы всю жизнь
просидеть, уткнувшись взглядом в черту, за которой густеет тень?
Много шуму наделал случай с Софией Коттерелл, которая, как говорят, четверть часа держала на коленях дух своего умершего малыша, а крохотные ручонки тем временем поглаживали отцовы щёки. Если тут обман, игра на расстроенных материнских чувствах —
это прямое злодейство. Если же нету обмана, если то нежное, что
пребывало на коленях у матери, не гоблин, не игра воображения —

---

[1] Имеется в виду эпизод из библейской Книги Судей (16) — подвиг Самсона,
обрушившего кровлю на головы филистимлян и погибшего вместе с ними.

[2] Первое послание к коринфянам, 13: 1.

всё равно не содрогнёмся ли мы от омерзения при виде этих лихорадочных радений впотьмах?...

Я, во всяком случае, стал свидетелем штукарства.

Собрайл мгновенно сопоставил факты. Что, если Ла Мотт, которая, как видно, бывала у Оливии Джадж, присутствовала при «подвиге в Газе»? Описание того исторического сеанса встречается и в «Призрачных Вратах», мемуарах миссис Лийс. По своему обыкновению, миссис Лийс держит в тайне имена доверившихся ей людей и обходит молчанием известия, полученные ими от духов. В тот день сеанс посетило двенадцать человек. Трое, как велели им духи-наставники устами самой миссис Лийс, удалились во внутреннюю комнату, где каждому предстояло услышать отдельное сообщение. Из переписки Присциллы Собрайл явствовало, что Оливия Джадж, неутомимая подвижница, вся в заботах о благе человечества, предоставила свой дом — она жила тогда в Твикенеме — группе женщин, взыскующих света премудрости. Присцилла Собрайл постоянно поддерживала связь с мисс Джадж, и та постоянно докладывала ей, что нового было сделано для блага человечества: о собраниях, где распространялись идеи духовного целительства и фурьеризма, боролись за эмансипацию женщин и запрещение горячительных напитков, — и о чудесах, которые являла миссис Лийс.

Твикенемская группа именовалась «Светочи Непорочные». Это, как показалось Собрайлу, было не то чтобы официальное название, а скорее интимное, домашнее, употреблявшееся членами группы между собой. Не исключено, что к их числу принадлежала и Кристабель Ла Мотт. Чтобы восполнить пробел в знаниях, Собрайл принялся за биографию Ла Мотт. Чтение давалось нелегко: йоркширская переписка была недосягаема, а тут ещё непривычная лакановская заумь, которой уснащают свои рассуждения феминистки. Собрайл ещё не успел заметить, что из биографии Кристабель выпадает один год, и не придал значения обстоятельствам смерти Бланш Перстчетт. Он отправился в Лондонскую библиотеку, где имеется превосходное собрание работ по спиритизму, и заказал «Призрачные Врата», но книга была у кого-то на руках. Тогда он обратился в Британскую библиотеку, однако в ответ получил любезное извещение, что экземпляр был уничтожен во время налёта вражеской авиации. Собрайл запросил микрофильм из Гармония-Сити и стал ждать.

Джеймс Аспидс штудировал «Призрачные Врата» из Лондонской библиотеки не с тем пылом, что Собрайл. Поначалу он тоже ровным счётом ничего не знал о жизненных перипетиях Кристабель Ла Мотт, не знал и того, до чего уже докопался Собрайл: о том, что в 1861 году Ла Мотт была каким-то образом связана с Геллой Лийс. Просто он наткнулся на упоминание миссис Лийс в том письме, которое сэр Джордж показал-таки ему для затравки, и теперь внимательно перечитывал всё, что относилось к жизни Падуба в эти заповедные месяцы 1859 года: биографические исследования, созданные им в это время произведения. Он уже прочёл ничего не дающую для его поисков статью об актиниях, или морских анемонах, уже отметил отсутствие сведений о Падубе в начале 1860-го. Перечитал и «Духами вожденны» — поэму, в которой, как всегда казалось Аспидсу, неприязнь автора к героине и, если взглянуть шире, к женщинам вообще переходит всякие границы. Не вызвана ли эта, не получившая пока объяснения, жёлчность отношениями поэта с Кристабель Ла Мотт? Или, конечно, с женой.

«Призрачные Врата» оказались золотообрезным томом в тёмно-фиолетовом переплёте с тиснёным рисунком: чёрное зияние замочной скважины, из которого вылетает золочёный голубь, несущий венок. На фронтисписе, в рамке наподобие неоготических арок во вкусе Пьюджина*, была наклеена овальная фотография медиумессы: у стола сидит женщина в чёрной юбке и расшитой бисером блузке, щедро унизанные кольцами руки сложены на коленях, на груди — нити и нити бус из чёрного янтаря и тяжёлый, траурного вида медальон. Чёрные блестящие волосы обтекают лицо. У женщины орлиный нос и крупные губы, густые чёрные брови и глубоко посаженные — «тенистые», как отметил Падуб, — глаза. Лицо внушительное, ширококостное, дебелое.

Аспидс полистал вступительную часть. Миссис Лийс была родом из Йоркшира и происходила из семьи, имеющей причастность к квакерам. Однажды в квакерском собрании, где она часто наблюдала, как над головами и плечами старейшин вьются нити и клубы одилического[1] света, она «увидела» каких-то

---

[1] *Одилический* — от слова «од», обозначающего энергию, которая исходит от медиума. По мнению создавшего этот термин барона фон Рейхенбаха (1788–1869), одилическая энергия пронизывает всё живое.

серых незнакомцев. Когда ей было двенадцать, мать водила её в больницу для бедных. Там она замечала, что над телами больных висят плотные облака света: над одними матово-сизые, над другими лиловатые, и по ним девочка безошибочно предсказывала, кто умрёт, кто поправится. Как-то раз в квакерском собрании она впала в транс и произнесла целую речь на древнееврейском языке, совершенно ей незнакомом. Случалось так, что в её присутствии по комнате пробегал ветерок, хотя окна и двери были закрыты, а иногда ей являлась покойная бабушка: она сидела на краю кровати, улыбаясь и напевая. Затем — спиритические стуки, столоверчение, сами собой появляющиеся надписи на грифельной доске, — и миссис Лийс стала устраивать сеансы в частных домах. Не без успеха выступала она со «спиритическими чтениями», подчиняясь при этом воле духов-наставников, чаще всего юной индианке по имени Черри (ласкательное сокращение от Чероки) или некоему шотландцу Уильяму Мортону, опочившему профессору химии, который с трудом привыкал к своему новому состоянию, избавляясь от обломков неверия в существование духов, но в конце концов осознал свою истинную природу и уразумел, что его миссия — помочь и открыть глаза этим смертным, пока ещё пребывающим во плоти. Некоторые из «чтений» на такие темы, как «Спиритизм и материализм», «Материализация и свечение призраков», «У последнего предела», были включены в книгу в виде приложения. Но как бы ни звучала тема, все «чтения» объединяло заметное однообразие — видимо, результат транса, — напоминающее о «той протоплазме человеческой речи с лёгким оттенком космического чувства», которую Подмор находил в «монотонном» стиле и настроении другого вдохновенного оратора[1].

В описании Падубова «подвига в Газе» тон медиумессы становился необычайно, беспощадно яростным.

Иногда приходится слышать, как тот или иной позитивист объявляет: «В моём присутствии духи ничего не могут». Возможно — очень, очень возможно. Но хвастать тут нечем, впору стыдиться. Если человек до такой степени заражён позитивизмом, если скептицизм его так силён, что препятствует проявлениям развоплощённого сознания, всё это чес-

---

[1] Имеется в виду Роберт Оуэн, чья двухтомная биография (1906) была написана убеждённым спиритом Фрэнком Подмором.

ти ему не делает. Когда в обществе спиритов или на сеансе оказывается позитивист, задавшийся целью исследовать спиритические явления, его присутствие действует как луч света, некстати проникший в лабораторию фотографа, или как извлечение из почвы зерна, чтобы проверить, проросло оно или нет, или как всякое другое грубое нарушение естественного процесса.

Позитивист может спросить: «Отчего явления духов не происходят при свете дня, а только в темноте?» На это профессор Мортон отвечает, что, как нам известно, многие природные процессы имеют своим условием либо присутствие, либо отсутствие света. Листья растений вырабатывают «кислород» исключительно при солнечном свете. Недавно профессор Дрейпер показал, что по своей способности разлагать минералы лучи разного цвета выстраиваются в такой последовательности: жёлтый, зелёный, красный, синий, индиговый, фиолетовый. Духи всё время подсказывают нам, что материализации благоприятствуют лучи, тяготеющие к фиолетово-индиговому краю спектра. Если бы нам удалось осветить помещение, где проходит сеанс, одними лишь фиолетовыми лучами, мы увидели бы чудеса. Я обнаружила, что при свете фонаря, который, проходя сквозь толстое стекло, приобретает индиговый оттенок, дружественные нам духи получают способность с удивительной лёгкостью приносить нам осязаемые дары и время от времени создавать себе из субстанции, заимствуемой у медиума, из газов и находящихся в комнате материальных предметов воздушное тело. При резком освещении, как свидетельствует вековой опыт, духи бессильны. Разве они являются нам не в сумерках, разве не на так называемый Чёрный месяц приходится у кельтских народов пора, когда людям встречаются посланцы мёртвых?

Позитивист несёт с собою клубы яростного, неистового одилического пламени неприятного жёлтого или красного цвета, наблюдаемые медиумом, да и всяким человеком, способным воспринимать сверхчувственное. В иных случаях позитивист распространяет вокруг себя холод, наподобие леденящих лучей, исходящих от пальцев Деда Мороза, и этот холод, наполняя собою воздушную среду, не даёт сгуститься ауре или духовной материи. Со мною бывает так, что эта стужа, прежде чем коснуться моих кожных покровов, распирает мне лёгкие. Всякие экзосмические процессы прекращаются, вследствие чего духи не получают благоприятной для их проявления среды.

Едва ли не самый страшный пример того, к чему приводит присутствие подобного человека при тонкой процедуре собеседования с духами, — вред, нанесённый самочинством поэта Падуба на сеансе, который я устраивала у мисс Оливии Джадж, в ту пору собиравшей под своим кровом «Светочей Непорочных» — общество женщин с удивительными способностями к духовидению, неустанно пребывавших в поисках Истины Духовной. Прелестный домик мисс Джадж «Можжевеловое шале», что стоит в Твикенеме близ реки, — место, где происходит много чудесного: здесь собираются и живые, и покинувшие этот мир, показываются знамения, слышатся звуки и речи, приносящие несказанное утешение. На лужайке резвятся водные элементалы[1], и, когда сгущаются сумерки, в окна несётся их смех. В числе гостей мисс Джадж бывают люди заметные: лорд Литтон*, мистер Троллоп[2], лорд и леди Коттерелл, мисс Кристабель Ла Мотт, доктор Карпентер, миссис де Морган, миссис Нассау Синиор.

В упомянутый день мы имели несколько глубоко содержательных бесед с духами-наставниками и духами нам дружественными и притом удостоились зреть множество чудес. Не помню кто — кажется, лорд Литтон — как-то говорил мне, что мистер Падуб горит желанием присутствовать на сеансе. Я ответила несогласием: когда в кругу единомышленников появляется посторонний, это часто вредит делу. Но мне сообщили, что недавно мистер Падуб понёс большую утрату и очень нуждается в утешении и ободрении. Сомнения мои не улеглись, но меня просили так настоятельно, что я уступила. Мистер Падуб также просил, чтобы до сеанса я никого не предваряла ни о его приходе, ни о цели его посещения, ибо он, по его словам, не хочет нарушать привычной обстановки собрания. На это я согласилась.

Скажу, не преувеличивая: едва мистер Падуб вошёл в гостиную мисс Джадж, как в лицо мне пахнуло скептическим холодом, дыхание спёрло, словно от удушливого тумана. Мисс Джадж спросила о моём здоровье, я отвечала, что меня пробирает озноб. Мистер Падуб нервно пожал мне руку, и с электричеством, передавшимся от его прикосновения, мне открылся парадокс его натуры: под ледяной корой скептицизма пышет жаром душа, наделённая редкой восприимчивостью ко всем проявлениям духа и недюжинной силой. «Так это вы, стало быть, вызываете духов из бездны?» — шутливо спросил он меня. Я отвечала: «Не надо насмешничать. Вызывать духов не в моей власти. Я их орудие. Они говорят моими устами —

---

[1] *Элементалы* — в оккультной традиции стихийные духи.

[2] Вероятно, имеется в виду писатель Энтони Троллоп (1815–1882) или его брат, тоже писатель, Томас Адольфус Троллоп (1810–1892).

если хотят говорить. На то их воля, не моя». — «И со мной говорят духи, — сказал он. — Мой медиум — язык, на котором я пишу».

Он беспокойно оглядывался. Больше ни к кому из присутствующих он не обращался — кроме меня, в гостиной собралось семь дам и четыре джентльмена. Как и на прошлых сеансах, были тут все Светочи Непорочные: мисс Джадж, мисс Нив, мисс Ла Мотт и миссис Ферри.

Мы расселись вокруг стола, как повелось, почти в полной темноте. Мистер Падуб сел не рядом, но через одного от меня джентльмена. По заведённому порядку все взялись за руки. Гнетущий холод в груди и в горле всё не проходил, я то и дело покашливала, отчего мисс Джадж спросила, не захворала ли я. Я объявила, что готова проверить, не захотят ли дружественные духи побеседовать с нами, но боюсь, не захотят: им препятствует какое-то разлитое в воздухе неприятие. Спустя некоторое время я ощутила, как ноги мои начинают коченеть, тело — сотрясаться. Часто бывает, что перед трансом на миг накатывает тошнота и мутится в глазах. Однако то, что предшествовало трансу в тот раз, напоминало предсмертные судороги, и сидевший справа от меня мистер Риттер заметил, что бедные руки мои холодны, точно камень. Вот и всё, что удержалось у меня в сознании на том сеансе, дальнейшие события записала мисс Джадж. Привожу её записи дословно.

Миссис Лийс дрожала всем телом. Странный хриплый голос выкрикнул: «Не принуждай!» Мы спросили, не Черри ли это, и в ответ услышали: «Нет, нет, она не придёт». Тогда мы спросили, кто же это; голос с жутким смехом ответил: «Ничейпапа»[1]. Мисс Нив предположила, что над нами подшучивают непроявленные духи. Раздался треск, стук, некоторые из нас почувствовали, как подолы наших юбок поднимаются и по коленям похлопывают невидимые руки. Миссис Ферри спросила, нет ли здесь её дочери, малютки Аделины. «Нету ребёнка», — отвечал всё тот же странный голос и добавил: «Любопытство сгубило кошку» и ещё какие-то глупости. Под громкий хохот толстый том, лежавший на столе подле миссис Лийс, перелетел в дальний угол гостиной.

Мисс Нив высказала догадку, что духам мешает присутствие недоброжелателя. Одна из дам, никогда прежде медиумических способностей не выказывавшая, залилась слезами и смехом и крикнула по-немецки: «Ich bin der Geist, der stets

---

[1] Издевательское прозвище, которым У. Блейк наделил Бога Отца.

verneint»[1]. Голос, исходивший из уст миссис Лийс, произнёс: «Помнишь камни?» У кого-то из присутствующих вырвалось: «Где ты?» Вместо ответа послышалось удивительно явственное журчание воды и плеск волн. Я спросила, не посетил ли нас некий дух, желающий говорить с кем-то одним из сеансирующих. Миссис Лийс передала ответ: да, нас посетил дух, тщетно старающийся проявить себя так, чтобы его узнали, и если те, кто чувствует, что он обращается к ним, проследуют за медиумом во внутреннюю комнату, он станет говорить с ними. Не успела миссис Лийс докончить, как раздался чудный нежный голос: «Я приношу дар примирения» — и над столом появилась белая рука, держащая чудный белый венок, обрызганный свежей росою и окружённый серебристыми огнями. Медиум медленно поднялась с места и направилась во внутреннюю комнату, за нею — две дамы, взволнованные до слёз, но тут мистер Падуб воскликнул: «Нет, ты от меня не уйдёшь!» — и стал что-то хватать в воздухе с криком: «Свет! Зажгите свет!» Медиум упала замертво, другая дама обмякла в кресле. Когда зажгли свет, обнаружилось, что она лишилась чувств, а мистер Падуб цепко держит запястье медиума, которая, как он уверял, и несла венок — хотя если принять в расчёт расстояние между упавшим венком и тем местом, где находились «джентльмен» с медиумом, утверждение это выглядит несообразно.

Воцарился хаос, собравшимся грозила немалая опасность — всё из-за опрометчивой, неосторожной выходки мистера Падуба. Она пошатнула тонкую душевную организацию двух людей — мою и той женщины, которая в столь острых обстоятельствах впервые в жизни испытывала состояние транса. Притом поэт как будто не подозревал, какой вред может причинить его поступок развоплощённому сознанию, которое отважно, из последних сил пыталось материализоваться в новой, непривычной для себя форме. Мисс Джадж записывает, что я лежала иссиня-бледная, похолодевшая, издавая глухие стоны. Поэт же выпустил мою руку и в довершение своих безрассудств бросился к пребывавшей в трансе женщине и схватил её за плечи, хотя прочие Светочи Непорочные наперебой предупреждали его, что нарушать покой или пугать человека

---

[1] «Я дух, всегда привыкший отрицать» *(нем.)* — слова Мефистофеля в трагедии И. В. Гёте «Фауст» *(перевод Б. Пастернака).*

в таком состоянии опасно. При этом он, как мне потом говорили, исступлённо, точно безумный, выкрикивал: «Где мой ребёнок? Что сделали с ребёнком?» Я заключила из этих рассказов, что мистер Падуб спрашивал о духе своего покойного ребёнка, однако теперь мне известно, что это не так, поскольку мистер Падуб детей никогда не имел. В эту минуту кто-то выговорил моими устами: «Помнишь, откуда камни?»

Женщина, страшно измученная и бледная, дышала прерывисто, пульс бился слабо, неровно. Мисс Джадж попросила мистера Падуба удалиться, но тот упрямо твердил, что его обманули и он хочет услышать ответ. В этот миг я пришла в себя и взглянула на него: вид его был поистине ужасен, он был вне себя, на висках вздулись вены, глаза метали молнии. Вокруг него полыхал мутно-красный актинический[1] свет, пронизанный недоброй энергией.

Он показался мне *сущим демоном*, и я слабым голосом попросила, чтобы его убедили уйти. Тем временем две женщины из числа Светочей Непорочных унесли бесчувственное тело нашей подруги. К великому нашему огорчению, она *пролежала без сознания* целых два дня, а придя в себя, не сразу обрела дар речи и отказывалась есть и пить: вот каким сильным ударом обернулась для её хрупкого существа эта ужасная выходка.

Тем не менее мистер Падуб посчитал своим долгом *между прочим* сообщить некоторым лицам, что на сеансе он заметил «мошенничество», себе же он приписал роль стороннего наблюдателя. Кем-кем, а сторонним он не был — как, смею надеяться, доказывают не только мои воспоминания, но и свидетельство мисс Джадж. Впоследствии, когда он написал полную изощрённо-оскорбительных намёков поэму «Духами вожденны», широкая публика вообразила его поборником разума, ратующего против обмана. «Блаженны гонимые за правду»[2], — можно сказать на это, и всё же ничто не ранит так больно, как *злопыхательство исподтишка*, вызванное, по моему убеждению, разочарованием от бессилия, ибо мистер Падуб производил впечатление искателя истины, лишившегося по вине своего позитивизма возможности услышать обращенное к нему слово.

Что же до боли моей, что до боли другой пострадавшей, о них он даже не вспомнил, с ними не посчитался нисколько.

---

[1] *Актиничность* — способность излучения оказывать фотографическое действие на светочувствительные материалы.

[2] Изменённая цитата из Нагорной проповеди (Евангелие от Матфея, 5: 10).

Аспидс бросился писать во все инстанции, какие только могла волновать судьба переписки Падуба и Ла Мотт. Он хлопотал в Комитете по надзору за вывозом произведений искусства, он добивался приёма у министра культуры, но дело не пошло дальше беседы с непробиваемым и небезупречно воспитанным чиновником министерства, который объявил, что министр вполне понимает важность сделанного открытия, однако она, по его мнению, ещё не даёт основания действовать наперекор Стихии Рынка. Возможно, кое-какие средства выделит фонд «Национальное наследие». Может быть, профессору Аспидсу удастся дополнить эту сумму, обратившись к спонсорам, к широкой общественности. Если национальные интересы действительно требуют, чтобы письма остались в Англии, казалось, хотел сказать этот молодой человек с лисьей улыбкой вроде оскала, то Стихия Рынка прекрасно справится с этой задачей без всякой искусственной помощи со стороны государства. Провожая Аспидса до лифта по коридору, где, как в школах былых времён, попахивало брюссельской капустой и суконками, которыми вытирают доску, чиновник добавил, что в шестом классе ему пришлось зубрить Рандольфа Генри Падуба к экзамену и для него это была китайская грамота.

— Чудны́е они были, эти поэты-викторианцы, правда? Уж до того серьёзно к себе относились, — заметил он и нажатием кнопки вызвал из бездны лифт.

Прислушиваясь к поскрипыванию приближающейся кабины, Аспидс ответил:

— Относиться к себе серьёзно — ещё не самый страшный порок.

— Такие высокопарные, правда? — сказал чиновник, невозмутимо пропустив мимо ушей возражение Аспидса, и закрыл за профессором дверь подъёмного ящика.

Помрачневший Аспидс, начитавшийся воспоминаний Геллы Лийс и «Духами вожденны», почувствовал, что Стихия Рынка — это незримые ветры и одилические потоки ещё более неистовые и непредсказуемые, чем те, что разогнал Падуб своим «подвигом в Газе». И ещё чувствовал он, что у Мортимера Собрайла несравненно более тесные отношения с могущественной Стихией Рынка, чем у него, обитателя музейного подземелья. Аспидс был уже наслышан о лекции-проповеди Собрайла, на которой тот взывал к этой стихии. Пока он угрюмо решал, что делать дальше, позвонила тележурналистка Шушайла Пейтел, которая иногда появлялась в ночной информационно-аналитической программе «Глубокий ракурс» с пятиминутными сюжетами о новостях культуры. Собрайл в глазах мисс Пейтел был представителем экономического и культурного империализма, и она объявила ему войну. Порасспросив людей знающих, она выяснила, что самый подходящий специалист, какого можно для этого пригласить к себе на передачу, — профессор Джеймс Аспидс.

Поначалу Аспидс, не показывая виду, загорелся мыслью заручиться поддержкой телевидения. Он не относился к числу учёных — завсегдатаев телестудий, он ни разу не выступал по радио и нигде не печатался, кроме научных журналов. Готовясь к передаче, он, как перед докладом на конференции, набросал кучу заметок о Падубе, о Ла Мотт, о сокровищах национального искусства, о последствиях сделанной находки, о превратных интерпретациях в «Великом Чревовещателе». Ему даже не пришло в голову поинтересоваться, будет ли участвовать в передаче сам Собрайл: передача рисовалась ему чем-то вроде сокращённой ради общедоступности лекции. Но с приближением назначенного дня Аспидса начало пробирать беспокойство. Он смотрел телевизор и видел, как злюки-ведущие перебивают политиков и хирургов, градостроителей и полицейских бойкими безапелляционными замечаниями. По ночам он просыпался в холодном поту: ему снилось, что его заставляют без всякой подготовки сдавать выпускные экзамены и он пишет сочинение о литературе стран Британского Содружества и постдерридианских стратегиях безынтерпретационного чтения или отвечает на градом сыплющиеся вопросы экзаменатора о взглядах Рандольфа Падуба на сокращение выплат по социальному страхованию, на расовые волнения в Брикстоне и уничтожение озонового слоя.

В условленный день за Аспидсом прислали машину — чёрный «мерседес». Шофёр с аристократическим выговором смотрел так, словно опасался, как бы Аспидс своим макинтошем не перепачкал чистенькие подушки сидений. Тем неожиданнее оказалась обстановка студии: пыльные комнаты вроде клетушек кроличьего садка, задёрганные девицы. Не выпуская из рук оксфордского издания «Избранного» Падуба, Аспидс растерянно опустился на полукруглую плюшевую кушетку по моде середины 1950-х и уставился на кулер. Ему сунули пластиковый стаканчик скверного чая и попросили подождать мисс Пейтел. Наконец появилась мисс Пейтел, вооружённая большим блокнотом с жёлтыми страницами, и присела рядом. Тонкая в кости, с чёрными шелковистыми волосами, стянутыми в замысловатый узел, она была удивительно хороша. На ней было зеленовато-синее, в серебристых цветах, сари, шею украшало колье вроде серебряного кружева с бирюзой. Её окутывал лёгкий запах чего-то экзотического — сандала? корицы? Она улыбнулась Аспидсу, и ему на минуту показалось, что в самом деле ему рады, что его ждали с нетерпением. Вслед за тем мисс Пейтел перестроилась на деловой лад, подхватила свой блокнот и спросила:

— Так в чём же состоит актуальность Рандольфа Генри Падуба?

Аспидсу вдруг представился главный труд его жизни, всё вперемешку: тут яркая строка, там обнаруженная шутка с философским подтекстом, контур мысли, сплетённой из мыслей разных людей. Всё это так просто не выразишь.

— Он осмыслил потерю веры людьми девятнадцатого столетия, — начал Аспидс. — Он писал об истории... он понимал историю... Он видел, как новые представления об эволюции сказались на представлениях о времени. Он — центральная фигура английской поэтической традиции. Не поняв его, мы не поймём весь двадцатый век.

На лице мисс Пейтел выразилось вежливое недоумение. Она сказала:

— А я что-то ничего о нём не слышала, пока не взялась за этот сюжет. Хотя курс литературы нам в университете читали — американской, правда, и бывших британских колоний. Так объясните, пожалуйста, какой интерес представляет сегодня для нас Рандольф Генри Падуб.

— Если нам интересна история вообще...

— Английская история.

— Нет, не английская. Он писал об иудейской истории, о римской, об истории Италии и Германии, и доисторических временах, и... ну и об английской истории, конечно.

Почему англичане сегодня всё время должны оправдываться?

— Он хотел понять, какой видели свою жизнь разные люди, индивидуальности, в разные эпохи. Все стороны жизни: от верований до бытовых мелочей.

— Индивидуализм. Ясно. И зачем нам нужно, чтобы эта его переписка осталась в Англии?

— Она может пролить свет на его идеи. Я читал кое-что из этих писем. Он пишет об истории Лазаря — Лазарь очень его занимал, — об изучении природы, о развитии организмов...

— Лазарь, — повторила мисс Пейтел бесцветным голосом.

Аспидс затравленно оглядел сумрачную клетушку, стены цвета овсянки. Вот и клаустрофобия начинается. Не способен он втиснуть доводы в пользу Падуба в одну фразу. Не может взглянуть на него сторонним взглядом, чтобы увидеть, чего же не знают о поэте другие.

Мисс Пейтел приуныла.

— У нас будет время только на три вопроса и коротенькое заключительное слово, — сказала она. — Давайте я спрошу, какое значение имеет творчество Рандольфа Падуба для современного общества.

До Аспидса донёсся его собственный голос:

— Он всё обдумывал тщательно и не спешил с выводами. Он считал, что знания — это ценность...

— Простите, не поняла.

Открылась дверь. Звонкий женский голос произнёс:

— Вот вам ещё гость программы. Это ведь здесь «Глубокий ракурс», последний сюжет? К вам профессор Леонора Стерн.

Леонора была аляповато-ослепительна: алая шёлковая блузка, брюки в каком-то не то азиатском, не то перуанском вкусе. Кайма на штанинах горела всеми цветами радуги. Чёрные волосы распущены по плечам, в ушах, на запястьях и открытой до выреза груди сияли золотые солнца и звёзды. Источая волнами приторный мускусный запах, она озарила своим присутствием угол, где стоял кулер.

— Вы, конечно, знакомы с профессором Стерн? — спросила мисс Пейтел. — Она занимается Кристабель Ла Мотт.

— Я остановилась у Мод Бейли, — объяснила Леонора. — Ей позвонили, а подошла я — и вот пожалуйста. Приятно познакомиться, профессор. Надо будет поговорить об одном деле.

— Я тут задала профессору Аспидсу кое-какие вопросы насчёт значения творчества Падуба, — сказала мисс Пейтел. — Хочу теперь спросить у вас то же самое насчёт Кристабель Ла Мотт.

— Ну, спросите, — лихо ответствовала Леонора.

Аспидс со сложным чувством, в котором смешивались лёгкая брезгливость, восхищение виртуозной работой и душевная дрожь, наблюдал, как Леонора мастерит незабываемый образ

Кристабель, миниатюрку с ноготок: великая непризнанная поэтесса, неприметная женщина с острым взглядом и острым пером, превосходный, бескомпромиссный анализ женской сексуальности, лесбийской сексуальности, важности обыденного...

— Хорошо, — сказала мисс Пейтел. — Просто замечательно. В общем, крупное открытие, да? А под конец я спрошу, каково же значение этого открытия. Нет-нет, не отвечайте пока. Сейчас вам пора на макияж — то есть скоро на макияж. Увидимся в студии через полчаса.

Оставшись один на один с Леонорой, Аспидс насторожился. Леонора уселась рядом с ним бедром к бедру и, не спрашивая разрешения, взяла у него «Избранное» Падуба.

— Почитаю-ка я пока это. Я Рандольфом Генри никогда особо не увлекалась. Уж больно мужчинистый. И многословный. Старая рухлядь...

— Ну нет.

— Верно: выходит, что нет. Я вам так скажу: когда это дело выплывет, многим из нас придётся взять свои слова назад, ох многим. Книжку я у вас, профессор, пока конфискую. Так-так. Значит, нам дают три минуты, и за три минуты мы должны объяснить ненасытной почтеннейшей публике, что такого важного в этой истории. Узоры разводить будет некогда. Вам надо показать, что ваш Падуб — это ну до того круто, круче не бывает. Чтоб они кипятком пи́сали. Чтоб визжали и плакали. Так что вы всё обдумайте и гните свою линию, как бы эта цаца вас ни сбивала. Въезжаете?

— Да... въезжаю.

— Долбите что-то одно, от этого одного будет зависеть всё.

— Понимаю. Гм... Что-то одно...

— И покруче, профессор, покруче.

И вот Аспидс и Леонора в гримёрной полулежат в креслах рядом друг с другом. Отдав себя во власть пуховки и кисточки, Аспидс смотрел, как серые паутинистые морщины у глаз исчезают под тонкими мазками крем-пудры «Макс Фактор», и ему воображались руки гримёра из похоронного бюро. Леонора запрокинула голову и, не меняя интонации, обращалась то к Аспидсу, то к гримёрше:

— Я люблю, чтобы вот здесь, по краям век, поярче — ещё, ещё. Мне пойдёт: у меня черты крупные и цвет лица броский. Мне чем гуще, тем лучше... Так вот, профессор, как я сказала, у меня к вам разговор будет. Вам, наверно, как и мне, любопытно, куда подевалась Мод Бейли, так?.. Вот-вот, отлично. Теперь давайте-ка возле бровей розовым, погуще, чтоб в дрожь бросало. А губную помаду — алую, «смерть мужчинам». Которую по здравом размышлении я возьму у себя из сумочки, а то чужие телесные выделения — как бы не подцепить чего-нибудь. Только надо, конечно, тактично, чтобы без обид... Так вот, профессор, как я сказала — или нет, я же ещё ничего не сказала... В общем, я догадываюсь, куда подалась эта красавица. И ваш младший сотрудник с ней. Я сама дала ей наводку... А у вас нету таких блёсток, налепить там-сям? Люблю на экране иногда взыграть лучами: пусть видят, что учёные тоже умеют блеснуть внешностью... Ну вот, теперь я в полной боевой раскраске. Но вы, профессор, не бойтесь: я не за вашим скальпом охочусь. Мне надо вступиться за Кристабель и дать по мозгам этому гаду Мортимеру Собрайлу за то, что он не хотел включить Кристабель в свой курс, а ещё грозился подать в суд на мою хорошую подружку за клевету. Так прямо и грозился. Придурок, правда?

— Ну почему же. В жизни бывает всякое.

— Ничего, если вам действительно дороги эти бумаги, придётся-таки называть его придурком, ведь так?

＊＊＊＊＊

Улыбающаяся Шушайла сидела между обоими гостями передачи. Аспидс не сводил глаз с телекамер и ощущал себя пыльным барменом. Пыльным — потому что казался серым рядом с двумя разноцветными павами, пыльным из-за пудры на залитом жарким светом лице: Аспидс так и чувствовал её запах. Минута перед эфиром тянулась целую вечность, и вдруг все затараторили наперегонки и так же вдруг замолчали. О чём говорили, Аспидс запомнил плохо. Обе женщины, в пух и прах распестрённые попугайки, рассуждали о женской сексуальности и её символах при подавлении, о фее Мелюзине и грозном женском начале, о Ла Мотт и «любови, что назвать себя не смеет»[1], о неописуемом изумлении Леоноры, когда она узнала, что Кристабель, возможно, любила мужчину. Аспидс слышал собственный голос:

— Рандольф Генри Падуб — один из величайших мастеров англоязычной любовной лирики. Цикл «Аск — Эмбле» — одно

---

[1] Цитата из стихотворения «Две любви», написанного лордом Альфредом Дугласом, любовником О. Уайльда.

из величайших произведений, изображающих истинную страсть, плотскую страсть. К кому обращены эти стихи, в точности до сих пор было не известно. Объяснения, которые предлагаются в наиболее авторитетных биографиях Падуба, мне всегда представлялись неубедительными и наивными. И вот теперь мы знаем имя этой женщины — мы установили, кто она, Смуглая Леди Падуба. Подобное открытие — мечта всякого учёного. Письма непременно должны остаться в Англии: они — часть нашей национальной истории.

Шушайла:

— С этим вы, наверно, не согласитесь, профессор Стерн? Как американка.

Леонора:

— Я думаю, письма должны храниться в Британской библиотеке. Мы можем работать с микрофильмами и фотокопиями, а у кого будут оригиналы — вопрос не академический. Мне бы хотелось, чтобы Кристабель получила признание в своём отечестве и чтобы заботу о судьбе писем взял на себя вот он, профессор Аспидс, крупнейший из ныне здравствующих падубоведов. Приобретательство, Шушайла, — не моя стихия, я всего-навсего мечтаю, чтобы, когда письма станут доступны, у меня была возможность написать о них самое толковое исследование. С культурным империализмом, слава богу, покончено...

❀❀❀

После передачи Леонора взяла Аспидса под руку.

— Вам сейчас в самый раз выпить, — сказала она. — Да и мне тоже. Пойдёмте, угощаю. А вы, профессор, здорово выступали. Я думала, будет хуже.

— Это вы меня так настроили, — сказал Аспидс. — Не выступление, а какая-то пародия... Простите, профессор Стерн, я не имел в виду, что это вы настроили меня на пародию. Я хотел сказать, что благодаря вам я вообще смог произнести что-то членораздельное...

— Да я поняла. Вам, конечно, шотландский виски? Вы ведь шотландец.

Они вошли в бар. В пропахшем пивом полумраке Леонора сияла, как рождественская ёлка.

— А теперь я расскажу, куда, по-моему, отправилась Мод Бейли...

ГЛАВА 21

Духами вожденны

Глянь, Джеральдина, в глубь моих камней —
Я для тебя кладу на бархат руки.
Дитя, приблизься, попытайся сведать
Перстней моих загадочный язык.
Смотри, мерцают на молочной коже
Берилл, и изумруд, и хризопрас —
Подарки знати. Мной они ценимы,
Но не за цену, а за то, что немо
В них говорит о тайном Мать-Земля.

Моим под стать, как шёлк твои ладони.
Я их коснусь — и между нашей кожей
Проскочит электрическая искра.
Что, чувствуешь?.. Теперь смотри, как в камне
Свет зыблется, — не будет ли тебе
Лик явлен в актиническом мерцаньи?
Иль, может, то ветвей переплетенья
В Саду Желаний дивном, богоданном?
Что видишь там? Сиянья паутинка
Прокинулась? То лишь начало. Вскоре
Мир духов нам подаст благие вести,
Чрез эти огоньки с сознаньем нашим
Он связан; столь же трудно постижима
Сознанья сила, как игра живая
Камней — и цвет их вечный — синева
Сапфира, зелень изумруда, — или
Зачем одето горло птицы Феникс
Всей радугой цветов в песках пустынных,
Но серым — средь полей, и белым — в дебрях

Полярных. Речь имеют эти камни
В Божественном Саду. А здесь — немоту
Мы их толкуем и познать стремимся
Нетленны формы в теле минерала.

Возьми мой шар хрустальный, Джеральдина.
Смотри, как в сфере правый с левым край
И с верхом низ местами обменялись,
А в глубине, как будто под водою,
Пылающий — вниз пламенем! — чертог.
То комната уменьшенным подобьем
Перевернулась. *Там,* под сенью зренья
Духовного, всё смутно, всё подвижно;
Там вдруг проглянет из-за грани тайной
Чего здесь нет. Моё лицо, вниз бровью,
Сияньем облачится розоватым,
Как анемона в нише каменистой
Лученьем одилическим. И следом
За Формою моей, другие Формы,
В других лучах, тебе в глаза вохлынут,
Я в том ручаюсь! Будь лишь терпелива
И не спугни случайно сил капризных.
Ведь искра та, что в Медиуме вспыхнет,
В каналах путь для дружественных Духов
Отважных озаряя — на болотный
Похожа огонёк, блуждает, гаснет...

Я призвала тебя, чтоб обучить.
Начало было славным, все признали.
Твой транс в субботу полным был, глубоким.
Твоё едва дыханное держала
Я тело у груди, толпились Духи
У губ твоих девических и тихо
Вели благую речь; *иные,* впрочем,
Пытались изрекать, чего невинность
Дремавшая не знала б и в помине;
«Изыдите!» — я им велела. В ухе
Моём прилежном Духов голоса
О том звенели, что кристальной чашей
Ты избрана для них, Сосудом силы,

Откуда черпать свежесть даже мне,
С моей усталой мудростью, пристало.
То значит — избираю я тебя
Помощницею для моих сеансов,
Товаркой милой. А потом, как знать,
Не станешь ли сама ты Духов жрицей?..

Тебе знакомы дамы, что сегодня
Придут. Вниманья жаждет баронесса.
Она скорбит о мопсе опочившем,
Что бегает в полях извечно летних
И лай знакомый шлёт. Будь осторожна
С судьёю Хольмом, в нём живёт неверье
И, даже усыплённое, воспрянет
При поводе малейшем. Обещает
Других всех больше — в смысле благ духовных! —
Графиня молодая Клергров, скорбью
Объятая: ужасной лихорадкой
Был сын её единственный похищен
В вояже год назад, двух лет от роду.
Прерывистое слышно лепетанье
Его нам на сеансах — о чудесных
Лугах, где он венки из маргариток
Плетёт невянущие, — но графиню
Не утешает это; бледну прядку
Она с собой повсюду носит. Жаждет
Лишь одного — на миг его ладошки
Коснуться, поцелуй ему единый
Отдать, чтоб знать доподлинно — он есть,
А не проглочен Хаосом и Тьмою...
Я говорю об этом, Джеральдина,
Поскольку... я хочу тебе поведать
О том, как мы, с кем речь имеют Духи,
Стараемся «явленьями» дополнить
Дары и знаки Духов непрямые,
Что посланы бывают осязанью,
И зрению, и слуху — да, дополнить
И подкрепить, чтоб не было сомнений,
Чтоб истинность их стала очевидной!..

Звонят, бывает, Гости в Колокольцы;
По комнате Огни танцуют; Руки
Небесные касаются нас, смертных.
Бывают и Аппорты[1] — вин бокалы,
Цветы морские и венки со смирной.
Порой же Силы не даруют знаков.
Но даже в дни пустые — когда тело
Моё болеет и не слышит ухо
Благие голоса — приходят люди
За утешеньем иль за верой новой.
И я просила наставленья Духов,
Как быть в такие дни, — и научили
Они меня, как... разыграть «явленья»,
Скорбящих тем утешив, озадачив
Всех маловеров подтвержденьем зримым.

Перчатки белые на «паутинках»
Сойдут за руки, что живут без тела;
Небесные венки на тонких нитях
Повиснут с люстры. Что один способен
Проделать Медиум, то двое смогут
Ещё улучшить. Так стройна, тонка ты,
Меж двух экранов, верно, проскользнёшь ты?..
А ручки твои в лайке пусть игриво
Промчат по кринолину иль колена
Мужчины-подозрителя коснутся,
Благоуханьем бороду овеют...

Что ты сказала? Лгать ты не желаешь?
Позволь напомнить, кем была ты прежде:
Хорошенькой служанкой, что смотрела
На молодого господина томно
И угодила к госпоже в немилость.
Теперь спрошу я: кто пришёл на помощь?
Кто пищу, кров, одежду предоставил?
Открыл в тебе нежданные таланты
И томность обратил на соисканье
Духовного и прочего богатства?..
Лепечешь благодарности?.. Ещё бы.
Пусть Благодарность приведёт к Доверью!

---

[1] *Аппорты* — в терминологии спиритов — приношения из иного мира.

Обман наш малый — это род Искусства,
Простым иль сложным быть оно умеет.
Так женщины всё вкладывают сердце
В одежду кукол восковых (мужчины
Из мрамора ваяют херувимов)
Иль вышивают на подушках скромных
Цветы, что на холстах запечатленны
В дворцах вельмож... Ты ложью называешь
Те *mises en scène*, что на театре Духов
Я составляю. Та же в них искусность,
Что и в Искусстве. Истина в них скрыта,
Как в чудесах, представленных в Писаньи.

Искусству нужен Медиум, посредник —
Колоратура, темпера иль мрамор.
Посредством красок Образ Идеальный
Жены иль Матери себя являет
(Хотя моделью, может, послужила
Распутная какая-нибудь девка).
Через посредство языка вручают
Нам Идеал великие Поэты:
Стал прахом Дант, но Беатриче — с нами.
И вот посредством Медиума плоти
С её животной дрожью, потом, стоном
Являются Тончайшие Сознанья
Для тех, кто с верой ждёт. И той же плоти
Приказывают тайно, научают,
Как фосфор зажигать, как нити свесить
Иль как тяжёлый стул воздеть над полом.

Телесные покровы и одежды
Себе спрядают Духи из дыханья
Моей груди, — позволь, я поцелуем
Его частицу дам тебе. А коли
Не явятся Они, не облекутся —
То почему б нам не создать подобье —
Проворством пальцев и дыханьем тем же,
Вздымающим плоть бренную?.. Понятно?..

Порой вздыхает флейта неподдельно
Их голосом. Но коль Они забудут

Играть, пусть ту же музыку надежды,
Раскаянья, томленья — извлекают
Мои ль, твои ли губы... Говорит
Об истине Искусство, но, однако ж,
Все чудеса его предстанут ложью
В суде мирском, у химика в реторте...
Мы истину несём по воле Духов
И проявлять обязаны *искусность*.
Не надо на меня смотреть с вопросом
И со слезой во взоре. Дар сердечный
Прими, бокал вина, дитя-девица,
Тебя он успокоит; сядь поближе,
В глаза мои смотри, подай мне руку,
Мы дышим в лад. Когда тебя впервые
Подвергла я гипнозу и младая
Душа открылась мне, как цветик солнцу,
Я поняла — особый дар имеешь
Ты отзываться на моё внушенье,
Быть слепком мне... В моих глазах ты видишь
Любовь, расположенье (что бы Духи
Ещё ни показали). Без боязни
Моей отдайся власти. Я умерю
Твоё сердцебиение; на сильной
Руке твою я нежность упокою.
Я буду непреклонна, Джеральдина,
В моей любви, в моём добродеяньи.

Ты, верно, знаешь — Женщины бессильны
В том хладном мире, где всем правит Разум,
Где всё измерено и механично.
Там мы — предметы, штучки, безделушки,
Цветы, без корня ставимые в вазы,
Чтоб день процвесть и сгинуть. Но представь же,
Здесь, в комнате, завесами одетой
Из мягких тканей, освещённой еле
Свечи мерцаньем иль полумерцаньем,
Где очерки вещей нечётки, звуки
Двусмысленны, — здесь мы сильны и властны;
Здесь древнее Наитие, вздымаясь
Из Глубины, бьёт гальванизмом в струны
Природы женской; эти струны-нервы

Толкуют, сообщают дальше Волю
Незримых Сил. То мир наш *супротивный,*
В котором с нами — через нас, — давая
Нам власть, беседуют те Силы, коим
Нет постижения и нет предела.
Войди в сей мир *обратный,* Джеральдина,
Где, как в хрустальной сфере, всё превратно:
Где кверху притяженье, лево — справа,
Где вспять часы идут, и восседают
На троне женщины в одеждах пышных,
В уборе роз душистых; в их короне
Агат, и изумруд, и камень лунный
Сияют, ибо здесь мы — Королевы
И Жрицы; всё течёт по нашей Воле.

Все маги — ловкачи. И в нас не больше
Ловкачества, чем в тех Жрецах верховных,
Которые толпу склоняли к вере
Шутихами и магией, чтоб отсвет
Небесного Огня явился в тусклых
Глазах, которым до речей священных
Нет дела... Успокоилась? Прекрасно.
По венам голубым твоим перстнями
Я проведу, в тебя вольётся сила.
Ты благо ощущаешь. Ты спокойна.

Моей рабой себя зовешь? Напрасно.
Поменьше вычурных словес и жестов,
Коль хочешь преуспеть на нашей сцене.
Моя ты Ученица и товарка!
Сибиллой Илс не станешь ли однажды?!

Пока же будь почтительной и кроткой
Пред дамами и нежно-молчаливой
Перед мужскими взорами; знай чинно
Чай разноси (а ушки на макушке —
Нам в болтовне гостей немало проку!).

Смотри, вот кисея (у нас тайник тут!);
Цветы, что с неба хлынут; вот перчатки,
Что в воздухе летать, как руки, будут...

Помочь должна ты с сыном леди Клергров!
Она безумно жаждет прикоснуться
К нему хотя б на миг, к его ручонке.
Ты в темноте — *вот этак* — подползи к ней,
Упри на миг ей локоток в колено,
Тронь пальчиками щёку (ведь не зря же
Рука твоя нежна, как в перевязках!)
Что? Вред?.. Какой? Одна лишь будет польза
Для Веры для её; и хитрость наша
Невинная, коль укрепляет Веру,
Полезна тож. На, прядь волос возьми-ка,
У горничной отрезана и цветом
Совсем как та, что от бедняжки-сына.
Ты в темноте подбрось ей эту прядку
В ладони страждущие — будет Благом
То для неё и Счастьем столь великим,
Что мы с тобою словно бы под солнцем
Окажемся и ждёт нас процветанье,
Подарки... А её — надежда вечна...

[Desunt cetera]

ГЛАВА 22

Вэл была на трибуне ипподрома в Нью-Маркете. Она смотрела на пустую дорожку, напрягала слух — когда же послышится стук копыт? Вдалеке вдруг возникло облачко пыли, вырос дробный гул — и хлынула в глаза потоком лоснистая конская стать, яркий шёлк жокейских нарядов, — и наконец, совсем уж крупно, мелькнули бешено перед самой трибуной — гнедой, серый, каштановый, опять гнедой... надо же, всё долгое ожидание ради одного этого мгновения, бурного, почти нестерпимого... И сразу разрядка напряжения; прекрасные звери, в потёках пота, раздувая ноздри, пляшут на месте; а люди радуются, поздравляют друг друга или досадливо разводят руками.

— Кто пришёл первый? — спросила она Эвана Макинтайра. — Так быстро, я ничего не поняла. Но я честно кричала вместе со всеми!

— Мы первые, — ответил Эван. — То есть *он*, наш Ревербератор. Сегодня ему не было равных.

Вэл порывисто обняла Эвана за шею.

— Будем праздновать, — сказал Эван. — Двадцать пять к одному, неплохо. Мы знали, он не подкачает.

— Я тоже на него поставила, — радостно проговорила Вэл, — на выигрыш. Я ещё поставила немного на Дикарку, и на выигрыш и на проигрыш, мне имя понравилось. А на Ревербератора — на чистый выигрыш!

— Вот видишь, — улыбнулся Эван, — как мы развеяли твою грусть-тоску. Нет ничего полезней азартной игры и активного образа жизни...

— Ты мне не рассказывал, что на скачках так красиво.

Стоял погожий, по-настоящему английский день, в какие солнце светит, но не слепит и по самой границе видимости завивается лёгкая дымка, — такою дымкой был теперь подёрнут почти незримый конец дорожки, где выважывали после забега лошадей.

Вэл представляла до сегодняшнего дня, что на ипподроме должно быть гадко, должно пахнуть пивом, окурками (как в тех забегаловках, куда отец, бывало, затаскивал её в детстве, чтобы сделать ставки) — и ещё почему-то опилками и мужской мочой...

Но оказалось, здесь чистый воздух, и всё исполнено радости жизни, и зелёная трава — по траве ходят, пляшут эти восхитительные создания!..

— Не знаю, здесь ли остальная компания, — сказал Эван. — Пойдём поищем?

Эван был одним из четырёх коллективных владельцев Ревербератора: двое юристов и двое биржевых маклеров имели каждый свою долю в этом жеребце.

Эван и Вэл длинным обходным путём прошли к загону победителя: конь, рыже-гнедой с белыми чулками в тёмных струйках пота, ещё перепыхивал, дрожал под попоной и весь курился паром, который смешивался с дымкой. Как восхитительно от него пахнет, подумала Вэл, — сеном, здоровьем, мышечной работой — работой рьяной, но свободной и ненатужной. Она подошла чуть ближе, вдыхая этот запах, — жеребец дёрнул головой и тихонько храпнул...

Эван между тем перемолвился словом с жокеем и тренером и вернулся к Вэл, но не один, а с другим молодым человеком и тут же его представил: Тоби Бинг, один из совладельцев. Тоби Бинг был тоньше Эвана в кости; у него, несмотря на молодость, было очень мало волос на голове: лишь над ушами кудрявилась небольшая русая поросль, а выше начиналась розовая лысина, напоминавшая тонзуру. Одет он был в брюки для верховой езды и повседневный твидовый пиджак, из-под которого, впрочем, посверкивал весьма щегольской, переливчатый жилет. Веснушчатое лицо Тоби Бинга время от времени как-то бессвязно озарялось улыбкой, должно быть от приятных мыслей о выигрыше.

— Сегодня я угощаю ужином, — сказал он Эвану.

— Нет, это я угощаю! Или, по крайней мере, давайте тяпнем шампанского, прямо сейчас, на вечер у меня другие планы.

Втроём, исполненные довольства, они неспешно направились в буфет, взяли шампанское, копчёную сёмгу, салат из омара. Вэл при всём желании не могла припомнить, когда она последний раз делала что-нибудь вот так, просто ради удовольствия, если, конечно, не считать банального похода в кино или в паб.

Она взглянула на программку бегов:

— Клички у лошадей умопомрачительные. Дикарка, дочь Диккенса и Аркадиной. Приятно, что кто-то читал чеховскую «Чайку».

— Мы люди грамотные, — сказал Эван, — что бы ни говорили разные барышни. Взять хотя бы нашего Ревербератора. Отец у него Джеймс Бонд, а матушка Супердрель — кому-то из нас пришло в голову, что от дрели возникает реверберация, и был ещё такой писатель американский — Генри Джеймс, у него есть рассказ или повесть «Ревербератор». Имя лошади должно быть связано с обоими родителями.

— Поэтика лошадиных имён, — произнесла Вэл, объятая бледно-золотым огнём шампанского и благорасположением.

— Вэл увлекается литературой, — находчиво объяснил Эван, решив, что можно представить интерес Вэл к литературе как самостоятельный, не упоминая Роланда.

— Я, между прочим, заделался поверенным по литературным делам, — сообщил Тоби. — Честно говоря, это не моя стезя. Однако я оказался втянутым в настоящую битву — из-за переписки двух давным-давно покойных поэтов. Переписку только что случайно обнаружили. Американцы предложили моему клиенту за оригиналы писем огромную сумму. Но тут вмешались англичане — хотят объявить всё это добро национальной ценностью, — мол, вывозу не подлежит. Стороны смертельно друг друга ненавидят. Встретились в моей конторе, зыркают друг на друга глазами. Англичанин говорит, что письма изменят представления литературоведов всего мира. Но посмотреть пока дали только несколько образцов: мой клиент — старикан с большими причудами, не желает расставаться со своим сокровищем даже под честное слово... А теперь ещё средства массовой информации заинтересовались этой историей. Мне каждый день названивают тележурналисты, газетные репортёры. Наш английский профессор добрался до министра культуры.

— Что за переписка? Любовная? — спросил Эван.

— Самая что ни на есть. Но там много и всяких литературных выкрутасов. В те времена принято было писать длинные письма.

— А кто эти двое поэтов? — осведомилась Вэл.

— Один Рандольф Генри Падуб, мы его, помню, проходили в школе, я ни строчки понять не мог. А другая — поэтесса, о которой я вообще прежде слыхом не слыхивал. Кристабель Ла Мотт.

— Письма обнаружились в Линкольншире? — спросила Вэл с почти утвердительной интонацией.

— Ну да. Я сам живу в Линкольне. Значит, вы в курсе?

— И с этим как-то связана доктор Мод Бейли, — ещё более уверенно продолжала Вэл.

— Ага. Все её почему-то разыскивают. Но она как сквозь землю провалилась. Поди, отдыхает где-нибудь. Сейчас лето, сезон отпусков. Учёные — тоже люди. Она, кстати, и нашла эти письма.

— Я жила раньше с человеком, который изучал творчество Падуба... — сказала Вэл и тут же остановилась, сама изумясь лёгкости, с какой перенесла отношения с Роландом в прошедшее время.

Эван нежно прикрыл её ладонь своей ладонью и подлил всем ещё шампанского. Потом сказал:

— Если это *письма*, то, наверное, уже возник сложный вопрос с правами собственности и с авторскими правами.

— Профессор Аспидс, англичанин, подключил лорда Падуба. У лорда авторские права на большинство бумаг Рандольфа. Однако у американца, профессора Собрайла, в собрании находятся оригиналы практически всех других писем, да и самое полное издание писем Падуба — под его редакцией. Так что его претензии тоже не лишены оснований. Оригиналы найденных писем, по-видимому, принадлежат моему клиенту и его жене. Хотя нашла их Мод Бейли. Нашла в той комнате, где жила старой девой и где умерла от старости Кристабель. Письма были как-то хитро спрятаны, в кукольной кроватке, что ли. Наш клиент ужасно негодует, что Мод ему не сказала, какую *кругленькую сумму* эти письма стоят.

— Может быть, она не знала?

— Может быть. У всей этой честной компании к ней немало вопросов. Быстрей бы она возвращалась.

— Едва ли она скоро пожалует, — сказала Вэл, переглянувшись с Эваном. — У неё, похоже, есть причина скрываться.

— И даже не одна, — улыбнулся Эван.

До этого дня Вэл не приписывала исчезновение Роланда ничему иному, кроме как любовному увлечению. Тогда, по горячим следам, она в порыве ярости позвонила Мод Бейли домой, и некий голос с сочным американским акцентом объявил ей, что Мод в отъезде. «Куда же она уехала?» — спросила Вэл. Голос ответил, с некоторым удовольствием, но и с досадой: «Не знаю, она мне не докладывает». Вэл стала жаловаться Эвану, тот сказал: «Не очень-то он тебе был и нужен. Ведь у вас всё закончилось?..» — «А ты откуда знаешь?» — вскричала она сердито, на что Эван спокойно ответил: «Я уж несколько недель за тобой наблюдаю, оцениваю разные улики, на то я и юрист...»

Так вот и вышло, что она вместе с Эваном остановилась в этом доме при конюшнях. В часы вечерней прохлады они прогуливались по двору; двор тщательно выметен, всё в нём исполнено порядка; из ближних дверей конюшен выглядывают длинные морды с большими влажными глазами и, грациозно наклонясь, бережно берут мягкими морщинистыми губами с руки яблоко, у лошадей огромные, но вовсе не опасные зубы — зубы вегетарианцев... Приземистый кирпичный дом утопает в глицинии и ползучих розах. Кормят здесь необычайно плотно, на завтрак подают тушёные почки, яичницу с ветчиной и грибами или рыбу с рисом и овощами. Спальня — обставленная старинной, основательной мебелью, убранная со вкусом, но весело и пышно, — как в пене утопает в розовом и кремовом ситце обивок и драпировок... Вэл и Эван предавались любви под кроватным балдахином, словно в пещере с розовыми сводами; за распахнутым окном бродила густая мгла, и шёл оттуда приглушённый ночной аромат роз, будто из неведомого райского сада.

Вэл оглядела нагого Эвана Макинтайра, растянувшегося на постели. Он чем-то напоминал Ревербератора, но в перевёрнутом цвете: вся средняя часть тела у него бледная — от светло-желтоватого до настоящего белого, зато конечности — у жеребца белые! — у Эвана, наоборот, коричневые. И лицо — вполне лошадиное! Вэл прыснула. Потом проговорила:

— «Питайся яблоками, о Любовь, пока твоя пора...»

— Что-что? — не понял Эван.

— Это Роберт Грейвз. Обожаю его стихи. Они меня... воспламеняют.

— И как же там дальше? — спросил Эван с интересом. Он дважды заставил её прочитать всё стихотворение, потом сказал: — Да, это очень хорошо. — И повторил особенно запомнившиеся строчки:

> Питайся яблоками, о Любовь, пока твоя пора,
> Меж тьмой ходи и тьмой в сияющем пространстве,
> Что у́же, чем могила, но отнюдь не столь покойно.

— Вот уж не думала... — Вэл замялась.

— Не думала, что преуспевающие юристы могут быть неравнодушны к стихам? — Эван усмехнулся. — Весьма упрощённое и вульгарное суждение, дорогая моя.

— Прости, пожалуйста. Лучше скажи... мне интересно... почему ты неравнодушен ко *мне*?

— Мы хорошая пара. Например, в постели.

— Да, но...

— Мы вообще хорошая пара. Не случайно же мы вместе. А ещё мне хотелось увидеть, как ты улыбаешься. Я подумал: прелестное лицо, но на нём почему-то застыла гримаса разочарования — ещё немножко, и её будет не согнать...

— Значит, это всё *из любви к ближнему*? — с призвуком *той* Вэл, из Патни.

— Что за глупые слова.

Впрочем, он с детства был любитель *чинить* и *спасать*. То исправит сломанную модельку автомобиля, то поднимет чьего-нибудь упавшего змея, отремонтирует и снова запустит в небеса, то притащит домой бродячего котёнка...

— Знаешь, Эван, я не умею... не умею быть счастливой. Я и тебе жизнь попорчу.

— Всё зависит от меня. То есть не только от тебя. Питайся яблоками, о любовь, пока твоя пора...

ГЛАВА 23

Помеха возникла или, вернее сказать, вмешательство произошло на берегу Бэ-де-Трепассэ, бухты Перешедших Порог, в один из тех дней, когда переменчивая бретонская погода вдруг решает рассияться. Стоя среди песчаных дюн, Роланд и Мод глядели в море: пологие волны неспешно накатывали с просторов Атлантики; золотисто-янтарные нити света то здесь, то там пронизывали, оживляли сероватую зелень вод. Воздух был тёпел, точно парное молоко, и пах солью, и нагретым песком, и ещё, отдалённо-остро, какой-то сухопутной растительностью: вереском? можжевельником? сосновой хвоей?..

— Интересно, без своего названия эта бухта тоже была бы волшечной и зловещей? — спросила Мод. — Она кажется такой солнечной, невинной...

— Знай ты про опасные течения, будь ты моряком, ты бы её поостереглась, — отозвался Роланд.

— В романе «Зелёный луч» говорится, что имя этой бухты происходит от бретонского «boe an aon», или «бухта ручья». Со временем оно исказилось и превратилось в «boe an anaon» — «бухта страждущих душ». Ещё там упоминается: именно в этих топких низинах у речного устья, по древнему преданию, располагался город Ис. *Trépassés*, перешедшие порог, прошедшее, прошлое... Имена копят в себе смыслы. Мы ведь приехали сюда из-за имени...

Роланд коснулся её руки, и пальцы Мод бережно и крепко обхватили его ладонь.

Скрытые складкой дюны, стояли они и вдруг услышали, как из-за следующего песчаного холма донёсся странный голос, громкий и нездешний, словно голос птицы, перелетевшей через океан:

— Где-то вон там, за прибоем, наверно, и находится то место, которое я всю жизнь мечтала повидать! Остров Сэн, дивный плавучий остров, где жили девять ужасных девственниц! Их в честь острова так и прозвали — сэны, или сены. Само по себе это словечко, *Sein,* — совершенно убойное по своей многозначности и ассоциативности. Прежде всего оно свидетельствует о единой божественной природе женского тела — у французов *sein* означает и грудь, и лоно, то есть женские половые органы. Отсюда развились другие значения — «рыболовная сеть» и «наполненный ветром парус». Ну ещё бы, ведь эти дамочки с острова Сэн умели управлять бурями и заманивали моряков в сети сладким пением, как сирены... А ещё они возвели погребальное святилище в честь опочивших друидов — это был дольмен, то есть сооружение в форме ещё одного женского органа! — и покуда они его возводили, у них действовали разного рода табу: нельзя касаться земли, нельзя, чтоб камни падали на землю — земля их может осквернить, или, наоборот, они могут осквернить священную землю, я уж точно не помню, я только помню — когда собираешь ягоды омелы, нельзя наступать на землю, это точно. Считается, что королева Дауда, властительница города Ис, была дочерью одной из тех волшебниц с острова Сэн. Когда город Ис затонул, она осталась в нём королевой, но превратилась в Мари-Моргану — сирену, или русалку, и пением своим завлекала мужчин в пучину морскую. Дауда — такой же прекрасный обломок эпохи матриархата, как и её родительницы с плавучего острова. Кстати, вы читали поэму Кристабель «Город Ис»?

— Нет, — ответил мужской голос. — Но я исправлю это упущение.

— Леонора... — сказала Мод.
— А с ней Аспидс, — сказал Роланд.

Мод и Роланд смотрели, как Леонора в сопровождении спутника движется к морю. Волосы Леоноры распущены, и, едва она вышла из затишья дюн, свежий морской ветерок набросился на её кудри, взметнул кверху змеистые тёмные пряди. На Леоноре греческое свободное платье из очень тонкой ткани, алой с серебряными полумесяцами, в мелкую складочку, — платье схвачено над пышной грудью широкой серебристой лентой и оставляет

открытыми плечи, тёмно-золотые, — над этим загаром поработа-
ло, сразу видно, отнюдь не английское солнце. Крупные, но изящные ступни не обуты, ногти на ногах покрашены алым и серебряным лаком попеременно. Ветер взвихривает многочисленные
складочки платья. Она плавно поднимает руки, звенят друг о
друга браслеты. За Леонорой выступает Джеймс Аспидс, в тёмной парке с капюшоном, в тщательно отутюженных тёмных
брюках и тяжёлых ботинках.

— ...А по другую сторону океана — город китобоев Нантакет
и «мягкая зелёная грудь Нового Света», — говорила Леонора.

— Вряд ли Фрэнсис Скотт Фитцджеральд думал о жрицах
друидического культа.

— Однако изобразил же Рай Земной как женщину!

— Но этот рай у него не несёт отрады.

— Вы слишком многого хотите, профессор.

Мод проговорила:

— Ну вот, они успели познакомиться и вычислили, где мы...

— И раз они *здесь*, — подхватил Роланд, — то наверняка
успели пообщаться с Арианой...

— И прочли дневник Сабины. Ведь Леоноре ничего не стоило Ариану разыскать. Аспидс, разумеется, читает по-французски.

— Ох и злы они, должно быть, на нас. Думают: «Подлые об-
манщики! Злоупотребили доверием!»

— Считаешь, надо перед ними появиться, посмотреть им
в глаза? — спросила Мод. — То есть это они будут смотреть нам
в глаза...

— А ты сама как считаешь?

Мод протянула руки, и Роланд бережно взял их в свои.

— Вроде бы и надо нам выйти на свет, но что-то ещё не пускает, — сказала Мод. — Лучше давай отсюда уедем. Поскорее.

— Куда?

— Например, домой.

— Чтобы не нарушились чары?

— Ты хочешь сказать, мы под влиянием чар? Но ведь когда-
то нам всё равно придётся вернуться к действительности.

— Только не сейчас!

— Да, не сейчас.

В молчании они покатили в гостиницу. Подъезжая к стоянке, увидели, как оттуда стремительно выруливает огромный чёрный «мерседес». Вот он поравнялся с ними — стёкла у него затемнены, — Мод так и не поняла, заметил ли её Собрайл. Так или иначе, «мерседес» не сбавил скорости, а стрелою прянул прочь по шоссе — в сторону покинутой ими бухты.

Владелица гостиницы доложила:

— Один американский господин интересовался, где вы. Просил передать, что сегодня здесь ужинает.

— Он нас может в чём-нибудь обвинить? — негромко спросил Роланд по-английски, обращаясь к Мод.

— Какое там! Он просто хочет перекупить у нас сведения. Хочет вызнать, что нам ещё известно. Хочет заполучить письма. Хочет добраться...

— Вряд ли в наших силах ему воспрепятствовать.

— Зато в наших силах ему не способствовать! Нужно только уехать отсюда сию же минуту. Как думаешь, он разговаривал с Арианой?

— Возможно, он просто мчится по следу Леоноры и Аспидса, — предположил Роланд.

— Вот и пускай встретятся, поговорят по душам. И пускай сами доискиваются до развязки. У меня такое чувство, — вздохнула Мод, — что развязка печальная. Сейчас у меня даже нет охоты её знать. Лучше уж как-нибудь потом...

— *Сейчас* самое время ехать домой. Уложим чемоданы — и в обратный путь.

— Да, ты прав.

Три недели они находились в Бретани... Совершая свой стремительный побег из Англии, они полагали, что украденное таким образом время станут чинно проводить в университетской библиотеке Нанта. Однако благодаря закрытию библиотеки и отсутствию Арианы Ле Минье они негаданно для себя — и притом уж второй раз за это лето! — оказались в отпуске, в отпуске совместном. В гостиницах они проживали в отдельных комнатах — с непременными узкими белыми постелями, — но, несомненно, было во всём этом что-то от супружеского путешествия, даже от медового месяца. И потому они испытывали настоящее смятение и вообще весьма двойственные, противоречивые чувства. Кто-нибудь вроде Фергуса Вулффа знал бы, как воспользоваться сложившимся положением, — больше того, считал бы для себя совершенно естественным, чуть ли не обязанностью, «развить успех». С другой стороны, Мод по доброй воле никуда бы не отправилась с Фергусом, тогда как с Роландом пустилась в путь без малейших раздумий. Мод и Роланд *бежали вместе* и остро сознавали все неминуемые побочные значения подобного поступка. Они степенно, словно супруги, разговаривали друг с другом, и часто — до пародийности часто — звучало в их речи простое, исконное слово супругов — «мы», «нам», «нас». «Что мы делаем завтра? Не съездить ли нам в Понт-Аван?» — безмятежно спрашивал один. А другой или другая отвечал: «Да, неплохо б нам взглянуть на то знаменитое распятие, что послужило натурой для гогеновского „Жёлтого Христа“». И Роланд, и Мод, конечно, задумывались об этой речевой особенности, но ни разу не обсуждали её вслух.

Где-то в письмах, далеко упрятанных письмах, Падуб говорил о нитях интриги, нитях сюжета и о Судьбе, которая, держа эти нити, владела им и Кристабель и вела их неумолимо. Роланд про себя отметил, с удовольствием записного постмодерниста, но вместе и с настоящим суеверным страхом, что его и Мод тоже ведёт теперь судьба, и, похоже, уже не их собственная, а судьба тех двоих, давным-давно опочивших любовников. Элемент суеверного страха, наверное, неизбежен при любой обращённой внутрь, замкнутой, на себя же ориентированной постмодернистской игре с зеркалами, — ведь при такой игре непременно настаёт момент, когда сюжет вдруг решает отбиться от рук и внутри его начинают хаотически множиться произвольные, но наделённые одинаковой степенью правдоподобия смыслы, — словно принялся за дело дикий, сумбурный закон, неподвластный авторскому намерению, которое — будучи благим постмодернистским — предполагает некое *упорядочение*, как его ни называй, *произвольное, поливалентное* или даже «*свободное*», но всё равно *упорядочение*, предполагает *управляемость, управляемое продвижение* —

куда? — к некоему концу. Связность и завершённость суть глубинные человеческие потребности. И хотя может показаться, что нынче они не в моде, именно они нас больше всего завораживают и влекут. Когда двоих «настигает любовь», подумал Роланд, то это словно Судьба своим волшебным гребнем проводит по спутанным прядям мироздания, по спутанным прядям жизней, и возникает дивный порядок, складность, красота — возникает подлинный сюжет. Но что, если окажется верным и обратное? Что, если благодаря вовлечению в этот сюжет они с Мод сочтут нужным повести себя *сообразно сюжету*? И не повредит ли это объективности и добросовестности, с какими взялись они за работу?..

Словно по негласному уговору, они продолжали толковать почти исключительно про ту, мёртвую пару. За гречневыми оладьями в Понт-Аване, потягивая сидр из прохладных глиняных кувшинчиков, они задавали вопросы, на которые пока не было ответа.

Что стало с ребёнком?

При каких обстоятельствах и почему Кристабель покинула Бланш и ведала ли Бланш о положении Кристабель? Как расстались Падуб и Ла Мотт? Знал ли Падуб о возможном появлении ребёнка?

Письмо Рандольфа при возвращении переписки не имело даты. Важно установить, когда именно оно послано. И неужели с тех пор любовники не обменялись ни строчкой? Долгий роман — мгновенный разрыв?..

Мод была опечалена, даже подавлена теми стихами, которые Ариана приложила к дневнику Сабины. Второе стихотворение Мод склонна была понимать в том смысле, что ребёнок родился мёртвым; последнее же стихотворение, о «пролитом млеке», очевидно, указывает на ужасное чувство вины, владевшее Кристабель, — вины за судьбу младенца, какой бы эта судьба ни была в действительности.

— Когда приходит молоко, нужно кормить, — говорила Мод. — Груди набухают, и может быть очень больно... Если же говорить о литературной стороне, здесь интересная перекличка сюжетов. Кристабель постоянно читала «Фауста» Гёте, сохранились её записи об этом произведении. Вообще, невинное детоубийство — один из сквозных мотивов в европейской литературе того времени. Гретхен в «Фаусте», Гетти Соррел[1], Марта у Вордс-ворта в «Терновнике». Отчаявшиеся женщины с мёртвыми младенцами...

— Но мы же не знаем *наверняка*, что ребёнка Кристабель постигла эта участь, — мягко возразил Роланд.

— Я постоянно думаю: если она желала ребёнку добра, то почему в решающий миг бежала из Кернемета? Она явилась к де Керкозам в поисках убежища. Почему бы не родить в безопасности, в доме друзей?

— Она не хотела, чтоб хоть кто-то знал её тайну.

— Существует древнее табу — никто не должен видеть, как рождается ребёнок. Между прочим, в ранних вариантах мифа о Мелюзине супруг подсмотрел за феей не во время купания, а во время родов.

— Снова узор мифа проступает в жизни!.. — обронил Роланд.

Они также обсуждали будущие разыскания, пребывая в легкой растерянности — куда отправиться теперь. Очевидно, следует побывать ещё раз в Нанте, говорили они, и тем самым полуосознанно отсрочивали своё возвращение в Англию. Мод вспомнила, что в начале 1860-х Кристабель жила у каких-то друзей в Лондоне (о связи поэтессы со «Светочами Непорочными» Мод не подозревала). Роланд, в свою очередь, вспомнил: в записях Падуба бегло упоминается мыс Пуант-дю-Рас — про него Падуб замечает: «tristis usque ad mortem»[2], — но это ещё не доказательство, что поэт бывал в Финистэре.

Но Роланда волновало не только будущее филологических разысканий, но и собственное будущее. Дай он себе труд задуматься всерьёз, его охватила бы настоящая паника, но полные безмятежности бретонские дни, с их переменчивым светом, то прохладно-жемчужным, то накалённо-голубым, вселяли странное ощущение, отодвигали думанье на задворки. Он лишь понимал, что дела его обстоят далеко не лучшим образом. По отношению

---

[1] *Гетти Соррел* — героиня романа Дж. Элиот «Адам Бид». Брошенная любовником, Гетти убивает прижитого от него ребёнка.

[2] Падуб использует слова Христа в Гефсиманском саду: «Печален вплоть до смерти» (*лат.*). В синодальном издании: «Душа моя скорбит смертельно» (Евангелие от Матфея, 26: 38; Евангелие от Марка, 14: 34). В церковнославянском тексте: «Прискорбна есть душа моя до смерти».

к Аспидсу он поступил предательски. Не меньшим предательством было и бегство от Вэл... Вэл очень к нему привязана, но вместе с тем не склонна ему ничего прощать. Вернуться домой означает вернуться на полное поругание, но куда ещё податься?.. и где взять волю уехать отсюда?.. как вообще жить дальше?..

И всё-таки нечто уже изменилось между ними, неуловимо. Они были дети своего времени, своей культуры. Это время и эта культура не держат в чести таких старомодных понятий, как любовь, романтическая любовь, романтические чувства *in toto*[1], — но словно в отместку именно теперь расцвёл изощрённый код, связанный с сексуальной сферой, лингвистический психоанализ, диссекция, деконструкция, экспозиция сексуального. Мод и Роланд были прекрасно подкованы теоретически: они всё знали о фаллократии и зависти к пенису, о паузации, перфорации и пенетрации, о полиморфной и полисемической перверсии, об оральности, об удачных и неудачных грудях, об инкременте клитора, о мании преследования полостью, о жидких и твёрдых выделениях; им ведомы были метафоры всех этих вещей, они чувствовали себя уверенно в сложном мире символов, связанных с Эросом и Танатосом, с инфантильным стремлением овладения, с репрессальностью и девиантностью; прекрасно разбирались в иконографии шейки матки; постигли все возможные образы, созданные человеческим сознанием для Тела, этой расширяющейся и сжимающейся вселенной, которой мы вечно жаждем и вечно страшимся, которую хотим завоевать, поглотить...

Они приохотились к молчанию. Они касались друг друга, но не шли дальше и не упоминали об этом вслух. То ладонь нечаянно накрывала ладонь, то одетое плечо припадало к одетому плечу. Или, во время сидения на пляже, скрещивались и не спешили отдёрнуться их лодыжки.

Однажды ночью они уснули рядом, на кровати у Мод, где сон настиг их за бутылкой кальвадоса. Роланд спал, обольнув Мод сзади, — тёмная запятая на краю матовой, изящной фразы.

Наутро они не стали говорить об этом событии, но мысленно примеривались к другой такой ночи. И для Мод, и для Роланда было важно, что прикосновения лишены преднамеренности, не

---

[1] В целом (*лат.*).

ведут к бурным объятиям. Невинная, мирная близость, волшебная сопредельность — в ней каждый из них обретает былое, поутерянное ощущение собственной жизни, собственного «я»... Речь, слова — те слова, что им доступны, — мгновенно разрушили бы очарование... Когда туман с моря вдруг брал их в свой молочно-белый кокон, так что нечего было и думать о прогулке, они весь день лениво лежали за тяжёлыми белыми занавесями с кружевной каймой, лежали вместе на белой постели, не шевелясь, не разговаривая.

Роланд раздумывал: имеет ли значение для Мод то, что происходит между ними, и если имеет, то какое. Мод решала похожую загадку про Роланда.

Спросить друг у друга они не отваживались.

За многие годы Роланд научился воспринимать себя, по крайней мере с теоретической точки зрения, как некий перекрёсток, как место пересечения целого ряда не слишком тесно связанных явлений. Ему внушили, что представление о самом себе как «цельной личности» — иллюзия, что в действительности человек — механическое соединение разнородных частей, между которыми по невидимым проводочкам летают сообщения и команды, конгломерат, где правят противоречивые желания, системы идеологии, языковые формы, гормоны, феромоны. В общем, его устраивало такое положение вещей. Он не испытывал потребности в романтическом самоутверждении. Точно так же он не стремился установить, что за *личность* Мод. Однако он то и дело спрашивал себя: их немое удовольствие друг от друга, приведёт ли оно ещё к чему-то? или, может быть, исчезнет с той же лёгкостью, как возникло? Или если перерастёт во что-то, тогда во что?..

В памяти у него всплывала первая встреча с Мод, с принцессой из стеклянной башни, и слегка презрительное, поначалу, выражение её лица. В настоящем, реальном мире — хотя с какой стати считать здешний, нынешний мир менее подлинным? — лучше сказать, в мире общественных отношений, куда им вскоре предстояло вернуться от этих белых ночей и солнечных дней, их двоих, сказать по правде, мало что связывало. Мод — красивая женщина, на обладание которой он не может претендовать.

У неё надёжная работа, солидная научная репутация в Англии и за границей. Более того, в английской системе сословий — безнадёжно анахроничной, весьма мало им почитаемой, но всё же подспудно могучей! — он и Мод стоят на слишком разных ступеньках: она — помещица, дворянка, он — представитель городского среднего сословия. Есть дома и есть места, куда *вместе* им путь попросту заказан.

Всё, что произошло и ещё произойдёт, — сюжет некоего довольно-таки необычного романного повествования, в гуще которого оказался он, Роланд. Это повествование одновременно и в низком, и в высоком роде — бытовые линии причудливым, непостижимым образом переплетаются с метафизикой. Романная форма есть форма идеологии и — хотим мы того или нет, к добру или к худу — правит нашим сознанием. Всякий человек в западном мире рано или поздно начинает воспринимать свою жизнь как сюжет и ждать от неё ходов, присущих подобным сюжетам. В исторической же перспективе, как ни эстетствуй, причудливое повествование, *романтический роман* в исконном смысле уступает место новейшему роману в духе критического реализма...

Так или иначе, с появлением Аспидса, Леоноры и Собрайла меняется характер сюжета. Если раньше в его основе был поиск, свойственный рыцарским романам, то теперь на первый план выходят *преследование* и *движение к цели наперегонки...*

За время пребывания в Бретани Роланд пристрастился к десерту под названием «иль флотант», или «плавучие острова». Десерт состоял из островка взбитого белка, плавающего в бледном, сливочно-жёлтом озерце заварного крема. Подавался он охлаждённым и имел нежно-ванильный вкус с еле внятным оттенком сладости. Укладывая в багажник собранные второпях чемоданы и последний раз оглядываясь, перед тем как пуститься к Ла-Маншу, Роланд почему-то думал о том, как будет скучать по этому десерту, как вкус станет таять и совсем растает в памяти...

Аспидс заметил чёрный «мерседес», когда они с Леонорой подъезжали вечером к гостинице. Аспидс находился в усталом напряжении. Ариана действительно снабдила Леонору копией дневника Сабины, и профессор добросовестно и вполне успешно перевёл своей спутнице самые интересные места. В эту авантюрную поездку он отправился лишь благодаря властному примеру Леоноры да её настойчивым утверждениям, что Роланд и Мод улизнули, видать, неспроста — не иначе как собираются похитить её и Аспидса научные лавры! Получив дневник, Аспидс предложил вернуться домой, заказать хороший перевод и заняться добротными изысканиями. Леонора же засыпала Ариану вопросами о Роланде и Мод и пришла к однозначному выводу: «У этой парочки явно что-то на уме! Надо прочесать Финистэр и их разыскать». Будь погода никудышной, Джеймс Аспидс наверняка настоял бы на возвращении домой, где в подземной берлоге его ждали любимые орудия научной деятельности — пишущая машинка, телефон. Но в Бретани сияло искусительное солнце, в ресторанах прекрасно кормили — дважды он поел от души, — и в конце концов провозгласил: «Ну, коль уж мы здесь, можно съездить взглянуть на Кернемет и окрестности».

Они взяли напрокат «рено». За руль села Леонора. Её манера вождения отличалась виртуозной лихостью — на поворотах Аспидса подирала дрожь. Покачиваясь на переднем сиденье, он задавал себе лишь один вопрос: зачем он поддался на уговоры? Запах Леонориных духов наполнял машину — в нём мускус, сандаловое дерево и ещё какой-то острый, непонятный аромат, от которого томительно и странно. Ещё немного, и можно задохнуться!.. Чудилось, чуялось за этим запахом и другое — обещание темноты, плоть, округлые формы... Раз или два метнул он искоса взгляд на простор голых плеч, на спелёнатые груди Леоноры. Леонорина кожа, если посмотреть вблизи, имеет тончайшие морщинки по тёмному золотому загару, не от старости морщинки, а от встречи смягчающего крема с дубящим солнцем. Машина подрагивает на ходу — морщинки шевелятся.

— Не пойму я голубушку Мод, — говорила Леонора. — Отчего она сорвалась как пуля, не сказавши мне ни слова? Письмо от Арианы насчёт дневника, как ни верти, моя собственность... хотя какая между подругами собственность, а мы с ней подруги — *были* подруги, — идеями всё время обменивались, совместные статьи писали и всё такое. Может, этот ваш Роланд Митчелл — магнетический мужчина, властитель над бабами? Никак у меня её поступок в голове не укладывается.

— Нет, Роланд самый обычный. Даже какой-то бесхребетный. Это главный его недостаток.

— Значит, любовь!

— Всё равно непонятно, для чего им понадобилось обманывать ещё и Ариану.

— Да, вопрос... Но какова, однако, моя Кристабель! Сразу три архетипа. Лесбиянка — раз. Падшая женщина — два. Безмужняя мать — три. А вот и гостиница. Где они вроде как проживают. Надеюсь, вернулись с прогулочки.

Леонора уверенно направила машину к воротам стоянки, но оказалось, что ворота перегорожены «мерседесом», который медленно сдаёт задним ходом, в сторону.

— Ну ты, урод, — сказала Леонора, — давай уруливай!

— Господи! — воскликнул Аспидс. — Это же Собрайл!

— Придётся ему отъехать. Загораживать въезд запрещается, — заявила Леонора тоном полицейского и несколько раз кряду смачно посигналила.

«Мерседес» продолжал маячить в воротах, он немного заезжал задним ходом, но тут же выбирался обратно, — очевидно, с помощью этих мелких маневров он пытался очень точно, впритирку, припарковаться между двумя машинами. Леонора опустила стекло и закричала:

— Эй, ты, не слышишь, что ли! Мне тут не в кайф всю ночь стоять! Отгони машину! Мне ровно две секунды нужно, чтоб проскочить!

«Мерседес» запятился, почти освободив ворота.

Леонора устремилась вперёд — въехала в них наполовину...

Но «мерседес» опять двинулся передом — полностью перегородил путь.

— Освободи дорогу, жопа! — завопила Леонора.

«Мерседес» продолжал методично нащупывать угол заезда.

Леонора выругалась и нажала на газ. Аспидс услышал лязг, от которого задрожало всё вокруг, и ещё ему показалось, кто-то дёрнул его за позвоночник. Снова выругавшись, Леонора дала задний ход. Раздался треск — рвались металлические заклёпки. Автомобили, словно два быка щербатыми рогами, сцепились бамперами. Леонора тянула назад.

— Стойте! Глушите мотор! — нервно воззвал Аспидс.

Но тут сердитое урчание «мерседеса» оборвалось, опустилось тёмное оконце, и выглянула голова Собрайла.

— *Arrêtez s'il vous plaît. Nous nous abîmons. Veuillez croire que je n'ai jamais rencontré de pires façons sur les routes françaises. Une telle manque de politesse...*[1]

Леонора широко распахнула дверцу, выпростала голую ногу и в бешенстве произнесла:

— Можно подумать, мы хуже его говорим по-американски. Наглый, как пёс! Мне ещё с Линкольна эта машина памятна. Чуть не раздавил меня в Линкольне.

— Привет, Морт, — вступил Аспидс.

— А-а, Джеймс! Вы повредили моё авто.

— Это я повредила! — промолвила Леонора злорадно. — Из-за вашей невоспитанности. И отсутствия звуковых сигналов.

— Мортимер, позвольте представить профессора Леонору Стерн, — сказал Аспидс, — из Таллахасского университета. Леонора — ведущий специалист по творчеству Кристабель Ла Мотт.

— И конечно, охотится за Бейли и Митчеллом? — спросил Собрайл с усмешкой.

— Угадали.

— Они только что съехали. Три часа назад. Чего они здесь делали, никому не известно. И куда теперь направились, тоже неясно.

Аспидс сказал:

— Вы присядьте вот так, Мортимер, и упритесь спиной в свой бампер, а я сяду на наш. Попробуем покачать, глядишь, и расцепятся.

— Эх, какая была машина! — Рот Собрайла скривился.

— Вы где остановились, здесь? — спросила Леонора. — Давайте выпьем и всё обсудим. Не знаю, какая у них положена страховка за «рено».

✳❀✳

Вечер в ресторане выдался не слишком приятным. Собрайл — от автомобильного ли урона, от бегства ли Роланда и Мод или от присутствия Леоноры — был настолько угрюм, что Аспидс взирал на него с некоторым беспокойством. Впрочем, ужин Собрайл

---

[1] Остановитесь, пожалуйста. Мы помнём друг друга. Поверьте, я никогда не встречал худших манер на французских дорогах. Подобное отсутствие воспитания... *(фр.)*

заказал себе роскошный. В качестве разминки — *fruits de mer*, дары моря: огромное деревянное блюдо с высокой горкой моллюсков, рачков, морских ежей, окружённых гирляндой из водорослей на металлическом вставном кольцеобразном пьедестальчике. Затем ему был подан с пылу с жару большущий отварной морской паук гневного алого цвета, в шишковатом, шипастом панцире и со множеством щупалец, которые так и размахнулись во все стороны. Для этого пиршества прилагался целый арсенал приспособлений — этакая миниатюрная средневековая камера пыток: щипцы, зажимы, шила, штопорообразные шпажки.

Аспидс, проявляя воздержанность и бережливость, вкушал хека. Леонора непринуждённо поглощала омара и болтала о Кернемете:

— Какая жалость, от всего поместья только и осталось что фундамент да садовая стена. Во дворе стоит древний менгир, а дом — поминай как звали. Кстати, профессор Собрайл, вы не знаете, где находилась Ла Мотт после Бретани?

— Нет. В моём собрании в Америке есть некоторые письма, по которым можно отследить её местопребывание с тысяча восемьсот шестьдесят первого года. А вы ведь имеете в виду вторую половину шестидесятого? Не знаю. Но узнаю!

В одной руке Собрайла щипцы для вскрытия щупалец, в другой — крошечная пика, чей кончик раздвоен как змеиное жало. Мортимер уже успел добраться до каждого потайного, лакомого кусочка белого мяса. Останки высятся у него на тарелке высокой грудой — морские создания до расправы занимали куда меньше места.

— Переписка Падуба и Ла Мотт должна стать моей. Всё остальное тоже должно мне открыться.

— Что «остальное»?

— Судьба их ребёнка. Они слишком многое от нас утаили. *Я должен разгадать эту тайну.*

— А что, если они взяли её с собой в могилу? — сказал Аспидс, заглядывая в печально-неистовое лицо Собрайла, и тут же поднял бокал. — Позвольте предложить тост. За Рандольфа Генри Падуба и Кристабель Ла Мотт. Да почиют они в мире!

Собрайл, с бокалом, отвечал:

— Тост принимается. Но разгадка за мной.

✣❀✣

Прощались у лестницы, ведущей наверх. Отвесив краткий поклон Аспидсу и Леоноре, Собрайл быстро удалился. Леонора взяла Аспидса под руку:

— Мне от него, честно, не по себе, уж слишком он ретив. Чужую тайну воспринимает как личное оскорбление. Будто Рандольф и Кристабель нарочно сговорились его обмануть.

— А что, если именно так? И не только его, а всех ему подобных. Разве не для Собрайлов Шекспир начертал проклятие?..[1]

— Вдвойне приятно, что я помяла его чёрный катафалк. Не желаете заглянуть ко мне в гости, профессор? На душе как-то грустно, мы бы с вами утешили друг друга. Знаете, море, солнце, я становлюсь от них такая томная...

— Спасибо за предложение, но... Вообще я хотел сказать, я очень тронут, в смысле благодарен, что вы вытащили меня сюда... я, наверное, буду очень жалеть, что не пошёл... но всё равно лучше не надо. Я... как бы это сказать... — Он замялся, на языке вертелось: «не могу с вами», или «не в той весовой категории», или просто «не осилю», — но все эти формулировки, кажется, чуточку оскорбительны для Леоноры.

— Ладно, расслабьтесь. Как говорится, не будем осложнять наших прекрасных рабочих отношений... — произнесла Леонора слегка насмешливо и, наградив его увесистым поцелуем в щёку, отправилась к себе.

✣❀✣

На следующий день они ехали не спеша по просёлочной дороге (с главной свернули, чтобы осмотреть часовню с деревянным гогеновским Христом), как вдруг услыхали позади странный, пугающий шум — кашляющий, одновременно скрежещущий, да ещё с каким-то равномерным глуховатым подстуком. Словно тащилось по дороге неведомое раненое существо или ползла скрипучая телега на кривых, вихлявых колёсах. То оказался чёрный «мерседес» с помятым крылом и явно повреждённым ремнём

---

[1] Надпись на могиле Шекспира: «Друг, ради Господа, не рой / Останков, взятых сей землёй: / Нетронувший блажен в веках / И проклят — тронувший мой прах» (*перевод А. Аникста*).

вентилятора. С натугой он обошёл их на ближайшем перекрёстке. Седока по-прежнему не разглядеть сквозь тёмные окна, но плачевное состояние машины налицо.

— Жуть! — сказала Леонора. — Зловещее явление!

— Да уж, — отозвался Аспидс и, поглядев вслед убегающему номеру АНК, с неожиданным остроумием прибавил: — Собрайл — это и есть анку.

— Точно! — подхватила Леонора. — И как мы раньше не догадались.

— Но с такой скоростью ему ни за что не догнать Бейли и Митчелла.

— И нам их тоже не догнать.

— А надо ли? — спокойно промолвил Аспидс. — По-моему, это уже не имеет никакого смысла. Давайте лучше устроим пикник.

— Правильно!

ГЛАВА 24

Сидя за столом у себя в Линкольне, Мод выписала полезную цитату из Фрейда, намереваясь использовать её в докладе о метафоре:

> И лишь когда любовь полностью овладевает человеком, основная доля либидо переходит на объект и объект в некоторой степени занимает место эго.

К цитате Мод сделала приписку: «Разумеется, эго, ид и супер-эго, так же как и само либидо, — продукты метафорического гипостазиса, когда самостоятельной жизнью начинают жить...»

Она вычеркнула слова «самостоятельной жизнью начинают жить» и заменила их на «самостоятельное бытие обретают». Но этот второй вариант ничуть не лучше первого, и то и другое — метафора. Может быть, так: «...когда отдельным, самостоятельным бытием наделяются события, относящиеся к единому телу опыта».

«Тело опыта» — ещё более замысловатая метафора. Слово «опыта» она нечаянно написала дважды, смотрится дико. «Событие» — «со-бытие», здесь тоже таится метафора!..

Она всем существом ощущала присутствие Роланда. Вот он сидит позади неё на полу, в белом махровом халате, прислонясь к белому дивану, где спал в самое первое посещение и на котором поселился теперь. Воображаемыми пальцами пробежала она у него надо лбом, по мягким, чёрным, чуть всклокоченным волосам. И почти что услышала его тихий, грустный вздох. Он понимает: его неистовая поглощённость тайнами прошлого миновала; ей же внятны все его чувства. Он, скорее всего, чувствует, что прячется от жизни.

Если он выйдет из комнаты, эта комната сразу станет серой, пустой.

Если он останется, разве сможет она хоть немного сосредоточиться?..

На дворе уже октябрь. У Мод начался учебный год. А он, Роланд, так и не вернулся к Аспидсу. Не вернулся он и в квартиру в Патни, только раз наведался туда — до этого звонил по телефону множество раз, Вэл не отзывалась — решил проверить, жива ли она вообще, — но дальше двери ходить не понадобилось. Припёртая пустой молочной бутылкой, там внизу красовалась размашистая, на картоне записка: «Я уехала. Надолго».

Последние дни он был занят тем, что заносил на бумагу слова. Слова, не желавшие складываться в предложения филологического трактата. Он надеялся — больше того, чувствовал с необъяснимой ясностью, — что дело идёт к стихам. Дальше этих слов он пока не продвинулся, но они, соединённые в странные списки, возникали в голове помимо воли и перекочёвывали на бумагу. Роланд не знал, что думает Мод об этом занятии — видит его важность или считает пустой блажью. Всем существом он ощущал присутствие Мод. Он знал: от неё не могло ускользнуть, что его неистовая поглощённость тайнами прошлого миновала, что он просто прячется от жизни.

Он сидел на полу и записывал: *кровь, покров, юдоль, скудель, шафран.*

Другой список: *бледные волосы, купина, россыпь.*

Тут он сделал заметку: «*россыпь* не в смысле рассыпанного, разрозненного, а в смысле сиянья, как у Джона Донна — „земных вещей сияющая россыпь“[1]».

Ещё один перечень: *анемона, коралл, кора, волоски, власяница, ногти, когти, пух, сова, рыбий клей, скарабей.*

Он отбрасывал слова, в которых боролись розные смыслы: *деревянный, точка, связь,* а также *пятно* и *пустой,* хотя они тоже норовили просочиться на бумагу (*просочиться* — это слово тоже вызывало у него сомнения). В этом странном, назывном языке не находилось пока места глаголам, на что уж лучше: *сочный, сок, сочельник...*

---

[1] Стихотворение «Воздух и ангелы» («Air and Angels»).

Стрела, лук (не репчатый, а перо), прель, вода, небеса...
Области словаря — это пересекающиеся круги, или окружности. Мы себя определяем тем, в каких границах обитаем и какие переходим.

Он сказал:
— Я тебе мешаю. Пойду прогуляюсь.
— Ну зачем же.
— Нет, правда. Что-нибудь купить из съестного?
— Не надо. Холодильник уже набит.
— Может, мне поискать работу, где-нибудь в баре или в больнице?
— Не торопись. Время есть всё обдумать.
— Времени как раз остаётся всё меньше.
— Время можно раздвинуть.
— Мне начинает казаться, что я прячусь от жизни.
— Знаю. Но погоди, всё образуется.
— Не уверен.
Зазвонил телефон.
— Алло, это доктор Бейли?
— Да, слушаю.
— Скажите, а Роланд Митчелл, случайно, не у вас?
— Роланд, это тебя.
— Кто?
— Не знаю. Мужчина. Голос молодой, интеллигентный. Извините, а кто его спрашивает?
— Позвольте представиться. Меня зовут Эван Макинтайр. Я стряпчий. Я хотел бы встретиться и поговорить с вами — не с Роландом, но Роланд пусть тоже приходит — ему будет интересно. Я собираюсь сообщить нечто важное для *вас*.
Прикрыв трубку рукой, Мод быстро пересказала Роланду слова юриста.
— Как вы смотрите на то, чтоб поужинать сегодня в «Белом олене»? — спросил Эван. — Допустим, в семь тридцать. Приглашаю и вас, и Роланда.
Роланд кивнул.
— Спасибо, с большим удовольствием, — сказала Мод.
— Насчёт *большого* удовольствия, это вряд ли, — проворчал Роланд.

Со смутной неуверенностью входили они в тот вечер в «Белый олень». Впервые они совершали «выход в свет» как *пара*, хотя сами себя так ещё не вполне воспринимали. Мод была в платье цвета полевых колокольчиков, волосы, тщательно прибранные, всё равно смотрелись роскошно. Роланд взирал на свою спутницу с любовью и отчаянием. У него не было ничего в этом мире — ни дома, ни работы, ни будущего — только Мод! — и именно по причине отсутствия всего остального он не мог поверить, что она будет и дальше воспринимать его всерьёз, да и вообще захочет существовать с ним.

В ресторане их ожидали: Эван Макинтайр, в костюме цвета маренго и золотистой рубашке, Вэл, в элегантном кремовом костюме, сизой шёлковой блузке, и третий, в твидовом пиджаке, с курчавым венчиком волос вокруг лысины. Эван его отрекомендовал: «Тоби Бинг. Мы с ним совладельцы одного замечательного жеребца, Тоби владеет левой задней, а я левой передней ногой. А вообще-то, он поверенный».

— Поверенный сэра Джорджа! — сразу вспомнила Мод.

— Но Тоби здесь не поэтому. Или не совсем поэтому.

Роланд в изумлении взирал на новую Вэл, излучавшую блеск, сияние. Просто впечатление от дорогой, прекрасно пошитой одежды? Нет, тут что-то ещё, дело не только в тряпках. Ну конечно, на всём её облике — безошибочно узнаваемый отпечаток довольства, отсвет плотского счастья! И причёска у неё новая — короткая, стильная; она встряхивает головой — волосы красиво, резко взмётываются и опять ложатся прилежно. Переливчатый сизый шёлк, приглушённость тонов, подплечники, накрашенные губы... Тонкие чулки, туфли на каблуке... Во всём женственность, гармония.

— У тебя счастливый вид, Вэл, — невольно вырвалось у Роланда.

— Решила, хватит мне быть горемыкой.

— Я тебя искал. Звонил, звонил. Хотел узнать, как у тебя дела.

— Напрасно волновался. Я подумала, если ты можешь исчезнуть, чем я хуже? Взяла и тоже исчезла.

— Что ж, я рад.

— Я выхожу замуж за Эвана.

— Я и говорю, я рад.

— Надеюсь, хоть капельку обидно?

— Конечно. Но ты сногсшибательно...

— А сам, счастлив?

— В чём-то да. А вообще сплошные трудности, путаница.

— За квартиру заплачено по первую неделю октября. То бишь по эту неделю.

— Я не про деньги. Я про жизнь.

— Сейчас Эван расскажет про письма вашей парочки. Вот уж где путаница так путаница!

Расположились в уютном углу большой ресторанной залы — стены отделаны деревом, светильники хрустальные в форме канделябров. Стол с тугой розовой скатертью и такими же накрахмаленными розовыми салфетками. Посредине стола букет из осенних цветов: розовые с проседью астры, лиловатые хризантемы, несколько фрезий. Под заказанное Эваном шампанское приступили к ужину, состоявшему из копчёной сёмги, фазана с охотничьим гарниром и хлебным соусом, сыра стилтон и лимонного суфле. Фазан показался Роланду жестковатым; соус напомнил о рождественском ужине, что готовила в детстве мать. Беседа за столом началась с разговора о погоде, какой имеют обыкновение заводить только англичане; покуда шёл этот разговор, среди присутствующих, тоже чисто по-английски, пролетали маленькие чувственные вихри. Роланд видел: Вэл изучает его спутницу и быстро выносит вердикт — красивая, холодная особа; а Мод тем временем оценивает Вэл и заодно его самого по отношению к Вэл и делает какой-то сложный вывод, но какой — ему не понять. Он чувствовал, что весёлая, непринуждённая сердечность Эвана оставляет обеих женщин равнодушными. Эван смешит всех какой-то шуткой — Вэл смеётся и светится от гордости за него, Мод улыбается, немного застенчиво, но по-настоящему. Подали хорошее бургундское, ещё больше располагавшее к веселью. Выяснилось, что у Мод и Тоби Бинга есть общие друзья детства. С Эваном Мод стала говорить об охоте. Роланд приютился где-то на окраине общего разговора, чувствуя себя посторонним наблюдателем. Он поинтересовался у Тоби Бинга, как здоровье Джоан Бейли, и узнал, что леди Бейли довольно долго была в больнице, но теперь снова дома.

— Мортимер Собрайл внушил сэру Джорджу, что если покупателем переписки будет он, то выручки хватит и на ремонт Сил-Корта, и на самое современное кресло-коляску.

— Что ж, — сказал Роланд, — пусть хоть кому-то будет польза.

— Кому именно? — переспросил Эван, внимательно посмотрев на него через стол. — Как раз об этом я и хотел с вами поговорить. — Он повернулся к Мод. — Кому принадлежат авторские права на стихи и сказки Ла Мотт?

— Нам, — ответила Мод. — Моей семье. Да, именно так. Все оригиналы переданы на хранение в Информационный центр факультета женской культуры в Линкольне. Где я сама работаю. Сейчас перечислю, что у нас там есть: рукописи «Мелюзины», «Города Ис», две рукописные книги сказок и большое количество листков разрозненных стихов. С письмами у нас небогато. Дневник Бланш Перстчетт мы приобрели на распродаже «Сотби» — приобрели почти тайком, чтоб не переплачивать. Исследования женской культуры пока плохо финансируются. После того как наследие Ла Мотт будет опубликовано, срок наших авторских прав истечёт через пятьдесят лет, как обычно.

— Вам никогда не приходило в голову, что права на часть переписки, а именно на письма Кристабель, тоже могут принадлежать вам?

— Приходило, но что толку. Никакого законного завещания Кристабель, насколько мне известно, не оставила. Происходило всё следующим образом: когда Кристабель умерла в тысяча восемьсот девяностом году, её сестра София собрала все её бумаги и особой посылкой отправила своей дочери, Мэй. Мэй — моя прапрабабка. В то время ей было около тридцати лет. Мой прадедушка, её сын, родился в тысяча восемьсот восьмидесятом. А замуж она вышла тремя годами раньше, в семьдесят восьмом. Из-за этого замужества у неё возникли нелады с отцом, тогдашним сэром Джорджем. Не одобрял старик браков между двоюродными, она ведь вышла за братца! И семьи с тех пор не ладили. Ну вот, София отправила дочери бумаги, а при бумагах письмо, я сейчас не помню слово в слово, но примерно такое: «Моя милая Мэй, я должна сообщить тебе очень печальное известие: прошлой ночью скоропостижно скончалась моя дорогая сестра Кристабель. Она часто выражала желание, чтобы все её бумаги и рукописи стихов перешли к тебе: ты моя единственная дочь, а она всегда считала, что важные вещи должны передаваться в семье по женской линии. Посылаю тебе всё, что смогла отыскать. Какова подлинная ценность этих бумаг и велик ли их интерес для потомства, я не разумею, но пребываю в надежде, что ты заботливо их сохранишь, так как Кристабель полагала (и имела к тому же мнения людей сведущих), что её поэзия — пусть это пока широко и не признано — весьма высоких достоинств». Дальше там говорилось: было бы очень хорошо, если бы Мэй смогла приехать на похороны, но она (София) знает, что последние роды у Мэй прошли не слишком гладко и сейчас много забот. Словом, нст никаких свидетельств, что Мэй была на похоронах Кристабель. Но архив тёти она сохранила, хотя, кажется, мало интересовалась стихами.

— Стихи дожидались вас, — заметил Эван.

— Наверное. Очень может быть. Но что касается *прав собственности*, глядишь, ещё обнаружится, что и наши линкольнские сокровища принадлежат сэру Джорджу — если Кристабель действительно умерла без завещания... Вряд ли Собрайл и К° станут принимать во внимание моё *моральное право*.

— Вот-вот, — согласился Эван, — у меня возникли точно такие же опасения. Вэл мне рассказала о Собрайле...

— Самую малость, что слышала краем уха, — улыбнулась Вэл.

— Этого было достаточно. Я стал думать. И ничего лучше не придумал, как попросить моего достопочтенного друга Тоби порыться в пыльных ящиках, в которых у них в конторе хранятся старые юридические документы. Конечно, это его ставит в несколько щекотливое положение, он как-никак семейный поверенный сэра Джорджа. Поэтому здесь его роль в нашем деле кончается. Вы простите, что я говорю в «нашем деле», — вы, может быть, согласитесь, чтобы я представлял ваши юридические интересы? Так вот, Тоби откопал — будем считать, *мы* откопали! — очень важную бумагу. Теперь нужно тщательно продумывать каждый наш шаг, случай совсем не простой. Однако, по моему скромному профессиональному убеждению, теперь уже совершенно ясно, кому принадлежит переписка. Вот, я принёс ксерокс. Взгляните. Да благословит Господь ксерокопировальную машину. Я проверил подпись на подлинность в вашем Центре в Линкольне. Что скажете?

Мод взяла в руки одну-единственную страничку:

Продиктовано сестре моей Софии Бейли, мая 1-го 1890 г., поскольку моя слабость не позволяет мне писать отчётливо. Я завещаю Софии мои деньги, а также мою мебель и фарфор. Если Джейн Саммерс из Ричмонда ещё жива и помнит меня, то ей причитается 60 фунтов. Все мои книги и бумаги, а также права на издание передаю Майе Томасине Бейли в надежде, что по прошествии времени у неё возникнет интерес к поэзии. Подписано мною, Кристабель Ла Мотт, в присутствии Люси Таксон, служанки, и Вильяма Марчмонта, садовника.

— Листок с завещанием отыскался среди счетов Софии. Из счетов, кстати, следует, что она разыскала Джейн Саммерс и вручила ей нужную сумму, — объяснял Эван. — Я думаю, она исполнила все распоряжения покойной, а потом с чистой совестью положила завещание куда-то в бумаги. Решила сохранить на всякий случай, но не держала среди главных документов.

Мод спросила:

— Это означает, что письма мои?

— Право на издание неопубликованных писем принадлежит автору и его наследникам. Сами же письма, как объект собственности, принадлежат получателю — если, конечно, получатель не вернул их отправителю. Как это имело место в данном случае.

— То есть когда Падуб вернул Кристабель её письма, они перестали быть его собственностью?

— Именно. Тем более что Тоби сообщил мне по секрету — Падуб собственноручно написал: мол, сударыня, возвращаю ваши письма обратно.

— Получается — если это действительно так! — что я законная владелица *всей* переписки и права на публикацию писем Кристабель тоже мои?!

— Именно. Хотя это ещё не на блюдечке. Могут последовать возражения. Сэр Джордж наверняка попытается оспорить ваши права. Ведь завещание не было в своё время объявлено, не было зарегистрировано в палате, словом, существуют всякие лазейки, придирки, чтоб его опротестовать. Но по моему личному мнению, если заняться этим правильно, то можно доказать ваше право собственности на всю переписку целиком, и на часть Падуба, и на часть Ла Мотт. Пока же меня волнует, как нам одновременно и повести дело, и защитить Тоби, чья позиция этически... неоднозначна. Как бы этот документ мог выползти на свет без помощи Тоби?

— Если сэр Джордж вздумает судиться, — вставил наконец слово Тоби, — то все ваши грядущие поступления уйдут на издержки.

— Что-то знакомое, — заметила Вэл. — Чарльз Диккенс, «Холодный дом».

— Очень меткое сравнение, — сказал Эван. — Но возможно, удастся заключить с ним мировую. Сейчас меня больше занимает, как всё обставить, чтобы никто не заподозрил, будто Тоби нарочно искал для нас этот документ. Изобретём какую-нибудь историю, выставим его моей жертвой, — допустим, я явился к нему под благовидным предлогом, мол, ищу какие-то пустяковые материалы, усыпил его бдительность, проник в архив...

— В общем, повёл себя как настоящий пират! — произнесла Вэл, с обожанием глядя на Эвана.

— Конечно, если вы мне поручите отстаивать ваши интересы.

— Я бы рада, но вы на этом не заработаете, — сказала Мод. — Если переписка моя, она попадёт не на продажу, а в наш Информационный центр.

— Ну и ладно. Меня в данном случае привлекают не деньги, а драма человеческих чувств. Считайте, что я работаю из любопытства. Кстати, не зарекайтесь: возможно, вам придётся-таки продать письма — не Собрайлу, конечно, а Британской библиотеке или ещё какой-нибудь достойной организации, — чтобы заплатить сэру Джорджу отступного.

Роланд сказал:

— Леди Бейли нас встретила по-доброму. Ей действительно нужна новая коляска.

Мод сказала:

— Наш Информационный центр с самого основания задыхается без средств...

— Окажись письма в Британской библиотеке, у тебя были бы и микрофильмы, и средства, а у леди Бейли — новое кресло.

Мод взглянула на Роланда негодующе:

— Окажись письма у нас в Центре, нам бы охотно выделили средства.

— Мод, послушай...

— Джордж Бейли вёл себя со мной самым грубым образом. Со мной и с Леонорой.

— Он любит свою жену, — сказал Роланд. — И свой заповедный лес.

— Это верно, — вставил Тоби Бинг.

— Послушайте, — сказала Вэл, — не надо ссориться из-за того, чего мы пока ещё не имеем. Вернее, чего вы пока ещё не имеете. Давайте двигаться шаг за шагом. Для начала выпьем за Эвана, которого осенила юридическая мысль. А потом вместе пораскинем умом, какой будет следующий шаг.

— У меня есть пара задумок, — сказал Эван. — Но их надо хорошенько проверить, покопаться в законах...

❧❦❧

— Ты считаешь, я жадничаю, — сказала Мод Роланду, когда они очутились дома.

— Ничего я не считаю. С какой стати?

— Ты на меня смотришь с неодобрением.

— Это тебе кажется. Я не имею никакого права одобрять или не одобрять твои поступки.

— Ну вот, так и есть!.. Ты считаешь, мне не следует иметь дело с Эваном?

— Решай сама.

— Ну зачем ты так, Роланд...

— Понимаешь, это уже... почти не имеет ко мне отношения.

Действительно, он чувствовал себя на самой окраине её жизни. Её семья, её феминистские увлечения, её принадлежность к «благородному обществу», где она вращается так легко и красиво, — всё это очерчивает вокруг неё круги, и какой круг ни возьми, Роланд за его пределами. Он затеял это... как бы получше сказать... это расследование — и потерял всё; зато в руки Мод попадут бесценные материалы, благодаря которым её жребий станет ещё счастливей: она сможет продолжать работу, изучать творчество Кристабель, уверенно глядя в будущее, у её центра появятся деньги. А сам он только что поужинал за чужой счёт, у него никогда не было и не будет средств на дорогие рестораны. Особенно гадко, что приходится сидеть у Мод на шее...

Мод сказала:

— Ну почему же мы ссоримся после всего, что у нас...

Он собирался возразить: это не ссора, — но тут зазвонил телефон. Мод взяла трубку. Женский голос, дрожащий, похоже, от большого волнения.

— Могу я поговорить с доктором Бейли?

— Я вас слушаю.

— Здравствуйте. Боже мой, боже мой, надо собраться с мыслями. Я... я думала, звонить вам или нет... вы примете меня за сумасшедшую или за наглую, невоспитанную... но к кому мне обратиться, кроме вас... я сидела весь вечер, в голове ужасные мысли — я только сейчас поняла, который час, в это время звонить уже не принято... я потеряла чувство времени, простите... Может быть, я лучше перезвоню завтра — так будет правильнее... если только уже не будет слишком поздно... хотя вряд ли беда случится *завтра*, но всё равно случится на днях, если я, конечно, не ошиблась... я решилась вам позвонить, потому что вы тогда произвели на меня хорошее впечатление, мне показалось, вам искренне *небезразлично*...

— Извините, кто это говорит?!

— Боже мой, боже мой. Я *никогда* никому первая не звоню. Я смертельно боюсь телефона. Это Беатриса Пуховер. Эллен Падуб в опасности! То есть не в опасности... но как это ещё сказать?.. Я звоню вам ради неё...

— Что такое, доктор Пуховер? Что случилось?

— Извините, пожалуйста, я говорю очень сумбурно. Сейчас, только немного успокоюсь... Я вам звонила раньше, но никто не отвечал. Я решила, вас вообще нет дома, а тут вы взяли трубку... я сразу растерялась, разволновалась. Вы меня простите?

— Всё в порядке. Говорите, не стесняйтесь.

— Мортимер Собрайл. Он у меня был — то есть не здесь, конечно, — я сейчас у себя дома в Мортлейке. Он был у меня на работе, в музее. Несколько раз. Читал разделы дневника... совершенно *определённые* разделы...

— Раздел о визите Бланш?

— Нет-нет. О похоронах Рандольфа! А сегодня привёл с собой молодого Гильдебранда Падуба, — правда, он не совсем молодой, скорее *старый*, а уж толстый, это точно, но в любом случае моложе *лорда Падуба*. Вы, может быть, не знаете, но Гильдебранд после смерти лорда Падуба — я хочу сказать, *в случае* смерти — становится наследником. Лорд Падуб теперь *совсем плох* — так сказал Джеймс Аспидс. Вот и на мои письма не отвечает... я, вообще-то, ему пишу редко — нет необходимости... но когда пишу, не отвечает...

— Доктор Пуховер...

— Перехожу к делу. Но я вас точно ни от чего не отрываю? Может, я лучше завтра?

— Да. То есть нет! Не надо завтра, говорите сейчас. Я прямо сгораю от любопытства.

— Я подслушала их разговор. Они думали, я ушла, а я тихонько сидела за перегородкой. Доктор Бейли, я *совершенно уверена*, что профессор Собрайл намеревается потревожить — в прямом смысле! — прах Падуба и его жены. Вместе с Гильдебрандом он хочет раскопать могилу Рандольфа и Эллен в Ходершелле! Решил выяснить, что спрятано в ларце.

— В каком ларце?

Беатриса со вздохами и придыханиями многословно изложила историю похорон поэта и под конец сказала:

— Собрайл давно, уж много лет, твердит, что надо извлечь этот ларец. Но лорд Падуб не даёт своего согласия. В любом случае для нарушения захоронения надо иметь ещё и епископскую грамоту, никакой епископ её не даст. Но он, Собрайл, заявляет, что у Гильдебранда есть *моральное* право на этот ларец, и у него самого тоже есть — право! — поскольку он, видите ли, так много сделал для Рандольфа Падуба... Вы представляете, что он сказал? Я запомнила слово в слово: «Давайте поступим как те отважные воры, которые взяли картину Моне „Впечатление. Восход солнца“. Возьмём, а уж потом будем решать, что делать с сокровищем...» Представляете, каков?..

— Вы не говорили с профессором Аспидсом?

— Нет.

— Может, поговорить?

— Он меня недолюбливает. Он всех недолюбливает. А меня больше других. Ещё, чего доброго, скажет, что я выжила из ума, что мне *послышалось*. Или скажет наоборот: я виновата, что у Собрайла возник этот страшный план — зачем, мол, показала ему дневник; Собрайла он вообще ненавидит лютой ненавистью... Не станет Аспидс меня слушать... Я устала, устала от сплошных мелких унижений. Вот вы тогда хорошо говорили со мной, вы *понимаете сердце* Эллен Падуб, вы знаете, что нельзя допустить такого надругательства над ней... — Голос Беатрисы задрожал. — Я бы обратилась к Роланду Митчеллу, но он исчез, как сквозь землю провалился. Что мне делать, посоветуйте? Что вообще можно предпринять?..

— Доктор Пуховер, Роланд здесь, со мной. Может быть, нам приехать в Лондон? Если б можно было обратиться в полицию...

— Но у нас нет *доказательств*.

— Вот именно. Вы, случайно, не знаете, кто викарий той церкви, рядом с которой кладбище?

— Знаю. Его зовут Дракс. Он не жалует учёных. Да и вообще всех, кто интересуется литературой. И Рандольфа Падуба, кажется, ставит невысоко.

— Вот незадача, — подосадовала Мод. — Все, кто имеет отношение к этому делу, на редкость колючие, неудобные личности.

— А Падуб был человек такой *большой души*! — сказала Беатриса, даже не пытаясь опровергать суждение Мод.

— Остаётся надеяться, викарий их выпроводит. Может, его предупредить?

— Не знаю. Я же говорю, я в полной растерянности.

— Ладно, давайте сделаем так. Я подумаю, спрошу кое у кого совета. И завтра вам перезвоню.

— Спасибо! Только умоляю, поторопитесь...

Мод раззадорилась. Она заявила, что они с Роландом должны отправиться в Лондон; а ещё надо спросить совета у Эвана Макинтайра: каких действий, по его мнению, следует ожидать от Собрайла и как им лучше противостоять. Роланд вслух согласился с этим планом — и правда, разумнее ничего не придумаешь, — но ощутил, как ещё больше возросла его внутренняя отчуждённость. Ночью он лежал один на белом диване, не мог уснуть, грустные беспокойные мысли одолевали его. Развеялось очарование, главную часть которого, кажется, составляла тайна, хранимая между ними. Об этой «научной» тайне они, повинуясь внутреннему голосу, не хотели говорить никому. В причастности к тайному была их причастность друг к другу. Однако теперь тайна вышла на свет обыденности и от жадного ли любопытства

Эвана и Тоби, от исступлённой ли схватки за неё Аспидса и Собрайла — сразу как-то потускнела и умалилась для Роланда... Эван, с его обаянием и сердечностью, не только навсегда прогнал уныние и тоску с лица Вэл — он и Мод за какой-нибудь час сумел оживить, у неё появилось какое-то незнакомое, смелое выражение. Пожалуй, с Эваном и Тоби она разговаривала более свободно, чем за всё это долгое время с ним, Роландом. А Вэл... с каким удовольствием Вэл приняла эстафету в этой гонке с преследованием... И снова он почему-то вспоминал своё первое впечатление от Мод: уверенная в себе, скептическая, властная. Не зря раньше она принадлежала Фергусу. Тогда как их собственные безмолвные, странные игры — лишь от стечения обстоятельств, от невольного совместного затворничества, от тайны. Вряд ли эти игры смогут продолжаться на свету и на свободе. Впрочем, он не был уверен, хочет ли продолжения. Он стал думать о том, чем жил раньше, и горько сказал себе, что до появления Мод у него был хотя бы Рандольф Генри Падуб, поэзия Падуба, а теперь даже это — это в первую голову! — изменилось, отобрано у него.

Мод он не обмолвился о своих раздумьях, сомнениях; и Мод, казалось, ничего не заметила.

⁂

Эван, на следующее утро услышав о развитии событий, тоже раззадорился не на шутку. Все должны приехать в Лондон, провозгласил он; надо ещё раз поговорить с мисс Пуховер и провести военный совет. Вот если бы удалось проследить за Собрайлом и захватить его *in flagrante delicto*, в момент совершения преступления! В законе немного по-разному говорится о нарушении захоронений, в зависимости от того, где оно происходит — на церковном погосте или на гражданском кладбище. Ходершелл, судя по самому звучанию, — старинное англиканское кладбище, его наверняка можно будет рассматривать как церковный погост. Эван вместе с Вэл подъедут на своём «порше» в Лондон и где-нибудь встретятся с Роландом и Мод. «Можно завалиться в мою лондонскую берлогу и оттуда позвонить вашему доктору Пуховер. Берлога расположена удобно, в Сити. А вот Тоби пока придётся остаться в Йоркшире — охранять свой архив и интересы сэра Джорджа...»

— Я, наверное, остановлюсь у тёти Леттис, — сказала Мод Роланду. — Очень милая старушка, живёт на Кадоган-сквер. Хочешь, пойдём вместе?

— Нет, лучше я заночую у себя в Патни.

— Может, мне наведаться к тебе?

— Не надо.

Квартира в Патни, с замызганными стульями и диванами, с кошачьей вонью, — явно не для Мод. К тому же всё там переполнено воспоминаниями о жизни с Вэл, о работе над диссертацией. Мод там не место.

— Я хочу подумать. О будущем. Что делать *дальше*. Как поступить с квартирой, как за неё заплатить... или лучше съехать? Хочу побыть в одиночестве.

— Ты на меня из-за чего-то обиделся?

— *Я должен решить, как мне жить дальше.*

— Прости. Но тебе там будет хорошо?

— Не волнуйся. Мне правда надо побыть одному. Всего одну ночь.

ГЛАВА 25

Дневник Эллен Падуб

25 ноября 1889 г.

Я пишу эти строки, сидя за Его столом в два часа пополуночи. Я не могу уснуть, а он спит последним сном во гробе и уже никогда не шевельнётся, и душа его отлетела. Я сижу среди его вещей — теперь они мои, вернее, ничьи — и думаю о том, что его жизнь, отпечаток его жизни задержался в этих неодушевлённых предметах дольше, чем в нём самом, который был самым одушевлённым, а теперь стал... не могу продолжать, не следовало вообще начинать писать об этом. Мой милый, я сижу здесь и пишу — к кому же, как не к тебе? Мне легче дышится здесь, среди вещей твоих, — перо выводит «тебе», «твоих» с трудом — ведь тебя больше нет, — но в этой комнате ещё жив твой дух.

Вот твоё неоконченное письмо, вот микроскоп и стёклышки с препаратами, вот книга и закладка, но страницы книги — Боже мой, Боже мой! — так и остались не разрезаны. Я страшусь уснуть, Рандольф, я знаю, какие сны мне в этом сне приснятся[1], поэтому сижу здесь и пишу.

Когда он болел, он говорил: «Сожги то, что не для досужих глаз», и я обещала исполнить его волю. По-моему, в такие дни в нас появляется странная сила и решимость сделать всё, что следует, а если это время упустить, то может оказаться поздно. Р. говорил, что ненавидит наших *новейших* сочинителей биографий, этих низменных и пошлых людишек, которые жадно рылись в письменном столе покойного Диккенса, чтобы выудить всё вплоть до пустячных записок; что ненавидит Форстера*, который возмутительным образом вторгся в тайны и страдания четы Карлейлей... Р. говорил мне не однажды: «Предай огню то, что живо для нас с тобою,

---

[1] У. Шекспир. Гамлет, III: I, 66.

в чём живёт наша память, чтобы ни один перелыга потом не смог наделать из этого праздных поделок». Помню, меня поразили слова Гарриеты Мартино* в её автобиографии, о том, что публиковать частные письма друга — измена и вероломство, всё равно как передать всему свету задушевную беседу, что вели с ним зимним вечером у камина, сидя в одном кресле, ногами к огню. Я развела огонь здесь, в кабинете, и кое-что сразу сожгла. И ещё сожгу. Не позволю стервятникам терзать Р.

Однако некие вещи я не смогу предать пламени. Хоть глаза мои никогда и ни за что не взглянут на них снова, но эти вещи не мои, и не мне их приговаривать к сожженью. А затем ещё наши с Р. самые заветные письма, писанные в те долгие годы, когда глупая судьба не давала нам соединиться... Что мне делать со всем этим? Оставить, завещать похоронить со мною? Но что, если случится измена и мою последнюю волю нарушат? Уж лучше я положу всё это к нему в могилу теперь, чтобы ожидало меня там. Земле — земное.

Мортимер Собрайл, «Великий Чревовещатель» (1964), глава 26, *После горячки жизни в сне глубоком*[1], с. 449 и след.:

Спешно был создан комитет с целью добиваться захоронения великого поэта в Вестминстерском аббатстве. Лорд Лейтон пошёл к тамошнему настоятелю, у которого, кажется, имелись сомнения относительно религиозных взглядов Рандольфа Падуба. Однако вдова поэта, преданно проводившая бессонные ночи у ложа мужа в течение всей его болезни, написала лорду Лейтону и настоятелю письма, где говорилось, что она желает — и такова же воля покойного — похоронить его в Северных Холмах, на тихом деревенском погосте при церкви Св. Фомы в Ходершелле, где муж её сестры Веры викарием и где она сама надеется упокоиться. Унылым ноябрьским днём, под накрапывающим английским дождиком, длинная кавалькада из представителей светского общества и литературных кругов отправилась в путь за гробом, через лесистые лощины; «жёлтые листья падали в грязь под копыта лошадей, и тускло-красный солнечный шар низко висел над горизонтом»[22]. На кладбище гроб несли лорд Лейтон, Халлам Теннисон, сэр Роуланд Митчелс

---

[1] У. Шекспир. Макбет, III: II, 22–23.

и художник Роберт Брунант[23]. Когда гроб с большими белыми венками приопустили в глинистую могилу, Эллен положила сверху ларец, в котором были «наши письма и другие реликвии, слишком дорогие, чтобы подвергнуть их сожженью, слишком драгоценные, чтобы их коснулась хотя бы одна пара досужих глаз»[24]. Затем гроб опустили на дно и, бросив ему вслед множество цветов, отошли от могилы, позволяя дружным лопатам могильщиков совершить последний акт печального действа; вскоре и гроб цвета слоновой кости, и хрупкие цветы оказались поглощены смесью мела, кремня и глины, образующих грунт здешних мест[25]. Молодой Эдмунд Мередит, племянник Эллен, унёс от могилы пучок фиалок, которые заботливо сохранил, засушив между страницами своего Шекспира[26].

В последующие месяцы Эллен Падуб воздвигла в изголовье могилы простой чёрный камень, на нём был искусно вырезан ясень с раскидистой кроной и столь же обширными корнями, похожий на тот, что поэт шутя изображал рядом с подписью в некоторых письмах[27]. Под ясенем высечена, в стихотворном переложении Падуба, знаменитая эпитафия кардинала Бембо с надгробия Рафаэля в Пантеоне; впервые эти строки появились в стихотворении Падуба «Небесное и земное», посвящённом фрескам Станцы делла Сеньятура в Ватикане.

> Здесь тот лежит, чей смелый дар при жизни
> В ревнивый трепет Мать-Природу приводил,
> Но справивши по ком печальну тризну,
> Ей страшно, что самой творить не станет сил[28].

Под эпитафией ещё одна надпись:

Сие надгробие Рандольфу Генри Падубу, великому поэту и верному, доброму мужу, посвящает его скорбящая вдова и спутница сорока лет жизни Эллен Кристиана Падуб в надежде, что «за кратким сном, навек мы пробужденны»[29] в краю, где нет разлуки.

Критики более позднего времени с усмешкой — а иные даже с негодованием — отнеслись к «напыщенному»[30] сравнению плодовитого викторианского поэта с великим Рафаэлем, хотя справедливости ради заметим — и тот и другой были одинаково не в почёте в начале нашего бурного века. Интересно иное: в могильной надписи ни словом не упомянуто о христианских убеждениях покойного; Эллен обошла эту тему либо случайно, либо намеренно,

но тогда с удивительной, заслуживающей восхищения тонкостью;
почему же никто из современников ни в записях, ни в отзывах не
высказал ей за это ни осуждения, ни «похвалы»?.. Как нам представляется, выбрав эту эпитафию, Эллен вольно или невольно связала
своего супруга — через его стихи, посвященные Рафаэлю Санти, —
со всей противоречивой в отношении христианства традицией Ре-
нессанса. (Лучшим символом этих противоречий является Пантео-
он, где Рафаэль похоронен, — христианский храм, первоначально
построенный в честь всех богов и имеющий облик языческих храмов античности.) Мы не смеем утверждать, что именно эти соображения посетили вдову Падуба, но как знать, не было ли о том беседы между супругами?

Разумеется, мы не можем не задаться животрепещущим вопросом: а что же было в ларце, который исчез в могиле вместе с Рандольфом Падубом и который, как было засвидетельствовано четырьмя годами позже, во время захоронения Эллен подле мужа,
находился «в целом и неповреждённом состоянии»?[31] Эллен Падуб, как и всё тогдашнее поколение, относилась с ложной стыдливостью и чрезмерной церемонностью к частным бумагам. Нередко
высказываются утверждения — кстати, не опирающиеся ни на что,
кроме свидетельств всё той же Эллен[32], — будто щепетильность
эту разделял и Падуб. К счастью для нас, он не оставил завеща-
тельных распоряжений подобного рода, и ещё большей удачей является то, что его вдова, при исполнении его якобы имевших место
предписаний, действовала, судя по всему, в спешке наугад и лиши-
ла потомков лишь некоторой части архива. Мы не знаем, какие
бесценные документы навсегда потеряны для нас, однако на пред-
шествующих страницах можно было видеть всё богатство и разнообразие уцелевшего наследия. И всё же как огорчительно, что те,
кто потревожил покой Падуба в 1893 г., не сочли возможным хотя
бы ненадолго открыть запрятанный ларец, бегло обследовать его
содержимое и составить опись! Решения о том, чтобы уничтожить
или спрятать документы, в которых запечатлена жизнь великих,
как правило, принимаются в лихорадочном возбуждении, чаще
всего — во власти *посмертного* отчаяния, и имеют мало общего со
взвешенными поступками, со стремлением к полному и спокойно-
му постижению истины — такие поступки и такое стремление приходят после, когда уляжется горе и душевная смута. Даже Россетти,
похоронивший вместе с трагически погибшей женой единственный
полный список своих стихов, впоследствии одумался и вынужден

был, подвергая себя и её бесчестью, извлечь рукопись из могилы. Мне часто приходят на ум слова Фрейда о чувствах наших первобытных предков к покойникам, которые виделись им одновременно и демонами (призраками), и почитаемыми предками:

> То обстоятельство, что демоны всегда представляются духами тех, кто умер *недавно,* указывает со всей ясностью на место, какое траур и скорбение по усопшим имеют в формировании веры в демонов. Скорбение призвано исполнить совершенно особую психическую задачу: его назначение в том, чтобы отделить воспоминания и надежды живых от покойного. Когда это достигнуто, душевная боль уменьшается, а с нею заодно раскаяние и чувство вины и, соответственно, страх перед демоном. И те же духи, которых мы вначале страшились как демонов, далее могут рассчитывать на более дружелюбное отношение; они почитаются как священные предки, к ним обращают призывы о помощи[33].

Так не можем ли мы утверждать, в оправдание нашего желания увидеть спрятанное от нас, что те, страх перед чьим *неодобрением* превращал их в демонов для близких и дорогих, — по отношению к нам являются возлюбленными предками, чьи священные реликвии мы вправе лелеять при свете дня?

---

[22] Так описал этот день Суинберн в письме к Теодору Уоттсу-Дантону (А. Ч. Суинберн. *Собрание писем,* т. V, р. 280). Считается, что в стихотворении «Старый Иггдрасиль и кладбищенский тис» Суинберн отразил свои чувства в связи с кончиной Р. Г. Падуба.

[23] Засвидетельствовано в отчёте газеты «Таймс» от 30 ноября 1889 г. Среди тех, кто прощался с поэтом на кладбище, глаз репортёра отметил, помимо «львов литературного общества», «нескольких красивых молодых девушек, что плакали навзрыд, не стесняясь слёз, и большую кучку почтительных, молчаливых рабочих».

[24] Эллен Падуб в письме к Эдит Уортон от 20 декабря 1889 г. (воспроизведено в издании «Письма Р. Г. Падуба», под ред. М. Собрайла, т. 8, с. 384). Похожим образом она излагает свои намерения на страницах дневника, в записи, сделанной на третью ночь после кончины поэта. Дневник в скором времени (1967) выйдет под ред. д-ра Беатрисы Пуховер (колледж Принца Альберта, Лондонский ун-т).

[25] Я провёл долгие часы в прогулках по окрестностям Ходершелла и заметил, как земля на склоне оврагов характерно делится на слои и как мелкие включения кремня поблёскивают в верхнем мелистом слое; средь вспаханных полей этот «кремнистый» мел напоминает островки сверкающего снега.

[26] Этот том Шекспира, а также фиалки находятся в настоящее время на хранении в Стэнтовском собрании Университета Роберта Дэйла Оуэна.

[27] См., например, письмо к Теннисону от 24 августа 1859 г. (Стэнтовское собрание, ед. хран. № 146093а). Все края письма окаймлены схематичными изображениями таких деревьев, корни и ветви которых сплетены с соседними, образуя орнамент, напоминающий работы Уильяма Морриса.

[28] Латинский оригинал гласит: «Ille hic est Raphael timuit quo sospite vinci rerum magna parens et moriente mori».

[29] Джон Донн. «Смерть, не гордись...». *Духовные стихи*, под ред. Элен Гарднер, с. 9.

[30] Стоит вспомнить раздражённый отзыв Ф. Р. Ливиса в «Литературной экспертизе», т. XIII, с. 130–131: «То, что викторианцы всерьёз воспринимали Р. Г. Падуба как поэта, подтверждается серьёзным тоном траурных панегириков, авторы коих — вторя напыщенному сравнению на могильном камне, за которое следует сказать спасибо его вдове, — объявляют его равным Шекспиру, Рембрандту, Рафаэлю и Расину».

[31] Засвидетельствовано в письме Пейшнс Мередит к её сестре Фейт, в настоящее время находящемся в собственности Марианны Уормольд, правнучки Эдмунда Мередита.

[32] См. примеч. 24 выше, а также запись в неизданном дневнике Эллен Падуб за 25 ноября 1889 г.

[33] Зигмунд Фрейд. «Тотем и табу». *Собрание соч.* (станд. изд. 1955 г.). Т. 13. С. 65–66.

27 ноября 1889 г.

Тихо и зыбко она шла со свечою в руке по тёмным коридорам, потом стала подниматься по лестнице на третий этаж, на каждой из площадок медля, точно в неуверенности. Старая женщина, но если посмотреть на неё со спины, в полумраке — как теперь, — её возраст определить почти невозможно. На ней длинный халат тонкого бархата и мягкие домашние туфли, расшитые узорами. Она несёт себя прямо и легко, хотя она, что называется, в теле. Волосы у неё убраны в длинную косу между ровными лопатками и в жёлтом свете свечи кажутся бледным золотом, — на самом деле они кремовато-седые, некогда каштановые.

Она прислушалась к ночному дому. Её сестра, Надин, спит в лучшей свободной комнате; где-то на втором этаже мирно посапывает племянник Джордж, подающий надежды молодой адвокат.

В своей собственной спальне, со скрещёнными на груди руками, с закрытыми глазами, неподвижно лежит Рандольф Генри Падуб. Голова его покоится на вышитой шёлковой подушечке, волосы, мягкие и седые, — на стёганом атласе покрывала...

Сегодня, когда она поняла, что ей не заснуть, она пошла к нему, отворила дверь тихо-тихо и стояла над ним, постигая перемену.

После смерти, в первые минуты, он похож был на самого себя, отдыхающего от борьбы, смягчившегося, успокоенного. Теперь душа отлетела, и это был словно не он, а его странное, скудельное подобие, которое час от часу костлявело, всё резче обтягивалось кожей, что на скулах стала желта и тонка, и у которого глазницы западали всё глубже, подбородок заострялся. Под пологом молчания она зашептала слова молитвы; потом сказала тому, что лежало на постели: «Где ты?» В доме, как и каждую ночь, пахло прогоревшим углем каминов, стылыми их решётками, старым дымом. Она направилась к себе в маленький кабинет, где на изящном бюро лежали стопкой письма соболезнования, на них предстояло ответить, был ещё список приглашённых на завтрашние похороны, с аккуратной галочкой возле имён. Она взяла из ящика свой дневник и ещё какие-то бумаги, посмотрела в нерешительности на горку писем и выскользнула со свечою в коридор и по пути к лестнице слушала, как витают по дому сон и смерть...

Она поднялась на последний этаж, где под крышей размещалась рабочая комната Рандольфа, которую она всегда почитала своим долгом оберегать от посторонних — даже от себя. Шторы у него были раздёрнуты, в комнату лился свет газового фонаря и свет полной луны, плывшей в небе, серебристой. Ещё слышался лёгкий, почти призрачный запах его табака. На столе стопки книг, поселившихся здесь до его болезни. В этой комнате по-прежнему ощущение его присутствия, его работы... Она присела за его письменный стол, поставив перед собой свечу, и вдруг ей стало — нет, конечно, не *легче*, разве может стать *легче*? — но хотя бы не так *безутешно*, словно то, что пока ещё существовало здесь, было менее страшным, менее омертвелым, чем то, что почило... лежало недвижно, как камень, внизу, в спальне.

В кармане халата, вместе с бумагами, его часы. Она вынула часы, поглядела. Три часа ночи. Это будет его последнее утро в доме.

Она повела взглядом вокруг: в стёклах книжных шкафов смутно тлели многие отраженья свечи. Выдвинула наугад пару ящиков стола — стопки, кипы листков, исписанных его почерком, почерком других людей... Как решать судьбу всего этого и какая она судья?..

Вдоль одной из стен размещены его ботанические и зоологические коллекции. На этажерках — микроскопы в деревянных футлярах на петлях, с защёлками, коробки стёклышек с препаратами, альбомы с зарисовками, образцы морской фауны. Посередине стены установлен большой морской аквариум в изящной деревянной оправе, с водорослями, актиниями и морскими звёздами, а справа и слева от него, на особо устроенных полках, — стеклянные резервуары, в которых обитают, туманят стекло своим дыханьем целые сообщества живых растений. На этом фоне месье Мане запечатлел в своё время хозяина кабинета, и, глядя на портрет, кажется, будто поэт расположился среди первобытных болотных папоротников или в зелёной полосе у самой кромки древнего океана... Теперь предстоит пристроить куда-то всё это богатство. Лучше посоветоваться с его друзьями из Научного музея, те скажут, где пригодятся коллекции и оборудование. Может, принести всё в дар какому-нибудь достойному образовательному заведению, например клубу просвещения рабочих или школе?.. У Рандольфа был, припомнила она, особенный герметический ящичек для препаратов, с внутренним стеклянным сосудом, непроницаемый для воздуха и с глухим запором. Да, вот он, ящичек, похожий на ларец, — там, где ему следует быть, — вещи у Рандольфа всегда на месте. Этот ящик-ларец подойдёт лучшим образом.

Нужно только принять решение, тотчас же, потому что завтра будет поздно.

До своей роковой болезни он никогда, ни разу серьёзно не болел. Болезнь тянулась долго; три последние месяца провёл он в постели. Оба знали, какова будет развязка, лишь не ведали, когда именно наступит, сколько точно времени отведено. Эти месяцы они жили вместе в одной комнате, его спальне. Она была постоянно близ него, приоткрывала окно, впуская нужную меру воздуха, поправляла подушку; под конец кормила его с ложки; и читала ему, когда самая лёгкая книга выскальзывала из его ослабевших рук. Все его нужды и неудобства были ей понятны без слов. Его боль в некотором смысле она тоже с ним разделяла. Сидя тихо подле него и держа его белую, точно бумажную, руку, она чувствовала, как день ото дня угасают его силы. Силы тела, но не ума! Было время, о начале болезни, когда он вдруг сделался одержим стихами Джона Донна: он читал их наизусть с выразительностью, обращая в потолок свой голос, хрипловато-раскатистый и прекрасный, отдувая изо рта в стороны мягкие клочья бороды. Когда он вдруг забывал какую-то строку, сразу принимался звать: «Эллен, Эллен, скорее, я сбился!..» И она тут же начинала проворно листать страницы, искать...

«Что б я делал без тебя, моя милая, — говорил он. — Вот мы и достигли конца, неразлучно. Ты несёшь мне утешение. Мы с тобой знали счастье».

«Да, мы с тобою счастливы», — отвечала она, и это было правдой. Они были счастливы даже в эти последние его месяцы, тем же счастьем, что и всегда: сидеть бок о бок, почти без слов, и разглядывать вместе какую-нибудь занимательную вещь или картинку в книге...

Входя в комнату, она слышала голос:

> Любовь любовников земных
> (Рождённая сближеньем тел)
> Находит в разлученьи их
> Свой здравомыслимый предел.
>
> Любовь же наша — что там ей
> Кора телесного? Меж нас —
> Взаимодушие прочней
> Желанности рук, уст и глаз.

Он хотел дожить отпущенное, не роняя «высокого стиля». Она видела — он старается об этом изо всех сил, он борется с болью, с тошнотою и страхом, чтобы молвить ей те слова, которые она потом сможет вспоминать с теплотой, которые им обоим делают честь. Кое-что из сказанного звучало как «последнее, для истории». «Я теперь понимаю, отчего Сваммердам жаждал сумерек тихих». Или: «Я пытался писать по совести, пытался честно обозреть всё видимое оттуда, где я находился». И ещё, для неё: «Сорок один год вместе, безгневно. Не многие мужья и жёны могут похвалиться».

Она записывала все эти изречения не за их достоинства, хотя они имели подобающую складность и силу, а за то, что стоит их перечесть, как сразу вспоминается его лицо, обращённое к ней, эти умные глаза под изрезанным морщинами лбом в испарине и слабое пожатье сильных некогда пальцев. «Помнишь, милая... ты сидишь... как водяница... как русалка сидишь... на камне среди водорослей... у источника... как он звался?.. не подсказывай!..

источник поэта... источник... Воклюзский источник! Сидишь на солнце».

«Мне было страшно. Кругом всё бежит, сверкает».

«Страшно... А виду не подавала...»

В конце концов, в итоге, больше всего их объединяло умалчивание.

— Понимаешь, всё дело в этом *умалчивании*! — сказала она громко вслух, обращаясь к нему в рабочей комнате, где уже не встретить ответа, ни гнева, ни сочувствия...

Она разложила перед собой вещи, ждущие решения. Пачка писем, обвязанных выцветшей лиловой лентой. Браслет, который она сплела из своих и его волос в последнюю неделю. Его часы... И ещё три письма: первое, его рукою, без даты, найденное у него в столе; второе, адресованное ей, писанное тонким, беспокойным почерком; третье — запечатанный конверт без надписи.

Испытывая лёгкую дрожь, она взяла второе письмо, от прошлого месяца, и перечла:

Милостивая государыня,
полагаю, моё имя не окажется Вам незнакомо — возможно, Вы что-то обо мне знаете — не могу представить, чтобы это было не так, — хотя, если всё же моё послание будет полной для Вас неожиданностью, я покорно прошу меня простить. И как бы то ни было, прошу извинить меня за то, что тревожу Вас в такое время.
Мне стало известно, что мистер Падуб нездоров. Об этом сообщается в газетах и не скрывается, насколько серьёзно его состояние. Я также имела и другое достоверное сведенье, что дни его могут быть не долгими. Разумеется, если это не так, если я впала в ошибку — ведь бывают ошибки — всегда хочется надеяться! — тем более прошу прощенья.
Я изложила на бумаге нечто, что, кажется, должна в конце концов ему поведать. Я вместе пребываю в больших сомнениях — имеет ли смысл, мудро ли обнаруживаться теперь; я даже не разумею, для чего пишу — ради собственного оправдания от грехов или ради него. В этом деле я предаю себя в Ваши руки. Полагаюсь на Ваше рассуждение, Ваше благородство, Вашу добрую волю...
Мы теперь две старые женщины — и, по крайней мере в моём очаге, огонь отпылал, отпылал уж давно.

О Вас я ничего не знаю, потому что, по благим причинам, мне никогда ничего о Вас не рассказывали.

Я написала нечто важное, предназначенное лишь для его глаз, — не могу сказать Вам, чтó именно, — и запечатала в конверте. Если Вы пожелаете прочесть, то конверт в Ваших руках, но пусть он прежде посмотрит сам и решит.

А если он не захочет читать или ему слишком нездоровится... тогда, миссис Падуб, я опять оказываюсь в Ваших руках, поступайте с этим моим залогом, как Вам видится нужным и как Вы на то имеете право.

Я причинила большой вред, но не имела и в мыслях вредить Вам, Бог тому свидетель, и я надеюсь, что из-за меня не случилось беды — во всяком случае, ничего непоправимого для Вас.

Верите ли, я буду благодарна, если мне выйдет от Вас хоть одна ответная строка — что бы в ней ни было — прощение... жалость... или даже гнев? — но неужто я достойна теперь гнева?

Я живу в башне — как старая ведьма, и сочиняю стихи, которые никому не нужны...

Если вы, являя добросердечие, сообщите мне о его положении — я не устану благодарить Бога и Вас за эту милость.

Предаю себя в Ваши руки.

Ваша

Кристабель Ла Мотт.

Весь последний месяц его жизни она носила с собой оба письма, это и *то,* нераспечатанное: она выходила из комнаты по делам и вновь возвращалась в чертог общих воспоминаний и ощущала конверт в кармане, точно острый нож.

Она приносила ему изящно составленные букеты. Жасмин, лиловатый морозник, тепличные фиалки.

«Морозник, *Helleborus niger...*[1] Отчего зелёные лепестки так таинственны, Эллен? Помнишь, мы читали Гёте... метаморфозы растений... в одном малом средоточено всё... листья... лепестки...»

«Это было в тот год, когда ты написал о Лазаре».

«Да, Лазарь... *Etiam si mortuus fuerit...*[2] Как думаешь в сердце твоём — наша жизнь продолжается... после?..»

---

[1] Одно из растений сада Прозерпины (Э. Спенсер. Королева фей, книга II, песнь VII, строфа 52).

[2] «Даже если умрёт...» *(лат.).* В синодальном издании: «Иисус сказал ей: Я есмь воскресение и жизнь; верующий в Меня, если и умрёт, оживёт...» (Евангелие от Иоанна, 11: 25).

Склонив голову, она долго искала правдивый ответ:

«Нам это обетовано… люди столь дивные существа, каждый из нас неповторим… не может быть, чтоб мы исчезали, уходили в никуда. А вообще не знаю, Рандольф, не знаю…»

«Если *нет ничего*, я не буду… чувствовать холода. Но ты положи меня, слышишь, милая, положи меня на вольном воздухе… не хочу быть запертым в Вестминстерском аббатстве. Хочу лежать в вольной земле, на воздухе!.. Не плачь, Эллен. Ничего тут не переменишь. Всё правильно. Мне не жаль, как сложилась жизнь… ты меня понимаешь… Я жил…»

За пределами комнаты она сочиняла в голове письма.

«Я не могу отдать ему Вашего письма, он сейчас спокоен, почти счастлив, как могу я тревожить покой его души в этот час?»

«Имею Вам сообщить, что я всегда знала о *ваших… о вашей?..*» О чём? Об отношениях, о связи, о любви?..

«Хочу сообщить Вам, что мой муж рассказал мне, давным-давно, добровольно и честно, о своём чувстве к Вам, после чего это дело, понятое между нами, было отставлено навсегда как прошлое и понятое между нами».

Слова «понятое между нами» звучат как-то странно, но хорошо выражают смысл.

«Я Вам признательна за уверение, что Вы *ничего обо мне не знаете*. Могу и Вас заверить с подобной же искренностью, что *не знаю в подробностях о Вас* — лишь самое простое, как имя и проч., и что муж мой любил Вас, с его же слов».

Одна старуха отвечает другой. Другой, которая называет себя ведьмой из башни.

«Как можете Вы просить меня об этом, как можете вторгаться *в нашу с ним жизнь*, которой уж почти не осталось, *в наш с ним мир*, где мы добры друг к другу и связаны неизречимыми узами; как можете омрачать последние дни, не только его, но и *мои последние* дни, ведь *он моё единственное счастье*, и скоро я это счастье утрачу навеки, как Вы не понимаете, — я не могу отдать ему Ваше письмо!»

Но на бумаге она так и не написала ни строчки.

———

Она сидела возле него, искусно оплетая браслетку чёрного шёлка своими и его волосами. На груди у ней брошь, что он когда-то прислал ей в подарок из Уитби: в чёрном янтаре тонко вырезаны, седовато отблескивают розы Йорка. Волосы, седые или седоватые, отблескивают вот так же на чёрном шёлке...

«Браслет волос на костяном запястьи... Как вновь мою могилу отворят... — забормотал он. — Помнишь у Донна?[1] Это стихотворенье... мне всегда чудилось... оно наше... про нас с тобой... да-да...»

Это был один из плохих, тяжёлых дней. Редкие минуты ясности перемежались часами, когда его сознание словно странствовало где-то далеко — знать бы где?

«Странная штука... сон. Можно оказаться... повсюду. Поля... сады... иные миры... Во сне у человека бывает... другая ипостась».

«Да, милый, наверное. Мы очень мало знаем о нашей собственной жизни. О собственном знании».

«Там, в летних полях... я её видел... поймал на взмах ресниц... Нужно было мне о ней... позаботиться. Но разве я мог? Я бы только ей повредил... Что это ты такое делаешь, Эллен?»

«Плету браслет. Из наших с тобой волос».

«У меня в часах. Её волосы. Скажи ей».

«Сказать ей что?»

«Не помню...» Он снова закрыл глаза.

Действительно, в часах были волосы. Длинная изящная косица, бледно-золотистая. Аккуратно перевязанная светло-голубой ленточкой. Она положила её перед собой на стол...

❀✣❀

«Имею сообщить Вам, что я давным-давно знаю о Вашем существованьи; мой муж рассказал мне, добровольно и честно, о своих чувствах к Вам...»

Напиши она эти слова, они были бы правдивы; но не отразили бы правды во всей её подлинности, полноте, со всеми оттенками той минуты, с предшествовавшими и последующими умал-

---

[1] Строки из стихотворения «Реликвия».

чиваньями, не отразили бы жизни, обратившейся в сплошную недомолвку.

Как-то осенью 1859 года они сидели у камина в библиотеке. На столе в вазе были хризантемы, и ветка бука с листьями, точно выкованными из меди, и папоротник-орляк, чьи перья в помещении окрасились в причудливые тона шафрана, багреца и золота. Именно в ту пору он увлёкся стеклянными вивариями и изучал превращение шелковичных червей; червям необходимо тепло, поэтому они нашли приют в этой самой тёплой из комнат: уже, доказывая метаморфозу, выпростались из своих пухлых шершавых коконов на голых прутиках невзрачные, желтовато-серые бабочки... Она переписывала «Сваммердама», а он, поглядывая на неё, ходил взад-вперёд по комнате в задумчивости.

«Подожди, Эллен, не пиши. Я должен тебе кое-что сказать».

По сей день она помнила, как при этих его словах вся кровь бросилась ей в виски, как с уханьем застучало сердце и одна лишь мысль пронзила мозг: не слушать, не слышать, не знать!

«Может, не надо?» — слабо проговорила она.

«Надо. Мы всегда были совершенно правдивы друг с другом, Эллен, что бы там ни было. Ты моя милая, моя дорогая жена, я тебя люблю...»

«Но?.. Но что? После такого начала обязательно следует „но“».

«Прошлый год я влюблён был в другую. То был род безумия. Я словно сделался одержим, мною будто обладали бесы. Затмение рассудка. Сперва мы просто переписывались... а потом... в Йоркшире... я там был не один».

«Я знаю».

Наступило молчание.

«Я знаю», — повторила она.

«Давно?» — спросил он и уронил гордую голову.

«Не очень давно. Не думай, что я сама догадалась или что-то заподозрила по твоим словам или поступкам. Мне доложили. Ко мне явилась одна особа. Смотри, что у меня есть для тебя, наверное, уж не чаял вернуть?»

Она откинула на петлях крышку своего столика и, доставши оттуда первого «Сваммердама», как он был, в конверте с адресом: Мисс Ла Мотт, дом «Вифания», улица Горы Араратской, Ричмонд, — протянула ему со словами:

«По-моему, строфа о Яйце, давшем начало миру, в первоначальном виде лучше, чем нынешняя».

Вновь воцарилось молчание. Наконец он произнёс:

«Не расскажи я тебе... об этом... о мисс Ла Мотт, ты никогда бы и не вернула мне первый список?»

«Не знаю. Наверное, нет. Как бы я смогла? Но ты рассказал».

«Значит, мисс Перстчетт отдала его тебе?»

«Она мне писала дважды, а потом сама сюда явилась».

«Она тебя не оскорбила?»

❧❀❧

Несчастная, обезумевшая женщина, с белым как мел лицом, нервически ходит по комнате в своих чистеньких поношенных ботинках, шурша невозможными юбками, которые все тогда носили, стискивает свои маленькие, сизые от прилива крови руки. Из-за очков в стальной оправе глядят голубые глаза, яркие, словно стеклянные осколки. Рыжеватые волосы. Оранжевые веснушки на бледной коже.

— Мы были так счастливы, миссис Падуб, мы принадлежали друг другу, мы были невинны.

— Ваше счастье меня не касается.

— Но ведь и ваше собственное счастье разрушено, его больше нет, осталась одна ложь!

— Прошу вас покинуть мой дом.

— Помогите мне, это же в ваших силах.

— Я сказала, покиньте мой дом.

❧❀❧

«Она говорила немного. Она была вне себя от злости и обиды. Я попросила её уйти. Она дала мне поэму как доказательство, а потом стала требовать обратно. Я ответила, что ей должно быть стыдно за своё воровство».

«Не знаю, что и сказать, Эллен... Я вряд ли ещё когда-нибудь увижу её... мисс Ла Мотт. Мы с ней решили... что только одно лето будем... что тем летом всё и закончится. Но даже будь по-иному... мисс Ла Мотт исчезла, бежала прочь...»

В его словах послышалась боль, она отметила это, но промолчала.

«Не знаю, как тебе объяснить, Эллен... но могу тебя уверить...»

«Довольно. Довольно. Не будем больше об этом никогда говорить».

«Ты, наверное, очень расстроена... гневаешься».

«Не знаю, Рандольф. Гнева у меня нет. Но я *не хочу больше ничего знать*. Никогда не будем об этом! Дело не о *нас с тобой*».

Правильно она поступила или нет, что не выслушала его? Она поступила сообразно со своей натурой, которая — так говорила она себе порою в порыве самобичевания! — бежит ясности, досказанности, прямоты.

Никогда прежде она не читала его переписки. То есть никогда вообще не проглядывала его бумаг из любопытства, праздного или нарочного, и даже ни разу не разбирала его почту по рубрикам или по датам. Ей, правда, доводилось по его просьбе отвечать на некоторые письма — послания читателей, почитателей, переводчиков и даже женщин, заочно в него влюблённых.

И вот однажды днём, в самый последний месяц, она отправилась наверх, в рабочую комнату, неся с собой в кармане оба письма, распечатанное и нераспечатанное, и стала просматривать содержимое его стола, чувствуя, как руки ей бьёт суеверным страхом. Поскольку был день, комната через окошко в кровле была залита холодноватым светом (это теперь, прощальной ночью, в этом окошке поблёскивают звёзды и проплывает лохматая тучка), а в тот день в раме была лишь пустая, ясная небесная синева.

Сколько здесь стихотворных черновиков; сколько живых, неровных стопок исписанной бумаги, подумала она тогда, всё это придётся взять на свой отчёт, — и прогнала эту мысль прочь, время ещё не настало.

Когда она нашла неоконченное письмо, то это было так, словно кто толкнул его к ней в руки. Оно было затиснуто в задней половине одного из ящиков, полного счетов и приглашений, впору потратить часы на розыски — в действительности же хватило нескольких минут.

Каждый год перед Днём всех душ[1] я тебе пишу, милая, потому что не могу не писать, хотя знаю — чуть не сказал: хотя знаю, что ты не ответишь, впрочем, и в этом, как ни в чём, я не могу нынче быть уверен вполне; но я не могу не надеяться: вдруг ты всё вспомнила иль, напротив, всё позабыла, что было бы для меня равно, лишь бы ты почувствовала желанье написать, дать небольшую мне весточку, снять часть той чёрной ноши, что огрузила мне плечи.

Честно и прямо прошу у тебя прощения за провинности, в которых меня обвиняет твоё молчанье, твоё закоснелое, чёрствое молчанье — и моя совесть. Прошу прощения за то, что необдуманно и стремглав полетел в Кернемет, вознадеявшись на удачу, что ты окажешься там, и не узнав прежде, дозволено ли мне явиться туда. Но более всего прошу я прощения за двуличие, с каким я по возвращении вкрался в доверие миссис Лийс, и за моё чудовищное поведение на достопамятном сеансе. С того времени я за это наказываем тобою, ибо не было дня, чтобы я не терзался раскаяньем.

Но достаточно ли ты вникла в состояние души, подвигнувшее меня на эти поступки? Ведь твои собственные поступки, отторжение меня — ставили под жестокое сомнение мою любовь к тебе, словно вся любовь моя была лишь актом жестокого принуждения, словно я действовал под стать какому-то бессердечному погубителю из новейшего мишурного романа, от коего погубителя тебе пришлось спасаться бегством, чтобы сохранить, собрать свою поломанную жизнь. Однако если ты со всей честностью — если ты на такую честность способна — вспомнишь, как всё было, как мы делали и решали всё вместе, то скажи мне, Кристабель: где жестокость, где принужденье? где недостаток любви и уважения к тебе — как к женщине и как к равному умом созданию? Что мы после того лета не могли продолжать, себя не бесчестя, наших отношений любовниками, было ясно нам обоим и о том было наше взаимное согласие, — но должно ли это служить причиной к тому, чтобы внезапно повесить тёмный полог, или даже, вернее, воздвигнуть стальной занавес, между днём прошлым и следующим? Я любил тебя безраздельно — тогда; сказать, что люблю тебя сейчас, не решусь, ибо такая любовь могла бы быть только романтической, чаятельной; а мы знаем, и ты, и я знаем слишком хорошо — будучи немалыми знатоками человеческой натуры, — что любовь гаснет, точно свеча под лабораторным стеклянным колпаком, если лишить её дыхания, воздуха, если не питать её, а задушивать. И всё же:

---

[1] День поминовения усопших, 2 ноября.

Хоть вздох последний испустить готова,
Твоим раденьем вспрянет к жизни снова[1].

Возможно, я говорю так лишь из удовольствия ввернуть кстати цитату. От которой лицо твоё озарилось бы улыбкой. Ах, Криста-бель, Кристабель, я вымучиваю из себя эти фразы, каждую с огляд-кой, прошу тебя войти в моё положенье и вспоминаю, как мы умели услышать мысль друг друга, уловить во мгновение ока, так что не было нужды оканчивать речи...

Но есть нечто, что я должен знать, и ты знаешь, о чём я. Я гово-рю «должен знать» и сознаю, до чего по-деспотски это звучит. Но я в твоих руках, и мне приходится умолять тебя рассказать мне... что стало с моим ребёнком? Он родился, он жил? Ты скажешь, как могу я спрашивать, не зная обстоятельств? Но как могу я не спра-шивать, ничего не зная? Я продолжительно беседовал с твоей ку-зиною Сабиной, она доложила мне лишь то, что было известно им в Кернемете — простое, очевидное, внешнее, — что исход неясен...

Пойми же, я отправился туда, в Бретань, влекомый любовью, желаньем помочь, беспокойством за твоё здоровье, — я жаждал по-заботиться о тебе, обустроить то, что можно обустроить... поче-му же ты отвернулась от меня? Из гордости? из страха? из чув-ства независимости? Или тебя внезапно обуяла ненависть от мыс-лей о том, сколь розен удел мужчин и женщин?

Но право же, мужчина, который знает, что у него был или есть ребёнок, но не знает ничего сверх того, заслуживает хоть немного жалости.

Но о какой жалости здесь можно говорить? Я заявляю наперёд: что бы ни сталось, ни случилось с этим ребёнком, я пойму всё, я при-му всё, только мне надобно знать! — самое худшее уже мною во-ображено... и прожито в моём сердце...

Ну ты же видишь, я не могу, не умею писать к тебе, такие пись-ма не могут быть отправлены; я посылаю тебе другие, более око-личные, скользящие мимо цели, а ты всё не отвечаешь на них, мой милый демон, моя мучительница... Не могу дальше.

Разве смогу я когда-либо забыть страшные речи, раздавшиеся на спиритическом сеансе?

«Ты сделал меня убийцей!» — это обращено было ко мне, и этого не взять вспять — каждый день в голове моей звучит это обвинение.

---

[1] Майкл Драйтон, сонет 61 из книги «Идея», посвящённый «былой любви».

«Нету ребёнка» — исторглось диким стоном из уст той глупой женщины, и чего здесь было более: хитрой догадки, нечаянного смысла или подлинного мыслечётства, — разве мне когда-нибудь дано будет узнать? Но пусть знаешь ты, Кристабель, — ты, которая никогда не прочтёшь этого моего письма, как и многих других — ибо словам не перейти бездны, — что я, невзирая на отвращение и страх, и на обязанности мои в этом мире, и на змея любви, ещё сжимающего мне сердце последними кольцами, знай, что я сам был близок к тому, чтобы сделаться убийцей, а вернее, самоуби...

Читая, она держала письмо за уголок брезгливо-боязливо — так обращаемся мы с неживой осой или скорпионом, укуса которых, даже расплющенных, почему-то страшимся. Она теперь же развела небольшой огонь здесь, в простом чердачном камине, и сожгла это послание, пошевеливая кочергой, помогая ему скорей обратиться в мягкие чёрные хлопья. Потом взяла нераспечатанный конверт и вертела в руках — не отправить ли следом, — но не могла решиться, и огонь в камине погас. С тем, неоконченным письмом всё понятно: ни она, ни Рандольф — ни получательница, Кристабель Ла Мотт, — не пожелали б сохранить его, полное неясных обвинений... кого и в чём, лучше вовсе не задумываться...

Она затопила камин основательней, дровами и несколькими кусками угля, и, зябкая, подсела в своём пеньюаре к решётке, ожидая, когда ровный отсвет ляжет на стену и займётся тепло.

Ложь, подумала она, ложь прошла трещиной через всё здание моей жизни. Ложь одолела.

Прежде она внушала себе упрямо, что её боязнь ясности, её готовность довольствоваться *приблизительностью*, вся *шарада* отношений с Рандольфом, которую она построила, — если не искупались, то, во всяком случае, сглаживались, уравновешивались её, как считала она, непреклонным стремленьем быть до конца честной *с собой*...

Рандольф был соучастником недомолвки. Она не знала, какого он мнения об их совместной жизни. Этого они никогда не касались в беседах.

Она не знала правды и не пыталась постичь, но порою у неё было ощущение, словно она стоит на глинистом склоне, готовом оползти вглубь оврага, расселины.

———

Она верила в крепость и истинность подспудного, неизре-
чённого и лелеяла в душе странный, причудливый образ, навеянный неким отрывком из «Принципов геологии» сэра Чарльза
Лайеля. Как-то давным-давно она читала вслух Рандольфу гла-
ву, приведшую его в восторг, о плутонической теории образования пород, но самой ей запомнился оттуда больше всего один
красивый отрывок, она списала его к себе в тетрадь:

> Таким образом, именно резкая своеобычность кристалличе-
> ских образований, таких как гранит, амфиболический сланец
> и им подобные, из самой сущности которых очевидно их
> происхождение, служит залогом того, что в них явлена ра-
> бота сил, действующих в подземных областях поныне. Эти
> кристаллические образования не относятся к прошлому по-
> рядку вещей, не служат памятниками первобытных периодов,
> несущими на себе слова и речения мёртвого языка в устаре-
> лой письменности, — но они учат нас той части живого языка
> природы, которую мы не можем усвоить лишь из ежедневно-
> го общения с тем, что происходит на обитаемой поверхности.

Эллен пленила мысль об этих твёрдых, кристаллических сущ-
ностях, что создаются *глубоко под* «обитаемой поверхностью»,
в подземном горниле, и не становятся памятниками, но пребывают «частью живого языка природы».

Я не вдаюсь ни в обычный, ни в истерический самообман —
так примерно говорила она себе в душе. Они дают мне веру и силу жить — это глубинное горнило и рождённые в нём кристал-
лы; главная жизнь происходит не на обитаемой поверхности,
значит, мною ничего важного не разрушено и сама я не исторг-
нута во тьму внешнюю.

Языки пламени в камине вдруг извилисто метнулись вверх.
Она вспомнила свой медовый месяц, как вспоминала время от
времени, с мучительной, пытливой осторожностью.

Воспоминания не были облечены в стройные слова, слов не
хватало, не находилось, и это добавляло ужаса. Она никогда ни
с кем не заговаривала о том, даже с Рандольфом, в особенности
с Рандольфом.

Всё ей помнилось зрительно, в картинках. Южные края, окно,
оплетённое густо виноградом, ещё какой-то ползучей зеленью,
жаркое летнее солнце на закате.

Сорочка из белого батиста, предназначенная для этих ночей, расшитая белым по белому: любовные бантики, незабудки и розы.

Тонкое, белое, дрожащее животное, она сама.

Сложно устроенное, нагое мужское существо. Похожее на быка и вместе на дельфина. Колечками закрученные волоски. Кожа влажно лоснится. Запах, резкий, грубый, будящий смятение.

Большая рука — тянется, добрая, но отбита шлепком, но отпихнута прочь, не однажды, а многажды.

Белое создание вырывается, забивается в угол, сидит там на корточках, задыхаясь, стуча зубами, кровь толчками бьётся в жилах, это опять она.

Передышка, великодушная отсрочка. Бокалы золотого вина, несколько дней райских пикников. Смеющаяся женщина в юбках бледно-голубого поплина восседает на камне посреди блескучей воды, красивый мужчина с бакенбардами снимает её с камня, декламируя Петрарку.

Новая попытка. На сей раз рука не отведена, не отбита. Сводит судорогой сухожилья, зубы стиснуты, сжаты до боли.

Приближение, запертый вход, страх панический, бегство в угол, рыдания, всхлипы.

Так не раз, а множество раз, снова, снова и снова.

Интересно, когда, в какой миг он начал понимать, что при всей своей мягкости и нежности, при всём терпении он ничего не добьётся, не добьётся никогда, что воздержание его удел?..

Ей не нравилось вспоминать его лицо тех дней, но она нарочно, чтоб быть честной с самой собою, вызывала виденье из памяти. Озадаченно нахмуренный лоб, нежность и недоумение в глазах, и всё оно вблизи такое большое, с выражением раскаянья о варварском нападении и смятения оттого, что отвергли.

Как терзалась она своей виной, как заискивала перед ним. Постоянное внимание, забота, лимонад, пирожные, лакомые кусочки. Она сделалась его любящей рабой. Трепетавшей от каждого его слова. *Он принял такую любовь.*

За это она его любила.

Он тоже любил её...

Она отложила письмо Кристабель в сторону.

«Что я буду без тебя?» — вырвался у неё вопль. Она тут же прикрыла рот рукою. Если сюда придут сестры, то драгоценная возможность размышлять в эту ночь с собой наедине будет потеряна. Сёстрам она тоже лгала, или полулгала, когда твердила застенчиво, что они с Рандольфом счастливы, очень счастливы, вот только Господь не дал им детей.

Та, другая женщина, в одном смысле была его настоящей женой. Матерью его ребёнка; хотя что сталось с этим ребёнком?..

Она поняла, что не желает знать содержимое письма. Здесь также лучше избежать ясности. Взгляни она хоть одним глазком на это письмо, оно сделается источником душевных мук, независимо от того, какие в нём вести — добрые или худые. Не ведать, не думать ни о чём...

Она поставила на стол чёрный лакированный ящичек для препаратов, со стеклянным сосудом внутри, а в нём два мешочка-вкладыша из особого промасленного шёлка. В один она положила браслет из волос, в котором уж не отличить прядей Рандольфа от её собственных, и, в отдельном маленьком голубом конверте, тонкую бледную косицу из часов Рандольфа. Затянула мешочек на шнурок. В другой мешочек поместила свои с Рандольфом любовные письма, связанные в стопку лентой, и нераспечатанное письмо Кристабель в продолговатом конверте.

Девушку двадцати четырёх лет нельзя заставлять ждать замужества до тридцати шести, до поры, когда давно уже минуло цветение юности.

Она вдруг вспомнила, как однажды, в дни своего пребывания в отцовском настоятельском доме при соборе, погляделась, нагая, в высокое зеркало. Ей тогда, наверное, было не больше восемнадцати. Маленькие стоячие груди с тёпло-коричневыми кружками. Кожа точно слоновая кость. Длинные волосы словно шёлк. Настоящая принцесса.

Драгоценная Эллен,
я не могу прогнать из головы — да и зачем бы мне так уж стараться её прогнать, если моё самое сокровенное желание в том и состоит, чтобы сделаться вместилищем одной чистой, жгучей мысли о Вас, — не могу прогнать из головы достопамятной картины, как Вы сидите предо мною в белом платье, среди розовых чайных чашек, на причудливом фоне садовых цветов — мальв, штокроз, дельфиниумов, —

за Вами реют все оттенки алого, синего, королевского пурпура — и все они лишь подчёркивают Вашу прелестную белизну. Вы улыбнулись мне сегодня так милостиво из-под полей Вашей белой шляпки с бледно-розовыми лентами. Я помню с необычайной живостью каждый бантик на платье, каждую мельчайшую складку; ах, как жалко, что я не живописец, а всего лишь поэт-воздыхатель, — иначе Вы узнали бы из моих полотен, сколь дорожу я малейшей подробностью.

Точно так же я буду дорожить — до самой смерти — увы, их смерти, а не моей, ведь моя смерть может последовать только спустя несколько столетий, одного столетья мне будет мало, чтобы любить и лелеять Вас, и целое долгое столетье, увы, должно будет пройти, пока я обрету такое право, — я хочу сказать, что буду дорожить, до самой их смерти, теми цветами, которые Вы подарили мне и которые красуются передо мною в изящной вазе голубого стекла, в час, когда я пишу эти строки. Более всего мне по сердцу белые розы — они ещё не распустились — и проживут здесь, меня услаждая, несколько десятилетий своей цветочной жизни, равных нескольким дням из эпохи моего затянувшегося, нетерпеливого ожидания. Цвет их, знаете ли, не прост, хоть и кажется поначалу таковым. В нём отчётливо присутствуют снежная белизна, сливки и слоновая кость. Но в сердце своём они ещё зелены — от собственной новизны, и от надежды, и от чуткого движенья в них прохладной растительной крови, которая обернётся легчайшим их румянцем, когда они распахнут свои лепестки. (Известно ли Вам, что старинные мастера, чтоб придать роскошной коже женщин на своих полотнах оттенок слоновой кости, писали её по зелёной основе, — странный и восхитительный оптический парадокс!)

Я подношу розы к лицу, я ими восхищён. Их покуда тихое благоухание таит обещание будущего торжествующего аромата. Я помещаю между их бутонами мой любопытный нос — стараясь ни в коей мере не повредить прекрасно-сморщенных лепестков! — я умею быть терпеливым, — день ото дня они будут всё заметнее расправляться — и наконец однажды утром я смогу зарыться лицом в их тёплую белизну. Играли Вы когда-нибудь в детстве в игру с огромными бутонами опийного мака — мы играли; мы отгибали чашелистики и разворачивали атласные, сложенные туго лепестки, разворачивали против их воли один за другим, и вскоре горделивое растение с алой головкой никло и погибало, — право, подобное испытательство *лучше предоставить Природе с её жарким солнцем, которое заставляет бутоны раскрываться гораздо успешнее.*

Я сочинил нынче больше 70 строк, памятуя о Ваших предписаньях не бездельничать и не отвлекаться по сторонам. Я пишу теперь о погребальном костре Бальдра — и жены его Нанны, чьё сердце разорвалось от горя, — и об отважном, но бесплодном путешествии Хермода Удалого, сына Одина, в Нифльхель, царство мёртвых, где просил он богиню Хель отпустить Бальдра назад. Всё это крайне, невыразимо интересно, дорогая Эллен, так как являет собою отважную попытку человеческого ума и воображения объяснить то великое, прекрасное и страшное, что извечно очерчивает пределы нашего существования, — восход и исчезновение золотого Солнца, приход цветения (Нанны) весной и её гибель зимою и, наконец, всеодолевающее упорство Тьмы, воплощеньем которой служит великанша Тёкк, отказавшаяся оплакать Бальдра, молвившая, что ни мёртвый, ни живой он ей не надобен. Разве не в этих сюжетах должна черпать вдохновение современная поэзия, если она желает стать великой, подобно тому как строилось на них мифологическое творчество наших праотцов?..

Однако поверьте, что гораздо охотнее я сидел бы теперь в некоем саду, принадлежащем к дому при соборе, — посреди зелени и белых роз — вместе с некой — хорошо знаю какой! — юной леди, одетой в белое, чьё чело сумрачно, но чья внезапная, солнечная улыбка...

Дальше Эллен читать не могла. Пусть они будут вместе с ним, эти письма, и дожидаются её *там.*

Она подумала, не положить ли в ящичек и гагатовую брошь из Уитби, но решила, что не следует. Брошь будет у неё на груди, когда траурная процессия отправится поутру в Ходершелл.

Она подбросила в камин угля и поставила несколько поленьев — поникшее было пламя ожило, встрепенулось, — и уселась вблизи и принялась за дневник, как всегда тщательно *процеживая* факты и события сквозь своё, правдивое сито. Как поступить с дневником, станет видно позднее. Он защита от стервятников и кладбищенских воров, но вместе и приманка...

Но для чего же так тщательно прятать в герметическом чёрном ларце эти письма? Сможет ли она, сможет ли *он* их читать в том далёком краю? Если последнее пристанище — не дом, а домовина, для чего защищать их, почему не оставить добычею крошечных, буравящих глину существ, всех этих слепых червей, что жуют невидимыми ртами и всё подвергнут очищенью, уничтоженью?

Я хочу, чтобы они *сохранились*, сказала она себе. Чтоб имели жизнь *полу-вечную*.

Но что, если кладбищенские воры откопают их вновь?

Тогда, может, воздастся по справедливости *ей*, а меня здесь не будет, и я этого не увижу.

Когда-нибудь, но ещё не теперь, надо собраться с духом, написать ей, сказать... сказать... что же?..

Сказать ей, что он почил *мирно*.

Надо ли?

И все глубинные кристаллические сущности, граниты, амфиболические сланцы, сумрачно просияли при мысли, что она не напишет, что послание будет складываться у неё в голове каждый раз по-иному, со смыслом, неуловимым, как Протей, и что после станет поздно для ответа, по приличьям, и вообще *слишком поздно*. Та, другая женщина может скончаться, и сама она может скончаться, они обе стары, время сжимается неумолимо.

Поутру она натянет чёрные перчатки, возьмёт с собою чёрный ларец и ветку белых тепличных роз, которые сейчас в доме повсюду и не имеют аромата, — и отправится сопровождать его в последнем, незрячем путешествии.

Предаю себя в Ваши руки...
В руки Твои...

ГЛАВА 26

Загадок нынче век. Пойди ко мне,
Любовь моя, скажу тебе загадку.

Есть место — всех поэтов ждёт оно.
Кто годы его ищет, кто наитьем
Находит сразу; кто в пути сражает
Сонм чудищ, кто туда в виденьи сонном
Проникнет. Тот порой от места в шаге,
Кто заперт в лабиринте; кто от смерти
Бежит иль от идиллии аркадской...

Там, в месте том, — сад, дерево и змей,
Свернувшийся в корнях, плоды златые,
И женщина под сению ветвей,
И травистый простор, и вод журчанье.

Всё это есть от веку. На краю
Былого мира, в роще заповедной
У Гесперид мерцали на извечных
Ветвях плоды златые, и дракон
Ладон топорщил самоцветный гребень,
Скрёб когтем землю, щерил клык сребряный,
Дремал, покуда ловкий Геркулес,
Его сразивши, яблок не похитил.

В иной дали, средь северных пустынь,
Где лёд железа крепче, но прозрачней
Стекла и вверх воздвигся острошипо,
Лежал град Фрейи, защищён стеной
От инеистых демонов Нифльхейма,
А в граде — сад с кипучею листвою
И светлыми плодами; в этот сад
Являлись асы, чтоб отведать яблок

Заветных вечной младости и силы.
Вблизи из тьмы рос Ясень-миродержец,
Чей корень грыз дракон свирепый, Ни́дхёгг,
Но жизнь не сякла в Ясене. Там тоже
Луга и воды были (видим сходство!):
Источник Урд, где будущее с прошлым
Мешалось, многоцветный, но бесцветный,
Недвижный иль играющий мятежно.

Сии места — не одного ли Места
Суть тени? Как деревья — тени Древа?
Мифическая тварь — не из пещер ли
Сознанья, из времён, когда скакали
На тяжких лапах ящеры средь древних
Болот, где не ступали человеки?..
А может, это тёмный дух, что нами
Владел и изгнан был? Или его
Измыслили мы сами, чтоб жестокой
Дать имя нашей хитрости, гордыне,
Желанью мучить стебель живоносный?

Назвали Место и назвали мир
Те люди, что вначале жили, сами
Создав слова, как первые поэты:
Сад, дерево и *змей* (или *дракон*),
И женщина, и яблоки, и злато...
По имени вещь обретала облик.
Два имени смешавши, получили
Метафору, иль истину двулику, —
Яблоки злата, яблоки златые —
Плод умозренья. Следом чередою
Пришли иносказания: на водах
Чешуйки ряби — это чешуя
На теле змея; ярколистных веток
Изогнутость — змеистая — напомнит
Прелестных рук — змеящихся — движенья;
Под тайным и змеящимся покровом —
Зелёный мох; в укромных нишах крон —
Шары златые — маленькие солнца.
Итак, всё больше *различались* вещи,
В глазах, в уме змеясь, переплетаясь.
И люди, жившие поздней, узрели

Связь целого с частями, блеска связь
Проворного — с хищеньем, умыканьем.
И стала возникать легенда Древа
Растущего в сияньи одиноком.

Мой друг, мы это Место создаём,
Созданьями сознанья населяем:
Дриадами и ламиями, сонмом
Драконов, мелюзин. Мы сотворим
Смятенье там, тоску и ликованье,
Трагедию и тайну. Мы прибавим,
Отнимем, усложним, умножим. Купы
Пусть будут кущи райские, на ветки
Мы райских птиц посадим. А ручей,
По нашей воле став кровавым, вскоре
Очистится по нашему же слову
И побежит по ложу самоцветов —
Но прочь их унесёт, коль пожелаем, —
Простой песок останется, копящий
Извечно память о воды движеньях.

Я вижу Древо грузным и корявым,
С корой шершавой, с узловатым комлем.
Ты — стройным светочем сребристым, с кожей
Коры, с ветвей руками. В лабиринте,
Где в тупиках тернистых ждёт погибель,
Лежит то Место, или средь пустыни,
Где человек бредёт вослед миражам —
Что тают словно лёд на жарком солнце,
Иль словно пена, кружево прибоя,
На зыбистом песке, — и вдруг увидит,
От жажды умирая, это Место,
Но в подлинность его едва ль поверит...

Загадка — ложь, но правда — ей отгадка.
Мы вызываем Место в бытие
Иль нас оно?..

Р. Г. Падуб, из поэмы «Сад Прозерпины»

Роланд спустился по знакомым ступеням ко входу в квартиру и уже готовился отпереть дверь, как его окликнули сзади. На
него смотрела, перегнувшись через перила, крупная женщина
в фартуке.

— Куда это вы, мил человек? Там никого нету.

— Я там живу.

— Неужто? А где вы были, когда её забирали? Два дня она валялась, под ящиком почтовым. Без сил, без голоса, ну хоть бы пискнула. Спасибо, я приметила, бутылки с молоком не тронуты, давай звонить в службу соцобеспечения. Увезли её в больницу Королевы Марии...

— Я был у друзей в Линкольне. Вы про мою хозяйку, про миссис Ирвинг?

— Ну да. Удар у ней приключился, упала и бедро заодно поломала. Я вот думаю, не отключили электричество? В квартире вашей. Они ведь знаете какие.

— Я ненадолго... — начал Роланд, но тут в нём проснулась осторожность лондонца: не навести бы нечаянно воров, — и он решил не уточнять. — Я отсюда съеду, как только подыщу другую квартиру.

— Кошек не боитесь?

— В каком смысле?

— В таком, что сладу с ними нет. Приехала за ней «скорая», они давай мяукать, шипеть — а потом все на улицу как выскочат!.. С того, почитай, дня и орудуют у нас в окру́ге, шарят по мусоркам, слоняются под окнами, а уж орут, орут!.. Я звонила в общество бездомных животных: мол, приберите эту живность. Обещали чего-нибудь сделать, но обещанного, сами знаете... В доме, надеюсь, никакую не заперли. Так и посыпались на улицу, ровно клопы из мешка. Дюжина, не соврать...

— Боже мой!

— Чувствуете, как весь двор провоняли?

Роланд принюхался: да, тот же запах, навсегда связанный с чувством неудач, с жизнью затхлой и закоснелой, — но теперь этот запах ещё более рьян.

В квартире, как и всегда, было темно. Он нащупал выключатель в прихожей, повернул — лампа зажглась — и в тот же миг обнаружил, что стоит на кипе нераспечатанных писем, большей частью мягких от сырости, и все эти письма адресованы ему. Он собрал их и пошёл по комнатам, зажигая свет. Ранний, тёмнобарвинковый вечер стоял за окнами. Где-то мяукнула кошка, и другая, подальше, отозвалась ей кратко, но истово.

— Слушай тишь! — сказал он вслух.

И мгновенно вокруг его голоса собралась эта тишь, столь густая, что впору усомниться — говорил ли ты вовсе.

В прихожей, в ярком свете, на него словно выпрыгнул портрет кисти Мане. Голова отрисована густой тенью, лицо с резкими чертами исполнено раздумья; глубоко посаженные глаза глядят куда-то за Роланда, глядят с навеки застывшей в них спокойной пытливостью. Из всей репродукции современный электрический светильник особенно явственно выхватил мазки таинственного свечения в глубине хрустального шара, что лежит на столе перед Падубом. Да ещё — тонкие блики, переливы отражённого света у него за спиной, на стеклянном обиталище папоротников, на аквариумной бледной воде. Мане, должно быть, подходил совсем близко и внимательно вглядывался, чтобы подлинно запечатлеть живой свет, который полнил глаза этого человека, тогда живого, а нынче — давно уж покойника.

А напротив — иной Падуб, работы Дж. Ф. Уоттса, своей дивной серебрif́ной головою, казалось, парил по-над складчатой, столпообразной и тёмной пустотой еле выписанного сюртука, и его взгляд, устремлённый на Роланда, был взглядом пророка или древнего ястреба, что узрел пред собой живое, созерцанья достойное существо.

Оба Падуба были одним и тем же, узнаваемым человеком, но притом полностью отличались друг от друга; их разделяли годы — годы и духовные эпохи. Угадывалось лишь единство личности.

Роланд некогда воображал их частями самого себя. Но насколько сильно успел он с ними сжиться, он понял только теперь, когда осознал, как бесконечно они от него отдалены и насколько он к ним *непричастен*, — ни поворотом головы, ни малейшею чёрточкой, ни зернинкою света в зрачках они для него не постижимы.

Он зажёг обогреватель в прихожей и газовые рожки в гостиной и, усевшись к себе на кровать, принялся за письма. Одно было от Аспидса, он сразу же положил его под низ стопки. Ещё были счета и открытки от путешествующих приятелей. Три письма, кажется, представляли собой ответы на его очередные запросы о работе. Иностранные марки. Гонконг. Амстердам. Барселона.

Уважаемый доктор Митчелл!

Счастлив Вам сообщить, что Комиссия по английскому языку и литературе рекомендовала нам предложить Вам должность лектора по курсу английской литературы в Гонконгском университете. Должность первоначально предоставляется сроком на три года, по истечении которых будет рассмотрен Ваш отчёт и контракт может быть продлён.

Жалованье составляет...

От всей души надеюсь, что Вы сочтёте возможным принять это предложение. Позвольте высказать моё восхищение Вашей монографией «Строка за строкой», посвящённой творчеству Р. Г. Падуба, которую Вы направили нам вместе с заполненной анкетой. Льщу себя надеждой когда-нибудь обсудить с Вами это талантливое сочинение.

Просим ответить по возможности быстро, так как конкурс на данную должность довольно высок. Мы пытались связаться с Вами по телефону, но по Вашему номеру никто не отвечает...

Уважаемый доктор Митчелл!

Счастливы Вам сообщить, что Ваша кандидатура на должность лектора в Свободном университете Амстердама рассмотрена и одобрена. К обязанностям надлежит приступить с октября 1988 г. Хотя бóльшая часть Вашего преподавания будет на английском, предполагается, что Вы, в течение двух лет с момента заступления на должность, овладеете основами голландского языка.

Будем признательны, если Вы ответите без задержки. Профессор де Гроот просил меня передать Вам его исключительно высокое мнение о Вашей работе «Строка за строкой», посвящённой языковым особенностям произведений Р. Г. Падуба...

Уважаемый доктор Митчелл!

С большим удовольствием сообщаю Вам, что Ваша кандидатура на должность лектора Независимого университета Барселоны рассмотрена и принята, и имею честь предложить Вам контракт, вступающий в силу с января 1988 г. Мы бы особенно желали усилить нашу программу по литературе XIX в. Ваша монография о творчестве Р. Г. Падуба была прочитана нами с настоящим восхищением...

Привыкший чувствовать себя неисправимым неудачником, Роланд оказался не подготовлен к столь дружному успеху. Незнакомое дыхание занялось в груди. Грязная комнатёнка всколыхнулась, перевернулась в сознании, и теперь, словно отодвинувшись куда-то прочь, мнилась уже не удушающей клетушкой, не узилищем, где приходится коротать дни, но каким-то своеобычным, занятным даже местечком. Он принялся перечитывать письма. Мир приотворился перед ним. Он вообразил самолёты, и каюту на пароме из Харвича в Хук, и купе в скором ночном поезде с парижского Аустерлицкого вокзала на Мадрид. Живо представились ему каналы Амстердама и полотна Рембрандта; средиземноморские апельсиновые рощи, постройки Гауди* и работы Пикассо; джонки, скользящие под сенью небоскрёбов, и нечаянно приоткрывшаяся дверца в таинственный, запретный Китай, и лучи восходящего солнца над гладью Тихого океана. И он стал думать о монографии с тем же первым жарким волнением, с каким некогда набрасывал её план. Развеялось как дым то мрачное самоуничижение, в которое повергла его Мод своим блеском, своей теоретической подкованностью. Три профессора выразили восхищение его работой! Как верно подмечено: человек уверяется в собственном существовании, лишь когда его видят другие! Ни буковки, ни крючочка не изменилось в написанном — но изменилось всё! Поспешно, пока мужество его не оставило, он распечатал письмо Аспидса.

Уважаемый Роланд!

Я несколько обеспокоен тем, что вот уж довольно долго не имею от Вас никаких известий. Надеюсь, со временем Вы изыщете возможность встретиться и рассказать мне о переписке Падуба и Ла Мотт. Возможно, Вам даже будет небезынтересно узнать, какие шаги предприняты к сохранению «нашего национального достояния». Хотя не уверен, что Вас это заботит (учитывая Ваше непонятное — во всяком случае, для меня — поведение в этом деле).

Пишу я Вам теперь, однако, не за этим и не за Вашим отсутствием (о коем Вы не удосужились объясниться) на рабочем месте в Британской библиотеке, а исключительно потому, что мне пришлось принять ряд срочных телефонных звонков касательно Вас: от профессора де Гроота из Амстердама, от профессора Лиу из Гонконга, от профессора Вальверде из Барселоны. Все они готовы принять Вас на соответствующую должность. Мне бы не хотелось, чтобы Вы упустили эти возможности. Я заверил их, что Вы ответите немедленно, как только вернётесь, и что в настоящее время

Вы не связаны обязательствами ни перед кем. Но чтобы защищать Ваши интересы, мне нужно хотя бы приблизительно знать Ваши планы.

Надеюсь, Вы в добром здравии.

Ваш

Джеймс Аспидс

Читая эти скрытые сарказмы, Роланд так и слышал шотландский раскатистый, жёлчный голос Аспидса и в какой-то миг даже воспылал раздражением, однако тут же себя одёрнул: возможно, это очень великодушное письмо, во всяком случае куда более доброе, чем он, Роланд, заслуживает. Если, конечно, за письмом не стоит какой-нибудь макиавеллиевский план — завоевать доверие беглеца и затем его благополучно растерзать. Маловероятно; грозное, мстительное чудовище, обитавшее в сумрачном подземелье Британского музея, в свете новых событий кажется во многом плодом его собственного, Роландова, воображения. Прежде Аспидс держал его судьбу в руках и как будто ничем не желал помочь. Теперь же у него появилась возможность навсегда освободиться от Аспидса — и сам Аспидс ничуть не препятствует этому освобождению, напротив, усиленно помогает. Роланд снова, задним числом, начал себя вопрошать: а почему он вообще утаил находку от Аспидса, почему убежал? Частично из-за Мод — открытие наполовину принадлежало ей, ни один из них двоих не мог делиться с кем-то третьим, не предавая товарища. Но сейчас лучше вовсе не думать о Мод. Не сейчас, не здесь, не в этом контексте...

Беспокойно он стал расхаживать по квартире. Не позвонить ли Мод, не рассказать ли ей о письмах? Нет, пожалуй, не стоит. Лучше побыть здесь одному, обо всём хорошенько подумать...

В какое-то время ему прислышался снаружи странный звук — кто-то или что-то тихонько попиливало... или поскрёбывало... словно хотело пробраться внутрь. Роланд напряг ухо, насторожился. Скрябанье то умолкало, то раздавалось опять. Потом вдруг донёсся не менее странный голос, прерывистый, жалобно-детский. На миг у Роланда похолодело в груди, но тут же он вздохнул облегчённо: ну конечно, это кошки колобродят у входа! Из садика раздался истовый кошачий вопль, и ответом ему был другой, более отдалённый. Роланд рассеянно подумал: интересно, каково число этих кошек и что теперь с ними будет?..

Он размышлял о Рандольфе Генри Падубе. Погоня за перепиской, приблизившая к жизни Падуба-человека, отдалила его от Падуба-поэта. В дни своей невинности Роланд не был ловчим, а был читателем и поэтому чувствовал себя выше Мортимера Собрайла, чувствовал себя в некоем смысле равным самому Падубу или, во всяком случае, связанным с Падубом, ведь именно для него, для умного, прилежного читателя слагались эти стихи и поэмы. Что ж до писем, то они обращены были не к Роланду и не к кому-то ещё, а исключительно к одной Кристабель Ла Мотт. Их обретение обернулось для Роланда потерями... Он извлёк подлинники черновиков того, самого первого письма из надёжного места (толстой папки с надписью «Заметки о VI Песне Энеиды») и снова перечёл.

Милостивая государыня!
Мысли о нашей необычной беседе не покидают меня ни на минуту...

Милостивая государыня!
Я то и дело возвращаюсь в мыслях к нашей приятной и неожиданной беседе...

И снова он вспомнил тот день, когда эти потемневшие от времени листки выпорхнули из тома Вико. Читальный зал, тикают часы, в лучах солнца кружат пылинки, он раскрывает чёрный том Вико из библиотеки Падуба, хочет найти связь между описанием Прозерпины у Вико и изображением Прозерпины в знаменитой поэме Р. Г. П. ...

Повинуясь безотчётному порыву, он поднялся с кровати, взял с полки свой почитанный томик Падуба, раскрыл на «Саде Прозерпины»...

На книжных страницах писатель способен при помощи слов создать — или, по крайней мере, воссоздать — чувство наслаждений, которые несут нам еда, питьё, разглядывание красивых вещей, жаркая плоть. Во всяком романе есть свой непременный *tour-de-force*: золотистый, в крапинках зелени омлет *aux fines herbes*[1], плывущий на солнце, словно сливочное масло, и имеющий

---

[1] С пряными травами *(фр.)*.

вкус лета, или нежно-кремовое бедро, упругое и тёплое: стоит чуть ему отставиться, как мелькает горячая влумина в кольчиках волосков. Однако о чём, как правило, редко пишут писатели, так это о столь же живом и жгучем наслаждении от чтения. Тому есть очевидные причины. Самая простая: наслаждение словом по природе своей сродни погружению в бездонную пропасть, где не на что опереться; это наслаждение *убывчиво*, будучи направлено обратно в свой источник, — слово воспевает силу и прелести слова, а за вторым словом притаились ещё какието слова, и так *ad infinitum*[1]. Воображение трудится, но рождает лишь что-то сухое, бумажное, нарциссическое и вместе с тем неприятно отдалённое, исчезает та первичность, какая заключена в живом — в увлажнившейся влумине или в душистой червлёности доброго бургундского. И всё же есть особые натуры, подобные Роланду: в состоянии головокружительной ясности, сладостного напряжения чувств пребывают они именно тогда, когда в них, склонённых над книгой, пылает и ведёт их за собою наслаждение словом. (Кстати, до чего же изумительное это слово — «головокружительный»! Оно подразумевает и обострение мыслительных и чувственных способностей, и нечто противоположное; оно разом охватывает и мозг, и внутренности: хотя *кружится* в голове, но *холодеет, мутит* под ложечкой, причём первое неотделимо от второго, как хорошо известно любому из нас, ведь всякий испытывал хоть однажды это странное двуединое ощущение.)

Так подумайте обо всём этом, как думал Роланд, перечитывая «Сад Прозерпины», вероятно, по двенадцатому, если не по двадцатому разу. Эту вещь он *знал отменно*: то есть все её слова были давным-давно им перечувствованы, перепробованы на вкус, в том порядке, в каком они шли в поэме, и в порядке ином, какой им порою сообщала вольная память, или какой им навязывался расхожими цитациями, не всегда добросовестными; больше того, он разумел сквозное их следование и, *предчувствуя наизусть* скорое или только ещё брезжущее появление, повторение того или иного слова, сцепления слов, напрягался в счастливо-коротком, расслаблялся в более долгом, но тоже счастливом ожидании. Подумайте, только подумайте: автор писал своё сочинение в одиночестве, и читатель прочёл его в одиночестве, но таким об-

---

[1] До бесконечности (*лат.*).

разом они оказались наедине друг с другом! Впрочем, возможно, и автор писал наедине с кем-то ещё, например со Спенсером: блуждал по страницам «Королевы фей» и, войдя в сад Прозерпины, вдруг встретил там золотые яблоки, светло блещущие средь сумрачно-пеплистого места?[1] Или, может быть, автор умственным зрением — интересно, у этого зрения есть ли *глазное яблоко*? — увидел золотые плоды Примаверы или узрел Потерянный Рай, побывал в том саду, где Ева напоминала и Помону, и Прозерпину?[2] Значит, автор, сочиняя, находился один и одновременно не один, ему пели голоса, слова одни и те же — *золотые яблоки*, или *яблоки злата*, — но на разных языках, из совсем разных мест — из ирландского ли замка, из какого ли ещё небывалого дома, со стенами упругого камня, с круглыми и тусклыми глазами-оконцами...

Бывает чтение по обязанности, когда знакомый уже текст раскладывают на части, препарируют, — и тогда в ночной тишине призрачно раздаются странно-мерные шорохи, под которые роится серый научный счёт глаголов и существительных, но зато не расслышать голосов, поющих о яблочном злате. Другое, слишком *личное* чтение происходит, когда читатель хочет найти у автора нечто созвучное своему настроению: исполненный любви, или отвращения, или страха, он рыскает по страницам в поисках любви, отвращения, страха. Бывает иногда — поверьте опыту! — и вовсе *обезличенное* чтение: душа видит только, как строки бегут всё дальше и дальше, душа слышит лишь один монотонный мотив.

Однако порою, много, много реже, во время чтения приключается с нами самое удивительное, от чего перехватывает дыхание, и шерсть на загривке — наша воображаемая шерсть — начинает шевелиться: вдруг становится так, что каждое слово горит и мерцает пред нашим взором, ясное, твёрдое и лучистое, как алмазная звезда в ночи, наделённое бесконечными смыслами и единственно точное, и мы знаем, с удивляющей нас самих неодолимостью, знаем прежде, чем определим, почему и как это случится, что сегодня нам *дано постичь* сочинение автора по-иному, лучше или полнее. Первое ощущение — перед нами текст совершенно новый, прежде не виданный, но почти немедленно оно

---

[1] Э. Спенсер. Королева фей (книга II, песнь VII, строфы 51–54).
[2] Дж. Мильтон. Потерянный рай (книга V).

сменяется другим чувством: будто всё это было здесь всегда, с самого начала, о чём мы, читатели, прекрасно знали, знали неизменно, — но всё же только сегодня, только сейчас *знание сделалось осознанным*!..

Роланд читал — или перечитывал — «Сад Прозерпины» именно так; слова были точно живые существа или вещие звёзды. Он видел воочию — древо, плод, источник, женщину, травистый простор, змея, единственного и явленного во множестве сходственных форм. Он слышал голос Падуба, неподражаемый, узнаваемый безошибочно, но чувствовал также, как своею собственной волей ткётся, плетётся узор языка, неподвластный отдельному человеку, будь то поэт или читатель. Он услышал, как Вико говорит: первые люди были поэты, первые слова были именами вещей и одновременно вещами; а потом услышал и свои *списки слов*, странные, бессмысленные, но единственно возможные, которые составлял в Линкольне и сейчас вдруг понял, для чего они. А ещё он понял: Кристабель — Муза и Прозерпина, и в то же время никакая не Муза, не Прозерпина, — и эта мысль показалась ему до того интересной, до того удачно всё объясняющей, что он громко, радостно засмеялся. Падуб отправил его в этот таинственный путь, и в конце пути ждала его всё та же путеводная нить, с которой он начал, и всё, разом теперь отринувшись, обрело завершение: черновик письма Р. Г. П., переписка, Вико, яблоки, *списки слов*...

✿❦✿

В саду они вопили, бросая голос ввысь,
Отчаянье и голод в их голосе слились...

✿❦✿

Небольшая фотография посмертной маски Рандольфа Падуба у него над столом была *двусмысленной*. Эту выпуклую маску можно было вдруг увидеть вогнутой, как форму для отливки: щёки, и лоб, и пустые глазницы с надбровьями представали особенно рельефными, и сам ты, словно актёр, смотрел сквозь эту маску. Но стоило вернуться в зрители — и ты снова оказывался свидетелем последнего акта драмы... На фронтисписе томика была ещё одна фотография — Падуб на смертном одре: облако белых волос, выражение усталости в зыбкий миг между видимостью жизни и наступлением смерти...

Теперь, внезапно, все Падубы — двое неживых, с фотографий, и двое живых (сдержанно-чувственный интеллектуал Мане и пророк Уоттса) — сделались едины (притом что Мане остался Мане, а Уоттс — Уоттсом), — едины как слова: *дерево, вода, трава, змей, золотые яблоки*. Прежде Роланд воспринимал ипостаси Падуба как розные части самого себя и успел сжиться с их розностью. Помнится, он разговаривал с Мод о современных теориях раздробленной личности, которая образована противоборствующими системами верований, желаний, языковых представлений, биологических стимулов. Но нынче, хотя ни одна из этих ипостасей не была настоящим Р. Г. П., он постиг подлинного, целостного Падуба. Он трогал письма, листки бумаги, к которым прикасался поэт, и видел, как летает над ними, отвергая и поправляя мысль, та самая, стремительная, но не чуждая сомнений рука. Он глядел на поэму и видел в ней горячие ещё, огненные следы слов.

Нельзя сказать, что Падуб удостоил его личной беседы, — просто Роланду случилось в особое время быть там, где звучал голос поэта, и внимать ему, и этот голос поведал, что *списки слов* обладают силой, это слова, дающие вещам имена, это язык поэзии.

А ведь всю жизнь Роланда учили, что язык, в сущности, бессилен, не умеет передать реальности, выражает лишь себя самого...

Он снова стал думать о посмертной маске. Маска мёртвая, как мёртв и человек, с которого её сняли, но... маска живёт, и Падуб живёт. Унылая мысль о том, что словами ничего не передать, померкла перед жгучим, радостным, любопытным — *как, какими словами попробовать?..*

Он почувствовал сильнейший голод. Направляясь к буфету за консервированной кукурузой, снова услышал кошек, как они мяукают и скребутся у дверей. Он обследовал припасы — у них с Вэл имелась целая стопка рыбных консервов: жили экономно, консервами в основном и питались. Он открыл банку, выложил рыбу на блюдечко и, поставив на пол в прихожей, отворил дверь наружу. Отовсюду на него воззрились кошачьи морды: гладко-чёрные, худые, тигровые, с пушисто-совиными бакенбардами, золотоглазые... был какой-то котёнок, серо-дымчатый... и был старый, матёрый рыжий кот... Роланд вышел за порог и позвал, как звала обычно миссис Ирвинг: «Киська, киська...» Несколько мгновений кошки колебались, навострив уши, чутко поводя носом, ловя в воздухе маслянисто-рыбный аромат. Потом крадучись несколько самых смелых прошмыгнули мимо него внутрь... какая-то минута — и сардин как не бывало: две головы толкались у блюдца, жадно подъедая остатки, отпихивая друг друга, а позади другие тощие, извилистые тела норовили пробраться вперёд... слышался вопль кошачьей досады... Роланд вернулся к буфету и открыл остальные банки, и выложил их содержимое на блюдца, и поставил блюдца в ряд. С верхней улицы по ступенькам ринулись беззвучные лапы; зубы, острые точно иглы, рвали рыбью плоть; самые ловкие, уже наевшиеся, увивались, мурлыча, у его ног, и крошечные искры электричества срывались с их шерсти. Роланд глядел на кошек — пытался сосчитать, сколько ж их. Пятнадцать? Так и есть, пятнадцать! И кошки тоже смотрели на него: каких тут только не было глаз — прозрачно-зелёные, как стекло, коричневато-жёлтые, просто жёлтые, янтарные... в свете лампочки остро стояли вертикальные зрачки...

«Почему бы, собственно, не выйти в сад?» — подумал Роланд. Он вошёл обратно в подвальную квартиру (несколько кошек неслышно увязались за ним), пересёк её широким шагом. Вот и запретная дверь. Он раскрыл шпингалеты внизу и вверху, насилу расшевелив их ржавость. Стопки газет лежали под дверью («Источник пожароопасности!» — говаривала Вэл, указывая на них пальцем) — пришлось отшвырнуть их в сторону. Замок был автоматический «американский», Роланд повернул колёсико, нажал на ручку, толкнул... Резко повеяло ночным воздухом — холодным, влажным, земляным. Роланд шагнул за порог. Кошки выскользнули за ним и бежали впереди. Он поднялся наверх по ступеням, обогнул каменный выступ (дальше начиналось то, чего нельзя видеть из окна) — и очутился в узком садике, под деревьями.

Весь октябрь шли дожди; траву устилали влажные листья, но некоторые из деревьев были ещё зелены. Деревья вздымали свои чёрные причудливые руки, отчётливо рисуясь в розоватой дымке уличного фонаря, которая не смешивалась с тьмою, а лишь накладывалась на неё призрачно. Когда он прежде думал о саде, не имея возможности туда попасть, воображению представлялось обширное пространство, где царит и дышит листва, где настоящая, живая земля ложится под ногу. Теперь он здесь наяву, и всё оказалось небольшим, если не сказать маленьким, но таинственность сохранилась, благодаря почве и растениям. Персиковый шпалерник пластался по извилистой стене красного кирпича, той самой, что некогда ограждала поместье генерала Фэрфакса. Роланд приблизился и потрогал кирпичи, на славу обожжённые и на славу уложенные, крепкие поныне. Эндрю Марвелл служил при Фэрфаксе секретарём и сочинял стихи в генеральских садах. Роланд сам не мог понять, отчего чувствует сегодня такое счастье. Что этому счастью причиной — вновь ли увиденные черновики писем Падуба, поэма ли о Прозерпине? Или будущность, внезапно распахнувшаяся перед ним? А может, это счастье от уединения, которого он желал порой столь отчаянно и которого был лишён?.. Он направился по тропинке, вдоль стен, в конец сада, где пара фруктовых деревьев заслоняла вид на соседний участок. Стоя у границы ночных владений, он бросил взгляд назад через лужайку, на унылый дом. Кошки от него не отставали. Они крались следом по траве, то змеисто пробираясь из тени деревьев в свет, то снова пропадая на время в тень, и шубки их то лоснились серебристо, то мнились чёрным бархатом. Глаза их мерцали — полые, красноватые шары с синеватой искрой посредине; но само мерцание было зелёным и мелькало во мраке лежачими запятыми. И он почему-то был так рад видеть кошек, что стоял и смотрел на них с глупой улыбкой. Он вспоминал годы, проведённые в их вони, в подвальной пещере, где их моча сочилась с потолка, но теперь, покидая их навсегда — да, в том, что он уезжает из Патни, сомнений нет! — он испытывал к ним что-то вроде приязни, дружеской приязни. Завтра нужно будет позаботиться о их будущем. Но это завтра...

Нынешней ночью он начал думать особыми словами, слова являлись из неведомого колодца в душе; те *списки*, что заносил он давеча на бумагу, превратились в стихи: «Посмертная маска», «У генерала Фэрфакса стена...», «Есть некие кошки...». Он слышал, чувствовал, почти даже видел, как голос, не вполне знакомый — его собственный голос! — плетёт узор музыки и смысла. Эти первые стихи не подходили ни под один из видов лирики, которые он обычно мысленно выделял: ни тщательная зарисовка, ни поэтическая молитва-заклинание, ни размышление о жизни и смерти... здесь причудливо смешаны исконные элементы первого, второго и третьего... Вот, кажется, ещё одно стихотворение, «В колыбели кошачьих теней...», он только что подглядел, как рождаются, как бродят ночные тени, об этом стоит написать. Завтра нужно купить новый блокнот и всё туда занести чин по чину. А сегодня сделать хотя бы беглые заметки, чтоб было на что опереться памяти...

У него было достаточно времени, чтобы ощутить: время — неслиянно, есть *до* и есть *после*. Какой-нибудь час назад стихов не было в помине, а теперь они шли не унимаясь, живые и настоящие.

ГЛАВА 27

Мы в неком состоянии души
Жизнь пожираем собственную; в жажде
Знать *продолженье* — запускаем руку
В наш закром малый времени, покоя.
Мы пуще пищи алчем — *окончаний,*
Проведать облик целого, строенье
Той сети, чьи бывают звенья слабы
Иль крепки, а узор — хитросплетен
Иль груб и примитивен, в неуклюжих
Узлах, неровных петлях. Мы проворно
Идём, при свете любопытства, жадно
Ощупывая звенья, позабывши,
Что это — наши путы. Нас сквозь время
Влечёт заветный зов: «А *там? а дальше?*» —
К развязке ожидаемой. Нам нужно
Её подробно знать — кинжал иль пуля?
Иль эшафот (и поцелуй прощальный)?
Фанфары ль битвы? Шорох ли чуть слышный
На смертном ложе? Только... не едино ль?..
Конец един — наступит потрясенье,
За коим потрясений нет, и нас...
Чего ж мы ищем: просто ли скончанья
Всем помыслам, гордячествам, порывам?
Или мгновенья, полного блаженством
Познанья смысла, пусть затем *престанем,*
Подобно мотыльку, что в брачном танце
Своё находит счастие и гибель?..

Рандольф Генри Падуб

Совещание в Мортлейке происходило в невероятной атмосфере, весёлой и заговорщической. По приглашению Беатрисы

Пуховер собрались у неё в доме (Мортлейк — место загородное, неприметное, удачное по конспиративным соображениям, вряд ли оно в поле внимания Собрайла). Беатриса испекла пирог с луком и сливками, приготовила салат из овощей и зелени и шоколадный мусс, то есть всё то, чем в былые времена потчевала студентов. Пирог и мусс, к радости хозяйки, получились весьма аппетитными. Всецело сосредоточившись на срочном и главном — угрозе от Мортимера Собрайла, — Беатриса совершенно не уловила лёгкой напряжённости между гостями, не расслышала обиняков и недомолвок.

Первой появилась Мод. Вид у неё был суровый и озабоченный; волосы спрятаны под тем же зелёным шёлковым платком, заколотым брошью чёрного янтаря с русалочкой. Встав в углу комнаты, она принялась внимательно изучать фотографический портрет Рандольфа Генри Падуба в серебряной рамке. Портрет располагался там, где женщины обычно держат фотографию отца или любовника, — на небольшом секретере. Это был не седокудрый мудрец последних лет жизни, а более раннее изображение, с шапкой тёмных волос и дерзким взглядом, — не поэт-викторианец, а прямо какой-то флибустьер. Мод приступила к семиотическому анализу. Всё имело своё особое значение. Увесистые литые завитки рамки, выбор из многих изображений Падуба именно этого. Глаза поэта словно встречаются с твоими — пристальный взгляд из тех времён, когда ещё не знали моментальных снимков. Но самое интригующее и многозначительное — Беатриса предпочла портрету Эллен портрет самого поэта!..

Вслед за Мод в дверь позвонили Вэл с Эваном Макинтайром. Беатриса не совсем поняла смысл этого сочетания. Раньше, время от времени, она видела Вэл в Падубоведнике, та заходила, бывало, к Роланду и пялилась угрюмо из-под чёлки на исконных обитателей подземелья. Беатриса отметила про себя новое, слегка вызывающее сиянье, исходившее от Вэл, но благодаря своему научно-целеустремлённому уму не имела обыкновения думать о нескольких задачах сразу и поэтому не стала подыскивать объяснения непонятному феномену. Эван похвалил Беатрису за присутствие духа и находчивость, с какой она подслушала тайные намерения Мортимера Собрайла и доложила о них, и заявил, потирая руки, что «дело обещает быть чрезвычайно увлекательным». Всё это вкупе с успехом пирога и мусса приободрило мисс Пуховер, которая поначалу, встречая гостей, казалась подавленной и полной тревоги.

Затем порог переступил Роланд и, не перекинувшись ни словом с Мод, завёл длинный разговор с Вэл о каком-то полчище одичавших кошек: как их лучше прокормить и кто позвонит в Общество помощи бездомным животным. Беатриса не расслышала молчания, повисшего между Роландом и Мод, и попросту не могла знать, что Роланд утаивает новости о Гонконге, Барселоне, Амстердаме.

С Аспидсом Беатриса сама связалась по телефону и сообщила ему вполне обыденным тоном, что доктор Бейли и Роланд Митчелл будут у неё — обсудить некоторые вопросы, связанные с перепиской Падуба и Ла Мотт, а также с возможными действиями профессора Собрайла, о которых она, Беатриса, недавно прознала. Открыв дверь последнему из ожидаемых гостей, Беатриса слегка опешила: Аспидс прибыл не один, а со спутницей.

— Позвольте представить вам профессора Леонору Стерн, — объявил Аспидс смущённо, но не без тайного удовольствия.

Леонора, в пурпурной шерстяной накидке с капюшоном, отороченной косицами из чёрных шёлковых нитей, в чёрных китайских шароварах и шёлковой алой гимнастёрке русского покроя навыпуск, была нынче особенно великолепна.

— Надеюсь, вы не против, что я заявилась? — отнеслась она к Беатрисе. — Обещаю никого не обижать, не притеснять. У меня в этом дельце собственный научный интерес.

Беатриса чувствовала, что её круглое лицо, обычно такое послушное, отказывается расцвести приветственной улыбкой.

— Ну пожалуйста! Я буду вести себя тихо, как мышка. Могу поклясться любой клятвой — я здесь не затем, чтоб тайно или явно умыкать рукописи. Дайте мне только почитать эти треклятые письма одним глазком...

— Я думаю, профессор Стерн может быть нам очень полезна, — заверил Аспидс.

Беатриса открыла дверь наверх, и все гуськом по узкой лесенке взобрались в гостиную второго этажа. Беатриса заметила сложное молчание, наступившее за сухим кивком Аспидса в сторону Роланда, но уловить и тем более понять смысл долгих молчаливых объятий Леоноры и Мод (в которых растаяли объяснения и упрёки) оказалась не в силах.

Рассевшись вдоль стен комнаты, кто в кресле, кто на стуле, принесённом с кухни, с тарелками на коленях, они приступили к совету. Первым слово взял Эван Макинтайр. Сначала он объяснил, что присутствует здесь в качестве юридического консультанта Мод. Мод, по его мнению, является наследницей прав собственности на письма Ла Мотт и прав на их публикацию; что же касается писем Падуба, то оригиналы тоже принадлежат Мод, но право на публикацию остаётся у наследников Рандольфа Падуба.

— Обычно письма, в их оригинальном физическом виде, принадлежат получателю, а литературные права сохраняются за отправителем. Но в случае с данной перепиской совершенно ясно, что Кристабель Ла Мотт просила вернуть её письма и Рандольф Падуб уважил эту просьбу. Роланд и Мод видели письмо Падуба при возвращении переписки. Мне удалось найти официальный юридический документ — завещание Кристабель Ла Мотт, подписанное и засвидетельствованное по полной форме. Этим завещанием она оставляет *все* свои рукописи Майе Томасине Бейли, которая доводилась Мод прапрабабкой. Теперешний настоящий наследник, конечно, отец Мод, который живёт и здравствует. Однако все предыдущие рукописи, поступившие по завещанию к его прабабке и в конце концов доставшиеся ему, он передал Мод, та поместила их на хранение в Информационный центр факультета женской культуры в Линкольне. Мод пока не сообщила отцу о найденном завещании, но, насколько ей известно, отец не проявляет интереса к газетным сообщениям, что профессор Собрайл предлагает за переписку огромные деньги сэру Джорджу Бейли. А сэр Джордж между тем свято уверен, что именно он законный владелец писем. Мод говорит, вероятность того, что её отец пожелает продать письма в Стэнтовское собрание, ничтожно мала. Особенно если он узнает, что дочь хочет сохранить эти документы для англичан... Вы, наверное, спросите, как обстоит дело с авторскими правами. Авторские права защищаются с момента публикации на протяжении жизни автора плюс пятьдесят лет. В случае если публикация посмертная, срок действия прав составляет чистых пятьдесят лет со дня публикации. Поскольку переписка никогда не публиковалась, права принадлежат потомкам авторов писем. Как я уже сказал, рукописи — собственность получателей, авторские права — отправителей. Не совсем ясно, как смотрит на развитие событий лорд Падуб. Но доктору Пуховер удалось узнать, что Собрайл обработал молодого наследника лорда Падуба, Гильдебранда, и тот пообещал отдать ему в Америку и письма, и права.

— Собрайл — ужасная личность, и его методы добывания материалов зачастую бесчестные, — сказал Аспидс, — но Полное собрание писем Падуба под его редакцией основано на большой исследовательской работе. Было бы мелочностью и скряжничеством препятствовать публикации переписки в авторитетном стэнтовском издании. Хотя останься эти письма у нас в стране, теоретически можно было бы лишить его доступа к ним. С другой стороны, Гильдебранд, скорее всего, никому, кроме Собрайла, не даст готовить письма к изданию. Неразрешимая коллизия. Правда, пока ещё есть сам лорд Падуб. Он может договориться, чтобы сперва вышло особое британское издание, и только потом дать Собрайлу доступ к письмам. Скажите, мистер Макинтайр, как по-вашему, стоит ожидать долгих юридических баталий с сэром Джорджем Бейли?

— Ну, если учесть его всем известную воинственность и его обладание письмами *de facto*, то, пожалуй, стоит, — ответил Эван.

— А лорд Падуб, кажется, серьёзно болен?

— Да, насколько мне известно.

— Позвольте тогда спросить доктора Бейли. Стань вы обладательницей оригиналов всей переписки, что бы вы с ней сделали?

— Наверное, говорить об этом преждевременно. Я даже боюсь сглазить... ведь письма ещё не мои, и неизвестно, станут ли моими... Но... окажись они и вправду у меня... если такое представить... я бы, конечно, ни за что не продала их за границу. Естественно, письмам Ла Мотт лучше всего быть у нас в Информационном центре. Не самое надёжное и охраняемое место, но все другие вещи Кристабель — вы же знаете, она из нашего рода — уже давно хранятся там. С другой стороны, зная содержание переписки, жалко отрывать письма Ла Мотт от писем Падуба. Две части переписки не могут существовать отдельно друг от друга. И не только потому, что они образуют последовательный, так сказать, сюжет. Они гораздо прочнее связаны друг с другом... Они *нерасторжимы.* — При этих словах Мод быстро взглянула на Роланда и тут же перевела глаза на фотографию Падуба слева от него, которая как бы разделяла Роланда и Вэл.

— Если бы вы продали их Британской библиотеке, — сказал Аспидс, — то вырученные деньги пошли бы на пользу вашему Центру.

— Сами письма и есть лучший капитал для Центра, — возразила Леонора. — Тогда в Линкольн станут приезжать учёные со всего мира.

— А мне хочется, чтобы у леди Бейли появилась новая коляска на электрическом ходу, — вступил Роланд. — Леди Бейли нам очень помогла. При её состоянии такая коляска необходима.

Все тут же устремили своё внимание на Роланда.

Мод, покраснев до кончиков ушей, ответила ему слегка гневно:

— Как будто я про это сама не думала! Если письма действительно окажутся у меня, можно продать Британской библиотеке половину, тогда нам хватит на коляску.

— Хватить-то хватит, но не вышвырнул бы нас сэр Джордж вместе с этой коляской...

— Ты что же, хочешь, чтоб я *подарила* ему письма?

— ʼЭтого я не говорил. Просто нужно найти способ...

Аспидс, с незлой усмешкой наблюдавший, как между двумя «первооткрывателями» разгорается ожесточённый спор, произнёс:

— Позвольте узнать, а как вы вообще напали на эту переписку?

Все посмотрели на Мод. Та посмотрела на Роланда.

Это был момент нелёгкого откровения. А также — момент *изгнания* тех сил, которые обладали душами Роланда и Мод.

— Я читал Вико. В Лондонской библиотеке. Экземпляр, принадлежавший Падубу. В переводе Мишле, — принялся объяснять Роланд, с трудом подбирая слова. — И оттуда стали вылетать всякие бумаги. Счета из бумажной лавки, заметки на латыни, пустячные записки, приглашения. Я, разумеется, доложил профессору Аспидсу. Одного только не рассказал — что там были ещё два черновика, два разных начала одного и того же письма к неизвестной женщине... в письмах не было имени. Но из содержания можно было понять, что познакомились они на завтраке у Крэбба Робинсона. Я предпринял кое-какие разыскания... и наткнулся на имя Кристабель Ла Мотт. Я поехал к Мод в Линкольн разузнать побольше про Кристабель — кто-то мне рекомендовал к ней обратиться... ну да, Фергус Вулфф, — я понятия не имел, что Мод имеет к Кристабель какое-то родственное отношение. Мод показала мне дневник Бланш Перстчетт. Потом мы стали вместе думать, какие такие сокровища могут таиться в Сил-Корте. Как-то раз мы прогуливались мимо, просто *смотрели на дом издали*... и случайно познакомились с леди Бейли. Она за нас замолвила словечко сэру Джорджу, и тот повёл нас на экскурсию в башенку, где жила в старости Кристабель. Там в комнате были куклы, несколько старинных кукол. Мод вспомнила стихотворение Ла Мотт про куклу, которая хранит тайну. Стала по наитию искать в кукольной кроватке... там был такой ящичек под матрасом, вроде как у настоящей кровати... В нём и оказались письма... две стопки...

— А леди Бейли прониклась расположением к Роланду... он ведь спас ей жизнь, а вам сейчас не сказал из скромности... и она потом написала ему письмо, пусть, мол, приезжает ещё раз, *поизучает* письма и даст ей совет, что с ними делать дальше... и мы поехали туда вдвоём в Рождество...

— Прочитали переписку, сделали заметки...

— Тогда Роланд и предположил, что Ла Мотт могла быть вместе с Падубом в Йоркшире в тысяча восемьсот пятьдесят девятом году, когда он ездил изучать морскую фауну...

— Мы отправились в Йоркшир и обнаружили... много *текстовых подтверждений* того, что оба поэта там были... йоркширские словечки и йоркширские пейзажи в «Мелюзине»... ещё есть одна очень важная строка, которая повторяется и у Падуба, и у Ла Мотт. В общем, мы практически уверены, что Кристабель была в Йоркшире с Падубом...

— Время перед самоубийством Бланш Перстчетт — как раз после гипотетической поездки в Йоркшир — во всех биографиях Ла Мотт отмечено пробелом. Известно, что она дома отсутствовала, но где именно была — неизвестно. И вот мы случайно прознали, что она гостила у родственников в Бретани...

— Как же, случайно... — обиженно проворчала Леонора.

— Прости меня, Леонора. Я готова повиниться во всеуслышанье. Я действительно воспользовалась письмом, которое тебе прислала Ариана Ле Минье. Но иначе поступить я не могла: это была чужая тайна — Падуба... и Роланда. Во всяком случае, так мне тогда казалось... Ариана дала нам фотокопию дневника

Сабины де Керкоз, и мы прочли, что в Бретани у Кристабель родился ребёнок... дальше следы этого ребёнка теряются...

— А потом появились вы и профессор Собрайл, и мы бежали обратно домой, — кратко закончил Роланд.

— И тут как по волшебству возник Эван с завещанием, — прибавила Мод и замолчала.

— Видите ли, я хорошо знаком с юристом сэра Джорджа. У меня с ним общая лошадь, — счёл нужным пояснить Эван, чем немало озадачил Беатрису.

— Теперь нам известно, что поэма «Духами вожденны» направлена против дружбы Ла Мотт со спиритками, и в особенности с Геллой Лийс, — важно объявил Аспидс. — И что Ла Мотт присутствовала на том злополучном сеансе, который Падуб бесцеремонно нарушил. Я бы даже высказал весьма *дерзкую* догадку: Падуб пришёл в неистовство оттого, что ему показалось, будто Кристабель пытается разговаривать со своим мёртвым ребёнком, то есть с *его* мёртвым ребёнком.

— А мне ещё кое-что известно, — сказала Леонора, — благодаря одной моей приятельнице, тоже идейной феминистке. Она работает на факсе в Стэнтовском собрании, и вот что она мне сообщила. Собрайл недавно запросил по факсу копию письма Ла Мотт к его прапрабабке Присцилле Пенн Собрайл. Той самой, которая была вся из себя спиритка, социалистка, феминистка и к тому же исследовательница животного магнетизма. Так вот, в этом письме Кристабель всё кается в какой-то вине.

— В связи с чем у нас возникают два... нет, три основных вопроса, — сказал Аспидс. — Первый: что стало с ребёнком, выжил он или нет? Второй: что, собственно, надеется найти Собрайл, на чём основывается его надежда, на каких фактах? И третий вопрос, последний: что стало с теми оригиналами черновиков, из-за которых и заварилась эта каша?

Все снова посмотрели на Роланда. Он вытащил из кармана бумажник и из самого надёжного места в бумажнике извлёк и бережно развернул листки.

— Да, я их взял, — вздохнул Роланд. — Сам не знаю почему. Конечно, я не собирался их присваивать навсегда. Вообще не понимаю, что в меня тогда вселилось, какая-то непонятная сила мной руководила. Так легко было их взять, так велик был соблазн... мне показалось, это моя находка и больше ничья... ведь никто к ним до меня не притрагивался с того самого дня, как он положил их в Вико, то ли вместо закладки, то ли просто забыл. Обязательно нужно их вернуть обратно. Чьи они, кстати, кому принадлежат?

Ответил Эван:

— Если том Вико был в своё время передан в библиотеку по договору дарения или по завещанию, то письма, вероятно, принадлежат библиотеке. А права на их издание — лорду Падубу.

— Если вы доверите их мне, они вернутся на место и никто не станет задавать лишних вопросов, во всяком случае вам, — обещал Аспидс.

Роланд встал с кресла, пересёк комнату и вручил Аспидсу заветные листки. Тот принял их и, как ни старался сохранить спокойствие, не мог удержаться, чтобы не разгладить бумагу любовно, с невольным выражением собственника на лице, и тут же не залетать глазами по строчкам, легко разбирая знакомый почерк.

— Вы, надо заметить, проявили немало изобретательности в этом деле, — сказал он Роланду сухо, но с оттенком похвалы в голосе.

— Одно потянуло за собой другое.

— Да уж.

— Ну ладно, всё хорошо, что хорошо кончается, — сказал Эван. — Немножко напоминает развязку шекспировской комедии. Как зовут парня, что появляется на качелях в последней сцене «Как вам это понравится»?

— Гименей, — ответил Аспидс с едва заметной улыбкой.

— Или напоминает сцену в конце детективного романа, когда окончательно становится ясно, кто какую роль играл. Что до меня, то я всегда мечтал быть Альбертом Кэмпионом[1]. Мы пока ещё не разобрались с нашим злодеем. Давайте послушаем отчёт доктора Пуховер.

— Значит так, — сказала Беатриса. — Они пришли ко мне в кабинет и стали смотреть конец дневника Эллен Падуб, то есть не самый конец, а описание кончины Падуба. Там упоминается похожий на ларец ящичек. Этот ящичек всегда очень интересовал профессора Собрайла. Вы понимаете, о каком ящичке речь. О том самом, какой был в целости и сохранности во время захоронения Эллен, вы, наверное, помните. Я отлучилась на время,

---

[1] *Альберт Кэмпион* — детектив, персонаж романов Марджори Эллингем (1904–1966).

пошла в туалетную комнату... кстати, это был день, когда, кроме меня, никого на работе не было, ни вас, профессор Аспидс, ни Паолы... Путь, как вы знаете, неблизкий, до самых раздевалок и обратно... и вот прихожу я назад, а они меня не ждали и не слышали шагов, зато я услышала их разговор. Собрайл говорит — я, конечно, не ручаюсь дословно, но у меня хорошая память на слова, и мне от волнения прямо так в душу и врезалось, — говорит так: «Несколько лет придётся держать это дело в секрете, только два человека будут знать тайну — вы да я, — а потом, как наследство отойдёт к вам, пусть всё это *возникнет из небытия*. Можно изобразить, будто случайно нашли, будто вы перебирали старые вещи, ну и наткнулись. И я бы всё приобрёл у вас совершенно по-честному». А Гильдебранд Падуб ему в ответ: «Я имею полное моральное право взять то, что лежит в ящичке. Хоть средь бела дня. И плевать на викария». Собрайл сказал: «Конечно имеете. Но этот викарий, Дракс, обязательно стал бы чинить препоны, не человек, а заноза. И ваши глупые английские законы тоже не подарок. Вести раскопки в местах захоронений запрещено, требуется особое разрешение епископа. А даст ли его епископ-то? Нет, мы не можем рисковать, пускать на самотёк». Гильдебранд не уймётся, повторяет: «Это моя законная собственность». Тогда профессор Собрайл ему заметил, что это собственность не только Гильдебранда, но и всего цивилизованного человечества. А сам он, Собрайл, готов стать «секретным опекуном» этой собственности. Гильдебранд начал хихикать, мол, уж очень всё это напоминает проделки, какие устраивают в Хеллоуин. Но профессор Собрайл сказал ему этак сурово, что это не проделка, что нужно подготовиться лучшим профессиональным образом и желательно провести операцию как можно скорее, так как он, Собрайл, должен отбыть к себе в Нью-Мексико... Я слушаю и думаю, может, мне покашлять, как-то обнаружить моё присутствие — вдруг они меня заметят за полками. Я этак тихонько отступила назад, а потом изобразила *шумно*, словно только ко вхожу.

— Думаю, он способен на ограбление могилы, — проронил Аспидс.

— Ещё как способен! — подтвердила Леонора. — У нас в Штатах про него ходят разные нехорошие слухи. Будто бы исчезали из маленьких краеведческих музеев антикварные вещи, редкости из редкостей: отданная в заклад галстучная булавка Эдгара

Аллана По, записка Мелвилла к Готорну... Моя подруга почти уговорила потомка приятельницы Маргарет Фуллер продать письмо, где Маргарет рассказывает про свою встречу с английскими писателями во Флоренции, как раз накануне рокового отплытия на родину, в Америку, — не письмо, а *кладезь* для феминисток, — но тут появился Собрайл и готов был заплатить любую цену, да, так и сказал, плачу, сколько пожелаете. Ему, однако ж, отказали. На другой день стали искать оригинальчик, а его как корова языком слизнула. Так след потом и не отыскался. Насчёт Собрайла есть мнение, что он вроде тех мифических миллионеров, что заказывают ворам кражу знаменитых полотен — желают иметь «Мону Лизу» или «Едоков картофеля», и не копию какую-нибудь, а то самое, единственное на свете полотно.

— Он чувствует себя *в своём праве*, потому что любит эти вещи до страсти, — проницательно заметил Роланд.

— Эк вы мягко изволили выразиться, — процедил Аспидс, поглаживая краешек оригинала письма Падуба. — Значит, мы можем предположить, что у него в Стэнтовском собрании есть тайный музей в музее, личный его музей, этакий заветный шкапчик, к которому людям путь заказан, а сам он открывает его в глухую полночь и впивает в себя сокровища...

— Вот-вот, примерно такие слухи, — сказала Леонора. — А слухи, они на то и есть, чтобы носиться в воздухе и цвести пышным цветом. Но в данном случае молва, кажется, имеет под собой основание. История с письмом Фуллер, например, совершенно правдивая.

— Как же нам его остановить? — спросил Аспидс. — Сообщить в полицию? Пожаловаться в Университет Роберта Дэйла Оуэна? Попытаться прижать его к стенке? От жалобы в университет ему ни жарко ни холодно. Да и к стенке его не припрёшь — не из пугливых. С полицией и вовсе нелепая затея — у них нет людей, чтоб несколько месяцев кряду сторожить могилу. Даже если мы его теперь остановим, он изящно отойдёт в сторону, а позже улучит момент и... Депортировать его из страны мы не можем...

— Я позвонил к нему в гостиницу, — сказал Эван. — Он отсутствует. Я притворился, будто я его поверенный и должен передать срочную информацию. Где, мол, его можно найти. Мне со скрипом сообщили. Потом позвонил в загородный дом Гильдебранда. Того тоже нет дома. Я тем же манером разведал, где он.

Что характерно, местонахождение этих джентльменов совпадает! Гостиница «Одинокая рябина» в Северных Холмах. В окрестностях Ходершелла, хотя и не то чтобы рукой подать, около мили.

— Нужно поставить в известность Дракса, викария! — воскликнул Аспидс. — Хотя... какой толк. Он ненавидит всех падубоведов без исключения и всех поэтствующих паломников заодно.

— Позвольте предложить идею, — сказал Эван. — Пусть это на первый взгляд и отдаёт мелодрамой а-ля Кэмпион, но мне кажется, мы должны застигнуть его во время преступного деяния и *отобрать у него*... что бы он там ни нашёл.

Радостный ропот пробежал по комнате. Беатриса, однако, спросила:

— А нельзя ли его застигнуть во время деяния, прежде чем он осквернит могилу?

— Теоретически можно. Но практически... — Эван усмехнулся. — Надёжнее дождаться, а потом взять под опеку то, что он извлечёт... если там вообще что-нибудь есть.

— Значит, по-вашему, он думает, что развязка истории находится в этом ящичке? — сказала Вэл. — А с чего он, собственно, это решил? Может, там и нет ничего? Или есть, но не то.

— Да, сомнений тут немало. Собрайл, наверное, тоже сомневается. — Аспидс помедлил. — Но что ни говори, эта переписка, эти новые факты... все мы оказались немного в дураках, с нашими прежними оценками и рассуждениями о жизни Р. Г. П. Среди стихов, написанных после тысяча восемьсот пятьдесят девятого года, нет ни одного, в котором не отразился бы тем или иным образом роман с Ла Мотт... требуется *серьёзнейшая переоценка*. В частности, в совершенно ином свете предстаёт его враждебность к спиритам и к спиритизму.

— Ла Мотт всегда считали поэтом лесбийско-феминистского направления, — включилась в обсуждение Леонора. — Она действительно... исповедовала... но теперь оказывается, у неё были и другие интересы.

— И «Мелюзина» предстаёт в ином свете, — добавила Мод, — если пейзажи в ней рассматривать как частично йоркширские. Я перечитала всё заново. Слово «ясень» там встречается не единожды и — смею утверждать! — всегда неспроста.

— И всё-таки, — сказал Эван, — как мы намерены одолеть гробокопателей? Мы ведь для этого собрались.

— Я мог бы, конечно, воззвать к лорду Падубу... — произнёс Аспидс с некоторым сомнением.

— У меня план получше, — решительно проговорил Эван. — Нужно приставить к Собрайлу соглядатаев, *наблюдать за каждым его шагом.*

— И как же это устроить?

— Если верны предположения доктора Пуховер, они намерены вскрыть могилу *в самое ближайшее время.* Пусть двое из нас остановятся в той же гостинице... те двое, кого он не знает в лицо. Тогда можно в критический момент вызвать на подмогу остальных... или, если обстоятельства потребуют, выйти против него в одиночку, проследить за ним до кладбища, остановить его машину, предъявить какой-нибудь документ вроде ордера, лишь бы выглядел посолиднее. Мы с Вэл могли бы стать соглядатаями. У меня сейчас как раз небольшой отпуск... Профессор Аспидс, у вас ведь есть на руках документ, запрещающий вывоз бумаг Падуба за границу, вплоть до особого решения Комитета по культурно-историческому наследию.

— Только бы остановить этого негодяя, чтоб он не потревожил их покой!.. — молитвенно произнесла Беатриса.

— Да, документ я выправил, — сказал Аспидс задумчиво. — Однако интересно, что же всё-таки в этом ларчике...

— И если там что-то есть, то для кого оно там положено? — спросила Мод.

— Помните, я вам говорила: она ведёт вас за собой и нарочно сбивает с толку, — сказала Беатриса. — Она хочет что-то сообщить, но только наполовину. Не случайно, ох не случайно она пишет про ящик. Не случайно говорит, что лично положила его в могилу...

Вэл и Эван удалились первыми, парочкой. Роланд взглянул на Мод. Но та попала в руки к Леоноре, вступила с ней в горячую беседу — и вот уже Леонора бросилась обнимать подругу, всем видом показывая, что прощает ей всё. Роланд вышел на улицу вместе с Аспидсом, они зашагали по мостовой.

— Я виноват. Прошу прощения.

— Вообще-то, вас можно понять.

— Мною что-то овладело. Я сделался точно одержим. Захотел всё узнать. Сам.

— Вам известно о предложенных вам должностях за границей?

— Известно, но я ещё не решил...

— У вас на раздумья одна неделя. Я лично для вас её выпросил. Напел всем, какой вы умный и талантливый.

— Спасибо, профессор.

— Себе говорите спасибо. Мне и вправду понравилась ваша монография «Строка за строкой». Хорошая, добротная работа... У нас, кстати, появился новый источник финансирования. Некий шотландский благотворительный фонд, возглавляемый юристом, который без ума от Падуба. Так что у меня есть для вас целая исследовательская ставка. Если, конечно, желаете... Ну что смотрите так изумлённо? Не похож я на того злодея, каким вы меня воображали?

— Я никак не могу решить, что мне делать. Хочу ли вообще дальше заниматься наукой.

— Как я уже сказал, у вас неделя в запасе. Захотите посоветоваться, взвесить «за» и «против», заходите на работу.

— Спасибо. Обязательно приду. Вот только немного соберусь с мыслями.

ГЛАВА 28

Гостиница «Одинокая рябина» стоит примерно в миле от селения Ходершелл, укрывшись в ложбине при одном из отрогов Северных Холмов. Здание XVIII века, под замшелой сланцевой кровлей, вытянутое, невысокое, сложено из местного кремняка и облицовано тем же сланцем. Фасадом оно выходит на дорогу, которая — хотя и расширенная, с современным покрытием — петляет, как и встарь, меж холмов, почти лишенных растительности. В миле от гостиницы, если пересечь эту дорогу и двигаться вверх по длинной полузаросшей тропе, находится ходершеллская церковь XII века постройки. Она приземиста, имеет толстые каменные стены и кровлю также сланцевую и увенчана непритязательной звонницей с флюгером в виде летящего дракона. И гостиница, и церковь отделены от селения отрогом холма... В «Одинокой рябине» двенадцать номеров: пять в старинной фасадной части, остальные семь — в современной пристройке позади главного здания, сооруженной из того же местного материала. К гостинице примыкает сад со столиками и деревянными качелями для летних постояльцев. «Одинокая рябина» значится во всех брошюрах для туристов, под рубрикой «Где можно вкусно поесть».

Пятнадцатого октября гостиница была полупуста. Погода держалась не по-осеннему теплая — даже деревья не торопились сбрасывать листву, — однако сырая. Заняты были только пять номеров. В двух помещались Мортимер Собрайл и Гильдебранд Падуб. Собрайл расположился в лучшей комнате, над прекрасной, массивной парадной дверью, с окнами на тропу, ведущую к церкви. Гильдебранд Падуб — по соседству. Они жили в «Рябине» вот уже неделю, ежедневно совершая долгие пешие прогулки по окрестностям; от непогоды их защищали высокие сапоги, непромокаемые куртки и ветровки. Мортимер Собрайл раз или два обмолвился в полумраке бара — облицованного деревом, с золотыми проблесками латуни и с тёмно-зелёными плафонами редко разбросанных светильников, — что подумывает купить где-нибудь поблизости дом и поселяться в нём на месяц-другой в году для литературных занятий. Он нанёс визит нескольким агентам по купле-продаже недвижимости, посетил ряд домо-владений, выказав изрядные познания в лесном деле и интерес к бесхимикатному сельскому хозяйству.

Накануне Собрайл и Падуб побывали в ближнем городке Летерхеде, в юридической конторе Деншера и Уинтерборна. На обратном пути заехали в магазин садового инвентаря и приоб-рели за наличные несколько лопат и вил различного рода, самых крепких, а также киркомотыгу. Всё это они погрузили в багажник «мерседеса». В тот же день пополудни они совершили прогулку к церкви, как всегда запертой от вандалов, побродили вокруг, разглядывая могильные плиты. У входа на маленькое кладби-ще, обнесённое крошащейся от времени чугунной оградой, висе-ла табличка, гласившая: «Наш приход Св. Фомы относится к объ-единению из трёх приходов, где викарием преподобный Перси Дракс. Св. причастие и утренняя молитва — в первое воскресе-нье каждого месяца, вечерняя молитва — в последнее».

— Мне не доводилось встречаться с этим Драксом, — сказал Гильдебранд Падуб.

— Пренеприятный тип, — отозвался Мортимер Собрайл. — Общество любителей поэзии города Скенектади принесло в дар этой церкви чернильницу, которой Падуб пользовался во время поездки по Америке. А заодно и несколько экземпляров книг, надписанных для американских почитателей, с вклеенной фото-графией автора. Дали и стеклянную витрину для этих реликвий. Что же сделал Дракс? Поместил витрину в *самый темный* угол церкви, набросил на неё кусок пыльного сукна — и никаких над-писей, никакой информации. Случайный человек и внимания не обратит.

— Случайному человеку в эту церковь всё равно не по-пасть, — заметил Гильдебранд Падуб.

— Что верно, то верно. Особенно Дракс злится, когда иссле-дователи или просто любители творчества Падуба просят от-крыть церковь, чтобы почтить память поэта. Его главный аргу-мент — он не раз упоминал это в письмах ко мне: церковь — дом Божий, а не личная усыпальница Рандольфа Генри Падуба. Хотя *не понимаю*, отчего ей не быть и тем и другим.

— А вы не пробовали перекупить эти вещицы?

— Пробовал, бесполезно. Я даже пытался попросить их во временное пользование, также за очень приличную сумму. Книги с надписями американским читателям уже имеются в Стэнтовском собрании, но чернильница — вещь уникальная. А он отвечает, мол, к сожалению, условия договора дарения не предусматривают передачи дара другим лицам. В пересмотре же условий он совершенно не заинтересован. Редкостный брюзга и зануда.

— А может, заодно умыкнуть и чернильницу с книжками? — сказал Гильдебранд и визгливо рассмеялся.

Мортимер Собрайл нахмурился.

— Я не банальный вор, — молвил он сурово. — Меня волнует ящик, о содержимом которого можно лишь догадываться. Страшно подумать, что пока мы будем хлопотать о разрешении вскрыть могилу, чтоб извлечь бумаги на свет божий, они попросту сгниют в земле. И мы *никогда не узнаем ценность*...

— Вы хотите сказать, цену?

— С ценой всё просто. Цена зависит от меня.

— А значит, будет немалой... — произнес Гильдебранд полуутвердительно-полувопросительно.

— Безусловно. Даже если в ящичке ничего нет. Отрицательный результат тоже результат, душа будет спокойна. Однако чутьё мне подсказывает: *там что-то есть.*

Собрайл и Падуб ещё пару раз обошли церковное кладбище: тихое, английское, отовсюду капает за ворот. Захоронения сделаны в основном в XIX веке, однако встречаются более ранние и более поздние могилы. Рандольф и Эллен упокоены на краю погоста, под сенью небольшого зелёного бугра, на котором растут древний кедр и ещё более древний тис, растут и заслоняют этот тихий уголок от глаз людей, следующих по тропинке к дверям церкви. За могилой — невысокая кладбищенская ограда, за оградой — чистое поле с низко скошенной травой. Несколько сонных овец... Да ручеёк, делящий пополам этот нехитрый пейзаж... Кто-то уже поработал лопатой у ограды и аккуратно сложил нарезанные зеленые куски дерна. Гильдебранд насчитал тринадцать штук.

— Один для головы, два ряда для туловища... Я тоже умею так снимать дёрн. Научился на своей лужайке, люблю за ней ухаживать. Как думаете, нам потом... привести могилу в порядок, чтобы никто ничего не заподозрил?

Подумав, Собрайл ответил:

— Стоит попытаться. Аккуратно положим дёрн на прежнее место, присыплем листвой или чем там ещё. Авось трава успеет прирасти, пока кто-нибудь глазастый не заметит. Да, так и сделаем.

— А может, запутать следы? Подкинем пару ложных улик, чтобы думали, будто могилу вскрыли сатанисты. Справляли, мол, свою чёрную мессу... — Гильдебранд даже фыркнул от удовольствия и опять рассмеялся тонко и визгливо. Собрайл посмотрел на толстое, розовое лицо компаньона и ощутил приступ брезгливости. Поскорей бы избавиться от общества этого примитивного субъекта, но, увы, придётся ещё потерпеть.

— Нет, лучше, чтобы никто ничего не заметил. Любой другой вариант — *не в нашу пользу*. Если обнаружится, что могила потревожена, могут вспомнить о нашем наезде. Сопоставят. При таком раскладе придётся разыграть святую невинность. Ведь даже если мы заберём ящичек, никто не сумеет *доказать*, что он там был. Пускай вскрывают могилу, проверяют. Но этого не случится. Дракс не допустит. Однако ещё раз повторяю: наш девиз — незаметность.

На пути к кладбищенским воротам Собрайл и Падуб миновали двух других посетителей, мужчину и женщину, одетых в зелёные стёганые куртки и резиновые сапоги, для защиты от всепроникающего дождя; как это свойственно англичанам, они почти сливались с окружающим ландшафтом. Пара, по-видимому молодожёны, внимательно разглядывала скульптурные изваяния смеющихся херувимов и ангелов-младенцев на двух высоких покосившихся плитах. Пухленькие ножки маленьких небожителей опирались на подножие из черепов. «Доброе утро», — произнёс Гильдебранд особым тоном сельского аристократа. «Доброе утро», — точно так же отозвалась пара. Никто ни на кого даже не взглянул. Что было весьма по-английски.

✤❧❦❧✤

Пятнадцатого Собрайл и Гильдебранд вместе ужинали в ресторане, отделанном, как и бар, деревом, с массивным камином, в котором весело потрескивали толстые поленья. Собрайл и Гильдебранд сидели за столиком по одну сторону камина, а по другую расположилась уже знакомая молодая чета: они через стол держались за руки и были всецело заняты друг другом. С потрескавшихся портретов XVIII века, тёмных от загустевшего лака и насевшей свечной копоти, строго взирали полуразличимые лица священников и сквайров. Ужин происходил при свечах. Заказали лососёвый мусс под соусом из раков, фазана со всевозможными гарнирами, сыр стилтон и шербет *cassis maison*. Собрайл вкушал блюдо за блюдом и сожалел, что вряд ли ему скоро удастся побывать здесь вновь. Каждое посещение этой части земного шара доставляло ему огромное удовольствие. Он любил останавливаться в «Одинокой рябине»: здесь такие дивно-неровные полы, в первом этаже вымощенные плитняком, во втором дощатые; лишь поставишь на ковёр ногу — раздаётся романтический скрип. Потолки в узких коридорах столь низкие, что Собрайлу приходилось нагибать долговязую шею. Вода в ванной издавала странное потумкивание и покашливание. Он наслаждался этими звуками, точно так же как наслаждался нескончаемыми серебряными струями из кранов с позолоченными ручками в своей суперсовременной ванной в Нью-Мексико. Всё было хорошо в своём роде — и старушка Англия, дымная, тесная, но уютная, и Нью-Мексико, с его просторами, жарким солнцем, зданиями из стекла, воздуха и стали. Сейчас он находился в том возбуждении, какое всегда испытывал перед перемещением на огромное расстояние: кровь волновалась в жилах, а сознание взмывало ввысь и парило, словно луна, над траекторией будущего пути от одной массы суши к другой — не тут и не там, а где-то посредине. Знакомое ощущение, но в этот раз сильное вдвойне... Время перед ужином он провёл у себя в комнате, занимаясь физическими упражнениями: делал привычные прогибы, наклоны, повороты, боксировал, напрягал и расслаблял мышцы, чувствуя, как члены обретают гибкость и упругость. Собрайлу нравилось тренировать тело. Благодаря этому он выглядел для своих лет молодцом. Разглядывая себя с головы до пят в высоком зеркале, Собрайл отметил, что в спортивном облачении — длинном чёрном трико, махровом джемпере — и с романтически растрепавшейся серебристой шевелюрой он весьма походит на своих возможных предков-пиратов или, по крайней мере, на пиратов из фильмов.

— Значит, завтра в Штаты, — сказал Гильдебранд. — Никогда там не был. Только видел по ящику. Вы меня поучите лекции читать?

Собрайл подумал, насколько было бы проще действовать в одиночку. Может, и не стоило связываться с этим Гильдебрандом. Но тогда это было бы чистой воды кражей, циничным осквернением могилы. В то время как теперь он лишь ускорял естественный ход событий. Покупал у Гильдебранда то, что в недалеком, весьма недалёком будущем — если верить словам компаньона о слабом здоровье лорда Падуба — всё равно окажется у него, Собрайла, в руках.

— Где вы припарковали «мерс»? — спросил Гильдебранд.

Собрайл счёл рискованным обсуждать вслух предстоящее предприятие.

— Расскажите мне лучше, пожалуйста... — начал он. «О чём бы попросить его рассказать?» — Про ваш сад, про лужайку...

— Откуда вы знаете про мою лужайку?

— Вы сами упоминали её раньше, когда говорили... Не важно... Так что у вас за сад?

Гильдебранд начал подробный отчет. Собрайл между тем оглядел зал. Молодожёны наклонились через стол друг к другу. Мужчина — приятной наружности, элегантный, одет в кашемировый пиджак сине-зелёного цвета («От Кристиана Диора», — определил Собрайл), на девушке лиловая юбка и шёлковая блуза цвета слоновой кости, ворот открывает гладкую шею с аметистовым ожерельем. Мужчина поднёс руки девушки к губам и поцеловал внутреннюю сторону запястий. Она нежно потеребила его волосы. Очевидно, они пребывали в том состоянии поглощённости друг другом, которое, на короткое время властно завладевая влюблёнными, не даёт им замечать посторонних взглядов.

— Когда нам нужно... выходить? — спросил Гильдебранд.

— Давайте не будем сейчас это обсуждать. Лучше расскажите мне про... про...

— Вы уже предупредили в гостинице о нашем отъезде?

— Заплачено по сегодняшнюю ночь включительно.

— Ночь сегодня замечательная. Тихая. А главное — светлая. Ишь какая луна.

По пути из ресторана, в холле гостиницы, Собрайл и Падуб снова наткнулись на давешнюю молодую пару: те выходили из-за деревянной загородки у телефона. Мортимер Собрайл слегка поклонился. Гильдебранд важно сказал:

— Покойной ночи.

— Спокойной ночи, — хором отозвалась пара.

— Хотим пораньше лечь в постель, — сообщил Гильдебранд. — Такие у нас сегодня были нагрузки, что валимся с ног.

Девушка улыбнулась и взяла кавалера под руку:

— И нам пора. В постель. Доброй ночи и хорошего сна.

Как и условились, Собрайл дождался часу ночи и лишь тогда вышел из номера. Всё было тихо. Камин ещё догорал. Появился Гильдебранд. Снаружи воздух был тяжёл и недвижен. «Мерседсс» нарочно стоял у самого выезда с гостиничной стоянки. Попасть потом обратно в гостиницу не составит труда: ключ от «американского» замка входной двери есть у каждого постояльца, на колечке вместе с ключом от номера. Большое авто, мягко и мощно урча, отвалило от гостиницы, пересекло дорогу и по травистому пути поднялось к церкви. Припарковались под деревом у ворот церковной ограды; Собрайл достал из багажника штормовые фонари и новёхонький землекопный арсенал. Накрапывал мелкий дождик, под ногами было мокро и скользко. В темноте Собрайл и Гильдебранд стали пробираться к могиле четы Падуб.

— Смотрите! — остановившись в пятне лунного света между церковью и тем бугром, где росли тис и кедр, Гильдебранд указал наверх.

Огромная белая сова неспешно кружила возле звонницы на сильных бесшумных крыльях, разумея одной ей ведомую цель.

— Во даёт, прямо как привидение! — шёпотом воскликнул Гильдебранд.

— Великолепное созданье, — молвил Собрайл в ответ, сложным образом отождествляя своё собственное охотничье возбуждение, ощущение могущества, обострения всех умственных и физических сил — с мерными махами этих крыльев, с лёгким, беззвучным парением.

Над совой с еле слышным скрипом пошевеливался дракон, поворачивался вправо и влево, опять замирал, ловил какие-то неопределённые ветерки.

Нужно было действовать без промедления. Работа большая для двух мужчин, если учесть, что времени в запасе только до рассвета. Они быстро срезали и сложили стопками дёрн. Гильдебранд произнёс одышливо:

— Вы хоть догадываетесь, в какой части могилы?..

И Собрайл впервые подумал, что хотя он и знает — знает доподлинно, — что заветный ящик помещается где-то в самом сердце этого клочка земли чуть больше человеческого роста, но не ведает всё же, где именно; представление о точном месте возникло, очевидно, в его горячем воображении: он настолько часто видел умственным взором извлечение на свет этого ларца, что измыслил подробности, которых знать не мог. Однако неспроста он был потомком спиритов и шейкеров. Он смело опёрся на интуицию.

— Начнём с изголовья, — сказал он. — Как дойдём до порядочной глубины, методично станем двигаться в сторону ног.

И они принялись копать. Росла и росла горка вынутого грунта, в котором перемешаны были глина и кремешки, отрубленные корни, косточки полёвок и птиц, корявые камни и ровная галька. Гильдебранд работал сопя и похрюкивая, и мерцала влажно в лунном свете его лысина. Собрайл взмахивал заступом — с радостью. Он знал, что пересёк сейчас границу дозволенного, но ни малейших угрызений по этому поводу не испытывал. Да, он вам не серенький учёный, который прокоптился от настольной лампы и годами сидит на заднице. *Действовать* — девиз Собрайла, искать и находить — его судьба. Парящим движением заносил он острый заступ над землёю и ударял, ударял, ударял им с ужасным ликованием, разрубая и мягкое и твёрдое, проникая глубже и глубже. Он сбросил куртку и с отрадой чувствовал дождь у себя на спине и как собственный его пот сбегает по груди и между лопаток. Он ударял и ударял.

— Осторожнее, осторожнее! — призвал его Гильдебранд.

— Не останавливаться! — прошипел он в ответ, голыми руками впиваясь в змею — змеевидный корень, каких много у тиса; пришлось достать тяжёлый острый нож, чтоб его отсечь. — Это здесь. Я знаю!

— Вы полегче. Мы же не станем тревожить... без надобности...

— Наверно, и не потребуется. Главное, продолжайте!

Ветер усиливался. Ветер издал странное хлопанье — одно-другое дерево на кладбище заскрипело, застонало. Налетевший внезапный порыв бесцеремонно сбросил наземь куртку Собрайла с приютившего её камня. Собрайл вдруг впервые подумал, ощутил, *как никогда ещё не ощущал до этого*, что на дне раскопа, который он устроил, лежит Рандольф Падуб и жена его Эллен, или то, что от них осталось. Свет штормовых фонарей выхватывал лишь ясные полукруглые кончики штыков лопат да сырую, холодом пахнущую землю. Собрайл втянул воздух ноздрями. Ему вдруг почудилось — нечто движется в воздухе, раскачивается и нацеливается, словно готовясь его ударить. Он почувствовал на краткий миг сверхъестественное *присутствие* — не кого-то, а *чего-то*, проворного и подвижного, совсем близко и, облокотясь на лопату, помедлил в растерянности. В следующее мгновение буря, великая буря поразила Суссекс. С воем провёл ветер длинным своим языком, стена воздуха шмякнула Гильдебранда — тот осел вдруг на глину, задохнувшись. Собрайл же снова принялся за работу. Послышались невнятные завывания, шёпоты и ещё целый стонущий, скрипящий и охающий хор — то жаловались деревья. С крыши церкви соскочила, вертясь, сланцевая черепина. Собрайл открыл рот — и тут же закрыл. Ветер метался по кладбищу, словно существо из другого измерения, попавшее в ловушку и вопящее. Тис и кедр отчаянно размахивали ветвями.

Собрайл продолжал копать:

— Всё равно, всё равно добуду!..

Он приказал копать и Гильдебранду, но тот не слышал и вообще не смотрел на него — сидел в грязи рядом с соседним могильным камнем и, вцепившись в горло своей куртки, сражался с воздухом, который набрался за ворот.

Собрайл рыл и рыл. Гильдебранд стал медленно, на четвереньках, по краю собрайловского раскопа пробираться к нему. Тис и кедр сотрясались в самом комле, и сгибались верхушками чуть ли не до земли, и стенали.

Гильдебранд вцепился в рукав Собрайлу:

— Хватит! Уйдём! Это за пределом возможного! Опасно! В укрытие!..

— Ну уж нет! — отвечал Собрайл, чутко поводя заступом, словно лозой над скрытым родником, и ударяя.

Заступ чиркнул о металл. Собрайл опустился на колени и принялся раскапывать землю обеими руками. И вот он уже вышел наружу — продолговатый, заржавленный предмет, самородок узнаваемой формы. Собрайл уселся на ближний могильный камень, сжимая находку.

Ветер снова стал поддевать кровлю церкви — оторвал ещё несколько черепин. Деревья кричали, раскачиваясь. Собрайл беспомощно ковырнул крышку ящика пальцами, скребанул уголок ножом. Ветер вздыбил его волосы и безумными спиралями закрутил их вокруг головы. Гильдебранд, закрывая уши руками, подобрался к нему, прокричал ему в самое ухо:

— Оно? Самое?

— Да. Размер тот. Да! Это *оно*!

— Чего дальше делать будем?

Собрайл ткнул пальцем на яму:

— Закопайте! Я пока отнесу ящик в машину...

Он пустился через кладбищенский двор. Воздух был полон звуков. Тот истошный скулёж издают, оказывается, деревья вдоль тропы и в живой изгороди, они хлещут по воздуху как хворостины, и роняют, и волочат по земле свои тоненькие макушки, и опять взметают их кверху. Ещё звук — или звуки — это сланцевые черепины рассекают воздух, бьют о землю, о могильные камни, звонко, точно взрываясь. Собрайл мчался, прижимая ящик к груди, но не переставая при этом ощупывать находку: где же, где ж открывается?.. Застряв на минуту в воротах церковной ограды, что безумно плясали на петлях, цепляли его за локти и тем самым спасли, он услышал, как что-то поднимается, рвётся в земле — точно в Америке, в Техасе, пробивается наружу нефтяной фонтан, — одновременно, однако, примешался другой шум, слитный, медленный и скрипучий, с подстоном громким, страшным, раскатистым, враз наполнившим уши. Под самыми его ногами земля содрогнулась, поплыла; он сел наземь; послышался звук расщепа — и огромная серая масса разом опустилась перед глазами его, словно павший с неба холм, и впрыгнул в уши неистовый шелест, посвист множества листьев и веток, разрезающих прыткий воздух. Последний же звук — не считая непрестанного, неугомонного ветра — была странная смесь барабанчиков, цимбал и гремучего железа, каким изображают раскаты грома на театре. Влажной землёй полны были ноздри Собрайла — влажной землёй, древесным соком и автомобильными выхлопами. Дерево упало прямо на «мерседес». Машина пропала, путь к гостинице отрезан по меньшей мере одним деревом, а может, и многими?..

Он направился обратно к могиле Падуба, с трудом продираясь сквозь воздушный шквал, слыша вокруг себя треск и стоны деревьев. Он приблизился к бугру, направил туда штормовой фонарь и вдруг увидел, как тис всплеснул руками ветвей, и огромный белый рот вдруг разинулся на толстой красноватой големени, и с треском, медленно, головокружительно медленно верх дерева начал клониться вбок, в живом облаке игольчатой листвы, и в конце концов рухнул с содроганием — лёг прямо на могилу, совершенно её загородив. Теперь ходу не было ни назад ни вперёд.

— Гильдебранд! — прокричал Собрайл. — Где вы?

Но голос, словно дым, бесполезно отвеяло в его же лицо. Может быть, безопаснее ближе к церкви? Только как же туда добраться? Где Гильдебранд? На миг установилось затишье, и он снова позвал.

— Ау! Помогите! Помогите! Где вы? — отозвался Гильдебранд.

И уже другой голос послышался:

— Сюда, сюда, к церкви! Держитесь за руку.

Зорко всматриваясь между ветвей упавшего тиса, Собрайл различил Гильдебранда, который ползком пробирался по траве между могилами в направлении церкви. Там поджидала тёмная фигура с карманным фонариком, направляя на траву яркий луч.

— Профессор Собрайл, — вдруг позвало это существо ясным, повелительным мужским голосом, — вас не зашибло?

— Я, кажется, не могу выбраться из-за деревьев.

— Не волнуйтесь, мы вам поможем. Ящик у вас?

— Какой ящик? — спросил Собрайл.

— У него, у него, — сказал Гильдебранд. — Вытащите нас отсюда. Тут жутко, я больше не могу!

Донеслось лёгкое потрескивание, вроде разрядов неведомых электрических сил на сеансах у Геллы Лийс. Тёмная фигура произнесла куда-то в воздух:

— Да, он здесь. Да, ящик с ним. Мы отрезаны деревьями. У вас всё нормально?

Снова еле слышные электрические разряды.

Собрайл решил задать тягу. Оглянулся. Наверное, можно как-нибудь преодолеть дерево, перегородившее тропу к гостинице. Но вдруг там другие деревья, вдруг рухнула вся живая изгородь... огромное ершистое препятствие...

— Бесполезно, профессор, — сказала тёмная фигура и, совсем уж добивая Собрайла, прибавила: — Вы окружены. И «мерседес» ваш придавлен стволом.

Собрайл повернулся лицом к говорившему. Тут-то, в свете его фонарика, сквозь ветви, Собрайл и различил весьма странных, похожих на неведомые цветы или плоды, белёсых, влажных — Роланда Митчелла, Мод Бейли, Леонору Стерн, Джеймса

Аспидса. Все они обступили его дерево. И последней спустилась, откуда-то сверху, с волосами словно белая пряжа, в балахоне — ни дать ни взять колдунья или жрица друидического культа, — Беатриса Пуховер.

Полтора часа разномастная компания добиралась пешком до «Одинокой рябины»... Оказалось, что лондонцы выехали из Мортлейка на двух машинах ещё до наступления бури, но когда направлялись к церкви, то уже видели её страшные последствия, и поэтому из багажника «пежо» Аспидса предусмотрительно захватили ножовку. Пригодились и оба радиотелефона, которыми снабдил их Эван. Вооружённая всем этим, а также собрайловыми лопатами, компания передвигалась по *очень* пересечённой местности, то подлезая под поваленные деревья с ещё живою и тяжко вздыхающей листвой, то карабкаясь через них; подсаживая, подталкивая друг друга, подавая руку; пока наконец не доковыляли до дороги, при которой стояла гостиница. На асфальте лежали гирлянды проводов. Окна были темны. Электричество отключено. Собрайл, ни на миг не расставаясь с ящиком, открыл своим ключом главную дверь и впустил компанию в гостиницу. В фойе уже толкалась пёстрая кучка людей, загнанных сюда непогодой, — водители грузовиков, мотоциклисты, пара пожарных. Хозяин расхаживал, раздавая постояльцам свечи в импровизированных подсвечниках из пивных бутылок. На кухне кипятились чаны с горячей водой. Пожалуй, ни в какой другой день появление в этой гостинице, в глухой предрассветный час, такого количества промокших, перепачканных глиной учёных не было бы воспринято с таким полным спокойствием, как нечто вполне естественное. Несколько сосудов с кофе и горячим молоком и — по предложению Эвана — бутылка бренди немедленно появились в номере Собрайла, куда сам Собрайл был препровождён в качестве пленного. В обширном багаже Собрайла и новеньком чемодане Гильдебранда отыскались для всех ночные халаты и свитеры. Всех не покидало чувство нереальности происходящего, но было ещё и другое чувство — общего спасения: мокрые и продрогшие, они сидели и улыбались с глупым добродушием. Интересно, что ни Собрайл, ни его противники не могли найти в себе сил ни сердиться, ни пылать негодованием.

Ящик стоял на столе у окна между горящих свечей, сырой, ржавый, облепленный землёй. Женщины, все трое облачённые в пижамы — Мод в чёрную шёлковую пижаму Собрайла, Леонора в его же алую хлопчатобумажную, а Беатриса в пижаме в зелено-жёлтую и белую полоску, с Гильдебрандова плеча, — восседали рядком на кровати. Только Вэл и Эван, переодевшиеся в собственную запасную одежду, имели нормальный вид. На Аспидсе красовался свитер и лёгкие брюки Гильдебранда.

Эван сказал:

— Я всегда мечтал произнести эту фразу: «Вы окружены».

— Произнесли вы её хорошо, — признал Собрайл. — Мы с вами не знакомы, но я вас видел. В ресторане.

— Верно. А ещё в магазине садовых принадлежностей, в конторе Деншера и Уинтерборна и вчера на кладбищенском дворе. Позвольте представиться. Эван Макинтайр. Адвокат доктора Бейли. Берусь утверждать, что мисс Бейли является законной владелицей всех писем — как Рандольфа Падуба, так и Кристабель Ла Мотт, — находящихся в настоящее время в распоряжении сэра Джорджа Бейли.

— Однако ящик, насколько я понимаю, не имеет к ней никакого отношения, — хладнокровно заметил Собрайл.

— Ящик достанется *мне*! — заявил Гильдебранд.

— Есть ли у вас грамота от епископа, разрешение от мистера Дракса и разрешение от лорда Падуба? В противном случае вы заполучили этот ящик преступным способом, нарушив захоронение. Я имею право конфисковать его, а вас — взять под стражу. Наш английский закон такое предусматривает. Если человек совершил явное правонарушение и свидетели готовы подтвердить... Более того, у профессора Аспидса имеется официальное письмо, в котором запрещается вывоз содержимого этого ящика за границу, вплоть до особого решения Комитета по культурно-историческому наследию.

— Понимаю, понимаю, — сказал Собрайл. — Но может быть, там и нет ничего, в этом ящике? Или давно всё рассыпалось в прах? Не могли бы мы теперь же — совместно — обследовать содержимое? Раз уж мы никак не расстанемся друг с другом и никак не уедем из этой замечательной гостиницы...

— Нельзя тревожить их память, — сказала Беатриса. — Лучше положить ящик на место.

Однако, оглядев комнату, она не встретила ни в ком поддержки.

— Если б вы не желали знать разгадку, — сказал Собрайл, — то вы могли бы арестовать меня *до* раскопок.

— Что верно, то верно, — согласился Аспидс.

— Раз она положила ящик поверх гроба, значит допускала мысль или даже надеялась, что его найдут? — сказала Леонора. — Почему он не прижат к её груди? Или к груди Рандольфа?

— Нам необходимо знать развязку этой истории! — решительно произнесла Мод.

— Найдём ли мы там развязку, это ещё бабушка надвое сказала, — усмехнулся Аспидс.

— Всё равно мы *обязаны* попробовать, — молвила Мод.

Собрайл вытащил откуда-то крошечную жестянку с машинным маслом и принялся смазывать ящичек по всему периметру там, где прилегала крышка, одновременно поскрёбывая металл ножом и ловко сметая чешуйки ржавчины. Несколько долгих мгновений... наконец он вставил под крышку кончик ножа, поддел, надавил. Крышка отскочила — показался стеклянный сосуд для препаратов, потускневший и в пятнах, но неповреждённый. Собрайл и с него снял крышку, осторожно проведя вокруг ножом, и бережно, очень бережно извлёк содержимое — два мешочка из промасленного шёлка. Открыл первый мешочек. Там были: браслетка из волос с серебряной застёжкой (две руки, смыкающиеся в пожатии) и голубой конвертик. В голубом конвертике находилась длинная косица, аккуратно сплетённая из бледных волос. Второй мешочек заключал в себе толстую стопку писем, перевязанных лентой, и продолговатый конверт, некогда белый, запечатанный сургучной печатью. На нём, бурыми от времени буквами, значилось: *«Рандольфу Генри Падубу, в собственные руки».*
Собрайл пролистнул стопку писем за край и определил:

— Их любовные письма. Как она и указывает в дневнике.
Взглянул на запечатанный конверт и молча передал его Мод.
Мод вгляделась в почерк:

— По-моему... я почти уверена...

— Если это письмо не распечатывали, — сказал Эван, — то вопрос собственности становится особенно интересным. Кому оно принадлежит — отправителю, на том основании, что адресатом не получено, или всё-таки адресату, поскольку, хоть и запечатанное, лежит в его могиле?..

Собрайл же, раньше чем кто-то успел задуматься, взял конверт в руки, чиркнул острым лезвием ножа под печатью — вскрыл. Внутри было письмо и фотография. Фотография расплылась по краям и была вся в причудливых серебристых разводах, похожих на иней или на белый вешний цвет; кое-где попадались круглые сажистые пятнышки, вроде язвинок на зеркале; но из-под всего этого призрачно мерцала... новобрачная, с букетом лилий и роз, в тяжёлом венке из цветов, с улыбкой глядящая из-за фаты.

— Мисс Хэвишем![1] — воскликнула Леонора. — Или даже коринфская невеста![2]

— Постойте... — Мод потёрла виски. — Я, кажется, начинаю догадываться...

— Вот и славно, — сказал Эван. — А я пока нет. Прочтите-ка нам письмо. Вы ведь легко разберёте почерк.

— Попробую...

❊❧❊

И вот, в гостиничном этом номере, перед странным сборищем мало совместных друг с другом людей, разными путями гнавшихся за тайной, прочитано было письмо Кристабель Ла Мотт, адресованное Рандольфу Падубу, прочитано вслух при свете свечей, под завывания ветра и под непрестанные стуки и удары о ставни всей той мелочи, листьев, веток, обломков, что летели, мчались мимо, захваченные неистовым ветром, через холмы...

Мой дорогой, мой милый...

Мне сообщили, что ты очень болен. Я поступаю дурно, что тревожу в такое время твой покой воспоминаньями неуместными, — но вышло так, что я — волей-неволей — должна тебе нечто рассказать. Ты скажешь, что нужно было рассказывать двадцать восемь лет назад — или уж не делать этого вовсе, — возможно, действительно

---

[1] Персонаж романа Ч. Диккенса «Большие ожидания». Вероломно обманутая женихом, мисс Хэвишем, не снимая подвенечного наряда, укрылась в мрачной комнате, где остановилось время, куда не проникали лучи солнца.

[2] Героиня баллады И. В. Гёте (по мотивам истории, рассказанной античным писателем Флегоном) — умершая девушка, посещающая по ночам своего жениха.

*было нужно! — но я не могла или не хотела. А теперь я думаю о те-
бе непрерывно, и молюсь за тебя, и сознаю — как сознавала все эти
долгие, долгие годы, — что обошлась с тобою не по чести.*

*У тебя есть дочь, которая живёт и здравствует, и вышла за-
муж, и родила чудесного мальчика. Посылаю тебе её фотографию.
Ты сам увидишь — как она красива — и как похожа (частенько думаю я) на обоих своих родителей, ни одного из которых она за роди-
теля не знает.*

*Вот как легко всё изложилось на бумаге — конечно, не легко, но
по крайней мере несложно. Но какова история событий? Ведь сказав
тебе главную правду, я должна сообщить и все обстоятельства, —
может быть, и себе самой я должна наконец всё сказать начистоту. Да, я совершила по отношению к тебе грех — но были причины...*

*Поскольку История — История рода людского — это прежде
всего суровые факты, а ещё, разумеется, страсть и живые краски,
которыми её наполняют люди, — постараюсь изложить тебе хотя
бы факты.*

*Когда мы с тобою расстались, я уже знала — хоть и не навер-
ное, — что последствия будут... такие, какие они были. Мы договорились — в тот последний чёрный день — покинуть, оставить друг
друга и никогда уж ни на миг не оглядываться назад. И я твёрдо
вознамерилась соблюдать со своей стороны этот уговор — что бы
ни случилось — ради собственной гордости, да и ради твоей тоже.
Я сделала приготовления — ты не поверишь, какую холодную рас-
чётливость пришлось мне проявить, чтоб уехать; я подыскала место, куда удалиться (знаю, потом ты его обнаружил) и где я сама, и
никто другой, отвечала бы за нашу судьбу — ребёнка и мою... Я заранее обсудила дело с единственной живою душой, чью помощь я
допускала, — с моей сестрой Софией, и она вызвалась быть мне по-
собницей во лжи, в хитрой затее, которая больше пристала роман-
тическому роману, нежели прежней моей тихой и обыденной жизни, но ведь, как известно, Необходимость изощряет ум и усиливает
решительность, — вследствие всего этого наша дочь была рождена
в Бретани в монашеской обители и затем привезена в Англию к Софии, которая приняла её и воспитала как собственную дочь, как
мы о том с ней договаривались. Хочу тебя заверить, что София любила и лелеяла её, как собственная мать не могла. Она выросла на
свободе в английских полях и вышла замуж за кузена (хотя на самом
деле он ей никакой не кузен!) и проживает в Норфолке — супруга
весьма уважаемого сквайра и весьма пригожая собою.*

Сама я проживаю у Софии — почитай, с того времени, как мы виделись с тобой в последний раз на спиритическом сеансе у миссис Лийс. Ты был тогда исполнен гнева, ярости, но и мои чувства были под стать: ты сорвал повязки с моих ран душевных, и я, как это свойственно женской натуре, решила отыграться: пусть и он пострадает по моей милости, раз бо́льшая часть страданий в этом мире приходится на нашу женскую долю и мы тихо несём этот крест. Когда я сказала тебе: «Ты сделал меня убийцей!» — я подразумевала бедняжку Бланш, чей ужасный конец по сей день является для меня источником душевной муки. Ты же подумал — о, я это прекрасно видела! — что я говорю с тобою, как Гретхен с Фаустом. И тогда я решила — с мелкой холодной мстительностью, проистекшей от моего тогдашнего телесного и душевного нездоровья, — что ж, пусть так думает, коли знает меня столь мало, и пусть подобными мыслями истерзает свою душу. Женщины во время родов кричат неистово, восставая против, как им кажется, виновника их муки, в ком минутная страсть, быть может, и не оставила долгой памяти и, уж во всяком случае, не привела к губительному потрясению души и тела — так я думала тогда! — теперь я поостыла. Теперь я состарилась.

Нет, ты только подумай: я сижу почти безвылазно в своей башне, как есть старая ведьма, сочиняю вирши с разрешения моего неотёсанного зятя сэра Джорджа, завишу от других (в денежном смысле, чего никогда не ожидала), например от сестриного благосостояния, — но, однако же, пишу тебе о событиях давно минувших дней так, словно всё было только вчера, и мне уже снова грудь стискивает раскалёнными обручами, от гнева, от досады и от любви (к тебе, к моей милой Майе и к бедняжке Бланш.). Но между вчера и сегодня — годы и годы, и ты серьёзно болен. Я желаю, чтобы тебе стало лучше, Рандольф, и шлю тебе моё благословение, и прошу у тебя тоже благословения и прощения, если оно возможно. Ведь я всегда знала — кому, как не мне, было знать, — что у тебя великодушное сердце и ты позаботился бы о нас — обо мне и о Майе, — но меня мучил тайный страх — вот когда оно всё выплывает наружу, но от Правды, мне уже, видно, не отвернуть, — понимаешь, я боялась, что ты захочешь забрать её, ты и твоя жена, забрать её себе насовсем, а она была моя, я её выносила — и я не могла её отдать, — вот я и спрятала её от тебя, а тебя от неё, потому что тебя она бы обязательно полюбила, у неё в сердце есть вечное незаполненное место, которое твоё по праву. Господи, что же я наделала?

Здесь бы мне лучше остановиться или даже надо было остановиться несколькими строками раньше, где я должным образом прошу у тебя прощения. Я пошлю тебе это письмо в запечатанном конверте, пошлю на имя твоей жены — она может это прочесть и вообще поступить с этим, как ей будет угодно — предаю себя в её руки, — но это такое блаженство, пусть и опасное, после стольких лет выговориться, — я вверяюсь её и твоей доброй воле — некоторым образом это моё Завещание. У меня в жизни было немного друзей, и только двоим из них я полностью доверяла — Бланш и тебе, — и обоих я любила так сильно, но она погибла ужасной смертью, ненавидя меня и тебя. Теперь, когда я достигла старости, я всё чаще с тоскою обращаюсь даже не к тем нескольким ярым, сладостным дням — страсть в моей памяти утратила особость, сделалась страстью вообще, ведь всякая страсть идёт одним и тем же путём к одному и тому же концу, так мне, старухе, теперь кажется, — так вот, я с тоскою обращаюсь (какая же я всё-таки стала околичественная и словообильная!) к нашим давнишним письмам, где мы говорим о поэзии и всяких других вещах и наши души двинулись доверчиво навстречу друг другу — и друг друга признали. Не читывал ли ты, часом, один из немногих несчастных проданных экземпляров «Феи Мелюзины» и не думал ли при этом: «Я знал её когда-то» — или, что даже более вероятно: «А ведь без меня не было бы и этой повести». Я обязана тебе и Мелюзиною, и Майей, и до сих пор не отдала моих долгов. (Я всё же надеюсь, что не умрёт она, моя Мелюзина, какой-нибудь понимающий читатель её спасёт, а ты как думаешь?)

Феей Мелюзиной все эти тридцать лет была я. Это я, фигурально выражаясь, летала по ночам «вкруг укреплений замковых», это мой голос «взвивался на волнах ветра», мой вопль о том, что мне нужно иметь вблизи, вскармливать и лелеять моё дитя, мою дочь, которая меня не знает. Она росла беззаботно и счастливо — ясная, солнечная душа, простая в своих привязанностях и вообще замечательно прямая по природе. Она глубоко и подлинно любила обоих своих приёмных родителей — да-да, и сэра Джорджа, в чьих бычьих венах не текло ни капельки её крови, но который был очарован её пригожестью и добрым нравом — очарован к моему и её вящему благу...

Меня же она не любила. Кому могу я в этом признаться, как не тебе? Она представляла меня какой-то колдуньей, злой одинокой старухой из сказки: старуха глядит на неё сверкающими глазами, ждёт-пождёт, когда она уколет мизинчик о веретено и погрузится в жестокий сон взрослой действительности. А если глаза старухи сверкали от слёз, она того не замечала... Я даже больше скажу, я и теперь наполняю её суеверным страхом, она испытывает какое-то содрогание, разговаривая со мной, — оттого что ей чудится — и правильно чудится! — что мне слишком есть до неё дело, что жизнь её слишком меня волнует, — ведь самое естественное она по ошибке принимает за неестественное и в силу этого зловещее.

Ты подумаешь — если, конечно, после всего этого неожиданного, сообщённого тебе, ты ещё в силах размышлять о моём узком мирке, — что автор причудливых романтических сочинений, подобный мне (или поэт, воспевший поступки людей на театре жизни, подобный тебе), верно, не смог бы устоять и хранить такую тайну без малого тридцать лет (подумай только, Рандольф, целых тридцать!), без того чтобы не проговориться о каких-то жизненных обстоятельствах, не дать какого-нибудь тайного намёка, не подстроить dénouement[1], не закончить всё сценой откровения. Но будь ты здесь... ты бы сразу понял, как я не смею этого сделать. Я руководствуюсь её благом — она так счастлива, — не нарушить бы этого счастья. И я думаю также о собственном благе — я боюсь встретить ужас в её честных, прекрасных глазах. Что как я откроюсь ей — скажу правду, — а она отшатнётся от меня?! И потом, я некогда клятвенно заверяла Софию, что в благодарность за её добродеяние я хочу полностью, бесповоротно отойти в тень; без Софии, без её доброй воли и расположения, разве имела бы я приют и поддержку?

Она смеялась и играла, как проворный эльф в «Кристабели», помнишь: «С собой проворный эльф-дитя / Танцует и поёт шутя» (помнишь наши письма о поэме Кольриджа?). Но к книжкам она была равнодушна, совсем равнодушна. Я написала для неё сказки, отдала печатнику и переплела в книжицу. Я подарила ей эту книжицу — она улыбнулась словно ангел и поблагодарила меня и тут же отложила в сторону. Так я и не увидела её за увлечённым чтением этих сказок. Она обожала ездить верхом, стрелять из лука, играла в мальчишьи игры со своими (так называемыми) братцами... и в конце концов вышла замуж за кузена, наведавшегося в гости, с которым кувыркалась в сенных стогах, когда была крохой пяти лет и повсюду бегала заплетающимися ножками. Я желала, чтобы

---

[1] Развязка (фр.).

у неё была ничем не омрачённая жизнь, моё желание сбылось — но для меня в её жизни нет места, я нахожусь извне — я просто её тётка, нелюбимая тётка-вековуха...

Как видишь, я в некотором роде наказана за то, что спрятала её от тебя.

Помнишь, я однажды тебе прислала загадку про яйцо? Призрачный символ моего самозатворничества, одержимости собою, которые ты грозил разрушить, хотел того или нет. И ведь ты разрушил их, мой милый друг, хотя бы и желал мне — я знаю, верю, что это так! — единственно добра. Я задаюсь вопросом: останься я в моём замке, за валами, за укрепленьями, в донжоне — стала бы я великим поэтом — столь же великим, как ты? Я задаюсь вопросом: был ли мой дух твоим опрокинут, как дух Цезаря духом Антония — или я возросла от твоих щедрых даров, как ты о том и пёкся? Всё это сложно и глубоко перемешалось — мы любили друг друга — друг друга ради, — правда оказывается, что это было ради Майи (которая, кстати, не хочет и слышать о своём «странном» имени и предпочитает ему простое Мэй, и, надо сказать, это «Мэй» ей очень идёт).

Я так долго гневалась — на всех нас, на тебя, на Бланш, на собственную особу... И вот теперь, под конец, «в спокойном духе, страсти поистратив», я думаю о тебе вновь, думаю с ясной любовью. Я перечитывала «Самсона-борца»[1] и снова там наткнулась на дракона, в образе которого всегда тебя представляла, тогда как сама я была «ручной дворовой птицей»:

> *...И доблесть его жарко всполыхнула*
> *Из пепла, и набросился тут он*
> *На недругов — так яростный дракон*
> *На мирные насесты нападает*
> *Ручной дворовой птицы и её*
> *Своим дыханьем огненным спаляет...*

Ну разве это не точно сказано? Разве не ты — пылал огнём, и разве не я — занялась от твоего пламени?.. Что же с нами будет дальше, восстанем ли мы из пепла? Станем ли схожи с мильтоновским Фениксом?

---

[1] Драматическая поэма Дж. Мильтона, из финала которой взяты строка «в спокойном духе, страсти поистратив» и две последующие цитаты.

...С той птицей, что собой же рождена
И в дебрях аравийских обитает:
Загробного не ведает она,
Хоть жертвой огневой себя сжигает;
Из пеплистого лона восстает
И расцветает, снова сил полна:
Так, плотью погибая, вновь грядет,
Переживая славою своею
Себя и что на свете было с нею...

Я бы охотнее вовсе не выходила из моей скорлупы и прожила бы одна (если говорить начистоту). Но поскольку этого не было мне позволено — почти никому не бывает дана жизнь себе довлеющая, — я благодарю Бога за тебя. Если суждено быть Дракону — благодарю Бога, что моим Драконом был Ты...

Пора мне остановиться. Об одном ещё напоследок. О твоём внуке (и что самое удивительное, моём также!). Его зовут Уолтер, и он громко рассказывает нараспев или даже поёт стихи, к изумлению своих родителей, у которых на уме только пашни да конюшни. Мы читали с ним почти всего «Старого Морехода» и много толковали об этом сочинении: он декламирует сцену благословения водяных змей и другой отрывок, о том виденьи, где сверкающее око океана воздето к луне, декламирует вдохновенно, и глаза его горят от всех этих картин. Он сильный, крепкий мальчик — и полон жизни, и должен жить долго.

Заканчиваю. Если можешь — и если хочешь, — прошу, пошли мне весточку, что прочёл моё письмо. Не смею тебя просить — о прощении.

Кристабель Ла Мотт

Наступило молчание. (Поначалу Мод читала матовым голосом, ясно и без выражения, но под конец прорвалось еле сдерживаемое чувство.)

— Опана! — раздался в тишине голос Леоноры.

— Я знал, что это нечто *ошеломительное*!.. — сказал Собрайл. Гильдебранд таращился, ничего пока не понимая.

— К сожалению, — сказал Эван, — незаконные дети в те времена не имели наследных прав. Иначе б вы, Мод, в одночасье стали владелицей огромного множества документов. Я *подозревал* что-нибудь этакое. В Викторианскую эпоху о внебрачных детях благородного происхождения нередко заботились именно таким образом — помещали в другую достойную семью, чтобы дать им подобающее воспитание и хорошие жизненные возможности.

Аспидс обратился к Мод:

— Как всё-таки удивительно, вы оказались потомицей их обоих — и как это дивно и странно, что вы в научных поисках постоянно ходили вокруг мифа вашей родословной, верней, вокруг правды!

Все смотрели на Мод. Мод не сводила глаз с фотографии:

— Я видела раньше эту карточку. У нас дома. Моя прапрабабка...

В глазах Беатрисы сверкнули слёзы, сверкнули и покатились по щекам. Мод протянула ей руку:

— Ну что вы, Беатриса, дорогая...

— Простите, я так глупо плачу... Но ужасная мысль... Он ведь так никогда и не прочёл этого письма?.. Она написала всё это в никуда. Ждала, наверное, ответа... а ответа и быть не могло...

— Да, вы же знаете, какая была Эллен. — Мод вздохнула. — Но... как вы думаете, почему она положила письмо Кристабель в этот ларчик вместе со своими любовными письмами?

— И волосы, волосы! — воскликнула Леонора. — Там ведь, кроме браслета из их волос, ещё и косица белокурая! Волосы Кристабель, не иначе!

— Наверное, она не знала, как поступить, — сказала Беатриса. — *Ему* письмо она не дала, но и сама читать не стала — в её духе! — просто припрятала... для... для...

— Для Мод! — сказал Аспидс. — Как теперь выясняется. Она сохранила всё это для Мод!

Мод сидела без кровинки, по-прежнему не сводя глаз с фотокарточки, сжимая в руке письмо, и говорила тихо:

— Не могу думать в таком состоянии. Надо выспаться. Сил не осталось. Давайте всё обсудим утром. Даже не знаю, отчего это так на меня подействовало. — Повернулась к Роланду. — Найди, пожалуйста, комнату, где можно лечь спать. Все бумаги нужно пока передать на хранение профессору Аспидсу. А фотографию... можно я её немного подержу, только сегодня?..

Роланд и Мод сидели рядом на краешке кровати под балдахином, украшенным узором золотых лилий в стиле Уильяма Морриса. При свете свечи в серебряном подсвечнике они вглядывались в свадебный снимок Майи. Они старались разобрать детали, их головы — тёмная и бледнокудрая — склонялись всё ниже, приближались одна к другой. Они слышали запах волос друг друга: сложный запах бури, грозы, дождя, потревоженной глины, переломанных веток, летучей листвы... а ещё подо всем этим человечий тёплый запах, не похожий на твой собственный.

Майя Бейли смотрела на них, улыбаясь безмятежно. Они узнавали в ней девочку, о которой писала Кристабель в письме к Падубу, — сквозь древнюю лоснистость карточки, сквозь разводы серебра им открывалось лицо, отмеченное счастьем и уверенностью: Майя с какой-то лёгкостью несла на голове свой тяжёлый венок, свадьба была для неё не церемонией, а простым, радостным и волнующим событием.

— Она похожа на Кристабель, — сказала Мод. — Трудно этого не заметить.

— Она похожа на тебя, — сказал Роланд и прибавил: — И на Рандольфа Падуба тоже. Шириной лба. Шириной рта. И ещё вот этим, кончиками бровей.

— Значит, я похожа на Падуба.

Роланд бережно потрогал её лицо:

— Раньше я бы, может, и не заметил. Но это так. В вас есть общее. Вот здесь, в уголках бровей, в линии рта. Теперь я это разглядел и уж никогда не забуду.

— Мне как-то не по себе. В этом что-то неестественно *предопредёлённое*. Демоническое. Как будто они оба вселились в меня.

— С предками всегда так бывает. Даже с самыми скромными. Если посчастливится узнать их покороче.

Он погладил её влажные волосы, ласково, чуть рассеянно.

— Что теперь будет? — спросила Мод.

— В каком смысле?

— Что нас ждёт?

— *Тебя* — длинная тяжба из-за писем. Потом — большая работа с ними. А меня... у меня есть кое-какие свои планы.

— Я думала, мы будем работать с письмами вместе... Было бы славно.

— Очень великодушное предложение. Но к чему? Главной фигурой в этом романе оказалась ты. А я... я и проник-то в сюжет самым что ни на есть воровским способом. Но зато я многое узнал.

— И что ж ты узнал?

— Ну... всякие важные вещи. От Падуба и от Вико. Насчёт языка поэзии. Я ведь... мне надо будет кое-что написать.

— Ты словно на меня злишься. Почему это вдруг?

— Да нет, не злюсь. То есть злился... раньше. Это оттого, что у тебя всё так уверенно, *победительно*. Ты подкована в теории литературы. Увлечена идеалами феминизма. С лёгкостью вращаешься в хорошем обществе. Ты принадлежишь к другому миру — миру таких людей, как Эван... А я... у меня ничего нет. То есть не было. И я... я к тебе слишком привязался, слишком стал от тебя зависеть. Я знаю, что мужская гордость в наше время понятие устаревшее и не столь существенное, но для меня оно кое-что значит.

— Понимаешь... — сказала тихо Мод. — Я испытываю... — И осеклась.

— Что ты испытываешь?

Он посмотрел на неё. Лицо её в свете свечи казалось изваянным из мрамора. «Великолепно холодна, безжизненная безупречность...» — который уж раз шутливо процитировал он про себя строку Теннисона.

— Я тебе не сказал. Мне предлагают три преподавательские должности. В Гонконге, в Барселоне, в Амстердаме. Передо мной весь мир. Я, скорее всего, поеду и тогда уж точно не смогу редактировать письма. В любом случае это дело ваше, семейное.

— Понимаешь, я чувствую... — Она снова замолчала.

— *Что?*

— Как только я — хоть что-нибудь — почувствую... меня сковывает холод. Начинает бить озноб. Я не могу... не умею даже высказаться. Я... я не умею строить отношения.

Действительно, Мод вся дрожала как в лихорадке. Но по-прежнему казалась — такое обманчивое впечатление создавали её прекрасно-точёные черты! — надменной, чуть ли не презрительной.

Роланд спросил, самым мягким голосом:

— Отчего же озноб?

— Я пыталась... я *анализировала*. Причина... в моей внешности. Если у тебя такая... определённого вида внешность... не оживлённо-симпатичная, а классически...

— Классически красивая, — подсказал Роланд.

— Да, допустим. Ты невольно превращаешься... в общее достояние... в какого-то идола. Мне это не нравится. Но всё равно так получается.

— Так быть не должно.

— Даже ты — помнишь, в Линкольне, когда мы познакомились, — стал меня смущаться и бояться. Я теперь уже от людей другого и не жду. И часто пользуюсь этим в своих целях.

— Хорошо. Но ты же не хочешь... не хочешь всегда быть одна? Или хочешь?

— Я отношусь к этому так же, как она. Я выставляю защиту, никого к себе не подпускаю, чтобы иметь возможность *спокойно делать мою работу*. Я очень хорошо понимаю её слова насчёт целого, неразбитого яйца. О самозатворничестве, об одержимости собой. Об автономии. Но я бы не хотела быть *совсем* такой... Понимаешь?

— Конечно понимаю.

— Я пишу о лиминальности. О порогах. Бастионах. Крепостях.

— А также о набегах и вторжениях?

— Разумеется.

— Ну, набеги — не моя стезя, — усмехнулся Роланд. — Я собственное уединение поберечь не прочь.

— Знаю. Ты бы... никогда бы не стал наплывать бессовестно на границы чужого мира...

— Накладывать свой мир поверх твоего...

— Да. Поэтому я и...

— Поэтому ты и чувствуешь себя со мной в безопасности?

— Нет. Нет. Не то. Поэтому я *люблю* тебя. Хоть этого и боюсь.

— И я тебя люблю, — сказал Роланд. — Хоть это сулит сложности. Особенно теперь, когда у меня появилось будущее. Но тут уж ничего не попишешь. Влюбился самым ужасным и роковым образом. Со мной происходит всё то, во что мы давно разучились верить. На уме у меня только ты, днём и ночью. Это как наваждение или навязчивая идея. Когда я тебя встречаю среди каких-то людей — только ты *живая и настоящая*, все остальные — тают, как призраки. Ну и так далее.

— Великолепно холодна, безжизненная безупречность...

— Откуда ты знаешь... что я раньше про тебя так думал?

— Все вспоминают эту строчку. Фергус тоже так думал. Да и сейчас, наверное, думает.

— Фергус — хищник, пожиратель... Конечно, я мало что могу предложить. Но я бы не нарушал твой покой, я бы...

— Позвал с собой в Гонконг, Барселону или Амстердам?

— Почему бы и нет. Я бы не стал там угрожать твоей свободе.

— Или остался бы здесь из любви ко мне? — спросила Мод. — О, любовь ужасна, она губит все планы, она может всё разрушить...

— Любовь бывает также хитрой и умной, — сказал Роланд. — Мы могли бы вместе придумать, как устроить... по-современному. Амстердам ведь недалеко...

Две холодные руки встретились.

— А не лечь ли нам в постель? — сказал Роланд. — Не продолжить ли разговор там?

— Этого я тоже боюсь.

— Какая ж ты всё-таки трусиха, Мод. Ладно, я о тебе позабочусь.

И вот, стащив непривычные одёжки, разноцветные и с Собрайлова плеча, они забрались нагие под балдахин, в самую глубину пуховой перины, и задули свечку. И очень медленно, с бесконечными мягкими задержками, чередуя нежные отвлекающие маневры с вкрадчивыми приближениями, приготовлениями к главному приступу, Роланд подобрался к ней и, выражаясь по-старинному, вошёл в неё и завладел всей её прохладной белизною, которая разогрелась до его собственного тепла, так что не стало больше границ, и услыхал, уже перед рассветом, её крик, словно летящий издалека, ясноголосый, безудержный и бесстыдный, — крик торжества и наслаждения.

Поутру весь мир имел новый, незнакомый запах. Это был запах после буревала, зелёный запах искромсанной листвы и растительных брызг, расщеплённого дерева и смоляной живицы, запах терпкий и заставляющий почему-то ещё думать о летнем, с хрустом надкушенном яблоке. Это был запах смерти, разрушения — и вместе свежий, живой, что-то сулящий...

ПОСТСКРИПТУМ
1868

Есть вещи, которые случаются, не оставляя заметного следа, о них не говорят и не пишут, — но было бы глубоко неверно утверждать, что последующие события идут своим путём безразлично, как если бы этих вещей не было вовсе.

Два человека встретились однажды жарким майским днём и никогда потом ни с кем не говорили о той встрече. Вот как это произошло.

Был луг, широко раскинувшийся луг со стогами молодого сена и с огромным, пёстрым изобилием летних цветов. Чего тут только не было: ярко-синие блаватки, алые маки и золотистые лютики, вуали вероники, узорчатый ковёр маргариток в невысокой траве, а ещё — фиолетовая скабиоза, жёлтый львиный зев, жёлто-оранжеватый лядвенец и белый луговой сердечник, лиловые анютины глазки, алый очный цвет и белые крапинки пастушьей сумки; и шла вокруг всего поля высокая живая изгородь, по её низу росли дикая морковь и наперстянка, а в верхнем ярусе переплелись собачья роза, чьи цветки бледно светят средь шипастых ветвей, нежно-кремовая и сладко пахнущая жимолость, бриония, там и сям прокинувшаяся ползучими нитями, и ещё паслён, смертоносный, с цветками как тёмные звёзды... Такое царило богатство, что казалось, никогда не будет конца ликующему сиянью природы. Травы были глянцевиты, и алмазные ниточки света пролегали в их гуще. Звонко, сладостно пели жаворонки и дрозды, и порхали повсюду бабочки, голубые, зелёно-жёлтые, медно-красные и хрупко-белые, кочевали с цветка на цветок, с клевера на вику, с вики на шпорник, сверяясь по своим тайным лоциям — ультрафиолетовым пентаграммам, спиральткам света от цветочных лепестков...

И была девочка в васильковом платье и белом переднике, что раскачивалась на деревянных воротцах, напевая себе под нос и сплетая венок из ромашек.

И был мужчина, высокий, с бородою, что явился откуда-то издалека, пришагал по тропе меж зелёными изгородями. Шляпа с широкими полями, затенявшая лицо, и стройный ясеневый посох в руке выдавали в нём охотника до пеших прогулок.

Он остановился и заговорил с нею, и она отвечала бойко и лучезарно, ни на минуту не переставая раскачиваться на своих скрипучих воротцах. Он спросил, куда это он забрёл и что за дом там поблизости, в узкой лощине (хотя знал это хорошо); и спросил её имя, и девочка сказала, что зовут её Мэй. Вообще-то, продолжала она, у неё есть другое, длинное имя, но оно ей не нравится. Он заметил улыбчиво, что с годами мнение об имени может меняться, мол, бывает, человек вырастет из одного имени и дорастёт до другого; как же всё-таки её полное имя? Она отвечала, раскачиваясь ещё более деловито и скрипуче, что её зовут Майя Томасина Бейли, что её родители живут в том доме в лощине и у неё два брата. Тогда прохожий сказал: Майя была нимфа, мать Гермеса, вора, художника и проводника душ умерших, и есть на свете водопад, что зовётся Падунец Томасины. А она прощебетала: в деревне есть пони по имени Гермес, *быстрей ветра*, сядешь — знай держись за гриву; а про водопад она ничего не слышала.

— Я, кажется, знаком с твоей матерью... Ты отменно похожа на мать.

— А говорят, что нет. *Мне* кажется, я похожа на отца. Мой отец сильный, добрый и катает меня в седле *быстрей ветра*.

— Да, пожалуй, ты похожа и на отца. — Он вполне обыденным жестом приобнял её за талию и прижал к себе лишь на миг — чтоб не испугать, и поставил на землю. И они уселись на ближний пригорок и продолжили беседу, а вокруг были бабочки, целое разноцветное облако бабочек, как вспоминал он потом с полной ясностью, а она — всё более и более смутно, по мере того как всё дальше катился их век. Жуки, гагатово-чёрные и изумрудные, ползали в траве у ног. Она рассказала ему о своём приятном житье-бытье, о любимых забавах, о стремлениях. Он промолвил:

— Видишь, какая у тебя счастливая жизнь.

— Да, я самая-самая счастливая.

Несколько времени он сидел молча.

— Ты умеешь плести венки из ромашек? — спросила она.

— Лучше я смастерю тебе корону. Корону королевы весенне-го майского праздника. Но за это ты мне кое-что дашь.

— У меня ничего нет.

— Всего-то одну прядь волос, совсем тонкую прядку... на память о тебе.

— Как в сказке.

— Именно.

И он изготовил ей корону: сделал обод из гибких прутиков живой изгороди, и заплёл туда зелёные веточки, пёстрые побеги и серебристые травы, плющ и папоротники, и звёздчатые листья брионии — дикого клематиса. Украсил корону розами и жимолостью и напоследок окаймил белладонной («Смотри только *не ешь* этого растения», — предупредил он, а она проворчала, что ей *давно* известно, чего можно и чего нельзя есть, дома прожужжали все уши).

— Вот и готово, — произнёс он, венчая ей головку. — Никого нет тебя краше. Ты, наверное, феина дочка. «Прекрасна, феей рождена...»[1] Или ты Прозерпина, которая собирала цветы в прекрасных полях Энны... Помнишь?..

.... Прозерпина,
Срывавшая цветы, сама была
Прекраснейшим цветком, что мрачный Дит
Сорвал и тем обрёк Цереру мукам
Искать по свету дочь...[2]

Ровно держа голову под тяжёлой короной и гордая его вниманием, она сказала, однако, с легким пренебрежением:

— У меня есть тётя, которая всё время рассказывает такие стихи. Мне не нравится поэзия.

[1] Строка из знаменитой баллады Дж. Китса «La Belle Dame Sans Merci» («Прекрасная Безжалостная Дама»): «Я деву повстречал в лугах, / Прекрасна, феей рождена, / По пояс кудри, лёгок шаг, / Глаза ж — без дна». Как считают исследователи, мотив баллады заимствован Китсом у старофранцузского поэта Алана Шартье (1385 — ок. 1433). К другим возможным источникам баллады относят произведения Т. Мэлори, Э. Спенсера, С. Т. Кольриджа.

[2] Дж. Мильтон. Потерянный рай (книга IV, 269–273).

Он достал маленькие карманные ножницы и самым бережным образом вырезал длинный локон из бледно-золотистого облака, спадавшего ей на плечи.

— Ну вот, — сказала она, — давай я тебе сплету в косичку, чтоб не растрепалось.

Наблюдая, как пальчики её трудятся и лицо нахмурилось над работой, он проговорил мягко:

— Жаль, что тебе не нравится поэзия. Я ведь поэт.

— *Ты* мне нравишься! — поспешно заверила она. — Ты умеешь делать разные красивые вещицы и не поучаешь...

Она протянула ему готовую косичку. Он свернул её спиралью и спрятал под заднюю крышку часов.

— Передай своей тёте послание. Скажи ей, что ты повстречала поэта, который хотел увидеть *La Belle Dame Sans Merci*, а вместо этого увидел тебя. Скажи, что поэт шлёт поклон и не собирается больше её тревожить, он к пастбищам спешит и к рощам новым...[1]

— Хорошо, я постараюсь запомнить, — обещала она, поправляя корону.

И он поцеловал её, всё с тем же обыденным видом, чтобы не испугать, и пошёл себе дальше.

А по пути домой ей попались братья, затеялась куча-мала, и погибла прекрасная корона, и она забыла про послание, и послание не было доставлено.

---

[1] Заключительная строка элегии Дж. Мильтона «Люсидас» (плач о погибшем друге, представленном в образе Люсидаса, завершается словами о том, что Люсидас не погиб, воскрес):

Он, встав, плащом облекся бирюзовым
И к пастбищам спешит и к рощам новым.

ПОСЛЕСЛОВИЕ ПЕРЕВОДЧИКОВ

> — Я пишу о лиминальности. О порогах.
> Бастионах. Крепостях.
> — А также о набегах и вторжениях?
> — Разумеется.
>
> *А. С. Байетт. Обладать*

Послесловия переводчиков или литературоведов — жанр, который сегодня не в чести. Не то чтобы читатель стал искушённее, просто — кому нужен подсказчик, когда книга уже прочитана и впечатление о ней сложилось? Ведь только что читатель был один на один с автором, говорил с ним или с ней без посторонних, зачем ещё приглашать учителя с указкой?

Но говорить с Антонией Байетт не так-то просто (в чём убедился один из переводчиков этого романа при личной встрече с автором): она любит пускать собеседника по ложному следу, играть на многозначности образа. Целые сюжетные линии её книг построены на хитро спрятанных аллюзиях, которые придают смыслу событий новое, не сразу заметное измерение. Переводчика работа над такими произведениями подчас приводит в отчаяние: к каким ухищрениям ни прибегай, без указки в виде сносок и комментариев не обойтись — иначе от читателя ускользнёт что-то очень важное, едва ли не самое важное в книге. И не только читатель перевода оказывается в таком положении: и на родине писательницы, в Англии, филологи и критики сточили перья, рассуждая о «вертикальном контексте», смысловой многоплановости, скрытых цитатах в этой самой известной её книге, удостоенной в 1990 г. Букеровской премии. Но пока литературоведы разгадывают авторские загадки, автор получает письма от читателей, простых фермеров из Алабамы, очарованных этой трогательной, благородной и трагической «историей любви». (Кстати, одно это обстоятельство уже доказывает, что перед нами —

вопреки мнению некоторых критиков — именно роман, а не постмодернистский «текст», из-за которого автор кокетливо подмигивает читателю.)

Кто же оказался в заблуждении: въедливые исследователи, копающие пустоту, или простодушные читатели, не видящие глубину?

Начнём с авторского определения жанра этой книги: *romance*. Казалось бы, всё просто: что такое *romance*, «романтический роман», объясняется в первом же эпиграфе. В таком понимании *romance* — категория широкая: это и «Дом о семи фронтонах» Н. Готорна и тысячами штампуемые сердцещипательные поделки «для дамского чтения». Но, приведя готорновское определение этого жанра, А. С. Байетт умолчала о том, что в истории литературы *romance* имел и другое значение — «рыцарский роман». Любимый приём писательницы: раскрыв лишь часть истины, сбить читателя со следа. Потому что «Обладать» — это ещё и «рыцарский роман» в классическом понимании этого термина.

Чтобы в этом убедиться, обратимся к одной приметной особенности книги — «говорящим» именам персонажей (именам, которые — плохо ли, хорошо ли — переданы в переводе). Ничего не говорят русскому читателю разве что фамилии двух героинь, и героинь вовсе не второстепенных, — Кристабель Ла Мотт и Мод Бейли. Пожалуй, Ла Мотт ещё может вызвать ассоциации с немецким романтиком, поэтом и писателем Фридрихом де ла Мотт Фуке, чья повесть «Ундина» известна в России во многом благодаря стихотворному переводу В. А. Жуковского (Ундина — Мелюзина — водная стихия, из которой словно вышла Кристабель и персонажи её произведений...). Ундины упоминаются в книге не раз, но дело не только в них. В английском языке слова *motte* и *bailey* сведены вместе в сочетании *motte-and-bailey castle*, обозначающем одно из самых ранних европейских фортификационных сооружений, которое стало известно в Англии после Нормандского завоевания. Оно представляло собой насыпной курган (*motte*), окружённый рвом. На вершине кургана располагался деревянный палисад со сторожевой башней и арсеналом. Другой палисад (*bailey*) окружал курган и ров и таким образом представлял собой внешний рубеж обороны. Позднее палисад на вершине холма был заменён башней, с течением времени превратившейся в донжон более знакомого нам (хотя бы по картинам и фотографиям) средневекового замка. Итак, *motte*, *bailey* и донжон разделяют территорию крепости на три пространства, три концентрических кольца. (Заметим мимоходом, что А. С. Байетт, рассыпая в романе не только загадки, но и ключи к ним, заставляет Кристабель упомянуть *motte-and-bailey defences* в последнем, так и не прочитанном Рандольфом Генри Падубом письме.)

Завязка романа: молодой литературовед Роланд Митчелл обнаруживает черновики первого письма Падуба к Кристабель Ла Мотт в томике «Оснований новой науки» Джамбаттисты Вико. Тоже не случайная деталь. Она объясняет название и состав поэтического сборника Падуба «Боги, люди и герои»: уже само это заглавие напоминает о концепции итальянского философа, рассматривающего историю как чередование циклов, каждый из которых состоит из трёх эпох — божественной, героической и человеческой. Однако не только в этом дело. Следует приглядеться к времени действия книги А. С. Байетт — лучше сказать, к временам действия. Современные исследователи, люди XX века, пытаются разобраться в перипетиях отношений двух поэтов XIX века, пытавшихся осмыслить в своих произведениях происходящее с ними и с человечеством, обращаясь к мифологическим образам Старшей и Младшей Эдды и бретонского фольклора. Другими словами, люди человеческой эпохи обращают взор на эпоху героев, обитателей которой манит эпоха богов. Оказывается, Роланд Митчелл и Мод Бейли, Рандольф Падуб и Кристабель Ла Мотт, эддические Аск и Эмбла суть персонажи одной и той же истории, разыгравшейся в разные эпохи.

Но замысел романа шире хорошо освоенной литературой темы «вечного возвращения». Вспомним про крепостное сооружение, давшее имена героиням книги. Случайно ли, что обитательница эпохи людей носит фамилию Бейли, а эпоха героев представлена поэтессой по фамилии Ла Мотт? Случайно ли, что посреди повествования, как бы разделяя его на две части, высится мощная башня — поэма «Рагнарёк, или Гибель богов» на сюжет, заимствованный из «Старшей Эдды»? Конечно же, не случайно. А. С. Байетт выражает историософские построения Вико в образе средневековой «фортеции». Каждый временной план романа, каждая из трёх любовных историй соотносится с одной из эпох в концепции Вико и одновременно с одним из трёх пространств норманнской крепости. А если привлечь сюда ещё и эддические мотивы, то можно вспомнить деление мира на крепость богов-асов Асгард (в буквальном переводе с древнеисландского «ограда асов»), Мидгард («среднее огороженное пространство», часть мира, обитаемая человеком) и Утгард (окраинную зону земли, где обитают демоны и великаны).

Вектор действия романа устремлён внутрь, в историю, к истоку всех вещей. Герои пытаются преодолеть возведённые временем и обстоятельствами рвы и палисады, прикоснуться к ушедшим вместе с ушедшей эпохой личностям, «услышать их голоса», как описывает это стремление Падуб. Они пускаются в путь, словно средневековые рыцари на поиски Грааля. Но путь у каждого свой. Впрочем, прежде чем коснуться этой темы, стоит вспомнить, кто же участники этих поисков, и поразмыслить, из какого жизненного и исторического материала созданы эти образы.

Один из главных героев романа — великий викторианский поэт Рандольф Генри Падуб (придуманный Антонией Байетт). В подлиннике его фамилия звучит как *Ash*. Слово многозначное, и все его значения обыгрываются и отыгрываются в романе. *Ash* — это и «пепел», и «ясень» — но здесь это не просто ясень, а Иггдрасиль, мировое древо, древо судьбы и жизни. Древо, соединяющее небо, землю и подземный мир. Ось мира — и ось романного действия. А. С. Байетт утверждает, что Падуб — образ собирательный, однако знатокам английской литературы творчество и многие факты биографии Падуба наверняка напомнили о реальном поэте Викторианской эпохи Роберте Браунинге (кстати, единственном крупном поэте того времени, ни разу не упоминаемом в романе!). Убедиться в справедливости этого отождествления легко: достаточно сравнить «драматические монологи» Падуба с поэмами Р. Браунинга. И сходство тут не просто жанровое. Цитируемая в романе поэма Падуба «Духами вожденны» о фокусах спириток, вводящих доверчивых людей в заблуждение, определённо напоминает поэму Браунинга «Мистер Сляк, „медиум“», отрывок из которой А. С. Байетт сделала эпиграфом к своему роману (совпадают даже мотивы, толкнувшие обоих поэтов на создание этих произведений: браунинговский «Сляк» — своего рода сатирический ответ на увлечение жены поэта, Элизабет Барретт Браунинг, спиритическими исследованиями). Поэма о Лазаре *Déjà vu, или Явление Грядущего*, о которой так много говорится в романе, — несомненный парафраз поэмы Браунинга «Послание арабского врача Каршиша, содержащее описание странного медицинского явления», где история воскрешения Лазаря показана глазами случайно оказавшегося на месте событий араба. Падубовский «Сваммердам» отчасти перекликается с монологами Парацельса из одноименной драматической поэмы Браунинга. И т. д., и т. д., и т. д. Не говоря уже о личности Браунинга и обстоятельствах его жизни (такими, например, как неудачи на драматургическом поприще: созданные им три стихотворные драмы на исторические темы, как и четыре подобные же драмы Падуба, потерпели провал на лондонской сцене).

А Кристабель? Имеется ли прототип у Кристабель Ла Мотт, поэтессы-затворницы, неожиданно, к ужасу своему, охваченной земной страстью?

Если, не называя автора, показать любителю англоязычной поэзии стихи Кристабель (на самом деле, конечно же, Антонии Байетт) и спросить: «Кто это написал?» — в ответ мы, скорее всего, услышим: «Эмили Дикинсон». Сходство стихов Кристабель и Дикинсон несомненно: тот же пристальный интерес к повседневному, которое воспринимается как отражение вечного, тот же местами неожиданный синтаксис, та же смелая, стремительная (отчасти напоминающая цветаевскую) пунктуация. Что же до биографических совпадений... С. Т. Уильямс, автор статьи о Дикинсон в изданной у нас «Литературной истории США», роняет любопытную фразу: «Её судьба напоминает нам... о Элизабет Барретт, если не считать, что любовь последней увенчалась счастливым браком». Элизабет Барретт — Э. Барретт Браунинг, одна из крупнейших поэтесс Викторианской эпохи, супруга Роберта Браунинга. История её любви и замужества имеет некоторое сходство с описанными в романе Байетт событиями, предшествующими браку Падуба и Эллен. И в то же время — с историей отношений Падуба и Кристабель Ла Мотт. В 1845 г. уже признанная тридцативосьмилетняя поэтесса Элизабет Мултон-Барретт получила письмо от Роберта Браунинга, о чьём творчестве она с восторгом отозвалась в поэме «Поклонник леди Джеральдин». Завязалась переписка. «Я люблю Ваши книги всей душой, — писал Браунинг. — И ещё я люблю Вас». О браке не могло быть и речи: отец Элизабет ни за что не дал бы согласия. Тайно обвенчавшись, Роберт и Элизабет отправились в Италию — внешним поводом для поездки послужило то, что постоянно хворающей Элизабет надо поправить здоровье. Лишь через год отец узнал об их браке...

Можно сказать, что обстоятельства жизни Элизабет Баррет Браунинг нашли отражение сразу в двух женских образах: «хранительнице очага», кроткой, всепрощающей Эллен и страстной, мятущейся Кристабель Ла Мотт.

Однако прототипы прототипами, и всё же жанр книги не *roman à clef* («роман с ключом», вроде произведений Т. Л. Пикока или О. Хаксли, где персонажи срисованы с реальных личностей), а именно romance. Поэтому Кристабель — это ещё и... Кристабель, заглавная героиня великой незавершенной поэмы С. Т. Кольриджа, неоднократно упоминаемой на страницах романа, — чистая душой дочь рыцаря Леолайна, подпавшая под власть колдуньи Джеральдины (читатель оценит горькую насмешку Падуба, давшего имя Джеральдина героине своей поэмы «Духами вожденны»). А ещё Кристабель — королева Дауда из бретонской легенды о затонувшем городе Ис. И Мелюзина. И Эмбла падубовских стихов, навеянных Эддами. «Магический кристалл» поворачивается то одной, то другой гранью, открывая в викторианской женщине с умом, душой и талантом — и трагической судьбой — то одну, то другую ипостась, соотносимую с разными литературными и мифологическими образами.

Обитатели «эпохи людей», вроде бы вполне реалистически изображённые англичане и американцы XX века, на самом деле, как художественные образы, тоже наделены исторической многомерностью. Мы уже говорили о пласте ассоциаций, возникающих в связи с фамилией Бейли. Теперь следует сказать несколько слов о Роланде Митчелле, другом главном участнике «похода в историю».

Начнём, как может показаться, издалека. Имя Роланд встречается в английском фольклоре крайне редко. От одного из немногих произведений старой английской литературы, героем которого выступает Роланд, сохранилась единственная строка: «Childe Roland to the dark tower came» (её произносит в шекспировском «Короле Лире» притворяющийся безумным Эдгар: «Вот к мрачной башне Роланд подходит». Перевод Т. Щепкиной-Куперник). В 1850-х годах Роберт Браунинг сочинил жутковатое стихотворение, взяв заглавием эту строку. Браунинг как бы попытался по одной-единственной строчке восстановить содержание не дошедшей до наших дней баллады. Герой стихотворения — юный рыцарь Роланд (*childe* — форма титулования молодых дворян, желающих удостоиться звания рыцаря и проходящих ради этого различные испытания, вспомним байроновского Чайльд-Гарольда) отправляется через полный смертельных опасностей край к Мрачной Башне. Ему удаётся достигнуть цели. У башни его встречают призраки рыцарей, погибших на этом пути.

А теперь обратимся к 8–10-й главам романа А. С. Байетт. Роланд Митчелл, уставший от работы над перепиской Падуба и Ла Мотт, смущённый ночной встречей с Мод Бейли в коридоре старинного дома-замка, засыпает и видит странный сон. Затем, словно бы нарушая развитис событий, следует сказка «Предел», которая начинается приблизительно так же, как баллада Браунинга. Герой сказки — *Childe*, Юный Рыцарь. На своём пути он встречает трёх женщин. Следует эпизод, который доставит радость психоаналитикам: герою предстоит выбрать в проводники одну из трёх сестёр, и он выбирает третью (сказка написана как откровенная иллюстрация к статье З. Фрейда «Мотив выбора ларца»). Вспомним, однако, что, по мнению Фрейда, «третья сестра — богиня смерти». И вот Третья Сестра уводит Юного Рыцаря в царство теней, залитое странным светом: «ни дневным ни ночным, ни от луны ни от солнца, ни ярким ни тусклым — но ровным, немеркнущим, бестрепетным светом того царства». И в этом царстве Юный Рыцарь Роланд Митчелл слышит голоса ушедших: Рандольфа Генри Падуба и Кристабель Ла Мотт (следует глава «Переписка»). Он проник в прошлое, преодолел предел, отделяющий «эпоху людей» от «эпохи героев», обрёл способность слышать голоса прошлого. Эта способность станет совсем отчётливой в конце романа, когда Роланд услышит голос «живого Падуба», разгадает тайну образа Прозерпины — и обретёт свой собственный поэтический голос.

Заметим мимоходом, что баллада о Юном Рыцаре Роланде — не единственный случай реминисценции с двойным дном (Шекспир, воспринятый «через Браунинга»). Не менее многозначительно, например, прозвище верного пса Кристабель Ла Мотт. Сама Кристабель объясняет, что кличка Трей заимствована из шекспировского «Короля Лира», но надо иметь в виду, что так же звали и другого пса, героя мрачно-язвительного стихотворения Р. Браунинга «Трей». Браунинговский Трей, самоотверженный спаситель тонущей девочки, становится жертвой натуралиста-вивисектора, желающего дознаться, где же расположена душа собаки. Что удивительного, что пёс Кристабель Ла Мотт с первой же встречи невзлюбил естествоиспытателя Падуба!

Другим путём старается проникнуть в мир прошлого «цивилизованный анку» Мортимер Собрайл. Он не склонен смиренно прислушиваться к голосам. Для него, человека с деловой хваткой, понятие «культура» сводится почти исключительно к культуре материальной. Не вслушиваться, а осязать, не уступать своё сознание обитателям прошлого, а завладевать прошлым в буквальном смысле, скупать прошлое — вот его тактика (с этой точки зрения название романа приобретает двойной смысл: *possession* — это и одержимость, и обладание).

Вместе с Собрайлом в роман входит тема спиритизма, сыгравшего столь драматическую роль в судьбе героев: прабабка Собрайла, «поборница прогресса» Присцилла Собрайл, кроме всего прочего, ещё и убежденная спиритка. Примечательно, что А. С. Байетт так настойчиво подчёркивает американское происхождение спиритизма. Действительно, мода на вызывание духов пришла в Великобританию из Америки. Одной из первых проповедниц спиритизма была американка миссис Хайден, приехавшая в Лондон в 1852 году, — личность, которую Байетт явно не обошла вниманием, создавая образ Геллы Лийс. За океаном вырос и наделавший шуму в Англии — и не раз упоминаемый на страницах романа — медиум Дэниел Хоум, «Юм», как называли его в России в XIX веке. А название города Гармония-Сити, «Мусейон Гармонии» в Университете Роберта Дэйла Оуэна, где работает Собрайл, — всё это напоминает не только о «Новой Гармонии» Оуэна-младшего — кстати, более известного своими спиритическими изысканиями, чем социальными экспериментами, — но и об одном из ключевых понятий в трудах маститого американского спирита Джексона Эндрью Дэвиса, «пророка нового откровения», по выражению А. Конан Дойля, высоко ценившего работы Дэвиса «Великая Гармония» и «Философия Гармонии». Однако в романе спиритизм показан как явление американское не только по происхождению, но и по сути — эта тема прекрасно развита в письме Падуба к Присцилле Собрайл.

Важно, впрочем, иметь в виду: Собрайл — не классический романный злодей. Он по-своему любит Падуба. (И чувства самой Антонии Байетт к нему противоречивы: рисуя его портрет сатирическими мазками, она нет-нет да и залюбуется его исследовательской хваткостью, целеустремлённостью — понятное чувство со стороны Байетт — автора незаурядного исследования о творчестве Вордсворта и Кольриджа.) Но Собрайлу не дано понять, что граница царства теней — не «фронтир» Дикого Запада, что путь в прошлое открыт только рыцарю, а не нахрапистому колонисту. Вход открывается изнутри, «ибо только так живое приходит в мир; если же пролагать ему путь от Вас, то это — сами увидите — будет путь лишь к отвердению и смерти», пишет Кристабель Ла Мотт Рандольфу Генри Падубу.

Однако пора нам унять истолковательский пыл. Задача этого наброска — дать не полный научный комментарий к роману, а лишь путеводную нить. Поэтому мы не будем касаться мифологических пластов романа (миф о Прозерпине, эддические мотивы и др.), не станем, чтобы не лишать читателя удовольствия, останавливаться на очевидных, хотя и скрытых цитатах (таких, как почти дословное — по Аристофану — изложение орфической космогонии в поэме «Сваммердам», параллель между превращением Ивы и Ясеня в людей в «Рагнарёке» и превращением Филемона и Бавкиды в деревья в овидиевских «Метаморфозах», и т. п.). Предоставим также читателям право самим разобраться в таких непростых и важных материях, как отношение А. С. Байетт к феминизму и к некоторым современным теориям литературы. Отметим лишь, что роман напоминает причудливое архитектурное сооружение не только замыслом, но и, так сказать, ассоциативной акустикой: иной образ или мотив вызывают отзвуки, доносящиеся со стороны самых разных национальных культур. Отзвуки, возможно, неожиданные и для самой А. С. Байетт. Едва ли писательница предполагала, например, что у русского читателя поэма «Затонувший город» может вызвать в памяти драму А. Блока «Роза и крест», где также встречается баллада о городе Ис. Причём совпадает не только размер, которым написана поэма Кристабель Ла Мотт и блоковская баллада («Не спи, король, не спи, Граллон, / Твой город в воду погружён! / Кэр-Ис лежит на дне морей, / Проклятье дочери твоей») — это ещё можно объяснить тем, что у обоих произведений, видимо, был один источник: книга Теодора Эрсара де ла Вильмарке «Барзаз Брейз. Народные песни Бретани». Удивительно другое. Блок изображает морскую фею, в которую обратилась королева Дауда, так: «Влажным гребнем чешет злая Моргана / Золото бледных кудрей». Тот же редкий эпитет — «бледные волосы» (*pale hair*) — настойчиво сопровождает описание внешности Кристабель Ла Мотт и Мод Бейли...

И это не единственное место, где читателю романа будут слышаться «родные» отзвуки. «Европейская литература, мифы, легенды, история и психология — это единая сеть перекликающихся образов», — писала А. С. Байетт в статье об искусстве перевода. Пользуясь случаем, выражаем нашу глубокую благодарность Анне Мурадовой, чьи консультации были весьма ценными при переводе бретонских глав романа, а также Антону Нестерову и Ирине Ковалёвой, оказавшим помощь в распутывании некоторых аллюзивных клубков.

И вместе с тем «Обладать» — прежде всего английский роман. Не только по месту действия и реалиям, но и по духу, по некоторым ключевым литературным реминисценциям (Шекспир — Спенсер — Донн — Мильтон), по языковой фактуре. К сожалению, не всё поддаётся передаче в переводе. Как, например, показать связь между сказкой братьев Гримм «Рапунцель», привычкой Мод Бейли старательно прятать свои пышные волосы под тюрбан или платок и фразеологизмом *to let one's hair down* — «дать волю чувствам» (буквально — «распустить волосы»)? Как показать, что одно из «бретонских» стихотворений Кристабель полностью строится на образности известного английского выражения *to cry over spilt milk* — «сокрушаться о непоправимом» (в буквальном переводе — «плакать по пролитому молоку»)?

Остаётся ответить на вопрос, который был задан в самом начале: на какого же читателя рассчитан роман? Ответ опять-таки в определении жанра книги: *romance*. То есть — и романтическая любовная история, и рыцарский роман, и — если иметь в виду тайны, спиритические явления — роман готический. Не в вульгаризированном современном понимании, а в классическом. Сходный с готическими романами Анны Радклиф: «A Sicilian Romance», «The Mysteries of Udolpho. A Romance», «The Romance of the Forest», где в числе героев, кстати, мы также встречаем семейство по фамилии Ла Мотт. У каждого из этих жанров свои поклонники и ценители.

В. Л., Д. П.

Июнь 2002 г.

P. S. Прошло вот уже тринадцать лет с первого издания перевода и одиннадцать — со второго. Этот большой перерыв был вызван причинами, имеющими отношение не к литературе, а к борьбе переводчиков за элементарное право — не печататься там, где не хочется. Всё хорошо, что хорошо кончается. Спасибо леди Антонии, сказавшей веское слово в споре. Надеемся, что читатели, которые, подобно Роланду Митчеллу, любят держать в руках настоящие, бумажные книги, пожелают воочию познакомиться с лучшим романом Байетт и увидят, подобно Роланду, «горячие ещё, огненные следы слов». Приятно, что при читке корректуры, благодаря любезности издательства «Азбука», мы имели полную возможность внести исправления, изменения, уточнения, и мы, конечно, ею воспользовались; но надеемся, что в меру. Хотя считается, что каждые пятьдесят лет классику следует переводить заново, переводчик (если он серьёзно относится к своей работе), как и писатель, должен иметь право сказать — «Еже писах, писах». Наше основное ощущение при очередном перечитывании оригинала: какая же это всё-таки хитроумная и одновременно живая, пленительная книга. Спасибо автору за неё и за счастье её перевести!

В. Л., Д. П.
Август 2015 г.

КОММЕНТАРИЙ
К ИМЕНАМ СОБСТВЕННЫМ

Баджот Уолтер (1826–1877) — английский экономист, предприниматель и публицист.

Барт Ролан (1915–1980) — французский литературовед, культуролог, один из наиболее видных представителей французской семиологической школы.

Беда Достопочтенный (672 или 673 — ок. 735) — англосаксонский летописец, автор «Церковной истории англов».

Беньян Джон (1628–1688) — английский религиозный писатель, автор аллегорического романа «Странствия Паломника».

Бердетт-Куттс Анджела Джорджина (1814–1906) — дочь политика-радикала сэра Френсиса Бердетта, внучка и наследница состояния банкира Томаса Куттса, активно занимавшаяся благотворительностью под влиянием Ч. Диккенса.

Бразил Анджела — английская детская писательница.

Браун Томас (1605–1682) — английский алхимик и богослов.

Вайль Симона (1909–1943) — французская мыслительница, философ, участница Сопротивления в годы Второй мировой войны.

Вебстер Джон (ок. 1580 — ок. 1634) — английский драматург-елизаветинец.

Вермеер (Вермер) Ян (1632–1675) — голландский живописец.

Гаскелл Элизабет Клегхорн (1810–1865) — английская писательница.

Гауди Антони (1852–1926) — знаменитый каталонский архитектор-модернист.

Гексли Томас Генри (1825–1895) — английский биолог, соратник Ч. Дарвина и пропагандист его учения.

Герберт Джордж (1593–1633) — английский поэт-«метафизик».

Гиббон Эдвард (1737–1794) — английский историк, автор классического труда «История упадка и разрушения Римской империи».

Готшальк (ок. 803 — ок. 869) — немецкий богослов, проповедовавший своё учение о предопределении, которое было признано еретическим. Был лишён священнического сана и последние двадцать лет жизни провёл в заключении.

Де Ла Мар Уолтер (1873–1956) — английский поэт и прозаик.

Джордан Дороти (1761–1816) — английская актриса, прославившаяся исполнением комических ролей.

Дэвис Эндрю Джексон (1826–1910) — известный американский спирит.

Инес де Кастро-и-Валадарес (1325–1355) — жена португальского инфанта дона Педро, сына короля Альфонса IV. Убита по приказу короля, опасавшегося её влияния на сына.

Иригаре Люс (р. 1930) — французская представительница психоанализа и философии, известная своими феминистскими исследованиями языка в его употреблении по отношению к женщинам.

Камерон Джулия Маргарет (1815–1879) — одна из первых женщин-фотографов, мастер фотографического портрета.

Карлейль Джейн Уэлш (1801–1866) — жена историка, философа и публициста Томаса Карлейля. Состояла в переписке со многими видными викторианцами. В 1883 г. вышли «Письма и воспоминания Джейн Уэлш Карлейль», изданные её мужем.

Клаф Артур Хью (1819–1861) — английский поэт.

Кювье Жорж (1769–1832) — французский зоолог, один из реформаторов сравнительной анатомии, палеонтологии и систематики животных.

Лайель Чарльз (1797–1875) — английский естествоиспытатель, сторонник эволюционной теории Ч. Дарвина. В своём капитальном труде «Основы геологии» (1830–1833) развивал учение о медленном и непрерывном изменении земной поверхности под влиянием постоянных геологических факторов.

Лакан Жак (1901–1981) — представитель «парижской школы фрейдизма», мэтр структуралистского психоанализа.

Ле Гофф Жак (1924–2014) — французский историк-медиевист.

Лейтон Фредерик (1830–1896) — английский художник академического направления.

Ливис Фрэнк Реймонд (1895–1978) — английский литературный критик и историк литературы. В своё время был одним из самых влиятельных литературоведов Великобритании.

Бульвер-Литтон Эдвард (1803–1873) — плодовитый писатель, поэт и драматург, один из наиболее влиятельных английских литераторов середины XIX в. Проявлял интерес к спиритизму и оккультизму, что нашло отражение в его творчестве (романы «Занони», «Странная история» и др.)

Льюис Джордж Генри (1817–1878) — английский публицист, философ и критик.

Лэм Чарльз (1775–1834) — английский поэт и эссеист.

Марвелл Эндрю (1621–1678) — английский поэт, представитель «метафизической школы».

Марс Анн-Франсуаза (1779–1847) — великая французская актриса.

Мартино Гарриет (1802–1876) — английская писательница, религиозный мыслитель и экономист.

Месмер Франц Антон (1734–1815) — австрийский врач, создатель теории «животного магнетизма». Одним из первых стал применять в своей медицинской практике метод гипноза.

Милле Джон Эверетт (1829–1896) — английский художник-прерафаэлит.

Мишле Жюль (1798–1874) — французский историк романтического направления.

Мейсфилд Джон Эдвард (1878–1967) — английский поэт, романист, драматург и литературный критик. В 1930 г. получил титул поэта-лауреата.

Мэйхью Генри (1812–1887) — английский публицист, автор большой серии очерков из жизни обитателей лондонского дна.

Оуэн Роберт Дэйл (1801–1877) — общественный деятель, реформатор, член созданной в США общины социалистов-утопистов «Новая Гармония». Теоретик спиритизма.

Оффа (VIII в.) — король Мерсии. По его приказу был сооружён земляной вал, долгое время служивший границей между Англией и Уэльсом.

Парацельс Филипп Ауреол Теофраст Бомбаст фон Гогенгейм (1493–1541) — врач, естествоиспытатель, алхимик и философ, обстоятельно разработавший учение о стихийных духах.

Патмор Ковентри (1823–1896) — английский поэт и критик, близкий к прерафаэлитам.

Пелагий (ок. 360 — после 418) — монах кельтского происхождения, утверждавший, что грех Адама не распространяется на всё человечество и человек способен избежать греха и достичь спасения усилиями своей собственной воли, без вмешательства Божественной благодати.

Пикок Мейбл — английская фольклористка, автор ряда работ по фольклору Линкольншира.

Пьюджин Огастес Уэлби Нортмор (1812–1852) — английский архитектор и теоретик архитектуры, один из основоположников «готического возрождения» в английском зодчестве.

Ренан Жозеф Эрнест (1823–1892) — французский писатель и историк христианства.

Робинсон Генри Крэбб (1775–1867) — английский юрист и публицист, автор объёмного дневника, ставшего важным источником для историков английского романтизма.

Россетти Кристина Джорджина (1830–1894) — английская поэтесса, сестра основателей «Братства прерафаэлитов» Данте Габриэля Россетти и Уильяма Россетти.

Рэли Уолтер (1552–1618) — английский мореплаватель, организатор пиратских экспедиций, писатель, историк. Фаворит королевы Елизаветы. Один из руководителей разгрома Непобедимой армады.

Сваммердам Ян (1637–1680) — голландский натуралист, один из основоположников научной микроскопии. Внёс значительный вклад в систематику и анатомию насекомых, усовершенствовал методы исследования, предложил новую классификацию насекомых (по типу метаморфоз), разделив их на 4 основных класса, 3 из которых сохраняются и в современной систематике. Основные труды — «Всеобщая история насекомых» (1669), «Жизнь эфемеры» (1675), «Библия Природы» (опубликована посмертно, в 1737 г.). В последние годы жизни, испытывая материальные лишения и упадок духа, стал последователем учения мистически настроенной проповедницы Антуанетты Буриньон, объявившей себя «Женой, облачённой в солнце», которая упоминается в Апокалипсисе.

Сведенборг Эмануэль (1688–1772) — шведский мистик и визионер.

Селькирк Александр (1676–1721) — английский матрос, ставший прообразом Робинзона Крузо.

Сиддонс Сара (1755–1831) — английская трагическая актриса.

Сиксу Элен (род. 1937) — французская феминистка, писательница, драматург.

Стефенсон Джордж (1781–1848) — английский изобретатель, положивший начало паровому железнодорожному транспорту. Построил первую железную дорогу общественного пользования Дарлингтон — Стоктон (1825), однако пассажирские перевозки на этой дороге поначалу осуществлялись на конной тяге.

Уайетт Томас (1503–1542) — английский поэт, автор лирических стихотворений, эпиграмм, сатир. Сонет 7 (в переводе В. Рогова):

> Охотники, я знаю лань в лесах,
> Её выслеживаю много лет,
> Но вожделений ловчего предмет
> Мои усилья превращает в прах.
> В погоне тягостной мой ум зачах,
> Но лань бежит, а я за ней вослед
> И задыхаюсь. Мне надежды нет,
> И ветра мне не удержать в сетях.
> Кто думает поймать её, сперва
> Да внемлет горькой жалобе моей.
> Повязка шею обвивает ей,
> Где вышиты алмазами слова:
> «Не тронь меня, мне Цезарь — господин,
> И укротит меня лишь он один».

Уинникотт Д. У. (1896–1971) — английский психоаналитик, исследовавший возраст младенчества.

Уолстонкрафт Мэри (1759–1797) — английская писательница, публицист, педагог. Жена романиста У. Годвина и мать писательницы М. Шелли. Одна из первых поборниц женского равноправия в Англии. В 1795 г., узнав о неверности своего любовника, американского писателя и предпринимателя Г. Имлея, пыталась покончить с собой. Отношения М. Уолстонкрафт и знаменитого живописца И. Г. Фюсли легли в основу стихотворения Р. Браунинга «Мэри Уолстонкрафт и Фюсли».

Уоттс Джордж Фредерик (1817–1904) — английский художник и скульптор, портретист и автор аллегорических полотен.

Уэсли (Весли) Чарльз (1703–1791) — английский богослов, один из основателей Методистской церкви.

Фантен-Латур Анри (1836–1904) — французский художник, график, иллюстратор. Известен своими натюрмортами и групповыми портретами.

Форд Джон (ок. 1586 — ок. 1640) — английский драматург-елизаветинец.

Форстер Джон (1812–1876) — английский писатель и журналист, близкий друг Ч. Диккенса, автор «Жизни Диккенса» и биографий других английских писателей и поэтов.

Фуко Мишель (1926–1984) — французский философ и культуролог постструктуралистского направления.

Фуллер Маргарет Сара, в замужестве маркиза Оссоли (1810–1850) — американская писательница, одна из крупнейших представителей трансцендентализма.

Фэрфакс Томас (1612–1671) — командующий парламентской армией во время гражданской войны в Англии между роялистами и сторонниками парламента.

Хант Уильям Холман (1827–1910) — английский художник-прерафаэлит.

Хьюм Дэниел (1833–1886) — один из наиболее известных медиумов и теоретиков спиритизма. Считается прообразом главного героя поэмы Р. Браунинга «Мистер Сляк, „медиум“». По рассказам современников, обладал способностью к левитации.

Шлейермахер Фридрих Эрнст Даниэль (1768–1834) — немецкий протестантский богослов и философ.

Янг Шарлотта (1823–1901) — английская писательница, автор нравоучительных сочинений.

ОБ АВТОРЕ

Антония Сьюзен Байетт (р. 1936) окончила Кембриджский университет, преподавала английскую и американскую литературу в Центральной школе изобразительных искусств и дизайна, а позднее в Лондонском университете. Писательница опубликовала ряд литературоведческих исследований (книги о поэтах «Озёрной школы» и о творчестве Айрис Мёрдок), постоянно рецензирует книжные новинки в британской периодике. Среди других художественных произведений А. С. Байетт — романы («Тень солнца», «Дева в саду», «Охота», «История биографа», «Детская книга» и др.), повести («Ангелы и насекомые», «Рагнарёк»), сборники рассказов и сказок («Сахар», «Рассказы о Матиссе», «Стихийные духи» и др.). Хотя действие большинства этих произведений происходит в Англии, в творческой манере писательницы заметно стремление расширить рамки художественных средств, присущих английской литературе, и тем самым преодолеть «островную замкнутость», которая, по мнению Байетт, характерна для британских писателей её поколения. Благодаря этому в книгах Байетт сочетается, казалось бы, несочетаемое: бережное отношение к английской литературной традиции со смелым новаторством, искренность чувств с интеллектуальной игрой, историческая достоверность с вымыслом. Байетт является почётным доктором полутора десятка университетов, английских и не только, а также кавалерственной дамой ордена Британской империи.

Литературно-художественное издание

А. С. БАЙЕТТ

ОБЛАДАТЬ

Романтический роман

Ответственный редактор Александр Гузман
Художественный редактор Виктория Манацкова
Технический редактор Татьяна Тихомирова
Корректоры Светлана Федорова, Нина Тюрина,
Маргарита Ахметова

Подписано в печать 10.09.2018. Формат издания 60 × 90 $^1/_{16}$.
Печать офсетная. Тираж 2000 экз. Усл. печ. л. 40. Заказ № 7365/18.

Знак информационной продукции
(Федеральный закон № 436-ФЗ от 29.12.2010 г.): (18+)

ООО «Издательская Группа „Азбука-Аттикус"» —
обладатель товарного знака «Издательство Иностранка»
115093, г. Москва, ул. Павловская, д. 7, эт. 2, пом. III, ком. № 1

Филиал ООО «Издательская Группа „Азбука-Аттикус"»
в Санкт-Петербурге
191123, г. Санкт-Петербург, Воскресенская наб., д. 12, лит. А

ЧП «Издательство „Махаон-Украина"»
04073, г. Киев, Московский пр., д. 6 (2-й этаж)

Отпечатано в соответствии с предоставленными материалами
в ООО «ИПК Парето-Принт».
170546, Тверская область, Промышленная зона Боровлево-1, комплекс № 3А.
www.pareto-print.ru

ПО ВОПРОСАМ РАСПРОСТРАНЕНИЯ ОБРАЩАЙТЕСЬ:

В Москве: ООО «Издательская Группа „Азбука-Аттикус"»
Тел.: (495) 933-76-01, факс: (495) 933-76-19
E-mail: sales@atticus-group.ru; info@azbooka-m.ru

В Санкт-Петербурге: Филиал ООО «Издательская Группа „Азбука-Аттикус"»
Тел.: (812) 327-04-55, факс: (812) 327-01-60
E-mail: trade@azbooka.spb.ru

В Киеве: ЧП «Издательство „Махаон-Украина"»
Тел./факс: (044) 490-99-01. E-mail: sale@machaon.kiev.ua

Информация о новинках и планах
на сайтах: www.azbooka.ru, www.atticus-group.ru

Информация по вопросам приема рукописей и творческого сотрудничества
размещена по адресу: www.azbooka.ru/new_authors/

Y-BRM-18459-04-R